《孙绍振古典散文解读全编》

上海教育出版社　2021

《孙绍振如是解读作品》

福建教育出版社　2007

《孙绍振解读经典散文》

中华书局　2015

孙绍振文集

古典散文解读全编

海峡出版发行集团 | 海峡文艺出版社

图书在版编目(CIP)数据

古典散文解读全编/孙绍振著. —福州:海峡文艺出版社,2025.6
(孙绍振文集)
ISBN 978-7-5550-2996-0

Ⅰ.I207.62

中国国家版本馆 CIP 数据核字第 2025S6E487 号

古典散文解读全编

孙绍振　著

出 版 人　林　滨
丛书统筹　林可莘
责任编辑　林可莘
出版发行　海峡文艺出版社
经　　销　福建新华发行(集团)有限责任公司
社　　址　福州市东水路 76 号 14 层
发 行 部　0591—87536797
印　　刷　上海盛通时代印刷有限公司
厂　　址　上海市金山工业区广业路 568 号
开　　本　787 毫米×1092 毫米　1/16
字　　数　460 千字
印　　张　23　　**插页**　1
版　　次　2025 年 6 月第 1 版
印　　次　2025 年 6 月第 1 次印刷
书　　号　ISBN 978-7-5550-2996-0
定　　价　128.00 元

出版说明

孙绍振先生是我国著名的文艺理论家、文学评论家、语文教育理论家、作家，是“闽派批评”的旗帜性人物。

他学贯中西、思通古今，全面梳理中国传统文艺理论中的重要命题，对当代西方文论进行了系统的分析和批判。他的文学研究贯穿着“实践真理论”的世界观和辩证方法论。他以一个“文学教练”的矫健身手，在“文学创作论”和“文学文本解读学”的坚实理论基础上，进行海量的经典文本分析，洞察小说、诗歌、散文等文类的艺术奥秘。由此，他建构了富有原创性的中国特色文学理论话语体系，在理论和实践结合方面发出中国声音。

他以先锋姿态投入“朦胧诗”大论战，业已留下重要的历史文献；以创新思维和精准表达，体现文学批评的力量与高度。

在语文教育改革中，他以犀利的思想拨乱反正，为语文教育的学科建设做出独特的贡献。其成就不仅深刻影响祖国大陆语文教育学界，还辐射至宝岛台湾，有力助推两岸学术、文化与教育交流。

作为一个作家，他钟情于诗歌、散文创作，产出丰硕的成果。其演讲体散文，卓尔成家。

为了全面展示孙绍振先生的研究成果和学术成就，我社组织出版“孙绍振文集”（20册），汇编其迄今为止的全部代表性学术著述和文学作品，涵盖文学理论建构、文艺评论、演讲、语文教育、文学创作等诸方面内容。希望这套文集能全面展示孙绍振先生的理论成就、评论成果和文学创作的整体风貌，呈现中国学派崛起的绰约风姿及其在世界学术话语体系中日渐突出的自主地位。

海峡文艺出版社

二〇二五年六月

目　录

古代散文的解读观念和方法

对于一般读者来说，阅读古典散文的障碍，主要是陌生的字、词和典故，即使是很熟悉的词，对其在语境中的含义也可能会困惑，甚至误读，这是由古今语义的差异造成的。如《出师表》中“先帝不以臣卑鄙”，其中的“卑鄙”并不是指品质恶劣，而是卑微鄙陋、见识不高的意思。如“坐”，作为动词，在古代中国人并没有椅子凳子，只有席子和几，古人坐的动作有点像今天的跪，只不过把臀部紧贴在脚后跟上。《上山采蘼芜》中“长跪问故夫”的“跪”就是让臀部抬起来，比起“坐”要正规一些。但是《晏子使楚》中的“坐盗”，《陌上桑》中的“但坐观罗敷”，“坐”则是指导致消极后果的原因。这些都是阅读古文的拦路虎，不能轻易放过，需要长期咬文嚼字的努力，才有希望解决。有各种工具书检索，除了个别有争议的字词以外，都有共同认可的答案。理解有误，不难发现，不难纠正，关键是要有钻研的精神。

读懂了这些字词，并不意味着真正理解了古代散文名篇的好处。因为真正的好处不在表层，而在深层。有一种误解，以为内容决定形式，解读文章就是解读内容。其实，从理论上说，内容并不一定能决定形式，在很大程度上，形式可以消灭素材的内容，强迫内容就范，按照形式规范和逻辑衍生内容，从而在一定程度上决定内容。我国古典文论对形式是很重视的，《文心雕龙》五十篇，其中上半部分除了“原道”“征圣”“宗经”“正纬”以外，其余二十一篇都是讲文体形式的。其中讲诗、骚、赋、乐府这类文学性的文体四篇，其余十七篇都是讲实用性的理性文体，但其间区别甚大，如果用今天的“议论文”文体特点去解读，则不但很难领略其精微，而且可能差以毫厘，失之千里。

许多一线老师讲到古典散文，往往在句法、修辞等方面下功夫，满足于知识性的阐释，但这种句法、修辞方面的特点，往往并不是孤立的，而是与文章的体裁（形式）紧密相关。形式是丰富的，同样属于实用性的议论文，《文心雕龙》就分出“颂赞”“诏策”“檄移”“封禅”“章表”“奏启”“议对”“论说”“祝盟”“铭箴”等，当然其中大部分是政治性的，具有公文性质，有些已经随着历史、体制的变迁而消亡了。但是，其中留下了许多经典，显示着不朽的生命力。一方面贯串着立意、论证、条分缕析的统一规律，一方面则表现出不同文体的不同规范，辨析其间的异同，不但对理解这些经典有助益，而且对写作实践具有重大的意义。今试以“论说”“章表”两章，联系文本，从宏观和微观两个方面进行具体分析。

一、说：多层次深入的巧喻和推理

《文心雕龙》“论说”篇，是古典议论文的核心，“论”和“说”在表面上是一致的，但在实质上，“论”和“说”是两种文体，有着明显不同的规范。

刘勰在对“说”进行阐释时，把它和“说”字的另一个意思“悦”联系起来，有以“口舌”取悦对方的意味（“言咨悦怿”）。《文心雕龙》虽然是一部文章学的系统理论著作，但是带着鲜明的文章历史总结的性质。故其“说”，先以先秦游说之士纵横之术为据。今天看来，“说”在当时具有现场即兴、口头交际的性质，其“善者”能够凭“三寸之舌，强于百万之师”。话说得有点夸张，但是“说”也在历史上留下了著名的记录，如《战国策》中《苏秦以连横说秦王》《邹忌讽齐王纳谏》《触龙说赵太后》《唐雎说信陵君》等。

汉朝统一后，游说之术就变成了说服人主的机巧，刘勰认为“说”作为文体的根本特点乃是“喻巧而理至”“飞文敏以济辞”，①强调的是言说的智慧、机敏，特别是比喻的巧妙。可见“说”不像“论”那样特别强调全面和严密，但是有机智、敏锐、出奇制胜的优长。历史的发展和积累，促使“说”超越了现场的口舌之机敏，而成为一种文体。

成为文体的“说”与凭口头机敏的现场即兴对答不同，不再是现场一次性的“一言既出，驷马难追”式的发言，而需要形诸文字，在空间上超越现场，时间上传诸后世，在不断地修改、提炼中精益求精，长期反复使用，日积月累，遂具模式。“说”这种文体，成为积淀机智论说经验的载体。就我们今日所见的经典之作来看，“说”确有刘勰所说的“喻巧而理至”之妙。其特点，第一，不直接正面说理，而从侧面以比喻引出论点。例如，在《礼记》中孔子有过“苛政猛于虎”这个说法，因为是口头的，所以光是其格言式的警策，在现场就够动人的了，并没有论证的必要。“说”超越了口头表达，已经成为文章的体裁，要超越时间和空间传播，语录式的论断就显然不够了。柳宗元的《捕蛇者说》就把孔子

① 刘勰著，范文澜注：《文心雕龙注》（上），人民文学出版社1958年版，第329页。

"苛政猛于虎"的经典论断，化为"说"这种文章的经典范式。作为文章，不仅要有论断，还要有根据，不但有根据，而且要层次分明，引人入胜。故"说"不但要有"喻"，而且要"巧"，"巧"在不是单层次的宣告，而是多层次的逐步深入。这可以说是"说"作为文体的第二个特点。《捕蛇者说》中，柳宗元先说一个故事，强调为王命捕毒蛇者两代惨死，一代危殆而不舍其业。这个喻体是第一层次。当柳宗元提出免其供蛇、复其租赋，而捕蛇者"汪然出涕"，原因是捕蛇之危，"未若复吾赋不幸之甚也"。这是第二层次。第三层次是具体例证，六十年来，与其祖相邻者，"殚其地之出，竭其庐之入"，而能生存者"十无一焉"，只有他家以"捕蛇独存"。第四层次是虽然每年两次冒生命危险捕蛇，但其余时候能"熙熙而乐"。第五层次是柳宗元的结论：他曾经怀疑过孔子的"苛政猛于虎"，看到捕蛇者这样的命运，才知道"赋敛之毒，有甚是蛇者乎"。柳宗元此文经典之处在于巧喻，巧在何处呢？第一，比喻推理层次丰富。第二，极端层次转化：一是蛇极毒，捕极危；二是可助其脱此极危之业而遭拒；三是拒之则更临极苦之租赋；四是得出苛政之害胜于蛇之极毒。"说"这种说理的文体，基于"喻巧"，故"理"容易"至"，也就是不难得出结论。这和"论"作为文体的直接说理不同，乃是间接的。不是从正面说起，而是从一个似乎毫不相干的故事和现象说起，从中抽象出一个前提来，然后层层递进，最后才把结论顺理成章地推演出来。

当然，经典的"说"和游说之士逞一时口舌之胜，甚至诡辩的片面性不同，其推理功夫并不完全是演绎，而是结合矛盾分析的。《捕蛇者说》在演绎中，就隐含着矛盾（极危和极安，极苦和极乐）的揭示和转化。矛盾分析是层次递进的基础，层次越是丰富，文章就越是精致。这一点，刘基的《说虎》与《捕蛇者说》堪有一比。文章先说老虎比人力气大得多，人和老虎斗争，必败无疑。如果按议论文"三要素"的论证模式来写作，找与论点相符的例子来"证明"是毫不费力的。不过，刘基接着提出的不是老虎经常吃人，而是人经常吃虎肉，享用虎皮。这是提出与前述论点不相符合的反例，从而揭示矛盾，以推动分析。刘基分析出这种强弱转化的原因是：虎用力，人用智。虎用自己躯体，而人用自己所创造的事物（工具）。在这样的条件下，矛盾转化了，人由弱变强，虎由强变弱。这是第二个层次。光有这个层次的结论，还不够深刻，分析进入第三个层次。这不仅是老虎与人的关系，而且是人与人的关系，是领导与人才的关系。第四个层次，从"用力而不用智"，引出"自用而不用人"。即使领导者很有本事，若只用自己有限的智力，而不能用人，都是老虎一类。

韩愈的《师说》带着某些"论"的特点，成为更为严谨的"说"。文章的出发点就是一个定义，"师者，所以传道受业解惑也"。他并没有对之加以分析，就以其为大前提进行推演。其中也有局部的矛盾分析，第一个矛盾是年龄小于已，第二个矛盾是地位低于已，都不能妨碍其为师。年龄小、地位低，转化为师之尊的条件只有一个：“道”（“道之所存，师之所存也”）。

韩愈在这里并没有用巧喻，为什么不把自己文章的题目“师说”改成“师论”呢？他显然意识到“论”的要求高得多。在科举考试中有史论，在朝堂上有策论，那是很严格的论文。从这个意义上来说，“说”这种文体，虽然有“喻巧而理至”“飞文敏以济辞”的优长，但其局限是不可忽略的。试以韩愈的《马说》说明。

《马说》本来所要处理的命题是，杰出的人才总是遭受压抑和摧残。这是个人类历史上的普遍现象，并不限于唐代。对于这样的大问题，本可以作“论”这样的大文章。韩愈选定的却是“说”，而且是“杂说”，不到两百字，飞文敏以济辞，快刀斩乱麻，可以说是“大题小做”。把大题目做小，喻体是小事，题目却是大论，由小到大，行文是需要逐步拓展层次的。

第一层次，把智慧的结晶放在一个寓言式的千里马的巧喻中。故事的寓意是现成的：千里马难以从外表识别。从逻辑上来说，比喻不管多巧，都有不可避免的局限。犹太人有谚语曰：“一切的比喻，都是跛脚的。”因为比喻在逻辑上属于类比推理，这种类比，只是在不同的事物之间取其一点相通，难以顾及不同事物根本的区别。人和马的不同是明显的，人有自己的理想，有不同的个性，人各自又有不同的缺点，同样的待遇对不同的人会有不同的结果等。但是，人们在读韩愈这篇文章的时候，并没有想到这样直截了当的类比的局限。原因是什么呢？

这就涉及文章的第二层次：逻辑上的先声夺人。吴小如在解读这篇文章时说：“文章的第一句是大前提：‘世有伯乐，然后有千里马’，可这个命题本身就不合逻辑。因为存在决定意识，伯乐善相马的知识和经验，必须从社会上（或说自然界）存在着大量的千里马身上取得，然后逐渐总结出来的。所以过去有人就认为韩愈这句话是本末倒置……”另外一位先生则认为韩愈这样的论述是有意“避开了一般的认识”，目的是“把伯乐强调到了舍之其谁的重要地位”，“实现了引人入胜的行文目的”。强调引人入胜在中国古典散文的理论中，叫作“先立地步”，也就是先把自己的大前提以一种毋庸置疑的语气加以强调。这是“说”这样的文体用得比较多的办法，凡有立论，总是先立大前提，然后加以推演。这种思维模式，可能从先秦游说中来。如《晏子使楚》中，晏子对于楚国开小门让他进，他的反击是：“使狗国者，从狗门入；今臣使楚，不当从此门入。”按逻辑推演下去，顺理成章的结论就是，如果让我从这个小门进去，你们楚国就是狗国。他的大前提（巧喻）是没有论证过的，是很武断的。根本就不存在人出使狗国的可能，更不可能有狗国迎人于小门的惯例。这个比喻论证之所以两千多年来脍炙人口，与其说是因为其雄辩，不如说是现场应对的急智。在对话现场，即使有漏洞，对方若不能即兴反击，就是失败，哪怕在事后想到很精致的反驳，也于事无补。《马说》与《晏子使楚》的现场性有所不同，文章的读者猝然受到“世有伯乐，然后有千里马”这个异于常理的大前提的冲击是有反思时间的，这可以说是“说”这样的文体的一种弱点。但是读者很少意识到这一点，因为在阅读时，反思的时间是比较有限的。注意力为接下来的话语所吸引：“千里马常有，而伯乐不常有。”这句话比较合理，但是和前面的话是矛盾的，前面说“世有伯乐，然后有千里马”，千里马在伯乐之后，而后面说“伯乐不常有”，按逻辑推演，应该是千里马也不常有。怎么会产生“千里马常有”的结论呢？其实，韩愈玩了一个文字技巧，就把前面的武断化解了。前后两个“有”字，字面（能指）和内涵（所指）并不一致。前一个是“发现”的意思。有了伯乐才可能“发现”千里马，没有伯乐，就“发现”不了千里马，隐含着千里马不常“存在”的意思。后面说“千里马常有，而伯乐不常有”，意思是千里马是经常“存在”的，只是没有伯乐那样的高人，因而很少被“发现”。这样，就把逻辑上的矛盾弥合起来了。正是这样的文字技巧，也就是刘勰所说的“飞文敏以济辞”，即以能指和所指的错位，掩盖了逻辑上的漏洞。

完全依靠类比推理，本来是“说”这种文体的一种局限，但是韩愈以文字策略巧妙地掩饰了过去，这样就保持了文章开头的“先立地步”、先声夺人的气势。读者还没有来得及反思，就被他的第三层次，那就是强烈反差对比俘虏了。

故虽有名马，祇辱于奴隶人之手，骈死于槽枥之间，不以千里称也。

这就把论题推向一个新的深度：千里马不但不被发现、认可，还遭受压抑和苦难。这在古典文论中叫作“反面着笔”，使得文章的气势更强，原因在于将反差推向极端。前面的文章还只是在“常有”和“不常有”这种量的差异上，到这个层次，就上升到生和死这种质的区别了。以千里马之尊和“奴隶人”“槽枥”之贱相对比，使得文章不但有理气，而且有了某种强烈的情感色彩。这种情感色彩，又因为有了感性的细节而强化，说千里马的死已经极端了，又加上了辱于奴隶人之手，说千里马“骈死”（成批地死）已经够感性的了，还要加上死于与普通马一样的马槽之间。

随着分析的层次深化，论点得以深化：

马之千里者，一食或尽粟一石。食马者不知其能千里而食也。

从论证的系统来说，这里推理的层次又进了一层，已经不是千里马和伯乐的关系，而成了千里马和非伯乐的矛盾。一方面千里马需要超越常马的食料，另一方面养马者却不能理解这正是使千里马能至千里的条件。用常马的待遇来养千里马，其结果是走向反面：

是马也，虽有千里之能，食不饱，力不足，才美不外见，且欲与常马等不可得，安求其能千里也？

分析在更深刻的层次上开展：千里马的待遇连常马都不如。这又是一个极端了，每个极端都处在与前一极端对立的位置上。可是到此韩愈似乎还不太过瘾，接着而来的是又一个极端化的总结：

策之不以其道，食之不能尽其材，鸣之而不能通其意，执策而临之，曰："天下无马！"

这表面上看仅仅是又一个层次的深入，实质上，是把文章前面已经展开的"食之不能尽其材"和没有正面论述的"策之不以其道""鸣之而不能通其意"统一起来总结，展示最后一个层次的极端。这恰恰是文章的主题所在，要害不在于伯乐与否，也不是养马与否，而在于用人的道理。策之以其道，食之尽其材，鸣之通其意，就是不但在物质上充分保障，而且在精神上与其沟通，才能在使用上得法。

韩愈用这么多两极矛盾的推理，加上这么多的层次，使读者完全来不及反思，陷于被动接受，这就使文章产生一种逼人的气势。"文以气为主"，正是以这种气势，韩愈把"说"的优长发挥到了极限。不过，不管韩愈的才华多么高超，作为一种文体的"说"，在说理功能上某种强词夺理的局限性是难以避免的。这种局限需要另外一种文体来弥补，那就是"论"。

二、论：全面、反思、系统的论证

议论是人的理性思维，其基础是对具体的感性事物的抽象概括，这种能力并不是人类与生俱来的，而是经历了漫长的实践过程。有了一定的抽象能力以后，还要从概念、判断、推理、论证等方面进化为语言文字，还得从口头即兴交流升华为文体，这个过程相当复杂、漫长，经历了多个阶段的跨越。

在孔子时代，人们交流主要是通过对话（这与古希腊时代的经典有惊人的相似之处，柏拉图、苏格拉底留下的著作都是对话录），当时并没有做文章的概念，连标题都没有。《论语》里的标题是后人将其最前面的两个字当作索引的。孔子的言论之精彩，在于其大都是深刻的格言式警句。其方法总结起来，第一，直接从感性现象进行归纳。如《礼记·檀弓下》，孔子见一妇女的家人屡遭虎难，却因异地有苛政而不迁，乃得出"苛政猛于虎也"的结论。从个别的感性经验概括出普遍的观念，这是逻辑上形成概念的基本方法之一。但是这种方法可能因为经验的有限性不足以支撑观念的普遍性而导致片面。《史记·仲尼弟子列传》就有记载，孔子自己检讨说："吾以言取人，失之宰予；以貌取人，失之子羽。"以一时言论和印象下全面性的判断，难免失之偏颇，这就产生了孔子思维的第二种方法，不是孤立地发表议论，而是在对立的、相反的关系中形成观念。如“学而时习之”，学是新的，习是旧的，温习了旧的，往往会有新的发现，所以又说“温故而知新”。新与旧是矛盾的，在矛盾中看到转化，形成的观念就比较全面了。“学而不思则罔，思而不学则殆”，把思和学放在对立中，这就有了辩证的关系，带上了哲理的色彩。“知之为知之，不知为不知，是知也”，承认自己的无知，有了自知之明，就可能转化为智慧。有意识地在对立面中转化，孔子普通的话语就这样成为警策的格言。

当然，光是形成独特而全面的观点，还只是属于逻辑中初步的概念、判断层次，要言之成理，则需要进入更高的层次：“推理”和“论证”。到了孟子那里，继承了孔子的辩证格言，如“尽信《书》，则不如无《书》”，是把问题放在“尽信”和“不信”的矛盾中展开。但孔子简洁鲜明的论断，很少论证，并非十全十美。

孟子不满足于此，进一步用类比推理来说明观点（如《庄子》“一曝十寒”“揠苗助长”“五十步笑百步”），不但增强了论点的可信度，而且把抽象的逻辑感性化。

孟子的类比，不但有故事情节，而且有细节。“弈秋诲人”这种故事往往就成了家喻户晓的不朽寓言。这样的寓言在逻辑上属于类比推理，多少具有论证的功能，这当然比孔子进了一步。先秦诸子中并不是只有孟子一人善于用寓言，韩非子、庄子等人也每每以寓言说理。韩非子好以历史故事为寓言，庄子的寓言有神话性质，而孟子的寓言则多有民间故事色彩。用寓言作类比推理是当时的风气，也是国人思维经过多年的积累，突破孔子时代局限于判断的表现，体现了国人推理能力、抽象能力、论证能力的发展。

光用类比性质的寓言来论证观点，从逻辑上讲是不够的。类比和比喻一样，只是在一点上相通，难以全面。而事物是复杂的、多方面的，故类比鲜能全面。

孟子晚孔子一百多年，中国人在交流中最明显的进步是，表达观点时正反结合转化的模式普及了。在《孟子》中表现为有了正反相对的驳论。《孟子》第一章，就是和梁惠王的辩论：

> （梁惠）王曰：“叟不远千里而来，亦将有以利吾国乎？”孟子对曰：“王何必曰利？亦有仁义而已矣。王曰‘何以利吾国？’大夫曰‘何以利吾家？’士、庶人曰‘何以利吾身？’上下交征利而国危矣。万乘之国，弑其君者必千乘之家；千乘之国，弑其君者必百乘之家。万取千焉，千取百焉，不为不多矣。苟为后义而先利，不夺不餍。未有仁而遗其亲者也，未有义而后其君者也……”

“对”和“曰”不同，含有对立之意，故有“对质”“对答”“对策”之说。孟子接下去就是长篇大论的“驳论”，从思维方式来说，比《论语》时代可谓伟大之进步。文章要有说服力，光凭“三要素”模式，只取与论点相符合的例子，肯定是片面的。孟子的辩论自诩有“浩然之气”，他的“浩然之气”就来自反驳，而且是多方面的反驳。对于与自己论点不符的例子不但不回避，而且加以分析，使“他说圆己说”。这就把正例和反例、论证与驳论结合起来，达到雄辩的境界。这也与20世纪西方科学学者波普尔的“证伪比证明更有理论”的突破性学说不谋而合。

仅有这样的自觉，还只限于思维方式，并不等于为文。从思维方式到形成文章，除了语言、逻辑以外，还有一个不可忽视的问题，那就是文体。

思维方式的进步，再加上书写工具的发展，为非现场性的传播提供了基础。从传播学的意义上说，与生产力的提高推动了人类文明的进步一样，传播方式的进步推动了文体发展。有了做文章的意识，文体就随之丰富起来，从而也就显示出不同的规律。在《文心雕龙》“论说”篇中，对“论”的阐释和“说”的“喻巧而理至”有着巨大的不同：

> 论之为体，所以辨正然否；穷于有数，追于无形，迹坚求通，钩深取极；乃百虑之筌蹄，万事之权衡也……必使心与理合，弥缝莫见其隙；辞共心密，敌人不知所乘。[①]

“论”作为一种文体，论证的规范显然比“说”要复杂、深邃得多。它不是以巧喻为务，因为喻不管多么巧，免不了间接地从一个侧面出发。“论”则是从肯定、否定两方面进行分析（“辨正然否”），把握全面资源（“穷于有数”），深思熟虑，把所有的可能都加以权衡（“百虑之筌蹄，万事之权衡”），严密到没有任何漏洞（“弥缝莫见其隙”），让论敌反驳无门（“敌人不知所乘”）。总的说来，“论”的要求就是全面、反思、系统、缜密。

刘勰对以“论”为体的文章做出这么丰富的规定，并不完全像古希腊大师那样主要依赖推理，而是对先秦以来写作经验的总结。从这个意义上说，“论”作为相对稳定的文体，起码在长期的积累中跨越了几个阶段。第一个阶段，对现场口头交流中经验的直接概括；第二个阶段，在对立统一的模式中形成比较全面的观念；第三个阶段，将现场交流形诸文字，这超越了现场空间、时间传播，是人类文明划时代的伟大飞跃；第四个阶段，从自发记录到有意为文，形成文体模式。从文章学来说，则是另一伟大飞跃。从《论语》式的语录到《孟子》式的反驳，为“论”奠定了基础。其间包括了给皇帝建议的“策”和“疏”，后来清代姚鼐在《古文辞类纂》中将之归纳为“论辨类”。但是，该书的“序目”不选先秦诸子，因为“自老庄以降，道有是非，文有工拙”，“悉以子家不录，录自贾生始”。[②]这可能说明，“论”的文体从草创到规范，经历了千年以上的积累，才产生了贾谊那样的公认的

---

① 刘勰著，范文澜注：《文心雕龙注》（上），人民文学出版社1958年版，第328页。

② 姚鼐纂集，胡士明、李祚唐标校：《古文辞类纂》，上海古籍出版社2016年版，第1页。

经典。《古文辞类纂》所选贾谊的《过秦论》、柳宗元的《封建论》和苏洵的《六国论》等，不但体制比较宏大，而且在逻辑上涵盖全面。所谓全面，是多方面的系统性。不但在正面自圆其说，而且要从反面“他圆其说”，要有共识作为论证的前提，还要有系统的事实论据，以不可否认的经验来证明自己的论点不可反驳。

以《过秦论》（上）为例。文章论点是，秦灭亡是因为仁义不施，故攻守异势。文章开头先从正面讲秦之兴，系统地分为几个方面的史实：一是以雍州一隅之地，据崤函之固，有稳固的根据地；二是君臣上下几代人的同心协力，有席卷天下、包举宇内的野心；三是商鞅变法在国内的生产和军工上进行了种种改革；四是在外交上实行了连横政策，对诸侯分化瓦解、各个击破，轻而易举地取得了“西河之外”的土地。

文章的下半部分，从反面讲秦之灭亡也很系统。第一是“废先王之道，焚百家之言，以愚黔首”；第二是“收天下之兵，聚之咸阳，销锋镝，铸以为金人十二，以弱天下之民”；第三是“良将劲弩守要害之处，信臣精卒陈利兵而谁何”。从思想统一到强将利兵，层层累进式递增，基业本该万无一失。但是，这一切都暗含着反讽霸主自恋并走向反面的必然，最后这么强大的秦国竟然灭亡于陈涉这样“瓮牖绳枢之子，氓隶之人，迁徙之徒”之手。

文章从正反两面分析了矛盾转化的规律：强者，灭于弱者；贵者，亡于贱者。意脉有戏剧性转化。这样系统的、全方位的分析，可谓达到了刘勰对“论”所企求的“百虑之筌蹄，万事之权衡”。文章的论点可能并不全面（至今仍有争议），但是在形式上开阖自如，显示出宏大的雄辩气魄。

从这方面看，中国当时虽然在理论上没有与古希腊相媲美的逻辑学，但是从实践上早已把先秦诸子的辩证思维在写作实践中与多层次的实证结合了起来，体现了古希腊的逻辑学和朴素辩证法的精神。

与此文相类似者，如苏洵的《六国论》，其论点属于北宋主战派，不无时代之烙印，却最为经典。原因就在于其多方面展开，既有利于自己论点的事实，也不回避不利于自己论点的事实，反而把不利于自己论点的事实转化为有利于自己的论据。文章的论点针对主和派，提出的论点就是对世俗之见的反拨：六国之亡，不是亡于战，而是亡于不战。作者本着“论”的“辨正然否”“穷于有数”的精神，把不利于自己论点的历史，那就是燕国虽然敢于战，却也灭亡的事实来加以分析。首先，赵国敢于战不说，还胜多败少，但因内部矛盾，错杀了良将李牧；其次，大国不敢战，争相贿秦，越是贿秦，秦越强大，大国相对越是弱小，结果大国无法避免灭亡的命运，小国孤军也不能不走向失败。此文最大的特点是将有利于主和派的论据转化为有利于自己的论据，这正是文章显得雄辩的原因。这种论辩术，不但体现了《韩非子·难一》中“以子之矛，攻子之盾”的论辩精神，而且和当代西方修辞学将对手的论据化为自己的论据（Justifying my position in your terms[①]）的前沿学术不谋而合。

刘勰虽将“论”“说”同篇，但实际上还是强调了明显的不同。第一，“说”以“喻巧”为纲，是间接的推理，而“论”则系统周延，正反开阖，为直接推理。第二，“论”之内容皆为经国大业，除上述诸文以外，如欧阳修《朋党论》《为君难论》，苏轼《始皇论》《贾谊论》，苏辙《三国论》《汉文帝论》，大抵为政治历史经验之全面总结和当前的对策，往往与“奏”“疏”“谏”等同功，而“说”之主题则往往抒写个人性情。最具此类特色者为周敦颐《爱莲说》。其主题为莲花出淤泥而不染，却先不说莲花，而先说陶渊明爱菊花，又说唐朝以来，世人皆爱牡丹。有了这样的层次，再说自己爱莲，乃有曲折有致之效。

“说”本为说理之用，此文却用于抒情，实乃破格。文章的体格，大体则有，定体则无。这种破格是文体开放、功能分化、生机焕发之源。不独“说”如此，即使与“论”同属奏议之列的“章表”，亦不例外。战国时期“言事于主，皆称上书。秦初定制，改书曰奏”。到了汉朝，将之分化为四品：“一曰章，二曰奏，三曰表，四曰议。”本来“章表奏议，经国之枢机”，“章”用来谢恩，文风的典范是《尚书》，当精要深邃。而“表以陈情”，“表”的性质属于实用性公文，虽然有抒情功能，也基本上有固定模式：先是“臣某言”，结尾多是“臣某诚惶诚恐，顿首顿首，死罪死罪”。这样抒情的模式是僵化的，表中便有了大量“情伪多变”的官样文章，但是也产生了诸葛亮《前出师表》这样的好文章。对刘禅的说理，达到了情理交融的高潮时，会出现“今当远离，临表涕零，不知所言”。这是真正动了感情，到了理性有点混乱的程度。又如李密的《陈情表》，最后的结语是：“臣不胜犬马怖惧之情，谨拜表以闻。”拒绝皇帝的征召，李密的恐惧是实实在在的。曹植的《求自试表》，结语是：“冀以尘露之微，补益山海；萤烛末光，增辉日月……圣主不以人废言，伏惟陛下少垂神听，臣则幸矣。”皇帝虽然是自己的亲兄弟，但由于争夺继位的斗争，亲情已经被毒化了，所以那种诚惶诚恐的心情，当是自然的流露。而羊祜《让开府表》的最后是：“臣不胜忧惧，谨触冒拜表。”把这几个结语相比，李密的有真性情，曹植的忧惧也深沉。显然，羊祜的“忧惧”有套语的性质，和诸葛亮的抒情“临表涕零，不知所言”不可同日而语。试想一个三军统帅，在官方的正式文书中，用了这样超越理性的抒情语言，坦然表述流出眼泪来，激动得不知所云，在一般的奏章中是不可想象的，只有在“表”这种以“陈情”为务的体裁中，在诸葛亮这样的“忠臣”的心灵中，才能得到相当自由的表现。

---

① 刘亚猛：《以你的道理来论证我的立场——全球化时代的跨文化论辩》，《当代修辞学》2018年第4期。从东西方论辩实践出发，破除“论辩双方必须属于同一话语共同体”这一定论，在修辞理论界首先提出发生于不同系统成员之间的论辩必须遵循的基本原则。

从这里可以看出，“表”作为文体是很独特的，它是一种政治公文，其理性规范严谨，甚至是僵化的，但这种模式可以用来抒情。这种抒情性的公文，在世界文学史上，可能是独一无二的，特别是到了真性情的作者笔下，也会别开生面地焕发出不朽的审美光彩。

三、史传：历史叙述、对话和描写、抒情的结合

《文心雕龙》把“论说”“诏策”“檄移”“章表”“奏启”“议对”“书记”和“史传”作为文体并列，这种分类很有中国特色。把史传当作一种独立的文体，并不是历史性人物传记的意思，其实就是历史。《春秋》作为历史过于简略，左氏为之阐释并补充叙事，叫作“传”。《文心雕龙·史传》说：“古者，左史记言，右史书事。言经则《尚书》，事经则《春秋》。”《尚书》和《春秋》都是历史，皆以“实录”为务，以不带主观评价的客观性为原则，特别不能抒情。此时的文章，大都是对话和独白，基本上没有描写和抒情。这一现象似乎可以说明，人类先是会对话，会独白，会发议论，但不太会描写风景和人物的外貌、动作。至于抒情，只是在诗歌中，也就是在唱的时候才出现，似乎有一种不言而喻的默契。在《尚书·尧典》中就明确了“诗言志，歌永言，声依永，律和声”。但是，毕竟一切的区别都是相对的，在长期发展中，特别是在先秦游说之士的机敏应对中，除了智性即兴对答以外，往往要引用诗歌。虽然不免有些牵强附会，但是也说明，在智性的对白中，抒情的成分不可缺少，社交的需要促进了抒情成分在散文中自发地生长发展。因而不能绝对地说，中国古典实用性散文与文学性就是绝缘的，实际情况恰恰相反。文史不分家不但是事实，而且是规律。因为绝对客观的叙述是不可能的。任何“客观事实”一经叙述，就不能不带上主观的感知、情感和价值。如《春秋》：“（鲁僖公十六年春正月）戊申朔，陨石于宋五。”看来是很客观的记事，左氏注曰：“陨，落也。闻其陨，视之石，数之五，各随其闻见先后而记之。”接下去是：“是月，六鷁退飞。”《春秋左传注疏》曰：“视之则六，察之则鷁，徐而察之则退飞。是亦随见之先后而书之。”①

对于一个普通事件的陈述，在中国史家看来，并不是绝对客观的，“随其闻见先后而记”是按主体的视角先后顺序为文，是主观感知程序在起主导作用。

中国史家笔法的传统，寓褒贬于叙述中，这叫作春秋笔法。焦点不但在过程，而且在关键词（字）的运用上。鲁隐公元年，《春秋》的原文是：

---

① 刘知幾在《史通·内篇叙事第二十二》也说到了这一点：“《春秋经》曰：‘陨石于宋五。’夫闻之陨，视之石，数之五。”不过他只是为了说明史家为文之简洁：“加以一字太详，减其一字太略，求诸折中，简要合理，此为省字也。”

夏五月，郑伯克段于鄢。

这是《春秋》的开篇，被选入《古文观止》第一篇，写的是相当重要的一次政治军事变动，其中有兄弟残杀、母子分离的惨剧，情节很曲折。但《春秋》的记事只有六个字。《左传》解释说，这六个字褒贬不在于这样写，而在于没有那样写："段不弟故不言'弟'；如二君，故曰'克'；称'郑伯'，讥失教也。"意思是说共叔段是郑庄公的弟弟，不提"弟"而直书其名是因为他违背了弟弟对兄长"悌"的原则。用"克"而不用其他字（如灭、歼），表示双方地位没有高下，好像两个国君打仗。郑庄公本来是"公"，而偏偏称为"伯"，暗贬着他对弟弟没有尽到兄长教诲的责任。正因为这样，《春秋》本来是编年史，而其中蕴含着的褒贬，却能使"乱臣贼子惧"。

要读懂我国经典的史传散文，就要通晓这种史笔中隐含着的价值观念。这在简洁记事的《春秋》中还属于理性的范畴，其文学的审美性质还不是很明显，而在记言性质的《尚书》中，其主体有时更多的是情感性质的了。被刘勰称为"诏、策、奏、章"之"源"的《尚书》，很接近政府文告，性质是实用的，但是这些"记言"的权威公文，强烈地表现出起草者、讲话者的情结和个性。《盘庚》篇记载商朝的第十九位君王，为了避免水患，抑制奢侈的恶习，规划从山东曲阜（奄）迁往河南安阳（殷），遭到了安土重迁的部属反对。盘庚告喻臣民说："迟任有言曰：'人惟求旧，器非求旧，惟新。'"这是对部属的拉拢，用了当时谚语，翻译成今天的话就是：东西是新的好，朋友是老的好。接着说自己继承先王的传统，不敢"动用非罚"，这就是威胁。不敢动用，就是随时都可用。你们若听话，我也不会对你们的好处不在意（"不掩尔善"），听我的决策，我负全部责任，邦国治得好，是你们的，治得不好，我一个人受罚（"听予一人之作猷……邦之臧，惟汝众；邦之不臧，惟予一人有佚罚"）。话说得如此好听，不过是硬话软说，让听者尽可能舒服。到了最后，突然来了一个转折：你们大家听着，从今以后，要安分守己，把嘴巴管住，否则受到惩罚，可不要后悔（"各恭尔事，齐乃位，度乃口。罚及尔身，弗可悔"）。这样硬话软说，软话硬说，软硬兼施，把拉拢、劝导、利诱和威胁结合得水乳交融，表达含而不露，用语绵里藏针，将其神态表现得活灵活现。这样的文章，虽然在韩愈时代读起来，就"佶屈聱牙"了，但只要充分还原当时的语境，不难看出这篇演讲词，用的全是当时的口语。怀柔结合霸道，干净利落，实在是杰出的情理交融的散文。这样的风格，最适合对付自家人中的反对派，至于对付敌人，特别是仍然存在危险的敌人，《尚书》还有另外一副笔墨，口气天差地别。到了殷商被消灭，周朝行政部门要把一些"顽民"调离其根据地，周公就以王的名义做了这样的布告：

王曰："告尔殷多士，今予惟不尔杀，予惟时命有申。今朕作大邑于兹洛，予惟四方周攸宾。”

这个口气就相当严峻了：我本来是可以杀你们的，现在宽大为怀，不杀。不过你们要搬一下家，我还为你们建了个大城市洛邑，你们要识相。这个历史上理想的贤相，为民辛劳到吃饭都来不及的，感动得天下归心的周公，居然还有这样一副凶狠的面目。这样的政府公文中透露出来的个性化情志，即使用古希腊、古罗马的散文（演讲）观念来衡量，也都具有散文的审美性质。

从《尚书》可以看出，一般来说，记言的文献容易表现情感，显示相当的文学性。于是就产生了《论语》中《子路、曾皙、冉有、公西华侍坐》那样在对话中表现出孔子、子路、曾皙、冉有、公西华富有潜台词的个性，特别是由曾点引发的孔子难得的抒情。起先子路、冉有、公西华对孔子“各言其志”的回答，都是对话，当孔子点名让曾皙来回答时：

鼓瑟希，铿尔，舍瑟而作，对曰：“异乎三子者之撰。”

写孔子与前面三位只有对话，没有描写，这也是中国古代经史的内在规范。以记言记事为主，一般没有抒情、描写。在此以前的对话，只有“率尔”可以说是唯一的副词，但与其说是描写不如说是叙述，因为它没有细节。到了这里，却突然出现了两个：“希”和“铿尔”，突然有了三个动作细节：“鼓瑟”“舍瑟”“而作”。说明这个人物对前者的发言并不完全在意，只是专注于自己的音乐。如果只是把这当作曾皙的音乐爱好，那就差以毫厘，失之千里了。“乐”在孔子的政治伦理秩序中的重要性，是和“礼”并列的。曾皙专注于鼓瑟，实际上是沉浸于礼乐的意境之中，却又不是对三位的发言充耳不闻，他的发言很是慎重，文章强调他先站了起来，显示作者认为前三位讲话究竟是站着还是坐着没有交代的必要。冉有和公西华都没有对他们前面的发言加以评论，而这里却先让曾皙声明和前面三位不同，然后在孔子的鼓励下（“各言其志”）才说了出来：

莫春者，春服既成，冠者五六人，童子六七人，浴乎沂，风乎舞雩，咏而归。

这个回答使情景出现了转折，本来孔子已经提示了“各言其志”，讲的是经世济民的理想志向，而曾皙说的却是逍遥自在的春游。与子路、冉有、公西华所说的那些重大的邦国之事相比，似乎是微不足道，甚至是文不对题。然而，孔子却对之加以全盘肯定：

夫子喟然叹曰：“吾与点也！”

这显然是重点中的重点。从文字上看，又出现了一个副词“喟然”和一个情绪上肯定性很强的虚词“也”，使得此句成为文章意味深长的结论。这可以理解为孔子仁政、礼乐、教化理想的实现，达到了“老者安之，朋友信之，少者怀之”的境界。这样的语言，不但提供了一幅逍遥的图画，而且构成了一首乐曲。特别是：“浴乎沂，风乎舞雩，咏而归”，把虚词“乎”字放在动词（“浴”和“风”）之后，宾语之前，而不是像前文中把语气词放在句子的结尾，更强化了一种逍遥的风貌：三五成群，老老少少，沐浴着暮春的河水，迎着扑面的春风歌唱着，享受着大自然的恩惠，体验着人际的和谐。这样的情境带着很强的抒情性，构成一种诗化的情调。这样的诗意，和《季氏将伐颛臾》锋芒毕露的雄辩形成鲜明的对比，对先秦散文叙述以理性回避抒情，连倾向性都要隐蔽的传统，可以说是空前的审美突破。

中国古代历史大都是记言和记事的结合。正是因为这样，很少是绝对实用性质的，相反大多具有相当的审美情感价值。中国传统有“六经皆史”的说法，但这个说法遭到袁枚的反对，他主张“六经皆文”。钱锺书则进一步发挥说：“与其曰：古诗即史，毋宁曰：古史即诗。”对于这一点，钱锺书以《左传》为例，还指出“史蕴诗心、文心”，“史家追述真人实事，每须遥体人情，悬想事势，设身局中，潜心腔内，忖之度之，以揣以摩，庶几入情合理。盖与小说、院本之臆造人物、虚构境地，不尽同而可相通”。钱锺书强调古代史家虽然标榜记事、记言的实录精神，但是事实上，记言并非亲历，且大多并无文献根据，其为“代言”“拟言”者比比皆是。就是在这种“代言”“拟言”中，情志渗入史笔中，造成历史性与文学性互渗，实用理性与审美情感交融是必然的。《项羽本纪》写项羽被困自度不脱：

> 谓其骑曰：“吾起兵至今八岁矣，身七十余战，所当者破，所击者服，未尝败北，遂霸有天下。然今卒困于此，此天之亡我，非战之罪也。今日固决死，愿为诸君快战，必三胜之，为诸君溃围，斩将，刈旗，令诸君知天亡我，非战之罪也。”

在那生死存亡的关头，这么详细的话语，难道可能备有笔墨竹简，有时间，有从容的心境，一字一句记录下来吗？而且司马迁生在项羽以后一百年左右，不可能根据文献为文，只能如钱锺书所说，为之“拟言”而已。

陈寿《隆中对》中，写到刘备和诸葛亮关起门在秘密对话（“因屏人曰”），陈寿二十六年以后才出世，四十多岁才开始整理诸葛亮的文集，还批评诸葛亮不设史官，没有多少官方文献。他在《隆中对》中写两人的秘密对话，实际上是他“代拟”的。陈寿让刘备自称“孤”，实际上刘备当时依附刘表，在新野“练兵”，这个小县城养得起一两千人马就算不错了，居然称“孤”。而在罗贯中《三国演义》的“三顾茅庐”中，写到这里时，就让刘备自称“备”。这里包含着王朝正统和民间价值观念的差异。

故中国的史传散文，其性质是历史，历史以真为贵，而文学则离不开虚拟和想象，用严格的审美散文观念视之，应该不算文学，但由于史家主观情感价值观念的渗透，哪怕是甲骨和青铜器上的文字，也不能算是绝对客观的历史。只有明确了这一点，才能真正理解中国文学史为什么把那么多历史著作中的文章当作文学性散文。把史传提高到文学审美的层次，对于文学来说当然是扩大了地盘，历史也就不完全是历史了，所谓“六经皆史”应该是“亚历史”，而“古史即诗”也只能是“亚文学”。大量先秦文章的审美性质还处在胚芽形态，这就是说它并不纯粹，常常是和文章的实用理性结合在一起，有时实用理性还占着优势。这就决定了古代散文从一开始就具有审美与实用交织的“杂种”性质。这一点，不但对当前解读经典史传散文有重大意义，而且对文学理论有重大理论价值。西方前沿文学理论说，当代文学已经不复存在，只是作为文学性渗透到例如广告、新闻等实用性文体乃至日常生活中去了。其实，从中国散文史看来，这种现象并不是什么新鲜事，而是古已有之的。中国文学史上的文史不分家有其深厚的历史规律性。

四、提示文学性的层次结构的方法：还原和比较

古代散文的感性、情趣性往往处在文本的表层以下，不是用文字直接表达的。就表层而言，是一望而知的，而究其深层，则是一望无知，甚至是再望也没有感觉的。正是因为这样，这才需要文本解读。解读就是解密，就是从一望而知中看出一望无知的奥秘。

古典文学中的散文，不是单层次的平面结构，而是多层次的结构。文章最动人之处，往往不在于表层语言所直接显示的地方，而在其深层语言所没有直接表达的地方。其第二层次的暗示，往往比第一层次更为深邃动人。《季氏将伐颛臾》中，明明季氏将“伐”（发动战争），而冉有对孔子却说“有事”。抓住这个矛盾，就可以看出冉有心中有鬼，文章妙在没有正面写他心中有鬼，却让细心的读者感到他明知季氏将行不义之事，却用了一个中性的词语来掩饰，在孔子面前流露出了心虚。

陈寿《隆中对》中说“先主”在新野，说明陈寿虽为晋臣，还承认刘备曾经称帝的事实，但不像称曹操为“武帝”那样将其传列入“纪”。司马光《资治通鉴》写到这一段，几乎照抄了陈寿的文字，只是把“先主”改为“刘备”，提示司马光是宋臣，书是写给皇帝看的，没有必要承认刘备的正统地位。

故分析古典文学性散文的任务，最忌重复一望而知，应该致力于突破一望而知的表层，揭示一望无知的深层。换句话说，应致力于从已经写出来的文字中，看出其没有写出来的、隐含的情志脉络。这种情志的脉络并不神秘，它就在文章的关键词语之中。要洞察其深层的内涵就不能依靠自发性，而是需要自觉性。深层的情感脉络（或者叫作文脉、意脉），是要打破表层加以揭示的。揭示不能光靠愿望，宏观的规律往往都带有哲理性，我们看到的现象都是表层，其深刻的属性是与表层相矛盾的，因而需要我们分析。分析就需要可操作

的方法来完成。

经典文本是有机统一的，而分析的对象乃是其隐性的差异和矛盾，可操作的方法第一种是还原法。还原就是把事情原本的状态，即未经作者表述的情状想象出来，与文章表述的情状加以对比，发现了差异，就有了分析的对象，就可以打破表层，揭示隐藏在字里行间的意味。例如《隆中对》中，刘备对诸葛亮说“孤欲申大义于天下”，也就是以道德统一人心，获得中央王朝的政权，用的是“王道”话语，明显与他练兵逐鹿中原之志相矛盾。但是，陈寿让诸葛亮和他只谈军事，不谈“大义”，最后的结论是待“天下有变”，两路分兵，一从蜀中，一从荆州，武装夺取政权，陈寿让诸葛亮把这叫作“霸业可成”，用的是与王道话语相反的霸道话语。

还原法适用于个案文本，对于比较复杂的问题，宜取第二种方法，也就是比较法。其精神乃是超越孤立个案，将之与其他文本作比较，以发现差异，加以分析鉴别。比较法有两种。一是同类比较，二是异类比较。异类比较因为要在相异的对象中发现一个相同点，需要比较高的抽象力，相对困难一些。而同类中可比性是现成的，因而同类比较相对方便。

同类相比的可能性是多样的。

首先，可以是同一作家的不同文章。其中有一脉相承的特征，但在不同文本中，必然有篇章风格差异。如同为诸葛亮的文章，在《前出师表》中，诸葛亮还是比较乐观的，“受任于败军之际，奉命于危难之间，尔来二十有一年矣。先帝知臣谨慎，故临崩寄臣以大事也。受命以来，夙夜忧叹，恐托付不效，以伤先帝之明，故五月渡泸，深入不毛。今南方已定，兵甲已足，当奖率三军，北定中原，庶竭驽钝，攘除奸凶，兴复汉室，还于旧都。此臣所以报先帝而忠陛下之职分也”。但是，到了《后出师表》中，其情绪显然有了变化：“量臣之才，固知臣伐贼，才弱敌强也。然不伐贼，王业亦亡；惟坐而待亡，孰与伐之？”“臣鞠躬尽瘁，死而后已；至于成败利钝，非臣之明所能逆睹也。”面对强敌，明知不出征，必然坐以待亡，出征虽然没有绝对胜利的把握，但总比坐以待毙强。“鞠躬尽瘁，死而后已”，成为日后对他的历史考语。把不同时期的两篇作品在精神上、在语言风格上的差异加以对比，各自的特点不难得以彰显。

其次，不同作家，但是选取同一题材、描写同一对象的作品。王羲之《兰亭集序》的好处，孤立起来看，不容易发觉，一旦和孙绰的跋比较，其趣味、品位差异就昭然若揭了。同样是《游高梁桥记》，不把袁宏道、袁中道两兄弟相比，思想趣味的反差就很难看出。

还原和比较两种方法，其根本精粹乃在寻求差异，揭示矛盾。此法之所以被忽略，原因在于占主流地位的机械唯物论，以为作品客观地反映对象，价值就在于对象与文章的统一性，甚至天真地以为作者必然身临其境，文章表现了“实感”。其实，郦道元写《三峡》，范仲淹写《岳阳楼记》就没有到现场。这是因为文学性强的作品，皆如古典诗话所言乃“虚实相生”“真假互补”。作品的孕育，是客观对象的局部特征和主体情趣的局部特征猝然遇合，乃成作品胚胎，要成为作品还要受到具体文体形式的制约。同样的内容为不同的文体所规范，呈现的形态很不一样。这在我的解读体系中叫作“三维结构”，机械唯物论只看到第一维，浪漫表现论只看到第二维，不无权威的美学理论，最多也只是看到主观对立统一的二维。由于此等思维占着主流地位，在古典散文的解读中，普遍被忽略的就是第三维——文体规范，这可能与黑格尔式的内容决定形式的影响太大有关。忽略了文体（形式规范）的差异，就不可能深入分析内容的特殊性。在古典散文解读中，没有形式差异的比较，就不可能发现文本微妙的特殊性。

古典散文中不同的体裁，有不同的功能，有不同的规范。在文学从史学、哲学分化出来之初，有了文与笔之分，也就是有韵和无韵的分别，但这还不是文学与非文学的区别。具体到散文中，两者还是有相当部分的交叉。陈寿编《诸葛亮集》中有表、奏、教、书、议、法、论、记、碑等，基本都是实用性的文章。微妙的区别也不可忽略，例如，表、奏、议，都是臣下对皇帝的报告，但与论等相比，如前所述，却是可以抒情的。至如书、记、序，大抵为个人与个人之间的交流，则是相当自由的文体，有更多的抒情则是必然的。嵇康《与山巨源绝交书》、吴均《与朱元思书》等，前者断然以直白的口气与朋友绝交，后者在骈体的约束中抒写情志，这些成为经典就具有必然性。

同样的道理，将史传散文《隆中对》中的诸葛亮与小说《三国演义》里“三顾茅庐”中之诸葛亮相比，则不难看出，史家仅凭几百字对话，概括了诸葛亮二十多年的政治军事实践，表现了诸葛亮的高瞻远瞩，雄才大略。同时暗示他的年轻气盛（才二十六七岁），对于取得四川为根据地以后的前景过分乐观：以为天下有变，便可兵分两路，伐长安，取中原，百姓莫不箪食壶浆，以迎刘备。陈寿这样写时，诸葛亮的这种乐观和天真已经失败了，蜀国已经灭亡，但他本着“实录”精神，不加避讳，寓褒于贬。而在“三顾茅庐”中，虽然把诸葛亮的才能夸张到神化的程度，同时又不惜浓墨重笔，极尽情节曲折之能事，渲染其暗淡的宿命，强调诸葛亮虽得其主，而不得其时，注定了悲剧的结局。

容易忽略的还有表现手法及其历史变迁的比较。在古典散文中，骈体和散体句式，可以说贯穿至今。骈体讲究对仗，节奏上以四六言相对（与五七言三字结尾的吟咏调性，后来以《三字经》为代表），成为散文节奏的基本调性（后来以《百家姓》为代表）。骈体由于无限度地使用对仗，静态的描绘发展到极端，造成文字堆砌的弊端。走向反面后，就产生了《桃花源记》那样“记”的体裁，陶渊明以简洁的叙事，既非四六又非五七的自由节奏，却胜于其后附的《桃花源诗》的铺张形容和抒情。郦道元在给实用性的地理书籍《水经注》作注时，以散体的《三峡》把北方山水散文的朴实雄豪风格推向了后世赞叹为“太上”（比柳宗元还高）的层次。散体的发达，并不等于骈体的绝对衰亡。骈体之弊日益严重之时，在《滕王阁序》中又闪现出新的活力，在韩愈“古文”（反骈体）运动取得了“文起八代之衰”的历史成就之时，骈体作为一种表现方法，在《岳阳楼记》中和散体句法水乳交融，取得了相得益彰的经典性胜利。骈文衰落了，但是它的平行对仗，超越时空；其省略句间连接词的范式，却在中国古代散文中保持着生命力。这种范式表现了汉语的特殊优长，与欧美语言强调句间逻辑联系（因果、层次、时序），以主从复合统一的修辞形成对照。中国古典散文有散句为主、骈句为主和骈散结合为主三大类型。直到“五四”以后的白话散文，甚至鲁迅等古文修养深厚的大家散文中，仍得散句与对仗句法相得益彰之妙，表现了中国语言的特殊优长。

对于古典散文的解读，即使是大家之作的解读也往往流于表面滑行的认知，鲜能深究壶奥，其弊在于就散文孤立论散文，而不能在价值层次上深化。殊不知散文、诗歌、小说，虽各自成体，各有规范，但如能细心比较，究其微妙之处，不难有更深邃的洞察。如柳宗元《小石潭记》描述潭之美，远闻有珮环之声，近观有潭石之奇，视其水之清可见鱼影，其美在“幽邃”，远离尘世、超凡脱俗，但是因“其境过清”，欣赏则可，不适“久居”，乃弃之而去。与柳宗元类似题材的诗歌《江雪》相比较，则可更深入理解作者性格在诗歌与散文中的分化。在散文中，柳宗元比较执着于现实，是怕冷且惧孤独的，而在诗歌《江雪》中，则神往于不食人间烟火的境界：

千山鸟飞绝，万径人踪灭。孤舟蓑笠翁，独钓寒江雪。

头两句强调的是生命的“绝”和“灭”，孤独的渔翁在寒冷、冰封的江上“钓雪”而不是钓鱼，也就是超越功利，与天地浑然为一，孤独本身就是一种享受。这和散文《小石潭记》中“寂寥无人，凄神寒骨，悄怆幽邃”“其境过清，不可久居”的境界大不相同。散文中的柳宗元，还是不能忘情现实环境，而诗歌则可以尽情发挥超现实的形而上的空寂理想，以无目的、无心，近于圆寂为最高境界。由此可见出，诗歌中的自我形象往往带着形而上的性质，而在散文中则往往具有形而下的特点。经过比较，不但能深入理解不同文学形式的不同规范，而且能从不同形式规范中体悟同样的题材因形式之不同，内容也随之改变。对内容决定形式的简单命题，亦不难作深邃之反思。

古典散文的幽默传统

中国现代散文理论始于周作人的《美文》，该文将散文定位于“叙事与抒情”，后来还称其源于晚明公安派性灵小品。此文冲击了桐城派的载封建之道的教条，适应了个性解放的时代潮流，造成了散文文体革新和繁荣。鲁迅认为，“五四”新文学第一个十年，散文的成就高于诗歌和小说。周作人的“美文”说和鲁迅的评价，成为现代散文史上经典的不刊之论。但是吊诡的是，其中似乎隐含着多重矛盾。首先，周作人的“叙事与抒情”说，视野极其狭隘，在中国古典散文史上，公安、竟陵性灵小品与先秦、两汉、魏晋、唐宋散文博大精深的成就相比，沧海一粟而已。其盲区之大，甚为惊人，连《尚书》中之《盘庚》《多士》《论语》中之《子路、曾皙、冉有、公西华侍坐》和《季氏将伐颛臾》，《庄子》《孟子》中诸多寓言故事皆视而不见。叙事与抒情，在性质上乃诗化审美，而散文在五四运动后第一个十年所呈示的经典，并不限于审美，鲁迅《朝花夕拾》就以审美结合幽默取胜。幽默从美学上来说，超越叙事与抒情之巨大成就从何而来？论者大都以幽默乃国民性所缺，不约而同目光向外，幽默本汉语所无，乃林语堂移植自英人。

此等论断，系对中国散文史缺乏系统研究所致。我国古籍中的幽默散文源远流长，以至于冯梦龙可以辑成一本《笑史》。冯氏还辑有《笑府》和《续编》，在理论上有清陈皋谟之《半庵笑政》，其中有“笑忌”，除了指出切忌“刺人隐事”“笑中刀”“令人难堪”以外，还特别提出不可“先笑不已”。文人于此道亦多戏笔，并以正统之传、记、说、诏、表、檄、疏、书、赋、赞、铭为体，甚至有以供词、判词、祭文、墓志为题者。其名篇有韩愈《毛颖传》(寓笔)、苏轼《万石君罗文传》(寓文)、秦观《清和先生传》(寓酒)。王绩作《醉乡记》，苏轼遂有《睡乡记》，后人作《温柔乡记》者四。至于正式公文为体者有《册封牡丹诏》《猫弹鼠文》《讨苍蝇露布》《琴姬呈控夫主冤诬词》《惧内供词》《神女讼宋玉判》《侏儒赞》《募造银河渡船疏》《与情妓书》《祭妒妇津神文》，等等。最值得注意者当以“逐贫”为母题的散文延续千年，实乃世界文学史上一大奇葩。先是扬雄有《逐贫赋》，言贫穷困已，虽逃昆仑岩穴仍难避追随，彼云：虽未为君家带来荣华富贵，却赋予清白无瑕正大光明的坦荡，如不相容，即“誓将去汝”，扬即示歉，誓与之永远同居。此等自我调侃性质之主题，显然与诗化抒情背道而驰，吸引了一代又一代的作家。文起八代之衰的正统大师韩愈，以其《送穷文》拓展此主题。其“穷”非物质贫困，而是智穷、学穷、文穷、命穷、交穷，恳请“五穷鬼”离去。穷鬼称四十年来，虽主人迁谪南荒，百鬼欺凌，而忠心不改，说得主人“上手称谢”“延之上座”。韩愈死后三十年，友人段文昌之子成式为《留穷辞》，五年后，成式复作《送穷祝》。唐宣宗时，有自称“紫逻山人”者，有《送穷辞》。北宋王令亦有《送穷文》。清戴名世有《穷鬼传》，遣送穷鬼，穷鬼不去，曰：韩愈不朽，皆穷鬼之功，穷鬼数千年得遇韩愈，又近千年而得遇先生，先生之道寡，“独余慕而从焉”。清吴鸣锵又作《反送穷文》，虚拟穷鬼自辩：非穷鬼致人穷，“人自召耳”，贪得无厌，致使“天恶其盈”，“罚及其身”；寡廉鲜耻，招来水火之灾；贪官酷吏，刑惩报应随之。穷鬼出于救赎，使其达孔子、颜渊、屈原、杜甫那样的“穷人”的境界。结论是“穷能益人”。从“送穷”母题千年不断可以看出，审美抒情以美化诗化主体与环境为务，而“送穷”母题则反之，以自我调侃、自我丑化为务。发展到后来乃产生金圣叹批《西厢记》之“不亦快哉”，自我暴露，其心态之自由、坦荡，成为中国散文史上的一大奇峰。此等自我贬抑的幽默，绝非审美范畴所能概括。

从理论上说，周作人抒情本位之失，乃是将抒情诗化范畴绝对化，完全忽略了诗化与反诗化乃对立中统一和转化。从现代散文史观之，诗化之极致，导致滥情，乃有反诗化、反美化之必然，自我调侃与自我诗化对立，其经典有鲁迅、梁实秋、林语堂、钱锺书、王了一。甚至柏杨、李敖等幽默到不怕丑的程度，从表面上是丑，从情感上尽显其心地率真、坦荡。“丑”（丑角）在中国戏剧中，往往是外形丑陋，而内在机智，富于人情之美。在西方戏剧中小丑往往于荒谬之中说出真理。西方象征派诗歌有“以丑为美”的原则。在幽默散文中，则是以丑化丑，以丑为丑。无以名之，当名之为“审丑”。新时期以来，散文冲破杨朔模式，但仅仅限于其意识形态，至今尚未从美学上、从理论上廓清，故数十年来，幽默散文虽有贾平凹、汪曾祺、周晓枫诸多杰作，就总体而言，从审美与审丑的结合上，缺乏自觉，故在创作成就上，尚未能超越前贤。

周作人叙事抒情论，另一失误乃是对情与智对立统一转化的忽略。此一偏颇，导致五四时期以鲁迅为代表之随感录社会文明批评体散文，在理论上“无地自容”。盖因其既非诗化抒情亦非完全幽默，其多用反语，以尖锐的讽刺和社会文化批判见长。由于“叙事与抒情”说占据理论先机，鲁迅此类散文，被孤立为世界文学史从未存在过的“杂文”，然而在中国现代文学史上，获得了极其崇高的地位，但此后几十年，特别是文艺大繁荣的新时期，却再无可以望其项背的经典。

历史的实践冲破理论上的片面，20世纪末，余秋雨把散文拓展到文化人格批评和建构，散文的小品风格变为纵论历史文化的大品，思想境界大开，以自然景观与人文历史景观的互释，创造了新想象和语言模式，将智性沉思和审美激情结合起来，风靡海内外，在现代散文史上可谓开辟了新的一页，对中国古典散文史而言，则是恢复了大品的传统。创作的突破推动了理论的突破，“审智”范畴乃应运而生。对于现代散文史而言，则鲁迅的现代文明批评散文完全获得了审智的合法性，“杂文”的命名应该成为历史。理论的自觉使智性的散文蔚然成风，乃有学者散文的勃兴，大气磅礴之作遂为一时之盛。情趣、谐趣、智趣兼备，审美、审丑、审智交融，与古典审智为主的散文和西方随笔全面接轨。由于中国历史悠久，文献博大深广，散文在历史上的高贵地位，散文家心胸之博大，驱遣史料之丰富，为西欧北美作家所望尘莫及。

与气魄扩大相伴的乃是篇幅变长，往昔两三千言让位于洋洋万言，甚至几十万言者，屡见不鲜。散文在比赛气魄的同时，也在不知不觉中比拼篇幅。智性精神不足，不能以自我心灵同化史料，化史料为感知，创造意象语言者，乃图解概念。情趣、谐趣、智趣欠缺之作（如林贤治）被盲目推崇。历史实践逻辑转化如此深邃，小品变为大品，大品又变为徒有史料，滥情变为滥智，亦不鲜见。十年间，长体散文，一如蒙古长调，有成定体之势。文体之固定化，乃成当前散文一大隐患。散文作为形式之特点乃大体则有，定体则无。重温我国古典散文之多体，此其时也。《尚书・盘庚》乃官长演说，《左传・曹刿论战》一如孔子《子路、曾皙、冉有、公西华侍坐》同为对话，郦道元《三峡》乃为经典作注，苏轼《记承天寺夜游》为札记，王安石《读孟尝君传》乃读后感，张岱《湖心亭看雪》比随笔更加信笔，少者百字，多者不过数百字，绝无公安、竟陵之摆足为文之架势。正如苏轼所云，行于所当行，止于所不得不止。就抒情而言，亦不如今日论者所强调绝对个人化，即论军国之宏大叙事，亦有诸葛《出师表》之抒情：“临表涕零，不知所言。”盖“表”为政事公文，如《文心雕龙・章表》所言：“汉定礼仪，则有四品：一曰章，二曰奏，三曰表，四曰议。章以谢恩，奏以按劾，表以陈请，议以执异。”在理论上如此明确，故此后有曹植之《求自试表》、李密之《陈情表》。当然，还有完全私人的书信，亦有司马迁之《报任少卿书》、柳宗元之《贺进士王参元失火书》、嵇康之《与山巨源绝交书》。呜呼，散文之盛岂仅在情趣、谐趣、智趣之自由，当亦在命笔之自由，更在一代之文体之赅备也。

《老子》三章：对立而统一，以弱胜强

一

老子其人、其文都极奇特。司马迁《史记·老子韩非列传》载孔子向老子问礼，此说若可信，则老子当与孔子同代。《老子》皇皇五千言，理论体制之宏大，似乎超越了时代。商、周时期，由于工具局限，为文艰巨，问天卜卦，刻之于甲骨，三言两语而已。邦国记事，铸于钟鼎，征伐、祭祀、赏赐，铭文不过五十来字。西周毛公鼎最长，四百九十余字。《尚书》(就其可靠者如《盘庚》为代表)，基本是记言。《尚书·周书》中的诰、命、训、诫、誓，不仅记事，而且记言，乃一大进步。官方文书，不惜辛劳铭铸。民间交流，口头对话，限于现场，随时而逝。《论语》为孔子的其门人及再传弟子追记，再逐渐编撰成书的。冯友兰先生说，此前还没有“私人著作的事。私人著作是孔子时代之后才发展起来的。在他以前只有官方著作”①。将私人对话以文字载于竹帛，突破时间和空间，传之后世，是传播学上伟大的革命。然皆片断的语录，还没有做文章的自觉。在《论语》以前的《春秋》记事极简，少则一句，多则数句。《尚书》属官方，故记言稍长，为某一具体问题作说服训诫，虽“反复说理，道理却不很多”②。

《老子》长篇大论，是《论语》以后的事。在中华文化史上，其伟大之处在于：第一，不是官方文书，而是私人著作；第二，不是具体记事，也不是特殊问题上的说服、训诫；第三，既无具体现场，也无特殊对象，全是高度概括、抽象的理论，从概念到概念的推演，既有形而上的思辨，又有形而下的论辩和批判；第四，篇幅巨大，八十一章；第五，传播

① 冯友兰：《中国哲学简史》，北京大学出版社 2013 年版，第 40 页。

② 郭预衡：《中国散文史长编》(上册)，山西教育出版社 2008 年版，第 45 页。

非官方思想，有了做文章的自觉。这在当时世界上可谓举世无双。在古希腊，晚于孔子一世纪的苏格拉底（前469—前399）的伟大思想，均在对话和辩论中，现场也没有留下记录，瞬时而逝，幸其弟子柏拉图（前427—前347）于对话录中存留。

《老子》成为不朽的经典，老子其人却是千古之谜。

司马迁虽然说孔子向老子问礼，但是，也坦然把疑问留给了后世。《老子韩非列传》中的老子，姓李名耳，“著书上下篇，言道德之意五千余言”，但又“或曰”了两个人，是三个人的混合。第一个是老子，第二个是老莱子，第三个是太史儋。还说“儋即老子，或曰非也。世莫知其然否”，又说“盖老子百有六十余岁，或言二百余岁”，近乎荒诞。虽然也说《老子》系老子出函谷关留给一个名叫喜的守关的，也只是姑妄言之。梁启超从《老子》中对孔子仁、孟子义、墨子鬼等观念的激烈批判，得出结论说“《老子》一书似在孔子之后，墨子以后，甚至孟子以后”，成书当在战国时期。冯友兰则认为《老子》之书“出现于惠施（约前370—约前310）、公孙龙（约前320—前250）这些名家之后”①。郭预衡先生以为“从《韩非子》书中已有《解老》《喻老》来看，《老子》成书不会在战国后期……与《易传》大约同时”②。《老子》和《周易》同为哲理文章，可谓中华上古经典之双璧，虽然《周易》本来不过是筮卜之书。

司马迁对老子其人的“或曰”令人扑朔迷离，可能并非一人而是三人近乎荒诞，又说，老子活了一百多甚至两百岁，更加离谱。但也隐含着曲折的信息：《老子》非一人一挥而就，而是经过数百年，多人参与，长期智慧的积累，老子可能是相关人士的共名，类似《春秋》《尚书》《论语》《墨子》经多人长期编撰整理一样。《老子》虽五千言长文，但最初并非首尾一贯的论文，“全书都是名言隽语”，在相当程度上和《论语》相近。③ 从这个意义上说，作者之姓名并不特别重要，冠之以老聃之名，也许是为取其权威随时间而增值。

二

最值得研究的是，这些“名言隽语”，也就是成套的格言，如何在数百年之间建构成完整的著作。关于这一点，中西学者提出了诸多见解，涉及作品的内涵和形式的特点，颇值重视。美国学者大卫·恒顿（David Hinton）认为，老子这个名字，本来的意思就是“古之大师”（Old Master），很可能生活在公元前六世纪以前，那时除了官方文书，个人的智语和

① 冯友兰：《中国哲学简史》，北京大学出版社2013年版，第92页。
② 郭预衡：《中国散文史长编》（上册），山西教育出版社2008年版，第96页。
③ 冯友兰：《中国哲学简史》，北京大学出版社2013年版，第11页。

民歌一样只在口头流传，这位“古之大师”，收罗了各种各样智者的片断话语，更可能是将多种智语草草凑成一体。意识到如此惊人的新式的神秘思想应该完美呈现，乃努力将之编撰为一本非同凡响的个人著作。他们绝对没有想到后来《老子》在西方世界影响如此巨大。

此当然是一家之言，但是，对于理解课文有相当的借鉴作用。

这位汉学家对于国人把《老子》当作哲学，而不是当作诗，持保留意见。在习惯于“精密推理和详细论证”的西方人看来，《老子》各章各自独立，好像“没有内部联系”。[①] 故大卫·恒顿在他的《中国古诗精华》中将《老子》的一些章节，以西方诗的分行形式翻译。《老子》一章一隽语，即一短小的诗。在章之内是有逻辑联系的，而章与章之间，则是分离的。[②]

粗略看来，这是文化的隔膜。但是，摆脱一切先入为主之见，客观地看待《老子》原文，其语言确有某种诗的节奏；英语译文把它当作诗，对我们颇有启示。我国古代诗歌和散文一样不分行。《老子》形式上的不分行，掩盖了诗的节奏，如第二章，按节奏分行，应该是这样的：

（天下）皆知美之为美，斯恶已；

皆知善之为善，斯不善已。

其句型是对称的，除了“美”“善”“恶”“不”，所有的词语都是复沓的，这和《诗经》中的复沓句型相似程度极高。如《鄘风·墙有茨》：

墙有茨，不可扫也。

中冓之言，不可道也。

所可道也，言之丑也。

两两对比，交互延伸，这在传统修辞中叫作“交枝连理句”。还有更为明显的，如“人法地，地法天，天法道，道法自然”，这就是诗中的顶针格。如此严整的节奏正是口头传诵的标志。此章接下去的句子，若把连接词“故”字拿开，则是：

有无相生，难易相成，长短相形，高下相倾，音声相和，前后相随。

完全是《诗经》的四言节奏。《老子》虽有相当多散句，但许多诗式节奏、上文句式和音节数量规定了下文的句式和音节，和《论语》等上下文音节和句法可以自由转换迥异。有时，《老子》还是押韵的，如第十章：“爱民治国，能无为乎？天门开阖，能为雌乎？明白四达，能无知乎？”但是，说它接近诗，只是在形式上，在内容上则并不如此，《诗经》是抒情的，其逻辑是单纯的。《郑风·将仲子》：

---

① 冯友兰：《中国哲学简史》，北京大学出版社 2013 年版，第 11 页。

② David Hinton. *Classical Chinese Poetry*. New York: Farrar, Strausand Giroux, 2008: 3639.

将仲子兮，无逾我里，无折我树杞。

岂敢爱之？畏我父母。

仲可怀也，父母之言，亦可畏也。

基本上也是四言的“交枝连理句”，逻辑上因果很清晰，为什么不敢爱，因为怕父母；怕父母什么，怕父母之言。情感与理性的矛盾。情感占上风，但是理性不能反叛。

可是，《老子》是哲学，它提出了矛盾：

（天下）皆知美之为美，斯恶已；皆知善之为善，斯不善已。

美就是恶，善就是不善。从亚里士多德的形式逻辑来说，是违反同一律的，是自相矛盾的。但是显然，其中隐含着矛盾的统一性。大卫·恒顿翻译成：

All beneath knows beauty is beauty,

Only because there’s ugliness,

And knows good is good

Only because theres’s evil.

直接把美丑、善恶矛盾的关系用了一个“因为”（because）将之逻辑化了。天下人把美当成美，仅仅是“因为”有恶，天下人把善当成善，仅仅“因为”有丑。这样一译，就不违反同一律，完全是散文的句式了，但是把中国哲学简单化了。因为这样就把美和丑、善和恶的关系，变成了外部分别存在的对立关系。而《老子》的意涵却并不这样简单。“美之为美，斯恶已”说的是，美和恶，善和丑，并不是外部的对立，而是内在的共生。当你看到美的时候，其中就有恶；当你看到善的时候，其中就有丑。这种矛盾的内在性是很深邃的，和黑格尔一切事物、观念都是内在矛盾的对立统一是相通的。用中国哲学家方以智在《东西均》中的话来说是“合二而一”的。①这在《老子》中并非个别，而是思维模式（如：“祸兮，福之所倚；福兮，祸之所伏”“大音希声，大象无形”）。但是，《老子》中的矛盾并不仅仅限于内在的合二而一，还有外在的，接下去：

有无相生，难易相成，长短相形，高下相倾，音声相和，前后相随。

有和无，难和易，长和短，高和下，音和声，并不是如美和丑是内在的合二而一的，而是外在的，两者在对立中“相生”“相成”“相形”“相盈”“相和”“相随”，也就是说，是相反相成、相辅相成的。从哲学上来说，矛盾双方从合二而一，转化为一分为二。但是，这一切都没有直接表述出来，而是存在于暗示之中。冯友兰先生认为，这种隽语，只是“简短的言论，都不单纯是一种结论，而推出这些结论的前提都给丢掉了。它们都是富于暗

① 方以智《东西均》写于1652年。他在书中提出“交也者，合二而一也”“尽天地古今皆二也，两间无不交，则无不二而一也”。

示的名言隽语，暗示才耐人寻味”[①]，而不是西方那种散文式的逻辑推理，一旦将逻辑空白补充出来，理论是明晰了，却牺牲了暗示的丰富性。

三

《老子》的这种表述方式，在显性中看到隐性的对立面，是很深邃的。这是中国哲学史重大的、里程碑式的发展，在这以前中国就有在对立中思考问题的传统，如孔子总是从正面联系到反面，如“学而不思则罔，思而不学则殆”是学和思，“温故而知新”是故和新，“人无远虑，必有近忧”是远和近，“教学相长”是教和学，“过犹不及”是过度和不足，“听其言而观其行”是言和行，“未见好色如好德”是色和德，“己所不欲，勿施于人”是己和人，“知耻近乎勇”是耻和勇，“不患人之不己知，患不知人”是知己和知人，“君子喻于义，小人喻于利”是义和利。

在孔子那里，在道德上，在实践理性中，矛盾一分为二是绝对的，而《老子》更加强调合二而一。首先，两者本来就是共生的；其次，一切都在向相反方向转化，因而一切都是变动不居的，其性质不是绝对的，而是相对的。延伸到实践人生中来：不但强调从正面看到反面，而且强调从反面看到正面。陈鼓应先生这样阐释：

> 他认为如能执守事物对立面所产生的作用当更胜于正面所显示的作用。例如在雄雌、先后、高下、有无等的对立状态中，一般人多要逞雄、争先、登高、据有；老子却要人守雌、取后、居下、重无。老子认为守雌要胜于逞强，取后要胜于争先。[②]

这就是说，人们往往执着于正面，殊不知正面是暂时的，正面向反面转化是永恒的、无条件的。懂得了这一点，我们才可能理解下面这样的话：

> 是以圣人处无为之事，行不言之教；万物作而不为始，生而不有，为而不恃，功成而弗居。夫唯弗居，是以不去。

正是因为这样，人，哪怕是圣人（道家的圣人，不是儒家的圣人，儒家的圣人是有为的，讲仁义的，道家的圣人是无为的，批判仁义的），也会走向反面，逞强、争胜的结果也逃不出转弱、失败的规律。圣人看得透彻，这是天道，是绝对的，只能顺而不能逆。故最高的智慧乃是顺道而“无为”。张岱年说：“‘无为’即自然之意。”日本福永光司说：“老子的无为，乃是不恣意行事，不孜孜营私，以舍弃一己的一切心思计虑，一依天地自然的理法而

① 冯友兰：《中国哲学简史》，北京大学出版社2013年版，第13页。
② 陈鼓应：《老子今注今译》，商务印书馆2016年版，第30页。

行的意思。”[①] 不言，就不发号施令。故陈先生将这一段话译为：

> 有道的人以无为的态度来处理世事，实行“不言”的教导；万物兴起而不加干涉；生养万物而不据为己有；作育万物而不恃己能；功业成就而不自我夸耀。正因他不自我夸耀，所以他的功绩不可泯没。[②]

从根本上说，他的思维方法和儒家的积极进取、逞强争胜相反，是从消极弱志、无欲无为出发。在他看来，刚者易折，柔者却能克刚。《老子》第七十八章有这样的话：

> 天下莫柔弱于水，而攻坚强者莫之能胜，以其无以易之。弱之胜强，柔之胜刚，天下莫不知，莫能行。

表面上，是弱者无为，但是，因为顺自然之道，所以能够以弱胜强。因而他的无为，实际上无不为。所以班固说他“清虚以自守，卑弱以自持”（《汉书·艺文志》）。《老子》明确说：“道常无为而无不为。”（第三十七章）从这里可以看出老子辩证思维中对立面转化的两大特点。第一，对立面转化，不是通常的强势压倒弱势，而是弱势压倒强势；第二，自弱、无为，是为了达到自强、有为的目的。他的论证，往往是比喻论证，用最柔弱的水很形象地说明了“弱之胜强，柔之胜刚”，其优点在于形象，其弱点在于不够全面。因为比喻的本体和喻体在根本上不相同，只在一点上相通，其不相应者皆略而不计，故不可能全面，因为从逻辑上说，比喻的功能只在说明，而不是论证。

基于此，我们来看第六十六章：

> 江海之所以能为百谷王者，以其善下之，故能为百谷王。是以圣人欲上民，必以言下之；欲先民，必以身后之。是以圣人处上而民不重，处前而民不害。是以天下乐推而不厌。以其不争，故天下莫能与之争。

讲的仍然是始于处弱，终于处强的道理。仍然以水（江海）为喻，不但是柔弱的，而且处在低位，却能达到最广、最高（王者）的目的。接下来顺理成章，把形而上的哲学引申到形而下的政治实践。圣人（道家理想的政治家）要处于统率平民的上位，就要不惮处于下位的谦卑，要为百姓首领，就要把自己放在殿后。这样升上统帅地位而平民不感到压力，处于前驱而对平民无所加害，还受到平民不厌其烦的崇敬。最后的结论是“以其不争，故天下莫能与之争”。这不是圣人个人的胜利，而是天道的必然。《老子》的哲学基本上不是弱者的阿Q精神，不是愚昧的自炫，而是智者的远见，强者的曲线战略。

---

① 陈鼓应：《老子今注今译》，商务印书馆 2016 年版，第 82 页。
② 陈鼓应：《老子今注今译》，商务印书馆 2016 年版，第 84 页。

四

以上第一部分讲的都是从正面（美）转化为反面（恶），第二部分则是从弱势转化为强势。《老子》的辩证法是很坚定的，转化是绝对的，绝对性就是没有例外的。具体到行文上，就不无困难。例如“美之为美，斯恶已”，美中有恶，是很警策的，但把这个命题倒过来说，“恶之为恶，斯美矣”，“善之为善，斯不善已”，恶就是美，不善就是善，这样的逆命题，就可能引起读者的心理抗拒。但是，第八十一章就是一系列的命题和逆命题：

信言不美，美言不信。善者不辩，辩者不善。知者不博，博者不知。

命题和逆命题都可成立。“信言不美”，忠言逆耳，良药苦口。“美言不信”，花言巧语，虚情假意。这都是对常识的批判，又是对常识的更新。同样，“善者不辩”，善心，不用巧辩，“辩者不善”，心术不正。渊博者有“知也无涯”之明，自以为渊博其实不智。圣人“既以为人己愈有，既以与人己愈多”。这一系列从命题到反命题的转化，是无条件的、绝对的。但是，具体文本中隐含着条件，那就是从世俗平民看，为人则己少。只有“圣人之道，为而不争”。但是，圣人是极少数的，就是儒家的圣人，在道家看来，也不算是圣人。这样的命题转化为逆命题，就有了大量的例外，对立面的转化就不是绝对的，而是相对的。

世间没有绝对的美，也没有绝对的丑，没有绝对的善，也没有绝对的恶。从这个意义上说，美丑、善恶都是相对的，美中有恶，善中有丑，矛盾处于统一体中。但是，对立面在统一体中，平衡是相对的，不平衡是绝对的。占优势的一面，成为主导方面，决定了事物的性质。吾人认定美的人物和事物，实际上只是说在主导方面是美的，不美的部分是次要的。说人活着，只是说其主要机体运转正常，次要部分（如某些细胞）在死亡，不影响人还活着的性质。生转化为死，在内部需要免疫和病疫的搏斗，在外部要有环境、时间等条件，免疫机能逐步衰退，从量变积累到一定程度，免疫主导的优势转移为弱势，经过部分质变，最后导致质变，生才变成死。美变成丑，善变成恶，弱变成强，殿后变成统帅，柔克服刚，无为升华为有为，同样需要内部和外部条件。量变未能达到质变，丑的就是丑的，弱的就是弱的，柔的就是柔的，无为的就是无所作为的。从这个意义上说，当信言处于主导地位，就是美言；当美言处于主导地位，就是信言。转化是有条件的，取消了条件，就歪曲了性质。老子的悖论在于，对立面转化，性质不断变化，一切都是相对的，其生命乃是反对绝对主义，但是，转化又是有条件的，在条件尚未充分时，量变未能达到质变时，性质是相对稳定的。取消了条件，无视质变，相对主义就走向它的反面，变成绝对主义。

黑的就是白的，好的就是坏的，比公孙龙的白马非马，更加诡辩。

正是这种悖论，导致老子学说自相矛盾。第二章说“圣人处无为之事，行不言之教”，但《老子》就有五千言，不但愤激地批判了统治者“民之饥，以其食税之多，是以饥”（第七十五章），又批评了儒家的仁、义，甚至儒家的“圣人”：“圣人不仁，以百姓为刍狗”（第五章）。福永光司说：老子的“不言”，就是不发号施令，潜移默化地引导。[①]这是强为之说，为老子学说的弱点无力地辩护。

老子的学说还充满了空想，不言并不能成为从无为转化为无所不为的条件，只能停留在无为，消极地顺应环境，必然倒退：“虽有舟舆，无所乘之”“复结绳而用之”，把小国寡民，“鸡犬之声相闻，民至老死不相往来”（第八十章）当作理想，这种社会退化论，在先秦诸子中是孤立的。儒家积极有为，孔子周游列国，知其不可为而为之，倡言杀身成仁；孟子游说诸侯，摩顶放踵以利天下，赞美舍生取义；墨家不满足在理论上主张兼爱、非攻，犯难苦行，阻止战争，军事上有准备，技术上有发明；兵家在那动不动“杀人盈野”“血流漂杵”之时，作兵法总结，以胜战止兵连祸结；法家从商君到韩非厉行严刑峻法，对历史经验进行总结，在政治实践中，以身试法者有之，作法自毙者有之。纷纭的学说表面矛盾，实质统一于：探究结束数百年的血腥战乱，实现中华民族之一统。和西欧中东不同，国人并不期待人格神的意志和法力，就是在神话传说中，也是实践理性为上。故洪水滔天，西人避于方舟，吾大禹父子前仆后继，终成不世之功，西人盗火于上苍，国人则不畏艰巨钻木取火。故有百家争鸣，千虑竞秀，相反相成，相得益彰。众多智者的思想谱系，汇成中华文化华彩的交响，星汉灿烂，日月争辉，呈现在亚洲精神的辉煌天宇。

① 陈鼓应：《老子今注今译》，商务印书馆2016年版，第82页。

《季氏将伐颛臾》：孔子、冉有之辩

阅读这篇文章的目的可以分为两个档次，最低的是把它读懂，最高的则是把它作为经典，作为中国古代思维方法和语言模式的源头来解密。

> 季氏将伐颛臾。冉有、季路见于孔子曰："季氏将有事于颛臾。"孔子曰："求！无乃尔是过与？夫颛臾，昔者先王以为东蒙主，且在邦域之中矣，是社稷之臣也。何以伐为？"

一般阅读，把古代汉语（如"社稷"）和现代汉语对应起来，把古今语法上的差异（"无乃尔是过与"）讲解一番，排除了这些难点，再读孔子和学生的对话就没有障碍了。但仅停留在这一点上是肤浅的。想要深刻理解，就要突破文本的表层，向更深层次探索其潜在的意脉。

这就用得上还原法。先从几个关键词语上着手。冉有和季路当时都是季康子的"家臣"。这里的"家"不是一般所指家庭，而是卿大夫的采地食邑。《周礼·夏官·序官》中的"家司马"，郑玄的注释是"家，卿大夫采地"。冉有和子路作为"家臣"，乃是一种行政职务。季康子是鲁国的权贵，凌驾于公室之上，要用武力吞并鲁国自己的属地，是相当严重的事件。原文的叙述语言是"季氏将伐颛臾"，但冉有和子路回避了这个"伐"，用了一个相当含混的中性词语"有事"。在当时，"事"是个多义词，可以指人类生活中的一切事情，如《尚书·益稷》："股肱惰哉，万事堕哉。"也可以指天子、诸侯的国家大事，如祭祀、盟会、兵戎等。在《周礼》《仪礼》中的"事"，郑玄就注解为"祭事""盟会之事"。《穀梁传·隐公十一年》中的"事"就包括"巡守、崩葬、兵革之事"。冉有和子路为什么不直接说战事而是说"有事"呢？"有事"既可能是好事，如团结性质的会盟；也可能是坏事，如血腥的战事。使用"有事"这样的中性词，可见他们心中有鬼，对孔子有所畏惧。这种委婉的修辞很重要，涉及《论语》隐含的意脉。《论语》是记言的，且主要是理性的言论。《论语》时代的文章中还没有出现心理描写，也没有风景和人物的外表刻画。但在《论语》的对话中，人物的潜在心态有时仍能跃然纸上。冉有和子路的心态，就在这模棱两可的“有事”中泄露了出来。孔子面对两个人委婉的修辞，单刀直入地指出：“求！无乃尔是过与？”这里有三点值得注意：一是直接叫冉有的名字，明显是比较严厉的语态；二是用反问句来表现肯定，比用肯定语气更坚定；三是严厉而且坚定的语气之前，又用了一个不甚确定的词“无乃”（恐怕），仍留有余地。孔子对学生一般是循循善诱的，对人讲究温良恭俭让，这里却直截了当地下结论来指责对方。不言而喻，孔子在自己的政治原则上是很坚定的。

面对孔子的指责，冉有就推脱了：“夫子欲之，吾二臣者皆不欲也。”好像一点没有责任，也没有发言权，完全是把持朝政的季康子的责任。意脉提示冉有在诡辩。孔子又一次直呼冉有其名道：求！你有官职在身，不加阻止，就是不负责任。还拿出一个权威的历史家的话语来强化自己的观念：“周任有言曰：‘陈力就列，不能者止。’”“陈力”[①]就是宣示了自己的能力，“就列”也就是就职。孔子从原则上阐明了权力与责任的关系。有能力才就职，不能阻止坏事发生，没有能力负责任，那就应该辞职。

孔子的话一般都是直接从经验中概括而形成判断，从正面推理得出结论，言简意赅，往往带有格言性质。如此正面阐明，已经够透彻的了。但是孔子紧跟着又从反面推理：形势这么危殆，摇摇欲坠，你不去扶持，要你这个家臣干什么？（“危而不持，颠而不扶，则将焉用彼相矣？”）这就不但在逻辑上更全面，而且在态度上更严正。

孔子接下来的几个层次的发挥，使得这一经典带上了特有的深邃性。在《论语》中，孔子格言式的结论，往往是不加形容的，但是，这一次孔子意犹未尽，又加上连续性的两个比喻，一反一正：从反面说猛兽都出笼了，从正面说宝物都要毁坏了（“虎兕出于柙，龟玉毁于椟中”），这不是你的错，难道还要推给别人吗？到这里为止，经过正面与反面的阐释、反驳，可以说是本文意脉的第一个层次。

从这样的对话中，潜在的意脉暗示孔子从理性到情感上层层紧逼的声势。冉有在孔子的逻辑逼迫下，不得不老实起来，把真实的意图吐露了一点：“今夫颛臾，固而近于费，今不取，后世必为子孙忧。”关键词是“取”，还是回避“伐”，实际上就是吞并。这就让冉有的话显现出自相矛盾之处，前面才说了都是季康子的事，他是不同意的，现在又分析起吞并颛臾的好处了。孔子马上点出他的口是心非。第三次直呼其名（“求”），说君子最讨厌用花言巧语掩饰自己的欲望（“君子疾夫舍曰欲之而必为之辞”）。冉有躲躲闪闪，孔子步步紧逼，揭露其口是心非。孔子点出了冉有“舍曰欲之”的要害，也就是他掩盖动武的真正动

① 陈力：有的解释为展示，不取。

机。本来邦国的军队属于公室，“有事，三卿更帅以征伐”，“不得专其民”即不负责管辖户口，不能直接征赋。但是，季孙氏、叔孙氏、孟孙氏权势熏天，分三军，一家主一军之征赋。说得明白一些，季氏的目的，不仅是为了地盘，而且是为了搜刮。在当时的情境下，冉有原形毕露。事实上冉有为季氏谋臣，实行田赋制度，为季氏聚敛财富，孔子对此十分厌恶，曾经说过这不是我的门徒，“小子鸣鼓而攻之，可也”(《论语·先进》)。

孔子从理性上取得了压倒的优势，这是本文意脉的第二个层次。

读者在这里看到的是一个原则性极其坚定，又相当雄辩的长者。如果对话就此结束，还不是最高水平。《论语》中最能表现孔子思想深度的，是从具体的事情上抽象出普遍的哲理。如宰予昼寝，孔子不但严厉批评他“朽木不可雕也”，而且进一步推广到普遍的原则上去。因为宰予在孔子的门徒中是比较善于辞令的，孔子针对这一点说：“始吾于人也，听其言而信其行；今吾于人也，听其言而观其行。”本文中，针对季康要吞并邦国内的封地，扩大自己统治的户口这件事情，孔子没有仅仅停留在就事论事的批驳，而是上升到政治理论，提出针锋相对的政治原则：对于享有天子封地的贵族来说，“不患寡而患不均，不患贫而患不安”[①]。不怕户口少，就怕人心不稳定，不怕贫困，就怕贫富不均。贫富均了，人心和了，就安定了。哪怕远处不是自己封地的人口不服，只要“修文德”去感召，他们就自动来投奔。既然招揽来了，就能安定他们。这就是儒家以道德修养为治国之本的王道，与季氏以武力征服的霸道是针锋相对的。

把具体的事件提高到哲理的层次上，使本文意脉上升到第三个层次。在这里，表现了孔子擅长的思维方式，那就是把贫和寡、均和安，放在矛盾对立的关系中，并且提示了其转化的条件：均了，就不怕贫，安了，就不怕寡。从一般现象上升到哲理，是孔子的拿手好戏。原因就在于他善于树立对立面。把事物观念放在矛盾中是他一贯的思维模式。如“温故而知新”，就是“故”与“新”的矛盾和转化；“学而不思则罔，思而不学则殆”，就是“学”与“思”的矛盾转化；“知之为知之，不知为不知，是知也”，承认“不知”，乃是从“不知”到“知”的转化的条件；“人无远虑，必有近忧”，“无远虑”是转化为“近忧”的条件。

孔子不像希腊哲人那样，在宾主相互质疑的过程中作哲理性的演绎，停留在普遍性原理的推论上，而是把直接概括出来的理论作为解决具体问题的制高点，再回到冉有提出的具体问题上分析。第一，现在封地内的人心不服，你们没有本事去感召，而是用武力征服，实际上是在自己封国之内大动干戈，其结果是制造分裂（“分崩离析”）。第二，冉有说现在不去吞并颛臾，“后世必为子孙忧”。孔子抓住这个“忧”字，作为论据，得出相反的结论：

---

① 按考证，这里的“寡”和“贫”的位置应该交换一下。

“吾恐季孙之忧，不在颛臾，而在萧墙之内也。”问题的要害，不在于日后别人怎么样，而是眼下自己家族之内的危机。这个结论的层次之所以更高，还在于预见性。鲁国的历史事实，也说明了这一点。鲁国的叔孙、孟孙、季孙就是为争权夺利，一代又一代地骨肉相残，而季孙氏权柄，也是通过暗杀手段把亲骨肉除掉后才得到的。

把理论的高度和分析的深度结合了起来，这是本文意脉的第四个层次。综上所述，《季氏将伐颛臾》的思想价值在于，第一，对孔子以道德理性为纲的政治理想做了经典表述，表现了孔子以极其雄辩的逻辑，多层次地反驳了对方。第二，在思想方法上，生动地体现了当时中国经典思维方法的特点，从具体的事实出发，做具体分析，升华为普遍的原则，再回到原来的问题上，站在理论的制高点上不但论证了自己的结论，而且还做出预言。

《季氏将伐颛臾》的价值不仅仅在于思维的深邃，还在于语言的经典的突破上。这是意脉的第五个层次。

表面上看，这篇文章都是古代汉语的书面语言，与现代口语相去甚远。实际上恰恰相反，《论语》中孔子和学生的对话，都是当时的口语，是典型的大白话。最明显的标志，就是其中的语气词，如：“无乃尔是过与”中的“与”，“且在邦域之中矣”中的“矣”，“是社稷之臣也”中的“也”，“何以伐为”中的“为”，“吾二臣者皆不欲也”中的“也”，“焉用彼相矣”中的“矣”，“且尔言过矣”中的“矣”，“是谁之过与”中的“与”，“今由与求也”中的“也”，“远人不服，而不能来也”中的“也”，“邦分崩离析，而不能守也”中的“也”，“在萧墙之内也”中的“也”。

这样的语气词，虽然是虚词，没有实词那样的具体意义，但在情绪上是传神的。如“无乃尔是过与”，如果没有这个“与”，“无乃尔是过”就不会这么具有肯定分量。“是社稷之臣也”，没有这个“也”，“是社稷之臣”就缺乏自信的意蕴。没有“何以伐为”中的“为”，就构不成疑问语气。没有“是谁之过与”中的“与”，就不可能有反问的严厉。还原到现场语境中，其语气中的神态是不难想象出来的。

大量运用口语语气词，在当时是一个历史的进步。吾师林庚先生曾说，这样的语气词，在这以前的书面文章中是罕见的。我们可以举甲骨文《癸卯卜・今日雨》为例：

其自西来雨？

其自东来雨？

其自北来雨？

其自南来雨？

一连问了四句，没有一个疑问的语气词。

语气词在《诗经》的“雅”和“颂”中也是没有的，只有在“国风”这样民间色彩很浓的抒情诗歌中才有，但似乎也只是“兮”当家（如“月出皎兮”“坎坎伐檀兮”“将仲子兮”等）。当然，个别地方也出现“也”字（如“人之多言，亦可畏也”）。“兮”字接近于现代汉语的“呵”，应该说意义上是很单调的。至于《尚书》虽然是散文，不但语气词绝无仅有，句子也基本上是四言、六言的单纯节奏。而在《论语》中，句子的长短是相当自由的，有三言、四言、六言、九言；不但有单句，而且有“君子疾夫舍曰欲之而必为之辞”这样的复合句；不但有陈述，而且有和语气词结合在一起的反问句、感叹句。在以口语自由转换为特点的基础上，孔子的话语还出现了对称性质很强的排比：

危而不持，颠而不扶。

不患寡而患不均，不患贫而患不安。

均无贫，和无寡，安无倾。

既来之，则安之。

远人不服，而不能来也；邦分崩离析，而不能守也。

一系列的对称和排比结构，不但使节奏匀称，而且起到了重点强调的效果。孔子和学生对话的情绪神态，就显得丰富了。

虽然孔子的语言有口语化的特征，但仍然有书面语的高度严密、精练，且富于思想密度的特点。如他责备冉有“危而不持，颠而不扶”，这和他的思想方法上善于结合对立面有关。“危”和“持”，“颠”和“扶”，正是在对立中显示思想的尖锐。这在孔子的语言结构中，几乎成为一种模式，属于这种模式的还有“富而好礼”（《论语·学而》）、“述而不作”（《论语·述而》）、“信而好古”（《论语·述而》）、“勇而无义”（《论语·阳货》）等。这就提高了话语的概括力，达到了精练深邃的程度，加上孔子思想的权威性，对后世产生了深远的影响。《论语》中诸如此类的话语至今仍然是活在我们口头和书面上的格言或成语，而且其结构还成为建构话语的范式。如孔子警告冉有的话“分崩离析”，不但至今在现代汉语中广泛运用，而且从这种结构模式中还派生出一系列类似的成语来。虽然从表面上看来，“分崩”和“离析”在语义上重复，乃是大忌，但两者在语法上是前后对称，这符合了汉语特有的长于对仗的规律，有很强的衍生性。后世就在这种模式中产生了“土崩瓦解”“烟消云散”“情投意合”“钩心斗角”“捕风捉影”“偷鸡摸狗”“拈花惹草”“寻花问柳”“翻江倒海”“呼风唤雨”“腾云驾雾”“翻云覆雨”“凤毛麟角”“穷途末路”“风驰电掣”“颠三倒四”“七嘴八舌”“一心一意”等一系列的成语。

阅读《论语》这样的经典，满足于表层的认知是肤浅的，最高的追求乃是原始要终，对国人思想和语言的源头进行解密。

《子路、曾皙、冉有、公西华侍坐》：对话背后的个性与抒情

《论语》中所载大抵为道德和政治性质的对话，从美学理论上说，属于实用理性类，和文学以情感为核心的审美分属不同价值范畴。《子路、曾皙、冉有、公西华侍坐》的主题是论政治理想，却是《论语》中最富文学审美感染力的。要充分理解这一点，就得从文本内在的矛盾出发。

在谈话中提出问题的是孔子。在《季氏将伐颛臾》中，孔子对学生冉有的态度十分严厉，三点其名并加以批驳。在逻辑上层层紧逼，戳穿其口是心非，指责其自相矛盾，揭露其制造动乱，预言其自取灭亡。用语十分凌厉，语态异常严峻。而在这里，虽然讨论的仍然是政治问题，但是孔子的态度迥然不同。

> 子曰："以吾一日长乎尔，毋吾以也。居则曰：'不吾知也！'如或知尔，则何以哉？"

其话语表现出温良恭俭让的风范。第一，主动放低姿态。明明有为师之尊不说，却说只是暂时的年长，此外没有什么优越之处。第二，鼓励学生不要怕人（包括自己）不理解，假定（我）理解你们，你们有什么说法？这样起到了缓解情绪、缩短心理距离的作用。第三，在说话时，用了一些口语的语气虚词（"也""哉"）结尾，语气显得比较亲切。这些语气虚词的运用，对于传达现场感情，有相当重要的作用。刘知幾在《史通·浮词第二十一》中说到人发言时，往往在开头和结尾，需要一些"徐音足句为其始末"："是以伊、惟、夫、盖，发语之端也；焉、哉、矣、兮，断句之助也。去之则言语不足，加之则章句获全。而史之叙事，亦有时类此。"孔子话中的两个"也"，一个"哉"，就构成了随意漫谈的氛围。正是因为这样，就引出了子路的"率尔而对"。子路与后来孔子点名才发言的冉有、公西华、曾皙不同，他是主动发言的：

千乘之国，摄乎大国之间，加之以师旅，因之以饥馑；由也为之，比及三年，可使有勇，且知方也。

子路是孔子的得意门生，曾追随孔子周游列国，为孔子赶车，做侍卫，还敢于对孔子提出批评，孔子对他的评价也很高："子路好勇，闻过则喜。"还说："道不行，乘桴浮于海。从我者，其由与。"子路敢于不待孔子点名就说话，固然因为他的坦率，同时也因为他和孔子的关系比较亲密。故他敢于坦言他的宏大志向——能够治理"千乘"之国。子路强调邦国的实力，以战车的多寡为准，四千匹马（四马为一乘）的国家应该有中等以上的规模。有了这样的军事实力，就不怕外邦的大军压境，哪怕是国内遭逢饥荒都无所谓。只要给他三年的时间，就能治理好国家，而且可以使老百姓强悍而懂礼。照理说，孔子周游列国就是要实现他经国治世的大志，虽然很不得志，"斥乎齐，逐乎宋卫，困于陈蔡之间"（《史记·孔子世家》），他却"知其不可而为之"（《论语·宪问》）。他把自己的学生按才干分为德行、政事、言语、文学四类。子路和冉有的才干属于政事类（《论语·先进》），也就是说，孔子肯定子路在政治上是有才能的。子路坦言其大志，应该得到首肯，孔子自己也说过"当仁不让于师"（《论语·卫灵公》），至少是无可厚非。但孔子持否定态度，《论语》用一个字来表现——"哂"。这个"哂"字很精彩。其意思是微笑，从表层语言上看，隐含着讥讽的微笑，是对子路口出大言的不以为然，对他锋芒毕露的不满。仅这样理解，还失之肤浅。《论语》虽然不是孔子亲自执笔，他的再传弟子在记录他的言行的时候，显然是受了他执笔的《春秋》的熏陶。孔子在《春秋》中开创了中国特有的"春秋笔法"，那就是客观地直书言行，不加评论地"实录"，把倾向留在叙述的空白中，这叫"寓褒贬"。这就提醒我们，读经典不仅要看字面上已经写出来的，而且要从深层意脉去探索留在空白中的意味。

后来曾皙问他为什么要"哂之"，他的回答是："为国以礼，其言不让，是故哂之。"从字面解释，就是子路不讲"礼""让"，只是作风问题。但更深刻的原因还在于子路的治国观念与孔子大相径庭。孔子的政治理想是仁政，以道德理性统一思想，以礼乐体制规范行为，从而达到整个社会的安定和谐。"老者安之，朋友信之，少者怀之。"而子路着眼的先是邦国的军事暴力，以千乘的战车来对抗外敌，再是把老百姓训练得好勇斗狠。显然这个得意门生与孔子的理想政治有很大的差异。孔子哂笑的内涵只有和冉有的回答相比较才能得以明确。

冉有被孔子点名，他的回答是：

方六七十，如五六十，求也为之，比及三年，可使足民。如其礼乐，以俟君子。

冉有这时说得相当谦虚，"方六七十，如五六十"，与子路的"千乘之国"相比是相当小的了。没有大国在外的压力，又没有饥荒，还要三年才能让老百姓吃饱饭。至于孔子重视的礼乐，也就是政治道德规范，人心安定，自己不能胜任，要等待品德更高的君子。

冉有也是被孔子列入有政治才能的一类的，此人不但有政治才干，而且有军事智慧。公元前 487 年，冉有率鲁师抵抗齐军，身先士卒，以步兵执长矛取得胜利，又趁机说服季康子迎回了在外周游十四年的孔子。但他帮助季氏假借田赋改革，聚敛财富，被孔子斥责“贪冒无厌”，而且还说过“小子鸣鼓而攻之，可也”的狠话。

子路和冉有的说法好像互不相干，但从深层的意脉来说，是有联系的。对话潜在的意脉在于：第一，冉有看到孔子不认可子路的大言不惭，就把自己的理想放低一点；第二，冉有看出孔子不喜欢子路强调军事暴力，就回避了自己的军事能耐；第三，冉有看出孔子重视礼乐，就拣他喜欢的说，还特地说，自己在这方面不在行。总体而言，是非常含蓄地迎合孔子的胃口。但孔子既没有哂之，也没有许之。孔子接着点名公西华说话，可见孔子对冉有的话，并不太满意。

对曰：“非曰能之，愿学焉。宗庙之事，如会同，端章甫，愿为小相焉。”

公西华在几个学生中年纪最小，比孔子小四十二岁，资历最浅，没有子路、冉有那样追随孔子多年的本钱，但他看出了子路和冉有的弱点，恰恰是孔子非常重视的方面，就说宗庙会同，自己可以主持。他有过出使齐国的履历，这一点，孔子也是肯定的，曾经评价他：“束带立于朝，可使与宾客言也。”但孔子对他的话，也没有认可的表示。这可能是孔子对他还不太有把握。在肯定他“束带立于朝，可使与宾客言”的同时，又做了保留：“不知其仁也。”

所有这一切，从文章的整体意脉来说，都还只是铺垫，都是为了引出孔子大力褒扬的曾皙的理想。孔子让曾皙来回答。

鼓瑟希，铿尔，舍瑟而作，对曰：“异乎三子者之撰。”

这是文章意脉的高潮，写法也与此前不同。首先，在写孔子与前面三位对话时，没有细节描写。这也是中国古代经史的内在规范，以记言记事为主，一般是没有抒情、描写的。西方一位汉学家，对《左传》第三人称叙述者的客观大加赞赏，说它好在很少主观的评论和介入，这种完全是“实录”的语言，达到非常精练的程度。他举出周天子送给齐桓公一块肉的场景，《左传》僖公九年只写了齐桓公四个动作——“下、拜、登、受”，他说《左传》把“无关要紧”的语言排除掉的能耐是令人惊叹的。“在整部《左传》中几乎没有什么形容词，而副词就更少了。”这位汉学家虽然是出于西方当代文学追求“零度写作”或者海明威的“电报文体”的观念，但看出了中国先秦叙事的特点。话说得虽然有点绝对，却也从一个侧面帮助我们理解这篇文章的特点。在此之前的对话中，除了“率尔”这个副词以外，可以说没有形容词和副词，到了这里，却突然出现了两个：“希”和“铿尔”。更值得注意的是，在前面的对话中，都只有对话，而没有动作描写。这里却突然有了三个动作细节："鼓瑟""舍瑟""而作"。第一，说明这个人物比前面的三个都更重要。第二，虽然如此重要，可是他对前者的发言，并不完全在意，只专注于自己的音乐。如果只是把这当作曾皙的音乐爱好，那就差以毫厘，失之千里了。"乐"在孔子的政治伦理秩序中的重要性，是和"礼"并列的，曾皙专注于鼓瑟，实际上提示他沉浸于礼乐的意境之中。但又不是对三位发言充耳不闻，他发言很慎重，文章强调他是站了起来，以显示作者认为前三位讲话究竟是站着还是坐着没有交代的必要。冉有和公西华都没有对在他们前面的发言加以评论，而这里却先让曾皙声明和前面三位不同，然后在孔子的鼓励下（"各言其志"）才说了出来：

莫春者，春服既成，冠者五六人，童子六七人，浴乎沂，风乎舞雩，咏而归。

这个回答使情景出现了转折，本来孔子已经提示了"各言其志"，讲的是经世济民的理想，而曾皙说的却是逍遥自在的春游。与子路、冉有、公西华所说的那些邦国之事相比，似乎微不足道，甚至文不对题。然而，孔子却全盘肯定：

夫子喟然叹曰："吾与点也！"

这显然是重点中的重点。从文字上看，又出现了一个副词"喟然"和一个情绪上肯定性很强的虚词"也"，使得此句成为文章意味深长的结论。这可以理解为孔子仁政、礼乐、教化理想的实现，达到了"老者安之，朋友信之，少者怀之"的境界。当然也有人认为，这是孔子晚年的一种心态，"道不行，乘桴浮于海"，《史记·孔子世家》中也记述孔子晚年曾经叹息"吾道穷矣"。两者皆可，各备一说。不管怎么说，都是孔子精神风貌的一个侧面。但是，这不该是钻研这篇经典的终点。这样的语言，不但提供了一幅逍遥的图画，而且构成了一首乐曲。特别是"浴乎沂，风乎舞雩，咏而归"，把虚词"乎"字放在动词"浴"和"风"之后，而不是像前文中把语气词放在句子的结尾，更强化了一种逍遥的风貌：三五成群，老老少少，沐浴着暮春的河水，迎着扑面的春风歌唱着，享受着大自然的恩惠，体验着人际的和谐。这样的情境带着很强的抒情性，构成一种诗化的情调。这样的诗意，和《季氏将伐颛臾》锋芒毕露的雄辩形成鲜明对比，在先秦散文叙述理性以回避抒情为务，连倾向性都要隐蔽的传统中，可以说是空前的审美艺术瑰宝。

《墨子·公输》：集思想家、智者、发明家、苦行家于一身

近年传统文化热方兴未艾，但是，往往限于儒释道，众口一词，似乎成了共识。其实，在先秦诸子中，还有一个墨家，经典之作还有一部《墨子》，但是，在语文课本中，与《论语》《孟子》相比，处于边缘。墨子不但是主张兼爱、非攻的思想家，还是机械制造、军事工程方面的专家、发明家。《墨子》卷十的《经》上下、《经说》上下，就比较系统地阐述了诸如小孔成像、镜面反射成像等光学现象及其原理。在《公输》篇之后，还有《备城门》《备高临》《备梯》《备水》《备突》《备穴》《备蛾傅》《迎敌祠》《旗帜》《号令》《杂守》凡十一篇，专讲机械制造、守城之术。墨子精神非常崇高，他不同于游说之士，甘冒生命风险，并不是为了私利；反战，并不是狭隘地为了利己。在《公输》中，他并不是宋国人，也没有接受宋国的正式委托，完全是主动献身。特别可贵的是，他还实实在在地让自己的弟子做了最坏的准备，最关键的是，他发明了破解敌方新式武器的利器。他还是一个科学发明家。在当时游说之士纵横天下之时，他能够把游说的口才和军事实践，特别是战术的准备和武器的发明结合起来。他的才智和他的胸襟、品格散发出无与伦比的光辉。故鲁迅在小说《非攻》中说他是“北方的圣贤”，这个评价很高，但并不过分，楚惠王、越王翁欲以地封墨子，墨子没有接受。故孟子称他“摩顶放踵利天下为之”（《孟子·尽心上》）、庄子说他“日夜不休，以自苦为极”（《庄子·天下》），集思想家、智者、发明家、苦行家于一身。战国时代墨家与儒家齐名，曾为显学。孟子把他和杨朱放在一起批判：“杨氏（杨朱）为我，是无君也；墨氏兼爱，是无父也。无父无君是禽兽也。”（《孟子·滕文公下》）故自武帝罢黜百家以后，墨家日渐式微。就是在当时，墨子难免处境尴尬。《公输》的尾声是：“子墨子归，过宋，天雨，庇其闾中，守闾者不内也。故曰：‘治于神者，众人不知其功；争于明者，众人知之。’”其实，这是主张苦己利人，是不别亲疏的空想到处碰壁的

自嘲。

自然科学界把我国第一颗量子卫星命名为墨子。把这么高的科学成就的荣誉赋予墨子，相形之下，语文界对墨子的文化价值是不是应该有所反思？

当然，墨子还是散文家。

为了促进反思，这里对《墨子》的一篇代表作《公输》作细胞形态分析。

一

《公输》选自《墨子》卷十三，以首二字“公输”为篇名。

墨子（约前468—前376）生活在孔子之后，孟子之前。[①]《墨子》一书和《论语》一样，并不是墨子所作，而是其弟子及后学所记（文中墨子皆称“子墨子”可证）。

《墨子》的叙述语言继承了《论语》《左传》等记事记言简洁的传统。如开头：

> 公输盘为楚造云梯之械，成，将以攻宋。子墨子闻之，起于齐，行十日十夜而至于郢，见公输盘。

纯粹是叙述，几乎全用名词、动词和必要的虚词（为、以、于、而），副词（成，结果副词）只用了一个，毫无形容和渲染。《论语》《左传》的叙述有时还有动作描写。如《子路、曾皙、冉有、公西华侍坐》：“子路率尔而对”，曾皙“鼓瑟希，铿尔，舍瑟而作”。《左传》记事简练，仍然有动作描写。如僖公九年，齐桓公接受周襄王赐肉，有“下、拜、登、受”；有时还有精致的细节描写，如晋、楚战于邲，晋中、下两军溃不成列，败兵渡河争船，自相残杀，舟中“指盈可掬”。这样的细节，是很有想象冲击力的。《墨子》的作者显然满足于质朴地传达事实，不务动作与细节描写。墨子从齐（山东）到楚国都城郢（湖北荆州），路程遥远，全为步行，极其艰难。《墨子》只是说“行十日十夜而至”。这可能是简洁到有些简陋了。但关键在“十夜”。一般人是晓行夜宿，而文章提示，晓行而夜不宿，其意志之坚定尽在不言中。

文章简练到简朴的程度，是《墨子》的一大特点。

写同样的事件，其他经典则有差异。

《战国策·宋卫策》：

> 公输般为楚设机，将以攻宋。墨子闻之，百舍重茧，往见公输般。

---

① 关于墨子的生卒年，说法多端。此外还有公元前475年—前392年、前490—前403年。《鲁迅全集》注：约前468—前376年。均在荀子之前。

《淮南子·修务训》：

> 昔者楚欲攻宋，墨子闻而悼之，自鲁趋而往，十日十夜，足重茧而不休息，裂裳裹足，至于郢。

《战国策》和《淮南子》的文风与《墨子》基本一致，只不过比《墨子》多了细节：脚上生了茧，而且是“重茧”。《淮南子》更多了“裂裳裹足”，把衣服撕破用来包脚。细节丰富，这可能与《淮南子》产生于西汉景帝（前157—前141在位）后期，去墨子晚了两三百年有关。

但是，《墨子》在中国散文史上，有不可忽视的进步。

《墨子》不限于孟子式的对话，各章皆独立议论，主题统一，逻辑演绎具有一贯性。与先秦游说之士“喻巧而理至”，用一个比喻直接说明一个道理，往往攻其一点不同，《墨子》的论述具有系统性，如《兼爱》篇，立论乱起于不爱，国家治于兼爱，以逻辑分类展示全面。不爱，分为三类：臣不爱君，子不爱父，弟不爱兄。紧扣这三类，一以贯之，指出不爱的原因是与之对称的三类：君自爱，父自爱，兄自爱。其后果为相应的三类：君亏臣，父亏子，兄亏弟。

接着以此三类一体为文脉，将涵盖面扩展到政治、军事、社会治安等方面，盗贼、大夫、诸侯之乱，皆因爱其室、其身、其国，不爱异室、他人、异国，窃异室以利其室，贼人以利其国。

接着从反面讲，如天下兼相爱，君臣、父子爱人若爱其身，视人若视己，则无盗贼，无大夫乱家，无诸侯攻国。皆能孝慈，则天下大治。

论题统一，文脉贯通首尾，分类对称，层层深化，正反对比，因果相循，在形式上构成了有机的对称结构，给人以全面、滴水不漏的感觉。这是和孟子一以贯之的“浩然之气”异趣的。

当然，从爱的内涵来说，这里有空想。但主题聚焦，文脉贯通首尾，演绎结构完整，驾驭思路的魄力，层次递进的从容，分类的前后照应和全面拓展，显示了中国散文为文的自觉，与语录式的判断和现场的巧喻辩驳相比，是一大进步。

《墨子》和《孟子》一样运用比喻。但是，不限于孟子那样以感性事例、寓言式的故事喻抽象道理，而是用抽象喻抽象的手法。如《兼爱》曰：“圣人以治天下为事者也，必知乱之所自起，焉能治之；不知乱之所自起，则不能治。譬之如医之攻人之疾者然，必知疾之所自起，焉能攻之；不知疾之所自起，则弗能攻。治乱者何独不然？”正是因为抽象能力的提高使作者充满了自信，故《墨子》很少以具体感性的寓言、故事说明道理。文风朴质无华，以干净利落的叙述和议论为主。

二

墨子的长处是推理，很少用孟子式的对话。但是本文似乎是一个例外，全文在对话中展开情节。

对话其实是辩论，辩论应该是平等的，但本文的特点是，第一，辩论发生在力量对比悬殊的两个邦国之间。楚国是个大国，宋国是个小国。楚国已经制造出先进的攻城装备，而宋国似乎毫无准备，无所作为，有点坐以待毙的样子。第二，墨子是鲁国人，并不是宋国人，当时也不在宋国，而是在齐国，并没有受到宋国的委托。在这种情况下，他只身奔到楚国，要说服楚王罢兵，成功的可能性极其渺茫，却毅然前行，足以说明，他对自己兼爱非攻，反对无端的征伐的理念是如何的执着，是如何的义无反顾。

春秋战国时代，战争频繁，各大国的兵额就有三十万至一百万之多：楚国有带甲（或作持戟）百万，车千乘，骑万匹。这意味着战争的规模很大。孟子说："春秋无义战"，"争地以战，杀人盈野；争城以战，杀人盈城，此所谓率土地而食人肉，罪不容于死"。这对于士兵和百姓来说，是残酷和血腥的。这正是墨子反战的原因。[①]

要说服已经准备好战争的大国休战，他唯一的手段就是语言，而语言非他独有，对方也是有的。语言对语言，制胜的手段就是要在逻辑上压倒对方。

矛盾的双方目的不同，没有共同认可的前提，就没有共同的逻辑起点，直接在现场提出对方认同的前提几乎是不可能的。墨子此时采取了间接的、迂回的方式，把对方诱导到自己的逻辑陷阱中去。

> 子墨子曰："北方有侮臣者，愿借子杀之。"公输盘不说。子墨子曰："请献十金。"公输盘曰："吾义固不杀人。"

墨子的前提的诱导性有两个特点：第一，出钱让对方随便杀人，与迫在眉睫的战争毫无关系，完全是私人的关系，转移了对方的敌对心理；第二，这个前提极其荒谬，是一望而知的，对方毫无防备，不假思索地回答，就进入己方的逻辑圈套，诱使对方说出"义不杀人"的原则；第三，由于这个原则涵盖面广泛，不难从私人关系自然地引申到当前国与

---

① 墨子反战的原因，见《非攻下》："今不尝观其说好攻伐之国？若使中兴师，君子庶人也必且数千，徒倍十万，然后足以师而动矣。久者数岁，速者数月，是上不暇听治，士不暇治其官府，农夫不暇稼穑，妇人不暇纺绩织纴，则是国家失卒而百姓易务也。然而又与其车马之罢毙也，幔幕帷盖，三军之用，甲兵之备，五分而得其一，则犹为序疏矣。然而又与其散亡道路，道路辽远，粮食不继傺食饮之时，厕役以此饥寒冻馁疾病而转死沟壑中者，不可胜计也。此其为不利于人也，天下之害厚矣！而王公大人乐而行之，则此乐贼灭天下之万民也，岂不悖哉！"

国的战争态势上去。

这就找到了共识的前提“义”，有了这个逻辑起点才能进入论辩。

墨子就这样从私人关系转入国与国之间的战争，从间接转为直截了当地责问公输盘：

闻子为梯，将以攻宋。宋何罪之有？

这是用公输盘的原则来反驳公输盘，既然义不杀人，为什么要对一个没有任何罪过的国度发动战争呢？战争是要杀人的啊。光是说到这里，还只是抓住了逻辑的前提做直截了当的推断，还不足以压倒对方，要彻底地压倒对方，还要从简单的推断中演绎出系统的观念来：

荆国有余于地而不足于民，杀所不足而争所有余，不可谓智。宋无罪而攻之，不可谓仁。知而不争，不可谓忠。争而不得，不可谓强。义不杀少而杀众，不可谓知类。

杀所不足之民，争所有余之地，墨子的雄辩在于抓住了潜在的矛盾：“不足”与“有余”，不“智”，这样的推论好像不是为了自己，而是站在对方的立场上得出来的。接着抓住对方所不能在口头上公然反对的仁义道德，驳斥对方：“无罪而攻之，不可谓仁。”明知不仁不智，而不和君主争辩，说不上是“忠”，即使争了，没有成功，算不得强者。最后正面归结到公输盘的“义”上来，你因为“义”的原则，不杀我让你杀的个人，却发动战争杀更多的人，不能算是“知类”。连这样的同类相比都看不出，智商是很低的。

公输盘“服”了。这完全是通过系统的推演把当时士人的共识贯串在层层深入的逻辑中。不智、不仁、不忠，于国家事务决策错误，理由已经很充足了，接下来又加上“强”和“知类”，则是对个人能力的彻底否定。

公输盘承认自己理屈词穷，但推托说，已经上告楚王决策了。文章以极其简练的笔墨，省略了过程，直接写墨子与楚王的对话：

子墨子见王，曰：“今有人于此，舍其文轩，邻有敝舆而欲窃之；舍其锦绣，邻有短褐而欲窃之；舍其粱肉，邻有糟糠而欲窃之——此为何若人？”

王曰：“必为窃疾矣。”

墨子的方法一仍其旧，还是先设定远离当前战事的常识性前提，不过不是一个，而是一连三个，其荒谬性显而易见，诱使对方不假思索地认同，亲口说出这样的人是患了偷窃病，这就舒舒服服地进入了墨子的逻辑陷阱，偷窃病成为墨子类比的喻体。

子墨子曰：“荆之地方五千里，宋之地方五百里，此犹文轩与敝舆也。荆有云梦，犀兕麋鹿满之，江汉之鱼鳖鼋鼍为天下富，宋所谓无雉兔鲋鱼者也，此犹粱肉之与糟糠也。荆有长松文梓楩楠豫章，宋无长木，此犹锦绣之与短褐也。臣以王吏之攻宋也，为与此同类。”

一连三个类比：地理、河流、林木，皆有楚国特点，五千与五百的悬殊就像文轩与破车，犀兕麋鹿随处可见与野鸡小鱼都很少见就像粱肉与糟糠的反差一样，文梓豫章这样贵重的木材与连大树都缺乏的对比就如锦绣和短袄一样，类比是成系统的，理由就很充足：楚国拥有这等华贵的财富却去攻打穷困的宋国，这不是和患了偷窃病同类吗？

比喻的系列从远到近，归结到现实的战事上来，联系到高度认同的原则“义”，违背“义”准则，又不可能获得什么实利。墨子的结论，既是气势逼人的，又似乎是与人为善的。

《墨子》没有《论语》的人物神态，也没有《孟子》的感性故事和辞藻，但有墨子特有的类比推理，这种类比的特点是具有连锁性和内在的对比，凭着这样的类比逻辑，赢得了对公输和楚王理论上的优势。

墨子以弱胜强，楚王和公输盘以强转弱，形势的对转构成了情节。

但是，战争发动由诸侯的野心决定。光凭墨子的类比推理，不可能阻挡装备有优势的楚国的决策。墨子是比较现实的，不像先秦诸多游说之士那样，满足于口舌之快。《公输》的杰出之处在于，在战术上，在模拟战事（近似于现代的沙盘推演）中取得胜利。

> 子墨子解带为城，以牒为械。公输盘九设攻城之机变，子墨子九距之。公输盘之攻械尽，子墨子之守围有余。公输盘诎。[1]

墨子本来对于战术就有深入的研究。这个回合的胜利，并不完全是因为口才，而是在模拟实践中，表现出防御战术准备有素，在九次攻守较量中，取得了压倒性优势。公输盘又认输了。

很可惜的是对于这一转弱为强的关键，《墨子》表述太简略了，对于情节来说，这属于高潮，最有戏剧性，应是不该简略的，然而无可挽回的是，《墨子》简略了，后世读者除了凭借想象，无法从文字上看出墨子是怎样取得胜利的。

鲁迅在《非攻》(《故事新编》) 中是这样想象的：

> 楚王是一位爱好新奇的王，非常高兴，便教侍臣赶快去拿木片来。墨子却解下自己的皮带，弯作弧形，向着公输子，算是城；把几十片木片分作两份，一份留下，一份交与公输子，便是攻和守的器具。
>
> 于是他们俩各各拿着木片，像下棋一般，开始斗起来了，攻的木片一进，守的就一架，这边一退，那边就一招。不过楚王和侍臣，却一点也看不懂。

---

① 公输盘一下就屈服了，这里的记述太简洁了。《墨子·鲁问》有云：“公输子谓子墨子曰：‘吾未得见之时，我欲得宋；自我得见之后，予我宋而不义，我不为。’子墨子曰：‘翟之未得见之时也，子欲得宋；自翟得见子之后，予子宋而不义，子弗为，是我予子宋也。子务为义，翟又将予子天下！’”这里的文字明显是公输盘口服心服了。可是在《非攻》中，公输盘是阴谋杀害墨子的。

只见这样的一进一退，一共有九回，大约是攻守各换了九种的花样。这之后，公输般歇手了。墨子就把皮带的弧形改向了自己，好像这回是由他来进攻。也还是一进一退的支架着，然而到第三回，墨子的木片就进了皮带的弧线里面了。

楚王和侍臣虽然莫名其妙，但看见公输般首先放下木片，脸上露出扫兴的神色，就知道他攻守两面，全都失败了。①

当然，鲁迅实际上也并不清楚两人究竟如何攻守，故只从楚王的视角，提供了结果。

墨子的厉害还在于，并不因为在理论、战术上取得优势就觉得大功告成，而是相反，他揭露公输盘的贼心不死，其阴谋不过是要杀害自己。可是，墨子不同于先秦游说之士，他是一个注重军事实际的人。在揭穿了公输盘的阴谋之后，指出自己的学生禽滑釐等三百人，已经持公输盘的“守圉之器在宋城上而待楚寇矣”。这里有三层意思：第一，宋国已经有准备，楚国的突然袭击之利已经不存在；第二，在军事上做了准备的，不是墨子个人，而是墨子学生率领的团队，有三百余人；第三，公输盘的攻城之器不但不是什么无敌秘器，墨子早有“守圉之器”在等待它。② 这个武器的发明者，就是墨子。这就很轻松地说明，杀了我一个，改变不了什么。

终于，他将一场迫在眉睫的血腥战事消解在酝酿之中。

这和烛之武退秦师一样，成为不战而屈人之兵的经典。

①《非攻》叙墨翟只守不攻；《吕氏春秋·慎大览》高诱注则说：“公输般九攻之，墨子九却之；又令公输般守备，墨子九下之。”鲁迅《非攻》写墨翟与公输盘互为攻守，大概根据高注。

② 关于公输盘与墨翟的武器发明的具体情况，在《墨子·鲁问》中有些线索：似乎墨子最重视的并不是具体的武器，而是他的“兼爱”和“义”。“公输子自鲁南游楚，焉始为舟战之器，作为钩强之备，退者钩之，进者强之，量其钩强之长，而制为之兵。楚之兵节，越之兵不节。楚人因此若埶，函败越人。公输子善其巧，以语子墨子曰：‘我舟战有钩强，不知子之义亦有钩强乎？’子墨子曰：‘我义之钩强，贤于子舟战之钩强。我钩强，我钩之以爱，揣之以恭。弗钩以爱，则不亲；拂揣以恭，则速狎；狎而不亲则速离。故交相爱，交相恭，犹若相利也。今子钩而止人，人亦钩而止子；子强而距人，人亦强而距子。交相钩，交相强，犹若相害也。故我义之钩强，贤子舟战之钩强。’”据孙诒让《墨子间诂》，“钩强”应作“钩拒”，“揣”也应作“拒”。钩拒是武器，用“钩”可以钩住敌人后退的船只；用“拒”可以挡住敌人前进的船只。

义利之辩：孟子的浩然之气和刚柔相济

孟子晚生孔子近二百年，是儒家学派第二号代表人物。司马迁在《孟子荀卿列传》中说他“受业子思之门人。道既通，游事齐宣王，宣王不能用。适梁，梁惠王不果所言……所如者不合。退而与万章之徒序《诗》《书》，述仲尼之意”[①]。他和孔子一样，得不到任用。“述仲尼之意”就是继承发挥了孔子的思想，主张王道、仁政。在诸侯王看来，他的见解“迂远而阔于事情”，但是，儒家的政治伦理理想，却由他得到更系统深刻的阐释，在他死后的两千多年中，不但对中国而且对日本、韩国、越南影响深远。儒家学者十分推崇孟子的功绩，韩愈甚至说：“向无孟子，则皆左衽而言侏离矣。故愈尝推尊孟氏，以为功不在禹下者，为此也。”（朱熹《孟子序说》引）

孟子的思想和他游说的诸侯王的政治路线从根本上是矛盾的。《孟子》一开头见梁惠王，就表明这种矛盾是不可调和的。

（梁惠）王曰：“叟不远千里而来，亦将有以利吾国乎？”

设想一下，一国之君，第一次会见一个有名的学者，又是远道而来的，年纪相当大了，请教的又是有关治国的重大问题，礼仪应该是相当正规的，用语应该是恭谨的。可是梁惠王说话，似乎比较随便，称呼就不太客气，称孟子为“叟”，只是点明他年纪大，连当时常用的敬辞（子）都没有用。再设想一下，孟子虽然有名气，但毕竟是一介平民，面对这样的对待，该如何反应呢？是不是你既然在称呼上对我不客气，我对你也不客气呢？孟子没有，还是用了尊称“王”。但是，口头上的礼貌，不等于思想上的妥协，相反是针锋相对，干脆就顶了回去。

---

① 据梁启超研究，《孟子》恐非全系孟子亲撰，其称在世的君王皆称其死后的追谥，如梁惠王、襄王、齐宣王、鲁平公、邹穆公，乃至年纪很小的滕文公都是这样。“细玩此书，乃孟子门人万章、公孙丑等追述。”（《要籍解题及其读法》）

孟子对曰："王何必曰利？亦有仁义而已矣。"

完全是平等的、辩论的语气。孟子知道自己是好辩的，曾经说过"予岂好辩哉？予不得已也"（《孟子·滕文公下》）。他的好辩有点大无畏，完全出于使命感，他觉得在这个礼崩乐坏的时代，诸侯王暴力征伐不已，"争地以战，杀人盈野；争城以战，杀人盈城，此所谓率土地而食人肉，罪不容于死"（《孟子·离娄上》）。当时诸侯王所重用的大都是法家、兵家人物：司马迁在《孟子荀卿列传》中说，"当是之时，秦用商君，富国强兵；楚、魏用吴起，战胜弱敌；齐威王、宣王用孙子、田忌之徒，而诸侯东面朝齐。天下方务于合纵连横，以攻伐为贤"。此外在孟子心目中的异端邪说，非止一端。他的论敌有两种，第一种是持不同学说的学者，如杨朱、墨翟："杨朱、墨翟之言盈天下，天下之言不归杨则归墨。杨氏为我，是无君也；墨氏兼爱，是无父也，无父无君是禽兽也……杨墨之道不息，孔子之道不著……"第二种是君王，地位虽然不平等，但是孟子时常针锋相对，不仅在论断上是斩钉截铁的，而且在反驳的逻辑上是彻底的，将对方置于无可反驳的境地。他说自己"岂好辩哉？予不得已也"。他把自己的论辩风格叫作"浩然之气"，这种气是"至大至刚"的、"配义与道"的（《孟子·公孙丑上》），在和梁惠王论辩中，这种"气"就是大义凛然的正气。站在思想的制高点上，步步紧逼对方。

《孟子》一开头和梁惠王的义利之辩，浩然之气的"至大至刚"就表现得游刃有余，先抓住梁惠王的关键词"利"，并不急于直接否定，而是以之为大前提，从中分析出矛盾，将之推向反面。

王曰"何以利吾国"，大夫曰"何以利吾家"，士、庶人曰"何以利吾身"，上下交征利而国危矣。

孟子反驳"利"，但是，先不说"利"没有道理，而是假定它有道理，则不同身份的人，有不同的"利"，而不同的"利"是矛盾的，"上下交征"，也就是不同等级的人们互相争夺，冲突多元激化，邦国就危险了。用梁惠王的"利"从逻辑上推演出对梁惠王的"不利"，这种方法其实是与和儒家对立的法家的"以子之矛，攻子之盾"如出一辙的。

孟子只用三言两语就从理论上得出一味讲"利"对国君是危险的结论。孟子的反驳如果到此为止，"气"就不够"浩然"了，他的"浩然"表现在反驳的逻辑不是单层次的，而是多层次的，逻辑层次越深入，后果越是严重，气势越是浩然：

万乘之国，弑其君者必千乘之家；千乘之国，弑其君者必百乘之家。万取千焉，千取百焉，不为不多矣。

一味讲"利"，后果是层层杀戮，直到"弑其君"，君主人头落地。浩然之气在这里不仅表现出层次性，而且表现出指向的直接性、后果的极端性，这在风格上和孔子是很不相同的。

孔子讲究温良恭俭让的风格，在情绪最激烈的时候，也不过是“小子鸣鼓而攻之，可也”（《论语·先进》）。在行文的时候，强调“辞达而已矣”（《论语·卫灵公》），虽然也强调过“言之无文，行而不远”（《左传·襄公二十五年》），但是在口头表述上，则反对“巧言令色”（《论语·学而》）。而孟子在口头表达上，则长于现场反驳时尖锐地直接指向对手。

所谓“至大至刚”就是当着君王的面说，按你的政策后果就是被“弑”，就是掉脑袋。所谓“浩然”则表现为逻辑上层层深入，后果越来越严峻，形成一种滔滔不绝、源源不断的气势。

说到这个程度，可以说是淋漓尽致了，可有时，还有更严峻的。齐宣王问他关于国卿的事，他说，这要看是异姓之卿还是同姓之卿；齐宣王说，同姓的；孟子说，同姓之卿对君主有过失就批评。“反复之而不听，则易位”（《孟子·万章下》），也就是说，反复批评还是不改，就干脆取而代之。更有甚者，齐宣王问他，“汤放桀，武王伐纣”，不是以异姓之臣弑其君吗？臣不能弑君这是为臣之忠的最高原则，孟子不能正面否定，但是，孟子说：“贼仁者谓之贼，贼义者谓之残，残贼之人谓之一夫。”这种“一夫”不是君，故不算弑君。这就显示出孟子浩然之气的一种辩论技巧，用转换概念内涵、重新定义的办法，将对方的大前提（“臣不可弑君”）加以解构。也许从今天的角度看，有偷换概念之嫌。但是，轻松地夺取大前提，不但是自圆其说，而且是他圆其说，不给论敌以置喙的余地，却显得浩然正气充盈。他出于对仁政的坚定信念，正面提出“民为贵，社稷次之，君为轻”（《孟子·尽心下》）。正是因为这样，君王不但可以取而代之，而且可以让他掉脑袋，这种正气使得迷信专制的朱元璋不能容忍，要把他的灵位逐出文庙，当然，由于天气偶然的原因不了了之。后世暴君都对他这样恐惧，当时的君主对他敬而远之就可想而知了。

孟子的浩然之气，并不完全停留在反驳上。因为反驳的功能限于从反面解构对方的论点，光是这样，说服力还不能说是最充分的。孟子的气势还表现为不着痕迹地从反面转向正面，在解构“利”的同时把自己的核心观念“仁”和“义”引了出来，作为“利”的危险后果的纠正。

苟为后义而先利，不夺不餍。未有仁而遗其亲者也，未有义而后其君者也……

把“利”放在第一位，争夺是永不餍足的，不把仁和义放在第一位的人就可能把自己放在君主之上，只有把“仁义”放在“利”之先，避免“上下交征利”，人君才可能永远处在首位。这就顺理成章地把证伪“利”，作为证明“仁”和“义”的前提。这就为浩然之气带来了另一个特点，那就是不但是层层深入，而且是正反转化的。

这样的浩然之气，义正词严，是“至大至刚”的，但是，也有不足。孟子的目的是说服，可面对的毕竟是君主，地位上是不平等的，阳刚之气固然雄辩，但过分咄咄逼人，也有副作用，那就是扩大君主和他的心理距离。要达到目的，就不能不委婉，逐步诱导，缩短心理距离，把阳刚之气和阴柔之气结合起来，便于对方接受。例如，齐宣王问他“齐桓、晋文之事”(《孟子·梁惠王上》)，这两位是春秋战国五霸七雄中的两霸。齐桓公曾有九合诸侯、一匡天下的“伟业”，不过是通过战争来实现的，是“杀人盈野”的“霸业”，孟子追求的是以道德感召的王道，就是孔子说的“远人不服，则修文德以来之。既来之，则安之”(《论语·季氏》)，两者是背道而驰的。孟子没有直截了当地顶回去，而是很委婉地说作为“仲尼之徒”没有听说，也从来不讲这类事，但是，他并不因此而放弃他的原则立场，他从齐宣王认同的“保民而王”观念出发，讲了一个齐宣王自己的故事：有人牵牛而过，王问何为？答曰：祭神（用牛的血涂在钟上）。王不忍见其恐惧发抖的样子，有人说，那么把祭神的仪式取消了。齐宣王不同意，说看它那发抖的样子，好像没有犯罪就处死它一样，用羊代替吧。孟子就顺水推舟地表扬他说，有这样的心意就可以称王天下了。但是，百姓无法理解你的用心，以为你很小气，以羊易牛不过是以小易大。你真可怜无罪而被杀，那牛和羊有什么区别呢？“王笑曰”，这可真不能怪百姓说自己吝啬了。孟子最后说，从仁德来说，是不能只见牛不见羊的。这是孟子和君主对话很少有的彻底的胜利。

《孟子》里，一般都是对话，很少写到人的表情。这里却写到齐宣王“笑”了。这说明，孟子的委婉，既表现了他的正气（仁德），又展示了他层层深入，诱导对方进入自己设定的逻辑空白。在这种语境中，孟子的气势不是针锋相对，而是用对方自己的故事，局部表扬，缩短与之的心理距离，从感性的牛羊，层层诱导，上升到理性的政治原则，最后把齐宣王批评得笑了起来。

在齐宣王面前，孟子的浩然之气不止一次获得胜利。还有一次是这样的：

孟子谓齐宣王曰：“王之臣有托其妻子于其友而之楚游者，比其反也，则冻馁其妻子，则如之何？”王曰：“弃之。”

曰：“士师不能治士，则如之何？”王曰：“已之。”

曰：“四境之内不治，则如之何？”王顾左右而言他。

孟子的逻辑层层类比推演，弄得君王觉得自己没有任何反诘的可能，只好扯到别的问题上去。这段对话很有名，两千多年来，还成为一个特殊的成语，活跃在口头和书面上。

这样的风格不完全是阳刚的，而是委婉的，但是，在内容上（“配义与道”），与浩然之气是一致的，故为浩然之气的阴柔的风格。在逻辑上征服对方和阳刚之气势是一样的。有时，特别是和齐宣王的对话中，这样的效果往往比较好。

在这方面，孟子是很有水平的。他在论辩的时候，采取直接对抗的方式是比较少的，运用间接的诱导的方法是比较多的。常常是表面上离开了论题，从生活的常识出发，讲一个具体的故事，都是对方不可能不认同的；由此类比推理，最后突然回到论题上来，或者显示对方所持主张的荒谬，或者肯定自己的思想。在这方面成功的例子很多。著名的有“五十步笑百步”“缘木求鱼”“杯水车薪”“一曝十寒”“揠苗助长”“弈秋诲人”等，都是从感性事件出发，以类比推理来批评、说服对方。

孟子的许多类比大抵都从生活常识出发，充满了感性，有时还有细节，这就不但为《孟子》增添了理趣，而且渗透了感性。相比起孔子来应该是一大进步。如孔子说“杀身成仁”，孟子说“舍生取义”，在仁和义高于生命这一点上是相同的。孟子就不满足于孔子言简意赅的格言式的论断，而是以一个比较复杂的包含两极的比喻来展开推理：

> 鱼我所欲也，熊掌亦我所欲也，二者不可得兼，舍鱼而取熊掌者也。生亦我所欲也，义亦我所欲也，二者不可得兼，舍生而取义者也。

这本来已经把义高于生命的道理讲得够清晰生动了，但是，孟子不满足，进一步揭示矛盾，舍生取义并不是不重生，不恶死：

> 生亦我所欲，所欲有甚于生者，故不为苟得也；死亦我所恶，所恶有甚于死者，故患有所不辟也……是故所欲有甚于生者，所恶有甚于死者。非独贤者有是心也，人皆有之，贤者能勿丧耳。

生死是重要的，但是生不能“苟得”，死不能苟避，还有比生和死更重要的，就是“义”，只能舍生取义。这本是人的本性，只是圣贤没有丧失这种本性而已。可以救命的食粮，非礼而来，就是饿死也不能接受（这是暗用孔子的“嗟来之食”），如果在万钟之富、宫室之美、妻妾之奉面前接受了，就是丧失了人的本性（“失其本心”）。

孔子的一句简明的格言，在孟子这里变成了一篇结构完整的议论文章。

这在逻辑上属于类比推理，具有一定论证的功能，当然比孔子进了一步。先秦诸子中并不是只有孟子一人善于用感性的寓言故事做类比论证，韩非子、庄子等人也每每以寓言说理。韩非子好以历史故事为寓言，庄子的寓言有神话性质，而孟子的寓言则多日常生活色彩。广泛运用类比推理是当时的风气，也是国人思维经过多年的积累，突破孔子时代格言式判断的表现，体现了国人推理能力、抽象能力、论证能力的发展。正是在这种时代文风中，养成了孟子在辩论中，既能咄咄逼人又能委婉曲折的风格，“浩然之气”，刚柔相济，在对付论敌时显得游刃有余。

当然，光用类比性质的寓言来论证观点，从逻辑上讲是不够的。类比和比喻一样，只是在一点上相通，难以全面。而事物是复杂的、多方面的，故类比鲜能全面。故《论语》《孟子》这样的语录体只是当时的一种体例，其特点乃在以记言为务，并不在意做文章。着意为文的，讲究文章体制的是另一类，如墨子、荀子、韩非子等的著作。语录体从孟子以后鲜有经典，即使《礼记》那样仍然假托为孔子语录，对话体裁，但是，多为长篇大论，如《礼运》论述“大同”和“小康”，已经是体制完整的论说文了。到了汉代，主流就变成论说文和赋那样的大块文章了。

孔子的格言和孟子的浩然之气

从《论语》中可以很清楚地看到，孔子的话语都很简短，精粹警策，内涵深厚，有格言的色彩。虽然有具体的语境，但也可以成为独立的判断，在不同的语境中自由地引用。不过，语录虽然是片断的，但是相互间有联系，且还具有一定的系统性，把它们联系起来，具有逻辑的统一性。

片断语录之所以深刻，是因为孔子一般不孤立地发表议论，而是在各种关系中研究事情并发表观点，往往将它们放在对立面中进行深化。如学与习的关系，光学是不够的，还要按一定的时间去温习或实习。学是新的，习是旧的，新的容易有趣味，旧的容易厌倦，但是孔子说，按一定的时间去温习，不是很开心的吗？因为温习旧的，往往会有新的发现，“温故而知新”，旧的就转化为新的了。这一句比“学而时习之”更为深邃。原因在于新与旧不但是相关的，而且是相反的，在对立的成分中看到互相转化的条件，这就是辩证的关系。

知与不知的关系也是矛盾的转化关系。实事求是，知道就是知道，不知道就是不知道，不知道能坦白承认，就转化为知道了。如果不肯承认自己的无知，就不能改变无知的状态，而承认了自己的无知，就有可能转化为智慧。

从自己学习的道理，还应拓展到互相学习的道理。“不耻下问”讲的是学与问的关系。自己敏锐得很（耳聪目敏），是不是就够了呢？不够，还得向他人学习。对一般人来说，向上请教，没有心理障碍，但向下请教，心理障碍就很大了。孔子把心理障碍概括为耻，也就是羞耻感。孔子的理想人格是不以向下讨教为耻。学问的追求，要超越世俗的羞耻感。

向人讨教，只是自己为学，只是孔子事业的一面。他一方面是学者，另一方面又是教师。作为学者，他“学而不厌”；作为教师，则“诲人不倦”。故为学之道的“不耻下问”，与诲人之道的“不倦”，是紧密相连的。为了说明诲人之道，孔子把它放在三个范畴的矛盾中加以分析，这种分析以层次递进为特点。

“知之者不如好之者，好之者不如乐之者。”（《论语·雍也》）第一个范畴：知之。即让他知道、理解，这当然是很不错的了。但是不排斥一种倾向，就是“满堂灌”，把学生弄成被动的接受者，失去自主性。由此引出了第二个范畴：好之。就是引起他的兴趣，不是老师要他学，而是他自己喜欢学。第三个范畴：乐之。即从中感到快乐。有兴趣已经具有主动性了，但是主动性也有层次高低之分。光有爱好，还不一定到家，还要让他在学习、钻研中感到快乐，感到幸福，这样的主动性就更为理想了。

怎样才能达到这个境界呢？“不愤不启，不悱不发。举一隅不以三隅反，则不复也。”不能把现成的结论告诉他，而是让他自己去苦苦思考。即使看着他不得要领，也不轻易去启发。不到他百思而不得其解，或有所意会而不能言传的时候，不去启发他。不能举一反三、触类旁通，就不再教他。这就迫使学生独立思考、自由开拓，只有这样，才有创造性。这一点和当代教育学中的自主性、建构性、创造性学习，在根本精神上是相通的。

对别人，是迫使其主动、积极地思考，不到临界点上不给予启发。那么对自己呢？已经到了临界点，还一味苦苦思索，就有可能钻牛角尖。这时，问、讨教、对话，就显得很重要。这就是《孔子家语》中的“受学重问”。问，就是和当代人对话，而读书就是和古人对话。

运用同样的方法，孔子把学习与思考在对立中思考，“学而不思则罔，思而不学则殆”（《论语·为政》）。两者都重要，但也不是平衡的，而是有主次的，主要方面决定了事物的性质。在学与思的矛盾对立中，更重要的是学，“吾尝终日不食，终夜不寝，以思，无益，不如学也”（《论语·卫灵公》）。

孔子从另一个角度说明了教人读书最根本的方法就是让他“自得”，由他自己去领悟、获得，而不是一味地告知。只有自己体悟到的，才能长久保有，才能巩固，才能积累深厚。积累深厚了，在运用的时候，才能左右逢源。

孔子的这种思维模式，使得他被弟子们记录下来的日常话语，往往带有深刻的格言性质。如：

己所不欲，勿施于人。

吾未见好德如好色者也。

君子之德风，小人之德草。

欲速则不达。

诸如此类，不一而足。

孟子论述学习的方法和孔子有相同的地方，那就是不孤立地论述问题，如把君子深造之道放在几个层次中推进："自得之，则居之安；居之安，则资之深；资之深，则取之左右逢其源。"(《孟子·离娄下》) 这和孔子所说的"知之""好之""乐之"三个层次，是比较类似的。但也有不同之处，孔子常常把问题放在矛盾的对立面中展开，如学和习、故和新、学和思、知和不知、学和思，在矛盾中观其转化，故哲理性较强。孟子有时也有一些哲理性的论述。如"尽信《书》，则不如无《书》"，就是把问题放在"尽信"和"不信"的矛盾中展开的。而孟子的语录比较丰富复杂一些，因为他不满足于格言式的论断，而是追求逻辑的雄辩，所谓"予岂好辩哉？予不得已也"(《孟子·滕文公下》)、"养吾浩然之气"(《孟子·公孙丑上》)。他的浩然之气，就是用形象的类比，来进行多层次推进。孟子类比的形象性，是孔子所不及的，如"一曝十寒"和"掘井而不及泉"的故事。

孟子的比喻，有故事、有情节。如"弈秋诲人"的故事，不但有故事情节，而且有细节，如"一心以为有鸿鹄将至，思援弓缴而射之"。这种为了说理和辩论的故事往往就成了寓言。《孟子》里许多寓言至今仍然家喻户晓，如"五十步笑百步""揠苗助长"等。用寓言说理，是当时的风气，先秦诸子中并不是只有孟子一人善于用寓言，韩非子、庄子等人也每每以寓言说理。但韩非子好以历史故事为寓言，庄子的寓言有神话性质，而且有明显虚拟的痕迹。而孟子的寓言，则多有民间故事色彩，最明显的是"齐人有一妻一妾"。当然，《孟子》中的寓言只是偶一为之，而到了《庄子》中，就可以说是连篇累牍了。

把孟子的"浩然之气"发挥到极致的可能是《生于忧患，死于安乐》(《孟子·告子下》)。孟子的"浩然之气"，在这里表现为逻辑和概括的力量，这和孔子的风格有很大的不同。

文章第一段，一口气举了六个名人的例子。人虽然不同，但都是来自下层社会，都有过苦难的经历，最后都被提拔到很高的权力地位，做出了巨大的社会贡献。六个人的经历本来是个别的，但是直接并列起来，就显示一种普遍性。这在逻辑上属于枚举归纳推理。在这样的基础上，孟子得出自己的结论：老天要把重大的任务交给一个人之前，一定要让他受苦。

为了突出这个现象的普遍性，显示其规律性，孟子甚至特地用同样的句法结构加以表达：

舜发于畎亩之中

傅说举于版筑之间

胶鬲举于鱼盐之中

管夷吾举于士

孙叔敖举于海

百里奚举于市

从句法来说，都是同样的“主语 + 动词 + 状语”结构。一般说来，用同样的句法，是比较冒险的，弄不好就造成单调的感觉；但从内涵来说，处于主语位置上的人物，都是政治大人物，状语所指则均为社会底层，每句文字数量虽然不尽相同，但从内容到句法形式都平行排比。这种排比是双重的排比，不仅句式排比，内容也排比。不仅不单调，相反有了一点震撼性。在逻辑上，这叫作枚举式的归纳，直接从感性材料中抽象出共同的特点（也就是论点）来。

孟子得出的结论是：

天将降大任于是人也，必先苦其心志。

这可以说是前面事例的正确概括，结论已经出来了。但是，在孟子看来，这样太简单，思绪和情感强度不够，文章的气势还不充沛，于是孟子再加上排比的句法把这个意思强调一下：

劳其筋骨，饿其体肤，空乏其身。

连同前面的“苦其心志”，加起来一共是四个排比，增强了情感和思绪的强度，节奏也整齐强烈了。如果是孔子，或者是墨子，甚至是韩非子，这样的程度也就足够了，但是对于孟子来说，这还不够有气势，他还要强调下去。如果再用同样的句法，可能导致单调。为了防止单调，孟子改用了另外一种句法，避免呆板：

行拂乱其所为，所以动心忍性，曾益其所不能。

顺着一个观念、一条思路，一连用了七个短句，有严整的排比，有参差的递进，这就构成了一种思绪和语言滔滔不绝的效果，就叫作气势——浩然之气。

写到这里，才完成了从感性到理性的第一个推理层次。

文章如果只有一个层次，免不了显得单薄。前面七个短句，已经从感性（“劳其筋骨，饿其体肤，空乏其身”）上升到理性了（“动心忍性，曾益其所不能”），接下来从理性上进一步提升。先从正面说：人有了过错，才能改正。就是说，没有过错，也就没有苦其心志的由头。这是一个层次。思想受到堵塞，才能奋起。说明没有堵塞，也就不可能受到忍性的磨炼。这是第二个层次。然后从反面说：在国内没有辅佐的贤士，在国外没有敌人，也就是没有威胁，则国家必然灭亡。这是第三个层次。

最后从理性上把第一个结论做更深邃的概括：“生于忧患，死于安乐。”这是一种规律性的概括，内涵十分深刻，又采用了格言的形式。“生于忧患”是矛盾的转化，本来忧患是逆境，反而有利于生存，有顺境的效果。“死于安乐”也是矛盾的转化，本来安乐是顺境，反而容易导致死亡，有逆境的效果。两者在形式（句法结构）上是对称的，而在内容上却是一个对比。内涵深邃而简洁，形式和节奏很明快，无怪乎成了一种格言。这样，孟子和孔子的文风殊途同归了。

《庖丁解牛》：从宰牛之举重若轻到养生之顺道无为

一

在春秋时代，中国散文像《老子》（老聃：前 571？—前 471？）、《孙子》（孙武：约前 545—约前 470）那样的大块文章，全是抽象概念的系统推演，连例子也不举的著作，是带着奇迹的性质的。即使在古希腊，晚于孔子一百多年的柏拉图（前 427—前 347）也只有对话录，其师苏格拉底的思想，只存在于他的对话录中。在古希腊以抽象逻辑归纳和演绎为文，要积累一个世纪，到亚里士多德（前 384—前 322）才有长篇巨著。在中国春秋时代，大都还没有做文章的意图，故流传至今的经典，包括《诗经》，连标题都没有。最为典型的是《论语》，就是师生现场自由对话，当时并不在意，百年后，学者觉得非同小可，乃作追记。

故皆为结论，很少有推理过程。所讲道理往往借助感性事例，事例之功能为以感性具体说明抽象，但其局限在于单一，难成论证。和亚里士多德差不多同时期，墨子（前 468—前 376）、商鞅（约前 390—前 338）①，系统的论述文章开始普遍流行，稍后的荀子（约前 313—前 238）、韩非（约前 280—前 233）抽象演绎有了长足发展，推理成为主要手段，长篇大论的文章甚至系统的著作多了起来。

孟子（约前 372—前 289）游说国君，和国君辩论（对话），着重推理的一贯性，自诩为浩然之气。据传晚年和其弟子万章等编辑了《孟子》，其对话逻辑性相对严密。现场对

① 当然《商君书》成于何时，商君是否写了全部，也有争议，但是一般认为，商君至少参与了部分写作。

话，说服人君，光讲抽象逻辑效果不彰，故孟子多讲故事，以增感性，如揠苗助长、齐人乞墦之类。此后其他诸子乃至西汉的论文、著作，主要靠逻辑推理，常用具体故事说明抽象道理。《韩非子》有守株待兔，《战国策》有鹬蚌相争、三人成虎，《吕氏春秋》有刻舟求剑，《淮南子》有塞翁失马，《庄子》有邯郸学步、朝三暮四等。故事本为具体论点的附属，但是，日后成为成语，具有了相对独立性，故事加结论就有了寓言的性质。

二

《庄子·养生主》中之《庖丁解牛》，与一般寓言不同，不像诸子那样，一味在形而下的现实中说明道理，而是在形而上的境界做形象的展示。

《养生主》本来是讲养生之“道”的，这种“道”不是一般的避免疾疫，保全躯体之道，而是生命与外部世界的关系之“道”[①]：对于外部世界不能有太强的主观性（有为），一味凭借人为的手段强加于对象，就不可能得心应手。生命之正道乃是“因其固然”“依乎天理”，进入无心作为的境界，才能“游刃有余”，获得绝对的自由。

这个“道”和墨子、孟子、荀子、韩非子等所讲的现实性很强的“道”（道德、为政之道）相比，是有点玄妙的，是很抽象的，“无为无形”“可得而不可见”，带着某种程度的“超验性”。

以无为达到无所不为的“道”，这个形而上的命题，是从老子那里继承来的，老子并没有在逻辑上做充足理由律的论证。庄子把这个道理用到具体的人生哲学上来，作为养生之道，说的是不费心力，比费尽心力更有利，过分着意尽力，可能是枉费心力。庄子不是墨子，他一般不做逻辑论证（除了偶尔和惠施辩论），他的天才乃是做超现实的寓言，做形象的感性极强的展示。

庖丁解牛的故事，并非始自庄子，大概民间早有传说，《淮南子·齐俗训》：“非巧冶不能以治金。屠牛吐（按人名，齐国之著名屠户，一作‘坦’）一朝解九牛，而刀可以剃毛；庖丁用刀十九年，而刀如新剖硎。何则？游乎众虚之间。”[②]《吕氏春秋》：“宋之庖丁好解牛，所见无非死牛者，三年而不见生牛。用刀十九年，刃若新磨硎。”[③]《管子·制分》：“屠牛坦

① 本文所论述的“道”，仅仅限于本篇之寓意，并不全面涉及庄子思想体系中的“道”，那个“道”是形而上的，超越时间空间的，绝对的，又是超验的：“夫道，有情有信，无为无形；可传而不可受，可得而不可见；自本自根，未有天地，自古以固存；神鬼神帝，生天生地；在太极之先而不为高，在六极之下而不为深，先天地生而不为久，长于上古而不为老。”（《大宗师》）

② 刘安：《淮南子》，上海古籍出版社 2016 年版，第 268 页。

③ 高诱注：《吕氏春秋》，上海古籍出版社 2014 年版，第 186 页。

朝解九牛，而刀可以莫铁，则刃游间也。”[①]诸子把它作为长篇大论中，许多例证中的一个，阐明自己的道理。《淮南子》用来说明“非巧冶不能以冶金”，《吕氏春秋》用来说明“顺其理诚乎牛”，《管子》用来说明用兵之道。虽然各有千秋，但是情节和语言都比较简陋。而庄子用来阐释其养生之道，在想象和语言上都大大地艺术化了。

庄子的创造在于，给名为丁的厨师（庖）设置了难题：以一人之力，解剖一牛。这是一项很艰巨的任务，牛是活的，是要反抗的，就是杀牛、放血、剔骨、取肉、剥皮，也往往非一人所能胜任，何况是要将牛的皮、骨、肉、腱、肌理做系统干净利落的解剖。

文章的第一层次就在艰巨的劳作和神奇的效果之间展开：

手之所触，肩之所倚，足之所履，膝之所踦。

任务之艰在于：第一，用手控，用肩托，用脚踩，用膝盖撑，四肢躯体各个部位协同，使尽全力，比古罗马斗牛士面临的任务要艰巨得多。但是，庖丁举重若轻，如探囊取物。

砉然向然，奏刀騞然，莫不中音。合于《桑林》之舞，乃中《经首》之会。

与任务之艰巨相反，效果是举重若轻，轻松愉快：第一，解其骨肉、皮筋，干脆利落，毫不拖泥带水；第二，和古罗马斗牛士一样，除一把刀外，别无长物；第三，不像古罗马斗牛士那样，冒着生命的危险，而是游刃有余，毫无惮神劳形之态。很显然，这很精彩，超越了古罗马最强的斗牛士，完成得很圆满、很艺术：刀子进入牛身，这对于人和牛来说，是生死的搏斗，本该是十分凶险的，但是，在庄子笔下，有音乐的节奏，有舞蹈的姿态，有经典乐曲的神韵。牛在骨肉分离的时候，没有喊叫，连血都没有流出来，一点血腥气都没有，一点痛苦都没有。完全是音乐、舞蹈艺术的表演。

庄子寓言的神秘就在这里了，人兽搏斗，变成了双方心照不宣的合作表演，这是玄虚的、魔幻的，以墨子、韩非子的标准来看，完全是不可思议的。

这就怪不得文惠君要提出问题：“技盖至此乎？”文惠君提出的问题是“技”，在技术上怎么可能达到这样的效果呢？庄子用庖丁的话回答，文惠君所问的是个伪问题，这不是形而下的技术问题，而是属于形而上的“道”的范畴。

庖丁释刀对曰：“臣之所好者道也，进乎技矣。”

庄子的回答是“道”，蕴含着庄子的核心思想。“道”，是超越“技”的。那么“道”和“技”是一种什么关系呢？

臣以神遇而不以目视。

“技”是可以目视的，是感官所感的，而“道”则不能目视，只能“神遇”。目视，是感官的、现实的，神遇，不能目视，是超越五官感知的。怎么超越呢？主要是在功能上：

---

① 房玄龄，刘绩注：《管子》，上海古籍出版社 2015 年版，第 195 页。

官知止而神欲行。

按躯体所掌握的“技”，不能不停止的地方，而“神”却径自运行。这就是说，不可感知的“神”，其能量大大超越了感官，也许按今天的理解，可能是某种潜意识在驱动，当然潜意识的观念是庄子没有想到的，但是，这不妨碍他感觉到有一种潜在的能量（神），大大超过了意识层面的“技”，迫使意识层面的“术”服从“神”。这种“神”的力量从何而来呢？

依乎天理。

“天理”的“天”，就是自然，“理”就是对象的奥秘。这种奥秘在意识层面不可感知，但是凭着潜意识是可以悟之于心的。这就是“神遇”。

不可见的比可见的更强大、更精妙。正因为这样，庖丁的刀才能“批大郤，导大窾”，在筋与骨、骨与骼细微的空隙中运行。这两处（筋骨相连处，骨骼间的空隙）都是不可目击的，但是可“神遇”。

为什么呢？“因其固然”。因为“神”，领悟了这种客观的“天理”，“固然”的也就是不变的、稳定的结构。所以“技经肯綮之未尝”，连那些盘根错节的支脉、经络，复杂的筋肉聚结点都不曾触及。这就是目不击而神遇的效果，也就是庄子所达到的理想的自由境界。

寓言的结构是故事加结论，故事讲完了，最后的结论由文惠君讲了出来：

善哉！吾闻庖丁之言，得养生焉。

解牛的特点是：第一，目不击，用今天的话来说，就好像是闭着眼睛；第二，神视，用今天的话来说，就是心里有数。为什么会心里有数呢？

因为，心能“因其固然”“依乎天理”。从目不击来说，好像是无所作为，亦即无为。但是，依乎天理，因其固然，心（神）就有所为了，就能驾驭刃的动作了。无为转化为有为。

但是，庄子告诉我们，这种无为的境界，并不是原生的、天然的，而是经历了三年的提升（实践）过程的。

庖丁的第一阶段是“始臣之解牛之时，所见无非牛者”，这是目击的特点，表面上是一览无余，获得了事物全面的信息，但是，这种目击是有缺陷的：第一，是表面的；第二，是有遮蔽性的，遮蔽了内在的天理、固然。从外部信息来看，似乎看到全部，但并不是内外一体的全牛。

庖丁的第二阶段是，三年之后，“未尝见全牛也”。目不能击了，外部的全牛消失了，遮蔽的也消失了。内在的“神”就“遇”（洞察）到了对象的“天理”，亦即结构的稳定性（固然）。目击之物似全，似有利于有为（有利于以刃解牛），却遮蔽了内在的神明，使得心灵的神不能与天理合一。而看不见全牛，似不利于有为，但是不能遮蔽内在的神明，目不能击，神却把握了全牛的内在天理（机制），目（外部感官）之无为，有助于内在的神“依乎天理”，达到有为。这就是庄子从无为到有为的境界。[①] 有学者论断：老子讲无为无不为，而庄子则退步为无为。与此文似乎不完全符合。

庄子在《天道》篇中说：“无为也，则用天下而有余；有为也，则为天下用而不足。”郭象在注《庄子·在宥》时说：“无为者，非拱默之谓也。直各任其自为，则性命安矣。”道家的无为，并不如一些西方翻译家所译的“没有行动”，而是“避免反自然的行为，即避免拂逆事物之天性”[②]。

光看这则寓言，一般读者很难感到这与题目中的“养生”有什么关系。把这则寓言前后文联系起来就比较容易理解了。前面的是：

吾生也有涯，而知也无涯。以有涯随无涯，殆已。

就是追求知识，也要适可而止，以有限求无限，是艰险的。知道了这样的限制，就可以“缘督以为经，可以保身，可以全生，可以养亲，可以尽年”。所谓督脉即身背之中脉，具有总督诸阳经之作用；“缘督”就是顺从自然之中道的含义。无涯是知识的无限性，有涯是生命的有限性，人生不应该违反客观的限制，而应该顺从它，这样才可以“保身”“全生”“尽年”，这在“依乎天理”“因其固然”这一原则上和庖丁解牛的意思是一样的。但是，这里的意思似乎是绝对的无为，与庖丁解牛有所不同。庖丁解牛之所以得心应手，是因为经历了三年的实践提升，才获得了自由。看来庄子的思想的矛盾不可回避。学者诊断其绝对无为，虽不全面，但是，也不无根据。接下去故事的道理明显了。

公文轩见右师而惊曰：“是何人也？恶乎介也？天与，其人与？”曰：“天也，非人也。天之生是使独也，人之貌有与也。以是知其天也，非人也。”泽雉十步一啄，百步一饮，不蕲畜乎樊中。神虽王，不善也。

人残废了，跛脚了，也是老天决定的，不是人为的，应该心安理得，野鸡走上十步才能啄到一口食物，走上百步才能喝到一口水，可是丝毫也不向往笼子里那样的安逸。老天注定它这样，它就心安理得，自由自在。接下去就更极端了，老子死了，朋友秦失吊丧，哭几声就足够了，太悲伤都没有必要。人受命于天，应时而生，顺依而死。安于天理和常分，生死之大限是必然，死亡有如解除倒悬之苦。这种逆来顺受是不是太消极了？庄子的妻子死了，他鼓盆而歌，为什么呢？因为顺其自然：“察其始而本无生，非徒无生也而本无形，非徒无形也而本无气。杂乎芒芴之间，变而有气，气变而有形，形变而有生，今又

① 郭预衡：《中国散文史长编》（上册），山西教育出版社 2008 年版，第 102 页。
② 李约瑟著，陈立夫等译：《中国古代科学思想史》，江西人民出版社 1999 年版，第 80 页。

变而之死，是相与为春秋冬夏四时行也。”如果“噭噭然随而哭之”就是“不通乎命”。在遵循自然之道这一点上，庄子是不无道理的，但是，不能不说是很极端的。如果和传说中的大禹治水，和差不多同时的《列子》中的“愚公移山”相比，庄子的无为是不是太消极了？这种消极性，可能就是道家哲学演化为宗教的思想根源。

三

庄子的寓言故事的因果关系是神秘的、玄虚的、超越逻辑的，但是作为论述的辅助手段，也并不排除逻辑的运用。具体到刀的动作：

彼节者有间，而刀刃者无厚；以无厚入有间，恢恢乎其于游刃必有余地矣！

一方面是关节间有空隙，另一方面刀刃则是没有厚度的（因为刀刃有“神”的抽象属性），因而不管空隙多么微细，刀刃也是可以通过的。

这是货真价实的逻辑证明。

说到这里，从方法来看，只是正面说明，如果在孔子时代，这样就相当可以了，但是，庄子时代的论述要求全面得多，不但要从正面说明，还要从反面排除。

良庖岁更刀，割也；族庖月更刀，折也。今臣之刀十九年矣，所解数千牛矣，而刀刃若新发于硎。

这可以说是一个补笔。一般的厨师，每月折断一把刀，而自己的刀十九年来还像是新磨的一样。从方法上来说仍然是从效果上反衬。

四

在庄子时代，理论的推演已经成为论者常用的手段，长篇大论的文章和著作比比皆是。庄子本人的著作，就是以论述为主的。当时运用寓言以明理，是共同的取向。但是，和《墨子》《韩非子》《荀子》等以现实的逻辑进行推演不同，《庄子》的寓言常常是在幻想的、神秘的、超现实的境界中进行，其想象汪洋恣肆，天马行空，大而至于北冥鲲鹏，翼若垂天之云，水击三千里（《逍遥游》），小而至于蜗角两国争地而战，伏尸数万（《则阳》）。这样的想象，不但在中国，就在世界文学史上，都是开辟鸿蒙之功。诸子笔下的寓言情节，是以朴素的叙述为主的，庄子对超现实境界的寓言，在语言上却极尽渲染之能事：“手之所触，肩之所倚，足之所履，膝之所踦”，一连四个排比。“砉然向然，奏刀騞然”，又是两个排比。“合于《桑林》之舞，乃中《经首》之会”，又是两个排比。在庄子，好像是信笔写来，汪洋恣肆的语言和神秘玄妙的想象，展示了超越现实的境界，读者明知玄虚，仍然陶醉，进入了一种叔本华所说的“自失”境界，获得想象上的审美享受。这种写法在当时是很少见的。不论是孟子还是韩非子的寓言，都是写实性的叙述动作，不事描写，特别是不用排比。

但是，庄子的描写并不完全是排比，有时取参差句法，显得很丰富：

> 虽然，每至于族，吾见其难为，怵然为戒，视为止，行为迟。动刀甚微，謋然已解，如土委地。提刀而立，为之四顾，为之踌躇满志，善刀而藏之。

开头句法一系列排比提示的人物尽情激昂，意气风发，而到了结尾从“怵然为戒”，到“为之四顾”“踌躇满志”“善刀而藏之”，举重若轻，志满意得，含而不露。句法上，皆为短句，参差错落，长长短短，与开头之排比形成张力，句法的变幻和意脉起伏相得益彰。

与诸子的寓言相比，庄子的这则寓言在后世影响更大，两千多年后，“得心应手”“游刃有余”“踌躇满志”仍然活跃在我们的口头和书面中，就是证明。

《劝学》：荀子的人性恶和劝学为善

《劝学》选自《荀子》，系《荀子》第一篇，无论从思想还是文学价值上，都应该是代表作。荀子的思想是有体系的，只读《劝学》是不够的。作为儒家之一派，他反对孟子的性善论，《荀子》中有专门的《性恶》篇，直截了当地论断："人之性恶，其善者伪也。"性恶是"劝学"的前提。正是因为性恶，才要劝学，劝学的目的是为善，但是善又是"伪"的。这个问题不解决，则"劝学"很可能就等于劝伪。

《劝学》一开头就是"君子曰"，为什么不像庄子《秋水》篇中称庄子，《孟子》中称孟子，《墨子》中称墨子？在先秦诸子中，自称或被称为子者比比皆是。如老子、孙子、曾子、惠子（施）、晏子（婴）、管子（仲）、杨子（朱）、公孙龙子、韩非子、列子（御寇）。荀况不以子称，有某种不可忽略的意味。如果以第一人称荀子发言，在逻辑上可能陷入悖论：人性皆恶，没有例外，当然包括自己，性恶者怎么可能劝人力学而善？以第三人称的"君子"来说话，就超越了性之恶善。这个"君子曰"，不完全是作者的杜撰，在《左传》（还有《国语》《战国策》）中，就有这样一种置于历史叙事之后的"君子曰"，这个君子的评论，可以是作者，也可能是取他人之议论。

中国古典思维从孔夫子到孟子一直长于经验直接概括，不同于古希腊之执着于初始概念之追问，经过了墨子、商鞅等的积累，荀子似乎对初始概念有所考究。就非常聪明地利用了这个现成的"君子"，透露了其建构概念前较严密的努力。

劝学的人称解决了，接着就要阐明性恶与学的关系。关键是顺性与否的问题。荀子认为人性恶是先天的："今人之性，生而有好利焉，顺是，故争夺生而辞让亡焉。"顺着人性，就好利而争夺，儒家的谦让消亡，这是不能顺性的第一个推断。"生而有疾恶焉，顺是，故残贼生而忠信亡焉。"这是第二个不能顺性的推断：任由人性之恶，忠信之道德泯灭。接下来第三个不能顺性的推断："生而有耳目之欲、有好声色焉，顺是，故淫乱生而礼义文理亡焉。”顺应人性不加约束，就会生淫乱，导致礼义消亡。在这基础上，总括起来，得出的论点是，“从人之性、顺人之情，必出于争夺，合于犯分乱理而归于暴”。任由人性发展，后果是社会祸乱和精神污染，是很危险的。荀子以三重推断强调顺着人性就是恶。

从文章结构来说，以上只是引题，问题在于怎么改变。这是推理的第二层次。

故必将有师法之化，礼义之道，然后出于辞让，合于文理，而归于治。

改变这种先天的恶的办法乃是后天的儒学教育：“师法之化，礼义之道。”人懂得了“礼义之道”就可能善了。这就引出了善和伪的关系。荀子说：“其善者伪也。”从通常的意义上说，“伪”是虚伪，教育使人善了，结果却是虚伪，仍然是不善，甚至是恶的。但是，“伪”字，从篆书来看，是从人，从文，会意兼形声，两者组合就是人为，为，兼表声。《说文解字》在人部，释义“伪”为“诈也”，是引申义。从《劝学》上下文来看：

故枸木必将待檃栝烝矫然后直，钝金必将待砻厉然后利。今人之性恶，必将待师法然后正，得礼义然后治。

“枸木”待人矫而直，金属待人砻而利。这是人为的加工，不是虚伪的意思。先天是恶的，需要后天的“师法”“礼义”教化。人之情性不能任而顺之，而要矫而正之，化而导之。如果不教化，就会悖乱。

肯定了人性恶的前提，荀子觉得应该对对立面加以反驳。战国时代，争鸣是时代的风尚。孟子就骂过：“杨氏为我，是无君也；墨氏兼爱，是无父也。无父无君是禽兽也。”(《滕文公下》)《荀子》中有《非十二子》一整章把惠施、慎到等批判了一番，特别点名痛骂子思和孟子歪曲了孔子的思想，犯下了大罪。他批评孟子的性善论：善不是天生的，而是后天的、人为的。《劝学》接下去第二章就是《修身》：“见善修然，必以自存也；见不善愀然，必以自省也；善在身介然，必以自好也。”这显然说的是君子，而“小人反是”，不修身，以致“心如虎狼，行如禽兽”。

“劝学”的前提是不学则恶性发展，不可收拾，学而善，不是变得虚伪，而是变成善良君子，甚至达于圣贤。《劝学》的主题则是落实为学，提出为学的要求：“学不可以已”，为学不可中止，也就是为学无止境。

这个“不可以已”意思很丰富。第一，为学为什么不可中止，原因是要超越前贤。“青，取之于蓝，而青于蓝；冰，水为之，而寒于水。”这显然比孔子所说的“见贤思齐”要求更高。第二，为学，不仅学习知识，而且学习人格修养。第三，学习不仅是被动的接受，而且是主动的实践：“君子博学而日参省乎己，则知明而行无过矣。”博学，不仅是习得广博的学问，而且是提高人生修养，掌握了广博的道理，并不是目的，还要“日参省乎己”，每天联系到自己，反省自己。这显然是继承了曾子的“日三省吾身”。学习的目的乃是改变恶的本能，使之向善。

超越前贤，这是个高远的境界。怎样才能达到这样的境界呢？先要学习前贤。对于这个论点，荀子的论证方法如下：

第一，是比喻论证。

> 故不登高山，不知天之高也；不临深溪，不知地之厚也；不闻先王之遗言，不知学问之大也。

就人性的本能而言，境界是很低的。只有学了先王的经典，才可能如登山知天之高，入谷知地之厚，才知学问之大。

第二，只有比喻论证是不够的，接着是实例论证。

> 干、越、夷、貉之子，生而同声，长而异俗，教使之然也。

东、北方的众多异族，出生的时候发出的声音是一样的，长大以后，话语、民俗就不同了，就是因为后天的教育、教养不同。本来先秦一般的文章，有了比喻、事例的论据，立论就基本完成了。荀子更讲究，加上一些权威的经典的话语来支持。

第三，引用了《诗经》："嗟尔君子，无恒安息。靖共尔位，好是正直。神之听之，介尔景福。"其实，引用了六句，五句和论点没有多大联系，只有"神之听之"的"神"和论点关联上了，荀子就用这个"神"把天上的"神"和精神境界上的"神"交融起来，"神莫大于化道"：受到圣贤之道教化，不但可以达到精神臻于"神"，而且达到免于祸害的永恒的幸福（"福莫长于无祸"）。

第四，有了这么多的论据还不够，荀子还有经验论证。

> 吾尝终日而思矣，不如须臾之所学也；吾尝跂而望矣，不如登高之博见也。登高而招，臂非加长也，而见者远；顺风而呼，声非加疾也，而闻者彰。假舆马者，非利足也，而致千里；假舟楫者，非能水也，而绝江河。君子生非异也，善假于物也。

中国古典文章，最初只有记言、记事，《尚书》记言，《春秋》记事，《论语》《孟子》也是记言的。但有了比喻，"君子之德风，小人之德草"，孟子形容行仁政则民归之："天油然作云、沛然下雨，则苗浡然兴之矣，其如是，孰能御之？"游说之士，把比喻用到论证中来，《文心雕龙》所谓"喻巧而理至""飞文敏以济辞"，比喻在巧，在敏。往往是一喻取胜，最有代表性者如晏子使楚，以"使狗国者从狗门入"之巧喻，使"傧者更道，从大门入"。《邹忌讽齐王纳谏》，以妻私之，妾畏之，客有求之，故皆美己，其实非真，讽使齐王赏言己之过者，造成群臣进谏，门庭若市之盛。此类文章，大抵一喻而足，在荀子这里，比喻变得丰富起来，不是单喻取胜，而取博喻。一个抽象论点，取多个感性比喻为证，如论为学之要：有了"青，取之于蓝，而青于蓝"本来就可以成立了，荀子接着又是："冰，水为之，而寒于水”（严格说来，这在比喻中属于“较喻”），句法是对称的，排比结构是很精致的，可以独立为格言，但是，荀子显然感到这样不够，为什么呢？以上两者都是自然形态，而荀子劝学的前提是人为，故接着是“木直中绳，輮以为轮，其曲中规。虽有槁暴，不复挺者，輮使之然也。故木受绳则直，金就砺则利”，都是人为加工的结果，而且一旦加工成就，木材浸水、火烘，弯曲成弧形就如金属磨利一样，不可能改变。

这样多的比喻，并没有停留在为学不可已的印证上，而是由此引出“博学参乎己”，不但是时间上的无边，而且是学业上的无限。“博学”，是很抽象的，荀子用了一连三套博喻：第一套，“不登高山，不知天之高也；不临深溪，不知地之厚也”；第二套，“不闻先王之遗言，不知学问之大也”；第三套，“干、越、夷、貉之子，生而同声，长而异俗”。不可忽略的是，和前面的青蓝冰水之喻一样是对称句法，然而三套并不重复，第一套是自然景观，第二套是人文经验，第三套则广及异族、异俗。在性质上是多元博喻：不仅有时间上的先王，而且有空间上的高山、深谷，甚至有异族的风习，这就不仅是对“教使之然”的被动印证，而且在时间和空间上丰富了论点的内涵。

句法结构上排比是统一的，但不显得重复，因为首先，比喻是多元的，其次，论点并不徘徊，比喻不断地延伸、深化。接下来的比喻又是排比的：“假舆马者，非利足也，而致千里；假舟楫者，非能水也，而绝江河。”好像在重复，但是，引出的论点却是新的：“善假于物。”这说的是，学要不可已，还要善于利用工具。接下来还是比喻，比前面似乎篇幅更多了。但是，还是没有重复。一来，这一串比喻比前面的排比结构复杂，概括的广度更大，而且有点故事性。

> 南方有鸟焉，名曰蒙鸠，以羽为巢而编之以发，系之苇苕，风至苕折，卵破子死。巢非不完也，所系者然也。西方有木焉，名曰射干，茎长四寸，生于高山之上而临百仞之渊。木茎非能长也，所立者然也。

从这组比喻引申出来的是为学之成，还与“所系”“所立”的环境有关。这样，为学之不可已，在要广博、要善于利用工具的基础上，还要加上环境因素。

仍然是比喻，但与前者不同，前者是同质的，而这里是一正一反，具有对比性。这里的比喻与经验有点遥远，有点杜撰事实，类似庄子寓言。接下来把比喻和经验拉近。“蓬生麻中，不扶而直；白沙在涅，与之俱黑”，也是一正一反，句法对称，构成格言。

接着进一步把论点推向一个新层次，环境影响的特点是“渐”，潜移默化的，一时看不见摸不着的，为了避免在不自觉中受到邪僻的精神污染，故君子要防微杜渐，则须择善邻良友。

“渐”的特点是短时间内不能感知，积以时日后果则很严重。君子要警惕失误，就要注意“其始”，因为“渐”是个漫长的过程，其始更是容易被忽略。严重的后果都是由于主观上“怠慢忘身”，故要达到君子的境界，就不仅在初始，而且在全过程中要“慎”，不慎言就可能“招祸”，不慎行就可能“招辱”。为了说明这个道理，荀子又一连举了十个感性的类比，但是，还是没有造成堆砌之感，因为不再取前文一个论点，以一系列类比罗列，而是以抽象度很高的议论穿插其间：“物类之起，必有所始”“怠慢忘身，祸灾乃作”“邪秽在身，怨之所构”“言有招祸”“行有招辱”。而“物各从其类”是为过渡，“君子慎其所立”则是结论。充分表现了作者左右逢源，信手拈来，上下纵横，文气滔滔，游刃有余。

以上所说，皆为“渐”的负面后果，接下来则是讲“渐”的正面效果。其思维逻辑仍然是对比与类比交织，先是感性的，用两个排比对称句式蓄势：“积土成山，风雨兴焉；积水成渊，蛟龙生焉”，然后上升为抽象度更高的“积善成德，而神明自得”。

前面讲的是无形的“渐”负面效果的危害，这里则从正面讲，没有“渐”细微的积累（跬步、小流、一跃），就没有宏大的成就（千里、江海、十驾）。

荀子反复运用的比喻常常具有格言的性质，乃是由于其强烈的矛盾和转化。转化并不是无条件的，接下来就是条件：从反面说，“锲而舍之，朽木不折”；从正面说，条件就在“功在不舍”，关键就在不断的积累，“锲而不舍，金石可镂”。这句格言，从全文看，不但是对开头“君子学不可以已”在结构上的首尾呼应，而且是对“学不可以已”在广度上大幅度的拓展，在深度上顺理成章的突进。

文章做到这里，主题层层深化，类比次第翻新，可谓神思飞越，浩气腾涌，要再写下去，可能要山穷水尽了。但是，荀子来了一笔柳暗花明。

以蚯蚓之弱、螃蟹之强对比，得出“用心一也”“用心躁也”的不同结果。这样好像在思想上是重复的，但是这只是个过渡，其旨在引出“是故无冥冥之志者无昭昭之明，无惛惛之事者无赫赫之功”。这很关键，荀子锲而不舍的精神，不是泛泛而论为学、修身无止境，他的理想“君子结于一”用心专一，是为了用于政治，忠于当时的王者。反对首鼠两端：“事两君者不容。目不两视而明，耳不两听而聪。”这是春秋战国时代知识分子游说诸王以求在政治上大展宏图的普遍心态。但是，政治上得到施展的毕竟是少数，故孔夫子乃有“用之则行，舍之则藏”，荀子则不管用与不用，都加了一个“学”字为纲：“学者非必为仕，而仕者必如学。”（《大略》）“学无止境”是不能有终点的。

> 荀子游历秦、赵与楚，均未受长期重用，乃客居兰陵，讲学以终。自己的政治理想未能实现，他的理想由他的两位弟子韩非与李斯施展了。

从文风上讲，荀子此文与《论语》《孟子》《墨子》之简朴不同，与《庄子》天马行空的想象、汪洋恣肆的文采亦不同，全文脉络层层推进，皆间以排比复喻，开后世赋体之先风。《荀子》有专门的《赋》一章。在句法上，全为对称，反复铺陈。在章法上，则为问答体。《赋》篇最后的结语是：

> 琁玉瑶珠，不知佩也。杂布与帛，不知异也。闾娵、子奢，莫之媒也。嫫母、力父，是之喜也。以盲为明，以聋为聪，以危为安，以吉为凶。呜呼上天，曷维其同。

据传荀子初任楚兰陵令，遭受谗毁，怒而归赵。有赞荀子之贤者，春申君请归。荀子为此《赋》篇，春申君读后，再三向荀子谢罪，荀子乃回兰陵。

作为赋体，荀子之作虽为早期，但是并不像汉赋那样偏于外物平面铺展而可能淹没思想，荀子的赋体排比之文渲染的是思想，类比叠加成为思想层层推进的血肉，其警策者竟能脱离本文，成为独立带哲理性之格言，两千余年后仍然脍炙人口。如“水则载舟，水则覆舟”“有兼听之明，而无矜奋之容；有兼覆之厚，而无伐德之色”“君子赠人以言，庶人赠人以财”“从天而颂之，孰与制天命而用之”。在《劝学》中，此类格言甚为集中而且精粹，如“青，取之于蓝，而青于蓝”“不积跬步，无以至千里；不积小流，无以成江海”“锲而舍之，朽木不折；锲而不舍，金石可镂”“目不两视而明，耳不两听而聪”“积土成山，风雨兴焉；积水成渊，蛟龙生焉；积善成德，而神明自得，圣心备焉”“君子博学而日参省乎己，则知明而行无过矣”“不登高山，不知天之高也；不临深溪，不知地之厚也”“肉腐出虫，鱼枯生蠹”“骐骥一跃，不能十步；驽马十驾，功在不舍”“强自取柱，柔自取束”。

中国古代议论文，从孔子的简洁格言到孟子的辩气浩然，再到墨子的朴素推理。荀子之文可以说是此一阶段性的总结：从思想说，有孔子的格言；从文气说，有孟子的高屋建瓴；从推理说，有墨子的层层推进。此三方面皆有集成之概。其比喻丰富，层出不穷，铺排而无繁杂之感，意脉有一以贯之之效，实乃前无古人，开后世赋体之风，在思想上和文体上之贡献不可磨灭。当然，局限也难以避免，其性恶论过于绝对，隐含着悖论。其具体论述从善而不伪的君子出发。在《君子》篇中，荀子把君子定义为：仁者，义者，节者，忠者。兼之而能自善，谓之圣。至于此等圣人、善人，是天生的还是教化的结果，就不在荀子考虑之内了。如果是天生的，则人性有善，并非全恶；如果是教化的，则教化者就是善的。静态地，绝对化地，而不是在运动的过程中论性之善恶，这不仅是荀子的，也是历史的局限性，故未能达到刘勰对“论”的“辨正然否”“穷于有数，追于无形”的理想。

《韩非子》二则：政治性寓言和形象类比

先秦诸子到了韩非子，算是最后一“子”了。因此他具有天然的“后发优势”，吸收前辈诸家的思想，把春秋战国数百年的政治、军事、历史复杂的、丰富的、分散的、无序的成败得失经验，进行原创的概括。他的思想源自老子，故《史记》将他与老子合传（《老子韩非列传》），并说他“归本于黄老”，其思想主张“皆原于道德之意”。而他的直接师承，则是先秦的最后一位儒家大师荀子。他将荀子的“性恶”和“礼治”主张进一步发展为法治思想，并综合其前辈法家商鞅的“法”、申不害的“术”和慎到的“势”，建构其“刑名法术之学”的理论体系，以空前的涵盖面和卓越的概括力，在层层递增的推演中，建立起一以贯之、纷繁多面、井然有序的宏大理论结构，将中国古典思维、智性议论的水准推向新的高度。其抽象思辨的力度完全可与古希腊同代哲人相比美。

他认为君王当修明法制，凭借权、术和势，选贤与能，驾驭臣子，内以防备内患，外以一统天下。战国“所以乱”，天下不统一，原因是不行法治，信用儒家、侠士。在他看来，“儒以文乱法，侠以武犯禁”（《五蠹》），这些背离法治者，本是应该治罪的。但是“法之所非，君之所取”，真正廉洁正直的能人志士，君王平时给予了很高的礼遇（“兼礼之”）者，于危急之时毫无用处。真正胸怀异术的有志之士，遭到忌害。他总结春秋战国数百年治乱得失，写了《孤愤》《五蠹》《内外储说》《说林》《说难》等十余万字，向君王提出解决当时旷日持久的乱局的统治术。

他的理论基础是人性恶，不像以人性善为基础的儒家那样温良恭俭让，对政治、人伦关系，长于从阴暗面去展示，文风尖锐凌厉，对人心险恶前景坦然面对，即使令人毛骨悚然的血腥危机也不回避。他在《五蠹》中，正面指斥当时的儒家、纵横家等为五种危害社会的蛀虫；在《八奸》中，提出了防止奸臣篡权的手段；在《亡征》中，提出四十七种亡国的征兆。

与古希腊执着于演绎推理不尽相同的是，他不满足于单纯概念的演绎，更不像孟子、墨子那样满足于日常事件的验证，他把论术集中在历史经验的归纳和分析上。他不是以个别典型事例，对观念做单纯说明，而是放眼春秋战国兴衰，以丰富的历史故事、文化典故、名人传说作为论据，信手拈来，洋洋洒洒，每一论断往往渗透着不下数以十计的历史人物故事、寓言。其论据密度空前。在文风上，他不取庄子汪洋恣肆的幻想，而以驾驭人文故事为能事。这使得他不但在先秦，而且在世界理论思维史上独领风骚。

更为奇崛的是，这么丰繁的感性论据，还不足以穷尽他的积学，他别出心裁地将用不完的、未能全面展开的素材单列在《说林》和《内外储说》中。在全书中，此类历史故事和寓言多达三百二十余则。在《内外储说》中还创造了“经”和“说”结合的独特文体。“经”为论点和论述，“说”则为具体感性资源。以“说”证“经”。清代王先慎引前人旧注曰“储，聚也。谓聚其所说，皆君之内谋，故曰内储说”①。当代学者黄高宪说“储说，就是积聚传说故事”这一说法较为流行。②

当然，比韩非子更早的墨子就有了“经”与“经说”之分，《管子》的《牧民》《形势》等经文亦有“牧民解”“形势解”等形式，但是，此类“经说”“解”只是理论、经文字义的阐述，而非具体的论据。

依“经”作注之“说”，篇幅如此宏大，内容如此丰富，使一些学者觉得，与其将“说”看作对“经”的解释，倒不如说“经”是对“说”的内容分类编排和总结。“说”的具体事例不是为“经”作证明，反而是“经”成为对“说”的概括，最为极端的则认为“说”是文章的主体，“经”是补充。

此说，作为一种可能性，可以参考。

一

《棘刺刻猴》出自《外储说左上第三十二》。

> 燕王好微巧。卫人曰：“能以棘刺之端为母猴。”燕王说之，养之以五乘之奉。
>
> 王曰：“吾试观客为棘刺之母猴。”客曰：“人主欲观之，必半岁不入宫，不饮酒食肉，雨霁日出视之晏阴之间，而棘刺之母猴乃可见也。”
>
> 燕王因养卫人不能观其母猴。郑有台下之冶者谓燕王曰：“臣为削者也，诸微物必以削削之，而所削必大于削。今棘刺之端不容削锋，难以治棘刺之端。王试观客之削

① 陈奇猷校注：《韩非子集释》，上海人民出版社1974年版，第516页。
② 黄高宪：《韩非子选》，福建教育出版社1991年版，第5页。

能与不能可知也。”王曰：“善。”谓卫人曰：“客为棘削之？”曰：“以削。”王曰：“吾欲观见之。”客曰：“臣请之舍取之。”因逃。①

故事从骗术的得逞到被轻易揭穿，因果关系基本完整，但是，有个漏洞，那就是骗子自称能在“棘刺之端为母猴”，如果当场表演，则骗术破产。但是，他提出一个条件：燕王“半岁不入宫，不饮酒食肉”，这个要求并不离谱，如果燕王决心忍耐半年，不入宫，不饮酒食肉，骗子就必然现形。但是，燕王居然就厚养骗子，却“不能观其母猴”。

这则故事，在《韩非子》同一篇中有两说，前说较为简略，其后又有“一曰”，较为具体生动。但前说亦有可取之处，因为若仅据后说，情节因果似有不足。而在前说中，此骗局之揭穿，原因比较充分。有一“右御冶工”对燕王说：

臣闻人主无十日不燕之斋。今知王不能久斋以观无用之器也，故以三月为期。②

骗子拿准了“人主无十日不燕之斋”，故以“三月为期”（张觉本作“半年”），这是燕王做不到的，骗子一时得逞的原因在此。这一点不可忽视。韩非重推理，有了这一点，骗子得逞于一时，在逻辑上才比较严密。

情节的最后转化（骗术破产）的条件，乃是用推理揭穿骗子的荒谬。冶工提出，削物之具一定要比它要削之物小，被削的一定要比施削的工具大。荆棘的尖端已经很小了，工具一定比它还要小。建议燕王问他用什么样的工具刻削荆棘之端。燕王就问骗子准备用什么工具刻削，骗子一听就溜了。荆棘之端已经很微小了，比它还要小的刀具是不可想象的，荆猴之神奇，在小大之比中，其虚妄显而易见。这种推理的逻辑性，很能表现韩非的理性思维特点。推理毋庸置疑，骗子逃逸。前说则为“王因囚而问之，果妄，乃杀之”。这个结果，似乎更符合法家严刑峻法的思想。

不可忽视的是，这个故事并不仅仅在说明冶铁工匠如何揭穿骗术，其主旨是政治性的，国君如何识别妄人，免受蒙蔽。《棘刺刻猴》对应的“经”是：

人主之听言也，不以功用为的，则说者多棘刺白马之说；不以仪的为关，则射者皆如羿也……是以言有纤察微难而非务也，故李、惠、宋、墨皆画策也；论有迂深闳大非用也，故畏震瞻车状皆鬼魅也。③

韩非指出之所以出现这样让骗子享受高级礼遇的荒谬风气，原因在于国君不讲究实用，这样明显不合逻辑的怪事，还有公孙龙子那样的白马非马的怪论，才得甚嚣尘上。不以求实为准则，只要会射箭就会被吹成都是能射下九个太阳的后羿。这是因为，“言有纤察微难

① 陈奇猷校注：《韩非子集释》，上海人民出版社 1974 年版，第 626—627 页。
② 陈奇猷校注：《韩非子集释》，上海人民出版社 1974 年版，第 626 页。
③ 陈奇猷校注：《韩非子集释》，上海人民出版社 1974 年版，第 612 页。

而非务也”，话说起来，有时非常精微，难以实察，可一点实用价值都没有；有时，高谈阔论，“畏震瞻车”都被弄成吓人的鬼魅。

这完全是对于战国诡辩派、纵横游说之士的批判，从中可以看出韩非的“孤愤”。

作为寓言，这很有中国战国时期的文化特色，那就是非常强烈的政治性，主要是为国君提供识别、驾驭人臣正面的智慧和反面的教训。

类似的故事，换一种语境，就有完全不同的意旨。

在梁释慧皎撰的《高僧传·鸠摩罗什传》中也有过类似的想象：

> 如昔狂人，令绩师绩线，极令细好。绩师加意，细若微尘。狂人犹恨其粗，绩师大怒，乃指空示曰“此是细缕”。狂人曰：“何以不见。”师曰：“此缕极细，我工之良匠，犹且不见，况他人耶。”狂人大喜，以付织师。师亦效焉，皆蒙上赏，而实无物。

这个寓言故事没有骗术被揭穿的政治含义，从性质上说，是宗教哲理。这个故事里视而不见的原因是心理的迷狂，狂人自己要求太高，明明是极细之织物，却嫌织得不够精细。后来，什么也没有，却盲目自迷“良匠”，以不见为见。所说乃是大乘佛教“有法皆空”的精义。

从哲学上看，这个故事似乎是对人性迷狂的一种批判。从源流上看，可能是受了印度的寓言的影响。

在世界寓言史上，古希腊、印度和中国，号称三大寓言发祥地。中国先秦诸子以来的寓言，蕴含着政治性的深厚基因，古希腊的伊索（约前620—前560）寓言，重在人生哲理性。印度的寓言《百喻经》（5世纪印度僧伽斯那所集）则多宗教理论，要针对人的心理，治烦恼，劝布施、持戒、净命、精进、阐明通于大小乘的道理。

二

《猛狗社鼠》出自《外储说右上第三十四》，表面上讲的是日常生活现象，但实质上政治性更强，蕴含着国君治国，除了法、势以外，还要有“术”的道理。其对应之经文为“术之不行，有故。不杀其狗则酒酸。夫国亦有狗，且左右皆社鼠也”。

“说”把“国亦有狗”解释得更明白。把美酒比为“有道之士”，有心为国君服务，权臣却像恶狗半道对其加害，国君就此被蒙蔽。

以一个故事引出一个道理是先秦诸子寓言的常规范式，但是，这里的特点则是不以一则故事为满足，而是接着又来一则故事，说的是同样的道理。但是，不像前面那样，先从故事说起，再联系人君的为政之道，而是人君直接提出问题：治国最大的祸患是什么？管仲的回答是老鼠。治国和老鼠有什么必然联系呢？管仲讲了一个事例。这个事例没有具体的人物和时间地点，叙述常常发生的情况，不能算是情节：种树的把树种了，还涂上颜色，而老鼠却钻到树里做窠。用火攻，怕烧坏了树木，用水灌，又怕冲掉了颜色。老鼠和树成为一体，很难消灭。由此引出人君之左右，也有老鼠一样的大臣，对外位高权重，盘剥百姓，对内则结党营私，蒙蔽国君。结论是，这些人就是国家的“社鼠”。对这样腐败致富的官员，不杀，则乱法，杀了，又可能有碍政局稳定。为国之隐患不在公开的敌人，而在最亲近的权臣，不警惕这样的权臣必然导致亡国。

韩非认为，君主最大的敌人不在外部，最大的隐患在内部。故《韩非子》特别有《备内》篇，人主不能相信任何人，尤其要防备自己最亲近的人，就连自己的妻子和儿子都不可信。因为丈夫年五十而好色未解，妇人年三十而美色衰，以衰美之妇人事好色之夫，必然被冷落，太子则不安。所以君王正常病死的不到一半（“人主之疾死者不能处半”），大多被“鸩毒扼昧”（下毒药或暗中绞缢），死于非命。这样冷峻到冷酷的思想，乃是《韩非子》最大的特点。

但是本文不是寓言，而是一般的感性事例，其功能只是类比，只是论点的一个附属成分，其功能只是很智慧的对论点的说明。从这个意义上说，本文只是政治性很强的议论文章。

和前面一篇寓言性很强的相比，虽然其有所不同，但是在文风上两者有极其相似之处。

第一，全文基本由对话构成，情节的转折皆由对话展示。第二，全部人物对话均无环境、表情、动作等描写。这是当时史家左史记言、右史记事的传统的体现。但是，在这里，韩非子的“说”与先秦诸子稍有不同。先秦诸子所举事例，基本是一事一议，逻辑单纯，而在《猛狗社鼠》中，逻辑推理多层次推进。第一层次，美酒不得售，原因是大臣如狗远道害有道怀术之人，君王乃受蒙蔽。第二层次，进一步揭示奸臣如鼠，不除则国不宁，除之则君不安。第三层次，大臣位高权重，残民以逞，离间国君和百姓。第四层次是总结：大臣为猛狗，害有道之士，左右为社鼠，蒙蔽人主。这样的情况不改变，“则国焉得无亡乎”。韩非子的议论的优长在于，层层推进，由小及大，由浅入深，由具体到抽象，由看来无大害的狗鼠，到亡国这么严重的后果，完全靠逻辑推演取胜，毫无强加于人之感。

韩非是战国时代最后一位大理论家，其气度恢宏，集法家大成，对后世历代政治有极其深刻的影响。其生活的时代，中国古典论述文体，正经历着从语录、对话、游说提高为系统论述。在他之前，墨子、鹖冠子、尹文子、庄子、荀子，已经将演绎推理作为展示理论的主要手段。及至《韩非子》，作为文体，乃继往开来之大作：其思辨更趋严谨，智性逻辑更为自然，视野空前开阔。

从先秦的散文经典来看，中国散文在最初阶段，似乎与抒情有所分工，抒情功能完全由诗歌承担，如《诗大序》所言，情动于中，而形于言。而散文，从《论语》的人生哲理，到《孟子》的雄辩，再到游说之士的临场巧喻，再到《韩非子》历史概括的宏大气势，皆以智性取胜。其趣亦不在情趣，而在智趣。智趣是与情趣对立的，其冷峻与抒情是遥遥相对的。古希腊早期亦无抒情散文，与中国息息相通，不约而同，均沉浸于理念，远离描写、渲染。这可能与当时纸尚未发明，书写比较不便有关。试想十万言，书之于竹简，何其沉重，如欲描写、抒情，耗费巨大，传播何其艰难。故行文简约，形式朴素，仅以智趣取胜。

但是，智趣积累千年，行文乃自发讲究形式，尤其是战国后期，诸子辩难，策士游说，驰骋言辞，纵横铺张，成一时风尚；乃至南方《楚辞》，也有过之而无不及。此风流渐，遂有汉赋。故诸子之文，多有排比对偶，《韩非子》自不能免。如《有度》篇之开端：

> 国无常强，无常弱。奉法者强则国强，奉法者弱则国弱。荆庄王并国二十六，开地三千里，庄王之氓社稷也，而荆以亡。齐桓公并国三十，启地三千里，桓公之氓社稷也，而齐以亡。[1]

如此严密的对称句型、有机的结构，当归功于散文数百年历史的积淀，韩非一人功，不足以开西汉赋体之先河。

---

① 陈奇猷校注：《韩非子集释》，上海人民出版社 1974 年版，第 85 页。

《愚公移山》：大蚂蚁移山精神的颂歌和反讽

《愚公移山》是一篇寓言，既不是历史，也不是对地壳变动的描述，其中的山脉位置的变迁，都是想象。虽然是虚构、想象，但并不是随意的，而是有一定的分寸。故事的可信性，可以用太行、王屋两座山的现今位置印证，正如《夸父逐日》的邓林，要以河南湖北交界之处大别山中的“邓林”来印证一样。《愚公移山》的故事不过是对这两座山为什么在这个位置上的一种解释，作者没有把这两座山搬到任何别的地方去的自由。

以无限的人力胜过有限的山，这是一种强烈的情感，但在实践中是不可能实现的。这个漏洞，作者在文章的最后用了一个幻想的办法把它堵住了。在与智叟辩论时，从理论上说，愚公有相当有力的论据，就是他的劳动力（“子子孙孙”）是“无穷匮”的，而两座山的体积，却是有限的（“山不加增”），以无限胜过有限，只是个时间问题。河曲智叟似乎是理屈词穷，弄到“亡以应”的地步。但这只是在口头辩论上的一时急智，与其说是愚公的理论胜利，不如说是智叟一时的语塞。因而作者并没有把愚公的这套理论付诸实践，以愚公儿孙辈移山的实践来证明其正确。故事到了最后，愚公并没有把山移走，这说明作者意识到愚公的移山壮志，在实践上是行不通的。他的胜利，不是实践，而是精神。作者让操蛇之神害怕了（“惧其不已”），报告了天帝，天帝被愚公的诚心所感动（“帝感其诚”），命令两个大力士把山搬走了。这说明，故事的主旨并不在于移山的实践，而在于移山的顽强意志。

既然是神话，超越现实的想象，为什么不让愚公用实践来证明自己呢？这就让我们感觉到，即使是幻想，作者还是感到不能太自由，要受现实一定程度的限制。

首先，对于愚公想要移山的质疑，河曲智叟提出的问题和愚公妻子提出的是一样的。妻子的话是：

以君之力，曾不能损魁父之丘，如太行、王屋何？

河曲智叟的话是：

以残年余力，曾不能毁山之一毛，其如土石何？

人力之渺小和自然之宏大不成比例，质疑愚公的行为并不是没有道理。愚公并没有切实回答这个严峻的问题。对于他妻子提出的把山往哪儿放的问题，也没有认真思考，就听从了七嘴八舌的议论（“杂曰”），说是把它丢到渤海里去，就匆匆忙忙地动工了。这是不是有可行性呢？是不是可持续发展呢？愚公没有考虑。

其次，只凭手工业式的工具（担、箕畚）能够把山移走吗？这个问题，甚至没有人提出。

再次，自愿参加的人数是有限的，只有自己的子孙和极少数的志愿者（邻居的孩子）。这就说明了劳动力并不是如愚公和智叟辩论时所说的那样：“子子孙孙，无穷匮也。”不是无穷的，而是有限的。而且这样的组织形式，子子孙孙看不到有任何经济效益的可能，能够无限持久吗？

正是因为这样的现实，作者最后也只能让神力把山移走。从这个意义上说，愚公和智叟的辩论，只是在口舌上愚公战胜智叟，实践却证明愚公并没有把山移走，而是一种超越自然的力量移走了大山。实践的结果，不是证明愚公失败了吗？那么情节的发展，是不是对愚公的讽刺呢？不是。移走大山的是一个名叫“夸娥氏”的家族。据李子伟《夸蛾氏——“蚂蚁神”》考证，通行本“夸蛾氏”都作“夸娥氏”，属于无本改字，《列子・汤问》原文是“夸蛾氏”。“蛾”与“娥”音义俱不相通，“夸”者，大也。“蛾”者，蚁也，“夸蛾”即大蚂蚁。[①]《愚公移山》的寓意乃是对大蚂蚁搬山精神的歌颂。

还有一个值得思考的问题是，既然是歌颂愚公矢志不移的伟大精神，批判智叟的鼠目寸光，为什么把“正面人物”叫作“愚公”，把“反面人物”叫作“智叟”？想要彻底理解本文就不能不从语言上分析两个关键词：愚公、智叟。愚公不但面对大自然坚持不懈地搏斗，而且在世俗之见面前也不动摇的顽强意志，充满了诗意，这和我国的谚语“世上无难事，只怕有心人”，以及马克思所说的“只有不畏艰险的人，才有可能登上光辉的顶点”，是异曲同工的。从坚信人的精神力量这一点上讲，愚公是很有智慧的，可以称得上“智”。叫他“愚”似为贬义，但又称“公”，又为褒义，歌颂与反讽对立统一。与愚公相对比，“智叟”是鼠目寸光的，应该叫作“愚叟”，然而却叫他“智叟”，“智”为褒义，“叟”却无褒义，隐含贬义，“智叟”也是反讽与歌颂的对立统一。从这里可以看出，作者给自己作品中的人物取名字的时候，就包含着对世俗观念的讽喻。

① 李子伟：《“夸蛾氏”——“蚂蚁神”》，《天水师范学院学报》2003年第3期，第23—24页。

在强调人的意志的决定作用上，《愚公移山》和《精卫填海》《夸父逐日》属于同一个母题。但《愚公移山》是寓言，而《精卫填海》《夸父逐日》是神话，两者虽同为虚构的想象，但寓言系个人创造，而神话为民族集体的想象。神话比寓言情节的幻想成分更为自由。《精卫填海》《夸父逐日》情节的因果关系，均有一点幼稚。如《精卫填海》：

炎帝之少女，名曰女娃。女娃游于东海，溺而不返，故为精卫。常衔西山之木石，以堙于东海。

这好像有一点孩子气：第一，自己溺死了，全怪东海；第二，为了报仇，就要把东海填满；第三，填的方法，竟是以鸟喙衔木石。这完全是没有希望的。但是，故事还是流传千载，这是因为神话的简单情节中常常隐藏着民族的精神密码。在许多神话中，我们不难看到，大海和太阳，甚至大自然，并不像今天这样充满诗意，人类对它们也很少有什么感恩之情，相反，大自然对人是比较严酷的，开天辟地的丰功伟绩和天塌地陷的灾难互相交替。

炎帝少女的故事，和大禹治水一样，饱含着初民对于横暴洪水的怨恨。而夸父逐日，是与太阳的斗争。为什么要与太阳竞走？也许在原始社会，人们对太阳带来的炎热和干旱无可奈何。夸父悲剧的原因只有一个字："渴"。拼命找水，还没有找到，就渴死了。这可能是反映人们与干旱斗争的失败，但实践中的挫败并没有使人们绝望，相反，理想却开出了芬芳的花朵，夸父的手杖变成了桃林，用桃子解渴自然比水更美妙。

这里有两点值得注意。第一，神话中的人物所遇到的困境，都不是个人的，而是与整个人类生存紧密相关的，如水和太阳给人类带来的灾难。第二，人类与之斗争，往往是失败的，但是并没有认输，相反总是以曲折的方式，显示其征服自然的理想。所以马克思说："任何神话都是用想象和借助想象以征服自然力。"

同时，不同民族的神话，又蕴藏了不同民族的精神密码。拿炎帝少女填海的故事和《圣经》中的洪水故事相比，就可以看出希伯来人在灾难中，以诺亚方舟来表示对主宰人类命运的上帝（全能全智的神）的期待。而在我们民族的神话中，对付洪水的是人，如大禹治水，他并没有超人的力量，也不指望超人的神来救助。而是第一，凭自己的智慧（不像他父亲那样用堵的办法，而用疏导的办法）；第二，凭自己的毅力（三过家门而不入）。至于和太阳的关系，夸父的故事和希腊代达罗斯的故事也不一样：导致希腊人失败的原因是，他们亲近太阳的热情和太阳温度之间的矛盾，越是想接近，翅膀就越是容易熔化。而夸父对太阳是一点亲近之感都没有的。而后羿射九日，仅余一日，则是与之坚决斗争的。至于民间谚语中的"时日曷丧，予及汝偕亡"和《二郎担山赶太阳》的民间故事，也都是对和大自然搏斗的精神的歌颂。

《曹刿论战》：只有对话的战争叙事

《曹刿论战》中的“论”可能给人一种错觉，以为这是一篇议论文。其实这是一篇记叙文，是从《左传》中节选出来的。据说《左传》是对孔子所编《春秋》的注解和阐释。孔子编《春秋》，按年月日顺序提纲挈领，很简明，于是后来就有人作“传”来加以注解和补充丰富。当时主要有三家，复姓“公羊”的人作传的，就叫《公羊传》，复姓“穀梁”的人作传的，就叫《穀梁传》。此外，就是左丘明的《左传》了。前两家重在发挥《春秋》的微言大义，而《左传》则重在丰富史实，所以叙事性很强。《曹刿论战》，就是左氏对《春秋》所记载的鲁庄公十年（前 684）时的大事所作的一个注解和补充。

鲁庄公十年，齐桓公不顾主政大夫管仲的竭力劝阻，派鲍叔牙率大军伐鲁。此前，齐、鲁几次交战，鲁国都被打败。这一次战争规模不大，齐国是强国，鲁国是弱国，结果弱国却取得了胜利。这在鲁国历史上当然是要大书特书一番的。对于历史来说，最重要的当然是事实，尤其是决定胜负关键的战争过程。而我们看到的文章，把战争取胜的过程写得相当简洁，就是敌军进攻了，军鼓打起来了，鲁国军队却不动声色，待到敌军三通鼓罢才出击。从道理上说，齐、鲁两国军队一番恶战是免不了的。这里的战争，好像没有流血的样子，也没有悬念和转危为安。前面一句“可矣”，下决心出击了，下面一句就是“齐师败绩”。这不是太轻松了吗？前面写战争前动员和政治上的调整、落实，花了那么多篇幅都是写为战争做准备；可真正到了打仗，却好像还没有开打就赢了。齐国是春秋五霸之一，齐桓公曾九合诸侯，一匡天下，齐国的军队绝不是豆腐渣，怎么就这么轻易地“败绩”了呢？

这样的处理，透露出作者的匠心：文章的重点不在战争，也不在战争如何取胜，而在战争为什么取得了胜利。文章的中心是决定这场战争并取得胜利的人，而且也不是这个人的一切，而是这个人的战争理论。

可见，文章是用历史故事的形式来表现曹刿的战争理论。在生动的故事中，充满了智慧的趣味。有赏析文章说，这篇文章的好处在于“从各个角度映照出他（曹刿）的性格特征”[①]，这混淆了文学和历史之间的区别。曹刿在这里是一个军事理论家，文章的故事旨在说明他理论的正确。作为军事理论家，他睿智、冷静、不动感情。而性格属于审美价值范畴，肯定要涉及他独特的情感体验。从范畴来说，性格塑造属于小说和戏剧的主要目标之一，而在史传和散文中，是不以性格塑造为最高目标的。

《曹刿论战》不仅记载了一场战争的全过程。在《国语》中，齐鲁长勺之战只写到战前曹刿与鲁庄公的对话，而《左传》全凭对话和人物极简练的动作，就揭示了制胜之道。只能记言和记事，不能有心理描写，这是中国史传的根本传统。作者褒贬隐含在客观叙述之中，这叫春秋笔法。

首先，战胜之道不完全在战争之中，而在战前。要调整、落实政策，以拉拢民心和“神心”（在当时，虔诚地敬神是一种共识）。特别要提起小大之狱，即使有处罚，也要合情合理，也就是把内部矛盾（无论是物质还是精神）都降低到最小限度。这一点可以归结为曹刿战争理论的第一要领：得民心。

其次，在战场上，敌强我弱。特别是在敌方士气正旺之时，要沉住气，不能硬冲硬撞。等到敌方士气衰竭了，已方由弱转强，才可以反击。这一点可以归结为曹刿战争理论的第二要领：士气。也就是以“蓄气（士气）”为上。

决定战争胜利的关键，不是靠一般的勇气，而是“一鼓作气”，也就是第一次击鼓产生的勇气。第一鼓没有激发出来，再来第二鼓，不但不能提高，反而衰弱了。看到勇气“衰”了，再以第三鼓来提气，把气都鼓光，可能就泄气了。这可以说是曹刿的战争心理学。文章对于这种心理规律的概括也很精练：“一鼓作气，再而衰，三而竭。”这个理论到现在仍被运用于书面和口语，说明他把抽象的理论概括得很精练尖锐。鼓气次数与质量成反比，与一般日常经验形成反差，因而具有思维的冲击力。

再次，“齐师败绩”了，曹刿并没有立即追赶，而是仔细确认了齐国“辙乱、旗靡”，才下令追逐。这说明曹刿不但是理论家，而且很懂得战争的实践，胜利当前，还能冷静、从容地收集信息，没有充分的把握，不下决心追赶。这可以归结为第三要领：细心。

这样简明的军事理论，如果直接说出来，可能是很粗浅的。本文之所以成为中国古典文学史的经典，就是因为用了一些文学的笔法来讲述这段史实。因为有了故事，有了曲折

① 崔承运，刘衍：《中国散文鉴赏文库（古代卷）》，百花文艺出版社 2001 年版，第 13 页。

悬念，这样的行文，容易让读者产生期待。例如，曹刿问及战争的准备，一共问了三次，前两次他都表示不满意，第三次，他的回答也是“忠之属也”，该做的都做到了，马马虎虎，可以打了。后来到了战场上，他一共只说了四句话，极其简短，每句只有两个字。第一句是鲁庄公想打了，他否定：“未可。”第二句，齐人三鼓了，他认为：“可矣。”齐人打败了，鲁庄公要追，他又说了：“未可。”等到他有把握断定齐人是真败不是假逃后，又说了两个字：“可矣！”这真是太精练了。想象一下，在当时的战争中，应该是战鼓喧天、人声鼎沸、血肉横飞的。在这样的氛围中讲话，应该是个什么样子呢？表情、语气、姿态全都省略了。为什么大幅度省略呢？这是因为，全文的目的就是讲曹刿的“战争论”，而这个战争论，又是要以战争的胜利来论证的。因而，与战争胜利有关的思想，都留在文章中；而与战争胜利无关的非思想性的感性形象，则一概省略。

当曹刿请见时，说了“肉食者鄙”，这样的言辞对于当权者是带侮辱性的。真要刻画性格，曹刿或国君可描写的东西是很多的。但作者一点形容、一点渲染、一点感叹都没有。又如，写到战场上，鲁庄公的两次决定都被他否定了。一连两次反对堂堂国君的意见，应该有什么样的心理，有什么样的表情，都省略了。就是语言，也是非常简单的“未可”“可矣”，好像是一个字也不想浪费似的。从这里，可以想象出作者对曹刿的为人有相当的理解。读者也可以想象，这个人比较果断，指挥若定、旁若无人、稳操胜券，连国君都不太放在眼里。这样的人物，其思想和气质应该是有点不凡的。这里是不是隐隐透露出这些简单的叙述、精致的对话，多少也有一点后世所谓的文学笔法？以曹刿和鲁庄公在一起的场景为例：

> 公与之乘，战于长勺。公将鼓之。刿曰：“未可。”齐人三鼓。刿曰：“可矣。”齐师败绩。公将驰之。刿曰：“未可。”下视其辙，登轼而望之，曰：“可矣。”遂逐齐师。

一场大战，从固守到反攻胜利，描述的语言中，居然没有一个形容词，全是名词、动词、代词。对国王讲话，就这么干巴巴，唯一可能流露感情的只有一个感叹词：矣。

《左传》的这种写法，曾经得到西方一些受到叙述学熏陶的学者激赏。其中一位把这种写法和西方现代派小说中的叙述潮流，甚至与海明威的电报文体、冰山风格联系起来。从艺术的角度来说，这当然有一定道理。但《左传》的叙述，是另外一种价值的体现。这是由我国传统的“实录”“史家笔法”所决定的。《春秋》作为国史，对人物的肯定或者否定，是不能从文字上直接显露出来的。史家的原则是秉笔直书，忠于史实，“寓褒贬”于字里行间。比如，鲁庄公和曹刿在战场上的对话，对于作为统帅的鲁庄公，会不会让读者产生毛毛躁躁、胸无城府的感觉呢？或者说，作者的目的是让读者感到鲁庄公这个人，虽然不一定很会打仗，但是对正确的意见能够言听计从，用人不疑，终于取得战争的胜利，因此还算是个不错的君主？这一切，都可以从“公将鼓之”“公将驰之”与曹刿的几个“未可”和“可矣”中去分析其中的“微言大义”。这种非常含蓄的手法，后来就成了史学写作的传统，叫作“春秋笔法”。这个办法太厉害了，不管是国君还是大臣，都免不了要受到当世和后来人的检验，所以有孔子订《春秋》而“乱臣贼子惧”之说。

《烛之武退秦师》和春秋笔法

一

《烛之武退秦师》出于《左传》。《左传》在司马迁《史记》中，叫作《左氏春秋》；在班固《汉书》中，叫作《左氏传》。后来习称为《左传》。特别标明“左”者，一是相传作者系左丘明，二是区别于《公羊传》和《穀梁传》。“传”，是对经典的注释。一般是注具体字句，不成文章，而《左传》插入《春秋》中的文字却可以独立成文。孔子编订的《春秋》是一部编年史，只是简略记事，一年只有几句话，一事少则一字，多则几十字。客观实录，并不直接表明倾向，可是其中隐含的褒贬非同小可，据说可达到使“乱臣贼子惧”的程度。如入选《古文观止》第一篇的《郑伯克段于鄢》，在《春秋》中，事发生在鲁隐公元年，一句话，六个字，《穀梁传》却演绎出丰富的褒贬：

> 克者何？能也。何能也？能杀也。何以不言杀？见段之有徒众也。段，郑伯弟也。何以知其为弟也？杀世子母弟目君，以其目君，知其为弟也。段，弟也，而弗谓弟；公子也，而弗谓公子，贬之也，段失子弟之道矣。贱段而甚郑伯也。何甚乎郑伯？甚郑伯之处心积虑，成于杀也。于鄢，远也，犹曰取之其母之怀中而杀之云尔。甚之也。然则为郑伯者宜奈何？缓追，逸贼，亲亲之道也。

《穀梁传》认为：按照史书记载的惯例，凡杀世子（太子，诸侯嫡长子）或同母兄弟，都会标明是国君杀的，这里标明了国君（郑伯），可知段是弟。既是弟，却不称为弟，既是公子，也不称为公子，是贬抑他的意思。而贬抑弟弟，也暗贬郑伯，暗示他处心积虑置弟于死地。还特别指出“于鄢”，追到那么远（距新郑很远的鄢陵之北）的地方去，好像从母亲的怀里把他拖出来杀死一样。郑伯当适可而止，不追，放掉他，这才符合亲兄弟之道。《左传》中也以“书曰”为名，发挥类似的道理，但是简略得多：

> 段不弟，故不言弟。如二君，故曰克。称郑伯，讥失教也。谓之郑志，不言出奔，难之也。

从其“微言”析出“大义”，寓褒贬的笔法，三“传”是一致的。

《春秋》的叙述的确隐含深意，故有所谓“春秋笔法”“一字褒贬”；但是三“传”尤其是《公羊传》《穀梁传》的有些阐释，也难免过度，强加于人的痕迹明显。对这样的微言大义，后世众多儒家学者奉若神明，王安石则认为：“孔子作《春秋》，实垂世立教之大典，当时游、夏（指孔子弟子子游、子夏）不能赞一词。自经秦火，煨烬无存。汉求遗书，而一时儒者附会以邀厚赏，自今观之，一如断烂朝报，决非仲尼之笔也。”（陈邦瞻《宋史纪事本末》卷九）。意思是说，孔子的《春秋》如果真像如今这样，有那么多未明确表达的“微言大义”，还缺这少那，那就是残缺陈腐的朝廷公报了。朱熹则认为《公羊传》与《穀梁传》是经学，也就借之演义正统观念，而《左传》，则是“史学”。(《朱子语类·卷八十三·春秋·纲领》) 这话说得到位。《左传》的价值，不完全在《公羊传》《穀梁传》那样的微言大义，而是为《春秋》过分简略的陈述，提供丰富复杂的历史情节。《郑伯克段于鄢》就展示了一个曲折、丰富、生动的过程。然而，仅仅说它有“史学”价值可能是不够的，应该说还有文学价值。

先秦历史经典以记事和记言为务。所谓左史记言，右史记事。《春秋》纯粹记事，而《尚书》（还有《论语》）则记言，大抵为直白和对话，尚未形成做完整文章的规模。这和差不多同时的古希腊不约而同。正如孔子没有自己的著作，思想保存在弟子追记的《论语》中一样，苏格拉底也没有自己的著作，其思想也保存在柏拉图的对话录中。柏拉图的皇皇巨著《理想国》也只是对话。《论语》只是记言，本来连标题都没有，只取开头第一语为题。《春秋》实录记事，并不记言，谈不上文章的体制。《左传》继承了《春秋》的文字简练而意涵深邃，兼用记事和记言，因果相衔，情节连贯，结构完整，在记事和记言的结合上突破了《春秋》和《尚书》。

记事记言的结合，使《左传》能够展示完整的情节结构，特别是大规模战争胜败的完整过程，人物对答交锋犀利，细节丰富，产生了一系列大开大阖的篇章。如僖公二十八年晋楚城濮之战，僖公三十三年秦晋殽之战，宣公十二年晋楚邲之战，成公二年齐晋鞌之战，成公十六年晋楚鄢陵之战等，在宏观的布局和微观的表现上，比《春秋》乃至后来的《国语》都有重大突破。《国语》中齐鲁长勺之战，只写到战前曹刿与鲁庄公的对话，而《左传》中的《曹刿论战》，则写出了整个战役，从战前准备到战场上双方气势消长，鲁师化被动为主动大获全胜的过程。

在文学史上，《左传》标志着古代中国书面文字，从现场记言到融记事和记言为一体，从片段到首尾贯通为篇，具有里程碑意义。

二

《烛之武退秦师》在《春秋》中，原文只有一句："晋人、秦人围郑。"有头无尾。标题《烛之武退秦师》是后人（《古文观止》编者）所加，似乎并不完美，望文生义，好像是烛之武击退了秦师。改为"烛之武说退秦师"或"烛之武智退秦师"，可能更有利于提示全文主题。不过《古文观止》已经成经典，约定俗成了，吹毛求疵似无济于事。《左传》将有头无尾的六个字，拓展成在两强兵临城下，郑国从君臣紧张，外交人员出使，到缓解，与两强之一秦国结盟，解除隐患的全过程。

从语言表现来说，它明显继承了《春秋》简练的风格。一开头完全是客观的、无动于衷的陈述：

晋侯、秦伯围郑，以其无礼于晋，且贰于楚也。晋军函陵，秦军氾南。

引起战事的原因本来是很重要的，但是，两句话带过："无礼于晋""贰于楚"（晋与楚作战，郑依附于晋同时又依附于楚）。这都是过去的事，就为了这么一点远因，毫无突发事故，晋君就联合强秦，大军压境。这不仅是语言上师承《春秋》的简练，而且隐含着言外的贬义：太霸道了。

郑国是很紧张的，但是行文上没有明言，没有外部军事环境描写，更没有人物的心理描写，仅用动词和名词，连形容词都没有。这一点和《春秋》的笔法可谓一脉相承。

接下来超越《春秋》的简单叙述，几乎全用对话，但是构成情节，这超越了《论语》中对话的片断性，在当时可是一大创造。整篇不但以情节贯通，而且以关键语词前后呼应，强化了结构的严密。

晋秦两军"围"郑，只一个"围"字，并未直接点明郑国的形势严峻。到了对话中，才让佚之狐说"国危矣"，这个"危"字，不但点明了客观形势，而且提示了主观心理的焦急。郑伯请烛之武出山，烛之武推辞，郑伯作为国君马上检讨自己"不能早用子"，这已经是很急的表现了。接着是"今急而求子"，这里的"急"，直接点明是心理上的，和佚之狐说的"国危矣"的"危"相呼应，构成了一种危而急的氛围。

《春秋》《论语》都没有心理描写，《左传》也没有心理描写，但是，《左传》以对话、关键词的前后呼应，显示了人物的心理。郑伯不但是“急”了，而且急到“求”，不但“求”，而且是求“子”（在春秋时代，被国君称为“子”的，往往都是国君所敬重的老臣、贤臣）。这还不够，他又直截了当地承认自己有“过”（“是寡人之过也”），直截了当地做检讨，没有任何委婉的辞令，可见形势“危”、心理“急”到何种程度。当然，郑伯如果一直这样低三下四，就不像国君了。其实，他软中有硬：“然郑亡，子亦有不利焉。”关键是个“利”字。亡国，不仅对我不利，对你也不利。

郑伯说服烛之武用了两手。一手软到家：先是“急”，再是“求”，三是自己有“过”；另一手是“利”，再不出山，对你也不“利”。这个“利”字很厉害，一出口，烛之武就干脆来了一个一百八十度的大转弯，答应了（“许之”）。这里没有心理描写，也没有动作和神态描写，更没有形容、渲染，但是，对于细心的读者，人物的精神状态可谓历历在目。

写烛之武“夜缒而出”，国君派出外交使者，本来是正大光明的，为什么选择在“夜”里，不是从城门里走出来，而是“缒”而出，从城头上用绳子吊下来。一个“夜”，一个“缒”，这个春秋笔法用得太绝了。外交使者不敢白天公开出来，城门都不敢开。这是写情节的进展，又是回过头来用这一结果说明前文的原因：军事形势的“危”和“急”，也说明国君为何“求”，还毫不犹豫地承认自己有“过”。

《左传》的用词太精准、太严密了。这种精准和严密，不但建立在用词的基础上，而且体现在叙事和对话的行文中。

《左传》是编年体，按照时间顺序记载历史事件。秦晋此次合围郑国，自然有其复杂的原因和长远的背景，这些在此前的“× 公 × 年”的相关叙述中，已陆陆续续有所记载。因此在本篇中，就无须再费笔墨，而是直截了当，直奔主题和主角。

本文的主角是烛之武，但作者先来个佚之狐，让他引出烛之武。这至少藏着两个“玄机”：第一，郑国此次面临灭国之危，谁也无能为力，能解围者，唯有烛之武。这在内容上，显示了烛之武的分量；在结构上，构成一个悬念：且看此人有何招数？第二，在此之前，烛之武默默无闻，从下文烛之武推辞和郑君道歉的话中，也可以看出，他一向不得志，此番是崭露头角。因此下文他的推辞和郑君的道歉，则是进一步铺垫，显示形势的危急和烛之武的老练：以退为进，让郑君信任并依仗自己。在“外交”之前，先在“内交”上牛刀小试。

接下来的问题是：秦晋合围，晋是主，秦是从，那为什么佚之狐推荐烛之武，点明要“见秦君”，而烛之武冒险出城也直接“见秦伯”？可见他俩已有共识：说退了秦军，晋军则不战而退。之所以有这个共识，是因为他们都深知秦晋关系的要害。

现在有个成语“秦晋之好”，可见秦晋两国关系是很铁的。时任的两国国君，有着非同寻常的婚姻关系和政治关系。秦晋两国在地理上是一河之隔的近邻，根据《左传》记载，秦穆公（这是谥号，死后才有，这里为了叙述方便，姑且借用。下文类此）先是晋文公的亲姐夫，后来又是晋文公的老丈人。而且晋文公先前由于王室内乱，在外流亡了十九年，最后是秦穆公用武力帮助他回到晋国，当了国君。但秦晋之间这种关系，看似友好坚牢，但毕竟是政治联姻，其关系最终还是取决于政治利益。晋文公即位后，振兴晋国，成了霸主，下一步势必要四处扩张，身旁的秦国自然是嘴边之食；而且晋要向东扩张，西邻的强秦也是“在后的黄雀”。而秦国，当然也想称霸，那么已经称了霸的晋国，正是横挡在它前面的巨大障碍。因此无论从哪个方面看，晋国都是秦国最直接、最强大、最危险的敌人。佚之狐、烛之武正是敏锐地看到它们之间表面上牢不可破的关系背后，实质性的你死我活的利益矛盾，意识到只有从这个缝隙下手，才能撬开他们之间的铁关系。

因此，烛之武为自己设定的首要任务，是说服秦军罢兵。而如上所述，这个似乎十分严峻复杂的问题，一旦抓住了要害，就变得十分简单清晰。大家都是明白人，也不必多费口舌纵横论说，剩下的，就是口才：如何三言两语，简洁而雄辩，让对方口服心折。

当然，对于军事斗争来说，光是雄辩的口才是不够的，大凡战场上得不到的东西，要想凭外交口才得到，是不现实的，主要还是凭实力。但是，郑国没有相当的实力。烛之武面临的艰巨任务是在缺乏实力的情况下，在谈判中以口才战胜实力。

谈判实际上就是辩论。对立的双方利害关系相反，没有共同语言，必须有一个双方认可的前提，才能把辩论转化为对话。烛之武必须找到一个秦穆公认可的前提。他的杰出在于，正像前段郑国君主抓住了一个“利”字，这里，他抓住了一个关键词“益”，回避了眼前郑国和秦国利害关系相反的难点，以于对方有益作为前提。这就把论题转移了：第一，不是对秦国还是郑国是否有益，而是对秦国还是晋国是否有益；第二，不是眼下对秦国是否有益，而是未来对秦国是否有益。

为了回避与秦对抗，烛之武坦然放低姿态，退一万步说，“郑既知亡矣”。但是，郑亡以后，是不是对秦国有益（“有益于君”）？如果真是这样，那就听便。但是，他反过来指出，郑亡实际上并不有益于秦，相反有害于秦。有益转化为无益，条件是：第一，灭了郑国，郑国成了秦国遥远的边地，可当中隔着晋国，秦国鞭长莫及，要向晋国借道，管理却受制于晋国，对秦国有什么益处呢？第二，郑国灭亡，实际上是增加了晋国的疆土，对于晋国有益，那就意味着对秦国是无益的（“邻之厚，君之薄也”）。这是从反面讲，从正面讲呢？如果不灭郑国，把郑国当作东方大道上的朋友（“东道主”），你有什么外交使节，郑国可以提供食宿的方便。这对你有什么害处呢？

说到这里，从逻辑上来说，是够雄辩的了。但是，烛之武不像一般先秦的游说之士，满足于逻辑的推断，他的厉害之处还在于，进一步用历史的事实来实证，晋国的野心是很难满足的。秦国曾经有恩于晋惠公（武装护送他归国），惠公承诺割让焦、瑕二地，可是背约很快，早上渡过黄河，晚上就在黄河边筑起工事，防备秦国进入黄河以东的焦、瑕二地。

在此基础上，他进一步推断，晋灭了郑国，扩张了东边的领土，再要扩张，也就只能向西扩张，除了攻打秦国，还有什么地方可去呢？

最后的结论点到关键词“利”字上来，这一切结果只是损害秦国有“利”于晋国（“阙秦以利晋”）。

本来，秦穆公纠结于眼前战事，而烛之武从战略上着眼，以长远眼光彻底唤醒了秦穆公。秦国不但退兵，而且与郑国结盟，驻兵于郑，为郑协防。

从这里，可以看出烛之武以口才战胜实力，原因在于他与先秦游说之士不同。先秦游说之士仅仅是以现场应对的敏捷取胜，如刘勰在《文心雕龙·论说》中所说，“喻巧而理至”“飞文敏以济辞”，以巧言妙喻取胜是暂时的。如《战国策》之《唐雎不辱使命》，唐雎作为外交使者，居然与秦王以在咫尺之间血拼相威胁，这不但是匹夫之勇，而且后患无穷。晏子使楚，将楚国这个大国比作狗国，也只是逞一时口舌之快。外交不讲究实力是空的。烛之武的雄辩，完全着眼于实力在战略上的利害转化：晋长必然导致秦消。

烛之武在策略和战略上有全面的考量。面临两路大军压境的危急关头，在迫在眉睫的情势下，策略上：第一，不是分兵抵抗，而是谈判；第二，先争取利害关系不太密切的一方，瓦解其同盟关系，另外一方自然消退。战略上，不但解决眼前的危局，而且从长远看，化晋秦同盟为郑秦同盟。有了这样着眼于实力转化的大视野，口才、逻辑的胜利才有坚实的基础。这在《孙子兵法》上叫作“上兵伐谋，其次伐交，其次伐兵”“不战而屈人之兵，善之善者也”（《谋攻篇》）。

不可忽略的，还有现场用语的胜利。

开头叙述郑国君求烛之武出山，双方所用的语言都是直截了当的，没有尊卑等级的意涵，而在烛之武对秦穆公说话的时候，用了一系列委婉辞、谦辞。明明说如果消灭郑国对秦国有益，你就干脆吧，可在字面上却是“敢以烦执事”，一个“敢”字，有冒昧的意思，一个“烦”字，好像给他添麻烦的样子。称对方“执事”，字面上是左右执行之人，实际上是指秦君，意思是不用你劳神，用语极其恭谨。接着说得更清楚，灭亡郑国是损秦国而利晋国，明摆着秦国是别无选择了，可是字面上是“唯君图之”，称对方为“君”，不再是“执事”，敬和重变成了委婉。

解决了秦国的问题，是不是再计议到晋国去游说一下呢？没有，而是让晋君臣说话。最后的尾声，一笔两用。表面是有人建议晋文公追击秦军，晋文公的回答是不行，“微夫人之力不及此”，没有秦穆公的军力护送他归国，他成不了晋国的国君。深层则是显示烛之武举重若轻，解决了主要矛盾，次要矛盾迎刃而解。

从这个意义上说，如果本文的题目改为“烛之武说退秦师”或“烛之武智退秦师”应该是更准确的。

《左传》中的晋文公是不简单的。毕竟他两年前已经成为中原霸主。他奉行霸道，却打着王道的旗号。出师伐郑，讲的是利和益，就是霸道，霸道讲不成了，就换了一副面孔，用另外一套话语，大讲其仁（义），“因人之力而敝之，不仁”，说借助过人家，又损害人家，显得不仁。用的是书面化的王道雅语，不但和郑国君主直截了当的口语不同，也与烛之武的委婉语不同。在这套雅语背后，《左传》作者写出了晋文公的两面性。既然讲仁义，那出师伐郑，发动流血战争，算什么呢？这一切，留给读者去判断吧。这就是春秋的寓褒贬。

当然，《左传》并没有把晋文公简单化。他也有自我检讨：失去盟友，是自己不智。用内斗代替原来的联合，不合用武的原则。这个人还是有自知之明的。

《左传》不像《公羊传》直接说教，而是以有限的显性语言隐含丰富内涵。语言精练到极点，烛之武起初推辞，后来一百八十度大转弯，只用了两个字的短句：“许之”，惜墨如金，举重若轻，这是《左传》一以贯之的笔法。烛之武成功说服秦穆公退兵，也只用了两个字“乃还”。最后晋文公退兵，用了三个字“亦去之”。全文几乎只用名词和动词，形容、渲染、抒情、描写一概不取，但是，在对话中用了不少语气词。如，佚之狐举荐烛之武：“国危矣。”郑伯对烛之武说：“是寡人之过也”“然郑亡，子亦有不利焉”。烛之武推辞：“今老矣，无能为也已。”烛之武对秦穆公说：“郑既知亡矣”“君知其难也”“邻之厚，君之薄也”“且君尝为晋君赐矣”“朝济而夕设版焉”“君之所知也”。晋文公最后也说“吾其还也”。所有这些语气词均是虚词，没有实词的具体意义，但有情绪上的意味。有了这四个“矣”，五个“也”，两个“焉”，一个“也已”，不但人物的情绪，而且现场感都大大增强了。值得注意的是，每个虚词潜在的意味均不同，如四个“矣”：佚之狐的“国危矣”，是紧张的；烛之武的“今老矣”，是推脱，说得很放松；烛之武对秦穆公说“郑既知亡矣”，是退一万步的假定，有试探的意味；至于“且君尝为晋君赐矣”，这是挑拨秦晋关系，有了这个“矣”，语气就很肯定。如果把语气词省略掉，“国危矣”变成“国危”，“今老矣”变成“今老”，“郑既知亡矣”变成“郑既知亡”，“且君尝为晋君赐矣”变成“且君尝为晋君赐”，在语义上没有什么改变，但是，人物的心态损失就太大了。

不用形容词、副词，只用动词和名词，却反复运用语气词，乃《左传》修辞的一大特色。

值得一提的是，20 世纪 50 年代，美国海明威提倡电报文体，只用动词和名词，避免用形容词，不用感叹、抒情，从原则上说和《左传》异曲同工。这一点，西方汉学家意识到了，有一位汉学家说，《左传》使用客观的第三人称叙述视角，很少主观的评论和介入。这种“实录”的语言达到非常精练的程度。周天子送给齐桓公一块祭肉，《左传》写齐桓公接受，只写四个动作“下、拜、登、受”。(《左传 · 僖公九年》) 他说：“在整部《左传》中几乎没有什么形容词，而副词就更少了。”把“无关要紧”的语言排除掉的能耐是令人惊叹的。这就是古代中国史传文学叙述的伟大功力所在，后来《三国演义》《儒林外史》《红楼梦》极少直接心理描写，全凭精彩绝伦的叙述和对话取胜，其史家笔法艺术基因就在这里。

《唐雎不辱使命》：口舌之辩的优势

一般《战国策》表扬的策士，都是面临强势，而自己处于弱势的情况，要取得胜利，通常凭借现场口头表述的机智，用软化的办法，让对方一下子转不过弯来，化劣势为一时的强势。然而在《唐雎不辱使命》中，唐雎取得胜利的方式却与之不同，面临的形势也不尽相同。

在这里，强者一方向弱者一方让出很大的利益。用五百里方圆之地换安陵五十里之地。安陵是魏国的一个附庸小国，魏国相对于秦国很弱，已经被秦国灭了，何况安陵。秦王这样做表面上是亏本生意，实际上是黄鼠狼给鸡拜年——没安好心。安陵君当然知道，世上没有强者向弱者求着要做亏本生意的，便老老实实地回绝了。安陵君也不是完全不会说话。他没有正面去怀疑秦王的动机，而是先奉承了一下秦王，说“甚善”。拒绝的理由，不是自己不愿意，而是“受地于先王”。在这一点上，秦王和自己是一样的（也是受地于先王），让他不好直接反对。哪怕是他心中不高兴，却不能公开反对。

然而霸权得罪不起。顶撞了秦王以后，还要善后解决，于是就有了唐雎的出使。唐雎面临的任务是很艰巨的，要平秦王的气，却没有什么好的交换条件去讨秦王的欢心。

一见面，秦王就露出杀机。说：本来我灭魏、韩两国的时候，安陵小国，方圆五十里，灭掉也会不费力气，只是觉得安陵君是长者，就没有在意。我拿出十倍的土地来换，你们居然不答应。这不是瞧不起我吗？霸权主义者的话语，也是有技巧的。第一，他不说自己有野心，而说自己有道德心，尊重长者。第二，心存仁厚，以十倍的土地换一点小地方。第三，说对方瞧不起自己（“轻寡人与”），把自己放在弱者的地位上。表面上是低姿态，实际上以守为攻，暗藏杀机。本来可以灭掉你，现在你又得罪了我，暗示完全有动武的、不讲理的条件。

唐雎出使的目的是缓和矛盾，却碰上秦王一副咄咄逼人不讲理的姿态。对于一般的游说之士来说，这时只有说好话，力求妥协的份。但是，处于弱势的唐雎这时却强硬起来，又一次把安陵君的理提出来，“受地于先王”就应该“守之”。这样针锋相对，形势肯定要僵，矛盾肯定更加激化。他还不满足，又加上了一句，不要说五百里，就是一千里，也是不成。不留余地主动去刺激强者，不怕秦王发火。

秦王怒火中烧，以“天子之怒”来威胁。言外之意，就是要动武了。秦王问他知道不知道“天子之怒”，唐雎明明是知道的，却说不知道。这是反挑衅，表现的是唐雎的无畏。秦王给“天子之怒”下了一个定义：“伏尸百万，流血千里。”杀这么多人都是家常便饭，何况你唐雎一个。

摆在唐雎面前的形势是严峻的。这时，他处于绝对的劣势，且面临着绝对的残暴。但唐雎的特殊之处在于，干脆也跟秦王来硬的，而且硬就硬到底。硬不能在行动上，而在语言上，他从秦王的“天子之怒”中拿出一个“怒”字，针锋相对，提出一个“布衣之怒”来。

这在辩论术中，属于把对方的概念偷换成有利于自己的方面。常用的手段，就是重新定义。同样是“怒”，对方有，我也有。秦王作为辩论者，他给“布衣之怒”下了一个定义，把它说得微不足道。那不过是披头散发，呼天抢地而已（“免冠徒跣，以头抢地”）。既没有什么自卫能力，又没有什么进攻的威慑。但是，唐雎反驳了这个定义：那不是“布衣之怒”，而是“庸夫之怒”。真正的“布衣之怒”也是同样有威胁力的：

伏尸二人，流血五步，天下缟素，今日是也。

这就是说，大家都不讲理也好，老命也不要了，我今天就和你拼了。你能流血千里，杀人百万，但近在咫尺之间，你我大不了一起完蛋。

一般情境下，弱势者谈判是不能强硬的，但当遇到暴君，软弱没有用的时候，干脆就拼死一硬。果然，秦王在精神上被压倒，反而妥协了，开始圆场，说何必这样认真呢，还奉承了唐雎几句，说：“韩国和魏国那么大都亡在我手里，安陵国不过五十里，之所以幸存，完全是因为有先生这样的人啊。”

唐雎之所以能以硬碰硬，从弱势转化为强势，完全是因为特殊的位置关系——和秦王近在咫尺。因为无畏，所以才能从容辩论。他在辩论中，对核心概念进行了三度转化。先把秦王的“帝王之怒”转化为“布衣之怒”，然后又把秦王歪曲的“布衣之怒”转化为“庸夫之怒”，最后把“布衣之怒”转化为现场的威胁。这是唐雎勇气的胜利，也是唐雎辩论智慧的胜利。

但是，弱势变成强势，只限于五步之内。秦王的妥协，是真的吗？一旦离开了五步之内，秦王的优势就强大了，唐雎的优势也就迅速转化为劣势。他的命运，安陵国的命运，就将危若累卵了。

从这个意义上来说，唐雎的胜利只是暂时的，甚至只是一个表面的现象。本文题目是《唐雎不辱使命》，他本来的任务是讨好秦王，让秦王不要过分生气，缓和矛盾，而结果则是秦王可能更加怀恨在心。那么，唐雎是取得了胜利，还是种下了祸根呢？这是很值得研究的。《战国策》的作者，在这一点上无疑是过分强调不畏强暴、口舌伶俐而已。最后，不要说安陵，整个六国都被秦国灭亡了。

《晏子使楚》：肯定对方的反驳术

《晏子使楚》是一篇论辩性的文章，与《唐雎不辱使命》有两点相似之处。第一，都是代表一方政治集团出使另一方；第二，都是以口头论辩为主。不同之处在于安陵君与秦王相比，是弱者；而晏子代表的齐国和楚国一样，都是大国。当使者的，国力不同，策略也有不同。唐雎处于弱势，除了口才之外，就是拼命，而晏子则可以全凭口才。

一般来说，春秋游说之士的基本修养就是善于辞令。所谓善于辞令，常常被理解为语气委婉地化解对抗，以达到缓和紧张气氛的目的。像唐雎那样不惜拼掉老命的情况是很少见的。但这不等于说，特殊情况下，游说之士就不能坚持自己的利益和原则进行反击。

晏子和楚王论辩的最大特点，就是在针锋相对的情况下，不直接反驳，而是肯定对方并将之导向荒谬，化被动为主动。

楚国和齐国同为大国，照理楚王应该善待齐国来使。可是楚王偏偏小心眼，搞小动作。先是弄了一个小门，不让晏子从大门进入。这是在拿晏子的矮个子来开玩笑，是带有侮辱性的。晏子采取的办法是针锋相对，对他说："使狗国者从狗门入，今臣使楚，不当从此门入。"这话的妙处在于，第一，明白地拒绝入门，让对方的小动作不能得逞。第二，讲明了拒绝入门的道理，而且是为对方考虑的道理。先把"小门"歪曲为"狗门"，又把"狗门"和"狗国"联系起来，既然是狗门，一定是狗国。这样既骂得含蓄，又留有余地。第三，让对方自己选择，自己已经化被动为主动了。如果说这就是国门，就等于承认自己国家是狗国。如果说这不是国门，就应该换一个门。也就是说，如果坚持侮辱晏婴，就得承认自己的国家是狗国。如果不想承认自己的国家是狗国，就得承认这个小诡计的失败。

有文章认为晏子的做法不太妥当。如果楚王感到被骂作狗，盛怒之下，说：这不是狗洞，你自己看着办吧。这样晏子就不能完成任务了。晏子应该这样说："看来你们缺乏诚意，准备也不够，是不是我先回去，你们先请示大王一下？"这就是没有看懂晏子使楚的要义。晏子既要完成外交的任务，还要不失尊严。如果主动打退堂鼓，不仅不能完成任务，而且不能在才智上胜过对方了。晏子迫使楚国方面让他从大门进入，既是外交的胜利，又是才智——特别是现场即兴应对的才智的胜利。要知道，在这种场合下，现场即兴反应是关键，需要的是急智，事后诸葛亮是没有任何意义的。

本文最大的特点，就是现场即兴应对，既针锋相对，又不失理路。

接下来是第二个回合。楚王说："难道齐国就没有人了吗？把你这样的人派到我们这里来！"这是公然小觑晏子，也是带有侮辱性的。晏子所用的方法和前面的有一点相似。他本可以直截了当地维护自己的尊严，毕竟自己身为齐国宰相，但是他没有这样做，而是说自己不行，不行的人才到不行的国家来（"贤者使使贤主，不肖者使使不肖主"）。在逻辑的空白中暗含着：如果你说我不行，那就是因为你不行。晏子的语言机智，显然高出楚王一筹。楚王瞧不起人的话，都是直接讲出来的；而晏子刻毒的话，都是暗含在话语的逻辑空白之中，都不是顶撞对方，而是在语义表面上顺着对方的话说，把对于对方的进攻，暗含在对他的赞同之中。

第三个回合，楚王设计的情境，不但侮辱晏子，还侮辱所有齐国人。抓了一个齐国人，从宴会堂前过，说他犯偷窃罪。楚王借此由头，说怎么齐国人都长于偷窃啊。在这种情况下，晏子本来可以直接反驳楚王的逻辑错误。从一个人犯了偷窃罪，怎么能推断出全体齐国人都善盗呢？楚王的观点从逻辑上叫作以偏概全，或者叫作轻率概括。但晏子没有这样做，因为这样有一个缺点，就是只是被动地防守，不能反击。晏子采用的方法是春秋时期游说之士和学者论辩时常用的办法——类比法。

晏子说橘子生长在淮南的时候，就是鲜美的橘子，而到了淮北就变成了酸苦的枳子。品种虽然相同，但是环境导致品质的变异。从这个植物生长变异的现象，晏子引申到人类社会中来，"得无楚之水土使民善盗邪？"这个反驳的好处是：一是说明他本来在齐国是良民，之所以为盗，是后来变的；二是他之所以变坏，是因为在楚国这个地方，是楚国的土地气候所致。这就不仅开脱了齐国人为盗的事，而且骂了楚国是强盗窝。晏子没有直接骂出来，而是利用对方提供的前提推导出来的，这叫作以子之矛，攻子之盾。

正是因为这样，楚王才不得不自我开脱，把晏子称为"圣人"，而且说圣人是开不得玩笑的，自己则是自取其病。这个"病"字用得很含蓄。本来他是要侮辱一下晏婴的，可是没有成功，自己反倒被人家骂成狗国、不肖之国、强盗窝。以辱人始，以被辱终，他不说自取其辱，而说自取其"病"，既有点服气的意思，又不过分贬低自己。楚王从文章一开始，说那么多放肆的话，都很粗野，都是送给别人话柄羞辱自己，不像个有权威有修养的王者。倒是这一句话，说得很有分寸，以退到底线为守。再没有什么话柄给晏子，让他的口才再没有发挥的余地。

《邹忌讽齐王纳谏》：层层推进的比喻推理

分析任何一篇文章都要抓住特点，抓不住特点，就可能丈二和尚摸不着头脑，对文章含义的理解南辕北辙。对于《邹忌讽齐王纳谏》，有一篇赏析文章这样说："本文值得注意的是，作者在叙事过程中，对人物的刻画、情节的安排、素材的选择、文字的表达诸方面，动用了不少文学创作的手法……邹忌是文中着力刻画的人物。作者通过人物的外貌、言行、心理的细致描写，为读者塑造了一位容貌出众、有自知之明、善于思考、足智多谋、娴于辞令的谋臣形象。"[①]这些话有点文不对题。《战国策》从本质上来说是历史性的记述，不是文学作品，其任务并不是刻画人物形象。

就本文来说，主旨是说理的，为了把抽象的道理说得生动感性，才讲了故事。故事重在情节因果逻辑的合理，讲究人物服从情节，并不像小说那样，把人物的个性放在纲领性的位置上。过分注重人物刻画，会妨碍历史的严肃性。赏析文章的作者抓不住特点，就不能不削足适履地说："文章首句：'邹忌修八尺有余，身体（按：当作形貌）昳丽'，只十一字就把邹忌身材、容貌、风度勾画出来。"[②]这就是武断了。这十一个字的确很简洁，却只能说明邹忌个子高，人长得挺漂亮。他的容貌怎么个昳丽法，眼睛、眉毛、鼻子、嘴巴、姿态、言谈等，并没有刻画，作者在意的只是这个事实引发了邹忌对自己形貌的评论，触发了他的思考。这就是故事叙述的原则，凡是引出后来结果与情节发展的，就叙述；与后来发展没有关系或关系不大的，都在省略之列。因为故事的任务是说明道理，道理是抽象的，完成了对抽象道理的阐释，就完成了最高任务。人物刻画是感性的、形象的，抽象的道理与感性的形象是有矛盾的，把力气花在说明本文如何成功地刻画人物上，只能说明赏析文章的作者没有弄清楚，刻画人物不是历史的事，而是小说或者叙事散文的事。

---

① 崔承运，刘衍：《中国散文鉴赏文库（古代卷）》，百花文艺出版社 2001 年版，第 31 页。

② 崔承运，刘衍：《中国散文鉴赏文库（古代卷）》，百花文艺出版社 2001 年版，第 32 页。

本文的特点在于说理的独特性，说理的主要观念是从故事中萌芽的。从故事中生发出道理来，是有一定难度的，难就难在故事是具体的、个别的，而道理是抽象的、普遍的。从具体的故事中，得出普遍的道理来，就得有一种抽象的功夫。这种抽象与一般学习理论不同，一般书本上的理论是现成的，我们只要去理解，再用自己的感性经验去体悟、去印证就行了。而从故事中抽象，则是直接从具体的、特殊的事实，概括出普遍的、一般的道理来，这是很值得注意的。

邹忌的直接抽象，大约经历了这样几个步骤：

邹忌发现三个不同的人对自己评价相仿，却同样不符合事实。这从思维方法来说，是异中求同。这是抽象思维的一般原则，异是具体的，而同则是普遍的。

有了这样一点，还不够深刻。为什么他们说的话不符合事实，为什么睁着眼睛说瞎话呢？抽象深化的方法之一，就是因果分析。出发点多少有些差异，但心理上“私我”“畏我”“有求于我”，都是有意讨好。既然有意讨好，就注定要歪曲真相。这可以说是从个别现象看到普遍性的内在联系。但这种普遍性不过是在家庭和个人之间，范围还不够大。能不能把普遍性扩大一些？越是扩大普遍性的范围，道理就越是深刻。

接着邹忌就把普遍性扩大到国家大事上去：“私我”“畏我”“有求于我”的情况，对于国家大事来说，也是一样。这个层次是个大飞跃，是文章主题形成的关键。这个飞跃之所以很自然，原因是这里用了类比的思维形式。类比普遍运用于先秦诸子和策士的言谈中，在中国古代的理论文章中，几乎成了传统的法门。本文用说故事的方法来形成观点然后再加以类比，扩而大之。之后又花了一定的篇幅，进一步上升为政策，广泛推行，齐国因而大治。这就是说，邹忌的思想力量，不仅在于文章的顺理成章，而且在于政策在实践中，获得了重大成果。从这个意义上来说，这篇文章既是一篇说理的文章，又是一篇宣扬策士功绩的文章，突出表现了他们的胜利，完全是由于善言说服了国王。

当然，从政治改革的角度来看，这不但夸张，而且是片面的。一个国家的改革，应该是系统的，从政治到军事，从经济到文化。任何一个方面的缺失，都可能导致失败。想要成功，需要系统中每个因素的协同。把国家的兴旺完全归结为奖励批评，从理论上来说，可能是比较肤浅的、天真的，但也反映了作者神往策士传奇式的口才。从作者的主观情感来说，和文学性是相通的。

《冯谖客孟尝君》：把它当作小说，是一流的

《冯谖客孟尝君》出于《战国策》，该书记载了上继春秋、下至秦汉之际，两百多年的历史故事和传说，为《左传》《国语》和《史记》之间数百年的历史填补了一些史料空白，不少为司马迁所征用。但是，许多史料是不确切的，更多是策士们的夸张，甚至是虚构，就是司马迁有时也难免上当。《史记》《汉书·艺文志》将其列为史，有学者不认为它是史，将它归入子部，《四库全书总目》认为它应该作为史书。子书为一家之言，而《战国策》综合诸家，非一人之作，刘向“以杂编之书为一人之书”并不妥当。此类争执在性质上，限于目录学，然而属于目录何类是结果，关键在于内容和写法。只有将写法与内容结合起来，才有利于对本文的解读。

《战国策》在《国语》之后，《国语》明显属于史类，跨西周中期到春秋战国约五百年。《国语》在写法上，虽为史，但和《左传》不同：第一，非编年体，事情大都不相连属；第二，不像《左传》既记事，又记言，《国语》基本是记言。据清人浦起龙的疏释，《国语》乃“国别家也”。虽然号称史，实际上并不是系统的史著，而是按国别分类的言论的汇编。有学人认为《国语》的性质其实并不是History，而是Discourse，事实上国外译本就是*Discourses on the States*。而《战国策》则兼记言记事，一些学人认为其“长于叙事”。此论可能不确。《战国策》记载先秦纵横家策士之言，即使是叙述故事，也皆以现场对话展开。其时纸还未发明，传播大抵为口头，书面传播比较困难，对国君的游说或相互之间的论辩，主要是现场的，故记言为主干。《古文观止》选《战国策》十四篇。其中《邹忌讽齐王纳谏》《苏秦以连横说秦》《颜斶说齐王》《庄辛论幸臣》《触龙说赵太后》《唐雎说信陵君》《唐雎不辱使命》《赵威后问齐使》等，皆以现场机敏之言取胜，《文心雕龙》总结游说以巧喻取胜，所谓“喻巧而理至”“飞文敏以济辞”。故《战国策》在文体上，具体表现为以机敏之言为主。

《冯谖客孟尝君》故事曲折。《史记·孟尝君列传》载有类似的故事，如下：

孟尝君相齐，其舍人魏子为孟尝君收邑入，三反而不致一入。孟尝君问之，对曰："有贤者，窃假与之，以故不致入。"孟尝君怒而退魏子。居数年，人或毁孟尝君于齐湣王曰："孟尝君将为乱。"及田甲劫湣王，湣王意疑孟尝君，孟尝君乃奔。魏子所与粟贤者闻之，乃上书言孟尝君不作乱，请以身为盟，遂自刭宫门以明孟尝君。湣王乃惊，而踪迹验问，孟尝君果无反谋，乃复召孟尝君。孟尝君因谢病，归老于薛。湣王许之。

全文不到两百字，对话只有"有贤者，窃假与之，以故不致入""孟尝君将为乱"两句，十八字。这是史家以叙事为主的笔法。

《冯谖客孟尝君》虽故事曲折，但主要在对话中展开。其叙述仅起交代作用，如介绍主角冯谖："齐人有冯谖者，贫乏不能自存。"没有外貌、表情、动作、场景描写。所提及者，皆与下文有关，每一个字都不能删节。"齐人"，当时游说之士，往往周游列国，而孟尝君是齐国大臣，冯谖为本国人，与游说列国者不同。"贫乏不能自存"，穷到什么程度？不能维持生命。这仅仅是交代，"使人属孟尝君，愿寄食门下"。过程并不简单，怎么介绍成功的，怎么入门的，怎么寒暄，什么打扮，什么动作，有何表情，本可略作交代，但全都省略，因为与下文故事发展的逻辑无关。他有什么特长吗？这比较关键，就不用简练的叙述，而是用对话展开。孟尝君直截了当地问他有什么本事，他答得很干脆：没有。精彩在于，孟尝君居然"笑而受之"。这样简练的叙述，充分表现了史家笔法用字精练的特点。史传体一般是不写表情的，这里却用了一个"笑"字，内涵很丰富。第一，孟尝君觉得这个家伙有点可笑；第二，孟尝君不计较：马马虎虎，大锅饭里不少他一碗，表现了孟尝君的宽容。

这个"笑"字，对孟尝君来说，是越出常规，对读者来说，构成悬念。文章的精彩全在这一个越出常规的悬念之中展开。游说之士往往是现场性的一次巧言取胜，这里不是一次性的，而是多场次，悬念层层推进的。

这个"笑"字，在故事的发展中，变成了原因，引出一个结果：管事的人以为孟尝君的笑是瞧不起他，差不多是叫花子的家伙，干吗要养呢？就马马虎虎给他开饭。

这个结果接下来变成原因，引出了一个新的结果。此人居然堂而皇之地敲着剑唱起来"吃饭没有鱼啊，咱们回家吧"。这是第二次把人物打出常规，悬念进入第二层次。你本来就穷得没有饭吃，你走就走吧。但是，孟尝君相反，答应他的要求，给他有一技之长的门客一样的待遇。

这就显示出本文悬念的特点：强度是层层加码的。一个个悬念引出一个个结果。其意味也随之层层深化。

这不仅表现了孟尝君的宽容和忍耐，而且表现了他养士的策略，就是对没有什么本事的人，也照样礼遇，有本事的人当然就会来了。战国燕昭王为郭隗那样一个并不杰出的人物筑黄金台，显示诚意，招揽天下贤才的传统在这里有所体现。这可能是当时统治者争取人才、奇才、奇谋的普遍策略，具有时代特征。苏轼《六国论》说当时“越王勾践有君子六千人，魏无忌、齐田文、赵胜、黄歇、吕不韦皆有客三千人，而田文招致任侠奸人六万家于薛，齐稷下谈者亦千人，魏文侯、燕昭王、太子丹，皆致客无数”。苏轼的话可能有些夸张，但也可见出时代风尚。

文章的第三层次是悬念再度强化，此人又弹剑唱曰“出无车”。管事的都笑了，真是太可笑了。出行用车是很高的规格。大国不过拥千乘，孟尝君家的车是有限的，居然就给他“门下车客”的待遇。这从侧面说明他养的士是有档次的。这个待遇是比一般的门客要高了。对于一个没有什么本事的人给了这么高的待遇，这太怪异了。其意义在于表现孟尝君养士的策略，即使一时无用，也要备不时之需。孟尝君人才投资的特点是不计风险。

文章的第四个悬念是第四度强化，冯谖还不满足，又弹剑而歌曰：“无以为家。”这个层次的悬念强化引起的惊异，用管事的人的态度来反衬。此前的“左右皆笑之”变成了此番“左右皆恶之”，而具体到心理上“以为贪而不知足”。孟尝君又把他的老母接来养起来。

无条件地满足他几乎一切无理的要求，即使是骗子，也不计较。从悬念来说，这已经是强化到极端，孟尝君对于人才的包容性也强化到极端。从悬念的建构来说，这是临界点了，同样的歌再唱下去，就几近荒谬，意义也难以深化，文脉也无以为继了。

故事的要害就在这无以复加的临界点突然来一个大转折。用亚里士多德在《诗学》中的话来说，就是“对转”，让这个绝对无用之人去做一件重要的事，按通常的预期是，最无用、最无理转化为最有用、最有理，表现孟尝君最有远见。

孟尝君要收债，问什么人能够胜任，冯谖自荐。文章很精彩的一笔是“孟尝君怪之”，经过那么多事，居然不认识他，感到很怪异，问这是谁啊。左右的人说，就是那个唱长铗归来的。这里，又发生了一个对转，孟尝君居然又“笑”了。这个“笑”和前面那个“笑”，很不相同。这个“笑”带出来的是真心的道歉：你有这样的本事，我真是很对不起（“吾负之”）。“未尝见也”，这个“见”用得很奇怪。明明是见过，而且问过话。这里的“见”应该有双重的意义。一是发现的意思，二是正式接见，“请而见之”，约定了日期，以非常正规的礼仪接见、委托，并且很诚恳地检讨，说自己“倦于事，愦于忧，而性懦愚，沉于国家之事，开罪于先生”。这里包含了两个方面的内容：一是全面检讨，客观上忙于国事，主观上懦弱愚昧，表现孟尝君的虚怀若谷，襟怀大度；二是表扬冯谖也大度，毫不见怪。

从故事的结构来说，这既是对强化的悬念一定程度的解答，又是再一次打出常规，引出新的悬念。孟尝君越是这样无条件地信任他，前面无理要求的荒谬性越是减弱。但是，口头上的承诺并不绝对可靠，悬念只是暗暗保留，并不是显而易见的强化，而是弱化。特别是冯谖问，收了债，买什么东西回来，孟尝君随便说道，我家缺什么就买什么（“视吾家所寡有者”）。这好像是顺带的闲笔，从故事来说好像是尾声，是顺利收债以后的事。可从结构上来说，这是伏笔，是弱得不能再弱的悬念。但是，这个极弱的悬念将成为故事最后戏剧性的强化转折的关键。

从这里，我们不难看出，这个故事之所以具有经典性，第一个原因，两度波澜起伏，以极端强化和极端弱化的悬念为基础，为最后戏剧性的大转化准备了条件，让一系列怪异的悬念得到新的、深邃的解释。

作者把“所寡有者”弱化的闲笔作为原因，引出的结果却是极端强化的：冯谖到了薛这个地方，把债户都召集起来，不是要讨债，而是把债券统统烧了，引来了一片万岁的欢呼。这个结果又变成了本文最大的、最强烈的悬念。因为与孟尝君对他的厚遇，对他的信任，以及他对孟尝君的自荐和承诺，完全背道而驰。更强烈的悬念产生了：这种无端的任性，可能造成严重的危机，他如何向孟尝君交账？他居然立马就回来了。孟尝君奇怪他的高效率，就“衣冠而见之”，非常满意，给予非常正式的礼遇，债收完了？收完了。买了什么东西回来啊？冯谖说，给你买了“义”回来。本来读者和孟尝君的共识是要买的应该是具体实物，而冯谖说的“义”是抽象的概念。从逻辑上说，这是偷换概念。但是，从故事来说，是利用概念错位，很机智的解释。这个解释是故事的灵魂，是层层推进的悬念的深邃意义所在。没有这样机智的解释，故事就破碎了，人物就失败了，主题也就没有意义了。故事的全部生命就在这里：

君云“视吾家所寡有者”。臣窃计，君宫中积珍宝，狗马实外厩，美人充下陈。君家所寡有者以义耳！窃以为君市义。

这个解释强化了故事，也强化了主题。孟尝君说，这个“义”有什么重要性？冯谖说：薛这个地方是你的封地，很小，你不把百姓当自己的家人看待，反而做生意，赚人家的钱，我把债券烧了。孟尝君不高兴了，说：“好了，你算了吧！”（“休矣”有译者翻译为“你别说了”，似乎不确。）

《战国策》虽然长于表现口舌敏捷（有时是诡辩），所谓以三寸之舌抵百万之师，但是，本文不完全以雄辩（甚至诡辩）现场取胜。难能可贵的是，冯谖在口头上失败了，但等实践来证明。过了一年孟尝君被齐王贬到他的封地薛去了。从国都下放薛，孟尝君是有点狼狈、落魄和丢脸的。没有想到“民扶老携幼，迎君道中”。薛这个地方大概是今天山东的滕州，据《史记·孟尝君列传》，有十万户。可以想象，万人空巷，场面是十分盛大的。本文最大的特点乃是，不以“巧喻而理至”“飞文敏以济辞”，而以实践让孟尝君顿悟，把看不见摸不着的“义”，变成具体感觉，孟尝君对冯谖说：“先生所为文市义者，乃今日见之。”

文章写到这里，就故事而言是完整了，就主题而言在一般游说之作中，也完成了。

此文的好处在于，在已经完成的主题上，又进一步深化。冯谖提出，这只是解决迫在眉睫的危机，未能够防患未然，并提出“狡兔三窟”的理论，说还得经营两窟才能保证永远的安宁。孟尝君给他一个很豪华的车队（“五十乘”），大得惊人的钱财（“五百金”）跑到魏国去，说齐国不用孟尝君就等于把他送给诸侯各国，谁先用他，谁就富国强兵。于是梁惠王就派了盛大的仪仗队（“车百乘”），黄金千斤，冯谖带去的“金”在那时是铜，而这回梁惠王送来的是黄金，价值要高得多了。这么高规格的待遇，来使三请，冯谖都让孟尝君不答应。齐王当然得到情报，上上下下都害怕了（“君臣恐惧”），马上派高级官员带着黄金千斤，豪华的驷（四匹马拉的车），以浩大的声势去迎接孟尝君，还写了检讨书（“寡人不祥，被于宗庙之祟，沉于谄谀之臣，开罪于君。寡人不足为也。愿君顾先王之宗庙，姑反国统万人乎”）检讨，虽然把错误推给了“宗庙之祟”“谄谀之臣”，但是自己相信了，也是错误。我能力不行，请看在先王宗庙的份上（孟尝君和齐湣王是堂兄弟），还是回来吧，毕竟齐国比梁国要大得多了。

这里表现的是战国游说之士策略上的胜利：挟外以自重，化被动为主动。一切都按冯谖的预见实现，按理说，大功告成，皆大欢喜。冯谖和孟尝君都证明了自己。但是冯谖又提出：以“先王之祭器，立宗庙于薛”。为什么呢？

薛这个地方，是先王，也就是湣王的父亲封给孟尝君的父亲的，把先王谨告天地的祭器，放在宗庙里，有双重的权威：第一，先王天地的权威；第二，宗庙的权威，这不但是孟尝君的，而且是齐湣王的。国有大事，得先来祭知先祖。以后有什么变故，得先来薛地请示祖先。而薛地是孟尝君的封地（根据地），又有冯谖为他打下的群众基础。魏惠王要为难他，就有三难，一是他已恢复了权力（相位），二是薛地百姓的拥戴，三是宗庙天地的神圣仪式。这就是冯谖的“三窟”，其结果是“孟尝君为相数十年，无纤介之祸者，冯谖之计也”。

《战国策》在《汉书·艺文志》《史记》《四库全书总目》中，均列入史类，后世有另列入“纵横家”者如《文献通考》作为子书，其思想倾向与儒家正统思想相悖，受到历代学者的贬斥，被斥为“邪说”“离经叛道之书”。

如果不拘泥于儒家正统的历史观，就文章论文章，本文的成就是很高的。第一，几度打出常规，把层层强悬念和弱悬念结合起来，引出两度戏剧性的对转。第二，在思想上，在焚券市义的故事的基础上，提升主题，定位于“狡兔三窟”，这是挺有历史的深刻性的。对于位高权重的大臣，君王有功高震主之忌，这在当时，甚至后来，是普遍的规律，为重臣者（父子均为相），如果不想像商鞅那样作法自毙，又不像范蠡那样功成身退，当居安思危，不能被动等待兔死狗烹之可能，智者当为“狡兔”经营“三窟”。

从历史的角度看，其中的因果性有许多不足之处。如魏惠王凭冯谖孟尝君到哪国哪国就强盛这么耸人听闻的话，就草率地做出决策，无条件地派出使者，声势还那么浩大。其实魏惠王也不是等闲之辈，也曾小小地称霸了一回。[①] 内政上施惠于民，把泽地分给百姓，外交上结好赵国和韩国，缓和与秦国的矛盾，把强大的齐国当作主要对手。怎么可能齐国一个宰相来投，就一点警惕心也没有，一点权谋诡诈之心都没有？这样的文章，就太不像历史了。但是，作为故事，或者说当作小说，是很精彩的。

同样的故事出现在司马迁的《孟尝君列传》中，对于烧券的前因后果，就写得比较实际。

首先，冯谖弹剑唱歌说无以为家，孟尝君就没有理他。其次，孟尝君让冯谖出山，并不是收可有可无的债，而是出于紧迫的经济危机，“孟尝君时相齐，封万户于薛。其食客三千人。邑入不足以奉客”，乃在薛地放债，年底收不到利息。接受了任务的冯谖，到薛并不是马上烧债券，而是收了十万，把所有的债户召集起来，大吃大喝。宣布还得起利息的，延期归还，还不起的，把债券烧掉。孟尝君很是愤怒，责问他。《史记》没有让孟尝君说声你算了吧就完事，而是让冯谖说，不多具牛酒，人家就不会来，无法弄清还得起或还不起。来了，对于那些还得起的，给他延期，还不起的，就是逼他十年，利上加利，他还是还不起，逼得太紧，他干脆逃亡了，还不如把这种空头支票烧了，免得上面说你好利，不爱百姓，下面又怪违背仁德。烧了，可使百姓对你感恩戴德。这么一说，孟尝君才“拊手而谢之”。

《史记》的深刻还在于把这个故事放到战国的政治大环境中分析，天下就是齐国和秦国两大强国的争夺，齐王剥夺了孟尝君的相权，孟尝君回到薛地，受到热烈欢迎，门下食客尽去，只有冯谖留下为孟尝君从政治上分析，天下就是齐和秦的强弱决胜。强齐则弱

① 惠王十四年，鲁、宋、卫、韩四国国君都到大梁来朝见惠王。古本《竹书纪年》载：“（魏惠王）十四年，鲁恭侯、宋桓侯、卫成侯、郑（韩）厘侯来朝”，即指此事。这样魏惠王恢复了魏文侯、武侯时的霸主地位，因此有逢泽会诸侯朝天子的举动。《战国策·秦策五》载：“梁君伐楚胜齐，制韩、赵之兵，驱十二诸侯以朝天子于孟津。”（此事又见于《秦策四》《齐策五》）

秦，反之亦然。《史记》中冯谖游说的是秦国，而不是《战国策》中的魏国，相比起来秦国强大多了，魏国很小，对齐国威胁性不大。故说动孟尝君让他声势浩大地游说秦王把孟尝君请来，这样齐国就在囊中了。而且要赶紧，“不可失时也”。齐国才上下恐惧。冯谖又去吓唬齐王，秦强则齐弱，秦王正在迎接孟尝君，赶快在秦使到达之前，恢复他的相位，他成了齐国的宰相，秦国就不可能来迎接他了。《史记》写孟尝君恢复权力比《冯谖客孟尝君》不但复杂多了，而且提高到大国政治战略上，才更有历史的可信度。

司马迁写历史人物，不重在策士的“喻巧而理至”“飞文敏以济辞”，而是人物的现实性。《战国策》最后写冯谖“狡兔三窟”之计，是理性的保全。而《史记》写孟尝君作为政治人物的心理修养。他复职后对冯谖说，那些门客见我失势都跑了，如果再来，“必唾其面而大辱之”。世态炎凉，一朝复职，有点愤激，这是人之常情，但是，孟尝君是政治人物，冯谖就提醒他“失言”了：“富贵多士，贫贱寡友，事之固然。”这时，他打了一个比方，好像赶集，早上挤得很，到了傍晚就没人了。这不是人们厌恶傍晚，而是因为晚间没有东西可买。你这样怨愤的后果是“徒绝宾客之路”，“愿君遇客如故”，“孟尝君再拜曰：‘敬从命矣’”。回到开头争论的《战国策》是史书还是子书的问题上来，不可讳言，《战国策》出于多人之手，有虚构成分，经刘向整理，也有不符历史之处。《冯谖客孟尝君》如果不从历史来看，虚构得很精彩。就文章论文章，可以说是一篇很好的小说。故钱锺书曰：“六经皆诗。”历史记言、记事，现场感十足，其实，不可能是现场记录，而是作者“代言”或者“拟言”。钱锺书认为六经中的记言，都带文学性质：

> 与其曰：古诗即史，毋宁曰：古史即诗。

钱锺书先生以《左传》为例还指出“史蕴诗心、文心”，特别指出：

> 史家追述真人实事，每须遥体人情，悬想事势，设身局中，潜心腔内，忖之度之，以揣以摩，庶几入情合理，盖与小说、院本臆造人物、虚构境地，不尽同而可相通。

其实，司马迁生活在孟尝君一个多世纪之后，怎么可能把当时冯谖与孟尝君的对话记录得那么准确？其实，他也就是大体上为人物“代言”“拟言”了。在这一点上，历史家和小说家有共通之处，不过历史家尽可能遵循他所认定的“史实”，小说家则有意虚构，在性质上有所不同。但是，史家所写百年前之事，据有限的见闻和资源，也难免有问题。如司马迁让冯谖设计相秦，而不是如《战国策》相魏。其实，孟尝君曾经相秦，遭遇猜忌，秦王欲害之，孟尝君乃潜逃，幸借鸡鸣狗盗之徒得以脱险。怎么可能又去相秦？秦王还无条件地欢迎？

正是因为这样，中国古代文史很难分家。

对于《冯谖客孟尝君》是史，还是文人之文，并不重要。《战国策》本来的书名就有《国事》《短长》《国策》《事语》《长书》，似并不刻意为史。刘向在整理编辑过程中，将其定名为《战国策》，就让后人认为其为历史了。《冯谖客孟尝君》即使有所虚构，如果把它当作历史小说，也可能是中国小说史上空前的杰作。可惜的是，此后几百年，甚至到了《世说新语》都没有意识地继承其有意无意的虚构，以虚为实，结构成完整的层层推进的悬念和强烈的对转，而满足于片断的话语和逸事。

阅读《冯谖客孟尝君》当以文本第一性为原则，史家的正统观念可对照，而不可拘泥。

《渔父》：个人化的悲剧性抒情

在屈原的作品中，本文最表面的特点就是不用第一人称（余），而用第三人称（屈原）。给人的印象，好像不是屈原而是他人写的。其实，用第三人称写自己，不只是《渔父》，至少还有《卜居》。仅仅因为第三人称，就断定不是屈原所作，理由可能不太充分。先秦诗文中，抒情之作并不一定是第一人称的，以第三人称抒情者，比比皆是。《诗经》头一首，《关雎》写淑女和君子就没有用第一人称，而是第三人称。

这个问题的实质不在是不是屈原之作，而在于作品中，是不是屈原的思想和情操。

从作品的内涵上说，其根本精神和屈原的诗歌（如《离骚》《九章》）是一致的。

屈原是中国第一个以个人名义写诗的大诗人，他的大部分作品所写的不完全是个人的情志，而是邦国政治性的，故可以说政治抒情诗。《渔父》抒发的是其在楚国宫廷政治斗争中挫败的郁闷。他清楚地看到楚国处于危殆之中，而自己的主张遭到楚王的拒绝，一再遭到流放，因而“发愤以抒情”（《惜诵》）。这个主题可以说是贯串在屈原的主要诗作中，以《惜诵》为例，他集中表现自己的忠心得不到信任，反而受到仇恨的包围（“吾谊先君而后身兮，羌众人之所仇也”），奸小群起陷害，谎言成了事实（“故众口其铄金兮，初若是而逢殆”），自己莫名其妙地受到惩罚（“忠何罪以遇罚兮？亦非余心之所志”），弄得进退失据（“退静默而莫余知兮，进号呼又莫吾闻”）。在这种情势下，他很坦诚地表达了内心交织着坚守与妥协的矛盾。在《卜居》中他抒写了对现实的批判：

> 世溷浊而不清！蝉翼为重，千钧为轻；黄钟毁弃，瓦釜雷鸣；谗人高张，贤士无名。

在这样是非颠倒、黑白混淆的恶劣环境中，他该何去何从？在现实中他无以解脱，不得不求助超现实的官方的卜者。他用诗的铺张语言倾诉自己的苦闷彷徨，希望得到启示：

> 吾宁悃悃款款朴以忠乎？将送往劳来斯无穷乎？

但是，代表上天意志的卜者的回答居然是这样的：

物有所不足，智有所不明；数有所不逮，神有所不通。用君之心，行君之意，龟策诚不能知事。

“神有所不通”“龟策诚不能知事”，老天都不知道他该怎么办。这对他来说，无疑是绝路，但是，他没有绝望。

在《渔父》里，屈原设想和一个智者对话。这个智者不是官方人士，而是一个普通的渔父。人家问他作为掌管楚国贵族宗庙的主事（三闾大夫），为什么弄得这样“颜色憔悴，形容枯槁”？他诚恳地说自己遭到流放，处境孤立，不是因为自己错了，而是因为自己对了：“举世皆浊我独清，众人皆醉我独醒。”对这个连老天都没有办法解答的难题，这位渔父却回答得很干脆：既然举世污浊，为什么不搅浑淤泥，掀动波澜，干脆和光同尘呢？这种可能本是屈原考虑过（“宁正言不讳以危身乎？将从俗富贵以偷生乎？”）而不屑的，然而，这位平民身份的渔父却说，这是“圣人”的处世原则（“圣人不凝滞于物，而能与世推移”）。而屈原则不同，他到死也不肯离开楚国。在他“路曼曼其修远兮，吾将上下而求索”，设想自己上天入地的奔波时，忽然停下来：

陟升皇之赫戏兮，忽临睨夫旧乡。

仆夫悲余马怀兮，蜷局顾而不行。

一看到楚国的疆土，自己的“旧乡”，他的仆从和马就走不动了。但是，他在自己的国家又不可能得到理解和发挥：

国无人莫我知兮，又何怀乎故都？

这样的旧乡还有什么可怀恋的，但是，他不能离开：

既莫足与为美政兮，吾将从彭咸之所居！

他选择了殷朝大夫彭咸的道路，谏其君不听，投水而死。他为什么不能走诸多政治家司空见惯的道路呢？这可能因为他是楚国的贵族，而不是平民。

弄清了这一点，就不难理解在《渔父》中出现了一个“圣人”，这个“圣人”并不是道德上的圣人，而是政治和人生观上的圣人。当政治上处于逆境时，自杀并不是圣人的选择，圣人采取适应环境、与时俱进的策略。

从这个意义上来说，渔父的话显然是对屈原的批评。这样的写法和《离骚》《九章》中用第一人称单纯美化自我形象是背道而驰的。如果这一点没有太大的错误，则《渔父》可能并不是屈原所作，而是后世诸子的拟作。这一点，对于理解《渔父》是相当关键的。

屈原的悲剧是必然的，秦国之所以最后取得胜利，关键在于实行了商鞅变法，废除秦国腐朽的贵族世袭制，奖励耕战，以战功提拔人才，“坏井田，开阡陌”，保护土地的私有权。楚国在政治和经济上没有任何改革，外交上又不能坚持连横六国以抗秦，失败是必然的。就是楚王重用了屈原，屈原也上下而求索，但是并没有法家的思想背景，又没有商鞅变法的魄力，加上身为楚国贵族的总管，把废除楚国贵族的特权当作变法的关键完全在他想象之外。把自己的失败仅仅归咎于奸小的谗言，而不是法度，这样的人就是上了台，也必然是无所作为。屈原的命运是他个人的悲剧，却是必然的正剧。对于中华民族的历史来说，战国七雄，最为强大的是楚国和秦国，楚国的灭亡，加速了全国的统一，是值得庆幸的。

但是这并不是说屈原的作品因此就没有价值，他的价值在审美艺术方面，比起《诗经》，他的作品扩大了思想容量，把个人的内心和外在环境的冲突表现得更为丰富而深邃，突破了《诗经》以物喻物的比兴手法，原创性地提供了一系列以物喻心为特点的象征意象。王逸《离骚序》说："《离骚》之文，依《诗》取兴，引类譬喻，故善鸟香草以配忠贞，恶禽臭物以比谗佞，灵修美人以媲于君，宓妃佚女以譬贤臣，虬龙鸾凤以托君子，飘风云霓以喻小人。"由此建构了与《诗经》并列的楚骚的意象体系，成为中国古典诗歌艺术的两大源头。其香草美人至今对女性的命名仍然有很大的影响。

就《渔父》而言，其价值的特殊性还在于，屈原是诗人，他的作品绝大部分都是诗，但是，《渔父》却是散文。当然，第三人称的还有《卜居》，然而，《卜居》还不能称为完全的散文。因为全文大部分是屈原的问话：

> 吾宁悃悃款款朴以忠乎？将送往劳来斯无穷乎？
>
> 宁诛锄草茅以力耕乎？将游大人以成名乎？
>
> 宁正言不讳以危身乎？将从俗富贵以偷生乎？
>
> 宁超然高举以保真乎？将呢訾栗斯、喔咿儒儿以事妇人乎？
>
> 宁廉洁正直以自清乎？将突梯滑稽、如脂如韦以洁楹乎？
>
> 宁昂昂若千里之驹乎？将泛泛若水中之凫，与波上下，偷以全吾躯乎？
>
> 宁与骐骥亢轭乎？将随驽马之迹乎？
>
> 宁与黄鹄比翼乎？将与鸡鹜争食乎？

这里除少数例外，基本是对称和排比的句法，把在散文中可以一句话说清的，用几个排比句组来表达，每个句组都是押韵的，这是情感的强化抒写，是诗中常用的手法。故从严格意义上说，《卜居》更多的是诗意，还不能算是散文。而在《渔父》中的不同是不可忽略的：

> 屈原既放，游于江潭，行吟泽畔，颜色憔悴，形容枯槁。渔父见而问之曰："子非三闾大夫欤？何故至于斯？"

这完全是散文句法的叙述，至于屈原的回答则是：

举世皆浊我独清，众人皆醉我独醒，是以见放。

这里虽然有对句，但仍然有“是以见放”的散句。到了渔父的回答则是：

圣人不凝滞于物，而能与世推移。世人皆浊，何不淈其泥而扬其波？

众人皆醉，何不餔其糟而歠其釃？何故深思高举，自令放为？

既有对句，亦有散句。屈原的答话则先是对句，继之以散句：

吾闻之：新沐者必弹冠，新浴者必振衣。安能以身之察察，受物之汶汶者乎？宁赴湘流，葬于江鱼之腹中，安能以皓皓之白，而蒙世俗之尘埃乎？

写渔父的反应则基本是散句，但是其歌则是对称句法：

渔父莞尔而笑，鼓枻而去。乃歌曰：“沧浪之水清兮，可以濯吾缨；沧浪之水浊兮，可以濯吾足。”遂去，不复与言。

两人的对话，对称句法和散文句法是交织的、错综的，没有稳定的格式。这是因为，文章的内涵不是单纯抒情的，而是抒情与理性的交融。故其散文性更强。以至于有论者断言这是先秦第一篇，乃至世界第一篇散文。[①] 不过这种散文，仍然是不完全的，其中的对称句法仍然相当多，可能以散文诗名之更为恰当。

① 周伦佑：《散文观念：推倒或重建》，《红岩》，2008 年第 3 期，第 56—91 页。

《谏逐客书》：转危为安，历史意义重大

荀子在楚国，只当了兰陵小官，他的“礼”“法”思想没有得到实施，他的两个学生李斯和韩非，还有武将蒙恬，身处秦统一前后，具有天然后发优势，把他的理想发扬光大，付诸实践。韩非把春秋战国数百年的政治、军事、历史复杂的、丰富的、分散的、无序的成败得失经验，进行系统化的概括，按荀子的性恶论，凝聚到政治上的法治思想。韩非感到韩日益严重的危机，几次上书韩王，不能用，乃作《孤愤》《五蠹》《内储》《外储》《说林》《说难》十余万言，秦王看了《孤愤》《五蠹》等作说：“嗟乎！寡人得见此人与之游，死不恨矣！”但是，历史没有给韩非施展才能的机会，却给了李斯将法治思想付诸实践的权力，对内剥夺宗族特权，对外武力兼并。不过，他的实践，也曾遇到一次重大的危机，差一点被秦始皇驱逐出境，几乎和韩非一样要留下终身遗憾了。在那狂澜既倒之时，他拼死一搏，在被逐途中，写了一篇震古烁今的文章，挽救了危机，他的法治主张乃得以付诸实践，辅佐秦始皇结束了数百年血腥混战，在统一中国的历史上留下功勋。

《谏逐客书》见于《史记·李斯列传》，标题是后人所加，《昭明文选》题作《上书秦始皇》，将之归入“书”这种文体。《文心雕龙·书记》云：“战国以前，君臣同书。”臣下上书，和一般的书面交往一样称“书”。“秦、汉立仪，始有表、奏。”给帝王的书，分化为“章、表、奏、议”，一般依旧称书。书与奏议遂此分家。《谏逐客书》作于秦完全统一前，故被归入“书”。

李斯之文横跨秦汉，其前期之文，以《谏逐客书》为代表，论者以为富先秦游说论辩之风。后期则以石刻文为代表，歌功颂德，雍容大度，文简气浑。刘勰在《文心雕龙·封禅》中说：“秦皇铭岱，文自李斯，法家辞气，体乏弘润，然疏而能壮，亦彼时之绝采也。”虽然文辞不够丰沛（弘润），但是，仍然有大一统帝国恢宏的时代风格。如泰山刻石文：“初并天下，罔不宾服。”“大义休明，垂于后世，顺承勿革。”“化及无穷，遵奉遗诏，永承

重戒。”所谓“罔不宾服”“化及无穷”“永承重戒”都是绝对化的，永恒不变的。一系列的论断都是毫无例外的，无须论辩的，而《谏逐客书》则是每一个论点都要反复论证、辩驳的。

《文心雕龙》以为“书”的功能在“尽言”，所谓“条畅以任气，优柔以怿怀”，就是对朋友，对论敌，对君主，都要条理分明，理据充足，力求气壮势强。与李斯《谏逐客书》相近的如乐毅《报燕惠王书》，均以丰富的事实进行论证，语多排比。李斯的排比更加系统化。论者将其定位于上接战国纵横家之辩驳之风，下开“汉赋之先声”，此说不尽准确。严格说来，汉赋之先声乃始于《荀子》，在《荀子》中，有专门的“赋”篇，其文多重排比。李斯略减其过度铺张，其逻辑关系更加紧密，论辩色彩更浓。

从议论方法来说，《谏逐客书》可以说是先秦诸子散文论述和铺陈这两个方面的成就的总结。

事出于韩国畏秦国之威。《史记·河渠书》曰：“韩闻秦之好兴事，欲罢之，毋令东伐，乃使水工郑国间说秦，令凿泾水自中山西邸瓠口为渠，并北山东注洛三百余里，欲以溉田。”据《史记·六国年表》，当时，秦穆公已经灭了梁国，惠文王灭了楚。战争非常残酷血腥。惠文王十五年击楚，斩首三万；二十二年白起击伊阙，斩首二十四万；三十五年击赵，斩首三万；四十二年白起击魏华阳君，斩首十五万；白起破赵于长平，杀卒（活埋）四十五万。正是因为这样，韩国才感到恐惧，让郑国去转移秦国的战略方向，但是用心被识破，秦宗室大臣趁机进言驱逐一切外籍客卿。李斯也在被逐之列，于是上书，终使秦王取消逐客之令，恢复其官职。郑国于面临极刑之际，陈说水利之功在富国，秦王乃使之继续领导修渠，这就是后来闻名于史的郑国渠。

《谏逐客书》虽有游说之士的巧辩之风，但是，与“说”有很大的不同，刘勰所谓“喻巧而理至”，以比喻为主，“飞文敏以济辞”，就是花言巧语。其实说得轻易，实际上问题不简单。晏子使楚，将楚这样的大国喻为狗国，居然取得成功；唐雎代表安陵这样一个小地方与秦王谈判，凭着几个现场刺客的故事，拿出“布衣之怒”比喻，做出血拼的样子，居然就把秦王吓蒙了，“长跪而谢”。好像秦王的卫士都是木头，秦王不可能当场道歉，事后追杀。这种过度夸张现场口头机智作为故事传说，作为早期小说家言则可，但是视为政治成败、自身安危之关键，则形同儿戏。故钱锺书先生引方中通《陪集》卷二《博论》下曰：

> 《左》《国》所载，文过其实者强半。即如苏、张之游说，范、蔡之共谈，何当时一出诸口，即成文章？而谁为记忆其字句，若此其纤悉不遗也？[①]

这就是说，当时口头对话并非实录，而是后人转成书面时，根据想象加工，将复杂的

---

① 钱锺书：《管锥编》，中华书局1979年版，第166页。

政治军事成败归结于口才。这一点在《战国策》中表现得最为典型。本来刘向编定《战国策》有多种书名，或曰《国策》，或曰《国事》，或曰《短长》，或曰《事语》，或曰《长书》，或曰《修书》。刘向整合之，序曰：诸书皆为“战国时游士，辅所用之国，为之策谋，宜为《战国策》”。诸书颇多相互矛盾、错乱杂陈之处，刘向出于己意，斟酌取舍，增补隙漏，将之统一。不少部分为刘向之想象，但是，其中有从《左传》到《史记》之间数百年之难得之史料，乃被当成历史实录。

游说之士现场对答，当场并无记录，书者即在场亦不可能“记忆其字句”“纤悉不遗”，何况数百年辗转传抄，历史遂与传说交织，案牍纷纭，文士多慕游说之显贵，各师其心，遂将经国济世之成败，归因于现场游说。

这就透露出传播学上现场对话和书面交流的转换。

对话为现场／现时直接交流，书面是超越时间和空间的间接交流。其时书写维艰，简化保存者多为耸人听闻之巧喻，以直接线性因果构成戏剧性情节，易为美谈传说。然就历史而言，或然性，甚至无稽之谈甚多。岂不知以孔子之圣，周游列国而不得用，以孟子之贤，蓄浩然之气，不能动王侯，区区晏子、唐雎，何可比也！墨子败公输，非但以其言，且有弟子早为军备，《左传》烛之武退秦师，郑国临秦晋两大强国兵困之危，说秦退军，结盟，置晋于不顾于先，举晋之背信弃义之历史于后，战略分化敌方，化一敌为友，另一敌乃不攻自退，绝非一次现场巧喻之效。

然游说之士之现场即兴，随机应对，难能宿构，故少丰赡铺陈，乃口头传播之局限。

而《谏逐客书》，开宗明义为“书”，则非现场直接对答，全系宿构为文，字斟句酌，故其神思飞越，雄视古今，纵论八方，文采灿然，排比斐然，意气昂然。是时，李斯乃楚国上蔡人，在被逐之列。《史记·李斯列传》引《谏逐客书》后书曰：“秦王乃除逐客之令，复李斯官。”裴骃《集解》案：“《新序》曰：‘斯在逐中，道上上谏书，达始皇，始皇使人逐至骊邑，得还。’”由是知李斯为此书，正处危难之中，观其首句：

臣闻吏议逐客，窃以为过矣。

字面上是开门见山，锋芒毕露，直接反对秦王已颁之令，但是，言词藏锋，明明是逐客之令已颁，身在被逐途中，却说是“吏议逐客”，决策尚在可议之中。直言其为“过矣”，这个“过”字很尖锐，是过错，而不是过分的意思。但是，有“过”的是臣下，明明是公开反对了，却自贬为“窃”，这当然是官话、套话，但其原意是偷偷地，也就是私下以为，降低了直接反对的强度。

李斯为书之际，危难迫在眉睫，欲使王者收回成命，复其官职。未取游说之士巧喻曲意，一来，仓促之间，形格势禁，一味兜圈子，贻误时机；二来，引喻婉曲，可能失意。

其时，若用韩非之寓言故事，取庄子天马行空神话，亦可能喧宾夺主。故不能不直言，然而，一味直言可能招祸，故开头一语，字面上的锋芒指向臣下，实质是指向秦王，可谓刚柔相济。

转入正题，难点在于逐客卿有理由，反对逐客卿亦有理由，各是其是，各非其非，公说公有理，婆说婆有理。没有共同的语言，有如聋子的对话，不能解危济急于万一。要说服其收回成命，必须找到双方都认可的理由，作为大前提。李斯的智慧在于不从抽象的道理出发，而是从事实出发，而这种事实是权威的，不但秦王认可，而且秦国贵族也无法反对。

昔缪公求士，西取由余于戎，东得百里奚于宛，迎蹇叔于宋，来丕豹、公孙支于晋。此五子者，不产于秦，而缪公用之，并国二十，遂霸西戎。

这五个例子很有力度：第一，是秦国的历史，不可辩驳；第二，是先王缪公的功业，有神圣性；第三，字面上是系统的，不是孤证。结论是：用了五个“不产于秦”的外邦人，却能“并国二十，遂霸西戎”，使本来僻居一隅的，连诸侯都称不上的秦国，拓展了疆域，称霸西部中国。就一般文章而言，实证已经可以说是很充分了，对方已无反驳余地。但是，李斯所处的形势，不能以这样的论证为满足，他的目的是要秦始皇收回成命，因而论据必须超量饱和。

接下来，举孝公用卫国人商鞅变法，不但使国强民富，而且军事上战胜魏国，开疆拓土。又举秦惠文王用魏人张仪连横之计，打破了六国合纵之统一战线，三川、巴、蜀、上郡、汉中、九夷、鄢、郢、成皋之险，膏腴之地，尽入囊中。秦昭王用魏人范雎，废除了权贵，强化了王权，杜绝了贵族的不法特权，最后“蚕食诸侯，使秦成帝业”。

这样的论据，不但在质上无可辩驳，而且在量上可谓双料的饱和。

从文章来说，这样的论证颇具雄辩性：第一，所据乃以上所举之史实，没有任何游说之士所擅长的巧喻，而是像韩非一样回顾历史，系统概括秦国从落后的小国，走向统一天下的前景，皆为用客卿之功。第二，结论不仅从正面总结，而且从反面陈述，如果拒客卿而不用，则国不克富强，疆无统一之望。

现场巧喻，即时之机智，好处在瞬间的冲击性，事后往往经不起反复推敲。而用史实，则超越现场亦不可辩驳。从形式上说，如此纷繁的例证，用排比对仗，句法结构相同，或犯重复之大忌。但是：

西并巴、蜀，北收上郡，南取汉中，包九夷，制鄢、郢，东据成皋之险，割膏腴之壤，遂散六国之从。

连得八捷，八句排比，皆为动宾结构，所取之地（宾语）各异，如所用之语（动词）

同，则陷于单调。难得的是，李斯于此命系一发之际，居然词采纷纭，八句同构而动词各异。一则曰“并”，二则曰“收”，三则曰“取”，四则曰“包”，五则曰“制”，六则曰“据”，七则曰“割”，八则曰“散”。词异而意同，情势如此急迫，运思若此游刃有余，可窥其才之一斑。

至此论证已经相当饱和，似无以为继。但是，李斯为文之目的并非泛论客卿之功，而是要让秦始皇改变已经颁布的法令。故不能满足于在论据上作超量的倾泻。因为以上论据皆先王之功业，晓理似足，不可动摇，但是，从时间上说，有点距离，穆公生活在前七世纪，始皇在前三世纪，距离约四百年，孝公在前四世纪，距离也有约一百年，都太遥远。对于初登大位之秦王嬴政而言，欲其收回成命尚须动其情，缩短其感知距离。不但让他理解，而且让他感觉得到，看得见，摸得着。

今陛下致昆山之玉，有随、和之宝，垂明月之珠，服太阿之剑，乘纤离之马，建翠凤之旗，树灵鼍之鼓。

文章的好处仍然是意同而词异，“致”“有”“垂”“服”“乘”“建”“树”，毫无重复。更突出者乃是名词，享受之物皆是最高级的，“玉”是昆山之玉，宝是“随和”之宝，珠是“明月之珠”。至于秦王的排场，所佩之剑，所乘之马，所建之旗，所树之鼓，都是举世无双的。把秦始皇置于这样空前盛大的仪仗中心，所有这一切都是秦王身体可以直接感受得到的。从现实来说，这些宝贵的物品，也许是分散的，并非聚焦于一时、一身的，但是虚拟化地集中起来，却能让秦始皇的虚荣心得到最大的满足。关键是，所有这一切回归到主题上来，都不是秦国所产，却是始皇所乐于享受的。

文章的难度在于，这么长的系列排比，似乎无以为继，再这样排比下去，难免有单调、冗长之感。李斯当然还要排比，但是，换了一种句式。前述皆肯定句式，接下来则是假定的句式，“必秦国之所生然后可”，则得出一系列否定的后果。这些后果的特点，也是秦始皇切身可以感受得到的。后果之一是：

夜光之璧不饰朝廷，犀象之器不为玩好，郑、卫之女不充后宫，而骏良駃騠不实外厩，江南金锡不为用，西蜀丹青不为采。

这一组排比已经够丰富的了，但李斯意犹未尽，又引出第二种后果：

宛珠之簪、傅玑之珥、阿缟之衣、锦绣之饰不进于前，而随俗雅化佳冶窈窕赵女不立于侧也。

这一组排比与前一组排比，在结构上构成对称，形成双重排比，使得每一句不但在本系列中，而且与前系列构成有机性，每一组之增减，必然影响后一组之完整。从意义上看，这两组皆负面的后果，又反衬此前的正面效果，从意义到结构多重的内在联系，每一句都因其与之对称的句子显得不可变动，造成在思想上不可动摇的张力。

多重的排比对称强化了对“必出于秦然后可”的批驳，但是，论述到此还停留在物上，李斯的任务是把论点推进到主题上来，从物过渡到人，然又不能径情直遂，要有婉转的过渡，李斯用了音乐，虽然在结构上仍然是排比对称，但是，在意义上则进了一层，“真秦之声”遭到抛弃，代之以“异国之乐”。“若是者何也？”回答很简单：“快意当前，适观而已矣！”就是耳朵感到好听，眼睛感到好看而已。这很感性，不用讲什么道理。其实用意对双方都是不言而喻、毋庸置疑的。这个结论，比之前的论点，更进了一步，更尖锐。前面是说，用外邦人取得了一系列的胜利，这里提出，本国音乐不如外邦音乐，就自然淘汰。这已经是常识，往用人上联系达到毋庸置疑、不言而喻的效果。一般说来，正面推演，就是类比，亦应如此，但是，李斯这时用这个前提进行反推：

今取人则不然，不问可否，不论曲直，非秦者去，为客者逐。

文章做到这里，就不再曲曲折折，吞吞吐吐，而是图穷而匕首现，反推上一个新层次，用人不但不如物，而且不讲理。这是反驳术中的导谬法，以显而易见的荒谬来证伪之后，再进一步证伪：

然则是所重者在乎色、乐、珠玉，而所轻者在乎人民也。

反驳到了极点上，顺理成章应该是用人重于用物，这是一般的道理。但是，在李斯的思路中，这还不够，这不是一般的辩论，而是上书批评始皇。但是，直接批评的是逐客政策：“不问可否，不论曲直。”这话说得很有情感力度，但是，绵里藏针，不是从负面批评，而从正面提出：

此非所以跨海内、制诸侯之术也。

“跨海内、制诸侯”的大志，当然是属于层次很高的人，如果不改变政策，你当然不是这个档次的人。应不应该改变逐客政策呢？不言而喻。最后，李斯则把荀子格言式的类比拿出来，类比一：

是以太山不让土壤，故能成其大。

类比二：

河海不择细流，故能就其深。

文势积蓄至此，可谓理直气壮了，该下结论了，但是，李斯不想让结论太简单，而是分成几个层次。先是正面：

王者不却众庶，故能明其德。是以地无四方，民无异国，四时充美，鬼神降福，此五帝三王之所以无敌也。

再是反面：

今乃弃黔首以资敌国，却宾客以业诸侯，使天下之士退而不敢西向，裹足不入秦，此所谓“藉寇兵而赍盗粮”者也。

最后把正反两面结合起来：

夫物不产于秦，可宝者多；士不产于秦，而愿忠者众。今逐客以资敌国，损民以益仇，内自虚而外树怨于诸侯，求国无危，不可得也。

结论取正反合三段式，面面俱到，话说得很绝，没有任何反驳的余地，但是，又很有分寸，始终没有提到自己有什么愿望，却使秦始皇改变了已经颁布的决策，恢复了李斯的官职。

文章不但比先秦游说之士的喻巧理至要理性，而且比孟子、墨子更为雄辩，其排比句法、对称的章法比荀子简明。故视之为先秦诸子散文成就的总结可能是不为过的。从思想上来说，后来秦统一六国的历史实践为李斯不拘邦国唯才是用的思想，做了充分的证明。

此文对李斯的命运来说，可谓挽狂澜于既倒，李斯复职，官至相国，为秦始皇统一天下，制定制度，做出了贡献。即使秦灭于汉，然汉承秦制，李斯功绩也垂于青史。可惜的是，后始皇遽亡，李斯与赵高，阴谋矫诏，令太子扶苏自尽，拥秦二世，后又为赵高所谗，于狱中欲上书，无由可达，含冤而死。当年他辞别荀子时，看准秦王有一统天下称帝之势，正是建功立业之机，当此之时，“处卑贱之位而计不为者，此禽鹿视肉，人面而能强行者耳。故诟莫大于卑贱，而悲莫甚于穷困”。这个才华横溢的政治家、文学家，因才而显，因才而亡。后世读此文者，莫不感慨系之。

《过秦论》（上）：雄辩的分析和片面的结论

《过秦论》（上）是一篇奇文。第一，它作为一篇经典论文，把秦的灭亡原因仅仅归结为“仁义不施”。实际上，论定秦是亡于法家的严刑峻法，此论属汉初儒生。不仅在后世，在当时也是颇有争议的。有学者指出秦之国祚短促，所施行的许多政策恰恰是法家所否定的，如《韩非子》中的“亡征”有一百多种，秦始皇就占好多条。如秦始皇过于勤政，也就是过于集权，正是法家所反对的。秦究竟是亡于法家，还是没有彻底遵循法家，至今在学术上还存在争辩。比较折中的看法是，秦亡是内外多种原因造成的，不能简单地认定为违反儒家的仁政原则。《过秦论》（上）的论点，无疑有片面性。但其作为文论却具有超越历史的价值，至今仍然是文学史上不朽的经典。

第二，作为论文，其论述逻辑却存在着明显的漏洞。文章题旨是总结秦从崛起到灭亡的原因，结论是秦亡的原因为“仁义不施”，亡在为政之暴。从逻辑上讲，秦兴起乃至统一全国，应该是为政之仁。但是，整篇文章论述秦之兴，连仁政的边都沾不上。

题目是“过秦”，但是文章主要部分并不是从秦之“过”着眼，而是以秦之兴为文脉，系统分析秦自孝公至始皇逐渐强大的原因：首先，“据崤函之固”，就是地形易守而难攻。虽然只是区区一隅，但也是稳固的根据地。其次，“窥周室”，就是有政治上统一全国的雄心。几代接班人均苦心经营，在军事上积极主动，不断取得胜利，地盘空前扩张。其三，在内政上“立法度，务耕织，修守战之具”，在生产和军工上进行了种种改革。其四，在外交上实行了连横政策，对诸侯分化瓦解，各个击破，轻而易举地取得了“西河之外”的土地。从这里可以看出，根本没有提到仁政。相反，商鞅变法所用的恰恰是严刑峻法。而文中所提及的六国著名的四公子，却不乏儒家提倡的仁政色彩：“明智而忠信，宽厚而爱人。”文章还正面写到秦国和六国的战争“追亡逐北，伏尸百万，流血漂橹”，这哪里有什么仁政的影子？

虽然如此，文章仍然是经典，读者很少感到其中的疏漏，无不享受着作者高瞻远瞩、气势如虹的雄辩感。

这首先得力于语言强大的概括力和渲染力。这里的概括没有采用直接归纳式，而是和矛盾的揭示结合在一起，在对立面的分析中，揭示其转化的条件。这看起来不但全面，而且给人以深邃之感。文章一开头：“秦孝公据崤函之固，拥雍州之地，君臣固守以窥周室，有席卷天下，包举宇内，囊括四海之意，并吞八荒之心。”这几句中就透露出矛盾：一方面说是地形有利，但是与楚国、齐国相比，地盘不是很大。① 另一方面，则是政治上有很大的野心，这里用了一个“窥”字。中国诗歌讲究诗眼，要读出文章的好处来，也要讲究字眼。“窥”就是一个精粹的字眼，在这里以暗喻的形式，构成了以小窥大的形象，无疑是精练之至。这个“窥”的内涵，对秦之崛起有重大意义，因而接下来用了三重对仗性排比句来渲染：

有席卷天下，包举宇内，囊括四海之意。

这种渲染显然带着汉朝正统赋体的风貌，但不像汉赋（尤其是官方大赋）一味做景观的、平面的、静态的铺排，那样有碍于思想的阐释，这里的渲染是用来发表议论的。赋体铺排繁复，叠床架屋，若不知节制，就会流于空疏，贾谊则对赋体句式节制使用，间以散句贯串之。这里三个四言短句就极其精练，从句子间的关系说，虽然是一个意思三重反复，却显得很有情采和文采。原因是思想有力度，故亦不乏智采。作者在宏大的视野中概括着矛盾的各个方面：首先，空间从有限（崤函、雍州之地）到无限（宇内、八荒、四海）。其次，在语言上，对无限的空间以三个同义所指（席卷、包举、囊括）统一起来。接着从时间上概括：三代君王的业绩，从公元前 337 年到前 251 年，八十多年，仅以一言概之。至于“南取汉中，西举巴、蜀，东割膏腴之地，北收要害之郡”，从空间上说，东南西北地盘全面扩张，只用了四个动词（取、举、割、收），同义所指，对称句法，使结构有机紧密。

接下来文脉就深化了。邦国的崛起，光有三代君王的雄心，还只是主观愿望。客观的根源，还在于内政的改革和外交上的策略。

当是时也，商君佐之，内立法度，务耕织，修守战之具，外连衡而斗诸侯。于是秦人拱手而取西河之外。

---

① 实际上，秦国也不算太小。秦自春秋始，即为侯伯之国，与鲁、郑、陈等均为伯国，小国则曹、许。及至战国，秦国势力渐强，亦非小国。

内政的改革，本来是很复杂的历史过程，文章只用了十一个字“立法度，务耕织，修守战之具”；外交上连横路线也经历长期曲折斗争，也只用了“连衡而斗诸侯”六个字。特别是“秦人拱手而取西河之外”，外交上的纵横捭阖，横则秦帝，纵则楚王的搏斗，上百年的血腥战争，地居僻远的秦国扩张到黄河以西，仅用“拱手”两个字总结，似乎没有动手、没有流血就扩张了土地。话说得这样轻松，既体现了语言的高度概括力，又夸张了胜利的唾手可得。其实，贾谊的说法并不符合史实，据《史记·六国年表》，移录秦与多国联军作战情况如下：

前 318 年，五国共击秦，不胜而还。

前 317 年，秦与韩赵魏战，斩首八万。

前 298 年，齐韩魏共击秦于函谷。

前 296 年，齐韩魏共击秦，秦与韩武遂（按：地名）。

前 293 年，韩魏战秦于伊阙，白起斩首二十四万。

前 284 年，秦与韩魏燕赵共击齐，破之。

前 256 年，韩魏楚救赵新中，秦兵罢。

前 255 年，秦灭周。

前 247 年，魏无忌率五国兵败秦军河外。

前 241 年，五国共击秦，秦拔魏朝歌。

可是贾谊却将之说成不战而胜的压倒性胜利，对方“以十倍之地，百万之众，叩关而攻秦。秦人开关延敌，九国之师，逡巡而不敢进。秦无亡矢遗镞之费，而天下诸侯已困矣。于是从散约败，争割地而赂秦”。贾谊把多次复杂的战争，概括为一举成功，目的就是构成一种戏剧性转折，构成文章的气势。雄视时间之长，俯视空间之广，动词之精，排句之华，散体与赋体开阖自如，这就构成了文章宏大气势、词茂而思精的风格。

文章至此，虽然气魄宏大，但所驾驭的矛盾还只限于秦国方面。就当时秦与六国（实际上是九国）相对的局面来说，以上所述的矛盾还不够全面。作为论述深化的方法，就是从反面揭示矛盾来达到论述的全面性。对于不利自己论点的因素不但不回避，而且加以强调，再使之转化为有利于自己的论点，这在辩证术中，叫作主动树立对立面。

接下去是文章的第三个层次，突出了一个强大的对立面。讲敌方的状况（“诸侯会盟而谋弱秦”），夸张其优势。第一，论土地“十倍于秦”；第二，论军队“百万之众”；第三，实行了针锋相对的“合从缔交”联合抵抗的政策；第四，不惜重金罗致贤才，最著名的是孟尝、平原、春申、信陵“四公子”；第五，以乐毅为代表的政治家“通其意”，以孙膑为代表的军事家“制其兵”，联盟攻秦。大笔浓墨，显示出不论是人才上，还是军事上，九国的优势和秦人的劣势对比十分明显，似乎战端一开，则秦国必败无疑。

从议论文的写作来说，对立面树立得越强大，化解的难度就越大，但是化解如能成功，就越是显得雄辩。

在九国来犯的严重威胁下，秦人并不抵抗，反而“开关延敌”，是不是设有埋伏、诱敌深入呢？不是。战争没有打起来，“九国之师，逡巡而不敢进。秦无亡矢遗镞”，不费一箭，对方就失败了。不战而屈人之兵，九国“争割地而赂秦”。不但如此，而且是势如破竹，“追亡逐北，伏尸百万，流血漂橹”。强国请服，弱国入朝。文章采用的是矛盾对比强化的模式：第一，不是一般的对比模式（一国与九国）；第二，把矛盾推向极端的对比（军事、国土、人才）。强化矛盾双方的力量对比悬殊，但是，斗争的结果却是力量对比的倒转。悬殊对比走向反面的结果乃是另一极端，极强转化为极弱。

这种强大的对立面转化，是一种戏剧性的转化。贾谊的气魄就在于树立强大的对立面，展示戏剧性的转化，使得文章本来宏大的视野，又带上了雄辩的风格。

细心的读者不难发现，强弱转化的原因乃是九国表面上组成了统一战线，但是并不团结，各怀鬼胎，不能统一进攻，不敢与秦国为敌。秦国在外交上实行连横政策，各个击破，于是力量发生了转化，才导致曾经的强者崩溃，弱者凯旋。文章为什么省略了“九国之师，逡巡而不敢进”的原因呢？就是为了直截了当地把强败弱胜的结果摆在读者面前，突出转化的戏剧性，增加文章的雄辩气势。

文章做到这里，蓄势已成，意脉面临转折需要一个总结。承上之处用了一句话“奋六世之余烈”，简洁利落。之后加上了强化的赋体色彩：“振长策而御宇内，吞二周而亡诸侯，履至尊而制六合，执敲扑而鞭笞天下。”用了四个赋体的排比句。及至说到边疆的开拓，则以散体为主：“南取百越之地，以为桂林、象郡；百越之君，俯首系颈，委命下吏。乃使蒙恬北筑长城而守藩篱，却匈奴七百余里。”最后又以赋体作结：“胡人不敢南下而牧马，士不敢弯弓而报怨。”从行文上说，“牧马”“弯弓”两个意象显得精练而生动，作者的笔锋游刃有余，开阖自如。

接下去，文章的意脉高昂起来，开始了转化。这个层次和前面略有不同，有点史家笔法，寓褒贬于叙述之中。第一是“于是废先王之道，焚百家之言，以愚黔首”；第二是“收天下之兵，聚之咸阳，销锋镝，铸以为金人十二，以弱天下之民”；第三是“良将劲弩守要害之处，信臣精卒陈利兵而谁何”。从思想统一到强将利兵，层层强化，霸主集权，累进式递增，基业本该万无一失。但所有这一切都暗含着反讽，所用语言从明显的“废先王之道”，到含蓄的“以愚黔首”“弱天下之民”，甚至还有形褒实贬的“良将劲弩守要害之处，信臣精卒陈利兵而谁何”，为接踵而来最大的戏剧性转化蓄势。远比前朝五代强大的秦国竟然灭亡了，而且是灭亡于草根百姓甚至罪犯之手：“陈涉瓮牖绳枢之子，氓隶之人，而迁徙之徒也。”这是文章意脉转折的关键，也是文章结构的核心——强者灭于弱者，贵者亡于贱者。而这些人“才能不及中人，非有仲尼、墨翟之贤，陶朱、猗顿之富；蹑足行伍之间，而倔起阡陌之中，率疲弊之卒，将数百之众，转而攻秦；斩木为兵，揭竿为旗，天下云集响应，赢粮而景从。山东豪俊遂并起而亡秦族矣”。这样的戏剧性转化相当惊人，才者弱于不才者，智者亚于不智者，富者困于贫者，良将败于疲卒。作者又一次用了赋体来对比渲染。结果已经有了，但转化的条件是什么呢？作者在这里暂且不表，而是笔锋一转又强化了对比：人才上比不上九国之君，武器上不过是些农具，比不上正规军队的“钩戟长铩”，行军用兵之道不及此前败于秦的军事家。这还不算，又从秦国人兴（“以区区之地，致万乘之势”）到灭（“七庙隳，身死人手”）的历史做对比的总结，为最后得出结论准备更雄辩的基础。

然而成败异变，功业相反，何也？试使山东之国与陈涉度长絜大，比权量力，则不可同年而语矣。然秦以区区之地，致万乘之势，序八州而朝同列，百有余年矣；然后以六合为家，崤函为宫；一夫作难而七庙隳，身死人手，为天下笑者，何也？仁义不施而攻守之势异也。

为了得出这个“仁义不施，攻守势异”的结论，之前的所有戏剧性转折，显然是为了从形式上取得更雄辩的效果。为了这种戏剧性，作者对历史做了省略。对于不可一世的秦国灭亡的直接原因，仅仅归结为陈涉一人之力（“一夫作难而七庙隳”），显然并不全面。与陈涉同年起义的至少还有刘邦、项羽。在陈涉称王的同年，六国贵族也纷纷起事。武信君称赵王，田儋称齐王，韩广称燕王，群雄并起，并非仅仅是草民，故《项羽本纪》后的“赞”总结：“三年遂将五诸侯灭秦。”陈涉后来屡屡被秦将章邯所败，最后被他自己的驭手杀害。真正把秦都攻克的是项羽，而统一全国的是刘邦。为了突出极弱战胜极强的戏剧性，展示出雄辩的气势，作者很有气魄地把这些史实都省略了。

从文章内容上来看，作者的结论“仁义不施，攻守势异”并不全面。仁政施，则攻成；不施，则守败。纵观全文，作者所概括的秦国的攻成与仁政无关，而守败，则与暴政有关。在这一点上，《过秦论》（中），倒是有比较中肯的观念：“秦离战国而王天下，其道不易，其政不改，是其所以取之守之者无异也。”意思是，夺取天下和治理天下，规律是不一样的。可惜的是，就是在《过秦论》（中）中，也没有做充分的矛盾分析，做雄辩的展开，只是单方面宣称如果施仁政，则不至于灭亡。文章在内涵上，也许对《过秦论》（上）有所补充，但是在概括力和雄辩性上，则大为逊色。

思想上的局限，不是贾谊个人的，追求仁政理想的汉初儒生群体均有此局限。但从文章写作的立意、气魄和雄辩的风格来说，则无疑是贾谊不朽的创造。

《过秦论》虽为“论”，但与《文心雕龙》中对“论”的要求“辨正然否；穷于有数，追于无形，迹坚求通，钩深取极；乃百虑之筌蹄，万事之权衡也……必使心与理合，弥缝莫见其隙；辞共心密，敌人不知所乘”还有相当的距离。但是作为文章在结构形式上，仍然是当时作为“论”的最高水准。故清人姚鼐在《古文辞类纂》中，不取先秦诸子，只取此篇，作为“论”的首篇。虽然从今天看来，此文仍然有先秦“说”的明显痕迹。

“大同”与“小康”：从天下为公到天下为家

当前“建成小康社会”几乎成为口头禅，但是，“小康”这个观念是从哪里来的呢？可能知道的人就不多了。“小康”与“大同”是相对的，典出《礼记》。[①]《礼记》是西汉戴圣对秦汉以前礼仪著作加以辑录，编纂而成，共四十九篇。《礼记》是儒家五经（《诗》《书》《礼》《易》《春秋》）之一，是非常重要的经典。选文全是孔子的话，长篇大论，因果逻辑充分，结构首尾呼应，充满了对称和排比的句法，足具论说文的规模体制。然而对照《论语》，孔子似乎很少这样系统论述自己的观念。他总是从具体的、感性的人和事出发，引申出与之对立的方面，在矛盾中概括出结论。如：

> 性相近也，习相远也。
>
> 温故而知新。
>
> 君子之德风，小人之德草。
>
> 工欲善其事，必先利其器。
>
> 三军可夺帅也，匹夫不可夺志也。
>
> 学而不思则罔，思而不学则殆。
>
> 吾未见好德如好色者也。
>
> 其身正，不令而行；其身不正，虽令不从。
>
> 欲速则不达。
>
> 过犹不及。

孔夫子即事而言，就事而论，其意义不在具体的事，而在抽象出来的哲思。思想方法的特点在于：第一，从感性到理性，从个别到普遍。如，从宰予昼寝，超越就事论事，拓展为对所有人的“言”和“行”之间关系的思考：“始吾于人也，听其言而信其行。今吾于

① 从字面来说最早见于《诗经》，但作为社会理想，则应出自《礼记》。

人也，听其言而观其行。”第二，不停留在所见之一面，将之与相反的一面联系起来。如性近和习远，温故和知新，君子和小人，好德和好色，学和思，帅和志，善事和利器，身正和身不正：都是从正面联系到反面，从片面到全面，从表面到深层。第三，不但将片面的感性变为全面的理念，而且突出对立面的主要方面，如言和行，主要是行；德和色，主要是德；性和习，主要是习；故和新，主要是新；善事和利器，主要是利器；思和学，主要是学；帅和志，主要是志；身正和身不正，主要是身正。第四，在此基础上进一步提出，如果把主要方面强调过了头，就走向反面了：“过犹不及”，超过了限度，反而低于起码的要求。“欲速则不达”，过分求快，反而慢得达不到目的。

孔夫子的不朽不但在于他的思想，而且在于他思想与方法的统一，使得他的只言片语，变成了超越具体空间和时间的带有普遍性的格言。许多话语今日仍然活在国人的口头和书面上。

在孔夫子时代，书写很不方便，人际交流以现场对话为主，有具体对象和情景，一般并不具有超越现场和现时的价值，只有特别重要的话语才书诸简牍、铸于金铜。通常，连孔夫子的话，说过了就算了，当时并没有意识到其重要性；编辑成书、传诸后世是孔子死后的事。班固《汉书·艺文志》说：“《论语》者，孔子应答弟子时人及弟子相与言而接闻于夫子之语也。当时弟子各有所记。夫子既卒，门人（应该包括七十子之徒）相与辑而论纂，故谓之《论语》。”原始记录杂出于众手，最后由孔子弟子曾点的儿子曾参（前505—前434）和他的再传弟子编定，当在战国初期，距孔子逝世不下百年。弟子们力图准确传达孔子的言语和思想，并没有做文章的自觉，故皆满足于现场记言，性质上是语录。除个别段落（如《季氏将伐颛臾》《子路、曾皙、冉有、公西华侍坐》）言简意赅，即使有讨论，也大都是以孔夫子的语言作结，学生认同或者默认。一百多年后的孟轲的《孟子》则是双方的对白、辩驳。形式上，就从语录、独白变成了对白和辩论。故多修辞手法，如比喻、排比、寓言和反驳（逻辑上的归谬）等手段，力求雄辩，消解对方的前提，最著名的效果就是“王顾左右而言他”。

从追记语录到现场辩驳，在思想的表达上是一种进步。这在世界文化史上可能是某种普遍的规律。在古希腊，苏格拉底的思想、言论，均未形成著作，大都记录在其弟子柏拉图、色诺芬的著作中。这一点和《论语》为孔子弟子及再传弟子记录和整理颇为相似。古希腊的智者的对话大都是关于宇宙、公道、艺术、哲学概念的辩论，柏拉图的《理想国》主要就是苏格拉底和对手的辩论。《孟子》则更强调政治、仁义、道德问题，但是，在讲究推理和辩论上是相似的。

“大同”和“小康”是《礼记·礼运》中孔子和子游的一段对白，但不是简单的片段，而是具有独立成篇的主题，逻辑完整、结构严密。这样的文章体式，在公元前四五世纪还不可能存在。要产生这样的文章，中国文化应该需要积累上百年的功夫。

《礼记》成书的曲折过程，说明了这一点。

《礼记》虽为儒家经典，却比较晚出。秦始皇焚书坑儒，儒家经典几乎荡然无存，直到西汉（前202—8）开始搜集、整理。据《史记·儒林传》，汉初唯鲁地高堂生传授《士礼》，《汉书·艺文志》说：到了汉惠帝（前194—前188）、宣帝（前73—前49）年间，后仓传其弟子戴德、戴圣，两人是堂叔侄，故人呼为大戴小戴。戴德传《礼记》八十五篇，称为《大戴礼记》；戴圣传《礼记》四十九篇，称为《小戴礼记》，而《小戴礼记》就是今天通称的《礼记》。此说法得到了东汉大儒郑玄和唐代大儒孔颖达的认同。《汉书·艺文志》还说，武帝时，鲁恭王坏孔子宅，欲以广其宫，而得《礼记》《尚书》《论语》《孝经》凡数十篇，皆古文。据此说，则《礼记》非自高堂生—后仓—小戴一系而来，这一说法得到了东汉大儒王充、许慎的认同。然而，《汉书·河间献王传》又说他从民间所得先秦旧书，包括《礼记》（还有《尚书》《孟子》《老子》）皆古文（先秦的流行篆字），与当时流行的汉隶不同。从表面上都类似于《论语》，都是对孔子言行的记录，实际上，此时距孔夫子逝世已经四百多年，孔子所言，口耳相传，版本多端，已经不可能准确，充斥《礼记》中的，如钱锺书先生所说，大抵为其门生、门生的门生的“代言”“拟言”。汉初儒生，通晓春秋战国长期血腥战乱，浸淫于汉武帝独尊儒术、罢黜百家的氛围中，难免有意无意假孔子的权威，对历史进行解释，把儒家（不仅是孔子，还有孟子）加以理想化、神圣化。从表达上说，则是加以系统化，这样，仅凭只言片语式的格言就不够了，文章结构的完整性就这样应运而生了。

这样就产生了“大同”与“小康”这样的经典之作。

文章的立意在于“大同”和“小康”对立和转化的关系。

《礼记》虽融入后世汉儒思想，但其基本观念都可在《论语》中找到渊源。开宗明义第一句“大道之行也”的“道”，在《论语》中属于关键词。“道不行，乘桴浮于海”（《公冶长》），孔子的“道”是一种以“仁”为本位的政治社会和人伦和谐的理想。《礼运》中的“老有所终，壮有所用，幼有所长，矜、寡、孤、独、废疾者皆有所养”，可从孔子自言其“志”的“老者安之，朋友信之，少者怀之”（《公冶长》）得到佐证。“选贤与能，讲信修睦”则是“人而无信，不知其可也”（《为政》）的演绎。至于“人不独亲其亲，不独子其子”则应该是出自《孟子》的“老吾老，以及人之老；幼吾幼，以及人之幼”（《梁惠王上》）。至于“货恶其弃于地也，不必藏于己；力恶其不出于身也，不必为己”，则显然是罢黜百家的政治气候中，对法家的人性恶（《尽心上》“杨子取为我，拔一毛而利天下，不为也”）的反拨，彰显孔孟人性善（《告子上》“人性之善也，犹水之就下也。人无有不善，水无有不下”）的道德理想。把人性善，毫无自私自利之心，夸张到极点，推演出经济上没有私财产的观念，人格上没有自利动机，只有无条件奉献精神，因而人与人就没有阴谋诡计，社会上没有偷盗动乱，连大门都不用关闭。整个社会绝对没有矛盾，没有冲突，所有的人都绝对平等、同心同德。因为“同”是绝对的，所以叫作“大同”。这样理想的社会和人格蓝图，是生活在兵燹战乱时代的孔子、孟子所难以想象的。故孔子说：“大道之行也，与三代之英，丘未之逮也，而有志焉。”（《礼运》）三代之英指的是夏、商、周三代英明的统治者，禹、汤、文、武、成王、周公，孔子承认，他没有直接见识到，只是从文字记载中看到。

只有在独尊儒术的霸权话语时代，才可能营造出这样极端美化的社会蓝图和人格蓝图。这在理念上，显然比孔子的“道”要更为理想化，所以叫作“大道”，其根本精神被概括为“天下为公”。这种大同世界后来在康有为那里发展为：第一，在政治制度上，没有君主、军队、战争和国家；第二，经济上实行公有制；第三，在社会结构上，没有等级、没有家庭、男女平等。[①] 这种理想社会和理想人心建立在人性绝对善的基础上。类似的空想，在古希腊也有，如柏拉图的《理想国》。直到文艺复兴时代，还有托马斯·莫尔的《乌托邦》，此书的全名是《关于最完美的国家制度和乌托邦新岛的既有利益又有趣的金书》。但是，乌托邦（Utopia），本意为“没有的地方”或者“好地方”“空想的国家”。[②]

这说明，对于社会和人性的绝对美好的理想，于人类有共同性。但是，美国学者，诺贝尔经济学奖获得者丹尼尔·麦克法登认为，如果“工作不能给人们带来直接的得益的话，也难以让人们早晨一起来就埋头苦干。不管这多么可悲，我相信，这是人的本性”[③]。

如此美好的空想，正表现出人类对自己的本性的不满。但是，人类又不得不面对自己并不美好的“可悲的”人性，在这种现实和历史条件下，汉儒不得不面对现实。这就产生了《礼运》的下半篇。

“天下为公”，不能实现，变成“天下为家”。“不独亲其亲”“不独子其子”，变成“各亲其亲”“各子其子”。财货和能力不为己，变为“货力为己”“以功为己”。“以立田里”，物质财富私有化了。“大人世及以为礼”，兄终弟及，子系世袭，权力私有化了。这样人就

① 康有为著；李得媛，李传印评注：《大同书》，华夏出版社 2002 年版。

② 空想社会主义的创始人托马斯·莫尔在他的名著《乌托邦》中虚构了一个航海家航行到一个奇乡异国“乌托邦”的旅行见闻。在那里，财产是公有的，私有制是万恶之源，必须消灭。人民是平等的，实行按需分配的原则，穿统一的工作服，在公共餐厅就餐，官吏由秘密投票产生。

③ 贝蒂娜·施蒂克尔著，张荣昌译：《诺贝尔奖获得者与儿童对话》，生活·读书·新知三联书店 2003 年版，第 29 页。

不平等了，不但不能“大同”了，连小同都很难了。这种不平等不是很“可悲”吗？是的，人性自发就暴露出来：于是“故谋用是作，而兵由此起”。这时就比较现实了，与其像春秋战国时代那样诸侯数百年混战，暴力血腥，生灵涂炭重演，不如把这种不平等的现实合法化。约束人的自发性，定下规矩，这个规矩就叫作“礼”，其功能就是要约束自己的人性，叫作“克己复礼”。“礼”是森严的、永恒的标准（“示民有常”），其功能乃是“以正君臣，以笃父子，以睦兄弟，以和夫妇，以设制度”。人的等级不平等，成为合法性纲领（“礼义以为纪”），依照这个“礼”，对人进行褒奖和惩罚（“著有过，刑仁讲让”）。这一方面是自律性的，和“乐”结合在一起；另一方面又带着强制性，和“刑”结合在一起。这就是孔子的礼乐刑政。这样做是“可悲的”，但是不得不如此，故《道德经》第三十八章云：“故失道而后德，失德而后仁，失仁而后义，失义而后礼。夫礼者，忠信之薄而乱之首。”这就是说，礼这个东西，是道、德、仁、义都沦丧了，没有办法了才产生的。不过老子把因果颠倒了：道德仁义，都不是先验地存在，突然莫名其妙地消失，而是因为可悲的人性导致了祸乱，才制定礼，让人在自律与他律之间，礼乐的熏陶与刑罚威慑之间，守规矩，培养出道德仁义之心。这虽然可悲，不理想，但是，最大的好处就是不空想。“禹、汤、文、武、成王、周公”，“由此其选也”，在六位杰出的政治家领导下，结束了血腥，平定了混乱，达到了安定。

这样做就不能叫作“大同”，也不能称为“大道”，只能叫作“小康”了。

《礼运》虽然以孔子的一段话的形式出现，但是，不像《论语》那样是即兴的对话，更像是一篇宿构的大文章（一般中学课文所选只是其中的部分）。

首先表现在逻辑的完整上，全文的大框架是一以贯之的因果逻辑：因为传说中的“天下为公”这样的“大道”，“大同”社会，理想的人伦不能实现，消失了，所以才产生了现实中的“小康”，从“天下为公”的理想变为“天下为家”的现实。这种逻辑框架的有力，还由于它是一个对比。这个对比，是多层次的，第一层次是宏观的，“大同”与“小康”。第二层次是一系列从属性对比。大同社会：1. 人不为已，对一切人都有亲情；2. 没有私有财产和私心，相互诚信，没有阴谋诡计；3. 老者和少者，男性和女性，强者和弱者各安其生；4. 没有偷盗和暴乱；5. 人与人是平等的，超群的智者是自然而然地推举出来的。而小康社会则相反：1. 天下为“家”，对“家”以外的人，是没有亲情的；2.“货力为己”，财产和权力成为私有的；3. 以城郭沟池来保卫自己的家产和权利；4. 人有了私心，“故谋用是作，而兵由此起”，不但有了阴谋诡计，而且有了军事暴力；5. 人与人变得不可信了，所以要讲究礼，建立制度，“以考其信”，对有过失的要警示，刑仁讲让；6. 在大同社会人是不用管理的，也可以说，是没有政府的，而在小康社会，人是要管理的，用什么来管理呢？用“礼”。这种

“礼”虽然往往与“乐”结合着，有某种自律的性质，但是，更多的是带着行政的强制性，君臣父子，把人的等级神圣化，违反了还有法律惩罚。

两层次的对比带着系统性，使得孔子和子游的对话，俨然具有了文章的体制。

不可忽略的是，这样的文章，不但在《礼记》中，而且在汉儒著作中，也是不可多得的。

原因还在于其语言的精准。

文中用了那么多对称和排比句法。这在《论语》中是比较少见的。孔子奉行“辞达而已矣”，虽然也说过“言之无文，行而不远”，但一般很少讲究形容渲染，《季氏将伐颛臾》算是很讲究修辞的了，在谴责冉有时，只用了“虎兕出于柙，龟玉毁于椟”“危而不持，颠而不扶”两个对称句法。但是，在这里用了大量反复对称句法：

选贤与能，讲信修睦。

不独亲其亲，不独子其子。

老有所终，壮有所用，幼有所长，矜、寡、孤、独、废疾者，皆有所养。

男有分，女有归。

货恶其弃于地也，不必藏于己；力恶其不出于身也，不必为己。

谋闭而不兴，盗窃乱贼而不作，故外户而不闭。

全篇的主要部分，除了连接句间因果关系的词语（故、使、是故、是谓、而、由此、如有）以外，几乎都是对称句法，其中最长的主语“矜、寡、孤、独、废疾者”，似乎打破了对称，但是，最后落实在“皆有所养”，与“老有所终，壮有所用，幼有所长”相称，不但没有破坏对称的严整，相反因节奏稍变，而显得更有文气起伏。到了后半篇，句法仍有相类的对称：

各亲其亲，各子其子。

大人世及以为礼，城郭沟池以为固。礼义以为纪。

以正君臣，以笃父子，以睦兄弟，以和夫妇，以设制度，以立田里，以贤勇知，以功为己。

以著其义，以考其信。

这样高密度的对称并没有显得单调，原因在于，和前半篇一样，间有长句、散句插入，在统一中有变化，如“禹、汤、文、武、成王、周公，由此其选也”。句法上，没有对称，但语义上落实到“此六君子者，未有不谨于礼者也”；内涵上，“礼”这个关键词贯串上下文，起到我国古典文论所说的“关锁”功能。

这样的对称，不单单是句间对称，而且在结构上前半与后半对称，对称乃呈双重性，然又有错综。前文“大道之行也，天下为公”与后文“今大道既隐，天下为家”，句法上并不完全对称，但在意涵上是对称的。

文章的精彩还在于节奏，全文绝大多数句子为四言，间以对称的六言，偶尔或杂以不对称的七言，乃至九言。句法显得统一而丰富。就是在以四言为主的对称句中，也有微妙的变化，如“大道之行也，天下为公”，本来这个“也”字可以删去，于义无所害，但是，有了这个“也”字，语气就显得丰富。与后面的“今大道既隐，天下为家”比较，少了一个“也”，细心的读者不难感到前文隐含着的神往，后文意味中的无奈。

从这里可以看出本文的句法和节奏，透露出先秦记言、记事的质朴文风向汉代赋体铺张、形容、渲染的过渡的端倪。

《鸿门宴》：史家实录和审美想象的交融

一

《史记》无疑是一部伟大的历史经典。从世界史的角度看，它的规模和体制无疑是最为宏大的，其跨度从黄帝、夏商周三代，至春秋战国，到西汉武帝太初年间，长达两千多年。相比起来，古希腊希罗多德的经典《历史》不过撰述了公元前6世纪到前5世纪波斯帝国和希腊城邦之间一百多年的历史。司马迁不但涉猎现成经籍，囊括诸战国秦汉之书面史实，而且搜罗名山坏宅中的文献，“网罗天下放失旧闻”，兼取旧俗风谣，“略考其行事，综其始终”（《报任安书》），建构成空前宏伟之结构。继承《春秋》《左传》系年之体，并创年表，将多邦纷争系之以年月，如《十二诸侯年表》《六国年表》《秦楚之际月表》《汉兴以来诸侯王年表》《高祖功臣侯者年表》《汉兴以来将相名臣年表》等，将其间错综之政治、军事、人事之变动构成纵向顺时、横向共时之交叉系统，实为世界之首创。希罗多德的《历史》也有年表，长达一百多年的历史，只有跳跃式的极其简略的大事记三十五条，每条多则三行，少则一行不足。同为文明古国的印度，11世纪以后才有编年史。汉时，日本没有文字，汉字在隋唐时代才大量传到日本，大约在8世纪，日本才借用汉字加上自己的“假名”，有了书面文字，在公元前2世纪司马迁为《史记》时，日本谈不上历史。

据司马迁《太史公自序》，论次史料七年，遭李陵之祸，受宫刑之辱，仍“发愤”著《史记》，在《报任安书》中说，“稽其成败兴坏之纪”，“究天人之际，通古今之变”，在体系上对《左传》有所师承，也有重大突破。裴骃《史记集解·序》曰，司马迁“始变左氏之体”，超越了《春秋》的编年体，创立了十表、八书、列传等体裁。清代赵翼在《二十二史札记》中说：“司马迁参酌古今，发凡起例，创为全史。本纪以序帝王，世家以记侯国，十表以系时事，八书以详制度，列传以志人物，然后一代君臣政事，贤否得失，总汇于一编之中。自此例一定，历代作史者遂不能出其范围，信史家之极则也。”赵氏之言概括，其内容之宏富尚有展开的余地。光就“书”而言，分别有“乐书”，记载不同地域的民间音乐和不同时代的雅乐的沿革；“律书”，其实是“兵书”（“古者师出以律则，则凡出军皆听律声，故云‘闻律效胜负’”）；“历书”，梳理自黄帝以来的历法，以汉太初历为准；“天官书”，讲天文现象与人事关系，留给后世诸多天文的历史记录；“平准书”，概述西汉到武帝，金属货币沿革和经济发展的关系；“河渠书”，不仅记述自然地理，而且陈述疏浚河渠的人文历史。

《春秋》《左传》限于以邦国政治纷争到统一的宏观视野。《史记》以纪传体式，创造了多系列、多层次的人物传记。他把最大的篇幅给予了个人命运，其中有帝王十二本纪，有诸侯等三十世家，有将相等七十列传，他笔下的历史不但是邦国的兴衰史，而且是个人命运（包括帝王）的成败、荣辱史。他显然意识到仅凭宏观历史事件，难以进入无限丰富、深邃的社会和人心。故在他笔下，历史不是抽象的邦国兴衰，而是人的历史，是人与人之间的才智、勇力，为自己的理念而奉献生命的比拼史。《春秋》和《左传》目光只限于帝王、贵族和精英，在司马迁笔下，只要是在当时、后世有影响者，就是历史人物，他都不拘一格，把并未称帝的项羽列入本纪，把并非诸侯的孔子列入世家。不管是帝王将相，还是民间豪杰，游侠、滑稽者，佞幸者，乃至酷吏、商贾（货殖），甚至匈奴、南越、东越、朝鲜、西南夷及大宛，皆为历史的角色，皆为立传。后世有批评其“序游侠则退处士而进奸雄，述货殖则崇势利而羞贫贱”，实在不理解司马迁心胸的博大。《史记》以一人之功，在竹简上，完成五十多万字的中国历史，囊括了政治史、军事史、经济史、音乐史、人文地理（河流）史，可以说是货真价实的通史，这在当时世界上独领风骚。在体制的丰富、宏伟上，希罗多德的《历史》难能望其项背。

二

作为史官，司马迁在基本精神上，坚持《春秋》传统。班固《汉书·司马迁传》赞曰：“其文直，其事核，不虚美，不隐恶，故谓之实录。”

“不虚美，不隐恶”用今天的话来说，就是某种意义上的“价值中立”。

鲁迅在《汉文学史纲要》中说《史记》是“史家之绝唱”，不但是空前的，后世皆以之为楷模，无人出其右者。鲁迅又说它是“无韵之《离骚》”。联系到司马迁在《报任安书》和《太史公自序》中提到受腐刑之辱后，“草创未就”“因（《史记》）其不成”，为完成此书而忍辱苟活。在《太史公自序》和《报任安书》中两次提到《春秋》《左传》《韩非》等皆作者处于逆境“发愤所作”，刘熙载说“太史公文，兼括六艺百家之旨。第论其恻怛之情，抑扬之致，则得于《诗三百篇》及《离骚》居多”，又说“学《离骚》得其情者，为太史公”(《艺概·文概》)。鲁迅称其为“无韵之《离骚》”，盖源于此。

在司马迁笔下，英雄豪杰成就了辉煌业绩，其内心也交织着人性的高贵、睿智、豪迈、愚昧、卑微、卑鄙、无耻、野蛮、血腥、兽性。从这个意义上说，《史记》远远超越了实录的史学价值，同时它又是人学，以不虚美、不隐恶的精神，从外部行为显示了人物内心美与恶的矛盾和转化。历史的理性就这样和情感的审美在错位中部分重合。正是因为这样，《史记》既具历史实录的真实性，又具有文学想象的审美性，不但是一部通史，而且是一部带着强烈个人情志色彩的叙事文学作品。

司马迁所开创的传记体奠定了中国史学和叙事文学的基础。

于史学而言，后世诸史，其体制皆不出史和传，宋代郑樵说：“百代而下，史官不能易其法。”其最突出者乃是《三国志》，完全是传记。司马迁的实录，不但有史料的根据，而且有他年轻时遍游中华南北，网罗“旧闻”，渗入诸多传说、想象、虚拟的成分。再加上他“发愤”著书，对某些人物带有特殊的情感，故可以说是历史和文学的统一体。这种史传体，对后世小说影响很大，故往往以“史”和“传”为名，短篇小说有《柳毅传》《南柯太守传》《莺莺传》《长恨歌传》《李娃传》《霍小玉传》《无双传》《虬髯客传》《梅妃传》《李师师外传》《太真外传》等，长篇小说则有《三国演义》《儒林外史》《隋唐演义》《水浒传》《说岳全传》《儿女英雄传》《海上花列传》等。《聊斋志异》的写法，基本是传记体式，《红楼梦》重记事、记言，寓褒贬于对话和动作之中，不重心理描写，和《史记》的叙述传统一脉相承。就是在散文方面，其叙事的血脉也流贯千年，每逢与骈文相对立的古文流派兴起，就要打出《史记》的旗号，从唐宋八大家到明代前后七子、清代桐城派，莫不以《史记》为追慕的经典。骈文有兴衰之日，而以司马迁为代表的古文却历经两千年而不衰。

三

这在《项羽本纪》中表现得相当明显。

从历史角度看，他坚持史家的实录精神，不虚美、不隐恶的原则是十分坚定的。在项羽和刘邦的搏斗过程中，他不以成王而虚美、隐恶，亦不以败寇而隐美、扬恶。对于胜者、王者，如开国君主刘邦道德上的恶行，亦秉笔直书。如在楚汉相争之际，刘邦打了败仗，狼狈逃窜，“道逢得孝惠、鲁元，乃载行。楚骑追汉王，汉王急，推堕孝惠、鲁元车下，滕公常下收载之。如是者三。曰：‘虽急不可以驱，奈何弃之！’于是遂得脱”。又如：

彭越数反梁地，绝楚粮食，项王患之，为高俎，置太公其上，告汉王曰：“今不急下，吾烹太公。”汉王曰：“吾与项羽俱北面受命怀王，曰‘约为兄弟’，吾翁即若翁，必欲烹而翁，则幸分我一杯羹。”项王怒，欲杀之。项伯曰：“天下事未可知，且为天下者不顾家，虽杀之无益，只益祸耳。”项王从之。

居然对于当今皇帝的老爷子的恶行，也毫无顾忌，正面写他为了打江山，置自己的儿女、父母的生死于不顾，直书这种违背人伦的行径。司马迁的实录表现了他的勇敢。不但对于前代君王如此，就是对当代君王汉武帝也一样，在《封禅书》中，讽喻其求长生不老之虚妄。三国时，魏之大臣王肃对魏明帝说：“汉武帝闻其述史记，取孝景及己本纪览之，于是大怒，削而投之。”（《三国志·魏书·王肃传》）故《史记》“孝武本纪”有题无文，今本《孝武本纪》，系褚少孙所加。

对于项羽这个失败者，司马迁以相当客观的笔法写他的英雄气概和军事家的魄力。当他与骁勇的秦兵对阵，面临险境：“引兵渡河，皆沈船，破釜甑，烧庐舍，持三日粮，以示士卒必死，无一还心。于是至则围王离，与秦军遇，九战，绝其甬道，大破之。”这就是“破釜沉舟”典故的由来，和韩信的背水一战是同样的大气魄。当时起义的诸侯联军畏秦，“莫敢纵兵”，项羽与秦军血拼时，隔岸观火（“诸将皆从壁上观”）。这时，项羽率领的楚军，“无不一以当十，楚兵呼声动天，诸侯军无不人人惴恐。于是已破秦军，项羽召见诸侯将，入辕门，无不膝行而前，莫敢仰视”。“膝行而前，莫敢仰视”的细节，无疑渗透着对项羽英雄盖世的神往和景仰。但是，司马迁也不回避项羽的残忍、血腥和野蛮。最突出的是，秦军在章邯率领下投降了，但是项羽觉察到“秦吏卒尚众，其心不服，至关中不听，事必危，不如击杀之。于是楚军夜击坑秦卒二十余万人新安城南”。

这种实录，仅以客观记言、记事为务，没有主观的议论，不作判断，价值中立，甚至价值开放。正是这种开放，为《史记》的阐释留下了多元的空间。从政治家、军事家的角度，可以看出刘邦战略眼光的远大和项羽囿于战术视野的狭隘。从道德角度来看，刘邦的漠视骨肉，实质是人格污点。但是，从文学角度观之，则生动地显示了雄才大略的刘邦亲情的冷酷和人伦的黑暗。

但是这种价值开放，并不是绝对的，而是相对的，其字里行间寄寓着褒贬。在叙述之中，谓微言大义，隐含着倾向性。褒贬往往就在一字、一句之间。如“本纪”，大凡“其人系天下之本”（清代张照语），纪实其事，则为“本纪”。项羽在破秦及楚汉相争期间，虽未称帝，但军事力量占绝对优势，为破秦之主力，成为实际上的全局领导，正如司马迁在传后所说“封王侯，政由羽出”，诸侯听其分封，刘邦接受其封于汉水的王号，如今我们自称汉族即源于此。但是，他毕竟没有正式称帝，故立《项羽本纪》，却不纪西楚之年，而用“汉之元年”“汉之二年”。承认历史事实，又不失汉为正统。“寓褒贬”的春秋笔法是很严谨的。要在艺术上读懂《项羽本纪》，不能忽略这种隐含在价值中的倾向性。

四

《鸿门宴》节选自《项羽本纪》，题目系后人所加。题目加得太出色了，至今仍为书面甚至是口头交际的典故。“宴”的本义是“安乐”。《说文解字·宀部》：“宴，安也。”（《诗经·卫风·氓》就有：“总角之宴，言笑晏晏。”《左传·成公二年》：“衡父不忍数年之不宴。”杜预注：“宴，乐也。”）意思是亲朋好友的欢会，或者官家置酒高会，具有庆典、仪式隆重的意味。但是，用“宴”这个词来概括这一段历史转折的关键，表面的欢会中隐含一触即发的杀机。近年国人引入俄国形式主义的“陌生化”，往往连举例都不得要领，其实《鸿门宴》的“宴”就是最深刻的陌生化。

项羽大胜秦军主力，而刘邦先占秦都咸阳，派兵拒守函谷关。两支同盟军本来是胜利会师，但秦朝灭亡以后外部矛盾解决了，同盟军之间的内部矛盾上升为主要矛盾。项羽率四十万大军兵临函谷关城下，形势极其紧张，司马迁用笔极尽史家之简练：“（项羽）不得入。又闻沛公已破咸阳，项羽大怒，使当阳君等击关。项羽遂入，至于戏西。沛公军霸上。”只用了三十几个字。乃破关，进驻鸿门，准备解决刘邦。只有十万军队处于弱势的刘邦，冒险亲至鸿门会见项羽。项羽留刘邦宴饮。在这暗藏凶险、充满杀机的欢宴上，司马迁一改简洁之叙述，代以不厌其烦的细致：

项王、项伯东向坐，亚父南向坐——亚父者，范增也；沛公北向坐；张良西向侍。

座位的方向本可省略，最多不过一笔带过，但是此处罗列得如此详尽，充满了深长的意味。东向者项羽为主，高于南、北和西向。项羽的军师范增南向，仅次于东向，高于北向的刘邦和西向的张良。座次就提示着主次和强弱。这里称项羽为“项王”，刘邦为“沛公”。其实项羽此时只是兵临咸阳，尚未称王。司马迁行文不着痕迹地显示他的倾向性：对于历史实际的尊重，而不斤斤于名分。

课文虽为节选，作者没有对成败有任何直接评论，但在记言和记事的情节中，突出地表现了弱者如何、为何得以脱险，而强者如何、为何痛失胜机。

刘邦先入咸阳，坚守函谷，称王的野心已经暴露。但是，从实力来说，十万之众，不是四十万大军的对手。从军事实力和个人武功来说，刘邦根本不是项羽的对手。这对刘邦来说，危机迫在眉睫，对项羽来说，驻军霸上，扼守咸阳门户，灭刘良机在握。但是错失了，埋下了最后失败身亡的种子。

转化的关键是什么?

在危机时刻，本来志得意满的刘邦很快承认自己的弱势，听从了谋士张良的分析：

良曰："料大王士卒足以当项王乎？"沛公默然，曰："固不如也。且为之奈何？"张良曰："请往谓项伯，言沛公不敢背项王也。"

刘邦迅速采取了甘拜下风、韬光养晦的策略。作为军事集团的领导者，刘邦取胜的关键是善于用人，也就是后来韩信所说，虽不甚善于"将兵"，领兵上战场，最多不过十万，但是善于"将将"，也就是善于用将领和谋士。这样做的难度在于：第一，不但要承认自己不敌项羽，而且要承认自己不如下级张良。第二，在实力面前，不但委屈自己的情绪，而且不能据理力争。本来先入咸阳为王，是早已经约定好的，但是好汉不吃眼前亏，把自尊心放下，卑躬屈膝，见了项羽，低声下气地自称"臣"。还贬低自己先攻下秦都咸阳，是偶然的（"不自意"），又辩解说所谓称王的雄心，是"小人"的传言。第三，司马迁非常强调，刘邦所用的人在危急关头不计荣辱生死，忠于他的事业。刘邦危急，张良的朋友项伯从项羽军中潜来劝张良逃命，他没有逃："沛公今事有急，亡去不义。"第四，在最危急的现场，他的亲信卫士樊哙挺身而出，以拼命三郎的姿态（"死且不避"），带着武器，勇冲项羽的卫队，理直气壮，陈刘邦之功，斥项羽之过，这是刘邦自己也不敢在项羽面前直接讲出来的。后来刘邦被围困，他帐下的纪信英勇献身，打着他的旗号冒充他，转移了项羽的目标，让他得以逃脱。纪信最后为项羽烧死。

而项羽方面则反之，对于富于远见的范增提出的谋略始终不能接受。在鸿门宴前，范增就告诫项羽："沛公居山东时，贪于财货，好美姬。今入关，财物无所取，妇女无所幸，此其志不在小。""急击勿失"，也就是快刀斩乱麻，把他解决掉。项羽没有放在心上。他太轻信自己绝对优势的实力，所以项伯一说刘邦没有野心，"有大功而击之，不义也"，本来"大怒"的项羽，就因为这个"义"，非常轻率地"许诺"了，居然没有追究，项伯未经请示，潜入刘邦军营的违纪行径。

到了宴会现场，他还沉浸在轻率地"许诺"自恋的情绪之中，以致"范增数目项王，举所佩玉玦以示之者三"让他下决心。一向在关键时刻能够果断出手，根本不在乎什么"义""不义"，出其不意地斩杀上司卿子冠军宋义的项羽，这时却麻木不仁（"项王默然不应"）。特别是，范增当机立断，越权让项庄以舞剑助兴为名，即席杀死刘邦，而项羽的亲信项伯公然亦舞剑保护刘邦，在双方对立到剑拔弩张的程度，项羽居然还没有看出项伯吃里扒外的行径，更谈不上怀疑此前他为何代刘邦传话，说他"有大功"，没有野心，登记户口，封府库财物是为了防备"他盗出入"，专候项羽到来（实际上项伯已经和刘邦打得火热，刘邦已经“兄事之”“约为婚姻”了）。项羽对这个内鬼、奸细，浑然没有任何警觉，已经昏庸透顶，更荒唐的是，对刘邦说出刘邦的“左司马曹无伤”说他有野心，他才有动武的动机。这是在面子上为自己开脱，却把自己在刘邦阵营里的“内线”无条件地出卖了。刘邦脱险回到军中，立马把曹无伤宰了（“立诛杀曹无伤”）。而项羽对项伯仍然重用，对忠于自己的范增则不但不听其忠言，后来还中了对方的反间计，怀疑他，让他自行辞职，等于是罢了他的官，最终还加上浓重的一笔，让他在半道上发病而死。按史家笔法，司马迁不能直接说出项羽失败的原因，只能借范增之口说出了他的战略预言：“夺项王天下者必沛公也。”

司马迁用这样的对比，表明作为军事领导，智谋可能有限，甚至品德有污，但是，成败在是否能充分发挥谋士之智、将领之勇，特别是在关键时刻，明察忠奸，能屈能伸，当机立断。仅匹夫之勇，任情自恋，刚愎自用，临机不能制变，失去取胜良机，乃失败之源。

司马迁的史家法度不但不能直接评论，而且不能描写、抒情，只能是叙述，如“沛公至军，立诛杀曹无伤”，对内奸不同处置，对比鲜明，一句话就足够了。有时，写大战场面，司马迁就不拘于史家的叙述，而以丰富的细节来渲染。如写楚汉相争，汉军大败到如此地步：

> 汉卒十余万人皆入睢水，睢水为之不流。围汉王三匝。于是大风从西北而起，折木发屋，扬沙石，窈冥昼晦。

十余万人皆入睢水是抽象的，要正面写，可能要很多笔墨而难能讨好，但是只用一个五官可感的细节“睢水为之不流”，足以刺激读者想象其惨烈的程度了。大风起，是抽象的，加上“折木发屋”，树木都倒了，“扬沙石”，沙子、石头都飞了起来，白天都天昏地暗，五官可感的细节只有四个，但很雄辩，如此强烈的效果足以调动读者惊心动魄的想象。

项羽这边完全没有统一的策略和程序，而刘邦这边在张良部署下，却是张弛有度。

一方面，有樊哙硬的一手，就是视死如归地冒犯，引起项羽的欣赏，转移了他的注意力；不可忽略的是，这是情节走向高潮的关头，作者展示了最强烈的细节：

> 哙即带剑拥盾入军门。交戟之卫士欲止不内。樊哙侧其盾以撞，卫士仆地。哙遂入。

带剑、拥盾，两个细节；交戟，一个细节；侧其盾，以撞，两个细节；仆地，一个细节。一共六个细节。对这种莽撞的冲动，不要命的气势，司马迁难得地使叙述带上了描写的性质。

另一方面，则完全是软的一手。张良策划刘邦借故离席，不辞而别，待秘密溜回自己军中，他才到项羽面前表示事出无奈。不辞而别，很不合礼仪，不无冒犯，但是，张良装神弄鬼编出来的理由是：一、不胜酒力，不是自己能够控制的；二、怕你责怪，既是说自己胆怯，又是涨对方威风；三、人已经回到自己军中了，阁下已经不可能有什么作为了。这就够软的了，张良还加上赠礼，以示谦恭。

“谨使臣良奉白璧一双，再拜献大王足下，玉斗一双，再拜奉大将军足下。”项王曰：“沛公安在？”良曰：“闻大王有意督过之，脱身独去，已至军矣。”项王则受璧，置之坐上。亚父受玉斗，置之地，拔剑撞而破之。

这几句真是太精致了。史家笔法重在记言记事，故《史记》只有对话和动作，没有面貌、衣着、心理和背景描写，所凭的仅仅是叙述。叙述是概括的，没有细节的。但是，在这里司马迁让叙述带上两种细节，一种是同类的道具（礼器），一种是相反的动作，就有了比一般描写更为深邃的心理功能。白璧一双给项羽为礼，称项羽为“大王”，用刘邦的名义“再拜”（不是一拜，再拜，是特别隆重）。玉斗一双，献给范增，不说范增，而说“大将军”（司马迁的叙述则称范增为“亚父”）。同样贵重的礼物（细节），其精彩就在叙述中，两个人的反应是截然相反的。项羽“受璧，置之坐上”，从动作上看，是安然的，完全没心眼。而亚父，则是“受玉斗，置之地，拔剑撞而破之”。四个连续性的动作足以表现其内心的愤怒了，司马迁意犹未尽，又借他的口，发出强烈的抒情：“唉！竖子不足与谋！”有情感性质很强的语气词“唉”还不够，又用了口语词“竖子”，再加上对于未来前途的忧愤：“吾属今为之虏矣！”这就是司马迁的叙述，以不描写为描写，以不抒情为抒情。其所以如此，第一，以外在动作提示内在情绪的可感效果；第二，以人物的愤激之语抒情。这种抒情不是作者的，而是人物的，间接的。在写樊哙决心冒险冲击项羽卫队时也用过同样的手法，樊哙说：“大行不顾细谨，大礼不辞小让。如今人方为刀俎，我为鱼肉，何辞为？”司马迁的叙述，很少用排比句，这时让一介武夫说出大行、大礼，细谨、小让的对比句，已经充满激情了，而且让他说出对比性比喻句“人方为刀俎，我为鱼肉”，还加上一个反问句“何辞为”。在这生死成败关头，表现义无反顾的激情，可谓力透纸背。而这一切外部可见、可闻者，皆是内心不可见的情绪激动的效果，皆在记言与记事规范之中。

以可感的效果显示不可感的情感原因，以简笔淡墨的叙述显示内心强烈的情绪，司马迁写到高潮处，往往有如此的拿手好戏，有时甚至可以说是神来之笔。例如，项羽在巨鹿大战秦军之时，诸侯联军，都畏惧秦军，作壁上观，待项羽九战皆胜，“项羽召见诸侯将，入辕门，无不膝行而前，莫敢仰视”。从作壁上观，到见项羽“无不膝行而前”的外部动作，完全可以洞悉其内心的惊恐。读者不难感到，司马迁光凭叙述，也能表现出他对项羽英雄气概的欣赏和景仰。故明代茅坤评曰：“项羽最得意之战，太史公最得意之文。”（《史记抄》）当代学者钱锺书曰：“数语有如火如荼之观。”（《管锥编》）

对一个突然出现的配角樊哙用了这么多细节和话语，可谓大笔浓墨了。司马迁意犹未尽，接着是“瞋目视项王”，表现这个草莽英雄的大无畏精神，司马迁神往到超越了历史家的实录，而进入想象境界，写樊哙：

头发上指，目眦尽裂。

“目眦尽裂”，可能是夸张，但是“头发上指”则完全是不可能的。这只能是司马迁感情的流露。写到这里，司马迁可能已经忘记自己是在写历史，而是放任自己的情感冲击感知了。鸿门宴发生在公元前206年，司马迁写作大约是公元前100年，[①]这么遥远的时间距离，当时纸还没有发明，书写传播相当困难，详尽的书面资源随时间流逝而减少，口头传说想象成分随之增加。又加上司马迁怀着忍辱偷生的悲愤，对失败英雄的神往，客观条件和主观情绪都使司马迁情不自禁地进入想象的境界。因而在行文中，往往不由自主地虚拟。如写楚汉相争，汉有善骑射者楼烦，楚挑战三合，楼烦辄射杀之：

项王大怒，乃自被甲持戟挑战。楼烦欲射之，项王瞋目叱之，楼烦目不敢视，手不敢发，遂走还入壁，不敢复出。

这就显然是传说了，这么善战的将领怎么可能被项羽一瞪眼，喊了一声，不但吓得不敢射箭，而且连刘邦这个身经百战的老手，也吓得龟缩进堡垒。这样的文学想象，可能是早已进入潜意识，即使在最后以太史公的身份进行评论时，也超越了史官实录，引用了传说“吾闻之周生曰‘舜目盖重瞳子’，又闻项羽亦重瞳子。羽岂其苗裔邪”。司马迁从情感上，对项羽太欣赏、太崇拜了，连他可能是双瞳孔的传说，也加以肯定，还把他和虞舜这样传说中的贤王血统联系起来。

五

以上表明，在司马迁的气质中有两根弦：一是历史家的现实精神，二是文学家的浪漫想象。一般情况下，史家之弦是抑制着文学家之弦的，到了情感不可抑制的时候，文学浪漫之弦就发出最强音淹没了史家之弦。在这点上，钱锺书先生早有洞察。他针对六经皆史的说法，提出了“六经皆诗”的命题：

与其曰：古诗即史，毋宁曰：古史即诗。

钱锺书先生以《左传》为例还指出“史蕴诗心、文心”，特别指出：

---

① 司马迁在《史记》的自序中，并没有明确说明自己的生年，据种种文献考证，郭沫若推定其生于公元前135年，王国维推定其生于公元前145年，当上太史令是三十八岁左右，七年后，发生了李陵之祸，大概是公元前100年。《项羽本纪》大约写于此后。

史家追述真人实事，每须遥体人情，悬想事势，设身局中，潜心腔内，忖之度之，以揣以摩，庶几入情合理，盖与小说、院本臆造人物、虚构境地，不尽同而可相通。

钱先生强调的是古代史家虽然标榜记事、记言的实录精神，但是事实上，记言并非亲历，且大多并无文献根据，其为“代言”“拟言”者比比皆是。就是在这种“代言”“拟言”中，情志渗入史笔中，造成历史性与文学想象互渗，实用理性与审美情感交融是必然的。项羽最后的败逃，可以说既是历史又是叙事文学：当时，只剩下八百余人，为汉兵追击，最后只余二十八骑：

项王自度不得脱。谓其骑曰：“吾起兵至今八岁矣，身七十余战，所当者破，所击者服，未尝败北，遂霸有天下。然今卒困于此，此天之亡我，非战之罪也。今日固决死，愿为诸君快战，必三胜之，为诸君溃围，斩将，刈旗，令诸君知天亡我，非战之罪也。”乃分其骑以为四队，四向。汉军围之数重。项王谓其骑曰：“吾为公取彼一将。”令四面骑驰下，期山东为三处。于是项王大呼驰下，汉军皆披靡，遂斩汉一将。是时，赤泉侯为骑将，追项王，项王瞋目叱之，赤泉侯人马俱惊，辟易数里，与其骑会为三处。汉军不知项王所在，乃分军为三，复围之。项王乃驰，复斩汉一都尉，杀数十百人，复聚其骑，亡其两骑耳。乃谓其骑曰：“何如？”骑皆伏曰：“如大王言。”

这里的项羽面临死亡是很英雄的，司马迁笔下的这种英雄主义，很有特点。第一，本来，他是可以乘乌江亭长的船，到江东去，也许如刘邦那样屡败屡战，不难东山再起。但是，他说：“籍与江东子弟八千人渡江而西，今无一人还，纵江东父兄怜而王我，我何面目见之？纵彼不言，籍独不愧于心乎？”这就是说，生命的荣誉是至上的，即使异日能够称王，而没有荣誉感，也对不起自己。第二，仗打败了，绝不认输，绝不能输了荣誉感，不是承认自己没有能耐，而是败在“天亡我”。第三，即使死，也要向部下证明自己勇力超群，在敌军包围之中，要杀敌多少就能杀多少，如探囊取物。立马见效以证明，很自豪地问：怎么样？让自己的荣誉感获得承认，就是死也无所谓了。司马迁笔下英雄的特点就是自尊、荣誉比死亡更重要，就是死也不能死得窝囊，要死得尽可能英气、义气。他知道自己是不能脱身了，就干脆自杀把脑袋送给故人去请功。

司马迁把项羽最后一战的行为、对话陈述得这样清楚，好像是亲临现场似的。可当时血肉横飞，有谁能在竹简上，把他和只剩下二十八人的对话如此精确地记录下来？① 如果不是文学性的想象占了优势，完全按史家实录的严谨，司马迁怎么会相信项羽独自一人，

① 再如《项羽本纪》中记垓下别姬一段，前人就多有疑问。周亮工《尺牍新钞》第三集卷二释道盛《与某》曰：“余独谓垓下是何等时？虞姬死而子弟散，匹马逃亡，身迷大泽，亦何暇更作歌诗？即有作，亦谁闻之而谁记之欤？吾谓此数语者，无论事之有无，应是太史公‘笔补造化’，代为传神。”

以疲惫之身，如入无人之境，杀了围困他的汉军两个将领之后，又一下子杀了“数十百人”？难道汉军都是等待杀戮的木头人？其实，百年的时间，口耳相传，给司马迁对这个失败英雄的神往，提供了自由的想象空间。最明显的是，项羽被汉军将领赤泉侯追赶，“项王瞋目叱之，赤泉侯人马俱惊，辟易数里”。项羽瞪眼睛，喊叫，就能把敌军将领，不但人，而且马也吓得狼狈逃窜达数里之遥。这是第二次，司马迁用这种手法来表现他心目中的英雄了。这种英雄的特殊性，司马迁没有直接概括出来，直到数百年后的宋朝，才为女诗人李清照用诗的语言概括出来：“生当作人杰，死亦为鬼雄。”英雄不但生为英雄，死也要死得英雄。

这气概可能触动了司马迁，让他深感苟活的屈辱，情不自禁发出一种仰慕吧。

司马迁在潜意识里，实际上把项羽诗化了。

司马迁是伟大的散文家，不善诗，但他在《鸿门宴》里也为后世留下了富有永恒生命力的语言：樊哙的“头发上指”后来就成了岳飞在《满江红》里的“怒发冲冠”，吴梅村《圆圆曲》中的“冲冠一怒为红颜”。项羽的“天亡我”，实际上成为《三国演义》中周瑜“仰天长叹曰‘既生瑜，何生亮’”的前典。“何面目见江东父老”“项庄舞剑”“人为刀俎，我为鱼肉”，千年后仍然是书面的常用话语。

当然，司马迁毕竟是史家，故文学的想象之弦，即使有助于寓褒贬，也终究是有限的，而且，想象的放纵，可能有悖于史家的客观（价值中立），司马迁可能深感完全记事记言，不能直接发言之不足，乃继承了《左传》的“君子曰”“书曰”的传统，在史传之后创“太史公曰”之体例，作直接理性的分析。在《项羽本纪》之后，就严肃地分析了他的功过：

> 羽非有尺寸，乘势起陇亩之中，三年，遂将五诸侯灭秦，分裂天下，而封王侯，政由羽出，号为“霸王”，位虽不终，近古以来未尝有也。及羽背关怀楚，放逐义帝而自立，怨王侯叛己，难矣。自矜功伐，奋其私智而不师古，谓霸王之业，欲以力征经营天下，五年卒亡其国，身死东城，尚不觉寤而不自责，过矣。乃引“天亡我，非用兵之罪也”，岂不谬哉！

这里的分析既肯定了项羽灭秦的功劳，又批评了他“奋其私智”，一味逞个人英雄之能，失败了不自责，死到临头还不知死，却说什么老天不帮忙。“岂不谬哉！”太荒唐了。这样盖棺论定的断语是很严厉的。班固《汉书》写项羽，几乎全抄司马迁，却又把项羽放到列传中去，最后把贾谊批判秦始皇的《过秦论》全搬过来，加在司马迁的断语之前，完全是画蛇添足。

《张释之执法》：强烈的戏剧性转折

原文如下：

释之为廷尉。

上行出中渭桥，有一人从桥下走出，乘舆马惊。于是使骑捕，属之廷尉。释之治问。曰："县人来，闻跸，匿桥下。久之，以为行已过，即出，见乘舆车骑，即走耳。"

廷尉奏当：一人犯跸，当罚金。文帝怒曰：此人亲惊吾马，吾马赖柔和，令他马，固不败伤吾乎？而廷尉乃当之罚金。释之曰："法者，天子所与天下公共也，今法如此而更重之，是法不信于民也。且方其时，上使立诛之则已，今既下廷尉，廷尉，天下之平也，一倾而天下用法皆为轻重，民安所措其手足？唯陛下察之。"

良久，上曰："廷尉当是也。"

本文选自司马迁《史记·张释之、冯唐列传第四十二》。因为是传记体，故从其入仕之初开始，直写到他逝世。开头写其入仕之由，结尾及汉文帝逝世后，实际降职，皆寥寥数语，作为一个人物的传记，司马迁用了绝大部分写了他为廷尉时的四个案例。

起初汉文帝并不欣赏，说他"卑之，毋甚高论"，让他不要讲那么远古的事，要讲些于现实相关，切实可行的。张释之就讲一些秦汉之间的历史故实。在我们今天看来，秦汉之事，相当远古了。但是，在汉文帝时期，刘邦于公元前202年统一中国才几十年，讲秦汉兴亡之事，在当时可谓当代史，张释之因此逐渐得到励精图治、与民休养生息的汉文帝刘恒的信任，步步高升到廷尉。在相当长的一个时期中，掌管天下司法的大权，该有多少执法不阿的案例，但是，司马迁只选择了四个，而且都是当场反对汉文帝的。

课文所选当属最精彩的，不但直接反驳汉文帝，而且是在汉文帝发怒时还坚持法制准则。反驳汉皇帝风险是很大的，司马迁自己不过是在武帝面前为朋友李陵辩护，说投降是不得已的，就受了宫刑。而张释之当场反驳汉文帝居然让皇帝息了怒，听从了他的意见。

司马迁的选择，隐含着自己深沉的情思。

这个故事特别之处在于其很强的戏剧性转折。关键是文帝如何从“怒”到接受张释之的反对意见。但是，全文总共只用了两百多字，精练到如此程度。原因在于全由叙述和对话组成。叙述三十多字。

上行出中渭桥，有一人从桥下走出，乘舆马惊。于是使骑捕，属之廷尉。

当时的现场气氛应该是很紧张的。一是，皇帝出行，“跸”就是禁止“行人”，为了保证皇帝的安全，所有人都得回避，用今天的话来说，就是戒严，居然有人穿越了警戒路线；二是，更严重，惊吓了皇帝的御马；三是，还让他“走”（逃跑）了，这是个很严重的安全事故，骑警把人抓住；四是，在这种突如其来地冒犯天威的情况下，皇帝是完全有可能立即把他斩首的，但是文帝没有，只把此人交廷尉处理。

这个从紧张到缓和的氛围都没有直接渲染，全靠三十多字的叙述，五个句子，都是短句。除了第四句前有个“于是”连接词外，其余句子之间，都是平行的，所用的词语，都是名词和动词。没有形容，没有描写，在场的人好像只有文帝和张释之，严峻的关头，才出现了“骑捕”。至于皇帝的卫队，是多少人，如何惊警，如何机敏，如何传令，如何风驰电掣，只用一个“于是”，交代了过去。这一切，都留在叙述的空白中，由读者去想象。这是中国史家笔法的传统，寓褒贬于记事之中。表面上是没有倾向，价值中立。但是，这里隐含着文帝的温和大度，并不以这样的意外事故而大发脾气，还是冷静地交由司法长官处理。

这是情节从紧张到缓和的第一层次。接着是情节的第二层次。

廷尉奏当：一人犯跸，当罚金。

这个“当”是判决的意思。此人犯法情节，按当时的法令，“跸先至而犯者罚金四两”。（张守节《史记正义》）汉代货币有金和铜两种，由于黄金比较稀有，更有可能是铜。这么轻的判决，大大出乎汉文帝的意料。虽然文帝个性比较温和，但是，忍不住发火了：

文帝怒曰：此人亲惊吾马，吾马赖柔和，令他马，固不败伤吾乎？而廷尉乃当之罚金。

皇帝“怒”了，怒得有理，如果不是御马柔和，就会伤害到龙体。情节进一步紧张起来，皇帝如何从怒到不怒，这是个心理过程。文章没有心理描写。仅凭张释之的话语：

法者，天子所与天下公共也，今法如此而更重之，是法不信于民也。且方其时，上使立诛之则已，今既下廷尉，廷尉，天下之平也，一倾而天下用法皆为轻重，民安所措其手足？唯陛下察之。

反驳皇帝的话，既要有理，也给皇帝留下面子。第一，不是我要反对你，而是于“法”

不合，而法则是“天子”赐予的。这里的“天子”，是统称，就不仅仅是文帝，而且是高祖以来的帝王。这就不仅文帝反对自己，而且也是反对祖宗的成法。这个帽子扣得很大，但是，称对方用的是敬语，“天子”，反对祖宗成法是泛指，反对自己是实指。

接下来，退一步说，就算你怒火中烧，也有权把这家伙杀了。这与法就没有关系。也就是你讲究法理，把他交给司法部门，那就只能依法而不能依你的怒火处理。这里称呼文帝时，用的另一个中性的词“上”。

接下来再退一步，讲如果依了你，后果的严重性。

廷尉，司法，乃是天下公平的标准，如果按你一时的怒气，而有所倾斜，那就不是个案的问题，而是成为天下全国的范例。如此一来，则老百姓就没有办法决定自己的举措了。这里对文帝又改用“陛下”。这个“陛下”和前面的“上”比较起来，是很高的敬语，提醒皇帝的权力和天下治安的关系。这样的说法不仅是讲硬道理，而且是硬中有软，这种绵里藏针的话语还得力于一连串的语气坚定而婉转。

不可忽略的是，张释之一连用了三个“也”字结尾：

法者，天子所与天下公共也，今法如此而更重之，是法不信于民也。且方其时，上使立诛之则已，今既下廷尉，廷尉，天下之平也。

一般说，“也”是虚词，没有实际意义。但是，有这个“也”字，和没有这个“也”字，语气中的情感的分量却不同。

《中庸》中有：“仁者，人也。”如果把句尾的“也”字去掉，变成“仁者，人”，语气不完整，就不太成话。这个虚词，是构成判断句的必要成分。《左传》中“君处北海，寡人处南海，唯是风马牛不相及也”，如果把“也”去掉。变成“风马牛不相及”也成话，但是，就没有判断的肯定分量。

这一连三个“也”字句的排比，肯定性强化，反驳的意味递增，毫不动摇。最后则留有余地“唯陛下察之”，请皇上明察。

最后的结尾则更含蓄：“良久”，没有心理描写，说明文帝从怒火中解脱出来，平静慎重地考虑，是有一个过程的。最后，又用了一个“也”字句。

上曰：“廷尉当是也。”

这个“也”字，和张释之的三个“也”相呼应，表现了文帝也相当肯定地接受张释之的反驳。

如此紧张，如此曲折的情节，内涵如此丰富，写得如此精练。这是所谓春秋笔法，史传传统，史家只是客观记事记言，没有全景交代，没有心理描写，价值中立，没有评价，不发议论。似乎没有倾向，但是，寓褒贬于字句之中。

这样简朴的记事和记言，既说明了张释之的不畏凶险，坚持法制，毫不动摇，也表现了文帝的开明大度，克己从谏。同时也表现了司马迁的理想。

在史传正文中，不作评价，但是，从《左传》以来，在记史以后，则另以“书曰”“君子曰”作出评价。司马迁则在文章后另立“太史公曰”，直接称赞张释之“守法不阿”。司马迁的这种只写对话和事件的笔法，成为后代二十三家史书的楷模。更突出的，是影响了中国白话小说，如《三国演义》《水浒传》，甚至《红楼梦》，都是以对话和动作为主。公元前 2 世纪的中国史家笔法和 20 世纪海明威所提倡的电报文体息息相通。海明威也是力求叙述和对话，只用名词、动词，不用形容、感叹，不事心理描写，文如海洋中的冰山，显露出来的只是冰山的八分之一，八分之七在海水下面。故西方汉学家对中国史传文笔，十分赞赏。

张释之传中，其他三例，都是甘冒风险的。其中之一是：“太子与梁王共车入朝，不下司马门，于是释之追止太子、梁王无得入殿门。”这还不算，还要正式弹劾：“不下公门，不敬，奏之薄太后，闻之文帝免冠谢曰‘教儿子不谨’。薄太后乃使使承诏，赦太子、梁王。然后得入。”

在文帝时期，张释之声誉日隆，为“天下名臣”。等到文帝逝世，太子即位，成为汉景帝，张释之恐有杀身之祸。幸而景帝没有发作，一年多后，把他下放到淮南王那里。司马迁难得地发了议论“犹尚以前过也”。这句话令人感到景帝不及文帝胸怀，不如文帝那么理想。

《典论·论文》：文体差异和文气清浊范畴的提出

一

《典论》中之《论文》，不少论者以为这是中国文学评论的开山之作。日本学者铃木虎雄在《中国诗论史》中说："我认为，魏的时代是中国文学的自觉时代。"[①]鲁迅《魏晋风度及文章与药及酒之关系》一文在强调了曹丕及其此文后，采用了这个观点。严格地说，这是广义的文学／文章观念，在当时世界上，还没有后来所持的审美文学观念。英语的literature，出自拉丁文literatura / litteratura，意指所有写成文字的书，在维基百科中，就是"writing formed with letters"，至今英语中还含有文献的意思。无独有偶，叙利亚初三阿拉伯语教材中这样说：（阿拉伯）语言中"文学"的意思是邀请某人去赴宴会，稍后，意思是高贵的品德，如道德、礼貌、礼尚往来。后来又有了"教育"和以诗歌等来影响他人的意思，接下来，是"广博的文化"的含义，包括科学知识、艺术、哲学、数学、天文、化学、医学、信息、诗歌。直到现代，才有特指对情感产生影响的各类体裁的诗歌、散文、演讲、格言、寓言、小说故事、戏剧等。[②]

在欧洲，将literature归结为审美价值的"文学"，是近三百年欧洲浪漫主义运动时期的事。纵观《典论》所及，与早期西欧与中东所持观念有不约而同之处。其名曰"论文"，所述为历史及实用文体，如奏议、书论、铭诔等，与诗赋并列，诗赋排在最后。此时尚未将

① 铃木虎雄著，许总译：《中国诗论史》，广西人民出版社1989年版，第37页。

② 洪宗礼，柳士镇，倪文锦主编：《母语教材研究（7）》，江苏教育出版社2007年版，第655—656页。

审美与实用、情感与理性作基本的区分。在当时，诗赋等文学作品与政治性实用文章相比，地位并不高。曹植《与杨德祖书》曰："辞赋小道，固未足以揄扬大义，彰示来世也。昔扬子云，先朝执戟之臣耳，犹称壮夫不为也。"《论文》对文章、文体、作家心理气质、风格之特殊性等作了大幅度的论述，文学／文章被当作一个专门论题，被赋予独立地位，这在当时是空前的。文学／文章的综合观念，为很长一个时期中国特有的观念，在中国文论发展过程中，具有不可忽略的历史地位。

二

细读此文，不但当以论文，亦应作文章观之。

《论文》是曹丕所撰《典论》中之一节。《典论》全书二十篇，内容相当广泛，涉及政治、社会、道德、文化等方面，大抵皆王业成败，驭民利害。可惜全本已佚，《自叙》为裴松之注《三国志》引录，《论文》收入《昭明文选》，得以流传后世。[①]

曹丕此书撰于为魏太子之时，两年多后曹操病故，接过权柄之当年，即为其父之不敢为，干脆以魏代汉，说明为太子之两年半时间，早已成竹在胸。《典论》之作，与文人之自我表现迥异。典，法也，常也。《周礼·天官·大宰》："掌建邦之六典，以佐王治邦国。"郑玄注："典，常也，经也，法也。"[②]有人认为，曹丕此文的主旨就在"端正天下之论"。此言得之。作为太子，酝酿着建构思想上的正统，积累权威，显示权位不仅凭着世袭，而且来自自身文治武功全才。《论文》和《自叙》分论文武，当为全书之纲领，其得以流传千载，而其余部分基本散失，实非偶然。在《自叙》中，夸耀自己有武功："夫文武之道，各随时而用。生于中平之季，长于戎旅之间，是以少好弓马，于今不衰。逐禽辄十里，驰射常百步。""又学击剑，阅师多矣。"甚至具体写到和一个著名人物搏击轻松取胜的故事。又说自己不但有武功，而且有过人的文化修养："少诵诗论，及长而备历五经四部，《史》《汉》诸子百家之言，靡不毕览。所著书论诗赋，凡六十篇。"[③]这一切都在彰显自己的非凡才能，为未来接班、取汉立魏做精神和舆论上的准备。

《自叙》重在武功，而《论文》则重在文学／文章。而《论文》之所以突出，盖因曹丕得太子之位，曲折起伏。曹操长子为曹昂，曹丕次之，按立嫡以长惯例，他不能流露任何

① 其他篇目，后人如明代张溥、清代严可均等从历代各种典籍注文和类书中加以辑录，内容不太完整，《四库全书·魏文帝集》收入《周成汉昭论》《汉文帝论》《汉武帝论》《交友论》，是否属于《典论》，学者颇有争议。

② 郑玄注，贾公彦疏：《周礼注疏》(卷二)，上海古籍出版社 1990 年版，第 37 页。

③ 曹操著；韩泉欣，赵家莹选注：《三曹诗文选注》，上海古籍出版社 1994 年版，第 51—52 页。

非分之想，幸运的是，曹昂死于征张绣之役。按长幼顺序，继承大位，非丕莫属。但曹操更属意于比他小九岁的曹冲，曾经公开说过要传位于冲，然冲夭亡。按年龄顺序，他长于曹植，具有天然优势。从文学、文章的才智来说，曹丕逊于曹植，南朝宋谢灵运有“天下有才一石，曹子建独占八斗”之说。曹操一度欲立曹植为太子。但是，曹植过多文人习气，恃才傲物，不顾细行，缺乏政治家的沉稳内敛。争嫡凶险，持续多年。曹丕信用谋士，矫情自饰，临机制变，棋高一着，终于获得曹操信任。建安二十二年（217），三十岁的曹丕正式被立为太子，其时，曹操已经年迈体衰。曹丕军政事务繁忙，对外，于东吴、蜀汉，军事政治上虽有优势，但还未能达到压倒性；对内，组织上，用自己的核心班底，君临各派群臣。他在武功上亦有自信。至于“文”，虽然自己也颇有大志，在《与王朗书》中，说到立德之外，莫如“著篇籍”“可以不朽”，“故论撰所著《典论》、诗赋盖百余篇”，而且大权在握，但是，与曹植比，他仍有驱遣不去的心理阴影。

作为未来的君王，在文武两个方面必须拥有高度权威，不能让任何人有挑战的余地。故《典论·论文》针对曹植《与杨德祖书》。何焯《义门读书记》谓“曹子建《与杨德祖书》，气焰殊非阿兄敢望”，曹植于文坛有如此声望，是曹丕所不甘忍受的。但是，为文运思不能径情直遂，乃取由远渐近，由泛论至直面之法。

《典论·论文》开头：“文人相轻，自古而然。”此言高度概括，具有格言性质，至今脍炙人口。表面上泛论古今，但是，绵里藏针。具体行文，针对曹植。

其时曹植二十五岁，封临淄侯，在给亲信杨德祖的信中，首先，说自己“好为文章”二十五年。说的是“为文章”，不是一般的阅读，明显夸张，连婴孩时期都算进去了。其次，说当时著名才智之士，汉南独步的王粲，鹰扬于河朔的陈琳，擅名于青土的徐幹，文采飞扬于海边的刘桢，同在魏地的应玚，“吾王”（应该是曹操）皆广为罗致，但是，这些人物都不能“飞轩绝迹，一举千里”。陈琳虽有才，然不长于辞赋，还自比于司马相如，简直是“譬画虎不成反为狗”。显而易见，曹植极端自负，建安七子中之五子，外加上王粲，都一笔抹杀，刻薄到用“狗”来形容，就连自己的亲信杨德祖，就是那个在《三国演义》中因为露才扬己，不知韬光养晦而招杀身之祸的杨修，也不能幸免。还洋洋自得地说自己不能称赞人物，原因是“畏后世之嗤余”。这样的人，作为作家，好“讥弹”文章，是正直的，但是，作为诸侯，敏于见人之短，不能用人之长，乃是大忌。曹操在人才政策上难得地不拘一格，在《求贤令》中说，即使“盗嫂受金”，只要有才能，就可重用，但是，在唐太宗看来，其在用人之长上，还是有所欠缺，在祭魏主庙题词时，批评其“一将之智有余，万乘之才不足”。曹植傲慢到这种地步，无异于自我孤立，哪里还谈得上有什么亲信、死士？与曹丕争夺，失败是必然的。

曹丕批判文人相轻之习。对于这个论点，曹丕提出的论据是：

傅毅之于班固，伯仲之间耳，而固小之，与弟超书曰："武仲以能属文为兰台令史，下笔不能自休。"

这个例子，举得很含蓄而周密，一是，不像曹植举当代人为例，而举一百多年前的人物；二是，这个人物是《汉书》的作者，具有历史的权威性；三是，举历史人物，合于文人相轻自古而然，并非当代特别现象；四是，明明针对曹植，却未点及曹植之名。泛泛而论文人相轻的普遍性，既是行文的技巧，也是客观形势所迫，他不得不藏锋。毕竟在台面上，他只是太子，曹植列侯，还是兄弟，行文含而不露，机锋引而不发。而要证明历史性、普遍性，例不胜举，曹丕改从逻辑因果上展开。分析文人相轻的原因在于，第一，"人善于自见"，总是容易感到、表现自己的长处。第二，造成善于自见的原因是"文非一体，鲜能备善"。文体不同，规律不同，个人很难样样精通。这里暗暗针对曹植批评陈琳文章虽好，辞赋却不行。第三，进一步概括，"是以各以所长，相轻所短"。"是以"，仍然是因果逻辑。第四，用"里语"将之感性化："家有弊帚，享之千金"，这是直接针对曹植的"画虎不成反为狗也"。第五，"不自见之患也"，不自见的原因引出相轻的结果。因果逻辑，层层递进。

逻辑层次紧密，又有"里语"相辅，论述已经相当饱满。再推理下去，就可能真变成泛论，离开为文之题旨。回到当下，把曹植的例证拿来一一分析。曹植说那些文士，不能"飞轩绝迹，一举千里"，而曹丕则说孔融、陈琳、王粲、徐幹、阮瑀、应玚、刘桢这些人，"咸以自骋骥騄于千里"，不但齐足并驰，更重要的是，"以此相服"。这里比曹植所举的文士更多，学识、文化水准极高（"于学无所遗，于辞无所假"）。反驳完了，接着从正面说：

盖君子审己以度人，故能免于斯累而作《论文》。

对兄弟忌妒心很重，心狠手辣的曹丕，在理论上反驳完以后，拿出兄长的姿态，做正面开导，两个层次：第一要"审己以度人"，才是君子；第二，这不但是阅人之道，而且是自我解脱之道（"免于斯累"）。指出了错误，提供了改正的方向，应该说，提高了境界，至少在字面上，不愧太子风范。

如果文章仅仅是为了批判曹植，写到这里，主题就完成了。但是，作为太子，他的立意还要深一些，因果逻辑还要深入下去。

文人自重而轻人的心理，自古而然，原因是什么呢？"文非一体，鲜能备善"，作家个性的有限和文体的多元之间的矛盾，这一点他就着曹植的例子，从反面正面做具体分析。王粲长于辞赋，句法排比文采华赡，而徐幹则"时有齐气"，偶尔带有齐国文气舒缓的不足。(《文选》李善注："言齐俗文体舒缓，而徐幹亦有斯累。"）可总的来说，水平不相上下，他们的成就，在权威作家汉之张衡、蔡邕之上。但是，其他体裁的作品，就不在一个水平上了。

行文到这里，顺便带了一下因为不善于辞赋，被曹植贬为“画虎不成反为狗”的陈琳，说他和阮瑀在“章表书记”等文体上，在当时是最为杰出的（“今之隽也”）。以下讲到应玚和而不壮，而刘桢虽然壮了，但是不密。孔融“体气高妙”有过人之处，但是，“理不胜辞”，杂以嘲戏，固然不佳，但是，就其所长而言，可与汉代班固、扬雄相比。所列举的作家皆所长与所短相互交融，因为文体不同，没有绝对优越者。均一分为二，各有所长，亦有所不足。写到这里，把邺下文人群体中的王粲、陈琳、阮瑀、徐幹、刘桢、应玚等高水平的文士都举遍了，但是，独独缺了一个更高水平的曹植。文章针对曹植，可又回避点到曹植，恰恰流露出曹丕用心之苦，也是运思之妙。

事实上，曹丕作为太子，先后为五官中郎将、丞相副，为了团结文士，曾经“开馆延士”。应玚在《公宴》诗中这样描写：

巍巍主人德，佳会被四方。

开馆延群士，置酒于斯堂。

辩论释郁结，援笔兴文章。

曹丕以政治权力“开馆延群士”，邺下文士群体有了稳定的组织形态，主人曹丕隆重邀宴，援笔为文，更难得的是平等“辩论”。关系似乎超越了等级，友好到打成一片。第二年，曹丕在《与吴质书》中回忆说：“昔日游处，行则连舆，止则接席，何曾须臾相失。每至觞酌流行，丝竹并奏，酒酣耳热，仰而赋诗。”虽然如此，谁都明白，他就是邺下文人集团的大家长。他的政治地位和未来的目标，使得他不能不提高自己的精神高度，高瞻远瞩，对馆中名士，全面认识。难能可贵的是，还有朋友式的深厚情感。《与吴质书》写于建安二十三年（218），他接太子位的第二年。当时徐、陈、应、刘，一下子都逝世了，他在文中很动情地说：“痛可言哉！”从这一点看，他似乎放下了有权则威的优越感，更多的是文人之间互动的友情。这一点正是作为领袖人物的曹丕重胸怀和作为文人的曹植重个性的区别。正因为感情相当深厚，故不可能像曹植那样片面、刻薄。然富于感情，却并不妨碍他对馆中文士做具体分析，虽系列举性质，但大体系统，且富于理性。其深邃得力于逻辑层次不断深化。第一，发展一下前面心理上的普遍规律，“不自见之患”更深层的原因，乃是“贵远贱近”，抬高前人，贬低今人，具体来说，就是光看前人名声，而违背实际（“向声背实”）。第二，又推出新的逻辑因果：一味贬低同时的今人，就看不到自己的不足，觉得自己了不起（“谓己为贤”）。

这一段的功能是：第一，揭示文人相轻不仅是心理原因；第二，指出造成这种心理的原因是文体不同，作家鲜能全盘把握。所有这一切，旨在批评曹植，但是，其价值远远超出了兄弟之间的恩怨，在中国文论史上，第一次把文学／文章的体裁，也就是形式范畴作为一个重要问题提出来，完全不提及内容。后来刘勰在《文心雕龙》中总结出来的“原道”“征圣”“宗经”“正纬”全在视野之外。这表现了中国古典文学／文章批评，和西方古典文论的内容决定形式之论，大异其趣。虽然，此时在曹丕笔下，实用性质的文章和诗还没有区别开来，处在“文”这样一个总体的范畴之中，但是，对文章的形式的重视，已经相当深刻，特别是对文章的亚形式（文体）表现出精细的分析，提出了体裁不同、规律不同只是一方面，而另一方面则是文体之间的区别又是具有统一性的。这也是中国古典文论的突出特点：

文本同而末异。

文章规律相通是根本的，文体的种种差异则是次要的。同和异是对立而又统一的。曹丕将当时文体做这样的分析：“奏议宜雅，书论宜理，铭诔尚实，诗赋欲丽。”就其特点将八类形式归纳为“雅”“理”“实”“丽”四体。

从纯粹理论上来说，这是有相当高度的。关键词有两个：一是“文”，二是“气”。

“文”，这是当时中国文学／文章根本性的范畴。这个范畴不像西方理论那样有一个尽可能严密的定义。因而，很容易望文生义，以为就是散文，其实不然。观其外延包含的不仅仅有奏议、书论、铭诔，还有诗赋。“文”的内涵，实际上包括实用散文与诗，“文本同”，就是散文和诗的一致性是根本的。“末异”，诗和种种实用文在形式上有不可忽略的差异，又是很难全部把握的。

这个结合着散文与诗的“文”的范畴很具中国文论的特点，与西方文论的区别是很值得重视的。古希腊早就确立了史诗、戏剧和演讲三个部分，亚里士多德的《诗学》中，实际上是戏剧（悲剧和喜剧），史诗其实不是诗，而是叙事性的传说和神话，还有就是演讲。有的只是演讲（修辞），根本没散文的观念。至今西方百科全书中，没有“散文”的词条，散文不是一种文体，而是种种文体的表现手法。①

① 在《大英百科全书》的 Ultimate Reference Suite 中没有单列 prose 条目，只有关于 prose 的分列说明，例如：aliterative prose 押头韵的散文，prose poem 散文诗，nonfictional prose 非小说类／非虚构写实散文，heroic prose 史诗散文，polyphonic prose 自由韵律散文。而另一种百科全书 Wikepedia 中的美文（belles-lettres）则说，这是来自法语的词语，意思是“beautiful”or“fine”writing。它包括了所有的文学性质的作品：小说、诗歌、戏剧或者是随笔。在另一本百科全书 *The Nuttall's Encyclopedia* 中，则认为这是用来描述不管形式和内容，只属于艺术领域的文学，不但包括诗歌、小说、戏剧，甚至还包括文学批评。而《大英百科全书》第 11 版更加强调的是诗歌、传奇等艺术的想象的文学形式，而不包括那种比较呆板的亦步亦趋的文学批评，但包括了演说、书信，讽刺的、幽默的文章随笔集子。essays 在《牛津词典》第 2 版中，指的是比较小型的文学作品。

在中国，散文在理论上虽然比诗、赋更重要，曹丕和曹植不约而同地把诗赋放在实用文体之下。此后，陆机《文赋》、刘勰《文心雕龙》，其实所涵盖的仍然以文章为主，兼论及诗赋。虽然如此，诗早在《诗经》时代就有了诗言志的独立名分，而散文作为与诗相对的独立文体，在理论上明确化，要等到唐朝韩愈提出“文以明道”，宋代周敦颐《通书·文辞》中才完成了“文所以载道也”的命题，诗言志、文载道并列才有了大体的共识。至于从字面上出现“散文”之说，则在宋代罗大经《鹤林玉露》中：“山谷诗骚妙天下，而散文颇觉琐碎局促。”在理论上明确以前只能凭着直觉在黑暗中摸索，就是很有成就的理论家罗大经，也只能做感性的表述：

杨东山尝谓余曰：“文章各有体，欧阳公所以为一代文章冠冕者，固以其温纯雅正，蔼然为仁人之言，粹然为治世之音，然亦以其事事合体故也。如作诗，便几及李、杜。作碑铭记序，便不减韩退之。作《五代史记》，便与司马子长并驾。作四六，便一洗昆体，圆活有理致。作《诗本义》，便能发明毛、郑之所未到。作奏议，便庶几陆宣公。虽游戏作小词，亦无愧唐人《花间集》。盖得文章之全者也。其次莫如东坡，然其诗如武库矛戟，已不无利钝。且未尝作史，藉令作史，其渊然之光，苍然之色，亦未必能及欧公也。曾子固之古雅，苏老泉之雄健，固亦文章之杰，然皆不能作诗。山谷诗骚妙天下，而散文颇觉琐碎局促。渡江以来，汪、孙、洪、周四六皆工，然皆不能作诗，其碑铭等文亦只是词科程文手段，终乏古意。近时真景元亦然，但长于作奏疏。魏华甫奏疏亦佳，至作碑记，虽雄丽典实，大概似一篇好策耳。”①

从曹丕提出文体多样的问题，到罗大经，摸索了几百年，只是在感性上更加丰富，理论上没有根本的突破。

所谓诗言志、文载道，对于诗与散文的区别基本上还停留在内容上，诗与散文在艺术上间不容发的差异在直觉上可以意会，可要上升为理论，是要有天才的，历史还要等两三百年，终于有了进展。吴乔（1611—1695）在《答万季野诗问》中对诗歌与散文的矛盾进行分析：

又问：“诗与文之辨？”答曰：“二者意岂有异？唯是体制辞语不同耳。意喻之米，文喻之炊而为饭，诗喻之酿而为酒；饭不变米形，酒形质尽变；啖饭则饱，可以养生，可以尽年，为人事之正道；饮酒则醉，忧者以乐，喜者以悲，有不知其所以然者。”②

吴乔对诗与散文在艺术上的区别的发现，在当时世界上是领先的，过了一百多年英国的雪莱（1792—1822）才在《为诗一辩》中说，“诗使它触及的一切变形”，他说的仅仅是“变

① 罗大经撰，孙雪霄校点：《鹤林玉露》，上海古籍出版社 2012 年版，第 163—164 页。
② 王夫之撰，丁福保辑：《清诗话》，上海古籍出版社 2015 年版，第 27 页。

形”，而吴乔说的是“形质尽变”。可惜的是，国人对于这样的重大理论遗产，并没有足够珍惜，一旦从俄国传来了什克洛夫斯基的所谓“陌生化”，认为文学的魅力完全来自语词的“陌生化”，这完全取消了内容和形式范畴。即使什克洛夫斯基看到绝对强调陌生化，导致流派更迭过速，产生了先锋派文学中的各种文字游戏，甚至是垃圾，他也承认自己犯了错误。在20世纪七八十年代，他反复强调说：“放弃艺术中的情绪，或是艺术中的思想意识，我们也就放弃了对形式的认识，放弃了认识的目的，放弃了通过感受去触摸世界的途径。”“艺术的静止性，它的独立自主性，是我，维克多·什克洛夫斯基的错误。”“我曾说过，艺术是超于情绪之外的，艺术中没有爱，艺术是纯形式。这是错误的。”[①] 非常可悲的是，国人却完全不顾先人几百年的探索成就，就没头没脑地追随人家已经放弃了的学说。

三

曹丕对这个综合性的“文”的范畴，提出了一个影响深远的命题：“文以气为主。”不管是文还是诗，都取决于作家的“气”。

“气”在中国古典哲学和文章学中，是现成的，曹丕对之加以更深入的分析。他显然感到现成的“浩然之气”“一鼓作气”，内涵皆是阳刚性质的，用来说明复杂丰富的作家的精神世界是不够的，他进行了分析：“气之清浊有体。”也就是说，气质不仅单纯是阳刚的，至大至刚的，而且有清逸的、浑厚的。这种气质是在生命历练过程中形成一种“体”，也就是相对固定的精神气质，不是有意构成的，而是自然积淀的，一旦形成，就是独特的，不可重复的，虽然是父兄，也是不可重复的。如果我们把“父”理解为曹操，“兄”理解为曹丕，则无疑“子弟”为曹植。这也许是曹丕潜意识中的优越感不经意的流露。

“以气为主”把作家的精神气质、个性的独特性，放在了文学/文章成败的第一位，其性质是表现论，应该是中国文学/文章批评的又一特点。

但是，不能不说“气”作为理论核心范畴，作为逻辑起点是有所不足的。

“气”的范畴，萌于孟子辩论时所说的“浩然之气”：“公孙丑问曰：‘敢问何谓浩然之气？’曰：‘难言也。’”孟子老老实实地说，没有办法下内涵定义。只能从外延说，“其为气也，至大至刚，以直养而无害，则塞于天地之间。其为气也，配义与道”。这个“气”，一方面高度抽象带着形而上的意味，至大至刚，与道、义相配，充塞于天地之间，是超验的，千年来，国人还没有能够为之下定义。另一方面又是人的精神、体貌形而下的载体，

---

① 维·什克洛夫斯基著，刘宗次译：《散文理论》，百花洲文艺出版社1997年版，第6页。

孟子的“浩然之气”和曹刿的“一鼓作气”，乃至项羽的“力拔山兮气盖世”，都是属于精神气质的。这个“气”在理论上很抽象，五官不可感知，可在具体语境中又很具感性的经验性：如作为词首——气质、气节、气派、气势、气魄、气焰、气色、气度；又如作为词尾——元气、志气、和气、脾气、傲气、仙气、阳气、剑气、爽气、丧气、秀气、晦气、节气、义气、才气。存在于成语之中，则有大气磅礴、血气方刚、中气十足。作为动词，有三气周瑜；作为名词，有紫气东来，等等。这里有先天的气质，也有后天的修养，有外在的感性，也有内在的情志，皆为长期蕴藏积淀于心的“精气神”，其内涵异常丰厚，统而言之，不可抽象界定，分而言之，可以准确意会，无误地运用，在具体的上下文中，极具活跃的生命力。正是因为这样，“气”才成为中国古典文学批评的核心话语之一，成为衡量作品和作家的准则。

以“气”的范畴为纲领，对后世产生了曹丕始料未及的影响，刘勰《文心雕龙·神思》曰：“神居胸臆，而志气统其关键；物沿耳目，而辞令管其枢机。”把志气作为精“神”统帅的“关键”，然后才能有适当的词语表现外物的感受。钟嵘在《诗品·序》中说：“气之动物，物之感人，故摇荡性情，形诸歌咏。”把主体精神范畴的“气”的运动，当作客体物之感人的根源。这样就把表现论更加一元化了。此后还有“盛唐气象”之说。文以气为主，后来就与“文以载道”构成对立而统一的话语，影响了中国文学，乃至艺术批评千余年。苏辙认为“文者气之所形”，养气以成文。① 王夫之则说：“盖言心言性、言天言理，俱必在气上说，若无气处则俱无也。”② 曾国藩主张为文当先“养气”而后“行气”，“有气则有势，有情则有韵”。③ 这种主观精神的表现论，和古希腊不管是柏拉图的模仿理念，还是亚里士多德的模仿自然说是遥遥相对的。

本来，曹丕申述他的文学／文章理念，在邺下文士（曹植也在内）之间，“辩论释郁结”，意见纷纭，在他君临下，显示他的雍容大度。但是，对于政敌曹植的不同意见，则绝不掉以轻心。本来辞赋小道，壮夫不为，已经与他在《与吴质书》中羡慕徐幹的《中书》（“成一家之言”“足传于后，此子为不朽”）所论不一，如果曹植仅仅说“辞赋小道，固未足以揄扬大义，彰示来世”“壮夫不为”，曹丕可能视而不见，但是，他居然说“位为蕃侯，犹庶几戮力上国，流惠下民，建永世之业，留金石之功”，这就是说，文章辞赋不足以“彰示来世”，只有政治上的建树，才能“建永世之业，留金石之功”，这简直是野心勃勃。太子之位虽然坐稳了，有了正统的合法性，但是，毕竟还没有继承大位，对这个竞争对手，

① 苏辙：《栾城集》（卷二十二），上海古籍出版社 1987 年版，第 477 页。

② 王夫之：《船山全书》（第 6 册），岳麓书社 2010 年版，第 11 页。

③ 曾国藩：《曾国藩家书》，长江文艺出版社 2015 年版，第 267 页。

不能不有所忌惮。在曹丕看来，不能麻痹大意。故用语毫不含糊：

> 盖文章，经国之大业，不朽之盛事。年寿有时而尽，荣乐止乎其身，二者必至之常期，未若文章之无穷。

这种直接反驳是有层次的。第一，文章不是“小道”，而是“大业”；第二，不是政治上有所作为，才能永世不朽；第三，文章本身就是“不朽之盛事”；第四，人的寿命荣乐是有限的，只有文章是“无穷”的。

反调唱足了，缓和下来，拿出做兄长的气度，改用劝慰语气，不要去空想政治上有宏大建树，留千载之名了。引古喻今，古人不管是处于逆境，如西伯幽而演《易》，还是处顺境，如周旦显而制《礼》，都发奋著作，名扬后世。生命苦短，岁月不居，体貌日衰（其实曹植才二十五岁），文章则是“不朽之盛事”，不抓紧宝贵时间，就是白白浪费生命，“斯志士之大痛也”，这是有志之士，也包括为兄的为你感到的最大的痛苦。

文章写在为太子时，宫廷夺嫡已经过了你死我活的阶段，但是，太子权力还有限，故文章虽步步相逼，但是张弛有度，严厉处，几近驳斥，温和处，循循善诱，显得游刃有余，始终没有直接点到曹植的名，这就是引而不发，多多少少带着与人为善的风度。

但是，即位以后，情况就有所不同，他的嫉妒不但在曹植，而且对于所有能耐稍强者均怀戒心，甚至杀心。《世说新语·尤悔第三十三》载：在武功方面，曹丕妒其弟任城王“骁壮”。在卞太后阁共围棋，在其食枣中下毒，太后索水抢救，他事先令左右毁破瓶罐。他对曹植“又复欲害”，为其母看穿，警告说：“汝已杀我任城，不得复杀我东阿。”曹植才保住了一条命。[①]

《典论·论文》虽然字里行间隐含着宫廷之权力争斗的凶险，但是，其理论价值却超越了当时的狭隘意旨，主要是在文学理论上提出了“文”的纲领，代表着文学/文章理论的突破。在这以前，只有汉人之《诗大序》，班固《离骚序》，王逸《楚辞章句序》，皆为一体、一文、一书为论。而曹丕之“文论”，则为文学/文章之总论。这在中国文学/文章史上是空前的。文章从宏观上提出文学/文章对政治具有独立价值，甚至具有超越时代的、不朽的价值。文章还提出了文体形式的不同规范，强调其有间不容发的差异，这种差异纷纭，个人难以全部把握。对形式如此强调，不但和中国的原道、宗经，而且和西方的内容决定形式相比，都是独具一格的。《论文》最重要的是提出文“气”的范畴，人的精神气质清、浊的差异，决定文章的风格，等等，可以说，奠定了中国文论表现论的基础。《典论·论文》开创了中国文学/文章评论的崭新阶段，将之定位为中国“文学自觉”的发端，从历史发展观之，应该是有道理的。

---

① 刘义庆，徐震堮：《世说新语校笺》，中华书局1984年版，第478页。

《陈情表》：坚定而委婉的抗诏

“表”本是臣下奏给皇帝的报告，战国时期“言事于主，皆称上书。秦初定制，改书曰奏”。到了汉朝，将之分化为四品：“一曰章，二曰奏，三曰表，四曰议。”本来章表奏议，同样事关“经国之枢机”，具公文性质，应该是非私人的；但是，中国古代这种公文的功能却有分化，其中“章”用来谢恩，文风精要深邃，“表以陈情”，却有抒情功能。而公文的抒情，与私人性质的抒情略有不同，有大体固定模式：先是“臣某言”，结尾多是“臣某诚惶诚恐，顿首顿首，死罪死罪”之类。抒情有了模式，便僵化了，“情伪多变”的官样文章就层出不穷。但是在特殊情况下，这种模式中，却能表现出个人的真情，成为经典的如诸葛亮《出师表》，到了情理交融的高潮时，达到“临表涕零，不知所言”的程度，这种真情就成了后世人格和文格的楷模。

李密的《陈情表》，最后的结语是：“臣不胜犬马怖惧之情，谨拜表以闻。”从形式上看也有套话之嫌，但是，从全文来看，拒绝皇帝的征召，是冒着很高的风险的，在汉朝，不奉诏有杀头的可能。李密的“怖惧”，可能是实在的。要彻底弄清这一点，不能满足于孤立地解读本文，最好和诸葛亮的《出师表》比照着分析。

诸葛亮的《出师表》，本来是军事统帅向皇帝请示出征的报告，其性质应该与奏书类似。未来胜负成败并无绝对把握，故诸葛亮坦然承担一切责任：“愿陛下托臣以讨贼兴复之效；不效，则治臣之罪。”从这个意义上说，他的诚惶诚恐“临表涕零”是十分真诚的。但是，统观全文，似乎并不完全是等待惩罚，相反是对皇帝的劝导、告诫，先是两个“不宜”：“不宜妄自菲薄，引喻失义，以塞忠谏之路”，内宫和政府部门“不宜偏私，使内外异法”；后是特别提出“亲贤臣，远小人”是王朝兴衰的历史经验。这就不仅是规劝，而且是教导。诸葛亮身份特殊，刘备生前让阿斗称他为“亚父”，临终托孤于他，甚至说如果儿子实在不成气候，可以取而代之。诸葛亮没有像曹操那样擅权，将皇帝玩弄于股掌，最后让儿子篡位，而是鞠躬尽瘁，死而后已，以生命为代价忠于自己对主上的诺言。刘禅也对诸葛亮极其尊重，君臣之间毫无戒备，可以说很有感情。故诸葛亮在书面用语上充满了臣下的谦卑，而在涉及政治原则法治规范上，在用人的原则上，则是导师式的语气。其特点是并不委婉，而是直截了当的，但是，又充满了亲切、真挚之感，反复自白一切都是为了“感激”“先帝”的“殊遇”。当此“危急存亡之秋”率师出征胜败尚未可知，故其“临表涕零，不知所言”，这种抒情就不是那种官样文章的套话。

李密的抒情对象同样是皇帝（但这是最后结束了三国分立、统一中国的晋武帝），他的地位不像诸葛亮那样是帝之“亚父”，不能像诸葛亮那样教导皇帝。他是已经亡国的蜀汉旧臣，从性质上可以说是俘虏，可晋武帝给他很大的面子。地方官员察举其为孝廉、秀才，他都推辞了。弄到皇帝连下诏书（“拜臣郎中”“除臣洗马”），他却屡不应诏，皇帝严厉责备（“诏书切峻，责臣逋慢”），地方官员“急于星火”地催迫，在这种情势下，还要坚持不出，实在是风险很大，没有坚定的决心和勇气固然不行，没有对自己为文的才气的自信也不行。这样，李密的“陈情”，就比诸葛亮要严峻多了。在皇帝责备得很严厉以后，还要硬着头皮顶着，这就要有充分的、不带一点水分的道理，文章又要做得相当委婉。一味不识抬举，弄得皇帝下不了台，也可能像和他同年生的嵇康那样遭到杀身之祸。

李密将自己的情志以三个层次的文脉展开。

第一，文章的核心理念乃是“孝”，特别强调了“圣朝以孝治天下”，这是皇帝自己确立的治国伦理的政治原则（不但是一种日常生活的严格礼仪，而且是一种法律，嵇康就是以“不孝”的名义获罪的）。拒绝的理由天经地义，遵循对方的治国准则，是对方无可辩驳的。用对方的原则反对对方，在中国古代叫作以子之矛，攻子之盾。在西方当代修辞学／论辩术中，以对方理由来肯定自己，这叫作以你的道理来论证我的立场。进一步举出“凡在故老，犹蒙矜育”不是空话，而是普遍贯彻了的，接着，列举从层层察举到皇帝连下诏书，对于自己的待遇“特为尤甚”。所有这些层次越来越高的拔擢，都是自己理应舍命以报的。但是，由于和自己的“孝”有矛盾，因而不能不“辞不就职”。

如果仅仅是这样，从道理上可能说服皇帝，但未必能打动皇帝，文风也不够委婉。因而，李密诉之以理后，动之以情，发挥表这种文体的“陈情”功能，大笔浓墨地抒情。

这就是文脉的第二个层次了。反复强调自己对祖母的“孝”的特殊性。祖母对自己不是一般的亲情，而是无以复加的恩情。一是“生孩六月，慈父见背”，“舅夺母志”，小时候没有了父亲，母亲被改嫁，又常生病，九岁时还不会走路，完全靠祖母“躬亲抚养”。二是“既无伯叔，终鲜兄弟”“茕茕孑立，形影相吊”，长期孤苦伶仃，与祖母相依为命。三是祖母多年卧病不起，自己侍奉“汤药，未曾废离”。四是“外无期功强近之亲，内无应门五尺之僮”，除了自己以外，没有其他人可以代劳。五是他没有回避自己“晚有儿息”，这一笔带过，恰到好处，没有这一笔，就可能留下漏洞，有了这一笔，抒情才更周密：儿子不能代替自己对祖母的孝心，老人家九十六岁了，“气息奄奄”“朝不虑夕”，不知哪一天就天人两隔，留下终生的遗憾。六是“臣无祖母，无以至今日；祖母无臣，无以终余年”，从自己方面看，没有祖母就没有自己的生命，尽孝是天职，从祖母方面看，没有自己在场祖母就“无以终余年”。什么叫作“无以终余年”？“母、孙二人，更相为命”，“更”就是相互，也就是两人的生死是相互联系的，两者生命不能独存，自己不在场，祖母就死不瞑目。这是抒情逻辑，是绝对化的。李密料定皇帝是不会坐实了去理解的。前文的理和后文的情水乳交融，“区区不能废远”的缘由，让皇帝不但理解而且可能感同身受。

文章的情理交融，还表现在语言上，对于皇帝极尽称颂之能事，把话尽量往好里说。

称以武力征服、篡夺魏王朝的晋，是“圣朝”，称皇帝对自己的“诏书”是“国恩”，其统治是“沐浴清化”。其实并不尽是，而是个性上比较开放通脱而政治上比较专制的时代。鲁迅在《魏晋风度及文章与药及酒之关系》中说：当时的知识分子如夏侯玄和何晏等“正始名士”，都为司马氏所杀。“因为他二人同曹操有关系，非死不可，犹曹操之杀孔融，也是借不孝做罪名的。”

对自己则用了一系列的贬词。把自己曾经服务过的蜀汉称为“伪朝”，说自己当时的目的就是为了“宦达”，在人品上“不矜名节”。“不矜名节”一笔带过。这里有李密的良苦用心：意在声明自己不在意那种忠于蜀汉、不事二主的名节，实为小心翼翼地避免在政治上触及禁忌的红线。为了求得政治上的保险，对自己则用了最低级的贬词，说自己的身份不过是“亡国贱俘”，把自己贬抑到“至微至陋”甚至是“犬马”的程度。

文章尽情将矛盾在两个方面激化，一是“至微至陋”的“亡国贱俘”，二是蒙如此国恩，本该感激涕零，舍命图报，但因对祖母的孝道不能应诏。两者统一起来就是：不是不识抬举，而是若应诏则违背了陛下治国的孝道原则。

以上皆是拒绝的情理，但要让皇帝收回成命，不能完全直截了当地说出来。

第三，文章到最后，写自己夹在皇帝的诏命和皇帝的孝道之间，突出自己奉诏与尽孝不能两全，处于进退两难，迫在眉睫的狼狈：

诏书切峻，责臣逋慢；郡县逼迫，催臣上道；州司临门，急于星火。

皇帝责备自己拖拉逃避，是严厉的，“州司临门”的催迫“急于星火”，是迫在眉睫的。本来“诏书切峻，责臣逋慢”，直接点到皇帝，是很险的一笔，说明拒绝是坚决的，但是，笔锋一转，文章强调“郡县逼迫，催臣上道”是造成“狼狈”的直接原因，和皇帝拉开了距离：“臣之辛苦，非独蜀之人士及二州牧伯所见明知。”自己的心思只有皇帝才能体谅，这就委婉得很聪明。委婉中含着不可调和的矛盾：应诏，则违背了皇帝以孝治天下的神圣原则；不应诏，又可能触犯龙颜。文章的焦点把皇帝和自己的矛盾在坚守孝道这一原则上统一起来，解决两难的办法只在让地方官员（“州司”）不要“急于星火”地“逼迫”。文章精彩就在于，拒绝是坚决的，又是委婉的。但是，是不是真能得到皇帝的宽允，并没有十分把握，故最后的“臣不胜犬马怖惧之情”，其中的“怖惧”就显得不是表这种文体的套话，而是真情。正是因为这种“怖惧”，拒绝又不能太僵硬，不能不带一点弹性，故文章给皇帝，为自己留下余地。

臣密今年四十有四，祖母今年九十有六，是臣尽节于陛下之日长，报养刘之日短也。

这就为皇帝收回成命设下了台阶，也为自己日后妥协留下了空间。

李密冒险而委婉的抗命文章成功了。晋武帝司马炎看了此表后很受感动，特赏赐给李密奴婢二人，并命郡县按时给其祖母供养。从他后来的出仕来看，李密当时如此坚决勇敢地拒绝皇帝的任命，的确是因为对祖母一片真诚的孝心，晋武帝对他的宽宏大量，至少有部分是为其孝心所感动的。

当然，问题并不太简单，李密被这样宽容，其特殊奥秘，还有探讨的余地。263年，司马昭灭蜀。其子司马炎废魏，史称“晋武帝”。初篡魏政的晋王朝，其合法性遭到很大的质疑。司马氏对文人比较警惕，因而文人的命运就比较凶险。嵇康狂傲，在太学生中威信很高，影响很大。对于晋王朝来说，影响越大，越是危险，他的政敌钟会曾对司马昭说：“嵇康，卧龙也，不可起。公无忧天下，顾以康为虑耳。”（《晋书·嵇康传》）偏偏嵇康却对这样险恶的形势满不在乎，实际上是不合作的态度，被司马氏集团视为异己，最后以不孝且牵连谋反的莫须有罪名送上了刑场。实际上谋反是虚，钟会所诉“轻时傲势”“有败于俗”（《文士传》）是实。在这样的情势下，与之齐名的阮籍就比较谨慎，只在组诗《咏怀》中以比兴、象征、寄托，借古讽今，寄寓“悲愤哀怨”的情怀，得以苟全性命。而李密这样的不合作，却得到如此异乎寻常的厚遇，除了他排除对于蜀汉尽“忠”守节的可能，而强调“孝”以外，也是由于当时的政治机遇。对于晋王朝，蜀汉虽然灭了，但东吴尚据江左，对降臣采取怀柔政策，对知识分子只要他不质疑政权的合法性，采取让步政策，这有利于笼络民心。以臣篡君的晋王朝，不能以忠为意识形态的核心价值，故以孝治天下。李密当时以孝闻名于世。不论是诏其出仕，还是允其尽孝，都表现出晋武帝对知识精英的宽宏大量，有利于从思想上巩固其王朝正统的合法性。一年以后，祖母去世，李密守孝两年后出仕。一来，没有了理由，二来，时移世异，对蜀汉的怀旧，未免淡化。出仕也无伤士人的“名节”。李密历任尚书郎、汉中太守。最后因为诗被免，对于晋王朝，他的利用价值可能只限于人心不稳之时。

李密的幸运不但在于他如此坚决地抗旨而保全了性命，而且为中国文学史留下了一篇旷世的散文经典，历来得到很高的评价。南宋文学家赵与时在其著作《宾退录》中曾引用安子顺的言论："读诸葛孔明《出师表》而不堕泪者，其人必不忠；读李令伯《陈情表》而不堕泪者，其人必不孝；读韩退之《祭十二郎文》而不堕泪者，其人必不友。"这种说法，可能偏重意识形态了，其实李密的文章在坚定与委婉、析理与抒情之间，分寸把握得实是精准。

历代评论家至少忽略了三点。

第一，当其叙事，其简洁堪称精绝。概括其四十四年之履历，从"臣以险衅"到"晚有儿息"，只近七十字。全为叙述，所用词语，皆为动词名词，几乎无形容词，不事形容渲染，连虚词都少之又少，甚至句间的连接虚词都一概省略，其时间顺序，皆隐于平行句间。全文基本上句皆四言，间有七言，如第七句前加三言"祖母刘"，第九句加一言"臣"，以表句间主语转换，不但避免了以文害意，而且使节奏短促整齐而有变化。四言叙述，皆为散句，不求属对，偶尔有所对仗，亦不着痕迹（"既无伯叔，终鲜兄弟"）。

第二，到抒情处，则不以如此简洁为务而诉诸属对（"外无期功强近之亲，内无应门五尺之僮"）与渲染（"茕茕孑立，形影相吊"）。抒情与叙述截然相反，其一句可足之意，化为两句对应之言。此时，句子之整齐与长短，与句间之排比对称，皆与情感之起伏相关。如：

前太守臣逵察臣孝廉，后刺史臣荣举臣秀才。

诏书特下，拜臣郎中，寻蒙国恩，除臣洗马。

诏书切峻，责臣逋慢；郡县逼迫，催臣上道；州司临门，急于星火。

一连串的叙述多为四言，然无单调之弊，原因在于，节奏统一，显形势之紧迫，逐句递增。在此基础上，进入直接抒情，则以稍长之对句转换：

臣欲奉诏奔驰，则以刘病日笃；欲苟顺私情，则告诉不许。

情绪随句法之变而升华为思想之矛盾，然节奏舒缓，而随之又是四言短对：

臣之进退，实为狼狈。

节奏方有所跌宕，随即又有四、五言相间的对句：

臣无祖母，无以至今日；祖母无臣，无以终余年。

第三，一连串的对称句法以四言散句为基础，节奏紧张急促，杂以长言对仗句法，尽显语气之统一而丰富。至与五言（"无以至今日，无以终余年"）相杂，则是情绪节节提升。但是，至此却未曾用一感叹词语。而同为陈情之表，诸葛亮《出师表》所用感叹词良多。

今天下三分，益州疲弊，此诚危急存亡之秋也。然侍卫之臣不懈于内，忠志之士忘身于外者，盖追先帝之殊遇，欲报之于陛下也。诚宜开张圣听，以光先帝遗德，恢弘志士之气，不宜妄自菲薄，引喻失义，以塞忠谏之路也。

亲贤臣，远小人，此先汉所以兴隆也；亲小人，远贤臣，此后汉所以倾颓也。先帝在时，每与臣论此事，未尝不叹息痛恨于桓、灵也。侍中、尚书、长史、参军，此悉贞良死节之臣，愿陛下亲之信之，则汉室之隆，可计日而待也。

兴复汉室，还于旧都。此臣所以报先帝而忠陛下之职分也。至于斟酌损益，进尽忠言，则攸之、祎、允之任也。

第一节引文，“也”字用三次，第二节引文“也”字用四次，第三节引文“也”字用两次。“也”虽系虚词，并无具体意义，但于句则有情感肯定意味。如“大道之行也”“苛政猛于虎也”，把“也”字去掉，变成“大道之行”“苛政猛于虎”，语气就不那么坚定了。“此诚危急存亡之秋也”，省去“也”字，“此诚危急存亡之秋”，语气同样不充分坚定。诸葛亮与刘禅，关系密切，语无保留，故反复用“也”字，以表所论皆无疑义。李密与晋武帝关系不同，故不敢随意用之，如果按诸葛亮的模式，他本可在“臣侍汤药，未曾废离”后面加上“也”，变成“臣侍汤药，未曾废离也”；“非臣陨首所能上报”后面加上“也”，变成“非臣陨首所能上报也”；“臣之进退，实为狼狈”后面加上“也”，变成“臣之进退，实为狼狈也”；“是以区区不能废远”后面加上“也”，变成“是以区区不能废远也”。但是，他不敢轻易使用这么肯定、毫无疑义的词语，直到情理交融到高潮的关键，才用了一下：

臣密今年四十有四，祖母今年九十有六，是臣尽节于陛下之日长，报养刘之日短也。

最后这个“也”字，如果去掉，变成“报养刘之日短”，肯定的意味弱了。在全文情绪的走向上，文气自然从紧张走向缓和，富起伏有致之效。这个“也”字出现在全文难得一见的长句子（由七言到十言的四个分句组成）中，显出自己对皇帝的认同很有把握。以下小至“乌鸟私情”大到“皇天后土”，甚至赌咒发誓的“生当陨首，死当结草”就顺理成章，不致冒犯天威“也”。

《隆中对》：王道话语和霸道话语

《隆中对》并不是《三国志》和《资治通鉴》中原有的篇名，而是后人所加，这可能与中学语文课本单独列篇有很大关系。隆中是湖北襄阳的一个地方。还有一种提法叫《草庐对》，不大流行。从修辞的角度来说，《草庐对》比较形象，照理应该更受欢迎才是，然而事实恰恰相反。可能是因为隆中是个小地方，而所论却是天下大事，大小的对比更显得诸葛亮胸襟之开阔。

《资治通鉴》的这个部分，大都是来自《三国志》，从严格意义上来说，作者应该是陈寿，此人的籍贯是四川南充，地道的蜀国人。《隆中对》的事情发生在建安十二年（207），过了二十六年，陈寿才出世。刘备三顾茅庐，诸葛亮当时二十七岁（实际年龄二十六岁），他们的对话，有什么根据吗？《三国志》的许多记载，都有一些书面的根据，后来裴松之为《三国志》作注的时候，还把他舍弃掉的和一些可能没有见到的材料插入书中。隆中对话，却没有什么直接的史料。陈寿的根据，最可靠的那一部分，就是诸葛亮自己在《出师表》所说的："臣本布衣，躬耕于南阳，苟全性命于乱世，不求闻达于诸侯。先帝不以臣卑鄙，猥自枉屈，三顾臣于草庐之中，咨臣以当世之事，由是感激，遂许先帝以驱驰。后值倾覆，受任于败军之际，奉命于危难之间。"但这里并没有他们于草庐之中三次谈话的具体内容。陈寿本是蜀汉的官员，曾任卫将军主簿、东观秘书郎、观阁令史、散骑黄门侍郎等职，耳濡目染，有比较丰富的见闻，听过当时的一些故事和传闻，也可能阅读过蜀汉的官方文献，但这类官方文献是很少的，陈寿曾经批评过诸葛亮主治蜀国却不曾立史官，故《三国志·蜀书》最单薄。入晋以后，陈寿又当过著作郎、治书侍御史，四十八岁时，开始撰写《三国志》。此时距隆中对已经六十几年了。

刘备为什么要这么谦卑地请教诸葛亮？因为他有政治上称霸一方、一统天下的野心，但在军事实践上，常常是一败涂地，屡战屡败，屡败屡战，连个根据地都没有，常常处于寄人篱下（实际上是军阀、土皇帝）的狼狈境地，动不动就被驱赶。刘备本来依附袁绍，官渡大战以后，袁绍失败了，他逃到荆州，投奔刘表。刘表拨给他一些人马，让他驻在新野（今河南新野县）练兵，随时随地都可能再次成为丧家之犬。但是刘备的野心并未改变。他意识到要改变这种被动局面，非得要有特殊的谋略、特殊的人才，才能化劣势为优势。

《隆中对》一上来就介绍诸葛亮的大志。没有这个，当然也能成文。直接写“刘备在荆州”，也有开门见山的好处。但是，在节选史书的时候，为什么要把这一段留下来呢？诸葛亮在这以前，一点政治军事上的事迹都没有，怎么可能一鸣惊人，为刘备提出这样一种战略，改变了刘备的命运，决定了三国鼎立的历史格局？这不是冷锅子里爆出来个热栗子吗？所以这一段提供了诸葛亮的生活、精神、理想的背景。他本来就是胸怀大志，自比名相管仲、名将乐毅。一个才二十六七岁的书生，一般是不敢有这样的理想的。就是有这样的理想，人家也不会相信。天才诗人李白年轻的时候，也曾设想自己“奋其智能，愿为辅弼”，只要把才华施展出来，就能当宰相。不但当时没有人相信，就是后来到了长安，和最高权力中心有了交往，还是没有人相信。诸葛亮在当时的地位比李白当年的影响差得远了，他这样的理想，当然没有人相信（“时人莫之许也”）。但是，这里强调的“时人”，值得推敲。“时人”的含义很丰富，一种意思是当时的人们，又隐含一般人的意味，“时”，是不是有时尚的联想义？韩愈《师说》：“李氏子蟠，年十七，好古文，六艺经传皆通习之，不拘于时，学于余。”这里的“时”就多多少少包含“时俗”的意思。时俗之人不信，可有人相信，一个是徐庶，一个是崔州平。这两个是与“时人”相对的，不是一般的人，而是有一定名声的人。但是一般的人，没有意识到诸葛亮的大志。只有几个有特殊修养的精英人物，才知道他的价值了不得。这一段，大抵都是《三国志》的原文，但是有些不同，《三国志》的原文中有几句后来被司马光删了：“亮躬耕陇亩，好为《梁父吟》，身长八尺。”

为了把古人的形象和我们的感觉经验距离缩短，先解释一下“身长八尺”，如果这个尺和今天的一样，那就是二米七左右，比姚明还高了。实际上当时的一尺大约等于今天的七寸。尽管如此，也有约一米八六。这样的身材，有点不凡。原文说他“躬耕”，就是亲自耕种。我想他的出身是官宦世家，不可能靠种田为生。躬耕的深层意义可能是偶尔参加劳动，以农为乐，在仕途上没有多大追求，但是又好为《梁父吟》。《梁父吟》是一首什么样的诗歌呢？司马光为什么要把它删节呢？《梁父吟》又称《梁甫吟》，梁甫，是泰山下的小山名。诗曰：

步出齐城（一作东）门，遥望荡阴里。

里中有三坟（一作墓），累累正相似。

问是谁家墓（一作冢）？田疆古冶子（一作氏）。

力能排南山，文能绝地纪。

一朝被谗言，二桃杀三士。

谁能为此谋？相国齐晏子！

这里有个典故，齐景公时期，有三个勇士，即田开疆、古冶子和公孙接。他们英勇善战，为景公立下了汗马功劳。只是他们一个个相当狂妄，成为齐国的安全隐患。晏子就设计了一个陷阱，给他们三个人两个桃子，结果是“三士”争食“二桃”，死于论功。这里蕴含什么意思呢？大致可以说，不管武将多么飞扬跋扈，不可一世，但是“一朝被谗”就死于非命。和这些号称“力能排南山，文能绝地纪”的人物相比，国相晏婴是个著名的矮子，但为什么能轻而易举地胜利了呢？因为有谋。这种“谋”，不是一般的谋略，并不一定是光明正大的，是和“谗言”联系在一起的。这里的意味很复杂。一方面胸怀大志，又对最高权力的阴险有着高度警惕；另一方面又对设计出这种谋略的国相（类似管仲、乐毅）有某种神往。诸葛亮的政治心态是复杂的，对政治权力斗争的黑暗和自己的才能持矛盾态度。读懂了这一点，才能真正理解，诸葛亮为什么要刘备三顾才出山。一顾不行吗？不行。两顾不行吗？不行，下不了决心。宁愿“苟全性命于乱世”，搞到政治谋略里去，立下多大的功劳，也可能要掉脑袋。

虽然如此，但是施展才能的理想还是占了诸葛亮行动的主导方面。诚如裴松之在《三国志》诸葛亮的传中注解说：“夫其高吟俟时，情见乎言，志气所存，既已定于其始矣。”他一开始就有出仕之心了，后来他的政治和军事实践也证明了这一点。既然这样，司马光为什么最后还是删去了《梁父吟》？

这是由《资治通鉴》这部书的性质决定的。《资治通鉴》是一本给皇帝阅读的书。“资治”，就是为了给皇帝统治臣民提供谋略参考的，对于最高统治权术及其黑暗，不能有过分的怀疑和警惕。此外，如果诸葛亮把统治权术看得太清楚，出山的可能性就比较小了。三顾茅庐，究竟为什么第一顾、第二顾没有成功，那是最高机密。为什么三顾就出山了？没有多少史料，还不如把他同意出山的难度降低。

这里只是介绍诸葛亮，还没有写到刘备。

接着进入主题了，写到刘备与诸葛亮的关系。很特别的是，诸葛亮一直没有出场。第一句：“刘备在荆州。”这句话写得很简洁，为什么在荆州？史书前文有交代，这里就不必多费篇幅。这是《资治通鉴》作为编年史交代刘备在荆州干什么，“访士于襄阳司马徽”。“访”在字典里是“拜访，造访”的意思。然而光是这样理解，是比较片面的。从上下文来看，这不是一般的访问，而是访求、求访，是广泛地、主动地咨询。这句话，《三国志》里是没有的。《三国志》的原文如下：

时先主屯新野。徐庶见先主，先主器之，谓先主曰："诸葛孔明者，卧龙也，将军岂愿见之乎？"先主曰："君与俱来。"庶曰："此人可就见，不可屈致也。将军宜枉驾顾之。"

本来有人推荐，诸葛亮完全可以出场了，但在《资治通鉴》中，又加上了一个司马徽（字德操）向刘备推荐诸葛亮。司马光的行文，比《三国志》略高一筹的地方在于：

刘备在荆州，访士于襄阳司马徽。徽曰："儒生俗士，岂识时务，识时务者在乎俊杰。此间自有伏龙、凤雏。"备问为谁，曰："诸葛孔明、庞士元也。"

司马光是宋朝人，他怎么会比晋朝人陈寿有更多的史料？这个材料，是裴松之后来写到《三国志》注文里的，可能是陈寿没有看到，看到而没有采取的可能性比较小。《三国志》写徐庶一个人推荐了一下，刘备就三顾茅庐了。一个人推荐，一去就是三次，多少有点神秘。有了这条，其声名远播。而且两个人都说他不是一般的人才，而是一条"伏龙"。反过来看，《三国志》里徐庶向刘备推荐诸葛亮，在什么地方？新野，在今天的河南省。为什么惜墨如金的史家，要特别点出新野呢？这是说诸葛亮名声实在太大了，在荆州，也就是湖北一带，他的名声就很大，到了河南也一样。刘备说，那就让他来吧，但是徐庶说此人"不可屈致"。刘备差一点犯错误，是他还没有意识到诸葛亮的重要性，这是原因之一。原因之二，可能是路途也有点遥远。他人在新野，而诸葛亮此时在隆中，他要跑到湖北襄阳去。跑那么远见一个书生，这就怪不得"关张不悦"了。当然，也有人说，诸葛亮在《出师表》中说"躬耕于南阳"的"南阳"，应该就是湖北襄阳隆中所属。可是近来河南有关方面，力争南阳不在湖北，而在河南，这当然是有关旅游资源的争夺。不管是在湖北，还是在河南，诸葛亮不在新野，并和新野有很远的距离，是可以肯定的。忽略了这一点，就可能不理解，为什么刘备对司马徽那么主动拜访，而对于诸葛亮，就好像有点摆架子。这一点长期被人忽略，原因是被《三国演义》的"三顾茅庐"误导了，以为卧龙岗真的就在城外，早上赶去，诸葛还没有起身。不过，由于历史资料的阙如，今天很难想象刘备是怎么不顾车马劳顿，连续三次往返的。刘备的求贤若渴，倒是表现得相当真诚了。这样主动的三顾，规格很高，不是一般人能够配得上的，也不是一般的权势者所能做得出的。就是当年，对这一点，有些人士也不太相信。裴松之为《三国志》作的注里，引用了当时的《魏略》：

刘备屯于樊城。是时曹公方定河北，亮知荆州次当受敌，而刘表性缓，不晓军事。亮乃北行见备，备与亮非旧，又以其年少，以诸生意待之。坐集既毕，众宾皆去，而亮独留，备亦不问其所欲言。备性好结毦，时适有人以牦牛尾与备者，备因手自结之。亮乃进曰："明将军当复有远志，但结毦而已邪！"备知亮非常人也，乃投毦而言曰：

“是何言与！我聊以忘忧耳。”[①]

这就是说，不是刘备亲自去找诸葛亮，而是诸葛亮主动送上门，刘备还不大理睬，只顾用牦牛尾巴编织一种手工艺品。这条史料，陈寿没有采用，原因应该是诸葛亮自己在《出师表》说过：“臣本布衣，躬耕于南阳，苟全性命于乱世，不求闻达于诸侯。先帝不以臣卑鄙，猥自枉屈，三顾臣于草庐之中。”这是写给刘备的儿子小皇帝刘禅看的，不可能是胡编。

铺垫已经做得差不多了，才有可能让刘备采取果断措施，“因屏人曰”说明既是很机密的，又是很亲密的。（当然，如果要抬杠的话，这样机密的对话，后来是谁传出来的？谁能为这个对话作旁证？）不过从文章来说，隆中对答，开诚布公的全部氛围就此具备。接下来刘备的语言是很讲究的：先说“汉室倾颓，奸臣窃命”，这当然是指曹操挟天子以令诸侯。接下去是：

孤不度德量力，欲信大义于天下，而智术浅短，遂用猖獗，至于今日。

把自己说成“智术浅短”，这是很谦虚的，很有一点礼贤下士的风度。但如果光是看出了这一点，不算是看懂了刘备真正的心思。就在这样谦卑的话语中，又流露出自命不凡。“孤”本来是古代王侯的自称，一般是“人君谦称”。《战国策·齐策》：“虽贵必以贱为本，虽高必以下为基，是以侯王称孤寡不穀。”表面上说自己德行不够，实质上是说自己天下第一。所以，当了皇帝才有正式称孤寡的资格。但在军阀混战期间，称霸一方的军阀，擅自称孤的也不少见，但那是大权在握，土皇帝坐稳了的情况下，称孤才可能是名副其实。刘备此时还只是一个寄刘表篱下的县级武装部长。而且《三国志》里还说，刘表对刘备的政治野心，是有所怀疑的。居然在这样的时候，又是当着生人的面，在谦恭的言辞下面，把内心南面王的感觉流露了出来，这是说话说走了嘴，还是陈寿曾为蜀官，潜在的正统意识的流露，或者史家的春秋笔法？联系到一开头，称刘备为先主，而到了《资治通鉴》，则被司马光改为“刘备”，这是很值得钻研的。刘备此时的实力可以说是微不足道，而且几经失败。易中天在他的《品三国》中总结说，刘备“反复无常地投靠他人，五易其主，四失妻子”，手头只有两千上下人马，却要统一全中国，反差如此之大，应该说是有点可笑的。但是，读者没有可笑的荒谬感，原因在于他的用词，完全是一种委婉的修辞。他不说他要当

① 关于这一点，在学术上是有争议的。刘啸先生的《“三顾茅庐”质疑》就赞成《魏略》的说法。易中天先生则认为，两者皆有道理。应该是登门自荐，没有受到重视在前，等到刘备意识到诸葛亮的价值后，才去三顾茅庐的。这期间隔了六年，年龄可能是个障碍，当年诸葛亮才二十一二岁，四十岁上下的刘备，不轻易相信一个毛头小伙子。（参阅易中天《品三国》，上海文艺出版社，2007年版，第151—153页）我觉得都不太可信。因为当时荆州最大豪族蔡讽，他的女儿一个嫁给了诸葛亮的岳父黄承彦，一个嫁给了刘表。从这一点说，刘表是诸葛亮妻子的姨父。诸葛亮来头挺大，刘备又依附刘表，不可能等闲视之。

皇帝，而是说“欲信大义于天下”。“信”同“申”，也就是伸张大义，普及大义，让全国百姓都相信他，接受他的“大义”。至于什么是“义”，他没有说。“义”者，宜也，就是应该的。但是不同的人，曹操、孙权、刘备，对于应该和不应该，南辕北辙。不过这并不妨碍“义”“大义”成为各种互相矛盾的褒义的弹性包装。顾名思义，大义就是最高尚的义。事实上，就是儒家的仁义道德，也就是所谓王道。王道的特点是以德服人，以道德和感召力来服众，和运用武力争夺是对立的。最高的理想境界，是垂拱而治。而刘备所要做的本来就是用武力来争夺最高统治政权——当皇帝。这不是王道，而是霸道。但是，他不说以武力得天下，而说以仁义得天下。别人则是以武力、霸道争得帝位，就是不义。这有什么道理？没有什么道理。诸葛亮这样一个有头脑的人，听到这里心领神会。这是汉语修辞中的官话套路，用美好的词语掩饰不美好的甚至凶险的意图，明知语言与事实脱离，用学术语言来说，叫作能指与所指的错位游戏，双方心照不宣。

这样分析，并不是钻牛角尖，而是考虑到中国传统的史家笔法，秉笔直书，记言记事，不直接进行评价，但是在行文中隐含。这叫作“微言大义”“寓褒贬”。在这里，我不得不提醒一点，当前语文教学讲究语感，但是许多人只是口头上喊喊而已，到了具体语句就落空了，充其量不过是现代汉语的语感，而阅读历史原文，仅有现代汉语的语感，可能变成语感的麻痹。我看过不少教参和教案，讲到刘备这一段开场白，仅满足于把它翻译成现代汉语：“刘备于是叫旁边的人避开，说：‘汉朝的天下崩溃，奸臣窃取了政权。我没有估量自己的德行，衡量自己的力量，想要在天下伸张大义，但是自己的智谋浅短、办法很少，终于因此失败，造成今天这个局面。但是我的志向还没有罢休，您说该采取怎样的计策呢？’”从字面上来看，这样翻译应该符合原文的意旨，但是，读后是不是有一种大煞风景的感觉？

如果刘备自称“我”，还有什么刘氏正统的身价和礼贤下士的姿态？这就暴露出译者古代汉语语感的缺失。译者的语感，就是词汇的表层意义，也就是古代汉语和现代汉语重合的那个部分。而语感之所以要“感”，是因为这只是表层的、显性的语义，是不用感就能明白的，但是语感往往不仅是显性的，而且是在底层的、隐性的。同一个词语，古代汉语的语义和现代汉语的语义，并不完全对等，对等的只是表层部分。如果只看到表层对等的部分，理解就可能貌合神离了。正是由于不对等，所以从某种意义上说，古代汉语翻译成现代汉语，都免不了要发生意义的“水土流失”。而语感，就是对这种“水土流失”的感觉“还原”。再举一个例子，“汉室倾颓”，翻译成“汉朝的天下崩溃”。意思没有大错，但是大量的语感流失了。为什么叫作“汉室”呢？室和朝有什么区别？《易·系辞下》：“上古穴居而野处，后世圣人易之以宫室。”古者宫室贵贱同称，《尔雅》云：“宫谓之室，室谓之宫。”汉室就是汉宫，室还有家的意思。（杜甫《石壕吏》：“室中更无人，惟有乳下孙。”）汉室就是汉家。“家”是血统关系的单位。这个宫，这个家，是属于刘姓血统的，因而只有姓刘的才是正统，别人都不配。所以，别看“我”目前蛰居一隅，但“我”有权自称“孤”。如说成“汉朝”，有朝堂、朝政的意思，那是皇帝和君臣对话的地方，没有血统的联系。如果以为“汉室倾颓”，等于“汉朝倾颓”，语感损失就太大了。汉朝是一个中性的词，什么人都可以说，刘备自己这样说，就没有血统、正统的优越性了。

语感的“感”，不是表面上的概念化的意义，而是那些隐秘的内涵。那些潜在量是很丰富的，又是不很明确的，所以要潜入表面的概念，去领悟，去感受。如果满足于表面概念化的意义，就不需要感了。

接下去，诸葛亮说话了，这是《隆中对》的主要内容。要注意的是这里用的是诸葛亮的视野。在这以前，司马徽就说过，诸葛亮虽然是个读书人，但和一般“儒生俗士”的不识时务不同，他是识时务的俊杰。如果从现代汉语语感上去理解“识时务”，是有点贬义的。有点不讲道义和原则，只看实力，见风使舵的意思，但在古代汉语中，它是褒义的，因为和“俊杰”联系在一起。这句话很有名，后来广泛流行，成为常用语。要理解“识时务”，有两种办法，一是从字面上去钻研。“时务”，就是当时的事务，这里指的是政治军事事务。但什么叫作“识”？现代汉语是认识的意思，这里的“认识”，需要联系上下文体悟。这是比较深刻的见识，不但深刻，而且与众不同，在众人昏昏，为表面现象所迷惑，为现成观念所拘之时，能够清醒地保持自己的见地。

陈寿表现诸葛亮的“识时务”，“识”在哪里呢？先看他对形势的分析。刘备的来意很明确，提出汉室倾颓的问题，他所说的大义，是针对“窃命”的“奸臣”，就是挟天子以令诸侯的曹操。要知道刘备是要铲除曹操的，当然铲除了曹操以后，其他实力强大的诸侯，如孙权等也在扫除之列。只有把他们统统收拾干净，自己才有可能统治天下。而现实是，刘备刚刚从曹操那里溜出来，曹操的人马快要打上门来了。刘备满脑子就是这样一个大敌。只要把他灭了，大义就没有问题了。但是，诸葛亮迎头给了一记棒喝。曹操不能碰，他拥百万之众，这是军事优势，而且“挟天子而令诸侯”，有政治优势。“挟”就是挟持，和劫持人质差不多，打着王朝合法性的正统旗号。阁下这么一点力量，是没有办法和他较量的。另外，刘备没有来得及考虑的是孙权，因为还没有和他打过交道。他一直在中原打仗，在逐鹿中原的核心，眼光没有注意到盘踞江东的孙权，这是由刘备的处境决定的。他一直在被动应付，因而，把被动的局部当成了全局。诸葛亮和他最大的区别，就是对全局了如指掌。诸葛亮指出，孙权这个人也不能碰，他的政权已历三世，树大根深，而且他的地盘地形险要，人才众多。不但不能有什么图谋，而且要和他相互援助（“为援”），结成统一战线，对抗曹操。

这是暂时图生存的必要。而最终要伸张大义就要有自己的力量，有自己的地盘。要有自己的安身立命之地，也就是根据地，不要啃硬骨头，就要往软处想，哪里是软骨头呢？这恰恰是刘备思想的空白。诸葛亮提出两个地方是可以成为根据地的。一个就在眼前，荆州的领导人刘表是软弱的；一个远在四川，不在中原政权逐鹿的中心，那里是军事和政治角力的空白地带。

这就叫作“识时务”，这种识时务，把力量对比看得很清楚，把宏观的强势和弱势，用逻辑的对比加以突出。这种高瞻远瞩的政治视野，把刘备从纠缠眼前的生死存亡中解放出来。这么说来，在《隆中对》中，诸葛亮的宏观眼光令人惊叹。但是，这一切都不是在文献基础上的实录，而是陈寿自己想象、概括出来的。因为当时是诸葛亮与刘备密谈，这些话完全是陈寿对诸葛亮后来事业的总结。也就是说，所有这些语言，与其说是诸葛亮话语的实录，不如说是陈寿的文章。也就是钱锺书所说的“代言”，或者“拟言”。钱锺书对六经的文学性质说得很彻底，无异于提出了“六经皆诗”的命题：“与其曰：古诗即史，毋宁曰：古史即诗。”这就是说，从文体功能来说，是历史的纪实，然而从作者情志的表现来说，却无不具有审美价值。钱锺书以《左传》为例，还指出“史蕴诗心、文心”，特别指出：“史家追述真人实事，每须遥体人情，悬想事势，设身局中，潜心腔内，忖之度之，以揣以摩，庶几入情合理，盖与小说、院本臆造人物、虚构境地，不尽同而可相通。”

钱锺书强调的是古代史家虽然标榜记事、记言的实录精神，但是事实上，记言并非亲历，且大多并无文献根据，其为“代言”“拟言”者比比皆是。就是在这种“代言”“拟言”中，情志渗入史笔中，造成历史性与文学性互渗，实用理性与审美情感交融是必然的。陈寿让诸葛亮这样分析荆州：

> 荆州北据汉、沔，利尽南海，东连吴会，西通巴、蜀，此用武之国，而其主不能守。

陈寿对诸葛亮的想象，在文学方面同样精彩绝伦。诸葛亮漂亮的话语，显然是文学的想象多于史家的“实录”，把当时的情境和日后几十年的政治军事实践，总结在这样简短的话语中，需要何等笔力。陈寿虚构的诸葛亮的语言，哪里像是即兴交谈的口语，通篇出口成章，情志交融，一气呵成，显然是后来精心修改的。不过几百字，勾画了这个二十多岁的小青年，在谈笑间让比他年长十几岁的刘备如梦方醒，如醍醐灌顶，甚至还带出了这样的心理效果：把自己生死与共的肝胆兄弟关羽和张飞都冷落了。

魏晋散文以气为主，建安风骨朴实无华，然而，陈寿却文采结合情采，站在地理的制高点上，雄视八方，海内风云尽收眼底。不但在当时的散文中难得一见，就是在诗歌中也是罕见的。更难得的是，在骈体文尚未成为主流话语的时候，居然骈句与散句结合，达到骈散自如的境地，显然是事后深思熟虑，精心推敲，才能把史家散文的文学性发挥到时代的前沿。以这种高瞻远瞩、视通万里的气势和骈句的排比，陈寿让诸葛亮表述这种以局部统摄全国的策略。四个排比句，每句中间都有一个动词（“据”“尽”“连”“通”），本来意思是一样的，就是便于联系，取其便利，但用词不能相同，要有变化，同中求异，成为序记性散文的经典模式，为后世经典散文所追。如《滕王阁序》：

星分翼轸，地接衡庐。襟三江而带五湖，控蛮荆而引瓯越。

王勃几乎亦步亦趋地追随陈寿的风格，以一地之微，总领东南西北，雄视九州。以天地配比三江五湖，甚至连骈句和动词对称（“襟”“带”“控”“引”）也不避其似。而范仲淹的《岳阳楼记》“北通巫峡，南极潇湘，迁客骚人，多会于此”，在骈散结合的句法上更是一脉相承。在骈体文尚未充分成熟之时，都属于用一类动词，关联起局部和全局的修辞手法，这完全是陈寿的文学创造。

这还只是矛盾的一方面，另一方面则是“其主不能守”，诸葛亮轻松地把刘备的思路拓开：这是老天爷送给你的根据地啊。从这里，就可以“西通巴蜀”。而巴蜀那里的当权派则更差，诸葛亮用了“暗弱”两个字来形容，既愚昧，又软弱，要得到这样的地盘并不太难。诸葛亮为刘备设计的战略是：

根据地：“跨有荆、益，保其岩阻”，把这两个地方作为根据地，利用其险要地形，以保全自己的实力。

外交政策：和后方的少数民族交好，巩固后方，和孙权组成统一战线对抗强大的曹操。这么复杂的问题，只用了两个对仗短句：“抚和戎越，结好孙权”，充分表现了对仗句的概括力。

内政方针：“内修政治，外观时变”，又是两个对仗的短句。文章题目是极大的，形势是很复杂的，而诸葛亮的逻辑层次一共有以下几个：第一，硬骨头不要啃，曹操和孙权都是强大的，一个不可争锋，一个只能联合。第二，要找个根据地，软骨头赶快吃，头一块是荆州，牵动全国，很容易得手；第二块是益州，那里更软，而且是个注意力的空白。第三，有了根据地，要巩固后方，减少敌人。第四，养精蓄锐，等待时机。自己要争气，让自己的基础力量巩固起来。最后的结论是：

则霸业可成，汉室可兴矣。

诸葛亮在这里的话语和刘备有相同之处（“汉室”），也有根本的不同。刘备说他“欲申大义于天下”，那是开头的官样文章，用王道包装霸道，到了这个时候，诸葛亮觉得不用躲躲闪闪了，干脆就是“霸业可成”。诸葛亮敢于用“霸业”（暴力夺取政权）这两个字，充分说明了两个人已经换了一套话语，至于“情好日密”到刘备的老哥儿们关羽和张飞不悦，不过是两人心心相印的一种效果罢了。

文章的立意在于身居隆中，地处偏僻，名不见经传，二十六七岁的小青年，未出茅庐，天下三分，尽在指顾之间。语言如此简洁，又如此深邃，这是中国史家笔法的精粹，也是中国文学语言的神品。

当然，这是《资治通鉴》的文本，《三国志》中，诸葛亮的话还不仅限于对于现状的分析，还有对未来的畅想：

> 天下有变，则命一上将将荆州之军以向宛、洛，将军身率益州之众出于秦川，百姓孰敢不箪食壶浆以迎将军者乎？

历史证明孔明的这些话还是太乐观，对自己的才能太自信了。从史学来说，这是诸葛亮的不足。陈寿在《三国志·诸葛氏集》的序言中，对他在大权在握，宏图大展之际，做出这样的总结：“立法施度，整理戎旅，工械技巧，物究其极，科教严明，赏罚必信，无恶不惩，无善不显，至于吏不容奸，人怀自厉，道不拾遗，强不侵弱，风化肃然也。当此之时，亮之素志，进欲龙骧虎视，苞括四海；退欲跨陵边疆，震荡宇内。”他担忧自己不在之日，没有人能完成统一中原的大业，于是屡屡用兵，但是鲜有建树。这当然有许多原因，其一是关羽破坏了他的和孙权结成统一战线的路线，其二就是他自己的才能毕竟有限。陈寿在《三国志·诸葛氏集》中说他：“治戎为长，奇谋为短；理民之干，优于将略。”说白了，就是他是个行政天才，只是不大会打仗。《三国演义》写他六出祁山，九伐中原，劳师动众，鞠躬尽瘁，死而后已。故杜甫说他“出师未捷身先死”。

诸葛亮以为只要派一上将和刘备一起出征就能轻易取得胜利，是自信得有点天真了。从文学上说，这是很生动的一笔，正表现了这个二十六七岁的年轻人，多多少少有点浪漫，举蜀国之兵不出二十万，且兵分两路，兵家之大忌，击魏之强实在是有点天真的空想。可是从史学来看，毕竟为后来的实践所证伪，这种不切实际的空谈，司马光是不可能赞赏的，所以在《资治通鉴》写到这一段时删节了。而陈寿明明经历了诸葛亮此计之败却秉笔直书，是不是有春秋笔法褒贬寓于叙述之中，读者审思的空间是很大的。

附：

2011年4月23日，本文发表于台湾师范大学学术讨论会上，有学者质疑：《隆中对》作为文章，非陈寿“代言”，陈寿乃据《诸葛亮集》中之《隆中对》原文。其时因手头无书，无从答辩，谨答如下：

陈寿《三国志·蜀书》进《诸葛氏集》表云，其集共二十四篇十余万字。然该书不存，仅存目录中并无《隆中对》。《四库全书总目》载《武侯全书》二十卷，明王士骐撰，后杨时伟病其芜累别改定为《诸葛忠武书十卷》，亦无《隆中对》。《四库全书总目》又载明张溥辑《汉魏六朝百三家集·卷二十二》中有《汉诸葛亮集》收罗甚广，包括表、奏、教、书、议、法、论、记、碑、军令甚至诗等，亦无《隆中对》。“隆中对”作为篇名于古籍中出现，当在清际蔡世远之《古文雅正》，然其篇名下注明作者为《三国志》。今人段熙仲、闻旭初编校《诸葛亮集》（中华书局 1960 年初版，2010 年第 6 次印刷）内有《诸葛亮著作考》，收罗唐至清之考证资料，未有涉及《隆中对》者。此集载有《草庐对》，即《隆中对》，文前文后均注明节自《三国志》卷三十五《蜀志·诸葛亮传》。据此则似可断定《隆中对》全文当为陈寿所作。

《出师表》：以臣训君的人格与文格经典

《出师表》中的“表”字，是一个专有名词，专指一种应用文体。本来，臣下禀报，由于对象特别尊贵，文体要遵循特别的规格。在先秦，“言事于王，皆称上书”。“上”就是作者自贬于下。到了秦朝，改“书”曰“奏”，也就是“上奏”。为什么要改为“奏”？“奏”是个会意字，小篆字形上为“屮”（𠂇犺 è），为初生的草，有上进义；中为双手形，是捧着的姿态；下为“夲”（狘 ā 狂），行趋，快步向前之义，是在下者急步奉献呈上，慎重、恭敬、紧张的意味尽在其中。到汉朝，王权体制更森严，臣下给皇帝上奏，分化为四种文体。《文心雕龙·章表》说：“汉定礼仪，则有四品：一曰章，二曰奏，三曰表，四曰议。章以谢恩，奏以按劾，表以陈情，议以执异。”可见，“表”为臣下给皇帝的奏章，不言而喻，议论的都是严肃的政治课题，应该都是很理性的，“章”“奏”“议”分别用来谢恩、弹劾、辩论，这不是足够了吗？不够。还要有一种发议论的文体，叫作“表”，其特殊的功能，就是“陈情”。李密的《陈情表》，就是名副其实的代表作。“表”不但可以讲理，而且可以抒情。作为文体的特点，就是情感与理性并重，做得好的，就是情理交融。懂得了这一点，才可能真正理解《出师表》既讲政治道理，又抒发情感。

《出师表》和一般的奏章自然有些共同的地方，是以讲政治道理为主的。如果所述仅是一般的道理，就可能比较平庸，《出师表》也就不可能成为千古名篇。读任何文章，最应该关注的就是其特点，在这里，就要关注诸葛亮的政治道理，看有什么不同凡响之处。

第一，这是臣上奏皇帝的文书，臣下应该是很谦卑的，理当把皇帝抬得很高。很多奏章都是无限赞扬皇帝的智慧，诸如“天姿英聪”之类，用得太多，都成了俗套。但在这里，根本没有这样的字眼，相反，并没有多少褒扬的话，倒是毫不客气地说：

诚宜开张圣听，以光先帝遗德，恢弘志士之气，不宜妄自菲薄，引喻失义，以塞忠谏之路也。

虽然对皇帝用了尊称“开张圣听”，把二十岁的刘禅说成圣人，在后面又把自己贬抑为“愚”，但这完全是用俗了的套语。接下来才是诸葛亮的发明，反复说明应该（“诚宜”）如何，不该（“不宜”）如何。“不宜妄自菲薄”就是不要轻浮，要自重，不要忘记了“天子”的尊贵身份。“引喻失义”就是讲话要严肃，不能弄巧成拙，引经据典要谨慎，防止引申不当，类比不妥。这里是不是流露出一种心态，就是这个小皇帝说话、做事还不太像个皇帝的样子，要臣下来管教管教。一般的管还不够，还要管得这么细。要知道，“表”上达皇帝，是要拜着进呈的，所以有“拜表”一说。这哪里像臣子俯伏在地拜表，诚惶诚恐的样子？相反，倒是有一点与其说是规劝不如说是训斥的口气。这是一种在智力上、精神上居高临下的优越感。当然不能从年龄上（诸葛亮四十七岁，刘禅二十岁）得到解释。

第二，不仅指斥皇帝不会说话，而且在执行政策方针上，存在着“偏私”：

宫中府中，俱为一体，陟罚臧否，不宜异同。若有作奸犯科及为忠善者，宜付有司论其刑赏，以昭陛下平明之理，不宜偏私，使内外异法也。

“偏私”“内外异法”是相当严重的指斥。但话说得比较委婉，因为用的是正面的肯定的说法，在字面上显得缓和，所谓“宫中”，就是皇帝的宫廷亲信，“府中”，是行政部门的官员，“不宜偏私”，说是“不宜”，实际上以有了“偏私”、有了“内外异法”的现象为前提。这就不是一般的讲话不到位，而是执政者的心智、品格、能力、水平问题了，这样的教训就比较严厉了。

第三，本文的议论思想纲领是北伐之道，也就是政治路线，可说得更多的是，把政治路线在组织上，也就是具体用人上加以落实，一个一个点名，什么人可靠，出了什么问题，应该找什么人。最后归纳出了一个原则（“亲贤臣，远小人”），如果能照之办理，就能成功；不听，就要失败。意思是这样的，但话又说得很委婉，不是我对你的教训，而是历史的经验：

亲贤臣，远小人，此先汉所以兴隆也；亲小人，远贤臣，此后汉所以倾颓也。

文章这样做，当然与诸葛亮的特殊身份地位有关，他是刘备托孤的重臣，刘禅尊他为“相父”。但是，从封建朝廷的规矩来看，君臣之分是不可逾越的，就是亲生父亲也一样。诸葛亮作为臣子，特别是在正式文献中，白纸黑字，不能托大，不能越出这条底线，绝对不能摆出居高临下的姿态。有一位先生分析本文说：“诸葛亮是后主的丞相，又是受‘托孤’的对象。他给后主上表文，既要循循善诱地开导，又要不失臣下尊上的本分；既不宜用训斥的口吻，又不该用卑下的声气。写得不卑不亢，方为得体。所以诸葛亮在表中没有说些自卑的话，使后主觉得他虚伪，也没有无拘无束地说些傲慢的话，使后主觉得受着威胁。读了这篇表，只觉得表中所用的言词和所持的态度，非常符合上表的诸葛亮和受表的刘禅的身份，文字写得恰到好处。”这个说法，大体是有道理的。所不足者，是对诸葛亮表中明显的“教训”口气，加以掩饰。这种口气明显是和臣下的身份不太相符的，但是，并未给人以臣临君的“傲慢”的感觉。这是为什么呢？主要是因为，诸葛亮拿出了比后主更高的一张王牌，那就是“先帝”。一切教训的语言，都不是臣下的，而是先帝的。一切的应该和不应该，宜和不宜，都不是我的发明，而是为了实现“先帝”的遗志：

诚宜开张圣听，以光先帝遗德。

然侍卫之臣不懈于内，忠志之士忘身于外者，盖追先帝之殊遇，欲报之于陛下也。

亲贤臣，远小人，此先汉所以兴隆也；亲小人，远贤臣，此后汉所以倾颓也。先帝在时，每与臣论此事，未尝不叹息痛恨于桓、灵也。

全文六百多字，提及“先帝”十三次，反复阐明，这是代先帝立言，而不是自己有多高明。从人际交流或辩论术来说，这是很精致的。论者与对方有不同意见，论者一味阐述自己如何正确，对方每每不能认同，叫作无共同语言，哪怕说出一本天书来，对方也可能无动于衷。此时论者的高明，就在于找到共同语言，拿出一个论者和对方都能认同的权威来，使对方无反驳的余地。诸葛亮在这里拿出刘备来，是诸葛亮和小皇帝都信奉的“先帝”，诸葛亮的教训来自刘备的教训，教训也就不是教训，而是忠心耿耿的辅佐。文章到此大义具备，本该结束，但是只占全文的一半。接下来，不完全是讲道理，而是讲到了自己的身世和经历，在叙述中交织着抒情，是文章的高潮，也是文章最为精彩、最为经典的部分。

诸葛亮进行自我贬抑。首先，说自己是个“布衣”，不是高门贵族出身。这句话在今天可能没有什么深长的意味，但在当时，出身贵族与否，对人的品评，是很关键的。其次，住的地方又很偏远，见识也并不高明，更重要的是，胸无大志（“苟全性命于乱世，不求闻达于诸侯”），这明显不符合他当年“每以管仲乐毅自比”的实际。说他“在表中没有说些自卑的话，使后主觉得他虚伪”，是不到位的。其实，诸葛亮的这些话，不是自卑，而是自谦。把自己才能、功绩的自谦与以教训为主的语气相统一，是本文的一大特点。“受任于败军之际，奉命于危难之间”，只说接受任务的时候，是很凶险的，却并没有提及自己力挽狂澜的功勋。自己扭转败局的伟业，刘备因为自己的战略决策而转败为安的历史，却不着一字，留在空白中。而这以后，“二十一年矣”，五个字，把自己帮助刘备建立蜀中根据地，形成鼎足三分的功绩一笔带过，显得雍容大度。

先帝知臣谨慎，故临崩寄臣以大事也。

“谨慎”以平淡的语言概括盖世之功，深长的意味尽在语词之外。难道仅仅因为“谨慎”，就能担当起临崩受托的“大事”吗？这可以看出诸葛亮的人格和文格，在字面上，“谨慎”“大事”“二十一年矣”，都是平常的字眼，显得十分谦恭，而内涵恰恰又非同寻常，轻描淡写的自我肯定比张扬更有内涵。政治军事的实绩是明摆着的，包括“五月渡泸”“深入不毛”。如此的劳绩，只用“南方已定”草草带过，然而这一切并没有给他带来心灵的喜悦，相反，“受命以来，夙夜忧叹”，精神负担很重，在胜利中日子也不好过。一天到晚忧虑、时刻萦怀的，是自己“许先帝以驱驰”的初衷。为什么呢？怕兴复汉室的事业不成？如果仅仅如此，充其量不过是“鞠躬尽瘁，死而后已”。但让他更为忧虑的是，“恐托付不效，以伤先帝之明”，自己的生死荣辱是小事，“先帝之明”则是最高原则。自己不争气也就算了，但是让人觉得先帝看人走了眼，事情就大了。

诸葛亮不管是讲理还是抒情，其核心价值，都在两个字“先帝”上。从这两个字出发，以这两个字为价值准则，就是话说得再重，刘禅也只能心服口服。

这个“先帝”，是他感情的核心价值，也是他生命的核心价值。这里当然有他的忠君观念，不过这不是仅为了荣华富贵，而是出于他的政治理想，对兴复汉室事业的追求。他的信仰是真诚的，为这样的事业而奋斗不计荣辱，奉献出自己的一切，这里当然不排除愚忠的成分，但是诸葛亮式的“愚忠”，还有一点人格的光彩。他不像曹操和司马懿家族，一旦羽翼丰满就取而代之，自己做皇帝。作为一个忠于自己承诺的人，他投入了自己的深情。在这样的前提下，对刘禅的说理，达到了情理交融的高潮：

今当远离，临表涕零，不知所言。

这样的句子，是真正动了感情，到了理性有点混乱的程度。当然也有读者可能以为它与“表”这种体裁的规格有关。“表”的结尾常常以抒情作结，如李密的《陈情表》最后的结语是：

臣不胜犬马怖惧之情，谨拜表以闻。

拒绝皇帝的征召，李密的恐惧，是实实在在的。曹植的《求自试表》，结语是：

冀以尘露之微，补益山海，萤烛末光，增辉日月……圣主不以人废言，伏惟陛下少垂神听，臣则幸矣。

皇帝虽然是自己的亲兄弟，但是，由于争夺继承的斗争，亲情已经被毒化了，所以那种诚惶诚恐的心情，也是自然流露。羊祜《让开府表》的最后是：

臣不胜忧惧，谨触冒拜表。

把这几个结语和诸葛亮的结语相比，显然，羊祜的“忧惧”有套语的性质，李密的有真性情，曹植的忧惧也深沉。而诸葛亮的抒情不但诚恳真挚，而且强烈到“临表涕零，不知所言”，让一位三军统帅，在官方的正式文书中，用了这样超越理性的抒情语言，坦然表述流出眼泪来，激动得不知所云，在一般的奏章中是不可想象的，只有在“表”这种以“陈情”为务的体裁中，在诸葛亮这样的“忠臣”的心灵中，才能得到相当自由的表现。

在如何看待诸葛亮这个“忠臣”的问题上，发生了争议。

最早提出质疑的是李国文，他认为：“诸葛亮作为一位‘鞠躬尽瘁，死而后已’的千古典型，我们对其人格的伟大，所产生的景仰心理，是一回事情；但从其坚持错误的北伐政策，而导致蜀国过早败亡，来剖析他的得失，则是另外一回事情。”蜀国当时是比较弱的，诸葛亮却知其不可为而为之。多次征战，他自己都承认“民穷兵疲”，两次上表北征，连阿斗都劝他了：“方今已成鼎足之势，吴魏不曾入寇，相父何不安享太平？”但他仍然坚持北伐，前后六出祁山。事实说明他好大喜功，反而导致蜀国早亡。他坚持不改的原因仅仅是刘备三顾茅庐，破格重用。“士为知己者死”，他对刘备怀着终生不变的感情上的义务。他贸然行动，很大程度上是过于自负，执着于维护个人的威信和尊严，对广大人民群众来说，只有坏处，没有好处。《蜀记》里记载，晋初一些士大夫谈论诸葛亮：“多讥亮托身非所，劳困蜀民，力小谋大，不能度德量力。”张俨《默记》中说：“诸葛丞相诚有匡佐之才，然处孤绝之地，战士不满五万，自可闭关守险，君臣无事。空劳师旅，无岁不征，未能进咫尺之地，开帝王之基，而使国内受其荒残，西土苦其役调。”李国文对诸葛亮的批评，是有一定道理的。

事实上，李先生还忽略了一点，就是诸葛亮并非《三国演义》中所描写的政治军事全才，历史上的诸葛亮，只是一个管理行政、治理军务的天才，却不是一个全面的军事天才。陈寿说他“治戎为长，奇谋为短，理民之干，优于将略”。这就是说，实战并不是他最大的长处。但是，李国文的说法，也有一定的片面性。虽然蜀国在军事力量对比上，可能处于一定的弱势，但是，弱势并不一定注定失败。先前刘备在被曹操追击之时势更弱，却因为采取了诸葛亮外联孙吴的政策而取得胜利。后来据有蜀汉，兵势强大得多了，关羽和刘备破坏了诸葛亮早就制定的和孙权结成统一战线的路线，才使蜀国陷于孤立的境地。批评诸葛亮坚持北伐不是从国家、人民的利益出发，而是从愚忠观念和个人抱负出发，有脱离历史条件的嫌疑。一定要从动机上纯洁化到毫无个人意气和抱负，恐怕历史上没有一个合格的英雄。把历史人物还原到历史语境中去，是历史主义的起码准则。

从三国时代的历史形势来看，国家分裂，军阀混战，民众苦于兵役、劳役和战争的破坏，及早统一是结束苦难的途径。生硬地以这个准则来衡量，诸葛亮要么是一举统一全国，要么是及早投降，才最符合国家和大众的利益。否则，不管做什么，都是徒然劳民伤财，北境受其兵灾，西土苦其役调。如果历史真是这样简单，那么，不但诸葛亮不能列入三国英雄谱，往近里说，周瑜、孙权，往远里说，屈原乃至孔孟，所有不为当时皇权所用的人物，越是有作为，也就越难逃延长国家分裂、涂炭生灵的罪责。但是，历史的选择是一个漫长的过程，结果在终点，因而不可能是一种预设，实力对比的消长在混战的过程中曲折地显示，甚至在无限的偶然性中呈现。不管三国打着什么样的旗号，客观上都不能遵循从分裂走向统一的历史走向。不管三国军事集团领导人物怀着什么样的个人野心，他们追求统一的理想，是符合历史潮流的。在复杂的历史进程中，历史发展的进步性和人的精神价值，是不一定平衡的。那些混战中不堪一击的弱者，如刘禅之类，并不因为客观上缩短了分裂的时间，而获得精神的价值。那些混战中的强者，不管是最后的胜利者，还是失败者，都是历史的创造者，中国的历史离开了他们的名字，将有太多的空白。他们为了自己认定的目标而献身业绩，他们超人的才智和人格，就具有宏大的精神价值。诸葛亮所认定的事业是失败了，然而，他的"鞠躬尽瘁，死而后已"，知其不可为而为之的精神，他谨守对刘备的诺言，以自己的生命能量进行的自我实现，他的人格理想，应该成为我国传统的人文精神丰碑。更何况，诸葛亮并不是一般意义上的失败者，他军事上的失败，并不能掩盖他在行政上广得民心。陈寿这样概括：

外连东吴，内平南越，立法施度，整理戎旅，工械技巧，物究其极，科教严明，赏罚必信，无恶不惩，无善不显，至于吏不容奸，人怀自厉，道不拾遗，强不侵弱，风化肃然也。

……

青龙二年春，亮帅众出武功，分兵屯田，为久驻之基。其秋病卒，黎庶追思，以为口实。至今梁、益之民，咨述亮者，言犹在耳。

陈寿曾经是蜀国的官员，可能有些感情作用，但诸葛亮当时政绩良好，有相当的民望，也应该是不可回避的事实。就封建统治集团中的人物而言，诸葛亮还是一个不可多得的英雄。

不管诸葛亮有多么大的历史局限性，也不应该妨碍我们把《出师表》当作宝贵的文学经典来继承。但是，由于夸大诸葛亮的这种局限，走向极端的倾向却应运而生了。曾有人写信给国家教育部建议将诸葛亮的《出师表》撤出中学语文课本，以华歆的《止战疏》代之。信中说，在《止战疏》中，华歆认为："战争是在不得已时才发动的，不可以轻启战端，要等待时机的成熟。"（"夫兵不得已而用之，故戢而时动"）而诸葛亮的《出师表》发动北伐战争的原因是要报恩于刘禅，表现出的是一种愚忠。《止战疏》中，华歆认识到三国鼎立已成定局，主张积蓄国力："以圣德当成康之隆，宜弘一代之治，绍三王之迹。"即以周成王、周康王作为榜样，先治理好曹操、曹丕留下的基业，成就一个太平盛世。提出“为国者以民为基，民以衣食为本。使中国无饥寒之患，百姓无离土之心”。信中认为，《出师表》作为范文被选入初中课本，对初中生来讲，容易形成“愚忠”思想。

应该承认，华歆的主张，是比较符合当时下层人民的利益和愿望的，加上秋雨连绵，魏明帝也接受了他的主张，下诏令曹真退军。但是，不可忽略的是，华歆的思想同样也有愚忠的性质。要在封建时代找出一个超越忠君观念的代表是不可能的，何况华歆的主张还带有很大的空想性质：“民以衣食为本。使中国无饥寒之患，百姓无离土之心……二贼（按：蜀、吴）之衅，可坐而待也。”

事实证明，后来三国的统一并不是像华歆所设想的那样，是坐在家里等来的，而是通过战争，一寸一寸土地打下来的。不要说当时，就是整个中国历史、世界历史上，也从来没有一个分裂的国家不是通过战争来实现统一的。

至于华歆的《止战疏》，其思想固然有可贵之处，可是局限也非常明显。第一，他的思想并未影响到历史的进展，因而缺乏历史价值。第二，“疏”中的思想，属于儒家的王道思想，作为一种内在理论，也缺乏起码的论证。在情感上不够深厚，在语言上缺乏文采。总之，作为文章，可以说是比较贫乏的，缺乏生命的光华和艺术的创造。因而，它未能进入我国古典文学的经典宝库。这样的文章，不可能像诸葛亮的《出师表》那样，成为那个时代的人格和文格的典范，在千百年后，仍然如恩格斯说起希腊神话那样，具有“某种不可企及的成就的丰碑”的性质。

《李寄》：非写实风格的民间传说

读古代散文，最大的障碍是词语，而不是语法或者读音。因为语法可以意会的很多，即使没有意识到，由于是母语，也不一定影响意义的理解。至于语音，古今不同，但是汉字并非拼音文字，古音今读，甚至用方言的音读，一般也不影响理解。

古代汉语的词语意义和现代都有联系，有的只是写法有变异，有的则是音变导致写法变化，有的是古代意义的分化和衍生，多少有一定的线索可寻，找到了线索就加深了理解，也便于记忆。因此每读一篇古代经典作品，都要有意识地找几个关键的词语来仔细钻研。

例如，在《李寄》这篇文章的第一段有如下的字值得思考："隙"，现代汉语中，意思是很小的洞，在文章中却是指很大的可以容纳长七八丈大蛇的洞。"围"，现代汉语中，围的面积往往是很大的，可是在这里的上下文中，却是指两手大拇指和食指合拢的圆周长。

第三段有如下的词语可以思考："父母不听"，这个"听"字，和现代汉语有明显的差异。但是，也有联想的线索可寻，"听"的中心意义是听到声音。如果按这个意思来解释，就是父母听不到李寄的话，就不通了。但"听"还有另外一种联想，就是听而从之的意思。从上下文中意会，可知当为听而从之的意思，文意就顺畅了。但是，下面的一段，又有（父母）"终不听去"。从上下文中只能意会为"听任""听随"之意。所以学会意会和查字典一样重要。

从文学价值来说，这一篇比柳宗元的《童区寄传》有更多传说性质，不像柳宗元纪实的可信度那么强。女孩子杀蛇的故事，充满了民间传说的风格。在细节上，不能像对待写实性文章那样推敲。例如，那么大一条蛇（头像谷仓那么大），该放多大一条狗过去才能够咬伤它，女孩子的剑又该有多长、多重，都是不能细究的。

还有一点也比不上柳宗元的《童区寄传》，就是结局。因为女孩子立了大功，就当了王后，父亲又当了县太爷，连母亲和姐姐都得了赏赐。这样夸耀其实用价值，好像有损女孩子英勇无畏的精神。她当时自愿出来冒着生命危险，并不是出于为民除害的崇高目的，而是因为父母孩子多，自己不能供养父母，生无所益，还不如早死，“卖寄之身，可得少钱，以供父母”。为了孝敬父母，不惜牺牲自己的性命，这仍然是一个英雄。英雄是各式各样的，即使不是见义勇为，不是出于为民除害，未成年的平民女孩子，哪怕在某些方面出发点并不太崇高，甚至有些卑微，只要是智能双全，实际上做了为民除害的事业，仍然是有光彩的。正是因为这样，它才能够流传至今。

当然，不能回避的一点是，这篇文章的格调比柳宗元的《童区寄传》要略逊一筹。

《兰亭集序》：庸雍淡定，以理节情

《兰亭集序》是一篇奇文，奇在它本是散文，其稿本也只是个草稿，尚未正式誊清，颇有错字和涂改，然而全篇挥洒自如，收放有度，被誉为“天下第一行书”。它本是当时一群名贵人士（如谢安、孙绰、王羲之及其亲属王徽之、王玄之等人）聚会所作三十余首诗歌的序言，其目的本是引发阅读诗歌的兴趣。然而那些诗歌没有得到后世读者的青睐，这篇序言却成为中国古代散文的经典。

究其原因似乎又不太奇。那些诗歌与序言相比，无论是艺术思想上，还是文体驾驭上，可以说有天壤之别。不要说别人的，就是王羲之自己的《兰亭诗》和这篇序言相比，也不在一个档次上。如“仰视碧天际，俯瞰渌水滨”，只是当时五言写景诗程式化的对仗；又如“欣此暮春，和气载柔。咏彼舞雩，异世同流”，乃为《诗经》式的单调节奏，以“和气载柔”写暮春，缺乏感性，失之抽象，诗中用了《论语》中孔子和他学生的对话典故（“浴乎沂，风乎舞雩，咏而归”），情绪还没有来得及展开，就归结到哲理（“异世同流”）上去。总体说来，诗的情绪和语言都比较局促，而《兰亭集序》则显得大度雍容。

序文的表层是对景观的描述，“此地有崇山峻岭，茂林修竹，又有清流激湍，映带左右”，似乎并无惊人之语。“崇山峻岭，茂林修竹”是概括的叙述，不带有精致细节的描绘。《兰亭集》另有孙绰写的《后序》，其对景观的描绘有：“高岭千寻，长湖万顷。”两者相比，王羲之似乎并不以文采取胜。从“千寻”“万顷”，可以看出孙绰是比较夸张的。其实，兰亭周遭并不存在千寻的高岭，也没有什么万顷的长湖。这说明孙绰的描绘不但刻意作语言的夸张，而且追求情绪上的激化。王羲之的情绪却是节制的，文字比较朴质，不过是“清流激湍，映带左右”而已。这说明王羲之的情绪不是激情，而是相当婉约的温情。这种高雅的风格，孤立地看，可能不容易感悟，但与同类的文章相比，就不难感知其潇洒了。

这种文化名人观景、饮酒、吟咏的聚会，早在这半个世纪之前就有了记录。石崇有名文《金谷诗序》述其事，极写“娱目欢心”之情：“有清泉、茂林、众果、竹柏、药草之属；金田十顷；羊二百口；鸡猪鹅鸭之类，莫不毕备。又有水碓、鱼池、土窟。其为欢目娱心之物备矣。”石崇是当时顶级的大富豪，他的抒情首先集中在物之齐备上，其次是隆重、盛大的音乐，“琴瑟笙筑合载车中，道路并作。及住，令与鼓吹递奏”。而王羲之则不取石崇这种盛大的排场，亦不夸耀物品之齐备。孙绰所写的“长湖万顷”，到了他笔下不过是一湾“曲水”，诸人只是随意“列坐”，将酒杯放在曲水中，流至则饮酒赋诗，被他简洁地概括为“一觞一咏”。他所追求的是情调自如，自在从容。“虽无丝竹管弦之盛”，说明对石崇那种盛大的乐队，王羲之有点不屑，特别点出只要能“畅叙幽情”就行。“情”的特点是“幽”，不在乎外在场景的宏大，也不在乎内在情绪的强烈，而是深邃的、自如的雅致。故饮酒轮替而从容不迫，为诗畅叙而不张扬。王羲之和石崇、孙绰虽同为贵族，但不同于石崇的富丽，亦不同于孙绰的夸张，而是以文士的庸雍，显示出一种潇洒的风度。

石崇的语言格调虽然不尽高雅，但是他赏景、饮酒、为诗的“诗会”却留下了佳话，成为后世追随的模式。同时，他的诗序多多少少也有些深思，那就是在欢乐无极的盛会中，也会“感性命之不永，惧凋落之无期”，这种欢乐与悲凄的矛盾，为后世此类诗序奠定了母题的基础，即使是王羲之也不能不说是受到这个母题的影响。

但是，王羲之的“幽情”远远超出了石崇，显示了更为深邃的矛盾。

矛盾的一方面是“信可乐也”，觉得实在是太幸福了。这个“乐”的特点，就在于“游目骋怀，足以极视听之娱”，就是让感官最大限度地（“极”）享受大自然的美好。如果光是这样，和石崇的“昼夜游宴”的感官享乐差别不大。王羲之的“乐”，还来自“仰观宇宙之大，俯察品类之盛”。与石崇的食物之毕备相比，相形见绌。然而从无生命的宏伟的“宇宙”空间，到有生命的万物“品类”，无不尽收眼底，精神空间显然比石崇的广阔得多。更值得注意的是，他的“乐”，不限于此时此地，乐到忘却时间的流逝，“不知老之将至”的程度。这种“乐”，一不来自物质，二不来自音乐，而是来自对人生命的宏观（“俯仰一世”）体悟。这里蕴含着对不同个性的包容，不管是晤言一室、心领神会的，还是放浪形骸、超越礼法的，虽然所追求的和所回避的各不相同，但都可能欣然相与达到“快然自足”的境界。

“信可乐也”“快然自足”是意脉的第一个层次。

矛盾的另一方面则是，这一切都不永恒，“暂得于己”，欢乐只能是短暂的，“情随事迁”是免不了的。往昔的快乐，很快就过去了（“俯仰之间，已为陈迹”）。一去不复返的，不仅是眼下聚会的欢乐，而且是生命（“修短随化，终期于尽”）。这就不能使“极视听”之“乐”转化为“岂不痛哉”了。

“终期于尽”“岂不痛哉”是意脉的第二个层次。

两个节点对立而统一，交织着乐与痛、生与死的矛盾。王羲之面对这个矛盾，不像石崇那样以一句“感性命之不永，惧凋落之无期”轻轻带过，也不像孙绰在《后序》里那样，感慨“乐与时去，悲亦系之”。他觉得庄子把生与死看得没有区别，把生命长短当成一回事，一味达观（“齐以达观”），是虚妄的（“一死生为虚诞，齐彭殇为妄作”）。他显然是一个执着于现实的人，不想回避生与死的矛盾。这个矛盾，他站在时间的高度来俯视。在他涉猎先贤的诗文时，时时感到“兴感之由，若合一契”，在生命的欢乐和悲痛上所见略同。这是不可逃避的，从这个意义上说他是很理性的，但是从情感上又不能不“临文嗟悼”，也就是不能不有所伤感，不能不在自己的文章中“喻之于怀”。这个“怀”的内涵，这种“嗟悼”的情绪，究竟是什么，他在这里好像有意含混。但是，站在时间的制高点上，他却作出更深入的概括：“后之视今，亦犹今之视昔。”生命是欢乐成为“陈迹”，不管古人今人还是后人，凡是人都逃不脱的大限。但是，王羲之并不因为理性上意识到这种必然而冷峻，作为艺术家，他还是发出了“悲夫”的慨叹。

到此，审美意脉已经达到一个新的高度，但文章并没有结束。他还要在思想上正面作出总结，正是因为意识到这样的大限，才把这次诗会的作品结集起来（“列叙时人，录其所述”）。目的倒不一定是为了自己，为了今日，而是为了未来，为了“后之览者”。他们所处的时代环境肯定是不同的（“世殊事异”），但是对于生命欢乐和大限的感受是一样的（“所以兴怀，其致一也”）。当他们读到“我”（们）的文章时“亦将有感于斯文”，这也就是王羲之文章中揭示的生命之乐与悲的矛盾。不能用庄子的“齐生死”“同彭殇”来消解，但是可以让他们也体悟到“我”所体悟到的矛盾是永恒的。这就是文章的主题了。王羲之的诚实之处，也就是他的深刻之处。

这是文章的第三个层次，是意脉的高潮。其特点既有哲理性的概括，又有情感的抒发，可谓情理交融。但是，王羲之对哲理并不言明，对情感也只是点到为止，理性显然节制着情感。后世读者“亦将有感于斯文”，感些什么呢？似乎并不是感慨万千，而是他自己所说的“感慨系之”而已。情感很收敛，哲理也很含蓄，情与理的矛盾，并不冲突，而是相得益彰的和谐。

情志和谐决定了王羲之的语言风格，开头叙聚会之由来，几近轻描淡写，“永和九年，岁在癸丑，暮春之初”交代时间，“会于会稽山阴之兰亭”说明地点，“修禊事也”点出目的。简洁到连什么人来聚会都省略了。本来聚会人员是很值得夸耀一番的，在石崇的《金谷诗序》中，说到自己是“持节监青、徐诸军事、征虏将军”，参与聚会的还有“征西大将军、祭酒王诩”。到了文章最后，不但把主要人物的头衔罗列一番，而且说明罗列的目的，因为“感性命之不永，惧凋落之无期”。好像有了这些显赫的官衔，才有传诸后世的价值似的。按照这种模式，王羲之本来可以交代一下，自己也是“江州刺史，右军将军”，参与聚会的还有“官太保都督，封庐陵郡公”谢安这样的大人物，而谢万则是“西中郎将，豫州刺史”。其他人等，也都不是等闲之辈。在王羲之看来，不但官衔不重要，连人物的名字也都可以省略。从这里可以看出，文风的简洁联系着品味的高雅。

文章的好处，还在于不取赋体，以参差的叙述为主，用词质而不华，如“天朗气清，惠风和畅”“流觞曲水，列坐其次”。于叙述中间以局部对仗：“群贤毕至，少长咸集”“仰观宇宙之大，俯察品类之盛”。而“崇山峻岭，茂林修竹”则是句间与句内的双重对仗。骈散交织，文质彬彬，然华而不丽，华朴互补。其抒情语言，亦简约质直，如“情随事迁，感慨系之矣”“向之所欣，俯仰之间，已为陈迹，犹不能不以之兴怀”。在可以抒情的地方，多用叙述语气：“感慨系之”“以之兴怀”，没有渲染，没有形容。到了“临文嗟悼”，唯一的感叹句只有“悲夫”两个字，就戛然而止了。这本是意脉的关键，如果用对仗句来渲染也不为过，但是用了散句“不能喻之于怀”。这种从容的风格，孤立起来不容易看出，与李白后来同样性质的《春夜宴桃李园序》比较，其特点就昭然了。李白文章，基本上都是骈文的对仗句：

夫天地者，万物之逆旅也；光阴者，百代之过客也……况阳春召我以烟景，大块假我以文章。会桃花之芳园，序天伦之乐事。群季俊秀，皆为惠连；吾人咏歌，独惭康乐。幽赏未已，高谈转清。开琼筵以坐花，飞羽觞而醉月。

除了散文必要的语气词（“夫”“者”等），和叙事不可缺的递进和转折性连接词（“况”），全文几乎都是赋体的对仗句式。对仗句式往往是平行的，诗中连“不有佳咏，何伸雅怀”的因果句式，都是严密对仗的，不但实词（“佳咏”“雅怀”）和虚词（“不”“何”）是对称的，而且连平仄都是基本相对的。与李白激昂的情采和华赡的文采相比，王羲之文风的朴而不华，理性对情绪的从容的节制中，更能显示出他心态的庸雍和高贵。

《桃花源记》：没有外在和内心压力的理想境界美

一、八个层次的美

《桃花源记》的写作年代，大约是陶渊明晚年，他已经几次为官，又几次退隐。他觉得为官委屈了自己，在退归林下以后，通过《桃花源记》把自己的人生和社会理想加以美化。

那么，《桃花源记》到底美在何处呢？

第一，美在自然环境。美在桃花，美在流水，美在有一点神秘："山有小口，仿佛若有光。"为什么是仿佛呢？这种别有洞天的神秘感，产生了美。

第二，美在安静自足。在这个小农社会里，生活安康，心情舒畅："黄发垂髫，并怡然自乐。"

第三，美在远离战乱，不知时事之祸。安宁源自"避乱"（避秦时乱，与外人隔绝）。这里"避乱"的内涵，一是秦时之乱，二是从秦到晋朝，至少还有两汉、三国、魏晋的战乱，一概不知。

第四，美在摆脱行政管理。根本没有政府，日子却过得很安宁。这一点在《桃花源诗》中，表现得更明确："春蚕收长丝，秋熟靡王税。"根本就没有人来收税，当然就没有政府。这个和谐的社会，只是家庭松散的集合。维系这种集合的，是一种乡土的、氏族的乡党血缘关系："先世避秦时乱，率妻子邑人来此绝境。"

第五，美在人情纯朴。人与人之间没有任何利害的争夺，人情关系很和谐。对外人没有猜忌，没有戒备，来了外人，家家户户热情招待。

第六，美在封闭。在与渔人临别之时表示“不足为外人道也”，避免与外界交往，打破自给自足的美好生活。

第七，美在神秘不可寻。这样美好的境界，是神秘的。无心轻松可遇，有心相求则不可得。刘子骥则实有其人，《晋书·隐逸传》有记载：“刘麟之字子骥，南阳人……好游山泽，志存遁逸。”把这个有名有姓的人物写出来，强调其真实可靠。但就是这个刘子骥，也没能进入世外桃源。

第八，美在从容自如的心态，在这么新异的境遇中，没有显著的激动。这一点，在讲到文章的语言风格时细说。

《桃花源记》独特的美就在于世外桃源的理想之美。如果光是扑朔迷离，这个理想就可能不太可信。与扑朔迷离相对的是，它美在把理想境界写得真切生动，是真切生动与扑朔迷离的统一，又是偶然亲历与不可重现的统一。这种美的境界不但有现实的价值，而且有历史的价值。

首先当然是社会政治方面的价值。诗人在《归园田居》中说得很明白：

开荒南野际，守拙归园田。

方宅十余亩，草屋八九间。

榆柳荫后檐，桃李罗堂前。

暧暧远人村，依依墟里烟。

狗吠深巷中，鸡鸣桑树颠。

这是诗的语言，把它翻译成散文，就成了《桃花源记》中的：

有良田、美池、桑竹之属。阡陌交通，鸡犬相闻。其中往来种作，男女衣着，悉如外人。黄发垂髫，并怡然自乐。

这还只是理想的一半，除了环境理想，还有人生理想。这种境界，带着虚无缥缈的神秘性质，不是语言所能穷尽的，陶渊明在《饮酒》中说：“此中有真意，欲辨已忘言。”在散文里，这种世外桃源也是：其中有真意，欲觅即杳然。这种理想毕竟是乌托邦式的情调，然而经受了一千多年的时光淘洗，却成为不朽的经典。这并不是陶渊明一时的空想，而是有着中华民族文化心理的历史渊源。这一点在《桃花源诗》中表现更为明显：

相命肆农耕，日入从所憩。

桑竹垂余荫，菽稷随时艺。

春蚕收长丝，秋熟靡王税。

荒路暧交通，鸡犬互鸣吠。

俎豆犹古法，衣裳无新制。

童孺纵行歌，斑白欢游诣。

草荣识节和，木衰知风厉。

“相命肆农耕，日入从所憩”显然与相传尧时的《击壤歌》“日出而作，日入而息，帝何力于我哉”有着内在的联系，而“荒路暧交通，鸡犬互鸣吠”则蕴含着《道德经》中“甘其食，美其服，安其居，乐其俗。邻国相望，鸡犬之声相闻，民至老死不相往来”的思路。这就说明这种乌托邦式的想象，不完全是个人空想，而是植根于民族文化深层的理念。

当然，陶渊明在继承时是有发展的。其一，他把原始的民歌和老子朦胧的、虚无的理想和现实结合起来，扬弃了老子那种反对技术文明进步（“虽有舟舆，无所乘之”），倒退到“结绳记事”时期（“使民复结绳而用之”）的蒙昧性；其二，在老子那里“小国寡民”毕竟还有“国”，到陶渊明这里，“国”的成分淡化了，一个和谐社区就足够了；其三，陶渊明把这种乌托邦精神化了。这不但是一种社会理想，而且是一种人生理想，一种精神的境界。不但人与人之间没有矛盾，而且人与自然也和谐相处。“草荣识节和，木衰知风厉”，这就是他所怀恋的“旧林”。其精神生活，归根结底就是自然。自由自在，没有外在的压力，没有内心欲望的压力。他反抗世俗欲望的压力，拒绝“心为形役”（《归去来兮辞》），其最高境界就是“怡然有余乐，于何劳智慧”。“劳智慧”是因为心里有压力，“心为形役”就是自找苦吃，就是陷入“尘网”，人生就像“羁鸟”一样不自由。

桃花源这么理想、自由的境界，为什么不可复入？在文章的深层，有一点线索。这个境界本来就是美在封闭，美在不与外人联系。而那个渔人，违反了桃花源中人“不足为外人道也”的准则，一出来就向官府报告，这就犯了大忌。人家就是要没有官员的无政府状态才理想，一经官府参与，理想的境界就消解了。可能陶渊明还有一层更深的寓意：美好的理想境界，无意得之轻而易举，有意去追求，就是“劳智慧”，与理想相矛盾，当然就只能是缘木求鱼了。

二、朴实无华的从容叙述

《桃花源记》的价值，不仅因为其思想，而且因为其独创的语言风格。这种风格是充满情感的，但又因心情特别平静而显得简朴。表现理想境界，不强调激情，突出的是一种从容不迫的心态，这就决定了语言上回避形容与渲染，不用感叹和夸张。

描述美好的环境和氛围，全文有三处：第一处，发现桃花源的过程，全是叙述，几乎谈不上描写。就是点题的“桃花林”，也只是：“夹岸数百步，中无杂树，芳草鲜美，落英缤纷。”其中“夹岸数百步，中无杂树”是整体的概括性叙述，“芳草鲜美”也只是一种印象，并无描写特有的细节。勉强称得上描写的也就是“落英缤纷”，但也是戛然而止，并未衍生出细节来。第二处，桃花源里的景象。“土地平旷，屋舍俨然，有良田、美池、桑竹之属”仍是概括的罗列，连田畴、池塘、桑竹的方位、形状、色彩都没有，“之属”相当于“等等”，完全是交代而不是描写。第三处，最为关键，桃花源居民的生活。“阡陌交通，鸡犬相闻。其中往来种作，男女衣着，悉如外人。”如孤立地看，不易觉察陶渊明的语言功力，只要拿同样写桃花源的文章来对比一下，就一目了然了。袁中道《再游桃花源》：“至桃花洞口。桃可千余树，夹道如锦幄，花蕊藉地寸余，流泉汩汩。溯源而上，屡陟弥高，石为泉啮，皆若灵壁。”对桃花和岩石的描绘用了这么多的形容，流露出这么强的激情，显然和陶渊明在文风上是不同的追求。陶渊明的功力就是以朴素的语言和平静的心态取胜，就是写人物，也是一样。先是强调和外人相同（“悉如外人”），然后突出与外人相异，老老少少活得挺滋润（“黄发垂髫，并怡然自乐”）。这种概括的叙述突出了桃花源中人与外人最大的不同，是远离战乱，不受外界政权更迭之苦难。桃源美，更美的是“世外”。世外的封闭之美，就美在“远离战乱”，这是全文意脉的核心。主题所在，一般是要大笔浓墨抒写一番的，然而，作者仍然是极其简略地叙述。至于写到桃花源中人对这个武陵人的热情款待：

见渔人，乃大惊，问所从来。具答之。便要还家，设酒杀鸡作食。村中闻有此人，咸来问讯……此人一一为具言所闻，皆叹惋。余人各复延至其家，皆出酒食。

本来是动了感情的，第一处是“乃大惊”，第二处是“皆叹惋”。但是陶渊明面对这种“大惊”和“叹惋”，并不跟着激动起来以抒情的语言渲染，仍然是从容不迫，继续平静地叙述。

这样简朴的叙述为何能在千年以后，仍然具有感染读者的魅力？陶渊明《桃花源记》的叙述不但比袁中道的《再游桃花源》的抒情更动人，就是比陶渊明《桃花源诗》的抒情也更为动人。这种叙述究竟高明在何处呢？

关键是《桃花源记》的叙述，以特殊的情节取胜。完整的情节，是由悬念的“结”，到高潮的“解”构成的。在“结”与“解”之间，有一种因果。福斯特曾经在《小说面面观》中把情节和故事的区别说得很通俗：国王死了，随后王后也死了，只有时间上的连续性，没有因果关系，就只能是故事。而国王死了，王后接着也死了，原因是郁闷而死，有了因果性，这就是情节了。《桃花源记》里的情节经历两次曲折。第一次，发现世外桃源，美好的环境加上美好的人际关系。但是这种发现，陶渊明强调纯属意外，完全是偶然的，是一种没有原因的结果。第二次，明明亲身经历的，回来还做了标记（“便扶向路”），再找却找不到了，也是没有原因的，寻找的人很快死了，更是没有原因的。这就使得这个情节迷离恍惚，独特神秘。而这种神秘，正恰当地表现了陶渊明乌托邦式理想的虚幻性。虚幻的因果与虚幻的理念结合，套一句老话——内容与形式的统一。空想的神秘和理想的真诚，是陶渊明面对的一个矛盾。难得的是，他居然为这个矛盾找到了这样特殊的情节形式，以写实的叙述把缥缈的想象说得很逼真，显示出陶渊明式叙述的功力。

叙述一开头，就点明具体的时间是晋太元年间，又叙述主人公是武陵人。为什么要这样具体呢？这是为了突出写实性。本来这种理想境界，有超越现实的性质，故在文中又有意强调其可信性。年代、皇帝的年号、籍贯是最具雄辩的。在农业社会，每家每户都依附于土地，人可以搬家，祖祖辈辈的土地却不能移动，人和土地的联系是长期不变的。要说明人的可靠性，往往就以其籍贯为证，这几乎成了中国古代文章的惯例。文章后面，写到有人对桃花源有探究的兴趣，就加上籍贯，如“南阳刘子骥”，《醉翁亭记》中，最后提到自己是“庐陵欧阳修也”。

强调时间、人物的可靠性，是文章的一个方面。但情节毕竟是虚幻的，不能太写实，故陶渊明又在另外一个方面，强调地点的不确定性。先是这个以捕鱼为业的人，就在自己作业的地方，意外、偶然地遇到桃花夹岸的景观。居然不知到了何处（“忘路之远近”）。更奇异的是，一开始渔人是“缘溪行”，一般说来，在汉语中，行就是走，特别后面还有一句“忘路之远近”，这个“路”字，在一般语境中，是指陆上的路。两者构成语境，顺理成章，就应该是渔人在陆路行走。可是，到后来发现了洞口，突然来了个“便舍船”，走路变成了行船。读到这里，不得不重新调整自己的理解，原来前面的“行”不是行路，而是行舟，“忘路之远近”的“路”，也不是陆路，而是水路。写作以文从字顺为基本原则，目的是让读者减少理解的难度。语义，包括字面义和隐含义，以高度统一、自洽为上，如不充分自洽，联想义有矛盾、错位之处，就可能表面字义上是“顺”，但在联想义上却不顺，不能达到因顺而“从”的境界，顺而不从，就不能不被迫回观前文，修正初始理解，这就是为难读者，减少阅读的愉快。这一点，光凭经验就能不言自明。陶渊明之所以这样冒险，就是因为他太追求简洁了。在精练的修辞效果上，太苛求自己了。硬是不舍得在“缘溪行”后面或者前面，加上一个“舟”字。当然，也可能这并不是陶渊明的小失误，是他有意强调，桃花源的美景太玄妙了，渔夫看得有点迷迷糊糊，造成一种忘记自己是行舟还是步行的感觉。同时又是为后来的刘子骥找不到路作伏笔。

不管这样的猜测是否合理，《桃花源记》全文的语言精练，是有目共睹的。从句法来看，全用散句，不像《归去来兮辞》中有系统地用对句。散句都是短句，最长的句子也不过是：

> 有良田、美池、桑竹之属

自云先世避秦时乱

余人各复延至其家

第一句虽然字数多至九字，但是句式比较简单，一个谓语构成一个简单句。第二句结构比较复杂，宾语本身就是一个句子。第三句是一个主谓结构。总体来说，句子都是短的，所用词语也都是明白晓畅的常用词。至于其他的句子，更是简单，而且音节短促，每句大致在五个音节以下，如：

林尽水源，便得一山，山有小口，仿佛若有光。便舍船，从口入。初极狭，才通人。复行数十步，豁然开朗。

简洁之道在于，第一，在句子之内，除了极少的、必要的副词以外，全用动词和名词，不但没有形容，而且连个比喻都没有；第二，一连串的句子，都是没有主语的；第三，叙述是有层次、有过程的，但是空间的转移、时间的顺序，除了几个简单的副词（“初”“复”），几乎所有的时间副词和连接词，都被省略了。难得的是，读者并不被迫返视，调整思路，而是顺理成章地追随作者。陶渊明看来精于此道，不但描述比较静止的景观如此，而且比较复杂的人事也是一样：

见渔人，乃大惊，问所从来。具答之。便要还家，设酒杀鸡作食。村中闻有此人，咸来问讯。自云先世避秦时乱，率妻子邑人来此绝境，不复出焉，遂与外人间隔。问今是何世，乃不知有汉，无论魏晋。此人一一为具言所闻，皆叹惋。余人各复延至其家，皆出酒食。停数日，辞去。此中人语云：“不足为外人道也。”

这个过程是很复杂的，从发现渔人，到邀请到家招待，惊动了村人，纷纷询问与世隔绝的历史；各出酒食延请，不向外人提起，众多的人物对话、动作和思绪，表达先后承继的连接副词大都省略。貌似并列的简单句形成特殊的语境结构，召唤着读者的经验，迫使参与想象：

既出，得其船，便扶向路，处处志之。及郡下，诣太守，说如此。太守即遣人随其往，寻向所志，遂迷，不复得路。

南阳刘子骥，高尚士也，闻之，欣然规往。未果，寻病终。后遂无问津者。

这样的文字，不能不使人想起海明威废除形容词和副词，只用动词和名词的“冰山风格”和“电报文体”。这样的语言风格，用简洁来概括，可能是不够到位的，更为准确的说法应该是“简练”。而在《宋书》中，史家把陶渊明的文字风格称为“实录”，这是中国史学正宗的传统笔法，是史书作者对他的最大褒扬。

《五柳先生传》：行云流水的自由风格

先生不知何许人也，亦不详其姓字，宅边有五柳树，因以为号焉。

“传”作为一种文体是和史连系在一起的，史传文体是司马迁开创的。史家讲究实录，正式的传记，不但要写到身世，开头还要上溯到其祖先世系，结尾续以子孙等。这篇《五柳先生传》一开头就是虚的，“先生不知何许人也，亦不详其姓字”，连姓名都没有，很显然，名为“传”，实际上超越了史传体制。

魏晋时期，实行九品中正制，以中正官员品评人才，将人分为九等，分别为上上，上中，上下，中上，中中，中下，下上，下中，下下。吏部根据这个品第，提拔或罢免官员。表面上是制度化，很公平。但是，实际操作起来，主观性很强，而门第和家世却是客观固定的。执行到后来，品评权力为世家大族所控制，造成了所谓“上品无寒门，下品无世族”的阶层固化。出身名门，虽然平庸，列入上品，而出身寒微，即使有才华也难以列入上品。这种制度造成了人才竞争偏重门第和家世，姓氏对于传主的品位带着符号性定位的性质。

但是这位五柳先生，不但没有姓氏，而且没有名字，却有资格为之立传，还冠以“先生”之名。“先生”意味着文、德兼备的长者。

在此一个多世纪前阮籍曾有《大人先生传》，也是“不知姓字”但那是个虚拟的超现实的人物：“与自然齐光”“以万里为一步，以千岁为一朝”。但是，“五柳先生”却是个现实人物，当时有身份的男性不但有名，而且到了二十岁，就要取号，隐含着对自己的品德和成就的预期，是很郑重其事的。但是，就因门前有五棵柳树，而成为其号，可见其对于世俗陈规，不但很不在乎，而且公然显示其不苟同于世俗。

当时对人的一生评价，就是以立功、立德、立言视为“三不朽”。传记的“记”，是记录在建立功业、树立德行、著书立说三方面的不朽事迹。但是五柳先生既没有什么功业和德行的事迹，也没有什么传世的著作。平时连说话都很少。

闲静少言，不慕荣利。

“不慕荣利”，这当然难得，但是作为传记，至少应该有具体事迹。如文章最后提及的黔娄：战国时期齐稷下先生，无意仕进，屡次辞去诸侯聘请。光是一个“不慕荣利”就太抽象了。说得直白一些，这不像是传记，而更像散文。

好读书，不求甚解；

好读书，还是很一般，太抽象。如果强调其很用功，如果有车胤家贫，囊萤为光；孙康映雪夜读的故事，也可能成为传记的素材。但是，没有。相反却是“不求甚解”，但是——

每有会意，便欣然忘食。

这倒是很有特点，不是所有的书都不求甚解，而是对真有体会的书，就非常投入，连吃饭都顾不上。那就是说，此人非常自我，一般的书，包括世所推崇的，浏览一番而已，并不认真钻研。但是，一旦有了自己特殊的体悟，兴致一来，就连吃饭都忘记了。这说明，此人把自己的体悟、自己的兴趣，放在权威著作之上。虽然晋代有那么多因为有学问而著名的大学问家，当时的大学者，如郭璞兼能历史、道家哲学，均有著作名世。干宝，号称“晋朝史学之父”，传世的著作有《搜神记》。王羲之是书法家兼散文家。慧远是晋代佛学大师，留下了《庐山记》和《大乘义章》。但是，五柳先生并不羡慕，也不追求那种“荣利”。

环堵萧然，不蔽风日；短褐穿结，箪瓢屡空，晏如也。

家里墙壁挡不住风日，也没有什么家具，穿的也是破旧的短衣（文人是要穿长衫的），无视当时以门第豪富自炫的风气，不以贫困自卑自惭，而是泰然自若。即使迫于生计，当了几十天小县官，但还是不能忍受一定要束带拜见上级督邮的俗套。他在《归去来兮辞》中把这称之为“心为形役”，为外部物质需求委屈了自己心灵的自由，留下了不能“吾不能为五斗米折腰，拳拳事乡里小人”（晋书·陶潜传）的名言，辞官飘然而去。

但是，他却有一个独特的嗜好“性嗜酒，家贫不能常得”。

亲旧知其如此，或置酒而招之；造饮辄尽，期在必醉。既醉而退，曾不吝情去留。

不但对于官场的等级礼仪，他懒得理会，而且对于亲朋故友的好意邀请饮酒，也不讲客套，一喝就喝得精光，大醉之后，一走了之，根本没有做作的礼节，连起码的人情世故都不在乎。

立传是一件严肃的大事，一般说，是过世以后，所谓盖棺论定，把故事留给后世，而这样的人，根本没有故事可以入传。

但是，这样的文章，却经历了千年历史的汰洗，成为经典。

原因在于，在这样落拓不羁的行止背后，其动人之处，乃是天真率性，超凡脱俗。不管是官场，还是亲朋之间，他的另类行为，都以自己的自由、自在、自如而自得。

他的醉酒，乃是乐在难得糊涂，对于世俗行径眼不见，心不烦。

在中国古典文学中，饮酒乃是传统母题。诗经中是“称彼兕觥。万寿无疆”（《七月》），是庆典，在屈原那里则是“众人皆醉我独醒”（《渔父》）。在曹操那里更是“何以解忧，唯有杜康”（《短歌行》），而在他这里却是众人皆醒我独醉。但是，这个醉，却是对追求所谓富贵荣利的藐视，表面上看来，他完全没有时人追慕的尊荣，但是这恰恰是他的尊荣，是他对自己的超凡脱俗的个性的自信，即使被视为另类，也无所谓。他没有孤独感，他有自己的乐趣：

常著文章自娱，颇示己志。忘怀得失，以此自终。

不可忽略的是，这里有他的自尊。不在乎世俗的荣辱，抱定自由的志向，写文章给自己看，自我欣赏，自我娱乐，就这样度过一生。这就是他的人生观。

从文风来看，全是平静的叙述，不事渲染，和他的《桃花源记》如出一辙。作为传记文体是贵族化的，语言上都是用大量的对仗句的。在他以前，阮籍的《大人先生传》，虽然讽刺挂着清高隐士的名义，实际上利欲熏心，但是，充满了对仗体和排比，如：“夫大人者，乃与造物同体，天地并生；逍遥浮世，与道俱成；变化散聚，不常其形。天地制域于内，而浮明开达于外。”而《五柳先生传》却全部是散句，行云流水，和传主的风格一样自由。这是这篇文章的可贵之处。

无名无姓、没有业绩，好像不合立传的标准。但是文风却有史传的精神。第一，对其人的欣赏，全是平静的记述，在叙事中隐含着欣赏，却符合史传体的寓褒贬于叙述之中。第二，全文写其人，无正面评价，但是在文章之后，由作者直接赞美：

赞曰：黔娄有言：“不戚戚于贫贱，不汲汲于富贵。”其言兹若人之俦乎？衔觞赋诗，以乐其志，无怀氏之民欤？葛天氏之民欤？

从《左传》到《史记》留下来的范式，在文章结束之后，作者可以对传主进行评价。这里，不但用了对称句法“不戚戚于贫贱，不汲汲于富贵”，对作者理想作出总结，而且强调这是传说中的上古的“葛天氏”“无怀氏”人民生活安乐，恬淡自足，社会风气淳厚朴实，没有什么虚荣，争名夺利的风气。

立传一般是身后的事，但是，五柳先生在活着的时候，就有了传。其原因，乃是这个五柳先生的不慕荣利，家徒四壁，饮酒自娱，为文自励，其实，就是陶渊明自己。萧统在《陶渊明传》中说他“尝著五柳先生传以自况，时人谓之实录。”这是有根据的。

文章所谓“不慕荣利”在陶渊明的《饮酒》之五中表现为“结庐在人境，而无车马喧。问君何能尔，心远地自偏”。所谓“闲静少言”在同一首诗中则是“采菊东篱下，悠然见南山。山气日夕佳，飞鸟相与还。此中有真意，欲辨已忘言”。“少言”的原因乃是要把自己“采菊东篱下，悠然见南山”的“悠然”，就是没有物质的功利，没有心理压力，用语言讲清楚，让世俗明白是极其困难的。至于其嗜酒率性，在他的《饮酒》组诗二十首之小序中说：

余闲居寡欢，兼比夜已长，偶有名酒，无夕不饮。顾影独尽，忽焉复醉。既醉之后，辄题数句自娱。纸墨遂多，辞无诠次。聊命故人书之，以为欢笑尔。

这就是“常著文章自娱，颇示己志。忘怀得失”最好的注解。这些诗，都是酒醉以后所作。“既醉之后”应该是不清醒的，可是在诗里，没有任何不清醒的感觉。其饮酒的寓意，取屈原“众人皆醉我独醒”之语，反其意而用之。在他看来，人生日常的清醒意识反倒是一种束缚，不但是束缚，而且像坐牢（“久在樊笼里”），他的理想是“复得返自然”。（《归园田居》）

这种复返自然的理想，在《桃花源记》中表现得更为清晰：是避秦乱世，“不知有汉，无论魏晋”；根本就是世外桃源；人与人之间，和谐共处。不过在《桃花源诗》中表现得更为明显，那就是“春蚕收长丝，秋熟靡王税”，连行政管理机制都没有，不要说什么政治压力。把这一切仅仅用“实录”来概括，可能还是不够准确，因为，这里还有陶渊明的理想。

而且他也不是那么不在乎学问，萧统《陶渊明传》说“渊明少有高趣，博学善属文”，但是，要说完全是“实录”，可能不够准确。《五柳先生传》开宗明义，就明明说是姓氏都渺茫的，是个虚拟的理想人物。所以桃花源之美，捕鱼人无心可得，即使回来的路上留下了标记，而南阳刘子骥有心去寻却渺无踪迹

朱熹在《朱子语类》中说：“晋宋人物，虽曰尚清高，然个个要官职，这边一面清谈，那边一面招权纳货。陶渊明真个能不要，所以高于晋宋人物。”必须补充的是，其文章风格亦为晋宋之高标。在文学史上，成为隐逸诗人之宗，但是，他的隐逸，并不完全是消极地逃避现实政治环境。他以艺术的想象表现人生理想，超越生存竞争，达到一种人际和谐的境界。

《雪夜访戴》：听从内心的最高命令

王子猷居山阴，夜大雪，眠觉，开室，命酌酒，四望皎然。因起彷徨，咏左思《招隐诗》，忽忆戴安道。时戴在剡，即便夜乘小船就之。经宿方至，造门不前而返。人问其故，王曰："吾本乘兴而行，兴尽而返，何必见戴？"

这一篇小文，篇幅虽短，但是对后世影响很大。在绘画上有《雪夜访戴图》多种，在诗歌中则成为典故，在许多诗中象征着高雅的境界。李白《答王十二寒夜独酌有怀》的开头："昨夜吴中雪，子猷佳兴发"，就是以王子猷雪夜访戴的典故来美化自己的朋友（王十二）。在《东鲁门泛舟二首》中更是充满了这种夸耀：

日落沙明天倒开，波摇石动水萦回。
轻舟泛月寻溪转，疑是山阴雪后来。
水作青龙盘石堤，桃花夹岸鲁门西。
若教月下乘舟去，何啻风流到剡溪？

自己明明在东鲁，不在山阴，却说和王子猷"山阴雪后""月下乘舟"同样的"风流"。这样的境界，不仅在当时，而且在后来，成为中国文人一种高雅情操的寄托。近两千年来，"乘兴而行，兴尽而返"，可以说是一种准成语，表现的是文人潇洒风流的情怀。

今天看起来，其特殊动人之处显然是一种个人化的自由。这种自由不但不为外物所拘，而且不为自己一时的动机所拘，如陶渊明所谓心不为形役。

王徽之（？—388），王羲之的第五个儿子，字子猷，东晋名士、书法家，曾历任车骑参军、大司马参军、黄门侍郎。生性高傲，放诞不羁，对公务并不热忱，好游历，后来索性辞官，住在山阴（今浙江绍兴市）。人称其书法得其父之"势"，在中国书法史上有相当高的地位。

此时，他最初动机是美好的即兴，先是因为大雪，引起自己的雅兴，不顾寒冷，把门打开，“四望皎然”，欣赏雪景，上下左右，一片洁白。继而动机强化了，光是看不够过瘾，还要饮酒助兴。接着提示这种兴，不仅是为自然景观，而且是为自己心境的脱俗。吟诵起左思《招隐诗》，其中有“石泉漱琼瑶，纤鳞或浮沉。非必丝与竹，山水有清音”，表现的是隐居山林，融入自然，根本用不着人工的音乐，山中流水的清韵就足够享受的了。“踌躇足力烦，聊欲投吾簪”，说的是，在这样的心情与和谐环境中，何必流连仕途，还不如辞官归隐。这样的情思，光自我陶醉还不够，当与知交戴安道共享。《晋书·隐逸传》有戴安道“碎琴”的故事：皇族武陵王司马晞听说他善于操琴，请他演奏，安道不从，司马晞遣戴友致厚礼再请，戴觉受辱，当场摔琴，称己“非王门艺人，休得纠缠”，朋友面带惭色而去。这样的同道，值得拜访。

文章的精彩，在于不仅是内在的、无声的动机，而且是立即转化为大动作。居然在大雪之夜，连夜命舟前往。连夜，写性情之急迫，命舟，示陆路行走不便，“经宿方至”，舟行一夜，意指从山阴到剡溪，路途遥远。所有这一切都表现王子猷非同小可的决心。但是，“造门不前而返”，到了门口，不进去。说明原来很急迫的、很强的决心突然发生了变化，不想见朋友了。而不想见朋友的决心更强，强到否定来访的决心和连夜的辛劳。这一切都说明，此人的行为准则乃是听从自己内心的动机，动机瞬息变幻，行为也随之变化，尽管这种瞬时的决策与此前难度极大的行为相反。表面上是否定了夜访的必要，实质上是遵从内心的命令，这种命令是最高的，超越一切世俗的功利的。这种忠于自我内心的准则，我行我素，天马行空，带着个性张扬的性质。在这里，表现得极端。在当时，这不是极其个别的特例，而是共同的风尚，《晋书·嵇康传》说嵇康：“弹琴咏诗，自足于怀……所与神交者唯陈留阮籍、河内山涛，豫其流者河内向秀、沛国刘伶、籍兄子咸、琅邪王戎，遂为竹林之游，世所谓‘竹林七贤’也。”他的朋友山涛将去选官，举荐嵇康代替，嵇康就写了一篇很著名的《与山巨源绝交书》。

在《世说新语》中，类似的故事不少。竹林七贤之一的刘伶嗜酒成癖。有客来访，逢其酒醉，一丝不挂，客怪其成何体统。刘伶反讥：“我以天地为房屋，以房屋为衣裤，你怎么跑到我裤子里来了？”这样的任性、率真，体现了竹林名士首领嵇康倡言的“越名教而任自然”的精神。

这样的作为，世人视为怪诞，故《雪夜访戴》在《世说新语》中列入“任诞”，就是任性到怪诞的程度，可在知识分子中受到欣赏。王子猷的父亲，就有“东床坦腹”的佳话。在《世说新语》和《晋书·王羲之传》中均有记载：郗太傅在京口，遣门生与王丞相书，求女婿。丞相语郗信：“君往东厢，任意选之。”门生归，白郗曰：“王家诸郎，亦皆可嘉，闻来觅婿，咸自矜持。唯有一郎，在东床上坦腹卧，如不闻。”郗公云：“正此好。”访之，乃是逸少，因嫁女与焉。这个“逸少”，就是王羲之。后来“东床坦腹”成了佳婿的代称，比乘龙快婿要高雅得多。《晋书·阮籍传》记载阮籍的嫂子回娘家，阮籍去送别，颇遭物议，他的回答是：“礼岂为我设邪！”也就是说，对于一般人视为天经地义的礼制，他是不屑一顾的。还有更惊人的：

> 邻家少妇有美色，当垆沽酒。籍尝诣饮，醉便卧其侧……兵家女有才色，未嫁而死。籍不识其父兄，径往哭之，尽哀而还。

《晋书》称赞他“其外坦荡而内淳至，皆此类也”。

总而言之，就是自己想干啥就干啥，什么名教、礼数，什么他人的议论，都不屑一顾。

> 时率意独驾，不由径路，车迹所穷，辄恸哭而反。

自己驾车，不择路径，行到绝路，回来再找路就是了，哭什么呢？在普通人看来，这真是莫名其妙，但是，在阮籍看来，我想哭就哭了。也许我想到了人往往以为自得路，其实不过是绝路而已。别人怪异，不但跟我一点关系都没有，而且表明其愚昧。

这样潇洒的自由之所以得到普遍的称道，可能是与晋代知识分子精神上的某种压抑有关。与阮籍齐名的嵇康，就因为太潇洒了，得罪了权臣钟会，遭到杀身之祸。但是，在这样的恐怖氛围之中，知识分子越是坚持自我个性的张扬，越是得到士人的赞赏。这与儒家以天下为己任，建功立业的传统是不相容的。但是，这些人士在道家的学说中，找到了一种个人精神自由的信念。

这是一种风尚，也有点离经叛道。当时东晋偏安江南，有大志光复中原者亦不乏其人，最著名的就是王羲之的朋友谢安，他打胜了淝水之战。年轻人，有祖逖，中夜闻荒鸡鸣，祖蹴琨觉，曰：“此非恶声也！”因起舞庭中。后渡江，募士铸兵，欲扫清中原。《世说新语》中这种忧国忧民的人物还是不少的。其《言语》有云：

> 过江诸人，每至美日，辄相邀新亭，藉卉饮宴。周侯中坐而叹曰：“风景不殊，正自有山河之异！”皆相视流泪。唯王丞相愀然变色曰：“当共戮力王室，克复神州，何至作楚囚相对？”

《晋书·王导传》也有类似的记载。

《世说新语》的价值，首先就在记录了当时知识分子纷纭万象的情怀，其次在文章的风格上也独创一格。作为散文经典，它既不同于北方郦道元对大自然的言语华彩赞颂，也不同于南方王羲之《兰亭集序》庸雍淡定，以理节情，也不用吴均《与朱元思书》以骈体的华彩取胜。此三者的风格皆以形容渲染为务，而《世说新语》完全不事形容，仅以叙述取胜。其原因盖在《世说新语》在南北朝文风聚焦于自然景观之时，独写人物，且不写外貌，不写背景，只写其行为语言。前面笔者已经分析了“忽忆戴安道。时戴在剡，即便夜乘小船就之。经宿方至，造门不前而返”中，动机行为之大幅度转化。皆用似乎客观的陈述，其句短，其间之连接、转折皆省略，为读者留下了想象的空间。这种方法是中国史传文学的传统，务在记言、记事，寓褒贬于叙述之中。不过为史之文，属于经国之大业，而《世说新语》则为片段，且较《史记》更加简朴，但无《汉书》之“质木无文”。

《魏武尝过曹娥碑下》：小说和散文区别的关键

魏武尝过曹娥碑下，杨修从，碑背上见题作“黄绢幼妇，外孙齑臼”八字。魏武谓修曰：“卿解不？”答曰：“解。”魏武曰：“卿未可言，待我思之。”行三十里，魏武乃曰：“吾已得。”令修别记所知。修曰：“黄绢，色丝也，于字为‘绝’；幼妇，少女也，于字为‘妙’；外孙，女子也，于字为‘好’；齑臼，受辛也，于字为‘辞’：所谓‘绝妙好辞’也。”魏武亦记之，与修同，乃叹曰：“我才不及卿，乃觉三十里。”

对这篇文章，许多教学参考书都将之当作早期的“小说”，但是，这实在只是一篇散文。之所以广泛认为是小说，可能是因为具有情节性。但是，这种情节，不属于小说，而应该属于散文。

这里提出的是一个难题，关于两个人的智力竞赛。对手本该是平等的，但是两个人的地位不平等。曹操是领导，杨修是下属，智慧却相反，杨修“先得”，而曹操一时未能理解。曹不欲在智慧上落后于部下，乃阻其明言，待己思之。行三十里，曹“思得”以后，不说出来，用笔记下，让杨修在另外一个地方写出。曹意公开一决高下。自己先说出来，可能让部下套了去。部下先说出来，怕被认为自己是照搬的。这表现了曹操对智慧的极其在意，也极其自信。结果答案是一样的。在《世说新语》中这一篇之所以成为名篇，原因在于：第一，在这个难度很大、有点神秘的题目面前，表现了两个人同样有不凡的才智；第二，这个难题和题解，蕴含着汉字会意的文化特点。据刘孝标注的《世说新语》，曹娥碑在会稽郡上虞，而曹操、杨修从来未曾到过江南，无从见到此碑；明儒方以智《通雅》也说：“孙权霸越，曹何以至？”故事的真实性受到根本质疑，应该是虚构的了，而虚构并非小说家的特权。

这篇文章被编在《世说新语·捷悟》中，文章的焦点在悟性的快慢，本来智慧是很难量化的，而曹操却机智地将之量化为落后“三十里”，文章的要害不在杨修与曹操是否因而情感构成错位，衍生出矛盾，造成严重后果。从严格意义上说，这是散文。不过不是一般意义上以情趣取胜的抒情审美散文，也不是谐趣意味上的幽默散文，而是表现高度智慧的，以智趣为务的“审智”散文。

小说的笔法应该是什么样的呢？《三国演义》第七十一回把地点从江东改为汉中，这样写道：

> （曹操征汉中）兵出潼关……因想起蔡邕之事，令军马先行，操引近侍百余骑，到庄门下马。时董祀出仕于外，止有蔡琰在家，琰闻操至，忙出迎接。操至堂……操偶见壁间悬一碑文图轴，起身观之。问于蔡琰，琰答曰：“此乃曹娥之碑也。昔和帝时，上虞有一巫者，名曹盱，能婆娑乐神；五月五日，醉舞舟中，堕江而死。其女年十四岁，绕江啼哭七昼夜，跳入波中；后五日，负父之尸浮于江面；里人葬之江边。上虞令度尚奏闻朝廷，表为孝女。度尚令邯郸淳作文镌碑以记其事。时邯郸淳年方十三岁，文不加点，一挥而就，立石墓侧，时人奇之。妾父蔡邕闻而往观，时日已暮，乃于暗中以手摸碑文而读之，索笔大书八字于其背。后人镌石，并镌此八字。”操读八字云：“黄绢幼妇，外孙齑臼。”操问琰曰：“汝解此意否？”琰曰：“虽先人遗笔，妾实不解其意。”操回顾众谋士曰：“汝等解否？”众皆不能答。于内一人出曰：“某已解其意。”操视之，乃主簿杨修也。操曰：“卿且勿言，容吾思之。”遂辞了蔡琰，引众出庄。上马行三里，忽省悟，笑谓修曰：“卿试言之。”修曰：“此隐语耳。‘黄绢’乃颜色之丝也：色傍加丝，是‘绝’字。‘幼妇’者，少女也：女傍少字，是‘妙’字。‘外孙’乃女之子也：女傍子字，是‘好’字。‘齑臼’乃受五辛之器也：受傍辛字，是‘辞’字。总而言之，是‘绝妙好辞’四字。”操大惊曰：“正合孤意！”众皆叹羡杨修才识之敏。

这里改变了原始素材的三个方面：一是改两人分别笔记为杨修先说，二是曹后说“正合孤意”，三是最关键的，加上了“操大惊曰”。既然与自己的想法相合，本该是英雄所见略同，何来“大惊”？

这里体现的就不是散文，而是小说的规律了。

这个“正合孤意”和“大惊曰”，提示了曹操与杨修情感的错位，其中蕴含着曹操和杨修的性格密码。在《三国演义》中，有一种奇才、奇谋决定论的倾向。曹操为争夺全国的统治权，是很重视人才的，故有时为了获得人才不择手段不讲道德（如对徐庶），有时则不计利害（如对关公投降的迁就和逃离时的宽容）。他对于自己智慧超群的谋士固然有从善如流的一面，同时也有居高临下的甚至滥施责罚的一面。他和刘备不同，刘备对诸葛亮可以师事之，也和孙权不同，孙权年轻，赤壁之战时才二十几岁，故对周瑜、鲁肃等的态度都比较平等，即使不满也引而不发（如对决策是否抗曹，他对张昭等的投降主义的不满，只在私下对鲁肃说说），他很少斥责惩戒。刘备能够师事诸葛亮，因为他有帝室胄裔，皇叔正统的血统；孙权则是父兄在江东建立根据地已经三代，有相当深厚的组织和人脉基础。而曹操论出生，很卑微，其父是宦官的养子。他自信能够领导这个庞大的政治军事集团靠的是自己的智慧超越一切谋士之上。故他哪怕是失败了也不会承认错误（如用哭已死的郭嘉来反讽活着的谋士）。对于智慧超越他的人物，他的自尊心是会受伤的。杨修常常在他面前表现出超越他的智慧。如在一次战役，打了个持久的消耗战，军士来问当晚口令，曹随口答应曰“鸡肋”，杨修立即判断曹操要退兵。盖鸡肋者，食之无味，弃之可惜也。曹操闻之乃甚忌之。部下越有智慧，本来越是对自己有利，但是杨修在曹操面前越是露才扬己，曹操越是忌恨。到了曹操晚年，考虑接班人的问题，本属意曹植，每有对答，如出诸己。曹操很是满意，但后来得知，曹植所言皆杨修所授，乃借口将杨修杀害。同一利害集团中，同一情感结构中，人物情感错位幅度越大，性格越是鲜明。在《世说新语》中，曹操坦然承认自己不如杨修，两人情感统一，因而也就没有多少小说的意味，人物情感错位幅度拉开的距离越大，性格也就越鲜明、深邃。

《与陈伯之书》：以文脉逻辑递进贯串骈句

一

一般解读此类文章往往限于内容，忽略了形式，大而化之地把文章当作古代散文，泛泛论其抒情叙事议论。其实，忽略古典散文亚形式的间不容发的不同规范，很难洞悉文章的深邃内涵和微妙意味。海内大家周振甫先生论《与陈伯之书》，难得地注意到了中国古典散文的类别，将之归结为“檄文”，认为：

> 具有军队里发的檄文性质。檄文是讨伐敌人的，措辞要刚健。这封信除了讲明形势劝陈伯之回来，还要用江南的美好春色来打动他。所以这几句在文中有点缀映媚的作用。

说檄文具有讨伐性，措辞要刚健，应该是有根据的，但是说“用江南的美好春色来打动”对方，在“文中有点缀映媚的作用”，却与檄文的性质发生冲突。

刘勰在《文心雕龙·檄移》中总结檄文的特点为：“恭行天罚”“奉辞伐罪”“厉辞为武”“奋其武怒，总其罪人，惩其恶稔之时，显其贯盈之数”“其植义扬辞，务在刚健，插羽以示迅，不可使辞缓；露板以宣众，不可使义隐；必事昭而理辨，气盛而辞断”。这里的关键是：“奉辞伐罪”“厉辞为武”，义正词严，雷厉风行，霸气凌人，凛然面敌。在文风上，刘勰还特别指出“不可使义隐”，“曲趣密巧，无所取才矣”，任何含糊、婉曲，都是没有才气的表现。实际上是说，一有含糊婉曲，如“点缀映媚”，就不成其为檄文了。

其实，只要看题目《与陈伯之书》，就不难明白，这不是檄文，而是“书”，书信是魏晋南北朝更为流行的文体，留下的经典不少，如孔融《论盛孝章书》、曹丕《与吴质书》、嵇康《与山巨源绝交书》、鲍照《登大雷岸与妹书》、吴均《与朱元思书》等。

“书”是私人性质的，而“檄”则是公文。

与丘迟差不多同时，同在梁朝为官的裴子野，奉梁武帝之命，为讨伐北魏，就写过《喻虏檄文》，那是货真价实的“奉辞伐罪”，将其不可两立的敌意，强化到极点：

> 今戎丑数亡，自相吞噬，重以亢旱弥年，谷价腾踊，丁壮死于军旅，妇女疲于转输，虐政惨刑，曾无悛改。

这是典型的“檄文”：在内涵上是历数其罪，在风格上是“奋其武怒”。

丘迟在梁武帝任命的萧宏麾下北伐，也是奉命为文，对于这个投降了异族的叛徒，本可以奉辞伐罪，作雷霆万钧的檄文，但是他没有，而是以私人性质的书信劝降。最后使之率领八千兵马归顺。这不仅是策略的成功，而且是文章的胜利。其原因在于：

第一，私人书信的性质，弱化敌对性，突出了个人情谊。开头是：

> 迟顿首。陈将军足下：无恙，幸甚，幸甚！

从字面上看，“顿首”，是不是太卑屈了？“将军足下”，毫无敌意，只有对朋友的客气，“无恙”，不但是客气，而且是亲切。哪里像处于面临冷兵器的对抗的前锋。这是不是书信格式千篇一律的套语？比较当时经典的书信，开头的格式并不是这样的。例如，刘琨《答卢谌书》的开头是“琨顿首”，已经是很客气的了。嵇康《与山巨源绝交书》的开头是“康白”，完全是直截了当。曹丕《与吴质书》开头“二月三日丕白”，一般的致家人、朋友的书信，连这样的开头都没有，如鲍照《登大雷岸与妹书》、吴均《与朱元思书》等，就是开门见山。本文是对敌人的，却用了反复加码的敬语，大大超越了套话。从实质上说，是没有内容的空话，但是，本文虽为书信，却具有公文性质，这些空话套语为书信体格式可容纳，是不可删节的，删节了就可能完全是私人性质的了。空话套语在一般情况下，是应该省略的，但这是书信体公文，套话是必要的。其功能是，第一，虽具公文性质，却须暂且回避檄文的威逼；第二，心照不宣的是，这里的“顿首”，实际上不会兑现，“无恙，幸甚，幸甚”也不代表真实情感。即使套语加倍，仍然是空的。一言不合，兵刃相加，血肉横飞，你死我活，不言而喻。

不但形式不能忽略，就连形式中的空话套语也不能忽略，因为空话套语不是没有意义的，而是有心照不宣意味的。正像今日国际关系中哪怕是抗议的照会，最后也可能有“顺致崇高的敬意”之类。

第二，空话讲完了，接下来，就是要涉及实质性问题。

目的是劝降，要化解敌意，但是，两军对垒，你死我活迫在眉睫，要化解敌意，必须委婉，关键在于找到切入点。丘迟不取径情直遂，而是分几个层次，委婉地逐步推进。

第一层次是将眼前的敌意放在一边，把对方过去的功业放在正面，求同存异。

将军勇冠三军，才为世出，弃燕雀之小志，慕鸿鹄以高翔。昔因机变化，遭遇明主，立功立事，开国称孤，朱轮华毂，拥旄万里，何其壮也！

这就不但是求同，而且是赞之为“雄”了。把敌人的才华捧到足以匡时济世的程度，把他当年弃齐投梁之志，比喻为大雁、天鹅（其实，这个家伙很草莽），对他曾经的功业，不惜以当时最高的荣誉和排场（“开国称孤，朱轮华毂，拥旄万里”）来形容渲染，还要带上抒情性的赞叹（“何其壮也”）。

第二层次，不管多么溢美，还是要提示，获得这样的荣誉，是“遭遇明主”，也就是投靠梁武帝的结果。这从立意来说，可谓“关锁”之语，为对方归顺埋下伏笔。但是，对方毕竟眼下是投降敌人了，这个问题必须正面提出：如何一旦为奔亡之虏，闻鸣镝而股战，对穹庐以屈膝，又何劣邪！

这就是第三层次，话语就极其严厉了，不但正面指出其为奔亡之虏，而且指出其丑劣，特别点明对异族的“屈膝”，与前面所描写的溢美之词形成强烈对比。这样强的刺激性语言，不是不利于劝降对方吗？

第四层次，对其消极的一面，轻描淡写，坏事往轻里说，坏话往好里说：

寻君去就之际，非有他故，直以不能内审诸己，外受流言，沉迷猖獗，以至于此。

这是因果分析，对于过去背叛的原因，不直说，用委婉语“去就之际”，固然有对方自己的过错：不能“内审诸己”，只是考虑不当，已经很委婉了，还有更委婉的，那就是“外受流言”，为他从客观方面开脱，外部的“流言”，就是不实的消息。这是关锁的必要，要不然，把话说绝，就没有办法让他下台阶了。

第五层次，接触到问题的实质，交代投降的性质和宽大政策，不能不直接点到陈伯之的“罪”（“赦罪责功”），“罪”这个字是无法委婉的，但是，旨在化消极为积极，“罪”是“赦”的宾语，旧罪可赦，辅之以“责功”，期在新功。逻辑推演理由是充分的，但是，光有逻辑推演是不够雄辩的，接着举出历史上人君宽大为怀，反复之人受到宽宥的故事，只要“迷途知返”，再大的过错也可以“屈法申恩”：保证祖坟、府第不变，亲属、妻妾安全。这是正面，展示归降的光明前景，用了相当华丽的语词：“佩紫怀黄，赞帷幄之谋；乘轺建节，奉疆场之任。”说的是宏图大展，建功立业的未来。“刑马作誓”，说的是得到梁武帝信任，光耀门楣。接着是反面，警示不顾羞耻苟活（“靦颜借命”）为敌酋卖命的可悲下场。当然这也不是空话吓唬，而是有事实有真相：历史上，不论南燕还是后秦，虽然强盛一时，但最终无不覆灭败亡；而眼前的北魏，正分崩离析、自相残杀。投靠他们，恰如鱼游沸鼎，燕巢飞幕，下场可想而知。这里，用了触及当时民族矛盾特点的话语：“异类”“北虏”“伪孽”。特别值得注意的是“杂种”，从这样的词语中，可以看出当时民族血统融合阶段性的特点。这一段的精彩有三：陈伯之要归顺，有百利而无一害；事情很简单，只是一念之间的事；作者似乎不是为梁武帝，而是为陈伯之的名节和子孙着想，如果不听，只能完全是为对方可惜。

接下来是第六层次，是很有名的。

暮春三月，江南草长，杂花生树，群莺乱飞。

用江南风景唤醒他对故乡的感情，为文章带来了亮点。

首先，在春夏秋冬四季中，选择了春，因为夏秋和冬与北方的差异不如春。其次，选择的不是早春，而是暮春，才有草之长、花之杂、莺之乱，一派春意正浓的景象。一切景语皆情语。这故国之景语，不是用来欣赏的，而是让对方与往昔对比，“见故国之旗鼓，感平生于畴日，抚弦登陴，岂不怆悢”，不是用“美好春色来打动他”起“点缀映媚的作用”，而是让对方感伤、惭愧的。

这一段，明显与前几段不同：一是，前者皆是说理，这里突然转成抒情（“人之情也，将军独无情哉”），这是檄文体裁所不能承担的，只有书信体才有这样的优长；二是，这种抒情除了唤醒情感，更重要的是，归结为“早励良规”，这是很理性的。

当然，丘迟的胜利，不仅是因为文章，而且是时代使然。

南朝汉族政权与北方鲜卑政权军事对抗频仍，南朝屡次北伐，鲜有重大成功，南北长期僵持：其性质为民族矛盾。陈伯之投降北魏鲜卑，依民族大义，当视为汉贼，以食其肉，寝其皮而后快，但是丘迟没有采取这样的态度，与当时民族文化矛盾已经缓和有关。战事发生于505年，北魏鲜卑孝文帝早已于十年前主动全盘汉化，习汉语，改汉姓，通汉婚，衣汉服，行汉仪，崇儒家，拜孔子。在文化上、血统上趋于融合，实际上是处于文化统一的进程之中。

二

本文以“书”为体，在风格上，与更早些时代和作家的书信体，有所继承和发展。建安时代，出了个“改造文章的祖师”曹操，他的文章清峻通脱，不拘一格，如“今孤言此，若为自大，欲人言尽，故无讳耳。设使国家无有孤，不知当几人称帝，几人称王”（《让县自明本志令》），率真任气，切直自然。这种风格，也表现在其后一些作家的书信上。如嵇康《与山巨源绝交书》："足下昔称吾于颍川，吾常谓之知言，然经怪此意，尚未熟悉于足下，何从便得之也……" 类似的还有刘琨、王羲之等人的书札短章等。

但另一面，当时的书信最负盛名者，如曹丕、曹植等人的书札，既慷慨任气，感情真挚，又讲究文采，多用骈句。如曹丕《与朝歌令吴质书》：

每念昔日南皮之游，诚不可忘。既妙思六经，逍遥百氏；弹棋闲设，终以六博，高谈娱心，哀筝顺耳。驰骛北场，旅食南馆，浮甘瓜于清泉，沉朱李于寒水。白日既匿，继以朗月，同乘并载，以游后园，舆轮徐动，参从无声，清风夜起，悲笳微吟，乐往哀来，怆然伤怀。余顾而言，斯乐难常，足下之徒，咸以为然。今果分别，各在一方。元瑜长逝，化为异物，每一念至，何时可言！

再如"七子"之一的应玚之弟应璩的《与侍郎曹长思书》：

德非陈平，门无结驷之迹；学非扬雄，堂无好事之客；才劣仲舒，无下帷之思；家贫孟公，无置酒之乐。悲风起于闺闼，红尘蔽于机榻。幸有袁生，时步玉趾，樵苏不爨，清谈而已，有似周党之过闵子。夫皮朽者毛落，川涸者鱼逝，春生者繁华，秋荣者零悴，自然之数，岂有恨哉！

骈俪工整，用典繁密，已开后代骈文之先河。

到了南北朝时，骈俪之风更成主流，即便书信，也未能免俗。如鲍照《登大雷岸与妹书》，以大量骈句，将景物从四面八方写来：

向因涉顿，凭观川陆；遨神清渚，流睇方曛；东顾五洲之隔，西眺九派之分；窥地门之绝景，望天际之孤云。长图大念，隐心者久矣！南则积山万状，负气争高，含霞饮景，参差代雄，凌跨长陇，前后相属，带天有匝，横地无穷。东则砥原远隰，亡端靡际，寒蓬夕卷，古树云平，旋风四起，思鸟群归，静听无闻，极视不见。北则陂池潜演，湖脉通连，苎蒿攸积，菰芦所繁，栖波之鸟，水化之虫，智吞愚，强捕小，号噪惊聒，纷乎其中。西则回江永指，长波天合，滔滔何穷，漫漫安竭！创古迄今，舳舻相接。思尽波涛，悲满潭壑。烟归八表，终为野尘。而是注集，长写不测，修灵浩荡，知其何故哉！西南望庐山，又特惊异。基压江潮，峰与辰汉相接。上常积云霞，雕锦缛。若华夕曜，岩泽气通，传明散彩，赫似绛天。左右青霭，表里紫霄。从岭而上，气尽金光，半山以下，纯为黛色。信可以神居帝郊，镇控湘、汉者也……

但是，这样的家书，后世鲜有追随者。其原因乃在，第一，耽于平面铺陈，写景如画。画乃视觉之瞬间艺术，以一望尽收为长，而文乃时间艺术，其全貌须在延续中呈现。丽语繁词，须前后照应，八百字之丰富，则前读后忘，不能构成统一图画，难能如观画之瞬间一览。第二，真正富于感情的几句："孤鹤寒啸，游鸿远吟，樵苏一叹，舟子再泣"，与前文之大笔浓墨渲染之壮丽、秀丽并不相称，“诚足悲忧”不知从何而来，故鲍照之才也只好承认“不可说也”，说不出来了。至于对妹妹的感情，则不过几句安慰寒暄：“寒暑难适，汝专自慎。夙夜戒护，勿我为念。”与前文更不相关。第三，只是说“聊书所睹。临涂草蹙，辞意不周”。非常奇怪的是这么一个大家、大诗人，居然写到亲情，却没有多少词语。只剩下个“辞意不周”，给人以草草了事的感觉。

不难看出，鲍照将排比平行句法，滔滔滚滚的词语发挥到极致，缺乏控制的华赡文采窒息了抒情。

这是鲍照的局限，也是平行句法的平面展示与抒情议论的文脉递进的矛盾。此等文体贵在以排比句丰其体，用散句以贯其脉，骈散兼备，方能气韵生动。对偶句的局限，在南朝探索近体诗的过程中就感觉到了，如律诗只规定当中两联属对，首联和尾联不对，一味对到几十句的排律，很少杰作，为了避免对仗的局限，乃有流水句（因果关系，或时间空间前后相随）以避免平面滑行，如“欲穷千里目，更上一层楼”（王之涣），“不堪玄鬓影，来对白头吟”（骆宾王），“请看石上藤萝月，已映洲前芦荻花”（杜甫），“即从巴峡穿巫峡，便下襄阳向洛阳”（杜甫）。

散句朴质无华，然具文脉自由、情绪递进之长。

丘迟在诗歌上的成就不及鲍照，但《与陈伯之书》远胜鲍照。

将军勇冠三军，才为世出，弃燕雀之小志，慕鸿鹄以高翔。昔因机变化，遭遇明主，立功立事，开国称孤，朱轮华毂，拥旄万里，何其壮也！如何一旦为奔亡之虏，闻鸣镝而股战，对穹庐以屈膝，又何劣邪！

寻君去就之际，非有他故，直以不能内审诸己，外受流言，沉迷猖獗，以至于此。

这显然是骈散交织，就其骈句而言，并不限于自然景观之视觉美，皆非静止画面，而是想象性的概括，更重要的是，所有骈句都从属于散句的因果逻辑之中，作为对比和例证。“弃燕雀之小志，慕鸿鹄以高翔”为“何其壮也”的根据，“闻鸣镝而股战，对穹庐以屈膝”乃“又何劣邪”的原因，“沉迷猖獗，以至于此”则是不能“内审诸己，外受流言”的结果。

和鲍照局限于平面的视觉之画不同，全文处于层层递进的逻辑之中。一系列的骈句，仍然处于归降之理性逻辑之中：“赦罪责功，弃瑕录用”，以句中对，与句间对，双重骈句交代政策。“推赤心于天下，安反侧于万物”“朱鲔涉血于友于，张绣剚刃于爱子”“汉主不以为疑，魏君待之若旧”则是历史典故，从逻辑上来说，则是类比推理。“松柏不翦，亲戚安居，高台未倾，爱妾尚在”都是为“悠悠尔心，亦何可言”，提供现实的理由。“佩紫怀黄，赞帷幄之谋；乘轺建节，奉疆场之任”，文脉推进，形象地说明归顺的荣华富贵。与之对照的是，不归降的后果，“以慕容超之强，身送东市；姚泓之盛，面缚西都”。

接着是抒情“暮春三月，江南草长”之语，不是风景的“点缀映媚”，而是归结到“廉公之思赵将，吴子之泣西河”，以故国情达归顺之理。最后则是形势大好，八方来朝。如今大军压境，“吊民洛汭，伐罪秦中。若遂不改，方思仆言”。这完全是威胁性的语言，但是，说得很客气：“聊布往怀，君其详之”，你看着办吧。

看来，这层层递进的散句逻辑和骈句的华彩结合得天衣无缝，其檄文之威慑与书信之婉曲相结合，其分寸之精准把握，有陈伯之归顺之实践证明。

孙子曰：“上兵伐谋，其次伐交，其次伐兵，其下攻城；攻城之法为不得已”“不战而屈人之兵，善之善者也”（《孙子兵法·谋攻篇》）。丘迟之作，可为经典兵书提供一成功例证。

三

本文属于骈文，其特点除了前述多用对偶句法以外，还有一个特点，那就是节奏。

鲍照《登大雷岸与妹书》曰：

> 东顾五洲之隔，西眺九派之分；窥地门之绝景，望天际之孤云。

一连四句都是六言，与古文不拘长短之散句异趣，显然旨在追求句子节奏的统一。但是，也留下了人为痕迹，一连用了四个“之”字，后两句的“之”字，本来可以省略为“窥地门绝景，望天际孤云”，显然为避免出现五字句。同时也说明，这还不完全是对仗，而是平行句法。接下来的是：

> 南则积山万状，负气争高，含霞饮景，参差代雄，凌跨长陇，前后相属，带天有匝，横地无穷。

第一句为六言，其余皆为四言。除了最后的“带天有匝，横地无穷”外，句法和语义都不对称，还算不上对仗。这说明，作为骈文，鲍照的这篇文章，还不算成熟。而在晚鲍照生半个世纪的丘迟《与陈伯之书》中，就比较可观了：

> 将军勇冠三军，才为世出，弃燕雀之小志，慕鸿鹄以高翔。昔因机变化，遭遇明主，立功立事，开国称孤，朱轮华毂，拥旄万里，何其壮也！如何一旦为奔亡之虏，闻鸣镝而股战，对穹庐以屈膝，又何劣邪！
>
> 寻君去就之际，非有他故，直以不能内审诸己，外受流言，沉迷猖獗，以至于此。

从节奏上讲，均为六言与四言，不过不像鲍照那样连续用四言和六言，而是四言六言交替。盖此时骈体四六格式已经定型。这样在节奏上，不但统一，而且有变化。这种统一，不但在节奏上，而且在句法上同构，在词义上同类。“弃燕雀”对“慕鸿鹄”，实词对实词，动物对动物。“之”对“以”，虚词对虚词。皆为严对。“小志”对“高翔”，皆为偏正结构。可见对称句法已经转化为对仗。这种统一并不单调，由于其间杂以变化，因而显得相当丰富。对仗句间，以不对仗的连接词（“昔”“如何”“直以”）贯串文脉，又以感叹句（“何其壮也”“又何劣邪”）避免了一味对仗的板滞，在越来越严格的对仗（甚至讲究平仄）的潮流中，超越纯形式的空洞，获得了相对的自由，丰富的情感和思想得以展示。

骈文盛于南北朝，后世逐渐衰微，盖由其对仗过分严苛，形式窒息情志，激起了韩愈反骈文的古文运动，在中国散文史上，产生了唐宋八大家的辉煌，文起八代之衰之誉，当之无愧。但是，骈文并未完全绝灭，在诸多官方文书中，仍占有一席之地（如宋徽宗之《罪己诏》），在文人作品中偶尔出现经典之作，如王勃的《滕王阁序》。至于骈文的对仗句法更不曾完全失去生命，相反在经典作品中，转化为骈散交织，显出神奇的魅力，为后世散文增添文采。如范仲淹的《岳阳楼记》之“长烟一空，皓月千里，浮光跃金，静影沉璧”。现代的散文家将之与散句结合，不限四六言，灵活运用，如鲁迅“惨象，已使我目不忍视了；流言，尤使我耳不忍闻”，等等，俯拾皆是，显其生命力不衰。

《与朱元思书》：在骈体的约束中抒写情志

吴均（469—520）和郦道元（约 470—527）差不多生活在同时代，在文学史上，都属于“庄老告退，山水方滋”的时期。但是，吴均文章的风格和郦道元的却相反。郦道元的句法和章法完全是散体，而吴均这篇《与朱元思书》则是骈体。这是因为郦道元生活在北朝，其文质朴；而吴均则在南朝，为骈体散文代表。吴均又是官方文人，主要作品不论是诗还是散文，均为骈体风格。骈的原意是两马并驾，故有并列、对偶之意。这种文体相对于“散体”而言，除了特别讲究对偶之外，还讲究声律、典故和辞藻。他的《橘赋》就是典型的骈文风格的代表。为了阅读方便，我们将对仗的句子，分行分组排列：

增枝之木，既称英于绿地；
金衣之果，亦委体于玉盘。

见云梦之千树，
笑江陵之十兰。

叶叶之云，共琉璃而并碧；
枝枝之日，与金轮而共丹。

若乃秋夜初露，
长郊欲素。

风赉寒而北来，

雁衔霜而南渡。

方散藻于年深，

遂凝贞于冬暮。

这里对仗的密度很高，只有“秋夜初露”前的“若乃”二字没有对仗。汉魏以来，逐渐发现了汉字和汉语句式的对称美，在此基础上创造了特殊的诗体和文体，很快被广泛地接受，到了齐梁时期，蔚为风气。流风所及，这种手段就难免被滥用，创造就变成了规格，乃至成为思想感情的桎梏，在艺术上也变得单调。前面所引这篇骈体散文，对仗手法为集中使用优美的词语提供了方便，使原来空间和时间上距离遥远的甚至毫不相关的词语在对称的结构中系统地统一起来，造成一种有机的感觉。像“称英于绿地”“委体于玉盘”，使颜色和质地本不相干的“绿地”和“玉盘”，由于对称的结构而形成一体。又如“云梦”和“江陵”，本来空间距离甚大，但由于对仗，就很自然地形成统一的结构。以下如“共琉璃而并碧”“与金轮而共丹”，本来八竿子打不着的意象“琉璃”和“金轮”，在这里有了统一感。“风赍寒而北来，雁衔霜而南渡”，两句季节上的相关性倒是很强的，讲的都是秋天的景象，但空间方位（南北）的距离是很遥远的，由于对仗的效果，距离感消失代之以整体感。对汉字的驾驭如此精致，这不仅是吴均的水准，也是当时文学的水准。这种功夫和技巧，是世界性的独创。正是因为这样，骈体在中国文学文体和诗体的发展中，表现出旺盛的生命力。例如，在律诗中当中两联对仗的规定，在后代散文甚至当代某些散文家的文章中，仍然作为一种手法来使用，有增加文采之效。如徐迟的《黄山记》中就有：“高峰下临深谷，幽谷傍依天柱。”

当然，这种笔法，当代作家是回避集中使用的。因为集中就可能显得堆砌、单调，而且可能为对仗而对仗，把一句可以说完的话，分成对仗的两句。吴均的《橘赋》中，就有这样的毛病，例如：“方散藻于年深，遂凝贞于冬暮。”说的本来就是一回事，年深就是冬暮，在时间上没有对仗所特有的概括功能，反而显得啰唆。过多地使用对仗，还有一个毛病，那就是耽于对仗技巧，而忽略了情志的独特和活跃。在这一篇中，我们能够感觉到的，就是无论橘树的叶子还是果实，在南方、北方，春天、秋天、冬天，都是美好、贵重的，除此以外，就没有别的东西了。作者的感情在对橘树的赞美中，被束缚得紧紧的，作者的想象不能自由张扬。正是因为这样，同样是吴均的文章，这一篇就没有什么名声。《梁书·吴均传》说他“文体清拔有古气”，在当时颇有影响，时称“吴均体”。所谓“有古气”，就是有古文的韵味。先秦诸子的散体文章，是不讲对仗、典故和声律，也不讲究字句整齐的。可见吴均的“有古气”，可能并不在此类文章中。

吴均最有名的，也就是最经得起历史考验的文章，是《与施从事书》《与顾章书》和《与朱元思书》。为什么呢？先来看看《与施从事书》：

故鄣县东三十五里，有青山，绝壁干天，孤峰入汉。绿嶂百重，青川万转。归飞之鸟，千翼竞来。企水之猿，百臂相接。秋露为霜，春萝被径。风雨如晦，鸡鸣不已。信足荡累颐物，悟衷散赏。

这里也充满了对仗，其中“绝壁干天，孤峰入汉。绿嶂百重，青川万转”还是名句。这样的对仗，充分利用了对称的结构功能，把视野抬高，天高地阔、仰望银河、俯视百川，提供了一幅宏大的景观，同时也反衬出了作者心胸的博大，因而并没有过分淹没了作者的精神境界，特别是加上了《诗经·郑风》里的“风雨如晦，鸡鸣不已”的句子，在色彩、声音、光线上又有了对比，就更加显示了作者情绪的复杂。“信足荡累颐物，悟衷散赏”，就给人一种从世俗事务中解脱出来的感受。但这一篇多少还是有拘于对仗，情志受到束缚的痕迹。如“归飞之鸟，千翼竞来。企水之猿，百臂相接”，未免给人以玩弄文字技巧过甚之感，不像前面的“绝壁干天，孤峰入汉。绿嶂百重，青川万转”显得有气魄。至于“秋露为霜，春萝被径”，对读者的想象没有多少提示性，因而显得空泛，纯粹是为了对仗而硬生生用技巧来凑句子。另外一篇《与顾章书》，就比这一篇要强一点了：

仆去月谢病，还觅薜萝。梅溪之西，有石门山者，森壁争霞，孤峰限日，幽岫含云，深溪蓄翠；蝉吟鹤唳，水响猿啼，英英相杂，绵绵成韵。既素重幽居，遂葺宇其上。幸富菊花，偏饶竹实。山谷所资，于斯已办。仁智所乐，岂徒语哉！

全文共二十个小型句子，对仗与散句基本各占一半。明显可以看出，作者的情致比前面一篇要自由、活跃一些。对仗在齐梁时代被过多地用来描绘自然景观，而散句则往往用来叙事和抒情。这里一半的句子是表现作者的情绪的，因而就比较活泼了。这也就是“文体清拔有古气”的表现。形容性的意象密度很大，不但限于视觉，而且是静态的、平面的展开，这正是对仗的弱点。超越了这个弱点，在用了一连串对仗的描绘以后，转而进入抒发情感：“山谷所资，于斯已办。仁智所乐，岂徒语哉！”虽然语言相当朴素，没有什么夸张的形容，但是作者性灵的特点，还是能够得到表现。如果严格地要求，这样的议论还有一点平淡。和华彩的丰富对仗，似乎不太相称，情感有一点被压抑住了的感觉。

而到了《与朱元思书》中，情况就大不一样了。整篇文章句法是骈杂交织的，而其中的骈句对仗也并不严格：

风烟俱净，天山共色。从流飘荡，任意东西。

“飘荡”和“东西”在词义上并不完全对称，“飘荡”是同类的，而“东西”是相反的。这样的对仗句，不像一般的骈体对仗句那样（如前述之“称英于绿地”“委体于玉盘”）辞藻华丽，而出自平常词语。“风烟”“天山”“净”“色”，都是极普通的词语。“风烟”中的“烟”，在散文、诗歌等艺术作品中，既不是生活中的烟火，也不是风中之烟。这里的烟，是雾（如王勃“江上风烟积，山幽云雾多”），而且是薄雾（如黄庭坚“明月风烟如梦寐，平生亲旧隔湖湘”）。在中国古典诗文中，烟雨、烟云、烟霞、烟柳中的“烟”，常常是薄而淡的雾。“风烟”，就是风中淡而轻的雾。淡而轻的雾，轻淡得好像风在其中流动没有痕迹，加上“俱净”的“净”，就是干净、洁净、明净，有透明的意思。虽然风烟就是淡雾，但我们不能把风烟改成“风雾”。因为“风烟”的微妙联想比较丰富，有轻、淡、明、净，有在江南平原上一望无垠的感觉。这种感觉，和“天山共色”联系在一起，就更加突出了。雾淡到、轻到、明到、净到什么程度呢？天和山没有分别。天是蔚蓝的，山的颜色应该更深，但是在雾气的笼罩之下，变得没有区别了，这样就构成一种天宇之间无不明净的感觉。

文章的好处还在于，这种明净之感，不仅在天宇之间，而且和大地的景观特点有着内在联系，达到高度统一的境界：

水皆缥碧，千丈见底。游鱼细石，直视无碍。

首先是颜色，水和天与山的颜色是统一的。其次是水的特点，是透明的，透明到千丈见底的程度，和空气的明净互相映衬。而这里并不像一般骈体文句那样，全用对仗句法，而是散体句法。这就不仅构成了一种上下天光、明净无垠的和谐背景，而且显示了骈散交织的自然意趣。这个背景，呈现着一种宁静的氛围。如果下面的描绘仍然一味宁静下去，也可能构成一种极静的意境，但是作者选择了相反的特点：“急湍甚箭，猛浪若奔”，这就使得水的美感丰富起来了，不但有静态的千丈见底的透明的美，而且有奔腾的美。虽然奔腾的水并不透明，但有另一种动人心魄之处。

接着写到树木和山石。两者本来是静止的，作者却不写其静态之美，而是从静态中看出了动态。他笔下的寒树：

负势竞上，互相轩邈，争高直指，千百成峰。

这里的关键词是“负势”“争高”，都是拟人的暗喻，所表现的不是一般的动态，而是在压力下、在竞争中崛起的动态。中国古典山水游记，写山水之动态者不胜枚举，但是大都集中在山水本身（如郦道元的《三峡》）。赋予静态的树木和山石以动态，使之有拟人的灵性者，可能是比较后出的。吴均的这篇文章，应该是比较早的。在这以前，我们只能从左思的《蜀都赋》中看到：“山阜相属，含溪怀谷。岗峦纠纷，触石吐云。”“属”“怀”“纠纷”“触”“吐”虽然是拟人的动词，然而所形容的仍然是静态的山、石、云、溪作为主体，基本上还是静物。“吐”字有一点氤氲之态，仍然是静中之动。但是到了吴均笔下，山石就活跃了起来，而且有了一种意气相争的意味，这在自然景观人文化的程度与性质上，进展是很明显的。这一点似乎很能得到后世文人的欣赏和发挥，柳宗元《永州八记》中的《钴鉧潭西小丘记》中写到山石，是这样的："其石之突怒偃蹇，负土而出，争为奇状者，殆不可数。其嵚然相累而下者，若牛马之饮于溪；其冲然角列而上者，若熊罴之登于山。"这种对于大自然的观照方式，不一定是受到吴均的直接影响，但是"负土而出"的"负"字，"争为奇状"的"争"字，应该和吴均的"负势竞上""争高直指"属于同一传统。

吴均的这种以动显静的自然美，与上文的静态是相对的。而接下来的描写，从另一个角度，把视觉的动态转化为听觉的喧响：

泉水激石，泠泠作响；好鸟相鸣，嘤嘤成韵。蝉则千转不穷，猿则百叫无绝。

汉语中同样一个"静"字，可以向两个方面分化：视觉的静止，是与动态相对的；听觉的宁静，是与喧响相对的。这样的山水景观，就不仅仅有了图画的美，而且有了音乐的美。

在这样视听交响之中，作者的思绪达到了高潮：

鸢飞戾天者，望峰息心；经纶世务者，窥谷忘反。

这是从心理效果上强调眼前景观的"天下独绝"。鸢是一种黑色的猛禽，"鸢飞戾天"，典出《诗经·大雅·文王之什·旱麓》："鸢飞戾天，鱼跃于渊。"比喻为功名利禄而高攀。景色的美好，居然使得追求世俗名利（包括"经纶世务者"）的人，心灵沉静下来，沉醉到大自然之中，忘却世俗的牵挂，这应该是主题所在了。文章到此，可谓卒章显志。但是作者还没有满足，又来了一个句组：

横柯上蔽，在昼犹昏；疏条交映，有时见日。

这不多余吗？但这是表现作者在激发了自己情致的高峰体验以后，并没有向理性升华，因而也没有转移对于自然景观的迷恋，仍然一如既往地沉醉在美好多变的景色之中。对于文章来说，这是结束语，但是对于欣赏者来说，这是欣赏的持续。于结束处与欣赏的持续构成一种张力，是这最后几句的妙处。

《三峡》：地貌万年不变，散文千年更新

不少解读郦道元《三峡》的文章，均认同《三峡》“自然美”的反映说，等而下之的甚至坐实到“实感”上去。其实，三峡之美的性质是由人的情志决定的。郦道元《三峡》的语言则经历了上百年的积累、提炼才成为经典，在中国古典散文史上，罕有超越者。直至20世纪才有了现代性的突破：刘白羽以政治哲理，南帆以质疑解构，楼肇明以冷漠“丑化”，余秋雨则以自然景观和历史人文景观的互释延续着艺术的探险历程……

一、《水经注·三峡》：三峡形象完成的百年历程

这是一篇经典散文，已经有了不少赏析文章，但是没有令人满意的。原因在于，此类文字一味限于大而化之的赞赏。试举一例：

> 先从大处着笔状写，七百里三峡……正面描写，巧用夸饰，极写山高。再状夏日江流，以“朝发白帝，暮到江陵”的日行千里的江舟作侧面描写，对比衬托，其水大流急，令人惊心动魄。仰视高山，俯瞰急流，体物妙笔，将巫峡山水描写得生动逼真。[①]

这并不是此类所谓赏析文章中水平特别低的，但是在观念、方法及文风上可以说具有普遍的代表性。通篇文章没有一点具体分析。原因是作者的观念僵化，文章的观点落实在“体物”“逼真”上，与《三峡》文本的精彩根本不沾边。

其实，《三峡》描绘的景观并不以逼真取胜。首先，“自三峡七百里中，两岸连山，略无阙处。重岩叠嶂，隐天蔽日，自非亭午夜分，不见曦月”就不能算是逼真的。到过三峡

① 崔承运，刘衍：《中国散文鉴赏文库（古代卷）》，百花文艺出版社2001年版，第521页。

的人都知道，三峡的两岸并不是七百里都是同样高度的悬崖绝壁，高低起伏是山之所以为山的特点，不可能是“略无阙处”。中午才能见到太阳，午夜才能见到月亮，也只是部分航程如此。其次，“朝发白帝，暮到江陵，其间千二百里，虽乘奔御风，不以疾也”也不是写实的，一般情况下行舟是很慢的。郦道元在《水经注》中就写到三峡的黄牛滩：

> 江水又东径黄牛山，下有滩，名曰黄牛滩，南岸重岭叠起，最外高崖间有石，色如人负刀牵牛，人黑牛黄，成就分明，既人迹所绝，莫得究焉。此岩既高，加以江湍纡回，虽途经信宿，犹望见此物。故行者谣曰：朝发黄牛，暮宿黄牛，三朝三暮，黄牛如故。言水路纡深，回望如一矣。①

舟行三峡不仅很慢，而且很凶险。当年三峡有礁石，尤其瞿塘峡，那里的礁石相当可怕，文献记载很多。杜甫晚年的《夔州歌十绝句》有云：“白帝高为三峡镇，瞿塘险过百牢关。”

作者论定郦道元此文写得“逼真”，隐含着一个潜在的前提：郦氏亲临其境。其实这是糊涂的想象，当时南北朝分治，郦道元在北朝为官，贸然到南朝辖治下的三峡旅游，肯定要当俘虏。把郦道元的成就归功于亲历的观察，从而产生逼真的效果，暴露了作者在观念上的两大局限：第一，对机械唯物论的拘守；第二，对审美价值的无知。

其实，就是身临其境，也未必能写出这样的经典名文来。郦道元《水经注》中“三峡”注文中就有袁山松的文章：

> 常闻峡中水疾，书记及口传，悉以临惧相戒，曾无称有山水之美也。②

袁山松明确指出，多少年来，口传和书面记载，出自一些亲临的人士，从来没有提及这里山水的美好（“曾无称有山水之美也”），相反全都以可怕相告诫（“悉以临惧相戒”）。如果是逼真的，那也是可怕的。而这个袁山松先生恰恰相反：

> 及余来践跻此境，既至欣然，始信耳闻之不如亲见矣。其叠峫秀峰，奇构异形，固难以辞叙，林木萧森，离离蔚蔚，乃在霞气之表，仰瞩俯映，弥习弥佳，流连信宿，不觉忘返，目所履历，未尝有也。③

这就提出了一个尖锐的问题，难道那些把山水之美看得很可怕的人们，他们的感知不是“逼真”的？为什么面对同样的山川，袁山松却能“仰瞩俯映，弥习弥佳，流连信宿，不觉忘返”，毫无生命受到威胁的感觉？这是因为恐惧和生命受到威胁的感觉，属于实用理性，但是情感与理性是一对矛盾，情感超越了实用理性才能进入想象的、假定的境界，也就是超越了“逼真”的境界，使情感获得了自由，从而进入“审美”境界。对这个境界，袁山松这样称述：

---

①②③ 郦道元：《水经注》，上海古籍出版社 1990 年版，第 648 页。

既自欣得此奇观，山水有灵，亦当惊知己于千古矣。[1]

无生命的山水，被想象为“有灵”，不但有灵，而且成为他的“千古知己”，这明显是从“逼真”上升到“想象”。因为一味追求现实的“逼真”，就不能不陷入被动，变成现象的罗列，越是追求“逼真”，越是芜杂。想象越是超越了“逼真”，情感越是超越了实用，才可能对现象进行选择和同化，使物象与情志统一，构成形象感染力。

而赏析文章的作者，用了一系列流行的套语“大处着笔”“体物妙笔”“正面描写”“侧面描写”“对比衬托”“令人惊心动魄”。殊不知文学性的形象，都是虚实相生的。莱辛在《汉堡剧评》中早就说过，艺术乃是“逼真的幻觉”，只有通过假定才能达到表现审美情志的真诚。

从思想方法上说，作者行文不着边际的原因还在于，赏析当以“析”为核心。“析”乃分析，分析的对象乃是矛盾，可通篇没有接触到《三峡》文本的内在和外在矛盾，因而无从分析，也就不能深化，只能在文章表面滑行。

其实，《三峡》的矛盾明摆着：郦道元根本没有去过三峡。纪昀、陆锡熊、孙士毅在《四库全书总目》中这样评郦道元：

至塞外群流，江南诸派，道元足迹皆所未经。纪载传闻，间或失实，流传既久，引用相仍，则姑仍旧文，不复改易焉。

一个从未到过三峡的人居然写出表现三峡的绝世名文，完全是靠想象吗？想象也是可以分析的。

一方面，通过想象写出经典散文并不是个例。范仲淹写《岳阳楼记》，并没有直接到现场观察，而是在河南邓州想象的。另一方面，想象也有胡思乱想、架空的可能。就算不架空，光是在想象中把自由的情感转化为艺术的语言，也可能失败。因为情感是无序的，而且往往可以意会，不可言传，并不是心有所感，发言就一定成文的。从想象、情感到语言的艺术化，既是灵魂的升华，也是语言的探险，其间要经历许多艰险。

郦道元之所以获得如此的成功，关键是在他之前，众多文献在语言上已经有了许多历险的记录，多种版本为他准备了精彩的素材，主要是袁山松的《宜都记》和盛弘之[2]的《荆州记》。因而有人认为郦道元不过照搬了他们（尤其是盛弘之）的文字。[3] 这个说法是不够全面的。且看我们今天仍然可以看到袁山松的《宜都记》中对三峡的描写：

峡中猿鸣至清，山谷传其响，泠泠不绝。行者歌之曰：“巴东三峡猿鸣悲，猿鸣三

---

① 郦道元：《水经注》，上海古籍出版社 1990 年版，第 648 页。

② 盛弘之生平不可考。仅知为南朝刘义庆侍郎，一说元嘉十四年（437）撰成《荆州记》三卷。一说该书成于 432—439 年间。

③ 弢甫：《〈水经·江水注〉巫峡那段非郦道元作》，《文学遗产》1985 年第 4 期，第 145—146 页。

声泪沾衣。”

自西陵溯江西北行三十里入峡口，山行周围，隐映如绝，复通高山重障，非日中夜半，不见日月也。

袁山松很有审美情感的超越性。他笔下的三峡，前一段写猿鸣，可谓秀美，其情调乃是悲；后一段写江岸，宏伟森严，可谓壮美，其格调乃是雄。两者不相连属。而我们今天从郦道元的《水经注》中看到的注文，是出自盛弘之的《荆州记》。《荆州记》目前原书已失，但其描绘三峡的语句仍然存在于一些古籍中。据稍后于盛弘之三十年左右的刘孝标（462—521）注《世说新语·黜免第二十八》所引，盛弘之的文字是这样的：

峡长七百里，两岸连山，略无绝处，重岩叠障，隐天蔽日。常有高猿长啸，属引清远。渔者歌曰：“巴东三峡巫峡长，猿鸣一声泪沾裳。”

显然，盛弘之把袁山松的山行旅游（“行三十里入峡”“复通高山”）改写成“两岸连山，略无绝处”，造成舟行的感觉，把“重障”改成“重岩叠障，隐天蔽日”，不但提高了意象的密度，而且在节奏上也变得严整。而到了郦道元《水经注》卷三十四里，《宜都记》中对于三峡两岸的描写则变成了：

自三峡七百里中，两岸连山，略无阙处。重岩叠嶂，隐天蔽日，自非亭午夜分，不见曦月……常有高猿长啸，属引凄异，空谷传响，哀转久绝。故渔者歌曰：“巴东三峡巫峡长，猿鸣三声泪沾裳！”

郦道元把“日中夜半”改成“亭午夜分”，把“日月”改成“曦月”，口语性质的白话因用了典故（日神羲和）而变得高雅。本来袁山松的原文直接从“高山重障”转入“非日中夜半，不见日月”，多少有些突兀，郦道元增加了“隐天蔽日”，为下面的“自非亭午夜分，不见曦月”提供了自然的过渡，意脉更加流畅。在袁山松《宜都记》中，也写到猿，“猿鸣至清，山谷传其响，泠泠不绝”，是相当精练的，但其基本格调聚焦在“清”和“泠”。对于袁山松的描述，盛弘之可能不太满意，把“猿鸣至清”改成了“高猿长啸”，一个“啸”字，就把清冷带上了凄厉的意味。盛弘之又把袁山松的“泠泠不绝”变成了“属引清远”，意味就多了一层。猿声相互连续，此起彼落，“清远”就不仅是不断，而且是越来越远，愈远愈弱，然而愈弱愈“清”。民歌的词语也有改动，袁山松记载的是“巴东三峡猿鸣悲”，与下句的“猿鸣三声”有重复。盛弘之把“猿鸣悲”改成了“巫峡长”。这一改增添了意境，原来的猿鸣不断，只是时间的延续，改后的猿声是在巫峡漫长的空间中回荡，猿鸣此起彼落，又有了巫峡悠长，就使内心的悲凉有了递增的效果。把外在的景观定性为悲凉的意象群落，应该说，盛弘之是很有才情的。但是，和郦道元《水经注》描写三峡的文章相比，就相去甚远了。[①]

郦道元的贡献还在于，第一，很有气魄地暂且把猿鸣之悲放在一边，一开头集中写其山之雄伟。这就是说，郦道元的目的是在结构上以情绪的有序性意脉为纲领来展开山水之美的。

第二，在“高猿长啸”前面增加了“至于夏水襄陵，沿溯阻绝。或王命急宣，有时朝发白帝，暮到江陵，其间千二百里，虽乘奔御风，不以疾也”这样的语句，强调的是水的险而豪，风驰电掣，一日千里，和前面表现山之雄伟，相得益彰，把两者统一起来的是潜在的豪迈情调。

接下去增写的山水之美，就不停留在壮美上，而转向秀美，在情调上就更是别开生面了：

> 春冬之时，则素湍绿潭，回清倒影，绝𪩘多生怪柏，悬泉瀑布，飞漱其间，清荣峻茂，良多趣味。

“回清倒影”是静态的，而“悬泉瀑布”是动态的，动静相宜，与绝壁之怪柏反衬，统一于“清荣峻茂”。“清荣”是透明清冽，而“峻茂”则有棱角、有风骨，和前文壮美相比，则是秀美，而情调上，则是凝神的欣赏，是物我两忘的快慰。最后的“趣味”或“雅趣”[②]点明了情调的特点，豪迈的情调变为雅致。

“素湍绿潭”“回清倒影”“清荣峻茂”的雅趣，与其说是对长江三峡景观的描述，不如说是在情调上和朝发暮至、乘奔御风豪情的对比。郦道元没有亲身游历过三峡，这样的增写显然出于想象，长江三峡的急流（在李白笔下是“登高壮观天地间，大江茫茫去不还。黄云万里动风色，白波九道流雪山”），怎么可能在春冬之际变成“素湍绿潭”，甚至水清至有“倒影”的效果呢？而到了秋季，水竟枯到“林寒涧肃”的程度，这里的关键词“湍”“潭”和“涧”怎么可能是江呢？连河都很难算得上。

但千年以来，读者对这样的“不真实”熟视无睹，居然无人发出严正的质疑。原因是郦道元的文章太漂亮了，虽为地理实用文体，但其“逼真的幻觉”，审美想象超越了机械的真，把读者带到忘我、忘真的审美境界。这也许就是叔本华的审美“自失”，实用性的地理文献，不期而变为抒情诗化的散文。

---

① 也有人引《太平御览·地部》盛弘之写三峡的文章，和郦道元几乎相同，但是，《太平御览》成书于太平兴国八年（983）十月，晚于盛弘之《荆州记》五百余年，晚于《水经注》四百余年，且只比盛弘之晚生三十年的“书痴”刘孝标（462—521）注《世说新语·黜免篇》所引只有“峡长七百里，两岸连山，略无绝处，重岩叠障，隐天蔽日。常有高猿长啸，属引清远。渔者歌曰：‘巴东三峡巫峡长，猿鸣三声泪沾裳。’”刘孝标未见之文，四百年后何以得见？《太平御览》所引不足为据。

②《四库全书·水经注》此处作“雅趣”。

郦道元不但在袁山松和盛弘之精彩语言的基础上增加了自己的语言，将不同的语言转化为不同的情调，最重要的是，将不同的情调和谐地统一起来。但是他遇到的难题是，不同的情调和情趣，在性质上差异甚巨，生硬地联系在一起，跳跃性过大，意脉可能断裂。第一，江山之雄与山水之秀不能贯通。第二，豪迈之气与悲凉之韵不相连续。郦道元的才气在于，对无序的素材做了大幅度的调整，以有序的意脉把反差强烈的意趣统一起来，在情趣上达到统一而丰富。

为了达到意脉上的和谐统一，郦道元的艺术气魄还表现在季节上做了不着痕迹的调整。本来据《宜都记校证》写西陵峡之“绝壁千丈”“略尽冬春”，是没有季节的区别的。在概述了两岸连山之后，本该把三峡的自然景观按不同季节分别显示其变幻，但并没有按春夏秋冬的时序展开，而是先写夏（“夏水襄陵”），再写春冬，最后写秋。这一点，一般读者被应接不暇的丰富景观骗过了。

如果从春冬之际写起，突出了“林寒涧肃”和“朝发白帝，暮到江陵”，“乘奔御风”就接不上气了。

而写“夏水襄陵”江水暴涨，表面上和第一段“两岸连山”没有关系，但是这种美，和前面的山之美，有内在的统一性，具体来说，也就是因果关系。第一，正因为江岸狭窄而高峻，江水才容易暴涨，涨到“襄陵”的程度；如果是平原，就是浩浩渺渺、横无际涯的景象了。第二，正因为夏天洪水猛涨，航路不通，但有最高当局的命令要紧急传达，那就是顺流而下，速度就很惊人：“朝发白帝，暮到江陵，其间千二百里，虽乘奔御风，不以疾也。”这和前面所写的江岸之美，虽是风格有异，但其间的内在联系很紧密。三峡的地形特点蕴含着双重内在的逻辑：江水暴涨，是江岸狭窄高峻的结果；航行如此超凡的迅猛，又是江流暴涨的结果。

这里还有一点要注意，这样的描写并不是很现实的。“两岸连山，略无阙处”，顶部一线拉平，无峰无峦，根本就不是山而是连绵几百里的伟大石壁了。至于“朝发白帝，暮到江陵”乘奔御风，风驰电掣一日千里，对于当时的木船肯定是有葬身鱼腹的危险的，这么写不过是为了在情调上显示出豪迈之气。

结束了“夏水之美”以后，作者并没有按时节顺序写秋，而是接着表现“春冬之时”，这是因为一下子写秋之瑟肃，猿之悲鸣，和前面江山雄伟、情致豪迈在意脉上不能融通。表面上，从夏到春冬在时序上是跳跃的，其实在逻辑上是对比的。夏天江水的特点是洪水汹涌澎湃，滔滔滚滚，而春天和冬天则相反，水浅而宁静（“素湍绿潭，回清倒影”）。“素湍”是清的，应该是比较浅，才是透明的，而“绿潭”则是比较深的地方。水中有倒影，说明水十分清澈，而且宁静。这一笔和“夏水襄陵”显然是一种对比。这种对比既强烈又和谐，因为对比在外在景观上有过渡（“绝巘多生怪柏”）。而在趣味上，则是“清荣峻茂”的风骨，不但趣味有渐变之妙，而且有从豪迈向猿鸣之悲的过渡功能。把猿鸣之悲和秋天的景观，放到最后去，避免了意脉的突兀和生硬。

写完了夏、春、冬，最后一段“晴初霜旦”，肯定是秋天的特点。其“林寒涧肃”和“清荣峻茂”是自然贯串的，表现了自然景观之美的高度统一。但在表现情感方面，有了比较明显的变化。“常有高猿长啸，属引凄异，空谷传响，哀转久绝”，虽然短短几句，然其间感触程序甚为精致：感之则寒，视之则肃，初闻之凄异，静聆之则哀转久绝，写出被吸引而凝神动性，构成了一种凄美、凄迷的情调。“巴东三峡巫峡长，猿鸣三声泪沾裳”，并不完全是对民歌客观的称引，而是从雄豪的极致，转化为悲凄的极致。其动人之处就不完全在自然景观，而在于情志变化又和谐统一。在差不多同时代，身在江南的吴均在《与朱元思书》中写到猿就不是悲凉的（“蝉则千转不穷，猿则百叫无绝”），为什么在如此美好的景观之中，郦道元笔下的猿啼有这样悲凄的情感？这里，值得注意的是“渔者歌曰”。三峡之舟行虽十分凶险，对于旅行者，乃是自由的选择，而以渔为生者，则是别无选择的生计。有渔民的歌谣：

> 滟滪大如马，瞿塘不可下；滟滪大如猴，瞿塘不可游；滟滪大如龟，瞿塘不可回；滟滪大如象，瞿塘不可上。

这是从另外一个视角看三峡之美，是一种凄美、一种悲情。这既有别于“乘奔御风”的壮美豪情，又有别于“素湍绿潭，回清倒影”的秀美和“清荣峻茂”的雅致，在强烈的反差中表现出某种递进的层次。

由此可见，在时序上将秋放在春冬之后，在情趣上将猿鸣之悲放在结尾，实际上，是反差与递进的统一，也是意脉的高潮。豪情之美、雅趣之美和悲凉之美乃构成三峡之美主题的三重变奏。

从袁山松的审美情趣经过盛弘之《荆州记》的积累，再到郦道元的《水经注·江水》，中国古代作家呕心沥血，前仆后继，不惜花了上百年工夫，才成就了这一段经典在情感上的有序和语言上的成熟。

正是因为这样，三峡或以三峡为代表的《水经注》中的山水散文，成为中国散文史的突起奇峰，得到后世极高的评价，将其成就放在柳宗元之上。明人张岱曰：“古人记山水，太上郦道元，其次柳子厚，近时袁中郎。”（《琅嬛文集》卷五）正因郦道元的成就如此之高，给后世写三峡的作家出了难题。以致余秋雨在《三峡》中这样感叹：“过三峡本是寻找不得词汇的。只能老老实实，让嗖嗖阴风吹着，让滔滔江流溅着，让迷乱的眼睛呆着，让一再要狂呼的嗓子哑着。什么也甭想，什么也甭说。”

余秋雨这样说应该有真诚的一面，光从自然景观和语言上着眼，的确再高的才华也很难有超越的余地。如果真这样想，那余秋雨为什么还要写他的《三峡》呢？细读余秋雨不难理解，他心里酝酿着一个办法，一个不同于郦道元的办法。其实，在余秋雨以前，早就有现代作家，用自己的三峡之文，对郦道元发出质疑乃至挑战。

二、刘白羽：政治的颂歌和战歌升华为革命哲理

郦道元在这方面取得如此之高的成就，为后世写三峡的作家、诗人出了难题。没有在情趣的丰富和语言的多彩上超越他的，都难以动笔，就是以李白的高才，也不能不袭用“朝发白帝，暮到江陵”的成句，然后在局部上做些变动：把本来是悲凉到惹人泪下的猿鸣变成归心似箭、胜利回归的伴奏（“两岸猿声啼不住，轻舟已过万重山”）。

对三峡的欣赏、赞美的经典性，把后世作家、诗人笼罩在自然景观和个人命运的遇合上，以至于一千多年，几乎没有什么突破。直至20世纪，由于民族危亡，在革命思潮的推动下，黄河的形象有了突破，在光未然的《黄河大合唱》中变成了民族精神的象征。而长江的形象，则在20世纪60年代，刘白羽写出了《长江三日》：

> 瞿塘峡中，激流澎湃，涛如雷鸣，江面形成无数漩涡，船从漩涡中冲过，只听得一片哗啦啦的水声。过了八公里的瞿塘峡，乌沉沉的云雾，突然隐去，峡顶上一道蓝天，浮着几小片金色浮云，一柱阳光像闪电样落在左边峭壁上。右面峰顶上一片白云像白银片样发亮了，但阳光还没有降临。这时，远远前方，无数重峦叠嶂之上，迷蒙云雾之中，忽然出现一团红雾，你看，绛紫色的山峰，衬托着这一团雾，真美极了。就像那深谷之中反射出红色宝石的闪光，令人仿佛进入了神话境界。这时，你朝江流上望去，也是色彩缤纷：两面巨岩，倒影如墨；中间曲曲折折，却像有一条闪光的道路，上面荡着细碎的波光；近处山峦，则碧绿如翡翠。

这样的描绘，在《长江三日》中不止一次出现，在20世纪五六十年代，其文采华赡可谓首屈一指。像刘白羽的其他一些名篇（如《日出》）一样，其语言功力集中在色彩的富丽堂皇、形态的变幻多端。如果光是这样，还不可能成为当时散文的代表作。其得到彼时论者一致称道的原因是：第一，符合红色年代对祖国壮丽河山的颂歌潮流；第二，也是更为重要的，刘白羽赋予雄伟的三峡自然景观以政治的性质：

> 当我正为夜色降临而惋惜的时候，黑夜里的长江却向我展开另外一种魅力。开始是，这里一星灯火，那儿一簇灯火，好像长江在对你眨着眼睛。而一会儿又是漆黑一

片，你从船身微微的荡漾中感到波涛正在翻滚沸腾。一派特别雄伟的景象，出现在深宵。我一个人走到甲板上，这时江风猎猎，上下前后，一片黑森森的，而无数道强烈的探照灯火，从船顶射向江面，天空、江上一片云雾迷蒙，电光闪闪，风声水声，不但使人深深体会到“高江急峡雷霆斗”的赫赫声势，而且你觉得你自己和大自然是那样贴近，就像整个宇宙，都罗列在你的胸前。水天，风雾，浑然融为一体，好像不是一只船，而是你自己正在和江流搏斗而前。“曙光就在前面，我们应当努力。”这时一种庄严而又美好的情感充溢我的心灵，我觉得这是我所经历的大时代突然一下集中地体现在这奔腾的长江之上。是的，我们的全部生活不就是这样战斗、航进，穿过黑夜走向黎明的吗？现在，船上的人都已酣睡，整个世界也都在安眠，而驾驶室上露出一片宁静的灯光。想一想，掌握住舵轮，透过闪闪电炬，从惊涛骇浪之中寻到一条破浪前进的途径，这是多么豪迈的生活啊！我们的哲学是革命的哲学，我们的诗歌是战斗的诗歌，正因为这样——我们的生活是最美的生活。列宁有一句话说得好极了：“前进吧！——这是多么好啊！这才是生活啊！”……“江津”号昂奋而深沉地鸣响着汽笛向前方航进。

文章的时代特点使三峡形象的性质发生了变化。首先，其自然景观不过是政治象征的载体，自然景观已经上升到政治的颂歌。它不仅是一般的颂歌，而且隐含着对革命领袖的颂歌。其次，这种颂歌还是激情的战歌，带着鼓动的性质。最后，这种颂歌和战歌又升华为革命的哲理。在文字上虽然可能比郦道元还要华彩，但是在情趣上与郦道元豪情、雅趣和悲情的结合相比，却不能不说显得过于单调。

不管 20 世纪后期的读者对刘白羽对政治颂歌的追求有什么样的评价，谁也不能否认，在表现三峡之美的历程上，这也是一个时代的代表。

三、南帆：对三峡经典之美的解构

新时期的散文家，思想和艺术都是空前开放的，他们不但对刘白羽这样的表现，就是对李白式的抒情也似乎不以为意。年轻的南帆在《记忆四川》中这样写他途经三峡时的感受：

三峡雄奇险峻，滩多水浊。朝辞白帝，轻舟逐流，涛声澎湃，李白遇到的那些猿猴还在不在？

江流两岸峭壁耸立，嵯岈峥嵘，威风凛凛地仿佛要吓唬人一样。这些峭壁合谋挤压长江，仅留了一条狭窄的通道让长江出逃。我们仰面看着千峰万崖，敛声屏息，老老实实地从一群巨人脚下溜过。这些巨人们守候在四川的后门，让我们领教四川的最后威严。

穿透三峡之后，江流与天空一下子辽阔了起来。两边的江岸依稀朦胧，江心的船似乎缓慢地停住了。这时不用说也明白，四川已经把我们吐出来了。

偶尔翻阅十余年前的日记，记录四川之行不过寥寥几字，实在读不出什么。这几个字仅是一份证明——证明我的确到过四川。

气象森严的三峡，让郦道元、李白、刘白羽妙笔生花，而在这个二十多岁小伙子的记忆中竟然如此平淡无奇。虽然也曾“仰面看着千峰万崖，敛声屏息”领教了三峡的“威严”，但是，这个经典的景观竟然被理解为是两岸“峭壁合谋挤压长江”，“留了一条狭窄的通道”给长江“出逃”。这是有意煞风景，说得更明白一些，整篇文章就是对传统美的怀疑。三峡雄奇，令人想到朝辞白帝，轻舟逐流，却又突发奇问，李白那时叫得那么美的猴子还在不在？这就是调侃了。这个小伙子显然不是歌颂三峡，而是对经典之美的解构。不但是对三峡，而且是对自己。经历三峡的旅游，不但没有激发起什么诗意，相反觉得自己被三峡“吐出来了”。留在记忆中的除了到过四川之外，几乎是一片空白。

对散文来说，将对象艺术化，并不意味着唯一的途径就是美化、诗化，南帆不过是对经典化的诗化发出质疑，甚至是解构。去三峡旅行并不像经典文本写的那样令人激动，那样富于诗意，那样久久难忘。那些把三峡之游美化、诗化甚至革命化的经典，在作者心灵中得不到印证。那些诗化的三峡不过是一种经典化的想象，甚至是虚构而已。三峡之美，是他人的，三峡之趣，也是他人的，而自己对三峡的趣味则是质疑这种趣味的趣味。

南帆在这里，提出一个散文创作中相当严肃的问题，也许可以把它归结到三峡景观的现代性范畴中去。

四、楼肇明：对三峡的丑化

古典、诗化的三峡是不应该再重复了，那么现代性的三峡应该是个什么样子呢？

这在当时和如今都没有人来明确地回答。也许不无偶然地，散文理论家楼肇明在他的散文《三峡石》中这样写：

不成规划的球形、圆锥形、圆柱形，你挤我压，交叠黏合，隆起上升，沉落倾斜，那经过生命和死亡的大轮回、大劫难的一堆堆岩石的云团，岩石的羊群和牛群，全被排闼而来的长江水挤开，迎立于漫长的两岸……岩石被送上旋风的绞刑架，然后从地质年代的墓坑里被挖掘到了阳光下，让苍天去冷漠地阅读、赏析。

这样的文章显然是和经典三峡美文背道而驰了。楼肇明虽然比南帆年长，但是在三峡之美这个具体问题上，可能比南帆更大胆。三峡并不是经典散文所表现的那样壮丽的，而是很丑陋。在他看来，三峡不过是“生命和死亡的大轮回、大劫难的一堆堆岩石的云团”“被送上旋风的绞刑架，然后从地质年代的墓坑里被挖掘到了阳光下”，这种丑陋不仅仅是外在的形态，而且是内在的情致。作者强调的不是为美而激动，而是冷漠——整个苍天对这一切无动于衷，他自己也无动于衷。

在古希腊人那里，把学问分为两类。一类是理性的，如物理学等；另一类则与之相对，属于情感的学问。关于这种情感的学问，在英语里叫作“esthetics”，后来被日本人翻译成“美学”。对古典文学来说，这个翻译是大体合适的，但是，对现代当代文学艺术来说，就比较狭隘了。从“esthetics”本来的意义来说，有感情的，感情超越理性和实用的叫作美；没有感情，为理性和实用窒息了，则是美的反面，也就是丑。从这个意义来说，楼肇明先生的三峡，不是以感情和美取胜的，而是以无情、以丑取胜的。顺理成章，应该把有情的，以抒情为目的的叫作审美，而把无情的叫作审丑。从这个意义上来说，楼肇明的散文，属于审丑范畴。

不管刘白羽、南帆和楼肇明的追求有多么巨大的差异，从艺术上来说，他们的目标却是一致的，那就是对自然景观古典美的突围。

五、余秋雨：自然景观和人文景观的相互阐释

余秋雨在《三峡》中说“过三峡本是寻找不得词汇的”，还说享受三峡景观时“什么也甭想，什么也甭说”。但是，他专门写了文章说了那么多。他说“寻找不得词汇”其实就是不能拘守于古典美的词汇，他说什么也不用说，也就是说，如果还是在古典美的审美原则下，那说了也是白说。

从表面上看，余秋雨在写三峡的时候，用了一个相当偷懒的手法，也就是当代许多作家常用的，几乎成了通用的手法，那就是回避直接描写对象，把才力用在对对象的感受上。懂得这一点，才算得上是文学写作的内行。然而我们一些论者，一些资深教师，甚至教授对此却常常讲些外行话。分析经典杰作时，总是归结为作家善于观察之类。以为有眼睛看清楚了，有了真情实感，语言就随之而生。殊不知语言与人的感知和情感并不对应。首先

作为听觉符号，不要说视觉感知的颜色、听觉感知的气味、触觉感知的冷暖无法传达，就是表达声音也是不完全的。所谓象声词，其实也并不像，例如，汉语里羊叫是“咩”（犿犻ē），而英语里则是“baa”。大笑，在汉语里是“哈哈”，而在俄语里则是“захахатъ”，用汉语拼音来标志则是“zahahadaqi”。俄国有一个关于语言的谚语：“不是蜜，但能粘住一切。”这其实是不准确的，语言不能粘住一切。例如，用语言表现音乐的优美旋律，就无能为力。语言不能表现音乐之美，才有了记录音乐的五线谱和简谱。白居易写琵琶女演奏之美的名句“大弦嘈嘈如急雨，小弦切切如私语。嘈嘈切切错杂弹，大珠小珠落玉盘”“银瓶乍破水浆迸，铁骑突出刀枪鸣”，如果真把急雨、私语和银瓶乍破、铁骑突出都用录音机录下来，那将是一连串刺耳的噪声。但是并不妨碍白居易的诗句成为美的经典，原因乃是语言虽不能直接指称音乐，却可以作为象征符号，借助约定俗成的功能，唤醒美好的经验。语言符号并不直接指称对象，而是唤醒经验。从这个意义上，余秋雨说“过三峡本是寻找不得词汇的”不但是句老实话，而且涉及语言的局限性，同时又涉及语言的优越性。这里就存在一种规律，简单地说，不管它是什么样的声音符号，只要能唤醒读者经验的，就是好语言。但是，这种语言必须是自己的，而不是他人的。例如，即使在刘白羽那里是好语言，拿到余秋雨这里，就变成了坏语言。

不以现成的语言打动读者，那是以什么东西取胜呢？

这样的问题，只能从文本中寻求答案。

文章的题目是《三峡》，一开头，余秋雨却没有写三峡的奇山异水，而是花了相当的篇幅写他少年时代对李白写三峡之旅的诗歌《下江陵》的误读。接下来该写三峡了吧，还是没有，而是从白帝城的广播中听到京戏《白帝托孤》。一首李白的诗和有关刘备的京戏，与三峡自然景观的壮美本来是没有直接关系的，再说，刘备和李白，两个人根本不相识，相隔五百多年，八竿子打不着，怎么可能把他们在文章中有机地联系在统一的情思中呢？余秋雨的创造，归结起来，表现在以下几个方面：

第一，把刘备和李白联系起来，“我想，白帝城本来就熔铸着两种声音、两番神貌：李白和刘备，诗情与战火，豪迈与沉郁，对自然美的朝觐与对山河主宰权的争逐”。

第二，把这两个八竿子打不着的人紧密地联系在一起，方法是很讲究的。目的是联系，但没有直接联系，余秋雨就反面着笔，把两人对立起来，放在矛盾的两个极点上。诗情与战火，豪迈与沉郁，对自然美的朝觐与对山河主宰权的争逐。两者是对立的，没有联系，但都发生在白帝城，于是联系起来，对立面就构成了统一体。如果光是这样，就肤浅了。

第三，余秋雨在进一步的阐释中，把这两种关系，在空间上拓展开来，不是白帝城，而是整个“华夏河山”：“华夏河山，可以是尸横遍野的疆场，也可以是车来船往的乐土；

可以一任封建权势者们把生命之火燃亮和熄灭，也可以庇佑诗人们的生命伟力纵横驰骋。”这就不仅是李白和刘备的问题，而且是整个中华文化历史了。这就为三峡景观定了性，不是自然的，而是人文历史的。

第四，这么广阔的文化历史背景，和三峡的自然景观怎么联系起来呢？余秋雨的神来之笔就在下面这一句上：“它（白帝城）高高地矗立在群山之上，它脚下，是为这两个主题日夜争辩着的滔滔江流。”三峡的自然景观终于出现了。但是对它的描述，很简约，仅仅四个字（“滔滔江流”），可是并不单薄。因为这里的内涵并不是自然景观的内涵，而是文化历史性质的。滔滔的江流，发出的声音不是大自然的，而是人文的，是两个主题，也就是诗情与战火，是生命和死亡，这两者是矛盾的，因而，江涛之声被赋予了“争辩”的性质。这个争辩的性质，也是余秋雨所理解的中华文化的性质。

第五，余秋雨写的是散文，却不是散文式的写实，而是诗意的想象。余秋雨写到了三峡滔滔江流的喧哗，但是意不在自然景观，而是以人文景观赋予其内涵，对自然景观加以人文性的阐释。而这种阐释，是对中华文化历史内在矛盾的高度概括（对自然美的崇拜和对政权的争夺），其中包含着深沉的智慧。这样，在余秋雨的散文中，就把诗的激情和散文的智慧，把文化历史景观和自然景观，在想象中水乳交融地结合成艺术形象，让情感和智慧交融其间。余秋雨笔下的历史文化景观，是以刘备和李白为象征的矛盾的永恒斗争。对大自然的朝觐，当然是生命的享受，但是争夺政权则免不了要“尸横遍野”。余秋雨的散文向来以生命作为价值准则，他既肯定华夏河山“可以庇佑诗人们的生命伟力纵横驰骋”，对刘备的事业，余秋雨也并不简单地否定：“可以一任封建权势者们把生命之火燃亮和熄灭。”注意，这里并不单纯是“熄灭”，同时也有“燃亮”。这说明余秋雨智性的严密。就是封建统治者集团中的人物，也并不是没有生命的火光。但是，这一点并不能改变他的价值重心在于诗人的生命、文化的生命才是永恒的。在他笔下，李白式的诗人的生命才是自由的，虽然他认为他们写诗“无实用价值”。但是，他们“把这种行端当作一件正事，为之而不怕风餐露宿，长途苦旅”。结果呢？在余秋雨看来：

> 站在盛唐的中心地位的，不是帝王，不是贵妃，不是将军，而是这些诗人。余光中《寻李白》诗云：
>
> 酒入豪肠，七分酿成了月光
> 剩下的三分啸成剑气
> 绣口一吐就半个盛唐

这就是说，虽然争夺政权的帝王和诗人一起构成中华文化历史的内涵，但真正不朽的并不是那些烜赫一时的权贵，而是诗人。余光中的诗，把诗人李白的重要性强调到这样的程度：“绣口一吐就半个盛唐。”凭这些句子就可以把余秋雨的核心思想归结为“文化中心论”。这种思想，是不是过分天真，是不是符合实际，这不是我们要研究的问题。因为余秋雨说过，他把已经弄明白的思想，交给课堂，把可能弄清楚的思想，交给学术论文，而不十分清楚的，交给散文。这就是说，在散文中，他是比较自由的。散文作为一种文学形式，其情感的审美价值，较之实用理性有更大的自由度，更多超越理性的空间。

文章写到这里，情感是放开了，思想的领域是扩大了，又产生了一个问题，那就是离开了三峡的自然景观。就这么写下去，讲诗人的永恒价值，与文章的题目《三峡》毕竟不太合拍。下面要分析的是，余秋雨如何把诗人的生命和三峡的自然景观，紧密地结合起来：

> 李白时代的诗人，既挚恋着四川的风土文物，又向往着下江的开阔文明，长江于是就成了他们生命的便道，不必下太大的决心就解缆问桨。脚在何处，故乡就在何处，水在哪里，道路就在哪里……一到白帝城，便振一振精神，准备着一次生命对自然的强力冲撞。

三峡的自然景观和历史文化的思索在新层次上水乳交融地结合在一起了。值得注意的是，在这种结合中，余秋雨对自然景观并不太愿意多花笔墨，几乎非常草率地一笔带过：“瞿塘峡、巫峡、西陵峡，每一个峡谷都浓缩得密密层层，再缓慢的行速也无法将它们化解开来。”他注重的是沿岸的人文景观。到了王昭君故乡，他发了一通议论，说她远嫁匈奴，终逝他乡：

> 她的惊人行动，使中国历史也疏通了一条三峡般的险峻通道。

这是用三峡的历史文化人物性格（昭君）来阐释三峡自然景观（三峡般的险峻通道）的特色，而经过屈原故里，他的议论是：

> 也许是这里的奇峰交给他一副傲骨。

这里显示出来的倾向，则是用三峡的自然景观（奇峰）来阐释三峡出来的文化历史人物（屈原）。综合起来，是不是可以这样说，他的艺术追求就是把三峡的自然景观和历史人物的性格，进行相互阐释。这样的阐释是充满智慧的，又是充满诗情的，这就使得他的散文，不但富于情趣，而且富于智趣。也正是这种情智交融的趣味，使得他超越了中国古典散文情景交融的传统，为中国当代散文开拓了一种情智交融的、空前广阔的艺术天地。

这样，余秋雨就用创作实践否定了他自己“过三峡本是寻找不得词汇的”的问题，他恰恰是在郦道元、刘白羽、南帆之外找到了他自己的语言。山水游记散文在现代文学中，可谓源远流长，早在五四时期，现代散文被周作人归结为“叙事与抒情”。在很长一个时期内，叙事与抒情几乎成了游记散文潜在的规则。诗性的美化，审美的抒情，情趣成了不约而同的追求。此等倾向走向极端就难免作茧自缚，甚至趋向滥情、矫情。南帆和楼肇明的价值，就在于对此抗流而起，而余秋雨对当代散文的贡献，就在于突破了对自然景观的美化和诗化，另辟蹊径，对人文景观与自然景观进行智性的相互阐释，创造了一种文化人格批判和建构的文化散文风格。此风一开，文化智性散文蔚然成风，遂取抒情主流而代之。

当然，在余秋雨声誉日隆之时，严厉批判余秋雨的思潮随机而生。他一个人写文化散文，引来了十倍以上的人对之“咬文嚼字”，甚至闹到出书“审判”的程度。但余秋雨没有被攻倒，原因就在于，他在文化人格的建构和批判上，在情智交融话语的开拓上，为中国当代散文作出不可磨灭的贡献。余秋雨被报刊炒得风风火火的主要“罪状”乃是所谓“硬伤”，这不免有些吹毛求疵。本来和他的贡献相比，他的那些小毛病、小“硬伤”显得微不足道。其实把某些“硬伤”加以修改，只会有利于他散文中文化含量的提高。

第一处，余秋雨说李白在《下江陵》中写到途经白帝城时，“说不清有多大的事由”“身上并不带有政务和商情”。这就是对李白的传记没有起码的了解了。其实，李白写《下江陵》的背景，恰恰是他在安史之乱中犯了一个被认为是严重的“政治错误”，招致流放夜郎的处分。这其实是个冤案，但在当时，李白在人格上遭受的打击是很大的，他的朋友杜甫曾以“世人皆欲杀”来形容(《不见·近无李白消息》)。李白走到白帝城，中道遇赦。在垂老之年，有了安然与家人团聚的前景，才有“两岸猿声啼不住，轻舟已过万重山”的轻松。第二处，写到神女峰的时候，引用巫山云雨的典故，说是“她夜夜与楚襄王幽会”，这是对文献错误的不察。早在明朝，就有诗话家指出文献资料错了，“襄王枕上原无梦，莫枉阳台一片云”。不是楚襄王，而是他的父亲楚怀王。

从郦道元、刘白羽、南帆、楼肇明再到余秋雨对于三峡的美的追寻，已经历了一千多年，左冲右突，拓展着精神的和语言的空间，留下了或歪或正的脚印，给后世的作家留下灵魂和语言冒险的、拓展艺术新天地的坐标。

《谏太宗十思疏》：化直接批评为普遍议论

要读懂魏徵的文章，要回到历史语境中去，设想自己是魏徵，要批评皇帝，这是有风险的，怎样才能安全地达到目的，其奥妙都在谨慎的姿态和委婉的措辞之中。

皇帝的最高目标，是永保江山，传之万世。自知非一人之智可以胜任，故亦重用贤臣，利用其智慧，接受其谏言良策，甚至允许面折廷诤。唐太宗在这方面，可能是最开明的。虽然皇帝接受正直臣下的顶撞并非罕见，但毕竟皇帝是天子，代表着上天的意志牧民，拥有绝对的对臣下生杀予夺的权力。唐太宗很开明，很信任魏徵，对魏徵可谓从善如流。最特别的是，魏徵本来出自他的政敌太子李建成门下，曾建议建成早杀世民，李建成被消灭以后，太宗问魏徵，为何挑拨兄弟之情，魏徵坦言，建成如听我言，则今日胜者就不是你了。太宗奇其正直，不计前嫌，委其巡视山东。山东是建成影响很大的地盘。建成败后，山东拘捕了和李建成有干系者，难免是扩大化了。据《资治通鉴》载，魏徵所至，尽皆开释。人告魏徵袒护建成余党。太宗不但没有责罚，反而赏赐有加。太宗心里明白，在那人心惶惶之际，魏徵不畏嫌疑，为他扩大群众基础，很是明智、正直。魏徵受到重用，先后陈谏二百余事，深受太宗敬重，在历史上成为敢于犯颜直谏的贤相。有时，魏徵对太宗的批评是很尖锐的，对其已经下达的赏赐旨意，直接加以拒绝：赏赐乃私恩，不能违背国家大法。有时则比较委婉。长孙皇后逝后，太宗于宫内搭建高台，便于遥望其墓，邀魏徵共赏，魏徵说自己只看见乾陵（唐高祖的墓），并看不到别的。太宗就把台拆了。他宠信魏徵，有时甚至有点害怕魏徵，《纲鉴易知录》载太宗曾耽于爱鸢，魏徵进见，乃藏之于怀，魏徵走后，鸢已闷死了。这可能是传闻。魏徵卒后，太宗思念不已，曾说："以铜为镜，可以正衣冠；以古为镜，可以知兴替；以人为镜，可以明得失。朕常保此三镜，以防己过。今魏徵殂逝，遂亡一镜矣！"但是，封建体制下，君臣之间的关系是很复杂的，宦海沉浮，祸福互倚。太宗和魏徵，君臣相得，世传美谈。但是，皇帝也是人，也有非理性的七情六欲，很难避免一时之喜怒哀乐，这对于臣下，就是生死攸关的风险了。英明伟大如唐太宗，免不了有时情绪失控，错杀正直的臣下（虽然后来后悔了）。故古有伴君如伴虎之谚语。

有时魏徵面折廷诤，太宗没有发作，但是心情是恼火的，回到内宫发狠说，这家伙老是顶撞我，总有一天我杀了这个乡巴佬（“会须杀此田舍翁”），幸亏长孙皇后很理性，说是：君明则臣直，臣下这样顶撞你，说明你英明。他才消了气。值得一提的是，《新唐书·魏徵传》载：魏徵病重，太宗准备将公主下嫁其子叔玉。魏徵病逝，太宗痛哭，为之“罢朝五日……徵亡，帝思不已，登凌烟阁观画像，赋诗悼痛”。有人忌妒，纷纷揭他的毛病。说他举荐杜正伦以罪黜、侯君集坐逆诛，说他结党营私。最为恶毒的是，说他把自己对太宗的诤谏话语，拿给史官褚遂良，要载入史册。历代有为君王，其理想都是功在千秋，名垂青史，希望自己大智雄才的史料进入史书，影响历史声誉。这就触犯了太宗的龙颜，一怒之下就把魏徵的墓碑毁了。公主下嫁的事也就黄了。其实，魏徵是很谨慎的，他的许多深刻的谏言并不敢收入自己的文集，而是散见于他人的《贞观政要》中。

英明如唐太宗毕竟还是人，在涉及自尊和历史地位的关头，免不了情绪一百八十度大转弯。此事幸亏发生在魏徵逝后，如在生前，则后果不堪设想。进入了这样的历史语境，理解了唐太宗和魏徵关系的复杂性，才能充分理解魏徵此文字里行间的曲笔。

唐太宗初期励精图治，后来逐渐骄奢，追求珍宝异物，兴建宫殿苑囿。魏徵此文的目的就是批评他，要他不忘初心，要他进行深刻的、系统的反思。这事风险颇大。即使太宗能够理解，也要防止政敌的谗害。以魏徵的出身地位，他没有诸葛亮那样皇帝“亚父”的名分，可以在《出师表》中反反复复地教训皇帝，不应该这样，应该那样，也不敢像苏东坡那样天真烂漫，批评皇帝推行的新政：作《上神宗皇帝书》不过瘾，又来个《再上神宗皇帝书》，语言完全是率性的：“今日之政，小用则小败，大用则大败，若力行不已，则乱亡随之。”

故本文言尽深隽之思，而语极婉曲之功。

不能直接批评，就绕个圈子：以德义治国作为文章的序曲。在当时政坛，这是人所共知的儒家的老生常谈。从德义这个最没有异议的地方开始，太宗不会反感，从而占据互相认同的、不可动摇的大前提，但是，这样的开头也可能太老套，太宗毫无感觉。故文章一开头，采取了一系列的手法，让太宗有感觉而没有抗拒感。用的是战国以来散文的传统的类比推理。本文类比的特点是，以感性经验作为前提。不是一般的感性，而是日常经验。树木、河流，这是人所共知、毋庸置疑的。魏徵的喻义深度在于“思”，不着痕迹地延伸到树木和河流的“长”和“远”，与享国之“安”的关系。关键再由类比而引出推理，木之长在根，流之远在源，安之本在“积”德。

关键在于“积”。

“积”字一出，德治的老生常谈，就有了新的内涵。在外延上则针对的是唐太宗早期励精图治，后期逐渐骄奢，这一切可以意会，不可言传。魏徵不从反面批评，而从正面说，他只点出了三个字，一个“长”字，一个“远”字，一个“安”字。实际上就是当时人耳熟能详的长治久安。隐性的意思就是说，长治的“长”、久安的“安”的条件是“德义”的“积”，也就是要“长”而“远”地持久累进的。

正面说过了，分量还不够，接着从反面说：“源不深而望流之远，根不固而求木之长，德不厚而思国之理”，其失落就是不言而喻的了。

魏徵善于做一正一反立论，作为此文之文脉，一以贯之。

老生常谈的德义，从字面上有了新的深邃的内涵，从外延上有了潜在的所指。臣子上书，越是说得高明，越是滴水不漏，皇帝越可能产生被教训的感觉。显示自己比皇帝高明太多是危险的。魏徵马上反过来写一笔：“臣虽下愚，知其不可，而况于明哲乎！”既是意脉的曲折，也是心态的谨慎，以自贬增加安全系数：我是很愚昧的，都知道这个道理，何况明智的人呢？不用我说，皇帝天资英纵，当然是了然于心的。这样，就把教训皇帝转化为歌颂皇帝。这个反问句用得很到位，比肯定句更肯定。皇帝来不及思考就不得不顺着他的思路看下去了。

小心谨慎地诱导，正正反反地铺垫，铺垫得差不多了，就往针对性的问题上靠拢了。要触及皇帝的毛病了，这是关键，是核心，不能只拣皇帝爱听的说，要指向他的毛病，文章的功夫在于婉转推进。

先是强调天子应该有“天一样的崇高”德义，才能“永保无疆”，美德不因时间空间而改变。这个“永保无疆”，从内容上来说，上承积德的“积”，下开不懈，递进为“居安思危”。就是说，在太平盛世，在没有危机的时候考虑潜在的危机。“危”在哪里呢？“德”要长期一贯地“积”，这可不能正面直说，而是侧面说要“戒奢以俭”。字面上是说要防止奢侈，不是已经奢侈了，而是防止，办法是厉行节俭；隐性的意涵是提示，你已经忘记了积德的“积”的一贯性了。接着更进一步点明，虽然最初德有所积，但是不够厚重，后果就是不能一贯，要想长治久安，就如伐根以求木茂，塞源而欲流长，与初心背道而驰。这个比喻和开头的江河比喻呼应，这在古文中属于“关锁”，在用词上和前面的对称，逻辑上严密一贯，结构上有机统一。

字面上皆泛指，但都系实指，太宗当然心领神会。好在说得很婉转，回避直接点出所指。但是不点出所指，就不能完成文章批评皇帝的任务。还是要绕一下圈子。先把当国之神器之重、品德之高、积善之厚，作为为君崇高之道，“戒奢以俭”之道，都是共识，但是要防止“情不胜其欲”。论点就更深化到心理上，即使有心戒奢，也还有危险，那就是“情不胜其欲”，手握无限的权力，不能克制自发的情欲。这里就从泛论转向具体所指了。但是，说得太明白了，有风险，故引而不发，跃如也。

下面的任务，把论点进一步发展下去。抓住积德的“积”加以分析，所有的君主都知道要积德，初期都是谨慎小心地讲究德义的，但是，“功成而德衰”，“有善始者实繁，能克终者盖寡”。原因在于，德是要“积”的，是要长久地坚持的，一时守德义不难，坚持到底则困难。这里没有一个字说到太宗，但是，恰恰是指的太宗“功成而德衰”，有了功业了，本钱大了，就忘记德义了。原因已经找到了，批评意味足够太宗心领神会了。但是，文章还在写下去。写什么呢？

进一步提出问题：为什么靡不有初，鲜克有终呢？

原因在于初期建国，面临严峻的外忧内患，形势紧张，成败未定，不能不“竭诚以待下”，对待部下诚恳、虚心纳谏，一旦大志既得，帝业有成，外部的压力、内部的矛盾淡化了，这时“纵情以傲物”，就放纵性情，盛气凌人了，听不得批评了。这里所用句组结构，仍然是一正一反的对比。竭诚之德，可以团结远方外族为一体，对批评不尊重，则虽骨肉而分裂。权势、严刑可以压制人，但不能使人貌恭而心怨。民如水，帝如舟，水可载舟，亦可覆舟，这种不可见的危机应该深沉思考的，否则，就如“奔车朽索”，“其可忽乎”。文章写到这里，才出了三句教训语，是比较严厉的，所谓居安思危的“危”就危在“奔车朽索”，用破缰绳驾车，无异于盲人瞎马。这里提出接受臣下批评的重要性，是为了引出自己的批评。

魏徵的厉害在于，批评皇帝，没有说到皇帝，自己提出批评，没有提到自己，而是总结为人君者值得深思的十条准则。

第一，欲望和自戒。第二，大兴土木和安人（不是安民，避李世民的讳）。第三，追求高危和谦和。第四，游乐和限度（如古代君王狩猎，三驱为限），这里说的都是太宗。第五，指出原因，怠政忘初不能“慎始而敬终”。要慎始敬终，怎么办？就要这样：第六，海纳百川；第七，虚心纳谏。不言而喻，本文就是一篇谏文，也就是说，要听“我”的。但是，不能直说，只以一般的命题出现，泛泛而论可能发生的偏差，实际上已经发生在李世民身上了。这是留有余地，让李世民在逻辑空白中和自己的结论汇合。

从这里可以看出，其一，魏徵的戒惧谨慎，用心良苦；其二，委婉为文，用普泛的议论代替直接的批评。

接下去，第八，谗邪惑乱；第九，喜以谬赏；第十，怒而滥刑。这些都是不能在积德上慎始敬终的结果。在排列上，十思似乎没有严密的逻辑顺序和层次，但是，总体上是一种原因的追溯和后果的揭示。前因是已经发生的，后果则是推测的，不完全是已经发生的，而是可能发生的。把已经发生的和可能发生的消极后果，放在一起，有利于淡化批评的强度，使批评带着提醒的性质。

最后，“总此十思，弘兹九德”。表明是正面总结：智者尽谋，勇者竭力，仁者播惠，信者效忠。文武争驰，君臣无事，天下太平。但是，文章的好处，还在于结尾回到太宗热衷的游乐上来。一时的节俭，换来的是未来更加尽情享受“豫游之乐”，还“可以养松、乔之寿”，也就是可以长命百岁，还不用“劳神苦思”，让下臣去发挥聪明才智，达到“垂拱”而治，享“无为之大道”，实现儒家的垂拱而治和道家的无为得道的理想境界。

魏徵推演出比李世民当前更高的享乐境界，虽然是空头支票，但是对于唐太宗来说，读来应该是心情愉快的。

《马说》：从老故事里翻出新意

“说”，在我国古代是一种文体，顾名思义，就是论说文的意思。但是韩愈的《马说》，却被列入“杂说”之中，不同于《师说》那样比较正式的议论文。正式的论文，是要有比较严格的阐释论证的，而“说”本来就以“喻巧而理至”见长，“杂说”则更随意，在内容上，一家之言；在论证方法上，一个角度，一孔之窥。这个文体近似随笔（essay），但规模要小得多。同为“杂说”的《龙说》显得更为典型，全篇就讲龙与云的关系，龙虽然能“嘘气成云”，云固然不如龙，但是没有云，龙就不能“薄日月，伏光景，感震电，神变化，水下土，汩陵谷”。龙所凭借的云，是龙自己嘘出来的。就这么一点灵感，小智慧、小比喻，就成为一篇杂记了。仅就规模而言，有点像语录。如果是“说”，就要有更多的联想，更深的人伦和社会的内涵，更丰富的论述和阐发，才能完篇。

《马说》本来所要处理的命题是，杰出的人才为什么总是遭受压抑和摧残。这是个普遍现象，并不限于唐代，在人类历史上比比皆是。对于这样的大问题，可以作理论、事例多方面的论证。如果是这样，就是做大文章了。韩愈在这里选定“杂说”文体，实际上是“大题小做”。短短二百多字，快刀斩乱麻。

把大题目做小，如何落实呢？

第一个策略，把智慧的结晶放在一个寓言式的故事中。从一个故事出发，进行正反面分析。千里马故事的寓意是现成的，如果重复现成的寓意，就没有必要写这篇文章了。韩愈的才华表现在，能从老故事里发掘出新意。原来故事的题旨是千里马难以从外表上识别，韩愈把这个主题发展为三个层次的论点：

策之不以其道，食之不能尽其材，鸣之而不能通其意。

全从故事中分析出来，故事既是出发点也是终点。故事以外，不管有多么复杂的因素，作者都置之度外。

杰出人才受压、受辱的问题，只在千里马故事的限度内展开。这种论证方法在逻辑上叫作比喻论证。从严格的逻辑规则来说，比喻论证只能起辅助作用，并不能完全承担起正面论证的功能。因为本体和喻体本质不同，虽然某些方面有共同之处，然而相同是相对的，不同之处则是绝对的。就以人才和千里马之间的关系而言，其不同是明显的，杰出的人才和千里马有许多不可类比之处，人类的社会文化性质要复杂得多，例如人是有自己的理想的，是有不同的个性的，人又是有各自不同的缺点的，同样的待遇会有不同的结果等。

但是，人们在读韩愈的这篇文章的时候，并没有想到这么多。原因是什么呢？

这就涉及文章的第二个策略：逻辑上的先声夺人。

吴小如在解读这篇文章时，有这样的话："文章的第一句是大前提：'世有伯乐，然后有千里马'，可这个命题本身就不合逻辑。因为存在决定意识，伯乐善相马的知识和经验，必须从社会上（或说自然界）存在着大量的千里马身上取得，然后逐渐总结出来的。所以过去有人就认为韩愈这句话是本末倒置，是唯心主义的。"另外一位先生则认为韩愈这样的论述，是有意"避开了""一般的认识"，目的是"把伯乐强调到了舍之其谁的重要地位"，"实现了引人入胜的行文目的"。当然，强调"引人入胜"，是有道理的。上升到理论，在中国古典散文的理论中，叫作"先立地步"，也就是先把自己的大前提以一种毋庸置疑的语气加以强调。这是中国古典论说文用得比较多的办法，凡有立论，总是先立大前提，然后加以推演。如《晏子使楚》，晏子对楚国让他从小门进，他的反击是："使狗国者从狗门入，今臣使楚，不当从此门入。"按逻辑推演下去，顺理成章的结论就是，如果让我从这个小门进去，你们楚国就是狗国。但是，他的大前提没有论证过，是很武断的。根本就不存在人出使狗国的可能，更不可能有狗国迎人于小门的事实。这个比喻论证，之所以两千多年来脍炙人口，与其说是因为其雄辩，不如说是因为现场应对的急智。在对话现场，即使有漏洞，对方若不能现场反击，就是失败，哪怕在事后想到很精致的反驳，也于事无补。[①]

《马说》与《晏子使楚》的现场机智反应略有不同，读者猝然受到"世有伯乐，然后有千里马"这个异于常理的冲击是有反思时间的，但在阅读时，反思的时间比较有限。接下来注意力被更为严密的话语所吸引："千里马常有，而伯乐不常有。"其实，这两句话和前面的"世有伯乐，然后有千里马"是矛盾的。千里马在伯乐之后，怎么会在"伯乐不常有"的前提下，产生"千里马常有"的结论呢？韩愈玩了一个文字技巧，把前面的武断化解了。前后两个"有"字，字面（能指）和内涵（所指）并不一致。后句的"有"，通常的理解

① 韩愈在比较正式的文章中，也善于运用这种方法，在《师说》中，就为"师"下了一个著名的定义："师者，所以传道受业解惑也。"对之并没有进行论证，就以此为前提，推演出"闻道有先后，术业有专攻""道之所存，师之所存"，与年龄、地位无关。

是“存在”的意思，前句的是“发现”的意思。“千里马常有，而伯乐不常有”的意思是，千里马是经常存在的，只是伯乐那样的高人很少见。而“世有伯乐，然后有千里马”中的“有”，并不是“存在”，而是“发现”的意思。不被发现，千里马就不为人知，就等于不存在。这样，就把逻辑上的矛盾弥合起来了。正是这样的文字技巧，能指和所指的错位，使韩愈既保持了文章开头的先立地步、先声夺人的气势，又掩盖了逻辑上的武断。

但是，如果光有这么一手，下面没有更为令人信服的论证，文章还可能是软弱的。这样就有了第三个策略：

故虽有名马，祇辱于奴隶人之手，骈死于槽枥之间，不以千里称也。

这几句把论题推向一个新的层次：千里马不但不被发现、认可，相反遭受压抑和苦难。这在古典文论中，叫作“反面着笔”，文章的气势更强，原因在于推向极端。如果说前面的文章还只是在“有”和“不常有”（无）之间，那么到这个层次，就是生和死了。以千里马之尊和“奴隶人”“槽枥”之贱相对比，使文章不但有理气，而且有了某种情感色彩。这种情感色彩，又因为有了感性的细节而强化，说死已经极端了，又加上了奴隶人之手，说骈死（成批地死）已经够感性的了，还要加上马槽。

韩愈这篇文章的风格，虽说是说理的，但又不乏感性。可以说是情理交融。这与宋濂的《送东阳马生序》掩藏感情的风格有明显的差异。

韩愈的这种风格，从开始就为构思所决定。一个抽象的道理，完全依附于一个感性的、寓言式的故事。随着故事的发展，论证得以按层次推进，感性细节随之衍生，构成有机的联系：

马之千里者，一食或尽粟一石。食马者不知其能千里而食也。

从论证的系统来说，这里所揭示的已经不是千里马和伯乐的关系，而是千里马和反伯乐的矛盾。一方面千里马需要超越常马的食料，另一方面养马者却不能理解这正是能至千里的条件。用常马的待遇，其结果是走向反面：

是马也，虽有千里之能，食不饱，力不足，才美不外见，且欲与常马等不可得，安求其能千里也？

分析在更深刻的层次上开展：千里马连常马都不如。这是又一个极端了，每个极端都处在与前一极端对立的位置上。可是到此韩愈还似乎不太过瘾，接着而来的是又一个极端：

策之不以其道，食之不能尽其材，鸣之而不能通其意，执策而临之，曰：“天下无马！”

这表面上看仅仅是又一个层次的深入，实质上，把文章前面已经展开的（“食之不能尽其材”）和没有正面论述的（“策之不以其道，鸣之而不能通其意”）统一起来总结，展示最后一个层次的极端。这恰恰是文章的主题所在，要害不是伯乐不伯乐，也不是养马不养马，而是用人的道理，策之以其道，食之尽其材，鸣之通其意，就是不但在物质上得到充分保障，而且在精神上沟通，才能在使用上得法。

综上所述，韩愈文气的构成，大致有三个方面的要素：第一，逻辑上先立地步，先声夺人；第二，左右开弓，层层深入，极端之后还有极端的逻辑；第三，在说理中又渗透着强烈的感情色彩，情理交融。这种风格的极致，在文章的高潮，禁不住直接感叹、抒情起来：

呜呼！其真无马邪？其真不知马也。

吴小如说人们都知道韩愈“以文为诗”，而不知他也会“以诗为文”，作论说文而具有诗性、抒情性，《马说》就是一个雄辩的证明。

《师说》：作为文体的“说”

对这篇经典文章的解读甚多，空话连篇几成顽症，原因是问题提得不到位，甚至文不对题。有一篇解读文章的小标题是“《师说》在艺术上有哪些特色”，本来老老实实说，文章有什么特色，很明确，但加了个“艺术上”，就弄巧成拙了。韩愈这篇文章，是不是属于“艺术”范畴呢？理论界的共识是，古希腊把人类的知识分为两类，一类是理性的，在亚里士多德那里，包括物理学（physics）、后物理学（metaphysics），也就是形而上学；另一类是感性的、情感的，后来被称为美学（aesthetics）。韩愈这篇文章，性质上是理性的论说文，和艺术（文学）的情感性质属于不同范畴。弄清这一点，才能明明白白把解读聚焦在文章的理性逻辑上。

有些解读文章似乎也意识到了《师说》不是抒情散文，提出其特点在于“严谨的结构”，但这种结构是什么性质，是理性的还是情感的，含含糊糊，解读就陷入另外一种更为流行的顽症，就是重复一望而知的内容。有一篇文章引用了原作的第一部分：“古之学者必有师。师者，所以传道受业解惑也。人非生而知之者，孰能无惑？惑而不从师，其为惑也，终不解矣。生乎吾前，其闻道也固先乎吾，吾从而师之；生乎吾后，其闻道也亦先乎吾，吾从而师之。吾师道也，夫庸知其年之先后生于吾乎？是故无贵无贱，无长无少，道之所存，师之所存也。”然后这样解读：“第一段，论述求师的重要性和必要性，并指出无论是谁，只要掌握了真理和知识，都可以做自己的老师……这段的意思是说：古代求学的人一定有老师。老师，是传授道理、教授学业、解除疑惑的人。人不是生下来就明白事理的，谁能没有疑惑呢？有了疑惑而不去请教老师，那种疑惑就永远解决不了。生在我前面的人，他懂得道理本来就比我早，我应该向他学习；生在我后面的人，如果他懂得道理也比我早，我也该跟他学习。我拜老师是学习他懂得的道理，何必管他比我年纪大还是比我年纪小呢？所以说不论尊贵卑贱，不论年长年幼，谁懂得道理，谁就是我要向他学习的老师。”这样的解读，不仅空话连篇，其中的关键词还有错误，韩愈的“道”是有着当年的特殊历史内涵的，翻译为今天一般意义上的“道理”，就造成了词义上的遮蔽。

文章还提出此文有“严谨的结构”，可是上述解读既不见结构，也不见严谨，只见把韩愈的精练散文翻译成啰唆的空话。其实，到位的解读先要把“结构”讲清楚，不是一般的结构，而是议论文的理性的逻辑结构。结构的严谨，乃是逻辑结构的严谨。

另有一篇文章倒是意识到此文是议论文，故分析说，《师说》用的方法是“下定义”：“文章一开头就断言：古之学者必有师，并以‘师者，所以传道受业解惑也’定义了老师的职责。”接着从这个定义出发，由“解惑”说到“从师”。经过一番推论，又得出“道之所存，师之所存”的结论。针对议论文的逻辑这样说：“其间层层衔接，一气贯通，毫无冗余之处，具有强大的说服力。”这话说得似乎没有多大错误，但仍然失之空洞，文章在逻辑上怎么层层衔接，怎么一气贯通的，何以见得毫无冗余之处，怎么构成了强大的说服力？全是结论，没有任何分析和论证，这在文风上叫作武断。

对这样的文章之所以有必要加以批评，就是因为其很有代表性，这几乎是一般解读文章的通行模式。

一般解读文章往往满足于内容的阐释，对文章的体式，或者说是形式，则不置一词。原因在于，在潜意识里，黑格尔的内容决定形式在起遮蔽作用。其实，形式往往并不这样消极，有时在一定程度上决定内容。[①] 懂得了这一点，就不能忽视文章的体裁。

文章的体裁是“说”，在《文心雕龙》中作为文体和“论”并列，固然都是议论文，但“说”源自先秦游说，故其特点乃是“喻巧而理至”。而这里却没有像一般的“说”那样先借一个具体情境中的类比（如《晏子使楚》中的“使狗国者从狗门入”），或者一个比喻性的推理（如韩愈的《马说》、刘基的《说虎》），又或从类比性的故事（如柳宗元的《捕蛇者说》）引申出深邃的主题来。这里的特点是，直接提出核心论点：“师者，所以传道受业解惑也。”为什么要在前面加上个“古之学者必有师”？因为师古是当时的共识，韩愈的古文运动，反对当时流行的骈体，以复古为旗帜，抬出先秦诸子的古文，有不可反驳的权威性。

说“严谨”只是个结论，解读的任务是考察文章如何达到严谨，其特点是什么。

在有了师古的共识之后，接着“人非生而知之者，孰能无惑？惑而不从师，其为惑也，终不解矣”。在逻辑上本该承接“传道受业解惑”，但是，只承接了“解惑”。作者先从毋庸置疑的“解惑”入手。人非生而知之，不能无惑，这不但是理论上的共识，而且几乎是常

① 这在席勒那里叫作“通过形式消灭素材”。席勒的原话是：“艺术大师的独特的艺术秘密就是在于，他要通过形式来消灭素材。”席勒. 美育书简[M]. 徐恒醇，译. 北京：中国文联出版公司，1984：114—115.

识。用常识来做因果分析，演绎出不从师则终生不能解惑，逻辑上顺理成章。

文章写到这里，逻辑结构还不能算是“严谨”。因为还没有接触到论题中的“传道”。如果接下去直接说“传道”，就可能变成论点的平面罗列，不但谈不上结构严谨，立意也难免平庸。韩愈避免了平面罗列，把传道和年龄联系起来，突出其矛盾。“生乎吾前，其闻道也固先乎吾，吾从而师之；生乎吾后，其闻道也亦先乎吾，吾从而师之。吾师道也”，这样从矛盾中把传道引出来，论述就深化了。韩愈不仅传道，还师道，不仅向长者师道，而且主动向幼者师道。这样，在逻辑上就把“传道”向主动的、超越年龄潜在限制的“师道”拓深了一个层次。文章接下来说：“是故无贵无贱，无长无少，道之所存，师之所存也。”从年龄“无长无少”，推演向“无贵无贱”，不受年龄、社会地位贵贱的限制，这就使得论题的涵盖广度扩大了，深度（不论贵贱）也大大增强。严密推论的效果不但得力于逻辑的类比，而且得力于句式的排比。从这个意义上说，有了从“解惑”到“传道”再到“师道”的递进，所谓“层层衔接，一气贯通，毫无冗余之处，概念明晰，论证严密”才不是空话。由此推出“道之所存，师之所存”这样的结论，逻辑就更严密了。原因在于把“道”和“师”结合起来，把“道”作为两者的主导方面。正因为如此，才不受长幼贵贱的限制。

结论已经有了，逻辑也很严密，文章似乎可以结束了。但是，韩愈的立意并不止于此。原因在于，他并不泛泛立论，而是有现实的针对性：“师道之不传也久矣。”这个问题在现代青年看来，几乎没有感觉，但是在当时的社会风气之下是相当严重的。

柳宗元在《答韦中立论师道书》中说：“由魏、晋氏以下，人益不事师。今之世，不闻有师；有辄哗笑之，以为狂人。独韩愈奋不顾流俗，犯笑侮，收召后学，作《师说》，因抗颜而为师；世果群怪聚骂，指目牵引，而增与为言辞。愈以是得狂名。”从柳宗元文中可以看出，当时韩愈如此主张是有点公然与世俗对抗的意味。韩愈不但引来“群怪聚骂”，孤立到被目为“狂人”，而且被排挤，“居长安，炊不暇熟，又挈挈而东，如是者数矣”。从这里，可以体悟到当时韩愈敢于批判的勇气。

正是因为《师说》有某种反潮流的性质，韩愈不满足于泛泛立论，还要对时俗进行更尖锐的批判。有一篇文章说韩愈此文的好处在于“对比论证”，是有一点道理的。文章为了强化其论点，的确从正反两面进行了对比：“古之圣人，其出人也远矣，犹且从师而问焉；今之众人，其下圣人也亦远矣，而耻学于师。”但是，这样的对比不仅是为了论证论点，而且是为了丰富、深化论点，以强化批判的力度，故在层次上深化，把论点推向新的深度，不再停留于师道、不师道的层次上，而是推演出现实情况的严重后果：

是故圣益圣，愚益愚。圣人之所以为圣，愚人之所以为愚，其皆出于此乎？

这就不仅是圣人和愚人的对比，而且提升到整个社会的精神高度。成为圣人和愚人的唯一关键就是师不师道。很显然，这里表现了韩愈文章的一种特色：在逻辑深化过程中，把矛盾及其后果推向极端。如果要说对比，这种对比就是一种极端的对比，对立面的极端又和极端的后果紧密相连。这就构成了韩愈文章的一种锋芒和气势。

文章到这里，把结论提到这样的高度，从逻辑上说，可能是无以为继了。

但是，韩愈文气还有更上一层的气势：

> 爱其子，择师而教之；于其身也，则耻师焉，惑矣。彼童子之师，授之书而习其句读者，非吾所谓传其道解其惑者也。句读之不知，惑之不解，或师焉，或不焉，小学而大遗，吾未见其明也。

在这样的对比中包含着双重悖理，第一是爱其子择师，于其身则耻师；第二是童子之师不过是授其简单的句读而已，而成人择师，则为传道解惑。在此二重悖理的基础上，得出的悖理“小学而大遗”显然更是荒谬的极端，不仅是把论点深化，而且是把高度抽象的论点感性化、经验化。在这方面，讲究简练的韩愈是很花笔墨的。接着又从这样的悖理中进行根源挖掘，把批判的矛头指向了当时的“士大夫之族”：

> 巫医乐师百工之人，不耻相师。士大夫之族，曰师曰弟子云者，则群聚而笑之。问之，则曰：“彼与彼年相若也，道相似也，位卑则足羞，官盛则近谀。”

一方面是被视为低贱的“巫医乐师百工之人”，另一方面是自视高贵的“士大夫之族”，两者对师道问题是绝对相悖的态度。韩愈的高明在于，揭露了思想根源，除了年龄以外，还有一个根源“位卑则足羞，官盛则近谀”，直接点明了“士大夫之族”病态的自尊和虚荣。这是一篇论说文，本来以理取胜，一般不用抒情，甚至是戒绝抒情的。但韩愈写到了这里，突然从理性的高度转向情感抒发：

> 呜呼！师道之不复，可知矣。巫医乐师百工之人，君子不齿，今其智乃反不能及，其可怪也欤！

语句仍然一以贯之地从悖理中推出结论，认为君子之智不及巫医乐师百工之人，对之不齿，语气中洋溢着愤激。从感情和理性来说，都达到了高潮，一般的古文，到了“呜呼”，就结束了。但韩愈没有，接着的文字是这样的：

> 圣人无常师。孔子师郯子、苌弘、师襄、老聃。郯子之徒，其贤不及孔子。孔子曰：“三人行，则必有我师。”

这个对比与前面的例子相反，前面例子是说，“士大夫之族”不如社会地位低的“百工”，这里的例子，却是社会地位高到圣人程度的孔夫子，能以贤能不及他的人为师。有了这样一个极端的例子，韩愈推出了层次更高的两个结论。第一个是：

> 是故弟子不必不如师，师不必贤于弟子。

老师不一定比弟子强，弟子也不一定比老师弱。这与世俗常识，甚至文士的共识相悖，但在后世成为格言。第二个是：

闻道有先后，术业有专攻，如是而已。

经过分析指出这样转化的原因：第一，闻道先后；第二，术业不同。

这是对全文的总结，这个总结不但在内涵上很深入了，而且在结构上也更严密了。开头提出师者“传道受业解惑”的命题，“传道”“解惑”都反复阐释了，唯独“受业”的“业”没有涉及。如果文章写完了，都没有涉及，就不能不说是一个小小的漏洞。但是，韩愈的逻辑严密在于，到了最后的结论，把“术业”与韩愈视为生命的“道”放在同样重要的位置上，不但强调了“业”，而且逻辑上也完整了。文章到这里，主题深化了好几个层次，理性推演也以感性经验丰富了，应该是做到头了。最后却来了一句：

李氏子蟠，年十七，好古文，六艺经传皆通习之，不拘于时，学于余。余嘉其能行古道，作《师说》以贻之。

这是对作文目的的说明，作为文章似乎可有可无，但从文章的节奏上看，是从理性的高度严谨中放松下来，以感性的语言使文气缓和下来，节奏上一张一弛，取开阖自如之效。

可能正是由于文气上节奏张弛的功能，这种结尾其实是当年作为“说”“记”（如《小石潭记》《石钟山记》）等文体的一种模式。

“说”作为一种议论文，本来其功能是说理的，到唐代它不但“喻巧而理至”，而且“飞文敏以济辞”。往往是很智慧、很机巧地阐释一个观点。而“论”在古代散文中则要求严格得多，刘勰说：

论之为体，所以辨正然否；穷于有数，追于无形，迹坚求通，钩深取极；乃百虑之筌蹄，万事之权衡也……必使心与理合，弥缝莫见其隙；辞共心密，敌人不知所乘。

“论”对主题的确立和论证要严密得多，在概念上，要“辨正然否”，就是做正反面的分析，在资源上“穷于有数，追于无形”，意味着要把握一切有形无形的资源，并且比较权衡（“百虑之筌蹄，万事之权衡”）。这样的要求，不是“说”这样的文体所要达到的。如果真要以“论”所要求达到的“心与理合，弥缝莫见其隙；辞共心密，敌人不知所乘”的准则来衡量，则韩愈这样的文章，有许多地方，在逻辑上是不够严密的。如文章一开头说“古之学者必有师”，下面举例孔子、老子，他们的老师是谁呢？至于孔子视为师的郯子、苌弘、师襄，是不是都为孔子传道、授业而且解惑了呢？这些都可以说是逻辑上“见其隙”，辞共心“不密”，论敌不难“所乘”的。如果是“论”，论点论据是要“辨正然否”，也就是要反思、分析的。如苏洵的《六国论》，一开头说六国之败，不是败于战。这个论点能不能成立呢？马上就提出反例来“辨正”其“然否”，燕国战了，最后还是败了，但是燕国是小国，因为战，却最后灭亡，而大国不战却先亡。六国赂秦，使秦坐大，力量对比悬殊。如果六国均战，则不致如此。正是因为这样，苏洵的文章题目叫作《六国论》，而韩愈的只能是《师说》，而不能说是“师论”。

“说”不是严格意义上的论文，有点像英法的随笔，例如培根的《论读书》。但是，与刘勰时代的“喻巧而理至”的“说”相比，韩愈的《师说》又有些不同，很明显，它没有什么巧喻，而是直接说理。这应该归功于文体的历史发展。刘勰时代的“说”继承了先秦游说的巧喻，而韩愈时代的“说”，则是反对骈文一味讲究四六句型、对仗僵化的模式。他几乎全用散句，这并不是说不讲究语言的节奏，四六句型的节奏是僵化的，韩愈不规则的散句，虽然无固定的句型，但他时常把不规则的句子用对称结构统一起来，使之构成自由起伏的节奏。如“生乎吾前，其闻道也固先乎吾，吾从而师之”，这是散句，可以说没有节奏感，但接下去是“生乎吾后，其闻道也亦先乎吾，吾从而师之”，这样在语义、句式上就对称起来，就有了节奏感，不同于骈文固定的节奏感，而是韩愈式的古文的灵活节奏感。又如，“古之圣人，其出人也远矣，犹且从师而问焉；今之众人，其下圣人也亦远矣，而耻学于师”，同样因为用了对仗句式，有了节奏感，但是，又不同于前面两句的节奏，因此构成统一而多变之效。散句给了韩愈以自由，对称使韩愈精练，对称与不对称的结合，使得韩愈往往出语警策，有时似乎是轻而易举地写出了“是故弟子不必不如师，师不必贤于弟子”这样的格言。

《始得西山宴游记》：为什么关键在一个“始”字

《新唐书·柳宗元传》说柳宗元参与王叔文新政失败，永贞元年（805）贬谪永州：“既窜斥，地又荒疠，因自放山泽间，其堙厄感郁，一寓诸文。”所谓“诸文”，当以《永州八记》成就最高，为古典山水游记开一代文风的杰作，已成共识。亦有论者不求甚解，以为柳氏至永州即作，事实并非如此简单。

柳氏初到永州，身为官员，却无居处，和北宋被贬黄州的苏东坡一样，借住于僧寺之中，十分简陋。五年之间，四遭火灾，几葬身火海。初到永州不到半年，母亲卢氏即病故于龙兴寺。亲朋故旧，断绝来往者有之，恣意诋毁者有之。流放之地，尚未十分开化，瘴气暑湿，弱体病甚，南蛮鴃舌之语，难以自由交流，更增苦闷。柳氏虽处如此困境，但并未开始“八记”之作。①

次年，唐宪宗即位改年号元和（806），大赦天下，然下诏明言：柳宗元等不在其列，还要把王叔文处死。二十一岁就中了进士的柳宗元，此时才三十四岁。面对政治上几乎是死刑的局面，精神郁闷可想而知。但是，仍未命笔“八记”。盖由于其坚持为文之“道”（原则）：“每为文章，未尝敢以轻心掉之，惧其剽而不留也；未尝敢以怠心易之，惧其弛而不严也；未尝敢以昏气出之，惧其昧没而杂也；未尝敢以矜气作之，惧其偃蹇而骄也。”（《答韦中立论师道书》）这说明柳氏每每以“轻心”“怠心”“昏气”“矜气”自戒，最关切的是，惧其作“剽而不留”“昧没而杂”，也就是不能传诸后世。

---

① 柳宗元在永州期间，有关游山玩水、搜奇探胜的散文有二十多篇，有些作于“始得”之前。如元和元年（806），就有《西轩记》《息壤记》《东丘记》；三年，有《陪永州崔使君游宴南池序》；四年，就在“始得”之前，还有《永州法华寺新作西亭记》（以上据施子愉《柳宗元年谱》，《武汉大学学报》1957年第1期）；等等。但学界基本认定“八记”，并以“始得”为首。另有作于八年的《游黄溪记》，学界有“八记”还是“九记”之争，但最终还是以“八记”为多数人认可。

要把精神上的郁闷以他和韩愈倡导的古文形式表现出来，这是一种历史的创造，需要一个过程。以柳宗元的天才，这个过程居然相当长。故此时虽有所作，如《牛赋》之叹牛有功而无赏，不如瘦驴之“曲意随势”。《愚溪诗序》述己“以愚得罪”却以“愚”命溪，居愚而不改，然此等文章，皆有守志不渝、俯视群小之意，皆难以与《永州八记》作为山水游记之经典可比。作者的情志与形式达到水乳交融，还需要其他条件的配合。长期的积累，是其一。至于具体为文，有时某种偶然的顿悟、灵感的激发亦不可缺少。

“八记”首篇《始得西山宴游记》作于唐宪宗元和四年（809）秋，已经是柳宗元贬谪永州的第四年。他在给友人的书信中，把自己比作囚犯。在现实生活中，他很难感到生趣。作为某种意义上的囚徒，在大自然中寻求精神解脱。在《与李翰林建书》中他说，“闷即出游”不过是“暂得一笑”。

这里“暂得一笑”，就提示着，解脱是短时间的，带着偶然的性质，彻底的解脱并不是招之即来的。

《始得西山宴游记》一开头就是：

自余为僇人，居是州，恒惴栗。其隙也，则施施而行，漫漫而游。

自称为“僇人”，罪人，受辱之人，精神常常是忧惧不安的。就是有空暇出游也是漫无目的，精神找不到长久栖居之所。虽然如此，但是，“上高山，入深林，穷回溪，幽泉怪石，无远不到”，可以打发日子，“披草而坐，倾壶而醉，相枕以卧，卧而梦，觉而起，起而归”，这样随意，可以忘忧，可以自娱：

以为凡是州之山水有异态者，皆我有也，而未始知西山之怪特。

这里有一种自得感，以为此州山水之异态，一切特殊景观皆享受尽了，完全收入自家之胸怀了。客观景观皆为主观自我所拥有，似乎已达解脱之境。但是，直至西山宴游这一天，才顿悟到往日以为诸山皆吾有是错误的。今日来此西山才是“始得”，也就是真正的开端。

“始得”是文章的题目点出的，历代文评家皆意识到了这一点，大致皆以为“始得”为理解此文之关键。

林云铭在《古文析义》中说此文：“全在‘始得’二字着笔。”沈德潜在《唐宋八家文读本》中说此文“从‘始得’字着意，人皆知之……此篇领起后诸小记”。

储欣在《唐宋八大家类选》中说得更到位：“前后将‘始得’二字，极力翻剔。盖不尔，则为‘西山宴游记’五字题也。”如果没有“始得”，则此文只是“西山宴游记”而已。诸家之说皆切中文本。柳宗元自己在文章中就直截了当地说，“始”于自己还不知西山之“怪特”。怪特在哪里呢？这里是有几个层次的。

先是“望”，远观、遥望，“怪特”变成了“异”。“异”到让作者不辞烦劳，越二水

（“过湘江，缘染溪”），登无路之山（“斫榛莽，焚茅茷，攀援而登”），这显示了景观吸引力的极致。

景观的刻画，诸多评家是意识到了的。林云铭说：“语语指划如画。千载以下，读之如置身于其际。非得游中三昧，不能道只字。”但是，诸多评家往往限于模山范水之工，忽略了山之怪和异不仅在客观对象，而且在主观心态。

等到“穷山之高”，领略到山之怪特，一下子灵感来了，改变了作者往常“施施而行，漫漫而游”，排遣不时袭来的忧惧心态。无目的的醉游，一下子变成了“箕踞而遨”，把腿伸直，坐在山顶上，俯视“数州”大地，“皆在衽席之下”。山与自我的关系，不再仅仅是为我所欣赏，为我所有，而是山丘提高了自己的视点，实际上就是胸怀。这个自卑为“僇人”的人，突然感到了自己的高大，而奇形怪状的大山开始变得渺小：岈然隆起的，洼然深陷的，不过是小土堆、小洞穴（“若垤若穴”）而已。千里之远的景物，聚集在尺寸之间，高下相形，尽收眼底。这表现的是俯视。接下来的“萦青缭白，外与天际，四望如一”，青山、白云在远方与天相接合，说的是空间在天地之间全面展开。

这就不仅是景观的拥有，而且是精神气概的升华了。

往日并不以为异的山岳，激起了情志的高潮，顿悟起来，方知是“山之特立，不与培塿为类”。

前面说的“怪特”“异”不过是朦胧的观感，到这里，变成了思想，山之特立，山的美，在于“不与培塿为类”。这里有两层意思：第一，群山一下子变成“培”，往日那些看起来高不可及的对象，不过是一抔黄土而已；第二，有了这样拥山之宏大的心气的自我，不屑与之“为类”就是理所当然的了。

柳宗元就这样把描绘变成象征，从客体的山之高大转化为主体的精神之载体。这就是“始得”中“始”的情志内涵。这一点，沈德潜、储欣、林云铭都忽略了，唯一的例外是浦起龙，他在《古文眉诠》卷五十三说：“‘始得’有惊喜意，得而宴游，且有快足意，此扼题眼法也。”这里接触到文章的“扼题眼法”。但是，“惊喜意”“快足意”还停留于直觉，对于其高度还是相当朦胧。几乎所有的评论家都忽略了文章精神气度的高大，不仅是一时的感奋，而且具有哲学的内涵。

悠悠乎与灏气俱，而莫得其涯；洋洋乎与造物者游，而不知其所穷。

这种精神之气（灏气），与天地同生，是没有开始的；这种浩然之气，与大自然（造物）共存，是没有终点的。也就是在时间上是永恒的，超越了生命在时间上的局限。

正是因为有了这种感悟，柳宗元难得陶醉起来（“引觞满酌，颓然就醉”），浪漫起来（“不知日之入。苍然暮色，自远而至，至无所见，而犹不欲归”），把哲学的意境用具体的语言表达出来：

心凝形释，与万化冥合。

“心凝”指心神高度凝聚，“形释”指躯体解脱，“与万化冥合”指与大自然无声无息地融为一体。这是一种超越了形而下的现实痛苦的形而上的境界，在历代诸文评家中，只有林琴南注意到了。他把这归结为“道”：“不与培塿为类，是知‘道’后远去群小也。悠悠者，知‘道’之无涯也。洋洋者，挹‘道’之真体也。无所见犹不欲归，知‘道’之可乐，恨已往之未见也。于是乎始，自明其投足之正……”（林纾《古文辞类纂选本》卷九）林纾这里的“道”说得比较玄，具体分析，本文的“道”更多属于庄子齐物论的境界，天地与我并生，万物与我为一。

正是在这种悟道的境界中，柳宗元彻底地从痛苦中解脱出来，这才觉悟到：

然后知吾向之未始游，游于是乎始。

到了这个境界，才真正体悟到“游于是乎始”，这个“始”字是总结性点题，具有卒章显志的性质，是从形而下到形而上的升华。往日虽曾醉游，然只是游山玩水感官享受而已，这个“始”反复点出，往日之游，山是山，我是我，而从此时开始，变成了山与我的合一。这种形而上的境界，在柳宗元的诗歌中，表现得更为精绝，例如《江雪》：

千山鸟飞绝，万径人踪灭。孤舟蓑笠翁，独钓寒江雪。

这首曾被诗话家誉为唐人五绝之首的杰作，表现的不仅是庄子的齐物论精神，而且是禅宗的不为外物所动，超越苦乐，心灵处于寂静状态，这就是所谓“正定”状态，能制伏欲界的贪嗔等烦恼。

正是因为这样，文章最后特别注明写于元和四年（809），意在提醒读者，他流放了四年，遭到那么多打击，游览了那么多山岳才从精神上得到解脱，因而才开始写作那流传千载的《永州八记》。

当然，这个形而上的顿悟并不是柳宗元生命的全部，在《永州八记》中，还有《钴鉧潭西小丘记》，记低价购得一亩小丘。“铲刈秽草，伐去恶木，烈火而焚之。嘉木立，美竹露，奇石显。由其中以望，则山之高，云之浮，溪之流，鸟兽之遨游，举熙熙然回巧献技，以效兹丘之下。枕席而卧，则清泠之状与目谋，瀯瀯之声与耳谋，悠然而虚者与神谋，渊然而静者与心谋。”不但享受如此山水之乐，而且还想到“以兹丘之胜，致之沣、镐、鄠、杜，则贵游之士争买者，日增千金而愈不可得。今弃是州也，农夫渔父过而陋之，价四百，连岁不能售。而我与深源、克己独喜得之，是其果有遭乎”。这就不是形而上的境界，而是形而下的现实思绪，不但有从大自然的欣赏中得到乐趣，而且有山丘之胜不得其所的人生感叹。而在《小石潭记》中，则不但为欣赏石之形美，水之声美，潭之透明，鱼影布石，鱼“与游者相乐”之趣。这里的“游者”其实就是柳宗元。大自然美景的“幽邃”，远离尘世，超凡脱俗，自己的精神得到解脱，但是“其境过清”，欣赏则可，并不适合自己“久居”。不得已，弃之而去。

也许正是因为有了西山宴游形而上的解脱，这样形而下的愉悦才不是“暂得其乐”。

柳宗元流放生涯中，心灵虽然丰富，但是形而上的顿悟与形而下的现实矛盾是很难回避的。到元和九年（814），他在流放地已经九年了，写下《囚山赋》发泄他的幽愤：

顾幽昧之罪加兮，虽圣犹病夫嗷嗷。匪兕吾为柙兮，匪豕吾为牢。积十年莫吾省者兮，增蔽吾以蓬蒿。圣日以理兮，贤日以进，谁使吾山之囚吾兮滔滔？

这充分说明，他在被贬的漫长岁月中，毕竟是痛苦的，形而上的天人合一的超脱，与形而下的购得良土的快感，欣赏潭水的清幽，从中得到的心灵安慰，终究不能完全消解他内心的积郁。当然这并不能扑灭他在山水之美中提高生命质量的理想。

《永州八记》如此丰富的精神内涵，都是前代山水游记所缺乏的。

张岱在《寓山注跋》中说：“古人记山水手，太上郦道元，其次柳子厚，近时则袁中郎。”此论也许失之偏颇。固然郦道元《水经注》有精彩绝伦的《龙门》《巫峡》（俗题《三峡》）等篇，文采斐然，锦贝灿然，但大多皆为注释，七宝楼台，离开《水经》，不成片段，更无柳宗元《永州八记》所展示的精神内涵之统一而丰富。

当然，差不多与郦道元同时，在南朝以吴均为代表，则以骈文为主。后世数百年间骈文占据了主流，也产生过一些杰作，如唐王勃的《滕王阁序》。但是，骈文作为一种文体，其对仗的句式固定，平面滑行，缺乏精神内涵，造成了形式主义的积弊。韩愈、柳宗元针对骈文不重内容、空洞无物的弊端，提出“文道合一”“以文明道”，发动反骈文的古文运动。苏轼在《潮州韩文公庙碑》中说，韩愈古文运动的功绩在于“文起八代之衰”，八代是指东汉、魏、晋、宋、齐、梁、陈、隋。

在《始得西山宴游记》中，“文起八代之衰”是如何表现的，如今许多分析文章不约而同地忽略了。

骈文的特点，除了对仗，在句式上以四六言为主。比如，《滕王阁序》“豫章故郡，洪都新府。星分翼轸，地接衡庐。襟三江而带五湖，控蛮荆而引瓯越。物华天宝，龙光射牛斗之墟；人杰地灵，徐孺下陈蕃之榻。雄州雾列，俊采星驰。台隍枕夷夏之交，宾主尽东南之美。都督阎公之雅望，棨戟遥临；宇文新州之懿范，襜帷暂驻。十旬休假，胜友如云；千里逢迎，高朋满座。腾蛟起凤，孟学士之词宗；紫电清霜，王将军之武库。家君作宰，路出名区；童子何知，躬逢胜饯”。全文除可以省略的虚词以外，都是四言与六言之交替。这就是骈体的形式规范。

柳宗元所提倡的古文，乃是先秦西汉的古文。其原则是：第一，不事对仗，因为对仗拘于平面描绘，多用华丽辞藻；第二，师承先秦西汉散文之记事叙述；第三，骈文大抵四六言的句式，而古文则为散句，也就是句式的长短自由转换。

自余为僇人，居是州，恒惴栗。其隙也，则施施而行，漫漫而游。

数句基本是简朴叙述，不事藻绘，句式自由，无偶句对仗。第一句说自己身份乃获罪之人，只用了五个字，下面三个三言，对于心理上长期的恐惧，也只用了三个字“恒惴栗”，这就是古文的简朴。其后是五言（“则施施而行”），然后又是一个四言（“漫漫而游”）。其实施施而行和漫漫而游，本是可以对仗的，加上一个“则”，有了因果关系，更加自然。作者不但回避对仗，而且连排比句都是回避的，回避排比，就是回避人工气。但遇到可以对仗，可以排比，有利于表现自然心态的地方，就坦然用之：

日与其徒上高山，入深林，穷回溪，幽泉怪石，无远不到。到则披草而坐，倾壶而醉。

这里的“入深林，穷回溪”，下面的“过湘江，缘染溪，斫榛莽，焚茅茷”就是对仗句，都是三言。“攀援而登，箕踞而遨”是四言。句式的自由组合，手法的自由转换，完全是心灵节奏的表现。运用之妙，存乎一心。

古文始于先秦西汉，反骈文的唐时古文却不同于先秦古文。先秦古文极少对仗句法，《季氏将伐颛臾》中有“危而不持，颠而不扶”“虎兕出于柙，龟玉毁于椟中”，就有人怀疑是出于后人之手。但是，在柳宗元笔下，这样的句式往往似漫不经心出之，在朴素的叙述中略带华彩，并不妨碍其文之自然。

《钴鉧潭西小丘记》中写到山石，就用排比做了尽情渲染：

其石之突怒偃蹇，负土而出，争为奇状者，殆不可数。其嵚然相累而下者，若牛马之饮于溪；其冲然角列而上者，若熊罴之登于山。

柳宗元和韩愈提倡古文，反对骈文的人工性，这样的排比突破了骈文的对仗程式。难能可贵的是，这并不是柳宗元唯一的手法，他似乎是很有节制地使用着的，在《小石潭记》中形容池边石头的奇异，就用了相反的手法：

近岸，卷石底以出，为坻，为屿，为嵁，为岩。

和河床的整体性相反的是分散性，变化多端。“为坻，为屿，为嵁，为岩”，强调的是形态的不统一，一派自然本色。多姿的山石与统一的河床形成对比。不可忽略的是语言的节奏。一连四个短句，每句只有一个名词，没有形容词，却达到描写的效果，表现出复杂的山石形态，而词语和句法却如此单纯，这不但是自然景色的奇观，而且是语言的奇观。前面是参差的长短句，后面是整齐、并列、没有形容和夸张的短句，发挥了古文的自然优于骈文的人工的优长，构成一种有张有弛的节奏；从心理感受上，又给人一种历历在目、应接不暇的感觉。对语言控制得很紧，是柳宗元的一种特殊追求。

柳宗元与韩愈并称，但是，两人文风并不雷同。相比起来，韩愈之文几乎更多散句，不用骈句，常有直接抒情，往往禁不住“一唱三叹”。其趣，亦不限于情趣，兼具理趣(《师说》)，特别是谐趣(《送穷文》《毛颖传》)。欲窥柳宗元为中国唐代古文带来的特色，与韩文的比较或许不可缺少。

《小石潭记》：现实与诗意的境界

柳宗元贬官永州，心情比较苦闷，传世的文章大部分都写于这个时期。文章的体裁很多，有诗、赋、散文等，以《永州八记》最为著名，本篇是其中之一。这一篇并非最好，但比较适合中学生学习。

学习什么呢？主要是学会理解抒情散文中景物和作者心情的特殊关系。作者此时政治上失意，生活上也比较清苦。读《小石潭记》，有没有备受打击、精神苦闷的感觉呢？有位教授写了篇解读此文的文章，说是通篇苦闷，甚至连潭中游鱼“似与游者相乐”，都给他一种“人不如鱼”的感受。事实上，从文中出发，并非如此。相反是“心乐之”，很开心。我们要欣赏的，不仅是作者的山水之乐，而且是这个乐的特点，尤其是这个乐的过程。

文章写的是美好的景致和心情，中心是石潭，如果直接就写潭水之美，就太简单，没有心理发现体验的过程了。因而作者并不从看见潭水之美开始，而是先听到水声之美。美到什么样子呢——“如鸣珮环”。珮环是玉质的，玉环碰击的声音是美好的。玉的质地和价值都是贵重的，环形玉佩是妇女的饰物，环佩之声在古典诗歌和散文中都与高贵的身份和美好的品格联系在一起。这就不仅是声音的美，而且有品格之美的联想。其次，这样美好的声音，不是直接听到的，还隔着竹林，而且是篁竹，密密的竹林，这也是与经典的诗意相联系的，《楚辞·山鬼》：“余处幽篁兮终不见天。”泉水之声是美的，隔着竹林听这声音，就有一种逐步发现的心理体验过程，美好的感觉就有了延续性。这两层都是铺垫，还没有见到潭水，就被感染了——“心乐之”。也就是很欣赏，很开心。但是，篁竹虽然美，却成了欣赏潭水的障碍，没有路。接下来是“伐竹取道”。这说明听觉之美不同凡响，不畏伐竹之艰难，非看不可。这是第三层铺垫。三层铺垫，把读者的期待强化了，接下去就是写水了：

下见小潭，水尤清冽。全石以为底。

“清”字加上个“冽”，强调水的特点不仅是清，而且有寒气。好处在不但有水的视觉特点，而且有水的触觉特点。“全石以为底”，这本身就是罕见的，很奇特，在自然界很少见，但是这里不仅写了河床这一表面特点，而且间接写了水的清澈。如果水不是全部清澈，就不能见底，也就不能见到全部河床，进而断定就是一块完整的石头。值得注意的是，石头奇特的整体性仅仅是一个方面，还有另外一个方面：

近岸，卷石底以出，为坻，为屿，为嵁，为岩。

与河床的整体性相反的是分散性，变化多端。“为坻，为屿，为嵁，为岩”，强调的是形态的不统一，一派自然本色，多姿的山石与统一的河床形成对比。不可忽略的是语言的节奏。一连四个短句，每句只有一个名词，没有形容词，却达到描写的效果，表现出复杂的山石形态，而词语和句法却是如此单纯，这不但是自然景色的奇观，而且是语言的奇观。前面是参差的长短句，后面是整齐并列、没有形容和夸张的短句，很自然，发挥了古文优于骈文的长处，构成一种有张有弛的节奏；从心理感受上，又给人一种历历在目、应接不暇的感觉。对语言控制得很紧，是柳宗元的一种特殊追求。当然，柳宗元并不是不善于形容，在必要的时候，他是很舍得形容的。如在同为《永州八记》之一的《钴鉧潭西小丘记》中，对石头的描写就用了排比句法：

其石之突怒偃蹇，负土而出，争为奇状者，殆不可数。其嵚然相累而下者，若牛马之饮于溪；其冲然角列而上者，若熊罴之登于山。

至于在本文中，接下去写到草木，“青树翠蔓，蒙络摇缀，参差披拂”，就很讲究形容和渲染。但是，即使形容也是力求简练。表现树，颜色的感觉比较简单，“青”是总体的感觉，“翠”是枝叶。但这显然不是文章的重点，其着力点是枝条的状态，分别用了“蔓”“蒙”“络”“摇”“缀”“参差”“披拂”，都是写枝叶茂盛，交互错综。这和前面的“伐竹取道”呼应，突出了树林的原始性。

写到这里，还不能说是全文的核心，因为还没有写到作者对潭水的发现，下面才是全文的灵魂，这是本文成为千古绝唱的关键：

潭中鱼可百许头，皆若空游无所依，日光下澈，影布石上。佁然不动，俶尔远逝，往来翕忽，似与游者相乐。

本文的题目是《小石潭记》，潭中之水本该是主角。但是，除了开头一句正面写“水尤清冽”以外，就再也不提水了，好像对潭里的水一点感觉都没有的样子。倒是对水中的石头、鱼，很舍得下笔墨。特别是写到鱼的时候，“皆若空游无所依”，就好像说鱼倒是有的，就没有水。这个“空”字，表面上是什么也没有，但妙就妙在没有水，恰恰写出了水之美的效果。水透明到像什么也没有，好像鱼都浮在空中一般。读者和作者达到了自然的默契，鱼是没有这个本事的，而是水透明到好像没有一样。应该说，这不完全是柳宗元凭空的创造，至少他是有所本的。南朝梁吴均的《与朱元思书》中就有：

水皆缥碧，千丈见底。游鱼细石，直视无碍。

也是用深到千丈还能见到水底、可以见到鱼来形容水的透明，但是毕竟水还是有的。北魏郦道元的《水经注》写洧水比吴均更胜一筹：

绿水平潭，清洁澄深，俯视游鱼，类若乘空。

用鱼的看似悬空，来强调水的透明，这显然是柳宗元所师承的。但是，郦道元是在正面描述水的颜色、质地的基础上，再用鱼的可视效果来强调水的清澈。到了柳宗元这里，就干脆不提水了，直接写鱼“空无所依”。更精彩的是，柳宗元不从正面来写水，而是从侧面写效果，以突出水的清净。正面写的是日光，日光照下来，鱼的影子落在石头上。这一句写得更加有智慧，水清澈透明，得到更加独特的表现。日光照到水里，没有变暗，可见水之清冽。这还不算，石头上居然出现了鱼的影子，影子之黑，正是日光之强、水之透明的效果。吴均和郦道元的文章，都以鱼的可视来反衬水的清澈，柳宗元则进一步用鱼的影子，用黑来反衬明亮，艺术感觉上的反差效果更为强烈。这可以说是柳宗元的一大发明，后来产生了很大的影响，如苏轼的《记承天寺夜游》：

元丰六年十月十二日夜，解衣欲睡，月色入户，欣然起行。念无与为乐者，遂至承天寺寻张怀民。怀民亦未寝，相与步于中庭。庭下如积水空明，水中藻、荇交横，盖竹柏影也。

用影子之黑来衬托月光之明，和柳宗元的手法如出一辙。20 世纪初美国有一派诗人，声称师承中国诗歌的意象传统，号称“意象派”，其代表人物之一洛威尔就按照中国这种传统的原则写过《池鱼》，被美国评论家迈克尔·卡茨认为可能是根据一幅中国画写成的。[①] 其实洛威尔根据的不是中国画，而是柳宗元的诗。洛威尔的诗译文如下：

在褐色的水中
一条鱼在打瞌睡
在阳光下闪着银白的光
在芦苇的阴影里显得清亮
在水底出现的
绿橄榄的亮光
透过一道橘黄色
是鱼儿在池塘里春游

① 张隆溪. 比较文学译文集 [M]. 北京：北京大学出版社，1982：186.

绿色和铜色

暗底上一道光明

只有对岸水中垂柳的倒影

被搅乱了

这位美国诗人显然是把中国的明暗对比发展到多种色彩的反衬。虽然这样，美国人的诗和中国的传统美学还是貌合神离。因为在这里的三重对比都是物理性的："银白"和"阴影"；橄榄绿的亮色和橘黄色的暗色；垂柳倒影本是静止的，倏忽被鱼搅乱。而柳宗元的明暗对比是心理性的，是人与大自然的契合。下面写到鱼的时候，就很明显了：

佁然不动，俶尔远逝，往来翕忽，似与游者相乐。

在美国人的诗里，只有人对光和影、动与静效果的观察，而在中国古典文学家笔下，自然界的鱼与游人是相乐的。这种相乐是很自然、很自由的，从"佁然不动"到"俶尔远逝"再到"往来翕忽"，并不仅仅是动静的对比，而且是无拘无束的，既不动心，也无目的。但是，恰恰在无目的这一点上，又是与作者相通的。作者暂时忘却了尘世的烦忧，沉浸于对大自然的美的陶醉中。正是因为这一点，小石潭之美就有点神秘，有点不可完全解释，就像潭水一样，虽然远望"斗折蛇行，明灭可见"，但是"不可知其源"。这就是说，这种美是很原始的，很少有人知道，作者是最早的发现者，但放弃探究穷源，并不影响潭水之美。

从这里大概可以感到，中国古典文人重直觉感受，不像西方人那么重视考察和探险。这里的美，作者明确说是很"寂寥无人，凄神寒骨，悄怆幽邃"的，远离尘世、超凡脱俗，但是"其境过清"，欣赏则可，并不适合自己"久居"。尽管如此，还是要记录在案，最后把同游之人的名字都罗列了一番。这在当代散文中可能被认为是流水账，但在古代，这是对朋友的尊重，连随从也不例外。这是柳宗元性格的一个侧面，比较执着于现实，不像他在诗歌里表现出来的另外一面，那里充满了不食人间烟火的境界。如《江雪》：

千山鸟飞绝，万径人踪灭。孤舟蓑笠翁，独钓寒江雪。

一二两句，强调的是生命的"绝"和"灭"，与这相对比的是，一个孤独的渔翁在寒冷、冰封的江上"钓雪"，而不是钓鱼，也就是不计任何功利，孤独本身就是一种享受。这和本文中"寂寥无人，凄神寒骨，悄怆幽邃""其境过清，不可久居"的境界大不相同。诗歌里的柳宗元和散文中的柳宗元是有差异的。散文中的柳宗元，还是不能忘情现实环境、居住条件，甚至是国计民生，乃至于政治；而诗歌则可以尽情发挥超现实的形而上的空寂的理想，以无目的、无心的境界，为最高的境界。如他的《渔翁》一诗，可谓达到了物我两忘的境界：

渔翁夜傍西岩宿，晓汲清湘燃楚竹。

烟销日出不见人，欸乃一声山水绿。

回看天际下中流，岩上无心云相逐。

这种诗的境界中，无心的云就是无心的人，超越一切功利，大自然和人达到高度的和谐统一。这是诗的意境，而这在散文中，是作者可以欣赏，而不想接受的。当然，苏轼说最后两句可以删节，这自然有一定道理，但其中的“无心”是诗的境界不同于散文境界的关键所在。

《童区寄传》：柳宗元散文的简洁之道

阅读柳宗元散文，简洁可能是第一印象，但要真正懂得一点简洁之道，就要抓住第一印象不放，因为这是思考的根据。

思考什么呢？当然是词义和读音的特殊。许多古典散文的文字和现代汉语字形是一样的，但是意义和读音明显不同，有的表面上看起来差不多，但也有微妙的不同。这些不同，就是我们要钻研的。例如，《童区寄传》中的一些词语如“布囊其口”的“囊”字，在现代汉语中是名词，在古代汉语中却当作动词用。这没有多大难度，一般有语感的学生，根据上下文就可以心领神会。但还有一些就比较困难。如“以缚背刃，力上下，得绝”，这里的“缚”在现代汉语里通常用作动词。如果拘于将其理解为动词的习惯，就难以理解本文的用法，据上下文来看，这里应该是名词性质的。而“力上下”的“力”，在现代汉语里是名词，可是在这里，作名词理解就讲不通，只能从上下文意会，应该作“用力”来讲，这样就是动词了。由此可知，要读懂古代散文，对其中和现代汉语不一致的地方，除了查字典，还有一个办法，就是凭自己的语感去试着意会和猜度。这种意会猜度，当然不一定最可靠，有时还可能有错误。这是孤立地意会，没有和大量作品进行比较的缘故。从上下文中试着意会和猜度，反复验证其词义，是编字典的专家最常用的方法。字典上的解释是否正确，最后要到具体的上下文中验证。从这个意义上说，这种办法又有比较可靠的一面。当然，猜度不仅仅是词性的问题，其基础是词义的意会。例如，本文中的“微伺其睡”，“微”本来是形容物之数量的少，而这里却是人之心理和动作之细，也就是悄悄的意思。这里就有个词义的联想、转化和生成的过程。“微”从事物数量之少，转化为动作之不显著。

这是需要阅读者的思想和想象参与的。我们在阅读过程中，往往过分依赖字典，但是字典或书本上的注解，只给一个结果，省略了推演的层次。光是满足于记忆这种注解，是比较呆的，大量的古代散文，词语在上下文中变化万千，没有一本字典能够穷尽，因而需要活学活用。活的关键在哪里？就是在联想的层次上。

学古代散文，还要珍惜初感，古典散文比现代汉语要精练得多，为什么这样呢？这是因为古代汉语的词语比较简洁，一般是单音的，而现代汉语往往是双音的，甚至是三音、四音的。一个古代汉语的单音词可能分化为现代汉语的双音词语。例如“得童”中的“得”字。在现代汉语中，就有相应的“获得”“捉得”“捕得”“追得”“抓得”“逮得”“揪得”等说法，再说得具体一点，还有抓住的姿态等细节。这样当然有好处，就是比较准确，比较精致，当然也有坏处，那就是留给读者想象的空间毕竟比较小了。

古代汉语之所以简洁，还有一个原因，就是它的句法比较简明。句子大多是简单句，句子之间的逻辑因果和时间、空间承接都是省略了的。如“逃未及远，市者还，得童，大骇，将杀”。这些复杂的过程，其间的因果，前后的联系，是很复杂的。如果要用现代汉语来描述，可能要许多连接虚词，至少要加上一些过渡性的词语：

> 区寄没有逃多远，（不久）那个去买东西的家伙回来了。（想办法）把区寄抓住了（以后），（心想这孩子太厉害了，）不禁十分恐惧起来，（正在）决心把他杀了（的时候）。

作者在这里省略了的东西，大都是句子间的连接成分。因而句子都由并列的，没有承续和表达因果性的词语组成。很少有表示时间、地点、条件的状语副句，这是古代汉语的特点。不过在柳宗元笔下变得特别灵活，作者只提供必要的成分，并不把一切信息都罗列出来。因为语言只是一种声音文字符号系统，只要它提供的局部属性能唤起读者的经验就成了，提供过量的信息，反而阻塞读者想象的参与。再如：

> 寄伪儿啼，恐栗为儿恒状。贼易之，对饮酒醉。

这里不但有叙述，而且有描写：伪装成普通孩子害怕发抖的样子。只用了两个细节（“啼”“恐栗”）十个字。而叙述就更见功力了，就传达意思来说，“贼易之”已经足够了，但是缺乏感性，加上两个动作（“对饮酒”“醉”），就跃然纸上了。

这是古代散文的优长，柳宗元将之发挥到炉火纯青的境界。多用短句，语言简练生动，节奏明快，而富于变化。柳宗元是唐宋八大家之一，他的散文高度成熟，粗心的读者几乎很难从文字上看出他的技巧和苦心来，多数句子好像是随意的实录。恰恰在这没有技巧中，渗透着他驾驭文字的自由和自如。

但只要细心，不难从字里行间看出端倪。他的文字简洁，用的是平常的词语，可是关键处有摄人心魄的力量。如第一次得脱，表现区寄的机智，只用了“以缚背刃”。只一个细节，就看出这个小孩子机智非同小可。第二次得脱，难度更大了。因为贼人已经有防备，再次得脱必须更有说服力。柳宗元也只用了两个细节：

（贼）愈束缚，牢甚。夜半，童自转，以缚即炉火，烧绝之，虽疮手勿惮……

第一个细节是“炉火烧绝”，第二个细节是“疮手”，把手都烧烂了，这个孩子还坚持到底。这样的细节比一般的抽象的“机智”“勇敢”的定性要雄辩得多。在柳宗元笔下，区寄不但行动机智，而且语言机智，他杀死了第一个贼人，说服要杀他的第二个贼人，关键处也只用了一两句话：“为两郎僮，孰若为一郎僮耶？”至于表现区寄不在乎在衙门当一个小官，则更为简洁：“不肯。”这比《木兰诗》中“木兰不用尚书郎，愿驰千里足，送儿还故乡”还要简洁。在当时一个砍柴放牛的孩子，面对这样的出路，居然这样毫不动摇地不考虑，本身就足够说明问题了。任何形容，都是与柳宗元所追求的简洁风格不相容的。

至于最后，一些劫缚者过其门而不敢入的叙述，应该是一种侧面效果的描述。从另一个角度烘托这个孩子的精神震撼力量。从文章结构来说，属于变化，旨在追求表现方法的丰富。

同样写孩子临危不惧的，还有一则名篇《李寄》，与柳宗元之作比较，更能显出柳宗元的精彩。

附：

中学课本往往取《童区寄传》部分，删去其前柳宗元对当时当地民间恶俗的概述。录之如下，以供参考：

柳先生曰：越人少恩，生男女必货视之。自毁齿已上，父兄鬻卖，以觊其利。不足，则盗取他室，束缚钳梏之。至有须鬣者，力不胜，皆屈为僮。当道相贼杀以为俗。幸得壮大，则缚取幺弱者。汉官因以为己利，苟得僮，恣所为不问。以是越中户口滋耗。少得自脱，惟童区寄以十一岁胜。斯亦奇矣。桂部从事杜周士为余言之。

《荔枝图序》：略带抒情的说明文

白居易这篇文章的性质是说明文，是他在四川寄给长安亲友说明荔枝形状质地的。文章重点在说明荔枝和莲子同属植物，且又可食，但和周敦颐的《爱莲说》、李渔的《芙蕖》不一样。后者都带着强烈的抒情色彩，感情往往会使对象发生性质的变异。如莲为花之君子，把自己不善植莲说成“草菅其命”，把莲之美与女郎之美、故乡之梦相融合等。而这一篇，却是尽可能不带强烈的主观感情。作者给自己规定的任务，就是让“不识者与识而不及一二三日者”认识，获得知识。故本文的文风，多有客观准确地记载的特点。先是说，荔枝生长的地理特点（文中只提到巴峡，其实不只四川巴峡有荔枝，岭南、闽等亦有荔枝），接着又描述荔枝的形态，文字很简洁，因为抓住了特点。同时，我们也不难感到，白居易还追求一点文字上的节奏感，那就是对仗：

> 叶如桂，冬青；
>
> 华如橘，春荣；
>
> 实如丹，夏熟。
>
> 朵如葡萄，核如枇杷。

白居易毕竟是个文学家，即使在作说明文的时候，他也不忘尽可能让文字美好一点。在写到荔枝的果实时，文学的笔法就更加明显了：

> 壳如红缯，膜如紫绡，瓤肉莹白如冰雪，浆液甘酸如醴酪。

之所以说这里有明显的文学家笔法，除了对仗，还用了许多贵重的事物来形容荔枝的美好。“红缯”“紫绡”，都是贵重的丝织品。“莹白如冰雪”“甘酸如醴酪”，都是诗化的语言。说明文追求客观的准确性，而抒情则追求主观的情感性，两者有矛盾。但白居易对荔枝的美化，笔端带着感情，却没有歪曲客观的性质，这里可以说达到了情智的交融。但是，并不是所有方面都能调和这样的矛盾。实在不能两全其美就只好以智性的准确为主了。如下面这一段文字：

若离本枝，一日而色变，二日而香变，三日而味变，四五日外，色香味尽去矣。

这是说得很准确的，要准确就不能带感情，就是荔枝色香味尽变，也不能形容，不能夸张，不能惋惜。夸张惋惜了，就不是说明文了。

同样是以荔枝为对象，白居易听说他朋友欲种荔枝，即为诗赠之曰：

摘来正带凌晨露，寄去须凭下水船。

映我绯衫浑不见，对公银印最相鲜。

香连翠叶真堪画，红透青笼实可怜。

闻道万州方欲种，愁君得吃是何年？

诗里的荔枝就只有红果翠叶的美化，而没有“一日而色变，二日而香变，三日而味变，四五日外，色香味尽去矣”的准确描述了。

《陋室铭》：以“陋”为美

要读懂刘禹锡这篇文章的立意，先要把“陋室”的“陋”字的含义弄清楚。“陋”的古代汉语词义，与现代汉语有些不同。在现代汉语中，这个字的意思往往和丑联系在一起。而在古代汉语中，尤其是在本文中，似乎没有丑的意味。“陋”的原始义并不是丑，而是狭窄、狭小。《说文》：“陋，阨狭也。”《论语》：“在陋巷，人不堪其忧，回也不改其乐。”“陋”字在古代汉语中有多重含义，在现代汉语中，分化为简陋、丑陋、浅陋的意思，在本文中，意思重点在简陋，引申为狭小、简朴，没有什么华贵的装饰之义，没有丑陋的意思。统观全文，不但没有丑陋的意思，相反却有以陋为美的内涵。

文章开头两句是类比。山因为仙而得名，水因为龙而显得神异。这是以系列的类比来强调，陋室是因为自己的德行而美。把没有嗅觉感知的德行比作馨香，让德行变得具象起来。

那么，究竟美在何处呢？

首先，是大自然的美。“苔痕上阶绿，草色入帘青”，说的是环境的特点。苔痕生到了台阶上，草色映得窗帘都发青了。这说明陋室在大自然的包围之中，植物的颜色改变了陋室的简陋，显得鲜亮起来。这种颜色很特别，苔痕（痕是一种若隐若现的绿色的感觉）往台阶上漫，映入帘上的，就不仅仅是颜色，而且是一种光线漫射，有一种沁人的感觉。

其次，是人事之美。“谈笑有鸿儒”揭示了来往人士文化修养很高，“往来无白丁”说明朋友都是有社会地位的。

再次，可能是最为关键的了，那就是这里的文化环境有点超凡脱俗。“调素琴”，未加油漆藻绘的、平民化的乐器，所奏的当然不是庙堂的音乐。至于阅读“金经”（用泥金书写的佛经），更是对世俗的超脱。下面的“无丝竹之乱耳”，似乎与“可以调素琴”，有点矛盾。素琴也是丝竹之一种，是弦乐器。可能刘禹锡在这里有点不严密，我们也不必为此过分吹毛求疵。其意味可能是只有普通的弦乐器，没有丝竹和鸣的规模。特别是“无案牍之劳形”，这个形是与心相对的。典出陶渊明的《归去来兮辞》“既自以心为形役，奚惆怅而独悲”。这就是说，官方的文书表面上是累了自己的形，实际上是劳了自己的心，使自己更丧失了自由。这样的陋室，虽然是狭小简陋的，但是精神的境界是很自由的，与尚未出仕的诸葛亮和埋头著作的扬雄可以比美。

最后一句“何陋之有”引用孔子的典故来美化自己的居室。原文是这样的：“子欲居九夷。或曰：‘陋，如之何？’子曰：‘君子居之，何陋之有？’”（《论语·子罕》）这里的“陋”，就是偏僻的意思。“九夷”，是东夷，在地理上是比较偏僻的，甚至有人引申为不够文明礼仪的意思。但是，也可认为，只要是像自己这样的君子住下来，就不存在什么僻陋的问题。这个典故用得很大胆，把自己比作孔子，但也很含蓄，毕竟没有直接讲出来。但是，主题很清晰了：只要是有德行的人，所居即使再偏僻，再狭窄，再朴素，也是很美的。

要读懂这篇文章还有一个字要弄清楚，那就是“铭”。“铭”有三个解释：一是铸、刻或写在器物上记述生平、事迹或警诫自己的文字，如铭刻、墓志铭。二是在器物上刻字，表示纪念，永志不忘，如铭记。三是后来发展成的一种文体。《文心雕龙》把它和政治、道德的规训联系在一起。这种规训很重要、权威，最初是要刻到铜器、石器上的。正因为如此，“铭”是比较精练的，往往有格言的性质。起初是四言的，以讲道理为主，后来受到诗的影响，有五言、七言，而且有了抒情的意味。从刘禹锡的《陋室铭》就可以看出，是四言和五言，又有骈文的对仗。

如开头两句，在逻辑上是连贯的，不对仗，但与后面两句是对仗的。接着是四个五言句：

苔痕上阶绿，草色入帘青。谈笑有鸿儒，往来无白丁。

完全是诗的句法，不但意义是对仗的，而且平仄也是相对的。特别精致的是，“上阶绿”“入帘青”这样的句法，和后面的“有鸿儒”“无白丁”是精心的安排，力避句法结构之雷同。“上阶绿”和“入帘青”，是连动的句法，把形容词补语放在结尾处，而“有鸿儒”和“无白丁”是动宾句法，把名词放在结尾。这是对仗句法中微妙精致的安排。接下去的句法变化更大，出现了散文句法（“可以调素琴，阅金经”），骈文句法（“无丝竹之乱耳，无案牍之劳形”）和诗的对仗（“南阳诸葛庐，西蜀子云亭”），最后是彻底的散文句法（“孔子云：何陋之有”），句法变化已经如此丰富，又加上一个带着反问、感叹语气的句子作结尾，回味无穷，又增加了新异感。

本来“铭”作为一种文体，具有最高政治和圣贤经典的意蕴。《文心雕龙·铭箴》说：“天子令德，诸侯计功，大夫称伐。”都是着眼于帝王的德行，诸侯的功勋，大夫的劳迹的，故情志庄重。这是传统的规范，而到了唐代刘禹锡手中，演变为个人化的抒情，语言也不那么古奥，情绪也变得很潇洒了。

《岳阳楼记》：壮悲情的励志篇[①]

对于范仲淹的《岳阳楼记》，一般论者想当然，如此雄文必然身临其境，观察入微，通篇都是写实。其实，滕子京建成岳阳楼，写《与范经略求记书》并附《洞庭晚秋图》。《与范经略求记书》开头就写明范仲淹为“邠府四路经略安抚、资政谏议”，说明他当时为陕西前线军政长官，《与范经略求记书》说得很明白，请范仲淹“戎务鲜退，经略暇日，少吐金石之论，发挥此景之美”。滕子京根本不指望范仲淹为写文章而擅离职守，远赴岳阳。范仲淹其实是凭着天才的想象写成此篇流传千古的散文的。

我们先看看身临其境的滕子京，是怎么写岳阳楼景观的：

> 东南之国富山水，惟洞庭于江湖名最大。环占五湖，均视八百里；据湖面势，惟巴陵最胜。濒岸风物，日有万态，虽渔樵云鸟，栖隐出没同一光影中，惟岳阳楼，最绝。

可见用笔甚拙。至于他的词《临江仙》所描绘的岳阳楼，就更简陋了：

> 湖水连天天连水，秋来分外澄清。君山自是小蓬瀛。气蒸云梦泽，波撼岳阳城。
>
> 帝子有灵能鼓瑟，凄然依旧伤情。微闻兰芝动芳馨。曲终人不见，江上数峰青。

写八百里洞庭是他自己的语言，竟然只有“水连天天连水”“分外澄清”，剩下就是对孟浩然和钱起著名诗句的袭用。这位热爱诗文的滕子京，缺乏自己独特的感受和表达这种感受的语词。而没有到过岳阳楼的范仲淹是在次年出知邓州（现属河南南阳）后所作。能不能写出东西来，不仅在于眼睛看到了多少，而且在于心里有多少：

> 予观夫巴陵胜状，在洞庭一湖。衔远山，吞长江，浩浩汤汤，横无际涯，朝晖夕阴，气象万千。

---

① 关于岳阳楼洞庭湖，袁中道《游岳阳楼记》对洞庭湖有完全不同的描述，可参阅。详见本书《〈游岳阳楼记〉：引人泪下的洞庭湖》。

滕子京也说到了洞庭湖的“胜状”，据五湖之广，八百里之雄。但范仲淹强调了洞庭湖和长江、远山的关系，在“衔”和“吞”二字之间，有一个隐喻，使长江和君山都在洞庭湖的吞吐之间。滕子京的“日有万态”“渔樵云鸟”“出没光影”，用笔不可谓不细，然而，比起“朝晖夕阴，气象万千”，却显得笔力稍弱。水准的差异，不能仅仅用思想境界来解释。滕子京和范仲淹一样，也是抗击强敌入侵的将军，又同为遭受打击的志士。也许最不可忽略的，是艺术修养的层次。文章是客观的反映，同时又是主体精神的表现。主体精神和客观对象，本来是分离的。文学形象构成的关键，就是把客观的（山水的）特点和主体的（情志）特点结合起来。光有观察力是不够的，最关键的是要以想象力构成虚拟的境界，以主体的情感、志气对客观景观加以同化，进行重塑。这就需要化被动的反映为主动的想象，想象的自由取决于主体审美的优势。和范仲淹相比，滕子京缺乏的正是这种审美主体的优势。

这从《岳阳楼记》的开头几句，就可以看得很清楚。但是，这一点审美主体的优势，对于范仲淹来说，不过是“小儿科”，不值得留恋。对于气势如此宏大的自然景观的概括，他只轻轻一笔“前人之述备矣”，就搁在一边了。他审美主体的优势，不但凌驾于现实的山河之上，而且凌驾于气魄宏大的话语上。其实，他所轻视的“前人之述”，并不太俗套，至少目光远大，视野开阔，气魄雄豪。但为什么他不屑一顾呢？因为在范仲淹看来，把精神聚焦在自然，甚至人物风物上，以豪迈、夸张的语言来表述，是此类序记体文章的惯例。长江四大名楼的序记文中最早的《滕王阁序》就是这样的：

星分翼轸，地接衡庐。襟三江而带五湖，控蛮荆而引瓯越。

站在地理位置的制高点上，雄视八方，历数人文，以华彩的笔墨，尽显地理形势和人文传统的优越，其基本精神，不外是一首颂歌。王勃以风流的文采，华赡的辞章，调动锦心绣口，带出沧桑感喟，少不得还要对嘱文主人恭维一番。范仲淹显然以自己的审美优势，从这样的话语模式中进行了胜利的突围，气势凛然地提出：

北通巫峡，南极潇湘，迁客骚人，多会于此，览物之情，得无异乎？

这一句组，干净利落地从地理形胜，转到人情的特殊性上来。第一，不是一般的人，而是“迁客骚人”，是政治上失意的、有才华的人面临此境感喟；第二，不是一般模式化的感情，而是“得无异乎”，有异于平常的、有特点的感情。

文章的立意之高，关键就在这个“异”字上，就在这异乎寻常的思想高度上，不屑于作模式化的颂歌，不屑于作应酬的恭维，而是在这样宏大的景观面前，展开情感和志向的评述。关键词“异”字，不是单层次的，而是多层次的。作者从容不迫、一层一层地揭示“异”所包含的情志内涵。

第一层的“异”，在悲凉的景色面前，岳阳楼上文人的情感：

登斯楼也，则有去国怀乡，忧谗畏讥，满目萧然，感极而悲者矣。

触目伤怀、登高望乡、壮志难酬、怀才不遇、忧谗畏讥、悲不自胜，从王粲的《登楼赋》以来，就确立了这样的母题。其思想境界并不完全限于个人之哀乐，多少与民生国运相关。这种情感以悲凉、孤独、无望为特点：

风萧瑟而并兴兮，天惨惨而无色。兽狂顾以求群兮，鸟相鸣而举翼。原野阒其无人兮，征夫行而未息。

但在范仲淹这里，境界却不一样：

若夫淫雨霏霏，连月不开，阴风怒号，浊浪排空，日星隐曜，山岳潜形，商旅不行，樯倾楫摧，薄暮冥冥，虎啸猿啼。

把悲凉的情感与这么宏大的空间视野、这么壮阔的波澜相结合，是很有一点特“异”气魄的。特别是把本来悲凉的猿啼和虎啸联系在一起，透出某种豪迈胸襟。但范仲淹并未停留在这个层次上。

第二层的“异”，笔锋一转，写的是春和景明的季节，则产生了另外一种特异的，与前面感情完全相反的感情：

登斯楼也，则有心旷神怡，宠辱偕忘，把酒临风，其喜洋洋者矣。

同样一个现场，在明朗春光中享受大自然的美好，情感与大自然融为一体，生机勃勃，神思飞越。要知道，在中国文学史上，写悲凉且成就很高的杰作比比皆是，而写欢乐的感情，却寥寥无几。难得的是，范仲淹把欢乐写得气魄宏大、文采风流。但范仲淹以为，这样的喜和前面所表述的悲，都不是理想的境界。范仲淹提出，还有一种“或异二者之为”的境界，这种境界“异”在什么地方呢？

正是我们要注意的第三层的“异”：

不以物喜，不以己悲。

“不以物喜”，就是不以客观景观美好而欢乐；“不以己悲”，就是不以自己的境遇而悲哀。以一己之感受为基础的悲欢是不值得夸耀的。值得夸耀的应该是：“居庙堂之高则忧其民，处江湖之远则忧其君。是进亦忧，退亦忧。”不管在政治上得意还是失意，都是忧虑的。这种忧虑的特点，首先是崇高化了的：不是为君主而忧虑，就是为老百姓而忧虑。其次是理想化了的：人不能为一己之忧而忧，为一己之乐而乐。在黎民百姓未能解忧、未能安乐之前，就不能有自己的喜怒哀乐。不管是进还是退，不管是在悲景还是乐景面前，都不能欢乐。这种理想化的情感，不是太严酷了吗？甚至，这样高的标准，不要说一般文人不能达到，就连范仲淹自己也是做不到的。他自己就写过一系列的为景物而喜、以一己而悲的词。

比较著名的如《送韩渎殿院出守岳阳》：

仕宦自飘然，君恩岂欲偏。

才归剑门道，忽上洞庭船。

坠絮伤春目，春涛废夜眠。

岳阳楼上月，清赏浩无边。

这里的送别，不仅是强自安慰朋友不要埋怨君恩之“偏”，对见柳絮而伤春、听夜涛而失眠，也没有反对。至于那篇更有名的《苏幕遮》：

碧云天，黄叶地。秋色连波，波上寒烟翠。山映斜阳天接水，芳草无情，更在斜阳外。　　黯乡魂，追旅思。夜夜除非，好梦留人睡。明月楼高休独倚，酒入愁肠，化作相思泪。

这不是因明丽的景物而引起乡愁，引发一己之悲吗？而且不是一般的悲凉，而是沉浸于悲抑的情绪。作为一位叱咤风云的将军，乡愁如此之重，不敢高楼独倚，追求做梦的解脱，甚至连借酒消愁都触发了眼泪。值得注意的是，这里并没有特别交代，他的忧愁是为君为民的。这是言行不一吗？不是虚伪吗？

从近千年的阅读史来看，这首词肯定没有留给读者虚伪的感觉，相反，读者几乎无一例外地为其乡愁所感动。为什么呢？

首先，庆历新政失败，这时范仲淹自己也处于不利的地位。他在《岳阳楼记》里，是在勉励自己，对自己的思想境界提出了比平时更为严苛的要求：不但处于朝堂之上要为民而忧；就是遭到不当的处置，处于江湖之野，也要忧其君。其次，从文体上获得解释。在范仲淹那个时代，诗和文是有分工的。“诗言志”，“志”是独特的情感世界、个人的感情，甚至儿女私情，哪怕像周邦彦、柳永那样离经叛道的花街柳巷的感情，都可以充分抒发。而文以载道，文章的社会功能，比诗歌严肃得多，也沉重得多。“道”则不是个人的，而是主流的、道德化的，甚至是政治化、规范化的意识形态。所以在散文中，人格往往带有理想化的色彩。而理想化，一方面是理念化或者概念化的，是不讲感情的。所以范仲淹觉得，除了为庙堂、百姓，就不能有个人的悲欢。可是从另一方面看，这种理想是绝对化的，不留任何余地的，连一点个人欢乐的余地都没有。这样不全面、绝对化，又不是理性的特点，恰恰是感情化、抒情化的特点。如果这一点在上述话语中还不够明显的话，到了下面这句话就很值得玩味了：

其必曰“先天下之忧而忧，后天下之乐而乐”乎！

这好像比较全面了，更讲理，更有哲理的色彩了：不是不应该有自己的忧和乐，而是个人的忧和乐，只能在天下人的忧和乐之后。这就构成了高度纯粹化的人生哲理。高度的哲理，就是高度的理性。个人的忧和乐本来没有合法性，但在一定条件下，“先天下”和“后天下”，就有了合法性。恰恰是对立面在一定条件下的统一和转化，构成了基本的哲学命题。个人不能以环境的美好而欢乐，也不能只为自己的坎坷而悲哀。但是有一个条件可以使之转化，那就是在天下人还没有感到忧愁的时候，你就应该提前感到忧愁；在天下人已经感到快乐以后，你才有权感到快乐。从悲哀和欢乐在一定条件下走向反面转化来说，这是正反两面都兼顾到了，是不绝对的，具备了哲理的全面性。但这只是在形式上，而从内容来说，它仍然是很绝对的，很感情用事的：什么时候才能确定天下人都感到快乐了？有谁能确定这一点呢？缺乏这样的确定性，永远也不可能快乐。至于天下人还没有感到忧愁，就应该提前感到忧愁，倒是永无限制的。从这个意义上说，实际上，“先天下之忧”，是永恒的忧；“后天下之乐”，是绝对的乐。这不像是哲理的全面性，而是抒情特有的绝对化。这种情，也就是情志，是和哲理（即“道”）结合在一起的。不过这种志、道互渗，和通常所说的情景交融不同，而是情理交融。也正因为这样，所谓文以载道的“道”，并不纯粹是主流的意识形态，而是其中渗透着范仲淹对情感理想的追求，是道与志的高度统一。

范仲淹的这个观念（道），并不完全是他自己的凭空创造，而是孟子思想的继承和发扬。《孟子·梁惠王下》有云：

> 乐民之乐者，民亦乐其乐；忧民之忧者，民亦忧其忧。乐以天下，忧以天下，然而不王者，未之有也。

这是孟子宝贵的民本思想的总结。但这里没有抒发感情，只有纯粹的“道”，纯粹的政治哲理：民和王之间在忧和乐两个方面本来是对立的，但是，王若以民之忧为忧，以民之乐为乐，则民亦以王之忧为忧，以王之乐为乐。王之忧，就转化为民之忧；王之乐，也就转化为民之乐。这完全是哲理，简洁明快，富于逻辑力量。

范仲淹的名言完全来自《孟子》，为什么却比《孟子》更家喻户晓呢？这是因为，第一，从理念上来说，更为彻底，不是同乐同忧，而是先民而忧，后民而乐。第二，《孟子》以逻辑的演绎见长，所说的完全是道理。而范仲淹以情感和理性、情与志的交融见长。第三，“乐以天下，忧以天下”，句法上还比较简单，句子结构相同，只有开头一个词，在语义上是对立的。而范仲淹的在结构上，也是对称的，但语义的对立是双重的：第一重是“先天下”和“后天下”，第二重是“忧”和“乐”，意味更为丰富。第四，在音节、节奏上，如果是“先天下而忧，后天下而乐”，从语义上看，似乎没有多少差异。一旦写成“先天下之忧而忧，后天下之乐而乐”，就大为不同了。这里的“忧”和“乐”，就语音而言，是重复了，在语义上，却不是完全的重复。第一个“忧”和“乐”，是名词；而第二个“忧”和“乐”，则是谓语动词。语音上的全同，和语义上微妙而深刻的差异，造成一种短距离同与不同的张力。在两句之间，又构成一种对称效果。由语音和语义的相关性和相异性，强化了情理交融，情志互渗，构成了本文的亮点和最强音，一唱三叹的抒情韵味，由于这种结构而得到强化。除此之外，本文还有一点值得注意，就是在节奏上铿锵有力。本文虽为古文，但并没排斥骈文的优长，而是吸收了许多骈文的对仗手段：

衔远山，吞长江。

阴风怒号，浊浪排空。

日星隐曜，山岳潜形。

沙鸥翔集，锦鳞游泳。

长烟一空，皓月千里。

浮光跃金，静影沉璧。

精致的对仗，有利于对景观做跨越时间和空间的自由概括，使得文章显示出雄浑的气势。但范仲淹毕竟是古文大家，对骈文一味属对可能造成的呆板十分警惕。他显然没有选择像《滕王阁序》那样，连续不断地属对：

星分翼轸，地接衡庐。

襟三江而带五湖，控蛮荆而引瓯越。

物华天宝，龙光射牛斗之墟；人杰地灵，徐孺下陈蕃之榻。

雄州雾列，俊采星驰。

台隍枕夷夏之交，宾主尽东南之美。

都督阎公之雅望，棨戟遥临；宇文新州之懿范，襜帷暂驻。

十旬休假，胜友如云；千里逢迎，高朋满座。

腾蛟起凤，孟学士之词宗；紫电清霜，王将军之武库。

家君作宰，路出名区；童子何知，躬逢盛饯。

时维九月，序属三秋。

……

整篇文章，就这样对个没完。不但在手法上，单纯到难免单调，而且在情感上，也因为平行结构而难以深化。这样的文风，是初唐的时髦，其文胜质，形式压制内涵的局限，受到韩愈古文运动的批判。事情难免矫枉过正，古文运动的先驱，往往尽可能回避对仗。但历史的发展，还是显示了对仗的合理功能不可抹杀。范仲淹作为古文大师，并没有像韩愈那样拒绝骈文的句法，他是在古文的自由句式中适当运用骈文的句法来调节。例如，在文章开头，“衔远山，吞长江”之后，并没有继续对仗下去，而改为散文句法：“浩浩汤汤，横无际涯，朝晖夕阴，气象万千。”又如在“长烟一空，皓月千里，浮光跃金，静影沉璧”以后，也没有再对下去，而是换了一种句式：“渔歌互答，此乐何极！登斯楼也，则有心旷神怡，宠辱偕忘，把酒临风，其喜洋洋者矣。”对仗句式，长于对自然景观的概括性描绘，但过分密集的对仗，造成在感觉的平面上滑行。而古文的散句，表面看来比较自由，实际上其难度比骈体更甚，因为没有固定的程式，没有现成技巧的可操作性，因此其内涵与情采，比对仗的文采更为难能可贵。范仲淹以对仗和不对仗的句法自由交替。“春和景明”一段，只有六个句组是对仗的（“沙鸥翔集，锦鳞游泳”“长烟一空，皓月千里，浮光跃金，静影沉璧”），其余都是自由的散文句法。全部句子，都是每句四字和六字参差错落的。在骈文中，四六是有规律地交替的，而在这里则是自由交错的，可以说把骈文在节奏上的整齐和散文节奏上的自由结合了起来，显得情采和文采交融，情绪活跃，潇洒自如。

《醉翁亭记》：与民同乐，为民之乐而乐

宋庆历五年（1045），范仲淹领导的新政失败，积极参与新政的欧阳修，“慨言上书”，一度下狱，后被贬为滁州知州。本文作于他到滁州任上的第二年（1046）。他此时的心情应该和范仲淹同样是忧心忡忡的。范仲淹在《岳阳楼记》中提出“不以物喜，不以己悲”“进亦忧，退亦忧”“先天下之忧而忧，后天下之乐而乐”，实际上就是以忧愁代替了一切正常的心境，排斥了欢乐。而欧阳修却没有像范仲淹那样“进亦忧，退亦忧”，他在前一次被贬途经洞庭湖口时所作《晚泊岳阳》中这样写：

卧闻岳阳城里钟，系舟岳阳城下树。

正见空江明月来，云水苍茫失江路。

夜深江月弄清辉，水上人歌月下归。

一阕声长听不尽，轻舟短楫去如飞。

虽然写出了“云水苍茫”的“失路”之感，但是，欧阳修还是听到了“清辉”中的歌声，听得很入迷，仍然享受着“轻舟”“如飞”的感觉。从这里可以看出欧阳修和范仲淹的个性差异。到了《醉翁亭记》中，这种差异就更明显了。欧阳修大笔浓墨，渲染了一派欢乐景象，不但是自己欢乐，而且与民同乐。这是不是说欧阳修没有心忧天下的大气魄呢？带着这个问题，我们来全面分析《醉翁亭记》。

第一句，“环滁皆山也”。一望而知，好处是开门见山。但这种境界，就是在讲究史家简洁笔法的欧阳修手中，也不是轻而易举就能达到的，而是经历了反复修改。据《朱子语类辑略》卷八载：“欧公文亦是修改到妙处。顷有人买得他《醉翁亭记》稿，初说：‘滁州四面有山’，凡数十字。末后改定，只曰‘环滁皆山也’五字而已。”

开门见山而后，径写山水之美。先是写西南的琅琊山“蔚然而深秀”，接着写水，“水

声潺潺，而泻出于两峰之间者”，山水都有了，跟着写亭之美，“翼然临于泉上”，三者都比较简洁。“翼然”，把本来是名词的“翼”化为副词。虽然早在陶渊明就有过“有风自南，翼彼新苗”（《时运》），但陶渊明是把“翼”化为动词，而这里则是化为副词，用来形容飞檐，很有神韵。除此以外，并没有刻意的修辞痕迹。但是这几个短句构成十分别致的感觉。别致感从何而来呢？有人把它翻译成现代汉语，可以作一比较：

滁州的四周都是山。它的西南角的几座山峰，树林山谷特别美。看上去树木茂盛、幽深秀丽的，就是琅琊山。沿着山路走了六七里路，渐渐听见潺潺的水声，从两个山峰之间流出来的，就是所谓的酿泉。山势曲直，路也跟着弯转，于是就可以看见在山泉的上方有个像鸟的翅膀张开着一样的亭子，这就是醉翁亭了。造亭子的是谁呢？是山上的和尚智仙；给它取名字的是谁呢？是太守用自己的别号来称呼这亭子的。太守和宾客们在这里饮酒，喝一点点就醉了，而且年纪又最大，因此给自己起了个号叫醉翁。醉翁的心思不在于饮酒，而在于山山水水之间。这山水的乐趣，是领会在心中，寄托在酒里的。

从词语的意义来说，应该说翻译大致是确切的。但是，读起来可以说其意蕴损失殆尽。除了古今词语联想意义的误差以外，还有一个原因，就是译文把原文中很有特色的句法和语气全部阉割了。原文的第一句，表面上看来，仅仅是开门见山，实质上，还在于为全文奠定了一个语气的基调。如果要吟诵，不能读成：“环滁皆山也。”而应该是：“环滁……皆山也……”只有这样，才能和下面一连几十个句子的语调统一起来：

望之蔚然而深秀者，琅琊也。

水声潺潺，而泻出于两峰之间者，酿泉也。

有亭翼然临于泉上者，醉翁亭也。

作亭者谁？山之僧智仙也。

名之者谁？太守自谓也。

……

太守与客来饮于此，饮少辄醉，而年又最高，故自号曰醉翁也。

醉翁之意不在酒，在乎山水之间也。

山水之乐，得之心而寓之酒也。

从句法来说，一连八九个句子，都是同样结构“……者……也”的判断句，而且都是前半句和后半句的语气二分式，这本是修辞之忌。景物描写以丰富为上，不但词语要多彩，而且句法要多变，这几乎是基本的、潜在的规范。句法单调和词语乏采同样是大忌。而欧阳修在这里却出奇制胜，营造了一种语气贯串到底的语境。这种语境之美，不仅在于词义的表面上，而且在语气上为之一贯。这种前后二分式为什么值得这么重复，又能在重复中没有重复的弊端呢？关键在于，这种前后二分式的句子，不是一般的连续式，而是带着一种问答式的意味：

“望之蔚然而深秀者”，先看到景色之美，然后才是回答：“琅琊也。”

“水声潺潺，而泻出于两峰之间者”，先是听到了声音，然后才解释：“酿泉也。”

“有亭翼然临于泉上者”，先有奇异的视觉意象，然后才有回答：“醉翁亭也。”

这种句法结构所提示的，先是心理上的惊异、发现，后是领会，这是一个过程。这个过程的特点在于，第一，先有所感，次有所解，先有感觉的耸动，后有理念的阐释。第二，这种句法的重复，还提示了景观的目不暇接和思绪的源源不断。如果不用这样提示回答的二分式句法，而用一般描写的连续式句法，就得先把景观的名称亮出来：

> 琅琊山，蔚然而深秀。
>
> 酿泉，水声潺潺而泻出。
>
> 醉翁亭，其亭翼然而临泉上。

这就没有心理的提示、惊异、发现和理解的过程了。看上去有点像流水账，显得呆板。欧阳修这篇文章的句法之奇妙，还得力于每句结尾都用一个“也”字。这本是一个虚词，没有太多具体的意义，但在这里非常重要。重要到非得在整篇文章的每一句中，从头使用到尾。这是因为“也”字句，表示先是观而察之，继而形成肯定的心态和语气。这个“也”式的语气，早在文章第一句，就定下了调子。前面的引文把它翻译成：

> 看上去树木茂盛、幽深秀丽的，就是琅琊山。
>
> 渐渐听见潺潺的水声，从两个山峰之间流出来的，就是所谓的酿泉。
>
> 山泉的上方有个像鸟的翅膀张开着一样的亭子，这就是醉翁亭了。

意思是差不多的，读起来为什么特别煞风景呢？因为其中肯定的、明快的语气消失了。有这个语气和没有这个语气有很大的不同。这不但表示语气，而且有完成句子的作用。比如“义者，宜也”（《中庸》），“也”用在句末表示判断的肯定语气。这个“也”，有一点接近于现代汉语的“啊”“呀”。不同的是，在现代汉语中没有“啊”“呀”，句子还是完整的，而在古代汉语中，没有这个“也”字，就没有形成判断的肯定语气，情感色彩就消失了。比如“仁者，爱人”（《孟子》），这是一个理性的或者说是中性的语气。如果加上一个“也”字：“仁者，爱人也”，有了这个语气词，肯定的情感就比较自信、比较确信了。

《诗大序》曰：“情动于衷而形于言，言之不足，故嗟叹之，嗟叹之不足，故永歌之，永歌之不足，不知手之舞之，足之蹈之也。”如果把最后这个“也”字省略掉，语气中那种情绪上确信的程度就差了许多。又如《左传》齐侯伐楚：“君处北海，寡人处南海，唯是风马牛不相及也。”如果句尾的“也”字去掉，变成“唯是风马牛不相及”，不但语气消失了，而且情绪也淡然了。同样，袁枚的《黄生借书说》：“少时之岁月为可惜也。”如果把最后的“也”字删除，变成“少时之岁月为可惜”，语气就干巴了。

不少赏析文章都注意到本文从头到尾用了那么多“也”字，但几乎没有人注意到这个“也”字在语气和情绪上的作用，一般都误以为语气词本身并没有意义。殊不知，语气词虽然没有词语意义，但其情绪意义是具有抒情生命的。特别是当“也”不是孤立地出现，而是组成一种结构的时候，其功能是大大超出其数量之和的。

当然，重复使用“也”字，也是有风险的，这种风险就是导致单调。句法的单调导致语气的单调和情绪的单调。但是，这种情况在《醉翁亭记》中不仅没有发生，相反使情绪积累递增。因为句法和语气反复，为句法的微调所消解。文章并没有停留在绝对统一的句法上，在统一的句式中，不断穿插着微小的变化，例如“其西南诸峰，林壑尤美”“太守与客来饮于此，饮少辄醉，而年又最高”都是打破了并列的“……者……也”式句子结构的。这种微妙的变化，还只是形式上的，更主要的变化，是内涵上的。在同样是“……者……也”式句子结构的排列中，情思在演进、在深化。开头是远视，大全景（琅琊），接着是近观的中景（酿泉），再下来，是身临其境的近景（醉翁亭）。如果这样的层次还是描述客观景色的话，接下来就转入了主体的判断和说明。先是亭名的由来（“太守自谓”），再是为何如此命名（太守“饮少辄醉，而年又最高”）。这样的句子，表面上看来是说明，其中却渗透着某种特殊的情趣。情趣何来？这里说明的对象是自己，本来是第一人称的表白，却用了第三人称的说明。设想如果不是这样，而是用第一人称来写自己如何为亭子命名，甚至可以带点抒情的语气，情感和趣味当大为不同。而现在这样，先是像局外人似的说到有这么一个太守，明明喝得很少，却又很容易醉。其实太守年纪不太大（才四十岁左右），却自称“翁”。这个自称“醉翁”的太守来到这里喝酒，却宣称“醉翁之意不在酒，在乎山水之间也”。其中的情趣，至少有几个方面：第一，号称醉翁，却不以酒为意；第二，不在意酒，正反衬出在意山水令人陶醉。

这就不是在说明而是在抒情了。文章到这里，手法已经递升了三个层次，第一个是开头的描写，第二个是说明，第三个是抒情。这里的情趣，全在作者有意留下的矛盾，既然意不在酒，为什么又自称“醉翁”，还把亭子叫作“醉翁亭”呢？这不是无理吗？理和情就是一对矛盾。纯粹讲理就是无情，而不讲理，就可能在抒情。欧阳修在后一句，对抒情又做了说明，“山水之乐，得之心而寓之酒也”。心里对山水是有情的，不过是寄托在酒上而已。这是一个智性的说明，使得抒情的无理又渗透着有理。这已经是文章的第四个层次了。

文章开头的目的不过是提出最关键的山水之乐。这种乐的实质是什么呢？

接下去的几段就是对山水之乐的一步步展开。

先是自然景观之美：从日出到云归，从阴晦到晴朗，从野芳发的春季，到佳木秀的夏日，再到风霜高洁的秋天，到水落石出的冬令，四时之景不同，而欢乐却是相同的。山水之乐在于四时自然景观的美好，这是中国山水游记的传统主题，早在郦道元的《三峡》中，已经达到了相当的高度。欧阳修这么几句话，文字很是精练，但从根本上来说，并没有什么新的发现，充其量不过是为他下面新的发现，提供了山水画幅的背景而已。

下面一段就超越了自然景观，进入了人文景观，逐渐展开欧阳修的新境界了。山水之乐更高的境界，不仅在于自然之美，而且在于人之乐，不是一般的人之乐，而是普遍的人之乐。往来不绝的人们，不管是负者、行者，弯腰曲背者，临溪而渔者，酿泉为酒者，一概都很欢乐，欢乐在于没有负担。没有什么负担？没有物质负担，生活没有压力。这实在有点像陶渊明桃花源的理想境界。但如果完全等同于桃花源，欧阳修还有什么特殊的创造？欧阳修山水之乐的境界在于各方人士和太守一起欢宴。欧阳修反复提醒读者“太守”与游人之别，一共提了九次。文字虽然一再提醒这种区别，在宴饮时，却强调没有等级的分别：捕了鱼，酿了酒，收了蔬菜，就可以拿到太守的宴席上共享。欧阳修所营造的欢乐的特点是，人们在这里，不但物质上是平等的，而且精神上是没有等级的。因而特别写了一句，宴饮之乐，没有丝竹之声，无须高雅的音乐，只有游戏时自发的喧哗。最能说明欢乐性质的，是反复自称太守的人，没有太守的架子，不在乎人们的喧哗，更不在乎自己的姿态，不拘形迹，不拘礼法，在自己醉醺醺的时候，享受欢乐。和太守在一起，人们进入了一个没有世俗等级的世界，宾客们忘却等级，太守享受着宾客们忘却等级的欢乐，人与人之间达到了高度的和谐。这一切正是欧阳修和陶渊明的桃花源不同的地方。这不是空想的，去了一次就不可能再找到的世界，而是他自己营造的。这还仅仅是欧阳修境界特点的第一个方面。

欧阳修境界特点的第二个方面在于，人和人不但是欢乐的，而且大自然也是欢乐的。如果仅仅限于此，这种欢乐还是比较世俗的。欧阳修所营造的欢乐，不但是现实的，而且有哲学意味。

禽鸟知山林之乐，而不知人之乐；人知从太守游而乐，而不知太守之乐其乐也。

人们和太守一起欢乐，禽鸟和山林一样欢乐。在欢乐这一点上，人与人、人与自然的欢乐是统一的，但是，人们的欢乐和太守的欢乐，太守的欢乐和禽鸟山林的欢乐又是不同的、不相通的。这里很明显，有庄子与惠子游于濠梁之上“子非鱼”典故的味道。尽管如此，不同的欢乐却又在另一种意义上和谐相通：在这欢乐的境界中，最为核心的当然是太守。人们沉浸在自己的欢乐之中，太守也沉浸在自己的欢乐之中。人们并不知道太守的快乐，只是为人们的快乐而快乐。这里的“乐之乐”，和范仲淹的“乐而乐”，句法相近也许是巧合，但也可能是欧阳修借此与他的朋友范仲淹对话。要“后天下之乐而乐”，那可要等到什么时候啊，只要眼前与民同乐，也就很精彩了：

醉能同其乐，醒能述以文者，太守也。

前面说“乐之乐”，后面说“乐其乐”，与民同乐其乐，这是欧阳修的一贯思想，他在《丰乐亭记》中也是这样说的：“夫宣上恩德，以与民共乐，刺史之事也。遂书以名其亭焉。”乐些什么呢？集中到一点上，就是乐民之乐。这种境界是一种“醉”的境界。“醉”之乐就是超越现实，忘却等级，忘却礼法之乐。而等到醒了，怎么样呢？是不是浮生若梦呢？不是。而是用文章把它记载下来，当作一种理想。

太守谓谁？庐陵欧阳修也。

到文章最后，也就是到了理想境界，一直藏在第三人称背后的“太守”，一直化装成“苍颜白发”，“颓然”于众人之间的自我，终于亮相了，不但亮相，而且把自己的名字都完整地写了出来。这个人居然是只有四十岁的欧阳修，还要把自己的籍贯都写出来，以显示其真实。在这个名字之后，加上一个“也”，在这最后一个肯定的判断句中，这个“也”字所蕴含的自豪、自得、自在、自由之情之趣，实在是令人惊叹。

至此，我们可以回过头来，回答开头的问题。什么是“醉翁之意”？为什么醉翁之意不在酒，在乎山水之间？这是因为山水之间，没有人世的等级，没有人世的礼法。为什么要把醉翁之意和酒联系在一起呢？因为酒，有一种“醉”的功能，有这个“醉”，才能超越现实。“醉翁之意”在现实中是很难实现的，故范仲淹要等到后天下人之乐而乐。欧阳修只要进入超越现实的想象的、理想的、与民同乐的境界，这种“醉翁之意”是很容易实现的，只要“得之心，寓之酒”，让自己有一点醉意就成了。这里的“醉”，有两重意思。第一重，是醉醺醺，不计较现实与想象的分别；第二重，是陶醉，摆脱现实的政治压力，进入理想化的境界，享受精神的高度自由。

什么叫作“精神自由”？孤立地看问题，不管如何努力分析，总是有局限的。只有在比较中，尤其是在同类比较中，才能看得明白。白居易的《冷泉亭记》，应该说也是古典散文中的名篇，但为什么不如《醉翁亭记》呢？关键就在作者的精神是被动地欣赏，还是从欣赏中超越自然景观。白居易显然聚集于客观景物的描绘：

亭在山下，水中央，寺西南隅。高不倍寻，广不累丈；而撮奇得要，地搜胜概，物无遁形。春之日，吾爱其草薰薰，木欣欣，可以导和纳粹，畅人血气。夏之夜，吾爱其泉渟渟，风泠泠，可以蠲烦析酲，起人心情。山树为盖，岩石为屏，云从栋生，水与阶平。坐而玩之者，可濯足于床下；卧而狎之者，可垂钓于枕上。矧又潺湲洁澈，粹冷柔滑。若俗士，若道人，眼耳之尘，心舌之垢，不待盥涤，见辄除去。潜利阴益，可胜言哉！

过分满足于景物春夏之美的罗列性描绘，感情虽然不能不说相当高雅，但是，毕竟即景生情，情感从属于景，缺乏超越眼前之景的广度和深度。而欧阳修的文章，则并不把景物的描绘当作文章焦点，他更加在意的是理念和想象的飞跃，在神思飞越中，提升到与民同乐的人生理想境界。而这恰恰是白居易所不及的。

《卖油翁》：简洁的史家春秋笔法

文章写一个故事，两个人物，情节颇有曲折，而文章却短得连后人加上去的标点符号一起，才一百七十二个字（文末还有一句，按惯例删去，不计在内）。但是，情节颇有曲折，读来却蕴含着多重深长的意味。

这要归功于文章简洁的史家的春秋笔法。

在唐宋八大家中，只有欧阳修是编撰过《新五代史》的，还和宋祁等合撰过《新唐书》，故在本文中不着痕迹地用着史家笔法。

开头介绍主要人物，点出人物的名字，姓陈，没有名字，但有谥号“康肃公”。这三个字的谥号，点出此人死后谥号“康肃”，说明其生前文化、政治贡献，精神品位相当高，这是客观的交代。“康肃”后的第三个字“公”字，还不但纪其年高，而且带着主观的尊崇。其实，陈康肃公，名字叫作“陈尧咨”（970—1034），北宋时期在中央王朝和地方都任过很重要的官职，又是著名的书法家。欧阳修（1007—1072）视之为前辈，有意隐其名。

文章全是简洁的叙述，字面上是情感中立，实际上是有倾向的，春秋笔法，寓褒贬于称名之间。简洁精练，微言大义。如《春秋·隐公元年》：“郑伯克段于鄢。”这郑伯是郑国国君，爵位是伯爵；克，是攻克、打败之意；段，是郑伯的胞弟共叔段；鄢，是地名。郑伯死后谥号是“庄”（唐人孔颖达疏引《谥法》曰：“胜敌克壮曰庄。”），可见声望还不错。但是这里不称“郑庄公”，而以爵位称“郑伯”，一则此时郑伯在世，尚无谥号；二则，据晋人杜预注：“不称国讨而言郑伯，讥失教也。段不弟，故不言弟，明郑伯虽失教而段亦凶逆。”意思是，郑伯之弟共叔段谋反，本应以国家名义讨伐他，但《春秋》不这么说，而只是说郑伯讨伐他，这是讥刺郑伯没有教育好弟弟，（其实是其母的溺爱，郑庄公也有意纵容他，让他“多行不义必自毙”，亦有失厚道。此事说来话长，此不赘言）以至于养成后患；而共叔段行为“凶逆”，也确实有失为弟本分，所以《春秋》也不以“弟”称之而直称其名

"段"。——短短的六个字，就包含这么多"微言大义"。郑庄公谥号曰"庄"，但是《春秋》却书之为"郑伯"，隐含着贬义。

再看本文，情节的起因，用了两个字"善射"。箭术高明到极点："当世无双"，全国第一。在一般文章中，至少要描写几句，可这里不但没有任何形容，连简略的说明都没有。表现这位陈姓大人物，以善射自豪、自得，只用两个字："自矜"。

开头一共三句，十六个字，对这个大人物好像是客观的交代，但是，其中隐含着多重言外之意。

中国史传传统是"实录"，史家只能是如《尚书》那样记言，《春秋》那样记事，故只有叙述与对话，不能直接表现情感或者评判。要分析出文章的奥秘来难度比较大。

鲁迅在《不应该那么写》中说，要读出经典文章的好处，必须知道了"不应该那么写"，这才会明白原来"应该这么写的"。这就意味着不但和文本对话，而且与作者对话，而作者已经死了上千年，其技巧是以不着痕迹为上的。中国古典小说评论家张竹坡说，作品是匠心的，只是"看官每为作者瞒过了也"（张竹坡《批评第一奇书〈金瓶梅〉读法》第二十）。但不管怎么"瞒"，总会在文章中留下蛛丝马迹。要把这种不着痕迹之处分析出来，光凭着原始直觉是不够的。有一个最起码的方法，就是在上下文中进行比较，紧紧抓住微妙的差异作为分析的切入口。

比较一下，文章对另一个人物的介绍，用笔就是三个字："卖油翁"。这个"翁"字，表明其年纪比较老，但是，却连姓名都没有。而对陈姓大人物，则书其姓陈，隐其名，称其谥号。中国史家的春秋笔法，在姓名称号上，是很讲究褒贬的。对这个没有姓名的"卖油翁"，只称其为"翁"。这个"翁"不仅是表示年纪比较大，白居易有"卖炭翁""新丰折臂翁"，还说明其身份只是普通平民，小小老百姓（如杜甫有"老翁逾墙走"，柳宗元有"渔翁"，白居易有"卖炭翁""新丰折臂翁"等），社会地位比之"康肃公"要低微得多了。

这位没有名字的卖油翁的出场是一个动作："释担而立"。意味着是体力劳动者。他偶然经过，对谥号为"康肃公"的天下第一的箭术有点兴趣。"睨之"，不是正眼看，而是斜着眼睛看，似乎兴趣不是很大；"久而不去"，却好像又挺感兴趣。看到陈康肃公射箭，十发八九中，可只是"微颔之"，点点头而已，并不十分惊叹。

从"释担而立"，"睨之""久而不去"到"微颔之"，是一系列的动作的叙述，用语简短，全用动词、代词和副词，基本上动宾结构，连主语都没有，从语法上说是不完全句，从修辞上讲，则是简练到几乎没有形容词，毫无心理描述。但是，又很矛盾，因而颇有悬念。"自矜"其技的康肃公把悬念讲出来："汝亦知射乎？吾射不亦精乎？"问得很有心理的潜在量：对一个陌生人一连问两个问题，称人家为"汝"，不感到没有礼貌，而关于自己的箭术，毫不自谦，而是“不亦精乎？”关键词是“精”，不留有余地，水平高不高？从字面上看，属于非是即非选择题。其实没有选择的余地，言外之意是你敢说不“精”吗？没有心理描写，但是康肃公的“自矜”的情绪都在叙述的逻辑空白之中。

康肃公问得咄咄逼人，但是，对方的答复却是：“无他，但手熟尔。”句子仍然很短，而且还是没有主语的不完全句。评价不高，不过是手熟而已——没有什么了不起，谈不上“精”不“精”的。没有心理描写，但是，心态很淡定是显而易见的。

双方的心理矛盾激化了：“康肃忿然。”这里第一次表现心态“忿然”，还只是判断，没有描写。但是在对话中，心态强化了：“尔安敢轻吾射！”用语由“汝”变成了“尔”。不再是非是即非的选择，而是反问句，比之一般疑问句更带肯定性，完全是直接斥责：你怎么敢说我的箭术不精！

矛盾激化了，原因是单方面的，陈康肃公很恼火。卖油翁却保持心态自如自若，话说得很轻松，不过和我“酌油”一样，手熟而已。情节的高潮不在语言，而在接下来的动作：

取一葫芦置于地，以钱覆其口，徐以杓酌油沥之，自钱孔入，而钱不湿。

叙述酌油沥葫的精致过程，语言很精练，很准确。但是，没有直接点明，难度比之射箭更大：第一，射箭时，一只眼睛和手贴近弓弦和箭尾接触处，另一只眼睛可以闭起，手则反复多次调整高度和力度。而油在瓶中，流出时，眼睛须兼顾勺子和瓶口，油为液体，手没有调整的可能，流出点与滴入口之间，只能一次性对准。卖油翁以更大难度的动作，雄辩地证明了“惟手熟尔”。康肃公乃“笑而遣之”。

一般的解读大都认为这个故事说明了一个道理，就是“熟能生巧”。

其实，这样的结论忽略了更深层的意味：那就是，第一，社会地位高，本以为自己本领高人一等，事实证明，恰恰相反，平头百姓，可以驾驭更高的难度的技术。第二，精英人士，以社会地位高贵而“自矜”，潜意识中有精神优越感。对平头百姓，说话就显得很没有修养，甚至有点粗野。而平凡的老百姓精神上却是更自由，面对压力不改其淡定，自如，自得，是更有修养的。

欧阳修最后一笔，让康肃从“忿然”变成“笑而遣之”。

这个“笑”字，留下分析的余地，表面上看，康肃公一下子从“忿然”变成“笑”了起来，似乎原谅了卖油翁对他的冒犯。但是，事实胜于雄辩，技术上，人家的难度比你大，准确度比你高，心态上，比你从容淡定。两个方面，你都比不上人家，你“笑”着原谅的理由，不外是你地位比人家高。如果是这样，则这个“笑”，乃隐含着对康肃公的讽喻。如果不是这样，则这个“笑”是康肃公意识到自己不如平头百姓，只好以“笑”来掩饰自己的尴尬，性质上是自我解脱，则说明康肃公，还有自惭的成分。

至于下面的“遣之”，则又好像是宽宏大量，把卖油翁放走了，那就是意味着，如果不原谅，就可能不放人家走。但是，人家本来就是偶然路过，“释担而立”随便看一看，看完了就走，康肃公的“遣之”是没来由的。在这里，欧阳修微言大义，把春秋笔法发挥到极致，留下可分析的余地还真不少。

《六国论》和作为古典散文文体的“论”

刘勰《文心雕龙》虽将“论”“说”放在同篇，但强调“论”和“说”的不同。首先，“说”以“喻巧而理至”，其特点乃是一点相通，不及其余，不全面，比喻推理性质乃是间接的。而“论”则是直接的、系统的，正反开阖。其次，“论”之内容为经国大业，人生之大义，大抵为政治历史经典总结和当前的对策，故往往与“奏”“疏”“谏”等同功，而“说”往往是一得之见，有类小品。如韩愈之《马说》，刘基之《说虎》等，文脉皆为单层次的。作为文体的“论”要求是很高的。刘勰说：

> 论之为体，所以辨正然否；穷于有数，追于无形，迹坚求通，钩深取极；乃百虑之筌蹄，万事之权衡也……必使心与理合，弥缝莫见其隙；辞共心密，敌人不知所乘。

“辨正然否”，就是从肯定（然）、否定（否）两面进行分析，正面和反面都要到位，“穷于有数”，就是把握全面资源，“百虑之筌蹄，万事之权衡”就是深思熟虑，把所有的可能都加以考量，“弥缝莫见其隙”，严密到没有任何漏洞，“敌人不知所乘”，让论敌反驳无门。总的说来，“论”的要求就是全面、反思、系统、缜密。

这是一种很理想的要求，从最严格意义上说，“穷于有数，追于无形”是超越了人类的语言的局限的。因而，即使是旷世经典也不可能没有一点疏漏。明确了这一点，就不难理解韩愈的《师说》为什么不是“师论”了。

清代姚鼐在《古文辞类纂》中将“论”归纳为“论辨类”。但是，他不选先秦诸子，因为“自老、庄以降，道有是非，文有工拙”，“今悉以子家不录，录自贾生始”①，可能诸子大抵都是“说”。“论”要从贾谊开始。“论”的文体从草创到规范，经历了千年以上的积累，才产生了贾谊那样“论”的经典。《古文辞类纂》所选贾谊的《过秦论》和苏洵的《六国

① 姚鼐纂集；胡士明，李祚唐标校：《古文辞类纂》，上海古籍出版社 2016 年版，第 1 页。连《古文观止》都不收《论语》《孟子》《墨子》《荀子》等。

论》等，不但体制比较宏大，而且在逻辑上力求涵盖全面。所谓全面，是多方面的系统性，不但在正面自圆其说，而且从反面他圆其说，要有共识作为论证的前提，还要有事实论据，不是孤立的，而是系统的论据，以不可否认的经验，来证明论点不可反驳。姚鼐不选先秦诸子，认为那只是“说”，以贾谊的《过秦论》作为“论”的首选。

《过秦论》先从正面讲秦之兴，系统地分为几个方面的史实：一是以雍州一隅之地，据崤函之固，有稳固的根据地；二是君臣上下，几代人的同心协力，有席卷天下、包举宇内的野心；三是内有商鞅变法，“立法度，务耕织，修守战之具”，在生产上和军功上，进行了种种改革；四是在外交上实行了连横政策，对诸侯分化瓦解，各个击破，轻而易举地取得了“西河之外”的土地。接着从反面讲秦之灭亡也很系统。第一是“废先王之道，焚百家之言，以愚黔首”；第二是“收天下之兵，聚之咸阳，销锋镝，铸以为金人十二，以弱天下之民”；第三是“良将劲弩守要害之处，信臣精卒陈利兵而谁何”。从思想统一到强将利兵，层层累进式递增，基业本该万无一失。但是，所有这一切都暗含着反讽霸主自恋，走向反面的必然，最后这么强大的秦国竟然灭亡于陈涉这样“瓮牖绳枢之子，氓隶之人，迁徙之徒也”。

文章好在从正反两面分析为何强者灭于弱者，贵者亡于贱者。文脉乃有戏剧性转化。这样系统的、多层次的、多方面的分析，大体近于刘勰对“论”所追求的“辨正然否”。最后的结论却是秦之灭亡是因为仁义不施，故攻守异势。文章如此经典，但并非没有不足。所述并非秦之兴于仁义，败于仁义之不施。外交上纵则帝秦，横则王楚的长期搏斗只用了“连衡而斗诸侯”六个字。特别是对方“以十倍之地，百万之众，叩关而攻秦。秦人开关延敌，九国之师，逡巡而不敢进。秦无亡矢遗镞之费，而天下诸侯已困矣。于是从散约败，争割地而赂秦”。上百年的血腥战争，地居僻远的秦国扩张到黄河以西，用敌方“拱手”两个字总结，似乎没有动手，没有流血就扩张了土地，这是语言的高度概括力，夸张了胜利的唾手可得，但是其漏洞不小。《史记·六国年表》录秦与多国联军战事如下：

前 318 年，慎靓王三年。五国共击秦，不胜而还。

前 317 年，秦与韩赵魏战，斩首八万。

前 298 年，齐韩魏共击秦于函谷。

前 296 年，齐韩魏共击秦，秦与韩武遂（按：地名）。

前 293 年，韩魏战秦于伊阙，白起斩首二十四万。

前 284 年，秦与韩魏燕赵共击齐，破之。

前 256 年，韩魏楚救赵新中，秦兵罢。

前 255 年，秦灭周。

前 247 年，魏无忌率五国兵败秦军河外。

前 241 年，五国共击秦，秦拔魏朝歌。

贾谊将这么漫长的血腥过程，说成不战而获得战略性、压倒性的胜利，这也许是汉初儒生的一种观念，偏颇显然。然而从文学上说，把如此复杂的过程，概括为一举成功，构成一种戏剧性转折，营造文章的宏大气势，在形式上显得雄辩。然而从“论”的要求来说，还没有达到“心与理合，弥缝莫见其隙；辞共心密，敌人不知所乘”。故褚斌杰教授认为，《过秦论》虽为“论”，仍然有“说”的痕迹。

汉以后中国古典散文在实践上的成熟才产生了刘勰理论上的成熟。由于最高统治者对于智囊的需要，非常重视历史经验，唐太宗说：“以史为镜，可以知兴替。”历史在中国是非常权威的，史论是高级知识分子的基本修养。到了宋朝，知识分子地位空前提高，史论更是发达。

以贾谊自比的苏洵，他最传世的《六国论》似乎比贾谊更进一步接近“辨正然否”“心与理合，弥缝莫见其隙；辞共心密，敌人不知所乘”的高度。其论点属于北宋主战派，不无时代之烙印。在其父子三人皆为之《六国论》中最为经典。但必须指出的是，这篇文章是作者《权书》十篇的第八篇，标题原为“六国”，并无“论”字。关于《权书》，作者自叙：“《权书》，兵书也……夫孙氏之言兵，为常言也；而我以此书为不得已而言之之书也。”陈祥耀《唐宋八大家文说 · 苏洵文说 · 论文》曰：“《权书》十篇……前五篇，论用兵之要道；后五篇，以史事证此道。”可见，它其实不是真正意义上的“史论”[①]，其用意并不真在于总结六国灭亡的教训，而是借古讽今，以六国之亡批评北宋朝廷对西夏和契丹输送金帛以图苟安的屈辱政策。从这个角度来说，这正是老苏比其二子高明之处。但“借古讽今”往往带有主观性，如戴有色眼镜，以今视古，再以这个“古”来证今，在逻辑上易于造成“循环论证”的自证。因此已有不少论者指出，根据历史事实，该文将六国灭亡的原因归结为“赂秦”，是有偏颇的。但如前所论，该文之意不在论史，而是锋芒直对北宋主和派，故一开头就提出这个不同于世俗之见的论点：

> 六国破灭，非兵不利，战不善，弊在赂秦。赂秦而力亏，破灭之道也。

这个论点是很有冲击力的，在一般人印象中，春秋战国，战乱数百年，秦国胜于战，六国败于战，应该是常识，然而苏洵干脆向常识挑战。六国不是败于战，而是不战。这个头开得很警策。

---

① 苏氏父子各有《六国论》，但苏洵之文，已如上述。而苏轼之文，今中华书局点校版《苏轼文集》卷五中名为《论养士》（在南宋郎晔编注的《经进东坡文集事略》本中名为《六国论》），内容也的确重在论述战国养士之事，所以也不算是真正论述六国灭亡原因的。因此三篇《六国论》，其实只有苏辙之文，才是真正关于六国灭亡的史论。

如果是一般的立论，接着就会从理论、事实对这个论点进行论证。但是，苏洵文章带着驳论的色彩。其驳论很有特点，自己提出相反的观点，然后自己加以驳斥：

或曰：六国互丧，率赂秦耶？

这是主动给自己树立对立面。六国先后灭亡，各有其不同的过程，也有并未割地偏安的，这是历史事实。因而，苏洵的大气就在于，文章一开头就把正面和反面的观点鲜明地对立起来，矛盾直接而尖锐。这就是刘勰所说的“辨正然否”。不但要自圆其说，而且要他圆其说。文章的反驳也很干脆。

曰：不赂者以赂者丧。盖失强援，不能独完。故曰：弊在赂秦也。

苏洵的气势就在于，先是承认对方有事实根据，紧接着把否定性转化为肯定性，从不利于自己的事实中分析出对自己有利而对论敌不利的结论。不割地求全者之所以亡国，原因在于各国割地，越来越弱，秦国越来越强，力量对比悬殊，战者失去强大的后援，故不能孤独保存。

文章一开头就有了雄辩性，用西方的辩论术说，就是用你的论据来证明我的观念，用中国传统的话语来说，就是以子之矛，攻子之盾。

光是从理论上做逻辑的证明是不够的，还要从事实得到支撑，才能不可辩驳。然而历史事实非常繁复，一篇短文不可能全面概括。苏洵的机智乃是用了统计式的量化。

秦以攻取之外，小则获邑，大则得城。较秦之所得，与战胜而得者，其实百倍；诸侯之所亡，与战败而亡者，其实亦百倍。

这个统计没有数学的精确性，而是估计的。从秦国不战和战而所得来说，是一百比一，从诸侯不战所失和战败而失相比，也是一百比一。对比如此强烈，使读者来不及反思这样显然夸张的统计所从何来。有了理论的和事实的论证，作者就轻松地把不战的危害推进为文脉的第二层次：

则秦之所大欲，诸侯之所大患，固不在战矣。

这个层次很深邃：秦之“大欲”和六国之“大患”都是不战，是利害相反的统一。逻辑关系显而易见，其间的因果推断，句首只用了一个字：“则”，显得笔墨果断、精练之至。

这样的论点是由文章开头的论点演绎出来的，文脉有了层次感，论点就不会徘徊，运思之巧，不但要论点的证明，而且要将论点作阐释，使之内涵更丰富、更深邃。

下面的文脉荡开一步，似乎不是论证而是抒情：“思厥先祖父，暴霜露，斩荆棘，以有尺寸之地。子孙视之不甚惜，举以予人，如弃草芥。今日割五城，明日割十城，然后得一夕安寝。”如果光是这样，固然可为文章增彩，然于论点的深化并无太大作用。好在作者没有在平面上停留，而是三言两语，一下子把抒情转向了议论的深化：割地求全，得到暂时的安定以后，“起视四境，而秦兵又至矣”。用叙述、抒情的笔法，收放自如，文脉曲折有致。

接下去是收回来，回到论述上来，深化论点，是为文脉的第三层次。

> 然则诸侯之地有限，暴秦之欲无厌，奉之弥繁，侵之愈急。故不战而强弱胜负已判矣。至于颠覆，理固宜然。

这个层次深刻的原因是文脉在对立统一中展示。首先，诸侯的土地有限，秦的欲望无限，以有限奉无限，则不可持续；其次，奉献得越多，它的野心越大。这两点加在一起，又进一步从论点演绎出论点：还没有打仗，胜负已经注定了。对于六国的覆灭，作者用了个很简洁的句子“理固宜然”。这是必然的，毋庸置疑。和文章一开头对方提出的针锋相对的反驳相比，显得轻松，这就是文章的大气。

话说到这个份上，论证应该是完成了，但是，按刘勰的要求，“百虑之筌蹄，万事之权衡”，要把一切手段都调动起来。文脉发展下去，既不是讲理，也不是叙事，而是引用前人的警句。

> 古人云：“以地事秦，犹抱薪救火，薪不尽，火不灭。”此言得之。

语出《战国策·魏策三》(孙臣曰)，又见于《史记·魏世家》(苏代曰)，可见是有权威性的。以历史性的格言来肯定论点，也是论证的一种手段。当然，光凭权威名言，并不十分可靠。但是在理论上、史实上有了坚实的基础以后，可以作为辅助性的论据。接下来是四个字：“此言得之”，这么权威的话语，在苏洵眼中，不过是这个说法还算对头。完全是居高临下的姿态，这就是文章的气势，不用排比，不用渲染，用非常轻松的口气一笔带过。

文章把论敌驳了三个层次，内涵淋漓，语言精粹。好像可以收笔了，但是，文脉接着进入了第四层次，提出最有利于对方的史实。“齐人未尝赂秦，终继五国迁灭，何哉？”齐国没有向秦割地，为何也灭亡了呢？这在论证上的可贵在于主动提出对己不利的论据。这在西方思维中属于“理论免疫”，不是把薄弱点或者漏洞掩盖起来，而是将之主动揭示出来，加以解构，将有利于对方的论据转化为有利于自己的论据：前文在理论上已经驳斥了，但是尚未具体分析。苏洵觉得理论免疫得还不够彻底、不够具体、不够感性。文脉转入第四层次：

> 与嬴而不助五国也。五国既丧，齐亦不免矣。

齐国是大国，当其他五国危亡之际，不给予支援，只当帮凶，五国为秦吞并，秦国更强大了，齐国与秦国的力量对比更不相当了，自然也就免不了灭亡的命运。

这个矛盾的转化难度并不太大，但是，也显示了苏洵的逻辑深化功力。

文章写到这里，对开头提出的论点来说，论证已经可以说是超额完成了。

但是，苏洵不满足，接下来是第五层次，提出的问题要严峻得多：燕赵是战而后亡的，怎么解释？首先从总体形势上说，“燕赵处秦革灭殆尽之际，可谓智力孤危，战败而亡，诚不得已”，虽有不可避免性，但最后还是敢于战，并不完全是战败。

燕赵之君，始有远略，能守其土，义不赂秦。是故燕虽小国而后亡，斯用兵之效也。

燕国很小，敢于用兵，故比之大国却最后灭亡，此外还有一个原因，不是正经打仗，而是用荆轲之类的人搞恐怖活动。赵国也敢打仗，“尝五战于秦，二败而三胜”，最后败在“用武而不终”，把打胜仗的李牧将军杀了。把论敌驳透了，接下来则是正面提出见解，其文脉分成两个层次，都是假定的，第一：

向使三国各爱其地，齐人勿附于秦，刺客不行，良将犹在，则胜负之数，存亡之理，当与秦相较，或未易量。

这是一方面，如果齐和燕赵不是割地、行刺、杀良将，可能和秦国还有得一拼。胜负之数还难说。第二：

以赂秦之地封天下之谋臣，以事秦之心礼天下之奇才，并力西向，则吾恐秦人食之不得下咽也。

如果把赂秦的土地分封谋臣，礼遇天下奇才，同心协力，秦国可能就没有日子过了。下面这一段的议论只是总结了前面的历史教训，不过带上了抒情的笔调。这里不可忽略的是，与割地“贿秦”相对的是以“事秦”之心礼遇奇才。“贿”秦与“事”秦，春秋笔法，一字褒贬，于此可见一斑。

悲夫！有如此之势，而为秦人积威之所劫，日削月割，以趋于亡。为国者无使为积威之所劫哉！

其实，这里抒情的功能是从历史向现实的过渡。

夫六国与秦皆诸侯，其势弱于秦，而犹有可以不赂而胜之之势。苟以天下之大，下而从六国破亡之故事，是又在六国下矣。

这里的过渡，用了一个对比：一方面是六国比秦国弱，尚且有不妥协获胜的可能；另一方面则是“苟以天下之大”，直指当朝还在用六国亡国的政策，水平完全在六国之下了。这明显是对当局的警告：苟安只能增加敌人越来越大的优势，威压日甚一日，自己则日益为这种威压所“劫”，造成恶性循环，最后必然带来灭亡。

作者批评六国对秦的政策，充满愤激之情，这不是空穴来风。北宋中期外患频仍。朝廷一味屈辱苟安。宋真宗景德二年（1005）“澶渊之盟”，为求得在白沟内苟安，与辽签订屈辱条约：年输银十万两、绢二十万匹。宋仁宗庆历四年（1044），与西夏议和，年输银七万二千两、绢十五万二千匹、茶三万斤。

苏洵这样愤激的文风，在当时颇得一些权威人士的赞赏。曾巩说苏文："其指事析理，引物托喻，侈能尽之约，远能见之近，大能使之微，小能使之著，烦能不乱，肆能不流。"（《苏明允哀辞》）欧阳修说："吾阅文士多矣，独喜尹师鲁、石守道，然意犹有所未足。今见子（苏洵）之文，吾意足矣。"然而，后世学人多有不满者。叶适就认为苏洵自比贾谊，不妥，"去谊固远"（《习学记言序目》卷五十）。章学诚认为，苏洵好论兵，但并不真正知兵，只是"科学策士之言而文笔居优尔"（《章氏遗书外编·丙辰札记》）。

许多批评都集中在苏洵文章的内容上，但是在文字功夫上，后世诸家不得不肯定其"文笔居优"。就文章而言，苏洵《六国论》尽得辨正然否之功，酣畅淋漓。但是，即使是这样的经典杰作，也没有完全实现刘勰所说的"穷于有数，追于无形""心与理合，弥缝莫见其隙；辞共心密，敌人不知所乘"。如前所论，从历史事实考察，此文还有所疏漏。《六国论》笼统地讲除燕赵，其他皆亡于不战。其实，韩国就是战败才亡国的。公元前 230 年，韩军屡战屡败，第一个被秦所灭。楚国是个大国，也因为战败而亡。公元前 225 年，秦王命老将王翦率六十万大军再次伐楚，大败楚军，直抵楚都寿春（今安徽寿县）城下。公元前 223 年，秦军攻占楚都寿春，俘虏楚王，楚国灭亡。公元前 221 年，五国灭亡之后，秦王大军由燕国南部直下齐国都城临淄，齐国措手不及，土崩瓦解，齐王投降。

问题不在于战与不战，而在于综合国力是否相当。秦国在一百年前就实行了商鞅的"废井田、重农桑、奖军功"的改革，而六国都没有。苏洵的文章，由于针对投降派，故愤激之情溢于言表，但亦如前所论，凡针对性强的文章，都免不了偏于所针对的一面，难以避免片面。

也许正是看到了这一点，苏洵的儿子苏辙的《六国论》就写得比较实际，似乎是对其父文章的补充。坚决抗战，应该实行什么样的策略呢？关键在于韩魏。秦军东出一定要经过韩魏，韩魏其实是东方四国的屏障，最佳策略是"厚韩亲魏以摈秦"，也就是团结韩魏，结成统一战线，"四国休息于内"，养精蓄锐，必要时"阴助其急"。可惜六国没有这样的远见，而是"贪疆埸尺寸之利，背盟败约，以自相屠灭。秦兵未出，而天下诸侯已自困矣"。这样的立论比较实在，但是，没有现实的针对性，加上几无"辨正然否"，没有自我辩驳的深度，显得平淡。

苏轼的《六国论》似乎也是对其父文章做另一方面的补充。苏轼设想把贿赂敌国的资财用在谋士奇才身上。苏轼从六国养士说起，"越王勾践有君子六千人，魏无忌、齐田文、赵胜、黄歇、吕不韦，皆有客三千人。而田文招致任侠奸人六万家于薛。齐稷下谈者亦千人。魏文侯、燕昭王、太子丹，皆致客无数"。谋士之多，"当倍官吏而半农夫也"，为什么呢？此“皆天下俊杰”，富于“智、勇、辩、力”。正是因为发挥了这些谋士的作用，“六国之君，虐用其民，不减始皇、二世，然当是时，百姓无一人叛者”。苏轼之文实名为“论养士”，故论点很单一，就是不惜一切财力收罗拔尖的智术之士，连改善民生都不用。道理肯定是片面的。又毫无针对性，无的放矢；又没有什么辨证然否，看不出深度。特别是强调养士可以多到官吏的两倍、农民的一半，这是北宋财力所不能支撑的。苏洵才能不及苏轼，但是，就《六国论》而言，则远在苏轼之上。

《爱莲说》：类比之“说”

《爱莲说》的“说”同《说虎》《马说》一样，是一种议论性质的文体。这种文体往往提出自己独特的见解，采用“类比推理”的办法，从提出问题到得出结论，只要给人一种顺理成章的感觉，就完成了任务，不必像“论”那样全面论证，或对不同意见进行辩驳。相对而言，“说”比“论”要单纯一点。

但这不等于“说”就可以随便说说。周敦颐的《爱莲说》提出自己的见解，也是有考究的。如果他直接说我最爱莲花，莲花出淤泥而不染，就不可能有什么水平了。他使用类比的方法，先不提莲花，而是先说陶渊明爱菊花，唐朝以来，世人皆爱牡丹。《说虎》中是把人与虎相比，是异类比较，而这里把菊花、牡丹和莲花相比，是同类比较。

周敦颐的文风是比较明快的。这种明快，表现在他不像《说虎》那样到最后才把论点亮出来，而是提前给出结论。比较完以后，就说他最爱莲。为什么呢？下面是因果分析。

首先，“出淤泥而不染”不仅是一种描述，而且是一种象征。“淤泥”者，此泥必污，唯其污，才肥沃，才能开花，它本来就适合莲花生长。所以于莲花而言，本无所谓污不污。但是，周敦颐从洁身自好的知识分子角度来看这个现象，淤泥在这里的象征意义是污浊的环境。在污浊肮脏的环境里生长，而精神却不受污染，道德不会退化。这句的好处在于，其中包含着一种哲理。为什么是哲理，而不是一般的道理？因为一般的道理仅仅适用于特殊对象，而哲理则有普遍性。污而不染，为什么能够普遍呢？因为其中有矛盾（污和不染），而矛盾包含着事物普遍的内在特性。

其次，“濯清涟而不妖”，这一句与前一句相对。本来说的是和前面一样的意思：经过清水洗濯而不妖艳、不轻佻。比起上面那句，这一句是不是略逊一筹？有这种感觉。为什么？因为在通常情况下，污则染，而这里，却污而不染，因此“污”和“不染”是矛盾。而“清”和“妖”就未必，有时“清”则“妖”，但更通常的情况下是“清”则更“纯”，因此“清”的对立面应当是“浊”，和“不妖”并不构成明显的对立。正是因为缺乏对立，所以就不能构成哲理。

再次，从形态上看，“中通外直”。“通”和“直”，也不是直接描写，而是对人品的象征。“通”是通达，“直”是正直。关键就是这个“直”字，后面的“亭亭净植”，也讲的是“直”，不过为了回避重复用词，用了一个“植”，以“亭亭”来强调一下。而“香远益清”，则不再从外形而是从嗅觉来向品行方面引申。有了这一句，下面的“可远观而不可亵玩焉”，才有根据。闻香和目击，也是一对矛盾。一般来说，闻香自然比目击更有感觉，因为香气宜近，而观则可以远之。近不如远，闻不如视，而在文字上又把近闻以“亵玩”出之，带上贬义色彩。这就是隐藏在普通文字中的哲理内涵。

最后，又一次在类比中，将爱莲的观念加以拓展：

菊，花之隐逸者也；

牡丹，花之富贵者也；

莲，花之君子者也。

三者并列（排比），成为一个整体的有机结构，比单独说“莲是花之君子”要有力得多。这就是结构功能大于要素之和。

这给我们作文一个启示，如果有一个美好的观念，要避免单独地讲出来，最好能够找一些与之相近的，在比较中展示。当然，在比较的时候，要注意防止片面，不要因为强调自己所主张的，就把其他的轻率否定。在这方面，周敦颐做得相当含蓄，他并不因为自己爱莲就排斥菊花，而是对它给予了肯定。写到最后时，他说：

菊之爱，陶后鲜有闻。莲之爱，同予者何人？牡丹之爱，宜乎众矣！

这是什么意思呢？菊之爱，是隐者之爱，陶渊明之后没有什么人继承；莲之爱，是君子之爱，当代也没有什么人认同；只有牡丹之爱，是富贵者之爱，所以十分流行。意思就是牡丹所象征的富贵，成为流俗；而隐逸和君子，则为世俗所冷落。

这是一笔反衬。一方面是自许，把自己放在和陶渊明一样的档次上。另一方面，在对世俗趣味的批判中，显示自己的孤立，其实是以孤立为高。

这句话用了反衬手法，但也有一点小毛病可挑。就是“菊之爱，陶后鲜有闻”，似乎不当。因为事实上，陶渊明之后，菊花之爱成为风气，在诗歌、绘画中成为母题。唐诗人骆宾王、刘禹锡、白居易、杜牧、李商隐、许浑，宋诗人陆游、杨万里等皆有佳作。相反，牡丹之爱却日益衰微。莲之爱，从总体来说，认同的程度大概也远远超越牡丹之爱。是不是在周敦颐的那个时代，和今天不一样呢？这是可以讨论的。

《伤仲永》和《游褒禅山记》：从具体经验概括为理念，在演绎中深化理念[1]

王安石的《伤仲永》写得很短，与之其他篇幅较长的文章相比，并不见得有多大的分量，却成为历史名篇，为什么呢？

文章的目的是议论，但没有用“论”的写法，而是采用了一事一论的手法。一事乃个别之事，一论乃普遍之理。以个别之事，推出普遍之理，很难不带片面性。例如，韩信少时，在强者面前不敢对抗，曾甘受胯下之辱，不能因而推断少时缺乏自尊者一概无出息。杰克·伦敦初写小说，长期被退稿，后来一举成名，不能断定长期被退稿者将来一定是文学天才。爱因斯坦第一次高考名落孙山，后来成为20世纪最伟大的科学家，绝对不能推出伟大的科学家一定会出在第一次高考落榜者之中。《伤仲永》立论的前提有某种世俗预期：小时决定论。关于这一点，有经典文献提供了分析的空间。

南朝刘义庆的《世说新语·言语第二》：

> 孔文举年十岁，随父到洛。时李元礼有盛名，为司隶校尉，诣门者皆俊才清称及中表亲戚，乃通。文举至门，谓吏曰：“我是李府君亲。”既通，前坐。元礼问曰：“君与仆有何亲？”对曰：“昔先君仲尼与君先人伯阳有师资之尊，是仆与君奕世为通好也。”

这个十岁的孔融很有急智，自己姓孔，就说自己是孔子的后代，对方姓李，就算是老子的后代。孔子生于公元前6世纪（前551—前479），孔融则生活在2世纪（153—208），血统相去六七百年，不论说自己是孔子的后代，还是说对方是老子的后代，皆可谓牵强附会，至于说有“亲”，则更是渺茫。但这表现了孩子的历史知识和现场应对的能耐。这当然引起主宾各方面的惊异。有一位太中大夫陈韪不以为然，说他：“小时了了，大未必佳。”意思

① 本文系与孙彦君博士合作。

是小时候有这样的表现，长大了并不一定就会有相应的水平。孔融反驳说：“想君小时，必当了了。”这个反驳有点人身攻击，意思针锋相对，但反驳的前提是同样的：“小时了了，大未必佳”。这种反驳方法在中国就是以子之矛，攻子之盾。在西方辩论术中叫作以你的话语来确证我的观点。

《世说新语》的这段文章，暗示了一个道理：小时表现不凡的人，并不注定长大了就很杰出。文章并没有在道理上说明为什么，但王安石的《伤仲永》恰恰从道理上回答了这个问题。

表面上看，王安石的文章不过是为《世说新语》“小时了了，大未必佳”提供了一个新案例。但是，《世说新语》这段话的价值还限于佳话，不能说是完整的文章。

王安石的文章却不然，他提供案例，是为了作为立论的出发点进行因果分析。他的例子和《世说新语》的质量也不同。第一，不是一时现场的应对，而是一个比较完整的过程。从仲永小时为诗文的不同凡响到二十岁左右退化为平庸，对比非常尖锐。第二，在叙事过程中，提示了两个原因，一是父亲把他拿来展览还获利，二是没有让他不断学习。

文章写到这里，一般说来，已经完成了主题。然而，《伤仲永》之所以成为经典，就在于王安石显然已经意识到，光是这样一件事，还只是个别现象，道理很浅白。他要在这个个案的基础上，进行理论的升华。

许多赏析文章，都说到此文的好处在即事立论。然而文章的关键不在于立论，而在于从具体的、感性的事，上升到普遍的、抽象的论，当中要有一个过渡。

王子曰：仲永之通悟，受之天也。其受之天也，贤于材人远矣。

这个过渡就是一个“天”字，也就是天分、天资，有了“受之天也”这个抽象的、普遍性的“天”，才能把具体感性的记叙转向理性议论。“天”的意思是先天的，是自然的遗传。文章从“天”深入下去，作者推出另外一个字“贤”，“贤”是属于人的，就过渡到了“人”，在“天”与“人”的矛盾中推理。“受之于天”的结果，没有用一般化的字眼“高”，而是用了一个相当雅的“贤”，这里就隐含着不仅有智力而且有品位的高，不是一般的“贤于众人”，还在程度上强化到“远矣”，也就是比较极端了。但是，这样高的天资，这样“贤”的程度，却转化为平庸，“卒之为众人”，泯灭在众人之中了（“泯然众人矣”）。作者在这里，不着痕迹地把主题提升到中国古典哲学的两个范畴“天”和“人”。当然，王安石没有作天人合一的演绎，也没有做“人定胜天”的阐释，而是展开了“天”与“人”的相辅相成。光是受于天，是不够的，还要“学”，也就是“受于人”，这就不仅是诗词之学等狭隘意义上的“学”，而且是广义的人文传承。有了“人”学，“天”资才不至于报废。

写到这里，主题已经深化，本来可以结束了。但王安石不满足，又将推理推向新的层次。联系到实际，受之于天者不受之于人，结果是平庸，何况现实中天资本来就普通的人，“又不受之人，得为众人而已耶”。这就是说，又不接受后天的教育，最后连平庸的“众人”都可能不如。

王安石写这篇文章，和《世说新语》最大的不同，就是既不限于表现一个孩子的智慧，也不是仅仅说天资好的人要学习，更主要的是，向天资并不高的、更多的众人发出了警示。

文章虽小，但三个层次的推理在逻辑上层层深化，环环紧扣。

道理中又蕴含着情感。有赏析文章说，文章的题目是《伤仲永》，全文却没有一个“伤”字。在我看来，这个“伤”字，不仅在仲永一人，也不仅在警示天资特高的人，而且警示天资并不高的人，这就包括了所有的人。没有突出的天资，又不受学于人，连成年仲永那样平庸的水平都达不到，是绝大多数人的命运。这种伤，就不仅是情感性质的，而且是智性的。最后一句“得为众人而已耶”，用的是反问句，情感色彩比较浓，可谓情理交融。

这篇文章一事一议，本来很可能陷于片面。然而作者不是先有论点，然后举例。这样的做法，思维是静止、僵化的。作者在叙事后的推理过程中，一步步从容推导，从前一个论点推出下一个论点，把最重要的警示放在最后。这样，在叙事与分析之间演进，思维就是活跃的。

王安石的小型议论文章，往往采用这种方法。

著名的《游褒禅山记》，虽题为“记”，似乎是游记，但如果立意仅仅是游记，就称不上什么经典了。“入之愈深，其进愈难，而其见愈奇。有怠而欲出者，曰：‘不出，火且尽。’遂与之俱出”，随大流退出了。

王安石此文之所以经典，并不以目接景奇为务，而是内心的反思。游山不过是个引子，讲的是特殊的、具体的事情，而反思的却是普遍的心理。自己明明知道，“入之愈深，其进愈难，而其见愈奇”，而且“予之力尚足以入，火尚足以明”，却顶不住众人之议。出来以后，有人怪罪“欲出者”，而王安石却反省自己“予亦悔其随之，而不得极夫游之乐也”。这是议论的第二层次。表现了王安石这个人责己严、责人宽的品格。文章已经超越了一般满足于游记享山水之乐的层次了。但是，这仅仅是个人的反思，王安石把这当作反思的台阶，进入第三层次，对个体经验进行超越，问题提升到既有历史的高度又有经验的广度：

> 古人之观于天地、山川、草木、虫鱼、鸟兽，往往有得，以其求思之深而无不在也。

这就是说，不仅山水的游历，而且遍及对草木、虫鱼的观察，都能在认识上有所得，更重要的是，这是古人的普遍经验。对当时人来说，“古人”这样的泛称，比王安石这样一个今人要权威，可信性就强得多。提高到这样的层次，已经大大超越了游记的传统预期。但是，王安石是个思想家，他并不满足于此，而是要由此顺理成章地推向第四层次，得出一种更带哲理性的结论：

世之奇伟、瑰怪、非常之观，常在于险远，而人之所罕至焉，故非有志者不能至也。

夷近和险远的矛盾转化的条件是“有志”。在艰难险阻面前，要有志气，有毅力，就可能从逆境转化为顺境。这个论点不难找到论据，例如汉光武帝夸他部将耿弇的格言“有志者事竟成”。一般的文章到此可卒章显志了，然而王安石的思辨并没有结束。有了志气，就能顶住众人的舆论优势，“有志矣，不随以止也”。王安石的精深在于，于他人无问题处，把问题推向第五层次，“然力不足者，亦不能至也”，光是有志，有毅力，也不一定行。还要有相当的身体素质，要有足够的体力。有了足够的体力，是不是就一定能实现自己的志向呢？王安石又提出第五层次的观念：即使有体力，如果“随以怠”没有主见，也不行。文章最精彩之处就在于第六层次，就是有志气、有体力、有主见，也还不一定能成功，这也是很可能的，但是，只要尽力了：

尽吾志也而不能至者，可以无悔矣。

即使不能成功，也无怨无悔，这就是他最深邃的心得。

文章层层推进经历了六个层次，得出的结论与“有志者事竟成”相反，显然更深刻。当然，这里有王安石作为一个改革家的内心密码，只要尽了最大的努力，不顾“众人”的反对，不理其讥笑，即使改革不成功，也无怨无悔。

两篇文章，都以记为基础，从直接的、个人的经验提出问题，提升为理性的观念，又将观念层层分析，将论点有序深化。既有先叙后议，又有夹叙夹议，更有议中推演观感与思绪并进，如此笔墨有诱导读者随作者思绪神游之妙。

与此文同为经典，常常入选中学语文课本的，还有苏轼的《石钟山记》。从立意上讲有异曲同工之处，苏轼实地考察，先以为郦道元所记为误，后来反复深入调查，方知古人不误。最后得出结论：“事不目见耳闻，而臆断其有无，可乎？郦元之所见闻，殆与余同，而言之不详；士大夫终不肯以小舟夜泊绝壁之下，故莫能知；而渔工水师虽知而不能言。此世所以不传也。而陋者乃以斧斤考击而求之，自以为得其实。余是以记之，盖叹郦元之简，而笑李渤之陋也。”苏轼所写情节比较曲折，文字也比王安石潇洒，但就思想深度而言，应该说比王安石略逊一筹。

《赤壁赋》：精神危机在形而上的思索中解脱

一、换一种活法：精神危机如何解脱

苏轼被贬到黄州以后，在元丰五年（1082）作词《念奴娇·赤壁怀古》，作为政治上的落魄者，表现出对周瑜那样的壮志得酬、豪杰风流的无限向往。但是，周瑜三十多岁就立下了不世功勋，对于四十五岁的苏东坡来说，如此豪杰风流不过是一个渺茫的梦。他在八年前写的词中，也曾有过“会挽雕弓如满月，西北望，射天狼”的豪情（《江城子》），而今却成了流放的罪臣。往日以天下为己任，目无下尘，上书和皇帝争辩，已经成为痛苦的反思。他的学问，他的豪情壮志，他的盖世才华，已经完全无从施展，几乎等于零了。为了维持生计，他不得不走一点门路，弄来一块荒地，一家人耕种，自食其力。为这块地取名为“东坡”，同时自号“东坡”，有换一种身份的意思。苏轼的“轼”，本来是古代车厢前的横木扶手：凭轼，是很高贵的人物的姿态。“魏文侯过其间而轼之”，是君王对高义之士致敬的礼仪。而自号东坡，似乎是甘为农民了。时而布衣芒鞋，行走阡陌，时而泛舟江上，听其所往，经日不归。

在苦难中，他没有像李白那样，为绝世才华不能得到发挥，愤激不平，拔剑击柱，抽刀断水；更没有像杜甫那样忧国忧民，为国破家亡吞声哭泣，成为诗圣；亦不像王维那样，“晚年唯好静，万事不关心”，成为诗佛。苏东坡此时似乎在努力清空记忆，平息内心的痛苦，努力和逆境和解，做出逍遥自在的姿态。他在《西江月》的小序中，自述在酒家喝醉，躺在溪边桥上，一睡就是整晚，早上醒来，觉得好像不在红尘之中，把过程写在桥柱上。

的确很潇洒。在《临江仙》中自述，就是夜饮晚归，敲门家童不应，并不烦躁，而是无所谓，转而拄着拐杖欣赏江中的涛声，完全是心情宁静的境界。从中央王朝大臣跌入犯官的困境，面对形而下的现实，在外部行为上似乎已经解脱了，但是，他是一个思想和情感极其丰富的人，内心的痛楚是无法完全消解的。《临江仙》接着是：

长恨此身非我有，何时忘却营营。夜阑风静縠纹平。小舟从此逝，江海寄余生。

显然，内心深处还是有所不甘的，他的苦闷不仅是因为与《念奴娇·赤壁怀古》那样的豪杰风流遥不可及，而且不能“忘却营营”，那宦海沉浮的得失时时萦绕心头。他不得不努力抵挡那不时袭来的纠结。他不仅是一个政治家，而且是一个精通儒释道三家的学者。形而下的苦难是容易解脱的，但是形而上的问题不得不面对：“余生”，什么意思？初被拘捕时，曾欲自尽，关在狱中时，误以为此命休矣，如今生命是保住了，剩下的只是“余生”。和此前的风华盖世、万众仰望不可同日而语了。残余的生命怎么度过？换了一种身份，就要换一种活法了，怎么活下去呢？

难道就这样，满足于延续生命，衣食无忧，没有思想地活着？有意义吗？这不是哈姆雷特生存还是死亡的问题，而是得活个明白，活着，但不能对不起自己。

在心灵深处，苏东坡面临着精神危机。

在现实的日常生活中，他可以说有恐惧、有戒备，甚至书信写出去还让友人阅后即焚，那种政治上的忧虑，由于换了一种身份，作为一个普通人，他很快就克服了，但是，作为一个诗人、一个学者，他不甘成为庸人，他还有生命价值的追求，他反复做形而上的探索。

《赤壁赋》就是为了进一步求索《念奴娇·赤壁怀古》没有完全解脱的精神危机之作。

二、赋体的蜕变：从大赋到抒情小赋经典

精神危机的解脱，太复杂了。用《念奴娇·赤壁怀古》那样词的形式，篇幅短小，每句字数、平仄和韵脚都受到限制，太不适合了。他需要另一种更为自由的形式，于是采用了赋体。“赋”的规模比词大了许多，但不管是司马相如的《上林赋》，还是曹植的《洛神赋》、杜牧的《阿房宫赋》，其特点乃是重在外部形态的描绘，排比铺陈，骈俪连绵，辞藻华彩。曹植经典的《洛神赋》写美女之美：

其形也，翩若惊鸿，婉若游龙。荣曜秋菊，华茂春松。仿佛兮若轻云之蔽月，飘摇兮若流风之回雪。远而望之，皎若太阳升朝霞；迫而察之，灼若芙蕖出渌波。秾纤得衷，修短合度。肩若削成，腰如束素。延颈秀项，皓质呈露。芳泽无加，铅华弗御。

云髻峨峨，修眉联娟。丹唇外朗，皓齿内鲜。明眸善睐，靥辅承权。

这仅是一个片段。洛神之美，是静止的，平面滑行，还不断换韵。没有时间地点的交代，没有过程，没有感情的起伏，除了超凡的美还是超凡的美。到了唐代，赋体有了发展，稍稍精练了一些，如《阿房宫赋》还有了一些思想批判，但其基础仍然是外部形态的描绘：

五步一楼，十步一阁；廊腰缦回，檐牙高啄；各抱地势，钩心斗角。盘盘焉，囷囷焉，蜂房水涡，矗不知乎几千万落。长桥卧波，未云何龙？复道行空，不霁何虹？高低冥迷，不知东西。歌台暖响，春光融融；舞殿冷袖，风雨凄凄。一日之内，一宫之间，而气候不齐。

连篇累牍的外部意象密度太大，情感被辞藻所挤压，即使有深邃的思想，也无容纳的空间。原封不动采用赋体，对形而上的思考无异于作茧自缚。苏东坡采用后来兴起的抒情小赋的形式，进一步对其句法结构作散文化的调整。《赤壁赋》一开头是这样的：

壬戌之秋，七月既望，苏子与客泛舟游于赤壁之下。清风徐来，水波不兴。举酒属客，诵明月之诗，歌窈窕之章。少焉，月出于东山之上，徘徊于斗牛之间。白露横江，水光接天。纵一苇之所如，凌万顷之茫然。浩浩乎如冯虚御风，而不知其所止；飘飘乎如遗世独立，羽化而登仙。

正统的大赋洋洋洒洒动辄数千字，《赤壁赋》六百多字，属于小赋，体制甚小。“诵明月之诗，歌窈窕之章”“白露横江，水光接天”“纵一苇之所如，凌万顷之茫然”，虽为严格意义上的对仗句，但是不像大赋那样以骈词俪句在外部形态上平面滑行，而是以散句连接起来，用连接词“少焉”组合成过程。而这种过程，隐含着散文叙述性的要素：时间，具体到七月既望；地点，详细到赤壁之下，还有作者自己的动作和朋友的对话，词语多平实，并不求过分华彩。从过程性的表现来说，是不是有点像王安石的《游褒禅山记》呢？王安石的散文全是散句，在这过程中，层层上升到理论，《赤壁赋》所讨论的，不是一般的道理，而是人生观。王安石的文章并不抒情，而《赤壁赋》是抒情的。江上的景观是诗人独特的情感同化了的。在不久前的《念奴娇·赤壁怀古》中，他写了“乱石穿空，惊涛拍岸，卷起千堆雪”，但是在《赤壁赋》中，不能这样写了。苏轼的艺术才华太丰富了，他除了这一副笔墨之外，还有另外一手。他在思想上要换一种活法，在艺术上也要换一种风格。小舟在惊涛骇浪中，根本不适合思考，特别是哲学性的思索。《赤壁赋》的任务是进行深邃的人生哲理的思考，这需要宁静的心情同化环境的性质和形态：清风徐来，水波不兴，月出东山，水光接天，浮舟万顷，随波率性。有飘飘欲仙之心态才能为潜心思考准备条件。

于是饮酒乐甚，扣舷而歌之。歌曰：“桂棹兮兰桨，击空明兮溯流光。渺渺兮予怀，望美人兮天一方。”

这里抒情用的是《楚辞》的骚体，文脉的起点是“饮酒乐甚”的“乐”，乐到“扣舷而歌”的程度。真的是快乐似神仙了。接下来这一笔，不着痕迹地将文脉转入了相反的情境：

客有吹洞箫者，倚歌而和之。其声呜呜然，如怨如慕，如泣如诉，余音袅袅，不绝如缕。舞幽壑之潜蛟，泣孤舟之嫠妇。

朋友（这不完全是虚拟的，而是苏轼的朋友道士杨世昌）和着苏东坡的歌唱而吹奏洞箫，居然并不欢乐，而是悲凉：“其声呜呜然，如怨如慕，如泣如诉”，其悲凉的效果引起了寡妇的哭泣。这是抒情文脉的第二个层次，这种悲凄与欢乐的兴奋不同，“余音袅袅，不绝如缕”是延续性的，情感因延续而平静，则适合思考。

等到朋友提出一个人生苦短的问题，而且得到苏东坡的解答后，悲凄又变成了欢乐。

客喜而笑，洗盏更酌。肴核既尽，杯盘狼籍。相与枕藉乎舟中，不知东方之既白。

这个“喜而笑”是抒情文脉的第三个层次，比开头的“乐甚”更加开怀，居然笑出声来。这是抒情的高潮，悲凄和压抑得到解脱，双方大吃大喝了一顿，“杯盘狼籍”，自由散漫，完全放弃文人的风度，“相与枕藉”，呼呼大睡，迷迷糊糊，不知什么时候天已经大亮了。

这是抒情的高潮，从思想的高潮转向尾声。

以抒情（乐—悲—喜）以正反合为文脉，层层深化，这种散文式的抒情小赋是大赋发展到极端的必然产物。从汉魏到晋以降，大赋堆砌辞藻，繁复到淹没了微弱的“讽谏”，抒情窒息，小赋克服其烦琐，突出抒情。张衡有《定情赋》，蔡邕有《静情赋》，陶渊明有《闲情赋》，皆以“情”为宗旨。陶渊明在《闲情赋》的序中明确说为了“检逸辞而宗淡泊”。但就是陶渊明的《闲情赋》，仍然是排比对仗下笔不能自休，散文句法寥寥。到了唐代杜牧为《阿房宫赋》结尾点出讽喻，稍改大赋排比之固化，但是，缺乏个人化的抒情。苏东坡的《赤壁赋》将赋体和散文、状物和抒情结合得水乳交融，甚至比陶渊明的赋更加精练，成为旷世之经典，让小赋这一文体上升到新的历史水准。

二、精神危机和形而上的解脱

使得《赤壁赋》成为历史高度的标志，还有一个原因，那就是把历史人物的评论和人生哲理带进了小赋，胸襟开阔，视野博大，内涵深邃而厚重，一举超越正统大赋政治性的“讽谏”。更为精绝的是，将抒情与理性结合起来，赋体文章第一次达到情理交融的哲学境界。

苏轼借“客”之口，提出了历史人物局限性的问题：这个问题的性质不限于成败，而属于人生的局限。《赤壁赋》写曹操在赤壁之战之前“破荆州，下江陵，顺流而东也，舳舻千里，旌旗蔽空，酾酒临江，横槊赋诗”，不就是他在《念奴娇·赤壁怀古》中向往的豪杰风流的境界吗？但是，在《赤壁赋》中却遭到了质疑：曹操“固一世之雄也，而今安在哉？”

自己不过是渔樵江渚，与鱼虾与麋鹿为伍的百姓，谈不上什么历史业绩，对于无限的时间来说，就更加渺小了。不可能与明月一样永恒，只能“哀吾生之须臾，羡长江之无穷”。

曹操固然是“一世之雄”，终究逃不过生命的大限。这个生命苦短的母题，早在《古诗十九首》中就形成了。曹操在《短歌行》中，把《古诗十九首》的及时行乐提升到政治、道德上的“天下归心”的理想境界。但是，这个母题在苏东坡这里发出了深邃的质疑。这个问题，其实在《临江仙·夜归临皋》中的“长恨此身非我有”就提出了，这是佛学性质的：身属五阴，是虚妄的，一世所终，寂灭消失。故不属“我有”。唯有体认到《心经》中的“心”，深入修行，照见五蕴皆空，认识到形相、情欲、意念、行为、心灵都是空的，意识到这一切都不是永恒的境界，才能达到“不生不灭，不垢不净，不增不减”的永恒的境界。苏东坡有深厚的佛学修养，但是他并不是佛教徒，他是居士，他把佛学的概念的对立转化当作方法论，提升到哲学辩证法的高度来解答：

> 苏子曰：“客亦知夫水与月乎？逝者如斯，而未尝往也；盈虚者如彼，而卒莫消长也。盖将自其变者而观之，则天地曾不能以一瞬；自其不变者而观之，则物与我皆无尽也，而又何羡乎！且夫天地之间，物各有主，苟非吾之所有，虽一毫而莫取。惟江上之清风，与山间之明月，耳得之而为声，目遇之而成色，取之无禁，用之不竭，是造物者之无尽藏也，而吾与子之所共适。”

“自其变者而观之，则天地曾不能以一瞬；自其不变者而观之，则物与我皆无尽也”，苏轼的哲学思考还带着佛家《楞严经》的痕迹：

> 佛言：汝今自伤发白面皱，其面必定皱于童年。则汝今时观此恒河，与昔童时观河之见，有童耄不？王言：不也！世尊！佛言：大王！汝面虽皱，而此见精，性未曾皱。皱者为变，不皱非变。变者受灭；彼不变者，元无生灭。[1]

佛家所说的是恒河没有变，观者的“精”（神）和“性”虽历童与耄耋之有白发、面皱之变，皆极端之变，而其性、其精，则未变，如恒河之永恒。这是将佛学的观念化为方法论，把问题从有限和无限的矛盾中展开，不是从一般的矛盾，而是从矛盾的极端上来思考，因为是极端的，所以变与不变是必然要转化的。

① 宣化法师讲述：《大佛顶首楞严经浅释》，宗教文化出版社 2010 年版，第 57—58 页。

除了佛学修养，苏轼在这里更接近的是庄子的相对论，《庄子·德充符》说：“自其异者视之，肝胆楚越也；自其同者视之，万物皆一也。”从表面上看来，有点诡辩，实际上有哲学辩证法的根源，“一瞬”和“无尽”，都是矛盾的极端，极端就是转化的条件，物极必反，乐极生悲，《周易》所谓“泰极而否，否极泰来”。任何事物和思想，发展到极端必然转化为其反面。有限的极端就转化为无限的条件，无限的极端成为有限的条件。

当然，苏轼并不是佛教徒，也不把人生看得很虚无，他不像王维那样沉浸于佛学禅宗，超脱一切现实的境界，成为诗佛。他并不完全信奉佛家的相对主义到极端虚无的程度。他自称“居士”，表明他只是在苦难中，借助佛学变化无常，将苦难相对化，将之看成与乐相对、变化的过程。

江上清风，山间明月，是美好的。如果让李白来看，那就是“清风明月不用钱买”，那纯粹是抒情，但是，苏轼不仅是诗人，而且有哲学修养，他驾驭佛家的因缘说来阐释，万事万物皆由人的五识（眼耳鼻舌身）因缘际会而生。大自然的景观只是因为我的感觉而生动：“耳得之而为声，目遇之而成色”，有声有色造成了我的享受。虽然，人的生命感觉是有限的，而这一切，是无限的，没有终结的，“取之无禁，用之不竭”的。造物者，就是这样让我们无穷无尽地享受的。

他这样一说，主客双方似乎都十分快乐，于是就大吃大喝，开心到互相挤压着大睡。

但是，苏轼的开怀似乎比较短暂，因为毕竟人的生命短暂，消亡是必然的，视觉和听觉消失了，大自然的清风、明月就不能享受了。这个暂时被掩盖的矛盾，对于严肃地追求精神危机的彻底解脱的他来说，是不可回避的。但是，这个问题太艰深了，不要说是苏轼当年，就是当代最伟大的哲学家、科学家都还没有找到答案。

三个月后，苏东坡在《后赤壁赋》中，回到《念奴娇·赤壁怀古》的原点“人生如梦”。他仿《庄子·齐物论》中庄周梦蝶的故事，不知庄子梦见蝴蝶还是蝴蝶梦见庄子，猜想孤鹤转化为道士。

> 时夜将半，四顾寂寥。适有孤鹤，横江东来，翅如车轮，玄裳缟衣，戛然长鸣，掠予舟而西也。须臾客去，予亦就睡。梦一道士，羽衣蹁跹，过临皋之下，揖予而言曰：“赤壁之游乐乎？”问其姓名，俯而不答。“呜呼！噫嘻！我知之矣。畴昔之夜，飞鸣而过我者，非子也邪？”道士顾笑，予亦惊悟。开户视之，不见其处。

就是在人生如梦的阴影下，苏轼还是可以潇洒风流起来的。就算是“梦”吧，在世俗生活中，“梦”并不一定是美好的，乌台诗案就是一场噩梦。但是，噩梦毕竟过去了，就是在厄运中，人生之“梦”还是可以美好的。究竟美到何种程度，这在《念奴娇·赤壁怀古》中还是比较抽象的，在《后赤壁赋》中出现了正面描写的美梦：孤鹤横江东来，掠舟而西，夜梦道士，羽衣蹁跹。问其姓名，笑而不答。诗人指其为当晚之孤鹤，道士并不否认。这个“孤鹤”，暗用“黄鹤”典故，唐崔颢“昔人已乘黄鹤去”之“黄鹤”出自道家传说，仙人王子安乘黄鹤经此山，楼在山上，乃名黄鹤楼。(《齐谐志》)

这个“梦”虽然神秘，但比现实要美好。因为“孤鹤”显然带着仙气，其实就是《赤壁赋》开头所想象的“浩浩乎如冯虚御风，而不知其所止；飘飘乎如遗世独立，羽化而登仙”。“羽化而登仙”是道家的理想。但是，主要为儒家的苏轼，不能直接用“黄鹤”。就是“孤鹤”，道士也笑而不答。既不肯定，也不否定。仅取其忽而飞翔于太空，忽而化为尘世间的道家人物，作为超越了生命的局限的象征，这里是出世的境界，又不脱离入世的精神。这太自由了，太“风流”了，太潇洒了。值得注意的是，这里的自由出没于人间天上的“孤鹤”，接着出现的“道士”为之做出注解。

从这里，可以看出为了解决生命价值的危机，苏轼调动了佛家、道家的学养，超越现实的苦难。但是，他毕竟是儒家，实用理性还是占了主导，现实的严酷不能改变，然而他可以把这一切寄托于梦里梦外。正是因为这样，他没有像李白那样，真的以为“仙人抚我顶，结发受长生”，一本正经地“受箓”成为道教徒。他从儒释道三家结合的理想中，不但在理论上超越了现实的苦难，而且在生活实践中获得了在逆境中前所未有的自由。最明显的是他的《定风波》，风雨来了，同行人皆“狼狈”，而他不但坦然，而且在风雨中信步、吟诗、吹口哨（“何妨吟啸且徐行”）。现实的逆境越来越严酷，他却越来越自由，一贬再贬，流放到岭南，他却能享受生命：“日啖荔枝三百颗，不辞长作岭南人。”

心安了，由于理得了，形而上的升华，更加使他能够享受生命，享受智者的风流。流放于同地的朋友王定国回归了，他并不伤感，而是写出了“此心安处是吾乡”，他的簇新世界观终于在这里，完成了简洁而深邃的总结。

《记承天寺夜游》：月透明和心透明

《记承天寺夜游》的写作时间是元丰六年（1083），这时苏轼因“乌台诗案”被贬至黄州为团练副史已经四年了。这年他四十六岁，总的来说，心情是比较沉郁的。但苏轼毕竟有他自己的个性，不像范仲淹那样，永远是忧愁，“进亦忧，退亦忧”，在朝则忧其民，在野则忧其君。苏轼当然也有忧愁，但他并不因此而没有欢乐。这一篇写的，就是在政治上十分艰难的岁月里，他仍然有他自己的欢乐。

这一篇小品式的文章中，苏轼的个性表现得十分丰富、自由。他非常重视享受难得的、欢乐的心情。本来到了夜里，解衣欲睡了，仅仅因为月色入户，就欣然起行。也就是说，兴致来了，就不睡了，没有倦意了，日常生活的习惯就不在话下。为什么呢？因为自然景观触动了他，觉得应该快乐一下。自己快乐就快乐吧，不够，还要找一个朋友来一起快乐，就跑到承天寺里去找朋友张怀民，一起享受这大自然的恩赐。本来，此刻一般的月色就已经足够使苏轼兴奋了，可是没有想到张怀民那里，在承天寺的天井里，月色更是精彩。

这篇文章的精华，就在于月色写得很精彩。

文本的主体是月色，但是没有直接提到月。苏轼的笔力集中在月色的明亮，但又不提月色明亮，只是说“积水空明”，写的是一种视觉效果：月光照着庭院，给人一种满院子都是水的感觉，而且不是一般的水，是透明的水，不是一般透明的水，是透明得好像什么也没有一样。“积水”和“空明”，这两个词结合在一起，很精练，也很传神，给读者以很多的联想。这是第一方面，强调月色的透明。

第二个方面，则是从透明的反面做文章。“水中藻、荇交横，盖竹柏影也”，竹柏的影子很黑，黑得像水中荇藻一样。这个暗喻的好处不但在于黑白对比，而且在于它和前面把月光比作水的比喻一样，是连贯的。前面的水引出了后面的藻，在联想上是从属衍生性的。以竹柏影之黑反衬水之透明，并非苏东坡的发明，我们在分析柳宗元《小石潭记》时就指出以鱼之“影布石上”的效果显示水之透明。但苏轼的创造在于，自然景观之美比比皆是，难得的是人的心情。

整篇文章的动人，不仅在于自然景观的描写，而且在于对自然景观的发现。“何夜无月？何处无竹柏？但少闲人如吾两人者耳。”夜月到处都是，竹柏影子也是普遍的存在，但是美景要有一种心情去欣赏。这种心情，就是一种“闲”的心情。没有闲适的心情，就对美景没有感觉了。故最后一句说，天下美景甚多，之所以没有得到表现者，因为没有我这样的闲适心情。

归根到底，这篇文章的主题，就是美景与闲心的遇合。闲心就是超越世俗功利之心。苏轼正是以这样的闲心对待逆境的。即使在逆境中，也以平常心处之，这样的人才是一个内心成熟的人。

《上枢密韩太尉书》：曲折而委婉的高雅胜利

《上枢密韩太尉书》是一篇自荐文章。对象是枢密院首长，掌管着全国兵事，相当于秦、汉时最高军事首脑太尉，称其太尉，以古称今，以秦汉称宋，庄敬有加。

自隋以来，莘莘学子要进入官员阶层，最基本的途径是科举考试。到北宋，这种方法已经实行了几百年，其生命力在于保证人才选拔的公平，便于社会阶层上下流通。于是就有了“朝为田舍郎，暮登天子堂”这样夸张的说法。后来英国的文官考试就是学的这种方法。但是，这并不绝对理想，在同一地点，用同一题目，以同一标准衡量，对一般人可能比较有效，但是对有特殊才能的人不但无效，而且可能遭到扼杀。故考中全国头名状元者，除文天祥外，鲜有卓越杰出者，而被排斥者比比皆是。杜甫就两次考试都落第了，和他差不多同时，才能并不如他的贾至、李颀、李华等都考上了。于是就产生了某些不成文的补充办法，例如，直接向皇帝自我推荐。杜甫三十九岁时，献了《三大礼赋》歌颂皇帝圣明，唐明皇让他试了一下文章，给了他一个小官。这种办法，成功的概率是比较低的，更为流行的办法是考试前把自己的文章呈送给有权力名望的人，让其留下有利的印象，这叫作“行卷”。但是，不一定可靠，因为试卷上名字是密封的。有时，还可能造成误判。比如，苏东坡试卷写得很好，明明可以得第一的，可是考官欧阳修以为是他的门生曾巩的卷子，为避嫌就降了一等。

科考是为了进入仕途，但是成功率很小，即使胜出，要得到官职的任命，也还要等待。因为考取的总量庞大，逐岁月而增。宋朝不足三百年，进士多达六万，而官员的职位有限。因而考中了举人进士，还要耐心待选，何时得以任命是不确定的。这就产生了另一种办法，向有权力的人士“上书”，自我举荐。这和考试的公平竞争就不太一样了。一要看当权者的品性和眼力，二要看自荐的文章得体。偶然性比较大。对于文章的作者来说，梦寐以求的当然是获得青睐，从平民提升到官员阶层。但是，对于后世的读者，自荐成功与否并不重要，重要的是文章的质量，让读者超越时间空间，享受作者的文品和才华。

有些自荐，虽然失败了，但是文章因其质量而成为经典。

李白自己不屑于或者不善于科举，只想通过权势者的援引获得官职，写了《与韩荆州书》。行文的策略，一是鼓吹对方："制作侔神明，德行动天地，笔参造化，学究天人"；二是吹嘘自己学养超群，自命为"龙盘凤逸之士"。一旦得到接纳，李白写得很直率，就是希望对方"接之以高宴，纵之以清谈""收名定价于君侯""声誉十倍"。从思想上来说，这多少有点庸俗，和他在诗中所说的"安能摧眉折腰事权贵"迥异。但是，从文章来说，骈散交织，用典密而不繁，激情昂扬，文势放达，真实表现了李白生命的另一侧面。其"生不用封万户侯，但愿一识韩荆州""日试万言，倚马可待"传颂千年。

韩愈自荐失败，也留下经典，唐德宗贞元三年（787），十九岁的韩愈到长安投考，五年后中了进士。接下来连续三年的吏部博学鸿词科考试，一再名落孙山，得不到官职的任命。贞元十一年（795），二十七岁的韩愈初次上书宰相，还比较冷静，语言还算含蓄，然书信发出，杳如黄鹤。韩愈在惶恐不安中等了十九天，再次上书（《后十九日复上宰相书》），自比如"蹈于穷饿之水火"，望宰相援手相救。还说自己身处布衣，"贱"如"盗"者，也希望得到"垂怜"（"古之进人者，或取于盗，或举于管库。今布衣虽贱，犹足以方于此。情隘辞蹙，不知所裁，亦惟少垂怜焉"）。把自己贬抑到摇尾乞怜这步田地，还不能打动宰相。顽强的韩愈于二十九天后，第三次上书（《后二十九日复上宰相书》），在信中用了周公"急于见贤"，"方一食，三吐其哺，方一沐，三握其发"的典故，只有这样，"奸邪谗佞欺负之徒"才能除尽。这是反面文章正面做，实际上是批评宰相没有像周公那样求贤若渴，故阴险小人未能尽除。韩愈有个著名的主张，就是"不平则鸣"（《送孟东野序》），"气盛宜言"（《答李翊书》）。他似乎没有注意到，在为文求人的时候，内心的不平、盛气是要适当抑制的。但是，从中可以看出：韩愈的处境可能太窘迫，言辞多少带着愤激，这时他还年轻，二十七岁，完全不懂得策略。

这两位不是不会写文章，而是把求人提拔看得太简单了。凭一篇文章就要人家赏识，成功的概率极小。素昧平生，人微言轻，要达到目的，话就不能讲得这样满，文气就不能这么盛。故均失败了。但是在表现个性、气质上，还是比较酣畅淋漓的。故为后世留下佳话。

曹丕早在《典论·论文》中就指出文章的"气"是可以分析的，例如有"清"有"浊"。《文心雕龙·体性》曰："才有庸俊，气有刚柔。"才十九岁的苏辙，看来比三十四岁的李白、二十七岁的韩愈要有策略得多。他采取的是一种婉曲、沉稳的风格。如果说，李白、韩愈的上书风格属于“刚”的话，苏辙的上书风格就属于“柔”。

他既不像李白那样夸张地鼓吹对方，夸耀自己，也不像韩愈那样步步紧逼，似乎不给自己一个相当的职位，就有悖周公之德。苏辙的文气非常婉曲。一开头，就远远绕开上书的目的，讲文气和学养的关系：“文者气之所形，然文不可以学而能，气可以养而致。”好像在陈述一个理论问题。他说孟子的浩然之气充乎天地之间，意思是自然空间很宏大。司马迁有“奇气”，因为行天下，周览四海名山大川，与燕赵间豪杰交游。这里隐含着的观念是两位前贤的文气，“气充乎其中而溢乎其貌”，并不由读书、写作而致，而是思维空间广阔，长期积淀，潜移默化而形之于文的。

对于主题来说，这是个引子，也是一个大弯子。苏辙要绕开上书求仕（干谒）的目的，要绕好几个弯子，这是第一个弯子，特点是绕得很远，起点挺高，用笔很险。一般士人的共识，都是学和气的统一，《文心雕龙·体性》就把两者联系在一起：“气有刚柔，学有浅深”“风趣刚柔，宁或改其气；事义浅深，未闻乖其学”。苏辙的文章所举人物都是大家，具有无可挑战的权威性。

这个弯子绕得很远，这是为文之“放”，但是“放”了，还得“收”回来，转向自身。

辙生十有九年矣。其居家所与游者，不过其邻里乡党之人，所见不过数百里之间。

在“放”与“收”之间，“收”比较难，要“收”得自然，不能生硬，关键在于婉转。文章好在表面上很是自谦，说自己在家乡，从客观环境说有两个缺点：一是，所接触的只是邻里、乡党之人，见识是卑陋的，安于这样的精神环境，可能就沉沦（汩没）；二是，从自然空间说，限于数百里之内，很狭隘。这是第二个弯子，从第一个弯子“收”到第二个弯子很自然，内在逻辑很严密。一是，自己与孟子的充天地之间的浩然之气相对；二是自己与司马迁览四海名山大川，与燕赵间豪俊交游相对：由于用了逻辑对比性，故衔接性很强，弯子非常婉转地“收”小了。功夫在于，其内涵紧扣着养气的两个方面：一是客观空间、自然空间；二是精神空间：

无高山大野可登览以自广。

自然空间不足，就无法自我拓展，不足以养气。所以要离开家乡，扩展视野，提高眼界。文脉承上文，逻辑上顺理成章。但是，从反面观之，则似有瑕疵。在家读书，难道无益于养气？这个弯子不太严密，苏辙特别加以弥合。气“不可以学而能”，为什么呢？

百氏之书，虽无所不读，然皆古人之陈迹，不足以激发其志气。

诸子百家的书籍都是“陈迹”，这样说是很大胆的。当时士人，皆是读书人，哪一个敢说经典都是陈旧的，读之无益于志气的提高呢？刘勰在《文心雕龙·神思》中说过：“积学以储宝，酌理以富才，研阅以穷照”乃“驭文之首术，谋篇之大端”。本文立论显然走了偏锋，其目的是为排除文章主旨的干扰。苏辙必须强调，除了背井离乡，不能有效“养气”，为了强调以直接经验拓展自然空间和精神空间，这就不得不把读书的功效淡淡消解。这个弯子很重要，在弥补了之后，接着就从自然和精神空间两个方面进行渲染，先是讲离乡是为了“求天下奇闻壮观，以知天地之广大”，大笔浓墨，不直接用骈句，但是用了一系列颇有气势的排比递进。均以句首的动词巧妙地避同，“过”秦汉故都，“恣观”终南、嵩、华之高，“北顾”黄河之奔流，“想见”古之豪杰，在深层暗接司马迁的壮游。到了京师，对天子宫阙，则是“仰观”。明明是进京赶考，却说是为了“知天下之巨丽”，扩大眼界，开阔心胸，也就是养气。这里的养气是第三个弯子，作用是进一步“收”，但还是“收”得不够，因为客观空间的拓展已经实现了，如果这样就能达到养气的目的，这封信也就不用写了。

接下来，第三个弯子还要“收”，往哪里“收”？关键是引向精神环境。精神环境比客观环境更为重要。

> 见翰林欧阳公，听其议论之宏辩，观其容貌之秀伟，与其门人贤士大夫游，而后知天下之文章聚乎此也。

见到欧阳公，听到“议论之宏辩”，与门人贤士大夫游，才知“天下之文章聚乎此”，养气的精神空间大到“天下”，似乎无以复加了。但是，这第三个弯子还是限于精神空间，还要“收”，文脉还要递进到第四个弯子：这就不得不对上书的对象说好听的了。

> 太尉以才略冠天下，天下之所恃以无忧，四夷之所惮以不敢发，入则周公、召公，出则方叔、召虎。而辙也未之见焉。

同样是用典，苏辙比李白和韩愈高明多了，李白的文章是希望对方“以周公之风，躬吐握之事”，韩愈几乎用了同样的话语，向对方施加压力。而苏辙则说对方已经是周公了，不但在朝廷像周公求贤若渴，握发吐哺，而且出征如方叔、召虎平定荆蛮、玁狁、淮夷。不但为天下才略之冠，而且为四夷所惮（其实北宋边境一直为外族所侵扰）。这样过头的话，如果一开头就拿出来，难免唐突，苏辙兜了几个弯子，才把好话“收”到对方头上，因为层次之转折，故显得婉曲。

写到这里，弯子的幅度越收越小，但是，还没有收到上书的目的上。

弯子再用同样的手段绕下去就单调了。直接说自己想拜见，也可能突兀，于是又回到泛泛而论上：“夫人之学也，不志其大，虽多而何为。”具体说到自己，则是虽然“恣观”了名山大川，见了欧阳修及其门人，但是，对于为人志“学”，不在多，而在大。这个“大”是与“多”相对的。苏辙不正面说欧阳修不如韩太尉，而是用“大”胜“多”，不在量的增加，而在质的提升，来突出未能见到韩太尉的重要。要求很低，只要见一下，听一席话（“观贤人之光耀，闻一言以自壮”），就此生无憾了。对于目的来说，这还是弯子，已经是第五个了。

文章已经到结尾，不能不讲到上书的目的，但还是绕了个弯子。从字面上看，似乎就是为了见一下，求教一番。但是行文留下了矛盾，一方面，说自己进京赶考并不是为了仕途俸禄，即使考中，也是“偶然得之”，而且“非其所乐”；另一方面，又说自己年轻，才十九岁，“未能通习吏事”，目前处于“待选”的境地，正在“益治其文”“且学为政”。先说对于仕途没有兴趣，后说为未习“吏事”而憾，正在学习“为政”。话说得很含混，但是，把求教和“为政”连在一起，重点是求为政之道。这是第六个弯子。接下来：

太尉苟以为可教而辱教之，又幸矣。

这句话实质是求官，却说为了求教。实际上是第七个弯子，手法很精致。首先，用假定语气：太尉“以为可教而辱教之”，如果认为我可教，乃是我的幸运，姿态放得很低。其次，教导什么呢？没有说，但前面已经提到自己正在“待选”，同时正在“学为政”。不言而喻，重点在“为政”。最后，仅仅是教导一番吗？心照不宣，自然是解决“待选”的问题。

文章写到最后已经点题了，还是没有把求官的话直接说出来，最多只是说到求教“为政”，也就是当官之道，当时苏辙还没有当官，还在待选，急着求为政之道，当然是因为急着当官，这一点留在这个弯子的空白中，让对方心领神会比自己说出来要有效得多。李白、韩愈的干谒都无果而终，苏辙在《祭忠献韩公文》中曾自称“游公之门”，感谢韩“长育成材”之恩，说明他成功了，受到接见。

但是作为文章，严格说来，留下了不足。开头的“文不可以学而能，气可以养而致”是本文之大前提，到了最后潜在的矛盾显露了。文不可以学而能，可自己正在“益治其文”“且学为政”，如果文不能学而能，为什么又要益治其文呢？至于“政”，是不是可以求学而能呢？这是不是一个空白？至于“气可以养而致”，养气与为学相比是更高的纲领，治文兼为政，如何能有效地养气呢？文章没有回答。这是不是第二个空白？

由于开头的弯子绕得太大，放得太开，完全否定了求仕的动机，虽然转得很精致，但是，毕竟不想也不可能否定求仕，因而也不可能收得天衣无缝。

《送东阳马生序》：文质而气雄

“序”是文体名，通常理解为书序。这里属于另一种，类似临别赠言。《送东阳马生序》，就是送给这位姓马后生的叮嘱。作者宋濂，在明初文名甚大，朱元璋称他为“开国文臣之首”。相传朱元璋曾问刘基，文学之臣的水平如何。刘基说：“当今文章第一，舆论所属，实在翰林学士臣濂，华夷无间言者。其次臣基，不敢他有所让。”（《跋张孟兼文稿序后》）刘基把宋濂排在第一，自己排在第二，是很诚恳的。他在《宋景濂学士文集序》中引另外一个人对他文章的评价说：“先生天分至高，极天下之书，无不尽读，以其所蕴，大肆厥词。其气韵沉雄，如淮阴出师，百战百胜，志不少慑；其神思飘逸，如列子御风，飘然骞举，不沾尘土；其词调清雅，如殷卣周彝，龙纹漫灭，古意独存；其态度多变，如晴跻终南，众骀前陈，应接不暇；非才具众长，识迈千古，安能与于此！”这样的话语显然有偏爱者的夸张。当时四方学者（包括日本、韩国）的确非常推崇宋濂，把他尊为“太史公”。但是，上述评价，用在司马迁身上非常准确，对照宋濂的这篇名作，并没有司马迁《报任安书》那样情感汪洋恣肆，相反，倒是给人一种心境平和、淡泊、朴素的感觉。刘基作为同代人，其眼界免不了为当时文坛所限。隔了几百年，清代的《四库全书总目》说宋濂的文章“雍容浑穆，如天闲良骥，鱼鱼雅雅，自中节度”，应该是比较到位的。“雍容浑穆”就是话语表层上不做张扬的姿态，不求情感的夸张，不务文字的华赡，但在心态上很从容，情志上很浑厚。“天闲良骥”说的是，虽为骏马，但不作昂首长嘶、志在千里的气势，而是以悠闲的风姿，取宁静致远之意。

理解了这一点，才能把握宋濂这篇文章的风格。

本文是以现身说法来总结自己求学成功之道的大道理。作为一个成功人士，获得“当今文章第一”的美誉，并没有摆弄大架势，而是放低姿态，对自己的成功，说得很谦恭，仅仅是“获有所闻”而已。

从结构来看，阐释其求学成功之道，分为三个层次。第一个层次，展示的是“家贫”和“遍观群书”，矛盾转化的条件是勤奋抄写和守时归还。这是一个因果关系的推理，买不起书的人，因为勤奋和守时，终能博览群书。第二个层次，矛盾是自己“愚”，天资并不是特别好，却“获有所闻”。读者心照不宣，作者已经获得四方学者尊崇，这个说法很谦虚，同时也是游刃有余的修辞。矛盾转化的条件是：对名师特别尊崇，不管人家是不是理睬，总是“俯身倾耳以请”，就是人家发脾气，“遇其叱咄”，仍然毕恭毕敬（“色愈恭，礼愈至”），等人家心情开朗了，再加请教。求师的精诚到完全放弃自尊的程度，是他成功的第二个原因。第三个层次，阐释成功的第三个原因，就是特别的“勤且艰”。不怕苦到不怕死的程度，不怕穷到不怕人家笑话的境界，完全忘却世俗虚荣，“以中有足乐者”，把艰难困苦当作快乐，这样的概括，是文章的精神焦点，可是用语简朴，无意于渲染，透露出所谓“雍容浑穆，如天闲良骥”“自中节度”的从容。

接下去，文章从正反两方面总结：从消极方面说，连我这样并不特别聪明的人，凭着勤奋和执着，能够进入君子之林，得到天子的恩宠，参与高层政治，闻名四海。从积极方面推想，那些“才之过于余者”取得成就，就更加无疑了。

今诸生学于太学，县官日有廪稍之供，父母岁有裘葛之遗，无冻馁之患矣；坐大厦之下而诵诗书，无奔走之劳矣；有司业、博士为之师，未有问而不告、求而不得者也；凡所宜有之书，皆集于此，不必若余之手录，假诸人而后见也。其业有不精、德有不成者，非天质之卑，则心不若余之专耳，岂他人之过哉？

文章先是两面开弓，首先从正面对比：自己家无书，太学生有书；自己远方求师，太学生有现成的老师；自己饥寒交迫，而太学生无冻馁之虞。对比环环紧扣，文章又收得拢，及时从反面陪衬一笔：有这样的好条件，再不成才，那就“非天质之卑，则心不若余之专耳，岂他人之过哉”。

从整篇文章来看，系统的正反对比，意味着把有利于自己论点和不利于自己的、对方可能保留的方方面面，都考虑得很周密，可以用雄辩来形容。

这样的逻辑框架完全是议论文格局，带有某种雄辩色彩。但是，在读者的直觉中，没有多少议论文的抽象推理。这是因为其因果逻辑框架，掩埋在娓娓道来的叙述之中。具体的叙述是显性的，抽象的逻辑是隐性的。文章总体上是推理的、抽象的，但是，在各个部分充满了感性。宋濂这类散文之所以给后代人以雍容浑穆、怡然大度的感觉，就是因为他不着痕迹地把叙述和议论水乳交融地结合起来。

文章用大部分文字叙述自己求学之诸多艰难，并未大肆形容，亦无刻意描写。应该说明的是，描写与叙述是不同的。描写以个体行为为脉络，以时间和空间的推移为顺序，重点在感性的特殊性，叙述则为许多长期过程的概括，重点在整个过程的共同性：

余幼时即嗜学。家贫，无从致书以观，每假借于藏书之家，手自笔录，计日以还。天大寒，砚冰坚，手指不可屈伸，弗之怠。录毕，走送之，不敢稍逾约。以是人多以书假余，余因得遍观群书。

这里之所以是叙述，就是因为所写并不是某一次借书，而是长期借书的一般状况，但是又不乏描写的感性。原因在于虽为叙述，但又有一系列细节：天气寒冷到“砚冰坚，手指不可屈伸”。为了准时还书，在酷寒中抄写完毕，还要“走送之”。这个“走”，在古代汉语中的意思和现代汉语有些区别，是快步、加紧步伐的意思，和现代汉语中的随意走走是两种心态。一系列的细节，使得叙述带上了感性，细节是局部，不是整体，但细节往往有特点，以局部的特点冲击读者的想象，唤醒读者的经验补充种种景况，以有特点的外部动作（结果）来暗示作者的心情（原因），这样的细节，就带上了某种描写的感性色彩，甚至是文采。

宋濂之所以能给人以气韵沉雄、神思飘逸、词调清雅、应接不暇的感觉，就是由于这样不着痕迹地叙述而实带描写功能的语言。这种文风到文章的第二部分，就更加鲜明：

先达德隆望尊，门人弟子填其室，未尝稍降辞色。余立侍左右，援疑质理，俯身倾耳以请；或遇其叱咄，色愈恭，礼愈至，不敢出一言以复；俟其欣悦，则又请焉。故余虽愚，卒获有所闻。

在概括性叙述中，安排了这么多细节，又这么鲜明，而且是连贯性的，带着某种故事的功能。但从语言上说，仅仅是“立侍左右”“俯身倾耳”“色愈恭，礼愈至”“俟其欣悦，则又请焉”，用的都是名词和动词，形容词就是不得不用，也只是单字来作谓语，这种言简意赅的追求，显然是有意抑制文采。当然，这种追求到了下面一个部分似乎有所改变，当作者写到远道从师：

负箧曳屣行深山巨谷中。穷冬烈风，大雪深数尺，足肤皲裂而不知。至舍，四支僵劲不能动，媵人持汤沃灌，以衾拥覆，久而乃和。寓逆旅，主人日再食，无鲜肥滋味之享。

显然，细节纷纭，特别是“四支僵劲不能动，媵人持汤沃灌，以衾拥覆，久而乃和”，语言也趋向丰富，特别是写到同舍诸生：

皆被绮绣，戴朱缨宝饰之帽，腰白玉之环，左佩刀，右备容臭，烨然若神人。

这种由疏趋密的细节，也许就是刘基所肯定的那种“态度多变”造成“应接不暇”的效果。当然，语言风格的朴素是统一单纯的，但过度的统一单纯，也可能导致单调，好在宋濂统一的基调中又有所变化。对形容和排比的控制也是时紧时松，必要时略事渲染：余则缊袍敝衣处其间，略无慕艳意，以中有足乐者，不知口体之奉不若人也。盖余之勤且艰若此。

对词采和情景控制的放松是适度的，浅尝辄止，很快就以理性的语言“余之勤且艰若此”上升到精神的高度。真正将词采的放松和心情的变化同步，是对自己的表述：

> 犹幸预君子之列，而承天子之宠光，缀公卿之后，日侍坐备顾问，四海亦谬称其氏名。

文章本来一直是十分低调的，就是说到自己的成功的时候，用词仍然是不忘自我贬抑分寸（如说自己列入君子之林，是“幸预”，自己四海之名，是名不副实的，是“谬称”，在公卿之间，排名也是最后），但是在这样的谦抑中，却用了四个排比句，显然是强调，让感情进入某种高潮。文脉起起伏伏，伏中有起，起中有伏，既是情绪又是语言的节奏。文脉节奏的营造，并不仅仅限于叙述与描写的交替，在结尾处，还超越了叙述和描写，来了一点鼓励：

> 东阳马生君则，在太学已二年，流辈甚称其贤。余朝京师，生以乡人子谒余，撰长书以为贽，辞甚畅达。与之论辨，言和而色夷。自谓少时用心于学甚劳，是可谓善学者矣。其将归见其亲也，余故道为学之难以告之。

这不是官样文章，没有俗套的痕迹，没有什么虚伪的奉承，赞扬得那么有节制，不过是“辞甚畅达”，又那么诚恳，并没有讲前途无量的空话，而是以“为学之难以告之”，让刚刚提升起来的情绪又平静了下去。这样的风格，之所以受到刘基的推崇，可能是明代文章的一种时尚。要对这种文风有更为清晰的理解，可能要把它和韩愈的《送孟东野序》的结尾做个粗略的比较。韩愈并不回避孟郊的水平不及前辈如陈子昂、李白、杜甫等，但是，对孟郊和其他两个朋友的遭遇、前途表示同情时，他就很舍得形容和感叹：

> 三子者之鸣信善矣，抑不知天将和其声，而使鸣国家之盛邪？抑将穷饿其身，思愁其心肠，而使自鸣其不幸邪？三子者之命，则悬乎天矣。其在上也奚以喜，其在下也奚以悲！东野之役于江南也，有若不释然者，故吾道其命于天者以解之。

对于孟郊的受贬压抑，进行了情理交融的开导，所用语气并不以叙述为限，而是交织着疑问、感叹和陈述，实际上达到了某种抒情的效果。可以感到，在韩愈的文章中，充溢着一种郁郁不平之“气”，而宋濂的文章，似乎有意无意地缓解这种“气”，从这里看明文和唐宋文在风尚上的刚柔区别，是很好的角度。

《说虎》：寓言式的说理

刘基《说虎》这篇文章很短小，却是论说文章很常用的体式。

对于这种体式的特殊性，通常的议论文理论恰恰是忽略了的。一般的议论文理论都强调先有论点，然后组织与论点相一致的材料进行论证。这种说法有一定的道理，初中乃至高中学生，往往不善于将论点和论据做适当的配合，加强这方面的指导是很有必要的。不过，这样的说法是有缺陷的，首先，忽略了论点是否正确。把论点当作天经地义，就容易片面化，容易让人忘记一个重要原则，就是对一切论点都要进行具体分析。其次，就算论点是完全正确的，还有一个如何形成的问题。总不能在任何时候，都等待别人把论点准备好再来论证。再次，即使正确的论点，也需要发展，不然就会僵化、肤浅。

刘基的这篇文章，恰恰就在形成初步论点、分析初步论点、拓展初步论点这几个方面，为我们提供了一种范式。

这篇文章的特点是论点在后，不是一下子就给出一个现成论点，而是把事情的矛盾揭示出来，和读者一起排除层层障碍，得出一个初步结论来。然后层层深入，在文章最后得出结论，得出结论的过程就是议论文章写作的全部。结论出来了，文章也就结束了。这和先有论点，再加以论证，完全是两种思路。这种比先有论点，再加论证的范式，要可靠得多。

文章先说，老虎比人有力气得多，人和老虎斗争，人被老虎吃掉是没有什么奇怪的。如果用先有论点再加以论证的范式来写作，要找多少例子来“证明”，也是不费力的。但这样做的话，就太肤浅、盲目了。这篇文章之所以经典，就在于他接着提出了相反的事实，不是老虎经常吃人，而是人经常吃虎肉，享用虎皮。这种提出反例的方法，叫作揭示矛盾，从写文章的角度来说，叫作提出问题。

议论文要深刻、不肤浅，就要善于提出问题，要提出和前面的观念不相符合的事实来，也就是提出反例，推动思考，层层推出结论。刘基先拿出初步的结论：虎用力，人用智。虎用自己的躯体，而人用他所创造的事物（工具）。躯体是有限的（“一”），工具是无限的（“百”）。这就不但提出了矛盾，而且由于“一”和“百”在量上的巨大差异，矛盾转化的条件就出现了。人由弱变强，虎由强变弱。这样，论点就变得深刻了。

分析的过程是完成了，但文章没有完成。刘基是个政治家，他所考虑的不仅仅是老虎与人的关系，而且是人与人的关系，是领导与人才的关系。他的更深刻之处，在于把这仅仅当作一个比喻，当作他自己主题的基础。从“用力而不用智”，引出“自用而不用人”。领导者就是很有本事，如果不能用人，只用自己有限的智力，而不能用人，都是老虎一类。

从一定意义上讲，意思已经很清楚了，但刘基还要点一笔，什么样的老虎呢？“其为人获而寝处其皮也。”这就不但很生动，而且在结构上很严密了。开头从虎与人比开始，结尾落实在虎与人的关系上。这从结构上说，是首尾呼应。还可以从另外一个角度看，也就是从内容上看，在首尾呼应的结构中，又有首尾对比。开头说是虎比人强大，而结尾则是：虎是人的手下败将，虎是失败的象征。在这样严密的，甚至可以说是封闭的结构中，显示深刻的对比，结构的完整更加突出了智在内涵上的张力。

《郁离子》三则：从情节中概括出格言

古代有些文体，是从某种修辞手法发展而来的，比如铺张手法发展出了辞赋，对偶手法发展出了骈文。而寓言，则由比喻手法发展而来。我国人民似乎天生擅长形象思维，即使抽象说理，也多形象性，因此即使是哲学家思想家的著作，也可以是很精彩的文学作品，有些甚至在文学史上占有一席之地并产生重大影响，如《庄子》《孟子》等。这在西方似乎是不可思议的。在人们还没有“著作”之前，即使日常讲话说理，也爱用形象的比喻。如上古早期的文献《尚书》，有一篇记录殷商帝王的著名演讲《盘庚上》，内容是动员臣民赞成迁都，说旧都好比腐朽的“颠木”，而新都则是新生的富有活力的“由蘖”。君臣上下要团结一心，“若网在纲，有条而不紊；若农服田，力穑乃亦有秋”。倘若有人煽动抵制，后果就如同“火之燎于原，不可向迩”，无法扑灭，等等。到了后来，如语录体的《论语》，也有不少诸如“杀鸡焉用牛刀”“待价而沽”等经典的比喻。总之，在孔子及其之前，借助感性表达理性，在感性事实上进行抽象立论，已是人们说理论辩的基本方法和鲜明特色。

到了战国，这类简单的比喻逐渐发展为短小的故事。孟子游说国君，和国君辩论，着重推理。推理靠逻辑，逻辑是抽象的。故孟子多讲故事，以增加感性，如揠苗助长、齐人乞播之类。《孟子》还只是较长篇的语录，而此后其他诸子乃至西汉的专题论文、著作，更往往用故事来说明观念。《庄子》有邯郸学步、庖丁解牛、朝三暮四等，《韩非子》有守株待兔、三人成虎，《战国策》有鹬蚌相争，《吕氏春秋》有刻舟求剑，《淮南子》有塞翁失马，等等。此类故事的特点是，在具体、特殊的感性基础上进行普遍性的概括，抽象道理与感性情节相得益彰。许多故事比较接近现实人生，如五十步笑百步、塞翁失马，仅仅作为某一论点的例子。故事是从属于论述的，从逻辑上说，具有类比推理的功能，没有独立性，不能成为一种文体。不少故事的寓意比较深厚，主角往往为动物，情节超越现实，虚拟性很强，如鹬蚌相争、朝三暮四等，成为成语、典故，在书面和口头广泛传播，往往脱离上下文，被反复引用，论述反倒被忽略了。有了这样的相对独立性，故事就具备了寓言的性质。

寓言要成为文体，关键是不再从属于议论，具有完全的独立性。如古希腊的伊索寓言，俄国的克雷洛夫寓言。但是成为独立的寓言，成为文体以后，议论却是不可缺少的组成部分。

情节加结论就成为寓言基本结构。精练的结论，往往成为广泛运用的成语或者格言。

寓言的故事情节，不同于一般的故事，一般故事并不一定把道理直接讲出来，而成熟的寓言在最后把道理概括出来。

寓言之道理从属于故事。

寓言的道理，与一般论说文的结论不同。《文心雕龙·论说》中的“说”作为一种文体，其结论是要从类比推理中层层推演出来的。如刘基《说虎》的第一层次，说老虎比人力气大得多，人与虎斗，必败无疑。接着说不是老虎经常吃人，而是人吃虎肉，享用虎皮。第二层次，强弱转化的原因是：虎用力，人用智。人由弱变强，虎由强变弱。第三层次，这不仅存在于老虎与人，而且存在于人与人的关系中，主要是掌权者与人才的关系。第四层次，从“用力而不用智”，引出“自用而不用人”。掌权者就是很有本事，只用自己有限的智力，而不能用人，都是老虎一类。

而寓言的道理是直接下结论，文章就结束了，并不需要层层类比推演。这一特点与古希腊的伊索寓言不约而同。

二

刘基《良桐》情节的好处是，对比极其强烈。

第一重对比，琴是极品而评价却极低。质料是良桐，性能是上佳（“金声而玉应”），第一流的（“天下之美也”）。但遭到全国最权威的行家（“国工”）的否定，理由是“弗古”。不是古代的，不管多优越的性能，也要遭到拒绝。这是对比的第一层次，其荒谬是显而易见的。

第二重对比，同样的琴，做了仿古的工艺，加了“断纹”“古窾”，埋在土里做了旧，不但身价百倍，而且被视为稀世珍宝。这是对比的第二层次，使其荒谬性更加显而易见。

寓言的道理也有两个层次。第一，从具体的感性上升为普遍的规律：“岂独一琴哉？莫不然矣。”不是一物的孤立事件，而是人世普遍的现象。第二，如果不早做打算，可能与这个世道一起完蛋（“不早图之，其与亡矣”）。

这个结论不像一般寓言那样为单纯的格言，最后用的是假定句法：如果不……就……结局带着神秘的意味（“入于宕冥之山，不知其所终”）。也许，是慑于元朝的思想统治不便明言。文章写于刘基辞元朝官职隐居之时，可能反映了他当时还没有下定决心。后来他果然改变了对汉族起义军的立场，成为明王朝的开国功臣。结论中隐含着某种个人化的意味，而不仅仅是普遍的客观规律。

结论的语言有一个不可忽略的特点：与故事叙述简洁、不抒情相反，用了感叹词，是相当抒情的。工文侨闻之，叹曰：“悲哉世也！岂独一琴哉，莫不然矣。而不早图之，其与亡矣！”这样抒情的语言和伊索寓言不同。在伊索寓言中，故事结尾都是“这个故事说明”，大都是客观的、反讽的。例如，狐狸吃不到葡萄，就说葡萄是酸的，结论是“有些人，做不成事，却说时机还不成熟”，与抒情是绝缘的。

《良桐》最后的结论却是抒情性的，其源可能出自中国史传。史传叙述客观，记言记事，不直接褒贬，更不抒情。但在叙述之后，则可以直接褒贬，《左传》有“书曰”，《史记》有“太史公曰”。如《项羽本纪》后有太史公曰：项羽“放逐义帝而自立，怨王侯叛己，难矣。自矜功伐，奋其私智而不师古，谓霸王之业，欲以力征经营天下，五年卒亡其国，身死东城，尚不觉寤，而不自责，过矣。乃引‘天亡我，非用兵之罪也’，岂不谬哉”。“难矣”“过矣”“岂不谬哉”，严峻的批判，以感叹语气，强烈地抒情。《郁离子》显然是把中国史传文学的手法用到了寓言里。

结论的抒情性与情节语言简洁的叙述性相得益彰。

开头九句皆为短句，最长为第一句，七字，最短两字（“还之”）。皆为叙述，不作描写。桐之良，琴何状，如何鼓，皆不着一字。国工视态何如，曰“弗古”，对琴者之表情，皆无形容，唯一的形容是“金声而玉应”，金玉二言而已。至于“还之”，则极简，无可再简。

谋诸漆工、篆工，埋诸土，出土，抱适市，得售百金，献诸朝，乐官传视。皆短句并列。其间时空之转换，因果关系，无连续词（只有一个“又”字），动作心态皆留白。

二

《狙公》一则，亦为一则故事和一个结论。

故事以前后对比取胜，与《良桐》相似。但是，故事发生在人与动物之间，主角为动物，使得文章的寓言色彩更加鲜明。

狙公育狙，使之入山求草木之实。文章强调的不是取之多，十分之一应该说不多。狙公仅以自给为足。文章最表层的意思是狙公取之无道：草木之实，非狙公所植，出于自然生息。

文章显示，比取之无道更重要的是取之无“术”。首先，文章开头交代，狙公“养狙以为生”，也就是说，此人不是凭空剥夺众狙，而是为众狙提供生活资源的。其次，狙公也不是无所事事，而是“部分众狙于庭，使老狙率以之山中”，他是做了组织、分工的，也就是管理。付出了这么多，仅仅取其山果十分之一，“以自奉”，只是维持生活而已。是不是可以说，取之不是绝对无道？

文章之旨更在讽喻其取之以暴，取之无“术”。“或不给，则加鞭棰焉。群狙皆畏苦之，弗敢违也”，纯粹以暴力恐怖统治，可以震慑于一时，一旦众狙觉悟到狙公没有理由暴取，乃窃其所积，逃亡林中。狙公乃饿毙。

文脉中的“以术使民”“其术穷矣”皆是文眼。强取者本为强者，被取者本为弱者，弱不敌强，弱者虽畏苦，亦不敢违抗。一旦强者过暴，刺激弱者觉悟其施暴无理，采取报复行动，强者不但转化为弱者，而且馁毙。故事的深刻意义在于，表面上的强者似拥天然之权力施暴，然而，强者权力是建立在弱者不敢反抗的基础上的。一旦超越了弱者忍受的程度，弱者乃先有觉悟，次有行动，强者生命所系不复存在。

故事的结论与《良桐》一样，从特殊的故事引申出普遍的道理：从人与动物拓展到人与人、统治者与被统治者、管理者与被管理者之间的关系上来。批评狙公这样的统治者，“以术使民而无道揆者”，不择手段把老百姓弄得不遵守法度。老百姓在通常情况下，“昏而未觉”，敢怒而不敢言，但是，过度暴虐，使其觉悟，“其术穷矣”，就什么办法也没有了。

文章的语言也有值得注意的地方。

众狙对话中的口语气息，“公所树与”“否也”“天生也”“非公不得而取与”“皆得而取也”“吾何假于彼，而为之役乎”中的语气词，对表现众狙对话的心态，是不可少的。但是，并不是每一句都同样生动，一些短句，“否也”“天生也”“非公不得而取与”似乎比“吾何假于彼，而为之役乎”这样的长句，要传神得多。看来，短句较到位，原因是符合众狙的推理简单，复杂的长句，不但绕口，而且不太符合动物的特点。最后的结论虽有长句“世有以术使民而无道揆者”，应该不妨，因为这是郁离子说的，当然最后带感叹词的“其如狙公乎”“其术穷矣”，应该更精彩。

三

《赵人患鼠》这一则，患鼠而育猫，鼠尽而其鸡亦尽。为保鸡，是否要驱猫？答案是否定的。故事简单，道理却含有哲理性。

鼠患与无鸡，孰重？鼠患导致饥寒，无鸡则无患于饥寒。故不当去猫。

从理论上说，任何事物都是对立的统一，事物无绝对的好，亦无绝对的坏。好与坏、利与弊、善与恶、正与反、生与死都相反相成，处于同一体之中。有益中亦可能蕴含着有害，这是普遍规律。但是，这并不是说事物就不能定性了。在矛盾双方如利与弊，并不绝对平衡，在益和害的矛盾中，不但要衡其质，而且要衡其量。事物的性质，由其矛盾的主要方面决定。在这里，鼠害导致饥寒，危及生存，而鸡亡，仅失美味而已。故不当废猫。

如一见有害，即弃之，则如西谚所云，把脏水和孩子一起泼出去。

从实践上来说，两害相较，取其轻，两益相衡，取其大。

这里还有个思想方法问题，具有普遍的认识意义，可以助吾人在政治、军事、商业等决策上，全面权衡利弊。

其实，它涉及人生的一切方面，爱情可能产生的失恋，购物必要的付出，体育运动不可避免的伤害性，药品的副作用，空气中的雾霾，人生都是两害相权取其轻，否则就不能生存，文明就不能发展。

《项脊轩志》：从唐宋派散文到桐城派的桥梁

归有光的《项脊轩志》较短，我想不用一般的总体分析论述的方法，而采取中国传统的评点方法，这样做的好处是可以逐字逐句地细致分析，避免总体论述分析难以避免的细部遗漏，当然这也有局限，管中窥豹。传统评点除追逐字句以外，还有总评，一般置于文前，笔者拟置于文后，做全貌、宏观、历史的总评。

项脊轩，旧南阁子也。室仅方丈，可容一人居。

归有光把自己读书的房间命名为“项脊轩”，有多重含义：一是，先祖归道隆，于几百年前（宋代）定居于今江苏省昆山市的项脊泾，有遥承远祖文脉之意。二是，书斋狭窄低矮，仅容项脊，然称“轩”，有轩敞之联想。“志”，古代文体之一，大都用以记录人物事迹。归有光为此文时十八岁，既无功名，亦无成就，无甚伟业。写个人小室，无涉国计民生，此类内容常用文体是“记”。唐宋以来多有杰作名篇，如柳宗元《小石潭记》、苏轼《石钟山记》、欧阳修《醉翁亭记》《丰乐亭记》、王安石《游褒禅山记》，归氏亦有《沧浪亭记》之作，然此文却用了比“记”更庄重的“志”，颇为出格。为其妻之陪嫁小丫头寒花的死亡作文，亦题为《寒花葬志》。想来“志”在归有光，颇有寄寓，然亦非班固《汉书·食货志》《艺文志》、陈寿《三国志》之论，归氏在此文体似有所追求，容待分析。

“室仅方丈，可容一人居。”室为文章主体，只言狭小到“可容一人居”，文气起得从容。

“百年老屋，尘泥渗漉，雨泽下注”，“百年”写旧，“尘泥渗漉”，写残且漏。“雨泽下注”，不直接写如何残破，只写其效果之富于特征者：“泽”“注”，仅二字，可见其屋漏之甚。此其一。

“每移案，顾视无可置者。”继写残破效果：为书屋，却无处可置书案，此其二。

“又北向，不能得日，日过午已昏。”“轩”为读书之处，有轩敞之联想，然而光线昏暗，效果如此，此其三。

“余稍为修葺，使不上漏。”“不上漏”承前“雨泽下注”，意脉关锁甚密。

“前辟四窗，垣墙周庭，以当南日，日影反照，室始洞然。”“室始洞然”承前“不能得日，日过午已昏”，意脉大转并有启后之用。

“又杂植兰桂竹木于庭”，不但宜读，而且有兰、桂、竹，意脉由陋变雅。

“旧时栏楯，亦遂增胜。”改进有序，意脉微展，笔墨从容。

“借书满架”，“借”字好，“满”字好。好在意脉雅意递增。修葺之意不在居，而在书，穷困无书，乃借，借而满架，可见其“志”。项脊轩之“志”意当于此乎？意脉稍扬：由超越困苦而自慰也。

“偃仰啸歌，冥然兀坐”，俯仰啸歌。意脉渐昂：独处而无孤独感，自享孤高。

“万籁有声”，写心静也。心静方能感万籁之声，万籁之声其实是万籁俱寂的效果，后文“庭阶寂寂”可为注解。极写心之静：与大自然默契，独喜转为默喜。

“小鸟时来啄食，人至不去。”人静而心宁，鸟与人偕，与鸟同享，胜于与人同享。

“三五之夜，明月半墙，桂影斑驳，风移影动，珊珊可爱。”从贫不能安生，到享受“可爱”之诗情画意，由贫苦转折为雅美，超凡脱俗。

“然余居于此，多可喜”，“可喜”，关锁承上。“亦多可悲”，“亦多可悲”只四字，意脉大转折，用笔轻松，不着痕迹。引出下文反衬：“先是，庭中通南北为一。”“先是”是关锁字眼，引出“庭中”“南北”曾一体。院落之大，非项脊之狭窄可比。

“迨诸父异爨”，“迨”字好，只一字，便引出庭院之今昔之变。“异爨”，不说分家，“爨”为本文唯一古奥字，极显委婉、精练。避言家族之解，亲情之衰，只以效果（分灶）呈示：“内外多置小门墙，往往而是。”用可见之细节说话，从分灶到小门墙，其中分家，分房，意不在空间之分，而在亲情之割，省略多少事情，多少不便言、不忍言之事，但只言犬：“东犬西吠”，第二次以细节说话，不说人之互争，但言犬之互吠。

“客逾庖而宴”，第三次以细节显示：不言亲情之杂扰，但言客之逾庖。

“鸡栖于厅”，第四次以细节凸显怪异，厅乃宗室会聚、议事、祭祀之所，居然为鸡所栖。

“庭中始为篱”，这是细节之第五层次，不言为篱之缘由在家族之分争，只言为篱，且不在边际，而在中庭。中庭乃族人共享之所。

“已为墙”，细节时入第六层次，篱之隔不足，乃为墙，不言矛盾日激，但言篱变为墙。“凡再变矣。”六个细节，六个层次，层层递进，一变，再变至六变，物之再隔，极写亲情日隔日深。此处文章极简，只有名词与动词，且皆通用语，无生僻字，形容词只有“小”“多”，副词仅有“始”“已”“凡”，感叹词仅一“矣”。句皆短，句间连接词省略，不事感叹，亦无渲染。

这是归有光以“志”不为“记”为题之匠心，如果是“记”，如他的《家谱记》就不这么含蓄而有直接的评判和抒情了：

归氏至于有光之生，而日益衰。源远而末分，口多而心异。自吾祖及诸父而外，贪鄙诈戾者，往往杂出于其间。率百人而聚，无一人知学者；率十人而学，无一人知礼义者。贫穷而不知恤，顽钝而不知教；死不相吊，喜不相庆；入门而私其妻子，出门而诳其父兄。冥冥汶汶，将入于禽兽之归……

有光每侍家君，岁时从诸父兄弟执觞上寿，见祖父皤然白发。窃自念，吾诸父兄弟，其始一祖父而已。今每不能相同，未尝不深自伤悼也。

两者对比，作为“记”是可以直接批评的，甚至可以痛斥的，而归有光的“志”则明显上承司马迁记言、记事而不直接褒贬的传统。

文章写到“凡再变矣”，总上文之“亦多可悲”，下文若再写可悲可喜，则意脉平滑，下文所写乃既悲亦喜，亦喜亦悲。

家有老妪，尝居于此。妪，先大母婢也，乳二世，先妣抚之甚厚。

此处与亲情隔膜对照，非亲，而情淳厚。

室西连于中闺，先妣尝一至。妪每谓余曰：“某所，而母立于兹。”妪又曰：“汝姊在吾怀，呱呱而泣；娘以指叩门扉曰：‘儿寒乎？欲食乎？’吾从板外相为应答。”

一写当年之庭内外无隔膜，二写亲情温馨恬然。当喜，然而，

语未毕，余泣，妪亦泣。

如此温馨，为何而泣？时移事异，物非，人亦非，不胜沧桑。温馨不可复得，作者泣，更动人者为“妪亦泣”，非族亲能同情而同泣，与族亲庭中为篱之无情相对照。此为亦悲亦喜。两个“泣”字，不避同，无形容，语简而意淳。

余自束发读书轩中，一日，大母过余曰：“吾儿，久不见若影，何竟日默默在此，大类女郎也？”比去，以手阖门，自语曰：“吾家读书久不效，儿之成，则可待乎！”顷之，持一象笏至，曰：“此吾祖太常公宣德间执此以朝，他日汝当用之！”瞻顾遗迹，如在昨日，令人长号不自禁。

为什么“号”？而且是长号？“瞻顾遗迹，如在昨日。”祖母之厚望、厚爱，尚未见成，此处流泪，用“号”，比前文之“泣”深邃，不但在号而有声，泣无声，而且有形容“长号”。篇名《项脊轩志》，其“志”寓意于此再显。“号”前只用一“长”字形容。用意之

深，用笔之吝可见一斑。

轩东故尝为厨，人往，从轩前过。余扃牖而居，久之，能以足音辨人。

不直说闭门读书之如何长久，只写其效果：以足音辨人。可见其久且心静。

轩凡四遭火，得不焚，殆有神护者。

此句有“殆”，系作者猜测，下开作者自许一段。

项脊生曰：“蜀清守丹穴，利甲天下，其后秦皇帝筑女怀清台。刘玄德与曹操争天下，诸葛孔明起陇中。方二人之昧昧于一隅也，世何足以知之？余区区处败屋中，方扬眉瞬目，谓有奇景，人知之者，其谓与陷井之蛙何异？”

这一篇文章，文体很值得研究。本文以“志”为体，本来近于“记”，记事记人，我国史家自《春秋》始，皆“约其文辞而指博”（《史记·孔子世家》），寓褒贬于记言、记事之中，为史者不得直接评论。归氏文承《史记》，写此室主要是记事、记言，极少直露胸臆，有史笔之风格。然，秦汉之史笔，亦有议论，多置于文后，《左传》于传后有“君子曰”，《史记》本纪后有“太史公曰”。归氏此文结尾：“项脊生曰：余区区处败屋中，方扬眉瞬目，谓有奇景，人知之者，其谓与陷井之蛙何异？”议论风生，文采焕然，反诘世俗之见，豪情自许，与此前以细节说话、约束情感、意脉从容、语简且朴，前后反照。其循史“志”之体可观。

文章到此意脉完整，体制完足。后十余年，作续笔云：

余既为此志，后五年，吾妻来归，时至轩中，从余问古事，或凭几学书。吾妻归宁，述诸小妹语曰：“闻姊家有阁子，且何谓阁子也？”其后六年，吾妻死，室坏不修。其后二年，余久卧病无聊，乃使人修葺南阁子，其制稍异于前。然自后余多在外，不常居。

庭有枇杷树，吾妻死之年所手植也，今已亭亭如盖矣。

此非蛇足，有尾声之效。前文意脉为多可喜可悲者，亦悲亦喜者，此尾声有所增益者三：第一，忆昔闺房之喜；第二，妻殁、室坏之凄；第三，室虽修，树亦亭亭，而植树人永逝。不胜凄凉，感慨系之。通篇意脉贯串，悲喜起伏，人事沧桑皆不可见，唯有亭亭之树为种种感慨之载体也。

试作总评。明代先是官方的“台阁体”占据优势，执着于雍容典雅，粉饰太平，语言陈陈相因，造成文风腐败。起而抗之的李梦阳、李攀龙等则以复古为口号，提倡“文必秦汉，诗必盛唐”，一度振兴文坛，然而走向极端，陷于字句之模仿，诚如王世贞所说“无一语作汉以后，亦无一字不出汉以前”（《艺苑卮言》），晚年颇悔：“书画可临可摹，文至临摹则丑矣。”可惜为时已晚。遂有唐宋派起而另辟蹊径与之抗衡。归有光就是唐宋派的代表人物之一。他们并不反对秦汉之文，而是强调唐宋散文承袭秦汉散文的血脉；拘泥于模仿《史记》《汉书》，仅得其皮毛，而失其精神。归有光在《五岳山人前集序》指出那些模仿《史记》者不过是东施效颦，提出要弄清楚“《史记》之所以为《史记》，则能《史记》矣”；提出宜直接从唐宋之文中体悟秦汉文的精神，且唐宋散文对秦汉散文有所发展，欧阳修就是代表。其晓畅明白，不似先秦汉之古奥，章法结构上也更加完整。

论者以为归氏散文源出于《史记》，取法于唐宋八大家，他的记人记事文章，以精致之细节说话，不加评断的确继承了秦汉的史家笔法。《寒花葬志》，为其妻之陪嫁丫头寒花而作，全文不足一百字，其核心不过是一个细节：“一日天寒，爇火煮荸荠熟，婢削之盈瓯。予入自外，取食之，婢持去不与。魏孺人笑之。”本文写家族情疏，不过诸父分灶，东犬西吠，客逾庖而宴，鸡栖于厅，庭中立篱，再变为墙，区区六个细节，然有亲情渐变渐疏渐隔，贯串其间，乃为有机一体。至于尾声人事沧桑，闺密私情亦仅以一树为可感载体而已。至于语言，则多以通用书面词语为之，秦汉古奥之文，非不得已而不用。

归氏文章，于散文史中地位颇高，黄宗羲誉其为“明文第一”。更有论者誉之为“今之欧阳修”者，桐城派代表人物姚鼐认为，上承唐宋八大家，下启桐城派，除归氏外别无他人。如此评价有过誉之嫌。毕竟其气质风貌去秦汉、唐宋之文略输，胸襟情怀亦稍逊。其个性不若后来的公安、竟陵之性灵解放，充其量不过是从唐宋派到桐城派之过渡性人物。

《晚游六桥待月记》：关键不在月，而在待月的心理过程

袁宏道为明开公安派性灵文字之首领，此文又为袁氏游记散文之代表作，张岱曰："古人记山水手，太上郦道元，其次柳子厚，近时则袁中郎。"（《跋寓山注》）明人山水游记，流派纷繁，袁氏辞官为游记之文多卷，赏自然风光之美文良多，何独此文得后世评论家青睐？

其缘由在观念与章法甚为奇特。

首先，其题为《晚游六桥待月记》，读者预期文章之核心当为六桥月色自然景观之美。然文章浓墨重彩不写月下，而是：午未申三时，亦即上午十一时到下午五时，其文极尽渲染之能事：

> 由断桥至苏堤一带，绿烟红雾，弥漫二十余里。歌吹为风，粉汗为雨。罗纨之盛，多于堤畔之草，艳冶极矣。

所用词语，如"绿烟红雾"，正如作者自己所说"艳冶极矣"，更加上"弥漫二十余里""粉汗为雨，罗纨之盛"等，色彩、声音，皆用具象，且叠加，渲染极端。

其次，写罢日间西湖之美，仍然不写月下，却写美在"朝日始出，夕舂未下""始极其浓媚"。其用语与前不同在于，不用具象细节，不用夸张语，而用概括语：

> 湖光染翠之工，山岚设色之妙。

至于"湖光染翠"如何之"工"，"山岚设色"如何之"妙"，并未直接正面以具象表现。最后，直接写到月色中六桥之美，却只有这么几句：

> 月景尤不可言。花态柳情，山容水意，别是一种趣味。

此本为文章精神之所在，相比前文，既无具象之叠加，亦无视觉、听觉之细节，更无空间之广阔，全为概括之印象，不像是描写，倒像是叙述。然而是精神所在，以淡笔为重

彩之功，笔力不凡。

之所以如此，乃在其精神，不在描绘自然景观的呈示。关键在“别是一种趣味”的展开，从理论上说，鲜明的快感不一定是美感，独特的美感是独特的、高雅的、心领神会的，不是语言所能穷尽的。

从这里，细心的读者可以感到，文章之妙，不在色彩浓艳的风景和热闹的歌吹，而在作者的趣味。文章不是空间的展示，而是趣味的递进，文脉之曲折，乃在美感之衍生。

有论者曰，文章题目为“待月”，而无一“待”字。其实“待”字尽在文章的情感脉络之中。脉络的第一阶段为“春雪甚盛，梅花为寒所勒，与杏桃相次开发，尤为奇观”。为桃花所恋，以为是奇观了，不忍离去。第二阶段为到了西湖，又为“绿烟红雾”“歌吹为风，粉汗为雨”所动，惊叹其“艳冶极矣”。既然已经美到极点了，情感的脉络要进一步升华，要更加“艳冶”，更加夸张，应该是难以为继了。然而文脉是美感的衍生。美感之美，不是一般的趣味，而是独特的趣味。这种趣味“安可为俗士道哉”，是与“俗”相对的，非一般人能够领略的。只有超脱凡俗的僧人和真正领略山水情趣的雅士才能领略，这种情趣的脉络，不是在感官的色彩和声音的美上做量的增加，因为，如此增加，从性质上说，基本为感官的快感，而不是美感。接下来，文脉的品位将快感再提升为“别是一种趣味”，说明作者追求的发现的是情趣之美（有人将审美判断翻译成情感判断）高于感官之快。这种审美情感，不是一般的，而是特别的，不可重复的才有更高的审美价值。

月下的六桥，如果是仅仅停留在外在感官的强烈上，那是一般人的，其性质是“俗”的，而作者特别的情趣，乃是渗透在“湖光染翠之工”“山岚设色之妙”之中，其特点是，感官上不强烈，感觉上不是一望而知的，而是可以意会，难以言传的。这种趣味才是高雅的。

袁氏强调性灵，其性乃在高，其灵乃在雅。其文之高雅乃在于文脉从容递升，从不尽雅趣的眷恋桃花，到感官的绿烟红雾，推向高雅“山容水意”之趣，其情感高潮，不做夸张语，戛然而止。其文脉之层次、轻重、浓淡，不在景观之视听，而在体悟之过程，文脉核心全在值得待之从容，构成雅洁之品位。

比其弟袁中道之《游岳阳楼记》之感时伤世，汪然出涕，似更自然、更高雅。

两篇《游高梁桥记》：同题异趣的启示

两篇游记，写的是同一地方景致，同一季节月份，两位作者又是亲兄弟，但有不同的观感。第一篇是袁宏道写的，赞美高梁桥初春的景色，垂杨十余里，流急而清，清到鱼鳞都可以看得很清楚。这种从效果上着笔写水清的方法是传统的。不过，这篇文章增加了一点闲情逸致，从几席间观望寺庙，觉得眼前一切都是为自己而存在："朝夕设色以娱游人。"

写到这里，还只是概括地称赞高梁桥的美好，还没有具体写到游览。下面一段才是叙事记游：

> 趺坐古根上，茗饮以为酒，浪纹树影以为侑，鱼鸟之飞沉，人物之往来，以为戏具。

这是很高雅的情趣。趺坐"古根"上，就暗示着不求一般的物质享受，而是以自然为美。古根不像椅子那样舒服，却有自然的情趣。"茗饮以为酒"，以茶当酒（古诗有云："寒夜客来茶当酒"），比饮酒要高雅。作者在下文中，就是拿这种情趣与"彼筵中人"（摆宴饮酒的人士）对比。饮茶比饮酒要清淡，淡和雅相联系，淡雅了，层次就高，叫作高雅；浓了，就不一定雅。山水之乐甚于酒，审美价值超越物欲，也是中国古代文人的传统："醉翁之意不在酒，在乎山水之间也。"这是欧阳修总结出来的。有情趣，还得有景，情与景相偕，叫作情景交融，才有诗意。故下面写"浪纹树影以为侑"，是很雅致的。茶为酒，已经是淡雅了，而具有象征性的下酒菜，"浪纹树影"，在一般人看来，既不是菜肴，也算不上美妙的风景。但是其中有水的空灵，阳光的透明。至于"鱼鸟之飞沉"，则更是自然之趣。天水一色，都是透明的，见鱼之游，如观鸟之飞翔。后来毛泽东有"鹰击长空，鱼翔浅底"的名句，也许和这种情景不无关系。在这种情境中，作者是很超然的，把鱼鸟之飞翔和人物的往来，或者说，把世俗之人和鱼鸟一样，当成好玩的景象（"以为戏具"）。从这里可以看出作者从四个方面来强调自己沉醉于"山情水意"：一、以淡雅之茶代替酒，避免被口腹之欲冲淡超然物外的雅趣；二、对拘于世俗之欲念的“筵中人”显示一种藐视；三、设想那些筵中人耽于世俗，对自己乐趣的不理解：

堤上游人，见三人枯坐树下若痴禅者，皆相视以为笑。

以为自己是呆和尚，可见其蠢，写他人的“相视以为笑”，却表现出作者不以相视而笑为意，越发显得自得其乐，超凡脱俗；四、对世俗之人表白自己的优越：

而余等亦窃谓彼筵中人，喧嚣怒诟，山情水意，了不相属，于乐何有也。

笔力就在于取两种乐趣以作对比，显示自己的高雅。

这是一篇游记，从字面上来说，重点、焦点、感人之点应该是在游的过程中，但是从上面的分析来看，游的过程中，所见之景，如“柳梢新翠，山色微岚，水与堤平，丝管夹岸”，和世俗之人观感也许区别不大，最大的区别不在于游，而在内心感受，对乐和趣的感觉。世人以为痴者，我以为乐；世俗以为乐者，我以为呆。

游记当以特殊的情趣、独特的性灵为主脉，而不当以景物为主干。景物美则美矣，然人所见略同。略同之景，难以为文；而不同之情与趣，方为文章之灵魂。

下面所选袁宏道之弟袁中道同题散文，也说明了这一点。袁宏道的文章，记三月一日之游；袁中道的文章，是三月中旬。三月一日已经“柳梢新翠，山色微岚，水与堤平”。三月中旬，却是“杨柳尚未抽条，冰微泮”“飙风自北来，尘埃蔽天”。如果不是同一年，则物候之差，何以如此巨大？如果是同一年，作者所取之异，何以如此悬殊？

这个问题要从袁中道的文章中求解。袁中道的文章，竭力强调北京春日实在煞风景。先是所见不美：北风劲吹，弄得“对面不见人”。更有力的一笔是，风吹得沙子“中目塞口，嚼之有声”。一般写景象，大都着重于眼耳之间，以视觉与听觉为主。而这里却写到触觉，引出特殊的听觉，一点没有春天的感觉，甚至比冬天还要扫兴。穿上厚皮袄“犹不能堪”，游兴完全败坏，只能狼狈逃离。折腾到黄昏，忍受“百苦”以后才到家，还要加上一笔：“坐至丙夜，口中含沙尚砾砾。”这一笔，不仅仅是写北京春天的特征，而且是写作者摆脱折磨以后，心中之余憾未消。

把春天写得比冬天还差劲，是为了什么呢？看了下面才知道，这是反衬。想到自己家乡，“江南二三月，草色青青，杂花烂城野，风和日丽”，本来可以过舒服的小日子，偏要风尘仆仆，折腾到京师来干什么？下面的回答直截了当——“为官职也”。这句话接近于口语，很是坦率，没有用比较委婉的“仕进”之类的文言语词，对封建士大夫来说，这样坦言是很不容易的。更坦率的是，说自己“屡求而不获”，完全是白忙活、瞎折腾。在中国古典文人中，这种坦率很罕见，也很可贵。

这就是明清小品中真正的“性灵”，“五四”散文兴起，能够迅速取得重大成就，就得力于继承了这种宝贵的传统。

把矛盾无情地揭露出来以后，文章已经不是游记，而是议论了。作者进一步考问自己：这样自寻烦恼，自讨苦吃，为了什么呢？先是“予以问予，予不能解矣”，自己也感到莫名其妙。但是，有游就应该有文字记载（“游也宜书”），记载些什么呢？

书之所以志予之嗜进而无耻，颠倒而无计算也。

这可真是最勇敢的一笔。写文章、写游记不是为了诗意，不是为了美化自己，而是把自己的耻辱记载下来。这里用了一个口语色彩极浓的字眼——“无耻”。前文还比较含蓄，说自己荒谬，用了一个挺古典的词语——“舛”。“舛”，就是荒谬的意思。但没有直接说荒谬，用古代汉语的“舛”，就比较文雅、含蓄。到这里却用了一个在程度上最严重的、最没有回旋余地的词。对自己毫不容情，不容情到不怕自我暴露、自暴其丑的程度。古人云：“文以载道。”而作者却把“载道”的散文用来进行自我批判，彻底放下了士大夫做文章的架子，这实在是难能可贵的。

这种文章，在中国古典游记中，是独创一格的。它的特点是：第一，不以抒情和诗化为目的，反倒在没有诗意、煞风景的地方入手；第二，不追求自我美化，反倒自我暴露，自我批判，甚至到不怕丑的程度。

这对我们今天文本分析有启示，同样对作文教学也是有深刻警示的：游记是写景，还是写心，以写不同他人的心为上。

《游岳阳楼记》：引人泪下的洞庭湖

关于岳阳楼和洞庭湖，我们学过一些诗文，如范仲淹的《岳阳楼记》、杜甫的《登岳阳楼》、李白的《陪侍郎叔游洞庭醉后》、孟浩然的《望洞庭湖赠张丞相》。李白、杜甫、孟浩然的都是诗歌，且都是概括的写法，借助想象和虚拟，主体形象是抒情的，不过取岳阳楼和洞庭湖的某一特点加以变异，借以抒发诗人的感情。诗和散文最大的不同，就是诗的形象不是照抄现实的，而是把现实的某一特点加以变异。清朝诗评家吴乔在《围炉诗话》中有一段话："又问'诗与文之辨？'答曰：'二者意岂有异，唯是体制辞语不同耳。意喻之米，文喻之炊而为饭，诗喻之酿而为酒。饭不变米形，酒形质尽变。'"意思是诗歌与散文的"意"，也就是内容，没有什么区别，不过就是形式不同而已。如果内容是米，散文就是把米煮成饭，诗就是把米酿成酒。饭没有改变米的形状，而酒把米的形状和质地都改变了。这个理论当然有不够精确的地方（如把散文和诗歌的内容说成没有区别），但总的说来，比较有启发性。诗歌是想象的，意象是变异的，而散文则比较写实，就这一点来说，是比较到位的。对于这一点，也许我们仅仅读杜甫、李白、孟浩然的诗还不够清楚，把他们的诗作和袁中道的散文一比，其间的差异就十分鲜明了。

在杜甫和孟浩然笔下，洞庭湖永远是烟波浩渺的：

吴楚东南坼，乾坤日夜浮。（杜甫）

气蒸云梦泽，波撼岳阳城。（孟浩然）

这样的波澜，李白还嫌不够过瘾，还要让它变成酒：

巴陵无限酒，醉杀洞庭秋。

可是在袁中道的笔下，就没有这么浪漫：

洞庭为沅湘等九水之委，当其涸时，如匹练耳；及春夏间，九水发而后有湖。

这里所说和李白、杜甫、孟浩然说的似乎不太一样。在诗人笔下，湖水如果写成"匹练耳"，是没有诗意的，至少没有古典的诗意。也就是说，李白、杜甫、孟浩然都不约而同地选择了洞庭湖的春天和夏天的特点，并不提这只是春夏之间的特点，而把它当成洞庭湖全部时间的特点。这种忽略不同时段的不同情况，叫作概括性的想象。这种想象，是诗的优长。而散文则相反，以写实为优长。写实就是把具体的差异强调出来。当然，散文也有写得比较概括的，如范仲淹的《岳阳楼记》：

若夫淫雨霏霏，连月不开，阴风怒号，浊浪排空，日星隐曜，山岳潜形，商旅不行，樯倾楫摧，薄暮冥冥，虎啸猿啼。

还有：

至若春和景明，波澜不惊，上下天光，一碧万顷，沙鸥翔集，锦鳞游泳，岸芷汀兰，郁郁青青。而或长烟一空，皓月千里，浮光跃金，静影沉璧，渔歌互答，此乐何极！

虽然是散文，可是并没有强调不同季节的不同景况，把大水季节的盛况当成全部。这样的概括，就有了诗的特点。这就淡化了散文的意味，强化了诗意，构成了诗化的抒情风格。而袁中道的散文，明确点出在枯水季节，洞庭湖并不怎么宏伟，不过像一匹绸缎而已。这不是有点煞风景吗？是的，煞风景是没有诗意的，但是有散文的味道，这就是散文的写实性、知识性趣味。

人的趣味是无限丰富的，诗的抒情不过是其中之一种，那就是情趣。散文的知识性，虽然缺少浪漫的情趣，但有另外一种趣味，那就是知识的趣味，也就是智趣。

智趣的特点，和情趣有所不同。情趣，特别是抒情的、强烈感情的趣味，它的变异性决定了它的概括性，是不太讲究具体细节的。如在诗里写洞庭湖的水，就是水了，烟波浩渺，都是一样的。可是在散文里，同样是水，就有趣味的不同。作为抒情诗，把水的浩大声势往感情方面拓展，可以把它变成分坼吴楚，蕴涵乾坤，氤氲云梦，撼动岳阳，使其化为醇酒，致秋色醉杀。但作为散文，光是这样的情感，还缺少散文的优长。要有散文的优越，就得来一点智慧：这样浩渺宏大的水，什么是其"所以奇也"的原因？提出这个问题，并回答这个问题，是需要知识的。而知识不能是主观想象的，要是客观、准确、智慧的，才可能是有智趣的。袁中道的《游岳阳楼记》准确地回答了如此盛大的水势，是由下面几种原因造成的。

第一，是"九水"，九条江的水汇集了，才有湖的规模。

第二，是长江的水奔腾而来。

第三，两者相遇，九水不能抵挡长江的水势，水面扩大了，才"澄鲜宇宙，摇荡乾坤者八九百里"。

第四，岳阳楼正好在“江湖交会之间”，因而才能“朝朝暮暮”看到“吞吐之变态”。

第五，楼前有君山，在君山上观景，“得水最多”，“千里一壑，粘天沃日为奇”。

第六，在岳阳楼上看水比较少一点，但有“君山妖蒨”弥补了缺陷。

第七，如果没有君山，“莽莽洪流”一览无余，比较单调；有了君山，就富于变化了。

结论是：岳阳楼的景观之美，就在于“得水而壮，得山而妍也”。

从这里可以看出，此类散文的趣味和诗歌的趣味不同之处在于，后者是比较主观的、重感情的，而前者则是比较客观的、重智慧的。

当然，并不是说散文就不能抒情。散文中，尤其是明清性灵散文小品，其生命就重在个人感情。散文抒情的特点在于：首先，散文的抒情，是建立在现实性的描绘基础之上的；其次，其感情是不单纯的，而是有过程，有动态变化的：

游之日，风日清和，湖平于熨，时有小舫往来，如蝇头细字，着鹅溪练上。

散文的描绘，功力在于有具体的时间气候（“风日清和”），有特殊的船只（“小舫”），有特殊的视觉效果（“蝇头细字”），不像李白、杜甫、孟浩然的诗那样概括。特别是人物的情感，也是随着具体的景色而不断变化的：起先是“亦甚雄快”，后来风云变幻，“湖浪奔腾，雪山汹涌，震撼城郭”，作者感情不是“雄快”，而是“四望惨淡，投箸而起，愀然以悲，泫然不能自已也”。居然因为风景变幻而哭将起来，可见不但感情容易激动，而且对感情相当放任。这种敢哭敢笑，在封建道学自矜自持、喜怒不形于色的时代，明清小品作家敢于表述自由的性灵，正是其可爱可贵之处。

从这里开始，作者要表现的重点，已经不是洞庭湖的特点，而是自己的感兴了。作者趁机用滕子京因在官场上受打击而在宾客间大哭的典故，大发议论感慨，说滕子京不应该哭，因为他已经在中央朝廷为著名的谏议，在地方也是著名的将帅，又有范仲淹这样的知己，到了岳阳这个地方，用不了多久，就该有政绩可报，如此境遇，“有何可哭”。而像自己这个样子，四十多岁了，头发都白了，还没有为保卫国家做出什么贡献，遭逢兄长病故，加上飘零异乡，又是面对“寒雁一影”这样的遭遇，“是则真可哭也，真可哭也”。

从这里可以看出，袁中道在散文创作上，放任个性的追求，从他的地位、所处的社会环境来看，都有点不怕惊世骇俗的勇气。

然而，“猛风大起，湖浪奔腾”，而且又是和水波很贴近的情况下，不像杜甫、范仲淹，以登高远眺的姿态来引发感觉，而是为自然现象而哭，把这贸然与为个人政治遭遇而哭联系起来，是不是有点生硬，是值得考虑的。用这样生硬的联想，来表现自己敢哭敢笑，是不是有足够的真诚，更是值得考虑的。

《白洋潮》：多方写景入微，想象受阻

张岱（1597—1689）的《白洋潮》和前面几篇有所不同。前面的重点在景中之人，而这一篇则重点在人眼中之景。

写大潮水，很有层次，是作者感觉中的层次：

先是视觉由远渐近。“潮头一线”，起得平实，此其一。

稍近则“隐隐露白”，渐渐增加了形容：“如驱千百群小鹅，擘翼惊飞。”此其二。

再近，则“渐近喷沫，冰花蹴起，如百万雪狮蔽江而下，怒雷鞭之，万首镞镞，无敢后先”。此其三。很明显，作者采取层层推进的办法，用墨越来越浓，形容语越来越密。

到了第四层次，作者笔锋一转，从潮水转到“飓风逼之”。从三个方面的效果来写飓风。先是观者退避，这是从行为效果上表现潮水。接着写到潮水使人“着面皆湿”，这是从观潮者的感觉效果上表现潮水。再后是观潮者“看之惊眩，坐半日，颜始定”。这是从观潮者的心理效果上表现潮水。

这样的潮水，已经是很惊人的了，文章在强度和手段上，都已经做足了。但是，作家又留下了一笔。推想在白洋山以外，还可能更为壮观。文章已经结束了，而读者的想象却没有结束。这就叫作回味，留下余音。

不管作者多么善于在文字上下功夫，这类文章总是免不了一种局限，即过分拘泥于对景物的描摹。作者的个性、想象总是摆脱不了依附景物。用这种写法，不可能写出袁中道那样借题发挥，对自己进行深刻分析的文章。

《口技》：以单纯之声模拟丰富之世情

林嗣环（1607—1662）的《口技》一文的行文逻辑，在于贯穿始终的强烈对比。这种对比，分为两个方面。

这在开头一段就表现得很明显。文章第一段强调的是：

首先，所用道具极简，“一桌、一椅、一扇、一抚尺而已”。作者的命意很显然，这样简陋的道具，又只是以声音来表现，起初只是抚尺一下而已。要表现复杂的场景，其局限何其巨大，其难度何其巨大。

其次，听众的反应，“满坐寂然，无敢哗者”，是期待氛围的营造。

文章的第二段强调的则是丰富复杂的声响，犬吠声，妻子、丈夫、孩子声音各异，每一声音，均有夜间特点：成人语言，孩子啼哭声，含乳声，妻子哄孩子的声，床声，叱儿声，特别是便溺声竟分出“溺瓶中声、溺桶中声”，均因细致分别而显得“众妙毕备”，因而趣味盎然。

如此丰富、细致的声响，和前面交代的“一桌、一椅、一扇、一抚尺而已”，形成对照。可见其技之高，艺之精。精在何处？不仅在丰富复杂之仿真，而且在于如此多样的声音，并不各自游离，有一种市井小民日常生活的内在关联。这种图景，似乎是鸡毛蒜皮，可一旦在口技节目得以表现，就充满了趣味。日常生活是杂乱无序的，既有声音，又有动作的可视性。但在口技节目里，把可视性省略，人为地把一切集中在可听的声音中。这是一种假定的难度克服，而假定和难度的克服，就是艺术的特性。任何一种艺术都是一种局限，对局限的克服或者征服，表现了艺术家的才智，才可能具有艺术的震撼力。这种艺术效果证明的则是听者的专注与赞叹：“无不伸颈，侧目，微笑，默叹，以为妙绝。”第三段实际上又是一种对比。如果说第二段是一种小小的骚动，那么第三段，则是微微的安宁：孩子睡了，丈夫发出了鼾声，妻子拍孩子的声音渐渐停止。老鼠的簌簌作响，把盆弄倒的声音，正是反衬一家进入了安宁的睡乡。作为听者的反应是："宾客意少舒，稍稍正坐。"从文章来说，为文之道，一张一弛，这是一种情绪的节奏。调动读者情绪，不能一味紧张，在紧张之后，要有小小的缓解。读到下面第四段，才明白这一稍稍缓解，也是为了后面的更大紧张。

第四段，更大紧张场面的表现。大呼，大哭，齐呼，齐哭，百千人呼，百千儿哭，百千狗吠。火声、风声，百千齐作，百千求救声、屋倒声、抢夺声、泼水声，声声不同，旨在提示，口技演员一人一口之难能。从听者的现场效果来说，作者没有忘记和前面的效果进行对比：

于是宾客无不变色离席，奋袖出臂，两股战战，几欲先走。

作者唯恐读者忽略这样的效果是口技演员一人所为，在文字上，一再提醒其难能可贵：

凡所应有，无所不有。虽人有百手，手有百指，不能指其一端；人有百口，口有百舌，不能名其一处也。

这一句，不但把文章立意的主旨，强烈的对比直接表现出来，而且引出了结束语：

忽然抚尺一下，群响毕绝。撤屏视之，一人、一桌、一椅、一扇、一抚尺而已。

这既是和前面所描述的众声喧哗的对比，又是和开头的交代相呼应。一句两用，文章结构显得十分完整。

《原君》：万恶之源皆出君主

《原君》选自黄宗羲代表作《明夷待访录》。“明夷”为周易第三十六卦名，卦象为椕（䷣），离（☲）在下，坤（☷）在上，离为日，坤为地，日在地下，暗无天日，“夷”本义有灭杀之义，“明夷”就是阐明消解政治黑暗的道理。“待访”意在待明君垂询，作者处明亡之世，不能经世致用，寄希望于来日。其自序言：“吾虽老矣，如箕子之见访，或庶几焉。岂因夷之初旦，明而未融，遂秘其言也？”（《思益堂日札·明夷待访录》）箕子乃商之大臣，处纣之乱世，佯狂为奴，后得周武王垂顾，天下大治。

作者之父因弹劾忠贤党遭构陷而死于狱中，后魏案发，畏罪自尽，青年黄宗羲草拟奏疏，请诛杀魏党。朝廷令刑部审讯。黄宗羲以铁锤击奸党，拔一人胡须，回乡焚以祭父，后又捶毙虐杀其父之狱卒并阉党。冤情大白之日，偕同被难者子弟于诏狱门设祭，痛哭不已，观者莫不为之动容，明思宗感其忠孝未责其擅杀之罪。

黄宗羲自述曾被称为“游侠”，其实堪称热血壮士。

清兵渡江，黄宗羲集合里中子弟组织“世忠营”，奔走钱塘江南北，九死一生，坚持武装抗击清军。

壮年黄宗羲实为抗清英雄。

兵败后，隐居著书，诸多学者（大如戴震）屈节认同清治，黄宗羲（还有顾炎武等）严守节操，拒绝清廷高规格征召，不为所动。

老年黄宗羲成为民族品格之高标。黄氏之政治学术著作，不限于总结明亡之遗恨，而是将视野提高到中华历代政治制度，总结得失利弊，指出一切腐败根源，乃在号称代天牧民的、神圣不可侵犯的君主。《明夷待访录》从原君、原臣、原法、置相、学校、取士等方面对封建政治体制全面批判，思想宏富而系统。其学术之博大精深，标志着中华文化达到了一个新的高度。黄氏虽晚于意大利乔尔丹诺·布鲁诺（1548—1600），但是其反封建之英勇与布鲁诺之反上帝创世说足以比美。《明夷待访录》在清代被列为禁书。

《原君》为该书之首篇，具有纲领性质。

文章不取先秦游说巧喻机智，不取荀子赋体博喻，亦不同苏洵《六国论》开门见山，亮出六国非败于战，而败于不战，而是取法“先立地步”，再作认证、反驳。本文主题乃君主罪恶论，分为两部分展开。第一部分为引论，层次曲折，递进深化。第二部分进入主题。

有生之初，人各自私也，人各自利也；天下有公利而莫或兴之，有公害而莫或除之。

人皆自私自利，文脉之首，反面着眼。因为自私，天下之“公利”，无人从事，“公害”，无人铲除。从逻辑上说，因果关系自然，理由充分。在结构上，句法平行，更显有机。用语一直在对立面中展示。从“自利”到“公利”，从“公利”到“公害”，都是正反两面，思维在两个极端上展开，其间略而不计，显得全面。

这是引出论点的第一个层次。

接着文脉向相反方面推演。有不自私者，不以己利为利，使天下受利，不以己害为害，而使天下释害。逻辑仍然是矛盾中展开：己利和天下利，己害和天下害对立，但是文脉没有重复，而是进了一层，矛盾发生转化，己利转化为天下利，己害转化为天下释害。

这是引题的第二层次。

接下来，指出这样的人，其勤劳千万于天下人，而不享其利，这和人情是绝对矛盾的。当皇帝本该是无人甘愿的。这个道理颇有冲击力，与常识有悖。要证明此理，不能光凭推理，黄宗羲举相当经典的事实。

故古之人君，量而不欲入者，许由、务光是也；入而又去之者，尧、舜是也；初不欲入而不得去者，禹是也。

在那为了争夺皇权而不惜流血千里、伏尸百万的时代，的确有先贤并不屑于此。第一类，衡量利弊，就是不干，如许由、务光；第二类，当了君主，主动放弃，如尧、舜；第三类，初不欲为，为而不能脱身，如大禹。光凭这几个例子，要印证普遍的人性，可能片面，与孤证差不多。作者用分类法，始终不愿的，做了又让的，做了又不能让的，三类人从本性上均不屑。至少在形式上显得全面。这些都是古人，很遥远，但是与今人在本性上是一样的：“好逸恶劳，亦犹夫人之情也。”行文逻辑的一贯性很强，连公认的圣君、贤者都是因为自利才逃避、退让，不得已而为之。

至此文脉仍然是古今正反对比。但不仅是矛盾，而且是在矛盾中有统一，在人之常情（好逸恶劳）上是统一的。

这是第三个层次，每个层次都在私利和公利、勤劳和享利的对立中推演。这还只是引题，文章的目的并不是泛论为王之劳与享之间的不平衡，而是为了批判千年来君王专制的残毒。

引题正反推进，主题从正反对立中引出，后之君王之腐败凶残在于与古道相悖，顺理成章。

引题之功能不但是引出主题，而且成为全文正反两面不可分割的部分。后之人君将前文所论利己利人之原则完全颠倒：以天下之利尽归于己，以天下之害尽归于人。文章紧扣对立的话语：利与害，己与人。天下人不敢自私、自利，而人君则不但可，而且“以我之大私为天下之大公”。论述就这样深化了：首先，不是一般的私，而是“大私”，这是量上的扩张；其次，则是将一己之“大私”变为“大公”，这就是质的转化了。造成如此显而易见的荒谬转化的条件是什么呢？

以为天下利害之“权”皆出于我。关键词是“权”和“我”。“权”的特点是天下之权是无限的，“我”是极端个别的，这就是极权，正是这种无限的极权造成了无限的专制。更深刻的是这种极权，不是以个人有限的生命为限。君王把天下看成“产业”。生命是有限的，产业则是可以超越生命遗传的。要害是：

传之子孙，受享无穷。

顺带举汉高祖称帝得天下为“某业所就”为例，一笔带过说明“其逐利之情”。接着对把天下当作一己之产业作正面批判，不再停留在“权”与“我”上，而是提出了一对新的范畴“主”与“客”。古君以天下为主，后君以天下为客。为了成为天下产业之主，不惜“屠毒天下之肝脑，离散天下之子女”，将荼毒人民之惨祸，奉一人之淫乐“视为当然”。在那君权天授的时代，黄宗羲得出了“为天下之大害者，君而已矣”。万恶之源皆出于君王，这在中国思想界史上是震古烁今的，发扬了孟子民为贵，社稷次之，君为轻的民本思想，比阮籍“君立而虐兴”更加深邃。其根本性的超越在于，君为害民之源。对这样的害民者，“天下之人怨恶其君，视之如寇仇，名之为独夫，固其所也”。这就更进了一步，君王既然是万恶之源，而且成为千夫所指，众矢之的，理所当然。

黄宗羲并不以如此勇敢的思想为满足，作为学者旨在使其学说成为学问，不可或缺的是对历史资源的重新解释和批判。其间有个过渡：“向使无君，人各得自私也，人各得自利也。呜呼！岂设君之道固如是乎？”从句法上说，这是一个设问，使上文许多陈述句法有了变化。这就接触到儒家忠于王权的核心。对于黄宗羲来说，在行文上不无难处。黄氏文中之政治理想乃是君王以德治国，这从根本上是儒家思想。儒家一般强调君臣之义不可动摇。黄宗羲要说的是：暴君是可以反抗，甚至是可以诛杀的。对这个矛盾，他提出了一个“小儒”的观念。

而小儒规规焉，以君臣之义无所逃于天地之间。

他藐视把君臣之义绝对化，认为臣在任何条件下均不可反君、诛君，他将持这样僵化观念之人，定为“小儒”，与之相对的，不言而喻，乃是大儒。这样立论，是很勇敢的，其实，把君臣之大义当作无所逃于天地之间的并不是“小儒”，而是程颐、程颢这样的大儒。《二程全书·遗书》有云：“父子、君臣，天下之定理，无所逃于天地之间。”

黄宗羲反对君主专制的思想是很彻底的。他在《明夷待访录·原臣》中就认定，臣之责任，乃“为天下，非为君也；为万民，非为一姓也”。在《原法》中批判君主之法，乃“一家之法，而非天下之法”。在《学校》中，主张思想自由 ：“天子之所是未必是，天子之所非未必非，天子亦遂不敢自为是非，而公属是非于学校”，“必使治天下之具，皆出于学校，而后设学校之意始备”。黄宗羲这样的思想太超前了，几乎把学校当成了议会。

在怀着这样思想的黄宗羲看来，把“二程”之流归结为“小儒”还是很客气的。

不可忽略的是，黄宗羲对与论点不尽相合的史料，采取两种办法：一是，对于并非广为人知的史料，以不露痕迹的“小儒”加以虚化；二是，对于家喻户晓的史料，则加以否定，不过不是武断地否定，而是以肯定正面的史料来否定负面的史料。关于周武王以臣伐商纣暴君，有两种史料，一种是《尚书》《孟子》赞赏武王伐纣不是以臣伐君，而是诛“独夫”（《尚书·泰誓》中记载武王伐纣，称纣为独夫。孟子亦认同）。另一种则是伯夷、叔齐兄弟的故事，武王伐纣，两人拦马劝阻，臣不能伐君。商亡之后，两人耻食周粟，隐居首阳山，采薇而食，终于饿死。黄宗羲则义无反顾地斥之为“无稽之事”。在此基础上，以兆人万姓与一人一姓相对，顺理成章地得出“武王，圣人也；孟子之言，圣人之言也”，还特别点出朱元璋因此把孟子从文庙中逐出，都是一些“小儒”作祟。

文章做到这里，一般说论证已经完成了，但是，黄宗羲的深刻在于进一步提出问题，君王视江山百姓为“产业”，立意“传之子孙，受享无穷”。但是，自私的本性并非君王独有，天下人皆欲得之。以一人之智，不能胜天下人之谋，其结果是“远者数世，近者及身”就走向反面，骨肉崩溃，以致南朝宋顺帝被萧道成逼到让位，被押解出宫时哭着说：“愿后身世世勿复生帝王家。”李自成攻陷北京，崇祯皇帝逃入寿宁宫，挥剑欲杀十六岁的长平公主，砍断她的左臂，说：“若何为生我家！”其子孙不但不能“受享无穷”，而且不能保命，命运还不如平民百姓。

这就很雄辩地说明，此皆一人擅权，残民以逞，祸及其身是必然后果。最后是尾声：仍然在对立中总结，一方面是“俄顷淫乐”，另一方面是“无穷之悲”，残民以逞的淫乐是暂时的，而残己之悲却是无穷的。根源都在一人无限的极权。

《明夷待访录》本意是有待异世明君垂询，但是，他对君主制度否决得太彻底了，不但没有帝王垂顾，而且成了禁书。倒是在二百多年后，为晚清变法先驱提供了思想的基础。梁启超在《中国近三百年学术史》中谈到《明夷待访录》时说："光绪间，我们一班朋友曾私印许多送人，作为宣传民主主义的工具。"君主立宪，限制君权，这是黄宗羲可以想象的。民主革命，彻底推翻帝制代之以共和政体，这是黄宗羲想象之外的，但是，这并不妨碍孙中山也从中得到良多启迪。据吴相湘《孙逸仙先生》、林桂圃《孙中山先生的国家论》说："先生在海外奔走提倡革命之际，即经常随身携带《明夷待访录》一书，时时翻阅其中的《原君》《原臣》二篇。"

《芙蕖》：在说明中抒情

我们先从“可”字讲起。在古代汉语中，“可”原本是个会意字。从口，从丂（供神之架），本义是唱，表示在神前歌唱，似为“歌”字的古文。引申为允诺、同意、准许，如：许可，认可，宁可。还有可能、能够之意，如：可见，可以，不可思议。《史记·项羽本纪》：“距关，毋内诸侯，秦地可尽王也。”在现代汉语中，还留存着类似的意义，如：可风（可为风范）。进一步向抽象方面联想，有“值得”的意思，如：可怜，可悲，可亲，可观，可歌，可泣等。

以上诸词语在结构上有一个特点，就是“可”字后面都是动词或形容词。但是，如果换成了名词，意味就比较特别了。如“可人”“可口”，就有一种特别亲切的情感意味。很明显，“可口”并不是可以口食之的意思，而是挺好吃的意思；而“可人”，也不是让人觉得可以的意思，而是让人觉得可爱。李渔在本文中，利用了这方面的规律，又创造出“可目”“可鼻”。这是什么意思呢？孤立起来看，字面上是难以猜测的。

这是有点冒险的。一般说，词语结构不能普遍类推，类推可能违反约定俗成的、潜在的成规。如可以说“好吃”，却不能说“坏吃”（某些方言不在此例）。可以说“可人”，却不可说“可鬼”。可以说“可口”，却不可以说“可眼”“可脚”“可手”“可头”。但是，李渔在本文中创造了“可目”“可鼻”，读者并没有感到怪异。这是为什么呢？因为前文中有了“可人”，但这还不够。还有一个原因，他先把花、蓬、实、亭亭独立、翠叶并擎这些为目光所视的东西，讲得很丰富了，然后再说“此皆言其可目者也”，这就不是很突然了。据说李渔为文自视甚高，追求独特的创造：“上不取法于古，中不求肖于今，下不觊传于后，不过自为一家，云所欲云而止。”这个说法，有过分绝对之嫌。完全脱离古今的写法是不可能的。但是，他不拘一格的立意，却是明显不过的。

这篇文章从结构来看，似乎是说明文，笔法不太像散文。开头第一句“芙蕖与草本诸花，似觉稍异”，把它拿来和同类相比，着眼于它的“异”，而不是它的同。用今天的话来说，就是抓住特殊性。先是引用花谱上的文字，指出其植物属性。这种写法比较客观，有知识性，是典型的说明文写法。接下来，又说自己“倚此为命”，为什么呢？因为“可人”。这种行文方法，又不是客观的知识，而是主观的感情了。把主观的感情作为文章的意脉，就是散文的写法了。“可人”表现在什么地方呢？“不一而足”，很多。“请备述之”，全部一一道来。这又不像散文的笔法了。如果是散文的写法，起码应该按照自己的感情，对之加以取舍，与自己感情统一的，就强化，与自己感情不一致的，就淡化，甚至舍弃。“备述之”，是全面展示，可能是流水账，乃散文之大忌，却是说明文的基本办法。

李渔的文章结构，就是以全面展开为特点的。首先言其可目，其次言其可鼻，再次言其可口，最后言其可用。鲜明的系统性和条理性，相当理性的框架，并不是抒情散文的特点，而是说明文的特点。但是，李渔的文章，又不完全像说明文。在文章的条理之中，他又插入了许多抒情的语言。如言其可目，就带着相当主观的感情色彩，拿它和“群葩”相比，强调它的优越，就是很绝对的。他说，其他的花美好，只在开花之时，花前花后，“皆属过而不问之秋矣”。这话说得很极端，很片面。世间花卉无数，其他花卉在开花之前和之后，就一无可赏吗？难道藤萝、秋兰、紫荆的茎叶就完全不值得一顾吗？但这并不在李渔的考虑之中，因为他说的是“可人”，是一种主观的情感，以自我的感觉为标准。这就不是说明而是抒情了。

本文最突出的风格，就是用说明文的格局，进行散文的抒情：

及其茎叶既生，则又日高日上，日上日妍，有风既作飘摇之态，无风亦呈袅娜之姿。

这里的句法充满了对仗，调动起来的不仅是散文，而且有骈文的手段。所有这一切集中在一个目标上，就是感情的强化。在强化感情时，又用说明文的全面系统性的方法。先是讲开花之前叶子的美，然后讲开花时“菡萏”的美，接着讲花谢之后结实莲蓬之美。其表述的语言，不但用了描写和抒情的方法，而且用了议论的方法：

后先相继，自夏徂秋，此则在花为分内之事，在人为应得之资者也。及花之既谢，亦可告无罪于主人矣，乃复蒂下生蓬……

这就是我国不同于志传性散文中所谓夹叙夹议的方法，其好处在于自由灵活。

李渔追求“云所欲云而止”，这种不拘一格的笔法，正符合他的个性。

接着李渔写了“可鼻”“可口”与“可用”。所用的笔法仍然带有说明性与抒情性、描述性与议论性的结合。在分别写了四个方面以后，李渔又做了一个总结：

是芙蕖也者，无一时一刻，不适耳目之观；无一物一丝，不备家常之用者也。有五谷之实，而不有其名；兼百花之长，而各去其短。

从结构上来看，这完全是议论文的句法，把荷花的好处几乎说到了极致。文章到此，可以说是到了高潮，无以复加了。但是，李渔在最后来了一笔真正的散文：说他虽然以荷为命，但没有条件得“半亩方塘”（像朱熹所赞颂的那样“半亩方塘一鉴开”）来种植荷花，只能“凿斗大一池，植数茎以塞责”。这已经够煞风景的了，又碰上池子漏水，只能求老天帮忙。结尾的句子是：

殆所谓不善养生，而草菅其命者哉。

“不善养生”，尚是对自己的批评，而“草菅其命”，则是对自己的调侃了。

周敦颐赞美荷花，目的是美化自己的精神境界，把它提升到陶渊明菊花的清高档次上。而李渔赞美荷花，却把自己说得很惨，“草菅其命”，简直是花的刽子手。这一笔，作为散文，真是神来之笔，是不是达到了李渔自己所追求的“上不取法于古，中不求肖于今”的目标呢？唯读者明鉴。

《廉耻》：笔记体散文

《廉耻》在古代属于读书笔记，表面上和《伤仲永》《游褒禅山记》不同，实质上核心同为议论。不同的是，王安石说道理，先讲一个具体的故事和经历，由之衍生出思绪的递进。而顾炎武说“廉耻”，没有从具体的经验出发，也没有开门见山直截了当地提出论点，却从欧阳修《五代史·冯道传》的论说起。

此皆为引题，却是立论的基础。王安石的引题从直接经验开始，然题旨不在亲见亲闻亲历，而在激起的思考。从亲见亲闻亲历出发有好处，有很强的可信度。顾炎武不从亲见亲闻亲历出发，引题是立论的前提，就面临着可信度的挑战。

顾炎武引用欧阳修《五代史·冯道传》的评论，这个评论是很奇特的，司马迁《史记》中开创的传论后的“赞”或“太史公曰”，欧阳修却将之放在传前，评论的开头是“传曰”。欧阳修为史传以论为纲。把这个纲拿来作为文章的引题，不但有可信度而且有权威性。

这样引题的功能很精致：第一，本来“廉耻”是一个很抽象的命题，联系到一个欧阳修深恶痛绝的历史人物的行为就带着相当的感性；第二，与王安石从个人平常琐事出发，思绪由小及大、由浅入深不同，所讲的道理事关经国之大业（“治人之大法”），修身之根本（“立人之大节”），故引题不能太平淡。用《五代史·冯道传》开头的议论，一下子把个人的节操与国家的兴亡紧密地联系起来。“礼义廉耻，国之四维。四维不张，国乃灭亡。”不但有欧阳修的权威，而且有管仲经典在先。[①]这不但有历史的不可质疑性，而且在节奏上四个四言，音调铿锵。

这个论说的引题不但是毋庸置疑的，而且有格言和诗的质量，造成一种作者与读者共识的气势，和韩愈《师说》的开头“师者，所以传道受业解惑也”一样，格言式的大前提

①《管子·牧民》：“四维不张，国乃灭亡。”又说：“国有四维：一曰礼，二曰义，三曰廉，四曰耻。”

是不用论证的，这在中国古典文论中叫作“先立地步”①。这种写法在刘勰的《文心雕龙》中属于“说”的一类，有小品的性质，如果不是读书笔记，而是“论”，在性质上是“大品”，对于大前提就要有相应的论证，礼义廉耻属于道德范畴，国家的兴亡是不是完全取决于道德，论证起来就相当费事了。这种“说”的特质使“说”这种文体，立论方便，故“五四”以降，小品散文、杂文广泛运用。在中学作文教学中，实际上不可能有学术论文那样的大品，掌握此等文章小品特性有教学实践的操作价值。

然而，引题（引文）不管多么精深，都不是自己的，之所以要引用，是为了引出自己的观念。顾炎武的魄力在于对如此权威的前提作出进一步的分析，四者并不同样重要，最重要的是四者之一，“耻尤为要”。本来前面已经说了“礼义”是“治人之大法”，属于国家兴亡的大事，而“耻廉”是“立人之大节”，属于个人的修养。把“耻”单独提出，论断为最重要的，也就是说，其他三者相对不重要。这样立论不但需要勇气，而且需要学养和推演的功力。为了论证自己的观念，顾炎武采取了两个办法：第一，引用更权威的语录，一个是孔子的“行己有耻”，一个是孟子的“人不可以无耻，无耻之耻，无耻矣”。光有权威的语录，还是不够雄辩，顾炎武采取的第二个办法是分析四者之间的关系。不是礼义不重要，而是人若无羞耻之心，也就无礼义可言了。不是“廉”不重要，而是“人之不廉而至于悖礼犯义，其原皆生于无耻也”。这里有两个层次：第一，人之不廉，是由于无耻；第二，无耻到极端就必然“悖礼犯义”了。

文章写到这里，把耻当作礼义廉的演绎逻辑已经相当严密地完成了。但是，还不够切题，因为这还是普遍的道理，而文章的出发点是冯道这个人。此人是国之大臣，观念以一种递进的方式显出精密性，顾炎武将论点发挥到极端，国家大臣之无耻就不是一般的无耻，而是“国耻”。把文章做到这个份上，才彻底。但是，光是精密地贴近欧阳修的论述，还不是顾炎武为文的全部立意，他并没有把论题的意义仅仅局限于国之大臣上，而是由此而衍生、扩展，将之普遍化为“士大夫”。这就不仅仅是对冯道一个人的批判，而且是对广大士大夫的警示了。

顾炎武这个警示已经很深刻，但是，他的演绎和衍生并没有停止。为了向新的层次深化，顾炎武的视野从共时走向历时，从历史发展中分析出矛盾来。一方面是自夏商周以来“弃礼义，捐廉耻”，世风日下，人心不古。另一方面也有众人皆醉而“独醒”之士，这里的“独醒”已经暗用了屈原《渔父》的权威（“举世皆浊我独清，众人皆醉我独醒”），但是，对于这样的人杰，顾炎武在句法上先是用了双重的否定（“未尝无”）来提示其罕

① 刘熙载在《艺概·文概》中分析《战国策》说：“战国说士之言，其用意类能先立地步，故得如善攻者使人不能守，善守者使人不能攻也。”

见、难能可贵，在修辞上，则用了浓墨重彩，一连用了两个典故来形容：“松柏后凋于岁寒”“鸡鸣不已于风雨”。前者出于《论语·子罕》：“岁寒，然后知松柏之后凋也。”后者出于《诗经·郑风·风雨》：“风雨如晦，鸡鸣不已。既见君子，云胡不喜。”不但经典，而且均带着形象的感性。

文章至此，理与情得以交融，已达高潮。然而顾炎武的观念的深化并未停息，笔锋转入新层次，将说理延伸到具体事情，亮出针对性。引颜之推深恶其时汉族士人变节仕北齐，教子弟学鲜卑语，为异族达官贵人效劳，推崇颜之推虽不得已为北朝官员，仍然坚守民族自尊，对于自己的儿女发出“自致卿相，亦不愿汝曹为之”的警示。顾炎武将丧失民族气节之流俗，归入无耻之列。此文针对兄弟民族的观念，在汉族与北方兄弟民族大融合上千年之后，看来可能有些狭隘，何况鲜卑族统治者拓跋氏也从上而下地推行汉化。但是，顾炎武为明末清初人。汉人政权明朝已经灭亡，清王朝在基本巩固了统治以后，一方面对汉族知识分子严厉实行思想控制，一方面对有成就、有影响的大知识分子稍事怀柔。就连对顾炎武这样曾经组织抗清的人士，也礼遇有加，请他参与编撰明史，但被顾炎武拒绝。当然也有不少知识分子接受了清王朝的优厚待遇，而投入了统治者的怀抱。顾炎武这时把缺乏民族操守者定性为无耻，具有当时的意义。

从结构上说，最后这一转的好处在于，从理性的演绎进入具体感性人事，和王安石《伤仲永》《游褒禅山记》的感性在前、理性在后，相反相成，相得益彰。但是，王安石文之结构方式，在中学语文教学中普遍得到理解，而顾炎武文章的这种模式，则往往没有得到必要的重视。

《狼》：叙述中的“留白”

《狼》是清代著名作家蒲松龄用古代汉语写的故事，和柳宗元的《童区寄传》一样，把古代汉语的精练发挥到了极致。前面说过古代汉语之所以简洁，有一个原因，就是句法比较简明。大多是简单句，句子之间的逻辑、因果和时空的承接都是省略了的。把复杂的过程，其间的因果，前后的联系，放在叙述的空白里，是文言小说家常用的手法。但在这篇文章中，文风之所以如此干净利落，还有一个原因。

全文基本都是叙述，几乎没有描写和抒情。除了最后一句是感叹外，作家的感情没有直接流露。这种白描手法可以说是用得炉火纯青。但是，要真正理解白描手法的用处，就得用还原法，把那些作者精心省略的东西补充出来。这就是说，要懂得文章的好处，就不仅要欣赏已经写出来的，而且要把没有写出来的部分想象出来。对于一线教师来说，光是讲解课文上已经有的东西是不够的，还要养成一种敏感，就是善于把文章中没有写的东西想象出来。例如：

一屠晚归，担中肉尽，止有剩骨。途中两狼，缀行甚远。

这个屠户的面目、衣着、年龄都没有写，客观的情况，除了一个“晚”字，全部省略了。省略的原则是看对后面文章的进展有无作用，有则多写，无则省略。提到没有肉，只有骨，与后文屠夫穷于应付的关系极大。如果肉很多，狼吃饱了撑得慌，情节可能就有另外一种发展。“途中两狼”，如果是一只就没有后面的惊险故事了。这里作者省略了很多，两只狼是公的还是母的，是灰的还是白的，是老的还是小的，这些都与后面的情节无关，所以全都省略。“缀行甚远”省略了更多，狼跟着他，摆脱不了，是一个很长的过程。直到追得他没有办法，才把骨头丢给狼。从这种过程的省略，不仅可以看出作者的简洁笔法，而且可以看出作者的匠心。大凡前面提到的，必然后面有发展。

蒲松龄叙述的功力，并不仅仅体现在比较简单的事情上，而且体现在叙述复杂的事情上，使之具有某种不亚于描写的效果。

对于比较复杂的事情，叙述本来是比较困难的。亏得蒲松龄以简驭繁：

> 一狼得骨止，一狼仍从。复投之，后狼止而前狼又至。骨已尽矣，而两狼之并驱如故。

这里，值得注意的是量词的灵活运用。由于两只狼在前面没有以形状和颜色来区别，这给后来叙述两者的不同带来了难度。蒲松龄起初用了两个“一”（“一狼得骨止，一狼仍从”），代表两只不同的狼。紧接着，情势变化了，再用两个“一”就缺乏变化了。他改用位置来区别（“后狼”“前狼”）。等到骨头完了，两只狼继续跟踪屠户。是并排，还是一前一后，或者是一会儿并排，一会儿一前一后，就不值得交代了。干脆就含混地用“两狼”（“并驱如故”），不再强调两者的区别了。接着，又有区别了：“一狼径去，其一犬坐于前”。还是用一个“一”字，就轻而易举地把两只狼恰如其分地，既不过分陷于繁细，又不太粗疏地分别开来。读者只要从中获取必要的信息，凭上下文想象出两者的不同，就足够了。其他的区别，本来可以写出很多，但略而不计。这就是精练的“精”之要义。不要小看这样的文字，这里有作家的匠心，尽可能把与情节发展无关的细节省略掉。把动作和情景减少，以免干扰读者对情节因果链的注意，这是本文精练异常的原因之一。

本文的好处不仅是精练，而且把有限的细节组织得非常有机。

随着故事的进展，叙述出现了细节和比喻，有了一点描写，如“狼不敢前，眈眈相向”“其一犬坐于前。久之，目似瞑，意暇甚”。这是因为，这种状态是一个悬念，结局时将有一个解释，这对情节很重要：这个屠夫杀了两只狼后才悟出来，原来狼做出心不在焉的样子，是为了麻痹他（“乃悟前狼假寐，盖以诱敌”），结局使得前因获得了解释，读者对于情节的意义有了新的体悟。这种情节因果的有机构成，正是小说的特点。

从这里可以看出，从这篇文章表面上看，好处是写得很干净，没有可有可无的话。但光是这样，还不能解释为什么有些地方又有一些描写的笔墨。仔细分析以后会发现，凡是花了一点笔墨的地方，都是后来有新的意义的。这就使得这篇篇幅很短的文章在文字的结构上具有一定的有机性。前文不仅仅是为了前文，而且对后文有用，后文也不仅仅为了后文，而且对前文有用，这叫作结构严密，用笔有前后照应之效。

文章最后有一点议论，从小说的角度来说，是可以省略的。把主题都讲出来，现代小说家往往是回避的。把倾向性隐藏在情节发展的过程中，更有利于调动读者的心理参与感。现代小说更倾向于为不同读者多元的理解留下充足的空间。但是，蒲松龄是我国的古代文言小说家。他的《聊斋志异》，几乎在每一篇故事后面都要发一通议论，有时用“异史氏”（其实就是他自己）的名义，有时则作为文章的一部分。我们可以把这看成一种体式。不仅《聊斋志异》如此，早在司马迁的《史记》中，文章后面就有“太史公曰”，这是一种传统的格式，蒲松龄不过是稍稍做了一些调整而已。

《左忠毅公逸事》：桐城派“雅洁”之珍品

作者方苞是桐城派古文主要代表，他主张“义法”，核心观念是“言有物”“言有序”（方苞《又书货殖传后》）。从字面上看，好像平淡无奇，但是结合历史语境分析，颇具深义。本来“言有物”，相对于言无物，道理很简单，就是不讲空话。但是，他的“物”的内涵，是“阐道翼教”“助流政教”，属于文以载道的正统。他的成就以治经学为主，古文作品相对较少，其中也有些封建伦理的腐朽说教，如对某妇“割肱疗姑”野蛮孝道的表彰。幸而他的文章最高成就不在“言”这种非人道的“道”，而在一些至今读来仍然醒人耳目的杰作，《左忠毅公逸事》则是古典散文无可争议的经典，可以作为他“言有物”的最积极意义上的注解。

“言有物”作为一个散文流派的纲领，“物”，不是泛指，蕴含着历史的针对性。方苞对中国散文历史有过系统考虑。《四库全书总目》对他的《望溪集》评论说：“其古文则以法度为主，尝谓周秦以前，文之义法无一不备；唐宋以后，步趋绳尺而犹不能无过差。是以所作上规《史》《汉》，下仿韩、欧，不肯少轶于规矩之外。”其文取法六经，以《论语》《孟子》为最高典范；其次是《左传》《史记》。唐宋八大家文章固然有成就，但在他看来“明道”不足，明朝只取归有光。这就意味着对影响甚大的独抒性灵的公安、竟陵派袁氏、钟惺等不屑一顾。公安、竟陵派之文章并非言之无物，只是在方苞看来，独抒个人性灵，不能“阐道翼教”，等于是空言无物。

《左忠毅公逸事》其义不在个人性灵，而在为他人、为国（朝廷），置个人性命于不顾。这就是他的“言有物”之“物”。本文所记之事，虽为“逸事”，小事，不见于经典，文章最后声言，先辈方涂山所言。方深山为左光斗外甥，而且“与先君子善”，左光斗狱中对史可法的那一番话，就是方深山亲自听史可法说的。他强调的是，所写人物皆历史人物，文中故事虽然未见于正史，具实录性质，并非耳食之言。

至于方苞的“言有序”，从字面上看也是常识性的，无非是说，文章要讲结构条理，似乎没有什么深刻的内涵。但是联系到具体论述，这个“有序”就是文章要“雅洁”“澄清无滓”，所针对的是清初文坛上绨章绘句以取宠的文风。这里的关键是“滓”，什么是“滓”呢？从他的写作规范中可知，第一，不可入语录中语，应该是指朱熹式的口语，在他看来，是不“雅”的。第二，不可入魏、晋、六朝人藻丽俳语。第三，不可入汉赋中板重字法。第四，不可入诗歌中隽语。第五，不可入南、北史佻巧语。所谓“六朝藻丽俳语”“汉赋板重字法”，因其堆砌，不够简“洁”。至于不可入“诗歌中隽语”，这就不仅排斥华丽辞藻，而且排斥抒情。“南、北史佻巧语”应该是包括抒情赞叹。避免了这一切，文章就能达到他所追求的不俗之“雅”，不繁之“洁”。这大概就是桐城派古文义法精神。理清了他的这种主张，才有可能深入分析《左忠毅公逸事》的优越和局限。

从文体而言，这是一篇记叙文。所记二人三事。题目点明是“左忠毅公”，当然以左光斗为主角，然皆以史可法眼光出之。全文当然有感情，但以史可法视觉、听觉之效果为限。第一事，写左氏识才、爱才。为官出巡，见陌生穷困书生之文，赏识之至，为之解衣掩户，日后于科场见之，当场评为第一。召入府中，对夫人坦言：自己的儿子都平庸，日后能够继承大志者，只有此人。这件事情的前因后果，有相当的传奇色彩。如果当作传奇文章来写，则应该有相应的形容和渲染，骈俪、排比、抒情是免不了的。但是，本文本先秦六经之道，重叙述，弃描写与抒情，更不着笔正面心理活动。

这一段，第一，在用词上，几乎都是当时书面常用的名词和动词，没有任何生僻的上古语，形容词也平常，只有一个（“严寒”之“严”），副词两个（“微行”的“微”、“瞿然注视”的“瞿然”）。全部过程直叙到底，没有唐宋散文的刻画和一唱三叹，没有公安、竟陵文章的心灵剖白，当然也没有朱熹语录式的口语。第二，在句法上，都是简单句，句与句之间，几乎没有连接词，时间、空间的连贯性及因果，尽在句间空白之中。这就是方苞所追求的简洁而高雅的风格。第三，文章虽然简洁，但是节奏不单调，句读以短句为主，间有长句，最短者只有一字：“曰”，最长者“乡先辈左忠毅公视学京畿”十一字，其他句读停顿，多为二字（一日、微行、及试、呈卷、召入），三字（入古寺、公阅毕、为掩户、吏呼名、至史公），四字（风雪严寒、从数骑出、文方成草、叩之寺僧、使拜夫人、惟此生耳），其间杂以五字句（先君子尝言、即解貂覆生、公瞿然注视、即面署第一）。语言节制，节奏有起伏。第四，叙奇事，大抵为陈述语气，只在结语处用语气词（“则史公可法也”“惟此生耳”），情感只在关键处略现。所有这一切，显然与公安派的强烈抒情、竟陵派的滥情形成对照。

文章最核心部分是史可法狱中见左光斗的场面。文章写左公受刑之惨烈，写史公冒险犯难拜见，左公报以怒斥。大义凛然，其精神，其气概，可谓惊心动魄。然而，全程并无直接心理描写，而仅写外部效果，以可见的动作、可闻之语表现。

若让公安派来写同样的场景，史可法闻恩师被炮烙之惨，少不了内心悲痛之渲染，其视觉、听觉当有令人战栗之文。然文章只写左公“旦夕且死”。不写史可法内心不可见之痛，只在外在之可见效果上用名词动词表现：一曰“涕泣谋于禁卒”，士人公然泣于狱卒，可想其内心之痛；二曰“卒感焉”，连狱卒都被感动了，可见其精诚，然而不见任何形容词。至见左公，只写“面额焦烂不可辨，左膝以下筋骨尽脱矣”。只用了两个可视的细节雄辩地突出其受刑戮之烈，一个“矣”流露情感。接着写史可法前跪，抱公膝而呜咽。左光斗“目不可开”，只从声音中听出是史可法。

乃奋臂以指拨眦，目光如炬。

这里，感人的不仅是左光斗用了很大力气才把眼皮拨开，而且令人震撼的是居然“目光如炬”。这样的形容显然夸张，一个“面额焦烂不可辨”到眼睛都睁不开的人，居然会“目光如炬”，这是情感的夸张。不可能是他所说是听来的原话，而是他诗意的想象，这就有点近于他反对的“诗歌中隽语”了。这在方苞的文章中是很少见的，但是，这还只是表现左光斗的精神的序曲。接下来，其大义凛然，更是惊心动魄：左光斗对史可法来探看，不但没有欢欣，感到安慰，而且感到愤怒。

怒曰：“庸奴！此何地也，而汝来前！国家之事，糜烂至此，老夫已矣！汝复轻身而昧大义，天下事谁可支拄者？不速去，无俟奸人构陷，吾今即扑杀汝！”

这种“怒”不是一般的怒，而是怒不可遏，这好像完全不近人情，居然骂冒险来探望的门生是“庸奴”。但是，这恰恰凸显其完全忘记了自己“旦夕且死”，有一种原则比自己的生命，比学生高贵的情谊更高，这就是左光斗所说的“大义”。按“大义”原则，他有权利如此无礼。因为，第一，国家糜烂，危急存亡；第二，“我”已经完了，准备牺牲了（“已矣”），都无所谓；第三，但是，你可是“天下事”的“支拄”；第四，如今你竟“轻身”来此，就是“昧大义”，昧大义者，就是奸人不来构陷你，“我”也可以打死你（“扑杀汝”）。

左光斗不仅在语言发出了威胁，而且更为动人的是，不顾目不能视。

摸地上刑械，作投击势。

左光斗越是粗暴，越是显示出他为史可法轻身入探的严峻后果，对形势严峻的焦灼。这是因为，在他心目中，史可法太重要了，对于国家，是唯一能支撑局面的，对于大义，是唯一能力挽狂澜的，一旦丧身，则等于绝望。故方苞强调左氏粗暴，不但在行为，而且在语言上。用语似乎有点接近他所反对的“语录中语”，有点不够“雅”了。从这里，也约略可见方氏之所谓“雅洁”，所谓不用语录语，是太绝对了，有时，他自己也不能完全遵守。就文章而言，这不仅不是缺点，而且表现了左氏深感危急，对史可法越是责之重，语之暴，越是显示出他对史可法期待之殷。在写法上，本文虽为逸事，非史家言，但是，所写皆历史人物，故皆遵史家记事记言之准则，左光斗精神之崇高皆在言语和行为之中。就是直接赞颂，也不是出自作者，而是史可法出来以后，对人言：“吾师肺肝，皆铁石所铸造也！”从被感者之言显示感人者精神之烈。方苞的“雅洁”实际上是对先秦六经和《论语》《孟子》的总结。应该说明的是，在先秦六经，乃至《论语》《孟子》中，只有对话和动作，几乎没有环境和心理描写，故能寓褒贬于简洁叙事对话之中。方苞的“雅洁”在他的许多成功的文章中得到相当的体现。如《逆旅小子》叙其路经石槽时，于客栈见褴褛的小儿，备受店主凌虐，询问得知，店主乃其叔父，惧此孩成长分其家产。方苞书告京兆尹捕诘。第二年四月，复经此处，闻该儿已冻馁而死，其叔也暴卒。相当曲折之情节，方苞以百余字出之。方苞闻“逆旅小子”已死，接了一句：“叩以：‘吏曾呵诘乎？’则未也。”最后只三个字，余味无穷，堪称精致。

契诃夫云，简洁乃天才姊妹。然而，简洁过分，也可能变成简陋。方苞“尝谓周秦以前，文之义法无一不备”，其实，周秦以前之文，长于记言、记事，不长于描写与抒情。方苞无视于此，故其文往往简洁到极端，未免有简陋之失。就是《左忠毅公逸事》这样的杰作，也由于叙事过简，引起后世论者质疑。如“呈卷，即面署第一”。明代的考试有相当严密的程序，哪里可能一看史可法的文章就定为第一。其他考生的文章看了没有呢？其他考官参与了没有呢？都省略了。

这是桐城派最经典的文章，过分强调简洁，废弃描写、抒情，显出了简陋的端倪。至于其他文章，则更是显然。如《狱中杂记》虽暴露黑暗难能可贵，但是，拘于叙述难免缺乏感染力。如“苟入狱，不问罪之有无，必械手足，置老监，俾困苦不可忍。然后导以取保，出居于外，量其家之所有以为剂，而官与吏剖分焉。中家以上，皆竭资取保。其次，求脱械居监外板屋，费亦数十金。唯极贫无依，则械系不稍宽，为标准以警其余”。内容极其惨烈，而用语极其朴质。缺乏形象的感染力，简则简矣，陋则难免。故《四库全书总目》说到方苞的《望溪集》时说：“虽大体雅洁，而变化太少，终不能绝去町畦，自辟门户。”“变化太少”，可能是说他拘于叙述对话，缺乏抒情、描写之调节也。

五四新文化运动对以方苞为代表的桐城派，因其思想上以“阐道翼教”为务，故目为“桐城谬种”，成为文学革命的对象。现代散文理论之奠基者周作人，宁取法公安派的独抒性灵，提倡“叙事与抒情”，一如方苞视公安派一样，视桐城之“义法”和“雅洁”为无物。

《论毅力》：是“论”还是“说”

戊戌变法失败，梁启超作《论毅力》，鼓舞改革者士气，在当时产生很大影响，作为散文后世亦称经典。有论者以为此文“论证周密”，此说似有可推敲之处。且看原文：

> 天下古今成败之林，若是其莽然不一途也。要其何以成、何以败，曰：“有毅力者成，反是者败。”

把论点先亮出来，这是中国一种传统的论述方法，叫作“先立地步”。正如韩愈《师说》：“师者，所以传道受业解惑也”，先有立论前提，然后再阐释三者之中，最关键的是“道”，“无贵无贱，无长无少，道之所存，师之所存也”。这种立论方法，接近中国古典散文中的“说”，在《文心雕龙》中是与“论”相对的。“论”的体式，按《文心雕龙》要求是很严格的：“辨证然否”“穷于有数，追于无形，迹坚求通，钩深取极；乃百虑之筌蹄，万事之权衡也。故其义贵圆通，辞忌枝碎：必使心与理合，弥缝莫见其隙；辞共心密，敌人不知所乘”。要经得起“有数”“无形”“百虑”“万事”的检验和反思，逻辑上不能有任何疏漏，语言上不给论敌任何挑剔的余地，才能算得上“论”。

本文虽题为《论毅力》，但实际上并不完全是“论”，在论说文中，应该偏于“说”。“说”要比“论”宽松得多。“论”有点近于现代学术研究的规范，先要对论题进行全面分析，从肯定和否定两方面分析。而“说”并不把论题的“辨正然否”放第一位，“先立地步”就是对论题并不强调反思。为什么韩愈的《师说》不叫“师论”呢？因为，立意并不在全面分析，为师传道是不是绝对的呢？孔夫子不是还说过“教学相长”吗？文中说“古之学者必有师，孔子师郯子、苌弘、师襄、老聃”，那郯子、苌弘、师襄、老聃的老师又是谁呢？这样辨正然否下去，文章就可能是另外一种做法。

就“论毅力”而言，按严格的“辨正然否”的规范，就要求对“毅力”做全面的分析。

“有毅力者成，反是者败”，只要有毅力，在失败的逆境中，不气馁，不悲观，坚持奋斗到底，就能成功。作为命题能不能成立？毅力属于主观意志，一切事业仅仅凭主观意志，是不是一定能够成功？失败乃成功之母，从失败转化为成功，转化的条件就是毅力。但是，当不以主观意志为转移的客观条件不存在或者不足，光凭毅力，失败还能转化为成功吗？失败乃失败之母的教训不是比比皆是吗？世界科学史、社会发展史上，至今没有实现或者在可以预见的未来也难以实现的梦想太多了。任何一项成功，都要有客观、主观等多种条件的协同，缺一即败。仅凭毅力一个条件不可能成功。

严格意义上的“论”文，不能先立地步，一切命题都要“辨正然否”，做具体分析，然后进行论证，才能得出结论，也许这可以叫作“后立地步”。

这是学术性的立论，以从宏观上囊括一切时间、空间、条件为特点。而一般作者处于特殊的时间、地域和条件下，迫在眉睫的问题并不是全部，而是局部，不是一切矛盾的总和，而是主要矛盾的主要方面，只有解决了局部的、主要的方面，才能解决全局问题。离开了这一点，一味耽于全面，可能陷于空谈。十个指头按十个跳蚤，一个也抓不住。

故“说”以特殊的针对性，获得其历史的和现实的合理性。

《师说》的合理性，亦如此。其题旨只针对当时“师道之不存也久矣”的风气，柳宗元在《答韦中立论师道书》中说：“由魏、晋氏以下，人益不事师。今之世，不闻有师；有辄哗笑之，以为狂人。”“独韩愈奋不顾流俗，犯笑侮，收召后学，作《师说》，因抗颜而为师；世果群怪聚骂，指目牵引，而增与为言辞。愈以是得狂名。”从这个意义上说，“论毅力”其实是“说毅力”，其合理性亦在其历史的针对性。

戊戌变法失败，迫在眉睫的问题是弥漫于士林之间的失败主义、悲观主义之氛围，针对此等精神气候，发“有毅力者成，反是者败”之论，或许比超越时空的全面之论，更有条件成为历史的经典。

作为文章，光有这样先立地步的历史针对性是不够的，更重要的是进行系统的论证。

盖人生历程，大抵逆境居十六七，顺境亦居十三四。

这是以分类来展开论述。分类在逻辑上叫作划分。将人生分为十份，逆境六七，顺境三四，在全部的基础上，再进行分析：

而顺逆两境，又常相间以迭乘。无论事之大小，而必有数次乃至十数次之阻力，其阻力虽或大或小，而要之必无可逃避者也。

这是横向的分析：顺境和逆境、动力和阻力，逆境和阻力为主要方面。

其在志力薄弱之士，始固曰“吾欲云云，吾欲云云”，其意以为天下事固易易也；及骤尝焉，而阻力猝来，颓然丧矣。其次弱者，乘一时之意气，透过此第一关，遇再挫而退。稍强者遇三四挫而退。更稍强者遇五六挫而退。其事愈大者，其遇挫愈多，其不退也愈难。

这里的分类有层次：意志薄弱者，次弱者，稍强者，更稍强者，最后是至强者。接着是，一挫，再挫，三四挫，五六挫的纵向分析，层层推进，显出系统性，在此基础上，将分析综合起来，得出结论："非至强之人，未有能善于其终者也。"

一般作者到此可能觉得论述任务已经完成，而梁氏文气之盛，不能满足于论述不退之难，继而从由难转易方面展开。所采取的方法，仍然是系统的层层推进。

夫苟其挫而不退矣，则小逆之后必有小顺，大逆之后必有大顺，盘根错节之既破，而遂有应刃而解之一日。

只要有顽强的毅力，挫而不退，逆可转顺，小逆小顺，大逆大顺。形式是层层推演，正反交织，内容是前后对照，均具递进性，从而构成特殊的结构的有机性，其结论好像不仅是逻辑演绎的结果，而且是结构顺理成章的延伸，因而形式上具有不可逆的严密性。

文章做到这里，可谓前后贯通，正反皆具，颇有《文心雕龙·论说》对于"论"的要求"穷于有数，追于无形""百虑之筌蹄，万事之权衡"的高度了。但是，是不是达到"敌人不知所乘"的程度呢？梁氏显然以为，还要针对反对者可能的借口加以批驳。

反对者的借口皆为与主观毅力相对的客观条件：第一，他人之功成，是客观的机遇良好（"天有以宠"）；第二，自己不成功，乃是命运不好（"蹇于遭逢"）。这是分而论之。接下来则是综合起来：关键不在客观的"蹇"和"幸"，而在主观上能不能"征服此蹇，利用此幸"。

从论证来说，可谓相当完整了，但是，从文体来说，还没有达到梁氏所期望的"新文体"的境界。

梁氏处晚清与五四新文化运动之交，他提倡"文界革命"创造"新文体"，正是桐城派古文君临天下之时。桐城派讲究"古文义法"，一反晚明性灵派之抒情，追求"雅洁""澄清无滓"。什么是"滓"呢？"语录中语"，口语，在他们看来是不"雅"的；魏、晋、六朝人藻丽俳语，赋体的堆砌是不简"洁"的；而"诗歌中隽语"就是抒情，也在拒斥之列。梁氏在《清代学术概论》中自述"夙不喜桐城派古文"，自己为文"务为平易畅达，时杂以俚语、韵语及外国语法，纵笔所至不检束""笔锋常带感情"。梁氏所为"新文体"，反桐城派之道而行之，夹叙夹议，融论述、议论和抒情为一体，尽情渲染，情理交融，以下文章可见一斑。

更譬诸操舟，如以兼旬之期行千里之地者，其间风潮之或顺或逆，常相参伍。彼以坚苦忍耐之力，冒其逆而突过之，而后得从容以容度其顺。我则或一日而返焉，或二三日而返焉，或五六日而返焉，故彼岸终不可达也。

以操舟为喻体，将抽象之理形象化、感性化，文句不殆繁复，句末以“焉”和“也”作结，语气从陈述转为感叹。纵笔所至，毫无拘束。就是引用经典也是选择比较形象的：

孔子曰：“譬如为山，未成一篑，止吾止也；譬如平地，虽覆一篑，进吾往也。”孟子曰：“有为者，譬若掘井，掘井九仞而不及泉，犹为弃井也。”

孔子以山为喻，孟子以掘井为喻，已经很权威，“成败之数”已经毋庸置疑了。“视此而已”则是感情的抒发。情理交融，不着痕迹。

梁氏之“新文体”之感人，不但在情，而且在智。在理性已经论证完成以后，又以相当大的篇幅列举古今中外之名人事迹，以其排比性罗列，滔滔滚滚不可羁勒之势，以学养之丰赡挟浩然之气，宏大精神境界得以呈现。

昔哥仑布，新世界之开辟者也。彼信海西之必有大陆，是其识之过人也。然其早年，丧其爱妻，丧其爱子，丧其资财，穷饿无聊，行乞于市，既而游说于豪贵，豪贵笑之，建白于葡萄牙政府，政府斥之。及其承西班牙王之命初航海也，舟西指，六十余日不见寸土，同行之人，失望思归，从而尼之、挠之者不下十数次，乃至共谋杀其身，饮其血。使哥仑布毅力稍不足，则初焉以穷困而沮，继焉以不遇知己而沮，继焉以艰难而沮，终焉以险祸而沮，苟有一者，则哥仑布必为失败之人无可疑也。

历数哥伦布之穷而弥坚，险而倍强，不仅为理性之旨归，而且有情感之发扬：“苟有一者，则哥仑布必为失败之人无可疑也。”此等不留余地的论述已经足够释放前文所蓄之势，但是，枚举一例，可能为孤证，梁氏乃作简略鸟瞰：

瓦德之作蒸汽机器也，三十年始成。孟德斯鸠之《万法精理》，二十五年始成。斯密·亚丹之《原富》，十年始成。达尔文之《种源论》，十六年始成。吉朋之《罗马衰亡史》，二十年始成。

在个案和鸟瞰式列举之后，乃有结论：

由此观之，世无论古今，业无论大小，其卓然能成就以显于世而传于后者，岂有一不自坚忍沉毅而来哉？

就内涵来说，此论前文业经肯定，此处却无重复之嫌，原因盖在四十余字之复合长句，用了反问语气，足有韩愈之一唱三叹之慨。

由此可见，梁氏文体之新，在于将桐城派视为畏途之情感与理气结合，不发挥到淋漓尽致决不罢笔。列举了西方之例，乃转向中国：

请征诸我先民。勾践之在会稽也，田单之在即墨也，汉高之在荥阳、成皋也，皆其败也，即其所以成也。使三子者毅力稍不足，则为失败之人也。张骞之使西域也，濒于死者屡，往往不食数日乃至十数日，前后历十三年，而卒宣汉威于域外。使骞毅力稍不足，则为失败之人也……玄奘以唐国师之尊，横葱岭，适印度，猛兽困之，瘴疠困之，饥渴困之，语言不通困之，卒经十七年，尽学其正法外道，归而弘布于祖国。使玄奘毅力稍不足，则为失败之人也。

《论毅力》在论证上，列举如此之多的案例，情绪汹涌澎湃，对于事例和情绪完全不加控制，这固然有利于感染力之强化，然而也引起严格的读者的不满，批评他一味“讲究文章的气势，但过于敷陈排比”，“给人以轻率、粗浅之感”。① 虽然其论证汪洋恣肆，但在逻辑上属于简单枚举，其局限在于不管多少案例，亦不能涵盖全面，不可能达到“弥缝莫见其隙”“敌人不知所乘”的境地。当然，梁氏毕竟是梁氏，故在论述了毅力的重要性以后，面对前文回避的失败，略带一笔，加以“弥缝”：

而岂知天下事固往往败于今而成于后，败于我而成于人？有既造之因，必有终结之果，天下惟不办事者立于全败之地，而真办事者固必立于不败之地也。故吾尝谓毅力有二种：一曰兢惕于成败，而竭全力以赴之，鼓余勇以继之者，刚毅之谓也；二曰解脱于成败，而尽天职以任之，献生命以殉之者，沉毅之谓也。

先将成败分为今和后、我与人，继将毅力分为两种，一种是全力以赴，就是永不言败，这叫作“刚毅”，另外一种则是以身殉之，但是，尽了天职，从成败的观念中解脱出来，这就叫作“沉毅”。这事实上就是说，虽然有毅力，但是还是失败了。这一笔，对于论题的全面性很重要，然而对于论题的针对性并不重要，故以极简之笔处理。

这样就把先立地步和后立地步结合了起来。

夫维新则岂非善事？然既新矣，则亦当以身殉之。

最后的结语，归结到维新失败上来，以纯粹抒情性的誓言作结，情理交融，梁氏之“新文体”的风貌跃然纸上。梁氏为中国古典散文史上最后一位作家，二十年后五四新文化运动周作人反桐城派，力主“叙事与抒情”之“美文”，诉诸晚明公安派之性灵小品，不取梁氏之“新文体”之“大品”，无视为“五四”现代散文之真正前驱，甚可怪也，甚可憾也。

① 郭预衡：《中国散文史长编》（下册），山西教育出版社 2008 年版，第 287 页。